ammann

Jaime Bayly

Sag es keinem

Roman

Aus dem peruanischen Spanisch von
Klaus Laabs

Ammann Verlag

Die Originalausgabe erschien 1994 unter dem Titel
»No se lo digas a nadie« im Verlag Seix Barral, Barcelona.

Satz: Gaby Michel, Gießen
Druck: Wiener Verlag
ISBN 3-250-10300-4

Für Sandra

Die Geschichten, die hier erzählt werden, sind nur in der Phantasie des Autors geschehen; jegliche Ähnlichkeit mit der Wirklichkeit ist reiner Zufall.

»don't leave it all unsaid
somewhere in the wasteland
of your head …«

Morrissey, »Sing Your Life«

ERSTER TEIL

Der Sklave

Als Joaquín die Grundstufe beendete, beschloß Maricucha, seine Mutter, ihn an eine andere Schule zu schicken. Eines Tages im Sommer sagte sie ihm, daß sie ihn vom Inmaculado Corazón heruntergenommen und beim Markham College angemeldet habe. Da fing er an zu weinen.

»Weine nicht, mein Prinz, es ist nur zu deinem Besten«, sagte sie und umarmte ihn.

»Ich will nicht an eine andere Schule, Mama«, sagte er.

»Die neue wird dir ganz toll gefallen«, sagte sie. »Es ist die beste von Lima, mein Engel.«

»Ich verstehe aber nicht, warum ich nicht mehr zum Inmaculado gehen soll, wo ich doch Klassenbester bin, Mama«, sagte er.

»Das Inmaculado war nicht gut genug für dich, Joaquincito«, sagte sie und küßte ihn auf die Wangen. »Die Schule ist sehr heruntergekommen. Du warst Klassenbester, ohne dich überhaupt anstrengen zu müssen, mein Söhnchen.«

»Aber du hast mich nicht einmal gefragt, ob ich an eine andere Schule möchte, Mama. Das ist nicht fair, daß du mich einfach ummeldest.«

»Du bist noch ein Kind, mein Liebling. Dein Mamilein weiß, was für dich am besten ist.«

»Eins kannst du wissen: wenn du mich auf eine andere Schule schickst, werde ich nie wieder Klassenbester sein.«

»Red doch keine dummen Sachen, mein Prinz. Du bist dazu geboren, immer der Beste zu sein.«

Joaquín lief in sein Zimmer, schloß die Tür ab und zerriß alle Urkunden, die er am Inmaculado Corazón bekommen hatte.

An seinem ersten Schultag am Markham weckte Maricucha Joaquín früher als gewöhnlich. Es war noch dunkel. Joaquín kam aus dem Bett und umarmte seine Mutter.

»Vergiß nicht dein Morgengebet, mein Engel«, sagte sie zu ihm.

Joaquín kniete auf dem Fußboden nieder, bekreuzigte sich, schloß die Augen und betete: Herr, in deine Hände befehle ich meinen Geist. Dann stand er auf.

»Wie gefällt dir die neue Uniform?« fragte Maricucha und zeigte ihm die Uniform vom Markham: braunes Jackett, kurze Hosen, gestreifte Krawatte und braune Schildmütze.

»Die Inmaculado-Uniform war viel schöner«, sagte er.

»Sei kein Dummerchen, mein Engel«, sagte sie lächelnd. »Außerdem steht dir das Braun ganz wunderbar. Es paßt zu deiner Haarfarbe.«

Maricucha und Joaquín gingen ins Bad. Sie half ihm beim Anziehen und zeigte ihm, wie er den Krawattenknoten binden mußte. Dann kämmte sie ihn mit viel Pomade.

»Du mußt gut gekämmt sein, damit deine Freunde alle wissen, daß du ein englischer Lord bist«, sagte sie zu ihm.

»Schmier mir dieses fettige Zeugs lieber nicht in die Haare«, sagte er, weil er Pomade nicht mochte.

»Das ist, damit du schmuck aussiehst, mein Prinz«, sagte sie und kämmte ihn weiter.

Bald darauf hatte sie ihn zurechtgemacht, und sie gingen beide ins Speisezimmer. Joaquín aß eilig sein Frühstück.

»Daß ich nicht mehr ins Inmaculado gehen darf, werde ich dir nie verzeihen, Mama«, murrte er, ohne seine Mutter anzusehen.

»Sei nicht nachtragend, mein Engel«, sagte sie und streichelte ihm den Kopf. »Du wirst noch verstehen, daß mir dein Glück über alles geht.«

»Ich weiß nicht, was du willst von mir, Mama.«

»Du weißt sehr gut, was ich von dir erwarte, Joaquincito. Ich will, daß du immer der Beste bist.«

»Ich weiß, was du möchtest, Mama. Du möchtest, daß ich Priester werde.«

»Nein, mein Schatz, ich möchte nur, daß du glücklich bist, glücklich wie ein Regenwurm. Aber sollte mich natürlich der Herr mit einem Sohn gesegnet haben, der Priester wird, so würde ich mich darüber sehr freuen.«

»Das sage ich dir jetzt schon, Mama, Priester werde ich nie. Schlag dir das aus dem Kopf, daß ich jemals Priester werde.«

»Man weiß nie, wohin die Wege des Herrn uns führen, mein Engel.«

Als Joaquín fertig war mit dem Frühstück, stand Maricucha auf, ging in ihr Zimmer und kam mit einem Fotoapparat zurück.

»Ich möchte ein paar Fotos von dir machen, mein Engel«, sagte sie und lächelte.

»Ich will nicht, Mama«, sagte er. »Ich mag nicht, wenn du Fotos von mir machst.«

»Sei nicht bockig, mein Liebling«, sagte sie. »Laß mich ein paar hübsche Fotos machen, damit du, wenn du groß bist, eine Erinnerung an deinen ersten Tag am Markham College hast.«

Er nahm seine Schulmappe, setzte sich die Mütze auf und blieb vor der Haustür stehen.

»Nimm die Mütze ab, Joaquincito«, sagte seine Mutter zu ihm. »Ein Gentleman läßt sich nie mit Mütze fotografieren.«

Er nahm die Mütze ab.

»Cheese«, sagte sie, »lächle, mein Vögelchen.«

Er lächelte, obwohl ihm nicht danach war. Sie machte ein paar Fotos von ihm.

»Jetzt warte im Auto auf deinen Papa, damit ihr nicht zu spät zur Schule kommt«, sagte sie und umarmte ihn.

Er fing an zu weinen.

»So ist das Leben, mein Liebling«, sagte sie. »Die kleinen Piepvögel müssen das Nest verlassen und fliegen lernen.«

Zehn Minuten später kam Luis Felipe, Joaquíns Vater, aus dem Haus und stieg ins Auto. Er war ein großer, kräftiger Mann. Vor kurzem hatte er sich einen Schnauzbart stehen lassen. Er legte seinen Aktenkoffer auf den Rücksitz und sah, daß Joaquín weinte.

»Verflucht, hör auf zu heulen«, sagte er zu ihm mit rauher Stimme. »Männer weinen nicht.«

Dann ließ er den Wagen an, stellte im Radio die Nachrichten ein und preschte los in Richtung Stadtautobahn. Es war inzwischen hell geworden. Alte Lkws waren auf der Autobahn nach Lima unterwegs. Luis Felipe fuhr schnell und ohne ein Wort zu sagen. Er hatte schlechte Laune, wie fast jeden Morgen. Kurz hinter Chaclacayo zwang ihn ein Lkw, langsamer zu fahren. Auf der hinteren Stoßstange des Lkw stand etwas geschrieben: ›Der einsame Rächer von Jauja‹. Neben dieser Aufschrift war ein Aufkleber mit dem Bild von Che Guevara. Luis Felipe hupte.

»Scheißindio, komm aus dem Knick mit deiner Klapperkiste«, fluchte er und hupte immer wieder.

Ein Stückchen weiter ließ ihn der Lkw-Fahrer vorbei. Auf gleicher Höhe mit ihm drehte Luis Felipe das Fenster herunter.

»Scheiß Indiofotze, geh zurück zu deinem Lama«, schrie er.

Er machte zum Lkw-Fahrer eine obszöne Geste und gab Gas.

»Diese Indios müßte man alle massenhaft abknallen und in den Río Rímac schmeißen«, sagte er. »Dann würde es aufwärtsgehen mit Peru.«

Eine halbe Stunde später erreichten Luis Felipe und Joaquín das Markham College.

»Ich werde dir einen Rat von Mann zu Mann geben«, sagte Luis Felipe zu seinem Sohn, als er mit dem Wagen vor der Schule hielt.

»Welchen denn, Papa?« fragte Joaquín.

»Wenn irgendein Wichser an deiner Ehre kratzt, läßt du es dir nicht gefallen, okay?«

»Ja, Papa.«

»Du gibst ihm zwei Kinnhaken, trittst ihm in die Eier und mischst ihn auf, bis er dich um Verzeihung bittet. Nur so wirst du dir Respekt verschaffen. Wenn nicht, werden sie dich an der Schule schikanieren, und du bist der letzte Arsch, Junge.«

»Danke, Papa«, sagte Joaquín und küßte seinen Vater auf die Wange.

»Du weißt«, sagte Luis Felipe zu ihm, »dem ersten Wichser, der was von dir will, mußt du die Scheiße aus dem Arsch prügeln.«

Joaquín stieg aus dem Auto und lief eilig los. Bevor er das College betrat, drehte er sich noch einmal zu seinem Vater um und winkte zum Abschied. Luis Felipe antwortete mit ein paar Bewegungen, als boxe er gegen einen unsichtbaren Gegner.

An diesem Morgen betrat Joaquín, nach dem Singen der Nationalhymne und der Rede des Schuldirektors, zusammen mit den anderen Schülern der 1. Klasse der Mittelstufe sein neues Klassenzimmer. Beim Eintreten grüßte er seinen Klassenlehrer, Mister MacAlpine, einen noch jungen, schmalen, etwas blassen Mann. MacAlpine wünschte ihm Erfolg und sagte ihm, wo er sich hinsetzen sollte: Es war eine Schulbank mit zwei Plätzen, so wie die anderen Bänke in der Klasse. Joaquín setzte sich und sah den Jungen an, der neben ihm saß.

»Hallo«, sagte der Junge. »Ich heiße Jorge.«

Jorge war klein und ein bißchen dicklich. Er hatte einen unsteten Blick.

»Ich heiße Joaquín.«

Sie gaben sich die Hand und legten ihre Hefte auf die Bank. MacAlpine fing an, die Anwesenheit zu kontrollieren.

»An welcher Schule warst du vorher?« fragte Jorge.

»Am Inmaculado Corazón«, sagte Joaquín.

Sie sprachen leise, um nicht MacAlpines Aufmerksamkeit zu erregen.

»Und was war?« fragte Jorge. »Haben sie dich rausgeschmissen?«

»Nein, keine Spur«, sagte Joaquín, »ich hatte supergute Zensuren.«

»Warum haben sie dich dann an eine andere Schule geschickt?«

»Weil meine Mutter das Inmaculado nicht leiden konnte.«

In diesem Augenblick rief MacAlpine Jorge Bermúdez auf. Der Junge neben Joaquín hob die Hand und sagte »present«.

»Magst du Fußball?« fragte Joaquín.

»Ziemlich«, sagte Jorge.

»Und für welche Mannschaft bist du?«

»Für die U natürlich. Wir Weißen sind alle für die U.«

Dann rief MacAlpine Joaquín Camino auf. Joaquín hob die Hand und sagte »present«.

»Warst du schon mal in Miami?« fragte Jorge.

»Nein, aber mein Vater hat es mir für die Juli-Ferien versprochen«, sagte Joaquín.

»Miami ist unglaublich. Ich war im Sommer da.«

»Hast du ein Glück. Mein Vater hat mir erzählt, in Miami gibt es keine Diebe und keine Kinder, die auf der Straße betteln.«

»Was macht dein Vater?«

»Er ist Geschäftsführer.«

»Ah ja? Meiner ist geschäftsführender Direktor. Geschäftsführender Direktor ist mehr als Geschäftsführer. Das ist der höchste Posten, den es gibt.«

»Mensch, hast du es gut.«

»Ist dein Vater Millionär?«

»Ich weiß nicht. Ich glaube nicht. Ich frage ihn mal.«

»Meiner ja.«

»Wirklich?«

»Er ist nicht Millionär. Er ist Multimillionär.«

»Glück muß man haben.«

MacAlpine bat um Ruhe und begann mit der ersten Unterrichtsstunde im neuen Schuljahr.

Am Nachmittag kam Joaquín zusammen mit den übrigen Schülern des Markham aus der Schule. Seine Mutter erwartete ihn am Tor. Sie umarmten sich, gaben sich einen Kuß und stiegen ins Auto.

»Wie war dein erster Schultag?« fragte sie ihn.

»Sehr gut«, sagte er.

»Ah, wunderbar. Bist du zufrieden mit dem Markham, mein Liebling?«

»Ja, Mama. Es hat mir sehr gefallen. Danke, daß du mich umgemeldet hast.«

»Ich habe dir ja gesagt, du kannst mir vertrauen, Joaquincito. Ich war mir sicher, daß es zu deinem Besten sein würde.«

In diesem Augenblick kam Jorge an Maricuchas Wagen vorbei und winkte Joaquín zu. Der lächelte und winkte zurück.

»Wer ist denn der sympathische Junge?« fragte Maricucha.

»Mein Freund Jorge«, sagte Joaquín.

»Sieh einer meinen Joaquincito an, wie schnell er sich neuerdings mit anderen anfreundet«, sagte Maricucha lächelnd und strich ihrem Sohn über den Kopf.

»Der Jorge ist ganz toll, Mama«, sagte Joaquín. »Wir sitzen nebeneinander.«

»Jorge und wie weiter?«

»Jorge Bermúdez.«

»Sohn von Rosita und Cucho?«

»Ich weiß nicht. Wenn du willst, frage ich ihn morgen.«

»Frag ihn, ja? Rosita Bermúdez war nämlich eine Schulfreundin von mir, und es wäre phantastisch, wenn dein kleiner Freund der Sohn von der dicken Rosita wäre, nicht?«

»Weißt du was, Mama? Am Inmaculado ist keiner so toll wie Jorge.«

»So ein Glück, Joaquincito. Aber eigentlich ist es nicht Glück, mein Liebling. Der Herr hat gewollt, daß du ihm auf deinem Wege begegnest, als Belohnung, weil du ein artiges Kind bist.«

Joaquín lächelte. Maricucha fuhr los.

»Weißt du, ob Jorge auch jeden Sonntag zur Messe geht?« fragte sie.

»Keine Ahnung«, sagte er.

»Frag ihn, ja? Es ist nämlich sehr wichtig, daß deine kleinen Freunde alle feste moralische Werte haben, Joaquincito. Und frag ihn, ob er auch jeden Tag betet.«

»Warum soll ich ihn so viel fragen, Mama? Sei doch nicht so neugierig.«

»Es ist deine Christenpflicht zu versuchen, die Seelen aller deiner kleinen Freunde zu retten, Joaquín. Oder willst du nicht Jorge im Himmel wiedertreffen?«

»Doch, Mama. Klar will ich das. Jorge ist supernett.«

»Dann sorge dich um sein Seelenheil und versuche, ihn auf den Pfad der Tugend zu führen, mein Liebling.«

»Aber wenn ich mit ihm von Religion und diesen Dingen rede, wird ihn das vielleicht ärgern, und er wird nie wieder mein Freund sein wollen, Mama.«

»Hab keine Angst, daß du dich lächerlich machen könntest, mein Engel. Hab keine Angst, was die anderen sagen. Du bist ein Führer. Ein geborener Führer. Du bist geboren, um Präsident oder Kardinal zu werden. Und vielleicht habe ich da noch zu niedrig gegriffen. Manchmal denke ich, bis in den Vatikan hält dich keiner auf, mein Joaquín.«

Maricucha hielt an einer Ampel und sah ihren Sohn an. Ihre Augen waren voller Zärtlichkeit.

»Komm, wir spielen ein Spiel«, sagte Jorge.

»Fein«, sagte Joaquín.

Sie hatten gerade Mathematikunterricht. Es war wenige Tage nach dem ersten Schultag. Jorge war der einzige, mit dem sich Joaquín im Markham angefreundet hatte.

»Das Spiel ist ganz einfach«, sagte Jorge, »du bist mein Sklave und mußt alles machen, was ich dir sage.«

»Alles?« fragte Joaquín überrascht.

»Alles. Also du bist mein Sklave, und ich bin dein Herr.«

»Gut, ist gut.«

Sie flüsterten miteinander, während der Lehrer Tamayo an der Tafel etwas rechnete.

»Jetzt sag zu mir: Du bist mein Herr, und ich bin dein Sklave«, sagte Jorge.

»Du bist mein Herr, und ich bin dein Sklave«, wiederholte Joaquín.

»So gefällt es mir, Sklave. Jetzt will ich, daß du mir den Radiergummi aus meiner Hosentasche holst.«

»Ist gut, aber es ist nur ein Spiel, ja?«

Joaquín fand das Spiel nicht übel. Es machte ihm Spaß, Jorges Sklave zu sein.

»Du mußt sagen: Zu Befehl, Herr«, sagte Jorge.

»Zu Befehl, Herr«, wiederholte Joaquín.

»Jetzt hol den Radiergummi raus, Sklave.«

Joaquín steckte eine Hand in Jorges Hosentasche. Er suchte den Radiergummi. Er merkte, daß in der Hosentasche ein Loch war. Er berührte etwas Weiches, Warmes.

»Da ist überhaupt kein Radiergummi«, sagte er und zog die Hand ruckartig wieder heraus.

»Klar ist da einer«, sagte Jorge und lächelte. »Du hast ihn gerade angefaßt.«

»Das war kein Radiergummi.«

»Faß ihn noch mal an, Sklave.«

Wieder steckte Joaquín die Hand in Jorges Hosentasche.

»Jetzt spiel mit meinem Radiergummi, Sklave«, sagte Jorge.

Joaquín streichelte Jorges Glied. Er wußte genau, was er da anfaßte, war kein Radiergummi.

Eines Abends ging Joaquín im Schlafanzug ins Wohnzimmer und setzte sich zu seinem Vater, um fernzusehen.

»Und? Hast du schon jemandem in der Schule eins in die Fresse gegeben?« fragte ihn Luis Felipe.

»Nein, Papa, noch nicht«, sagte Joaquín.

Luis Felipe trank gerade einen Schnaps und rauchte eine Zigarette.

»Und wann willst du es endlich tun?« fragte er.

»Ich hatte noch keine Gelegenheit, Papa«, sagte Joaquín.

»Zu dir ist keiner frech geworden?«

»Keiner, Papa. Bisher haben mich alle gut behandelt.«

»Komisch, wo es doch in der Schule von Wichsern immer nur so wimmelt. Du erzählst mir auch keinen Scheiß?«

»Nein, Papa, wie kommst du darauf.«

Luis Felipe trank einen Schluck.

»Weißt du, was du machen mußt?« sagte er. »Du schaust, wer in deiner Klasse die Schlägertypen sind, und in der Pause schnappst du dir dann einen und machst ihn platt, ehe er überhaupt weiß, was los ist.«

»Aber warum denn, Papa? Warum soll ich mich mit ihm hauen, wenn er mir gar nichts getan hat?«

»Damit sie von Anfang an Respekt vor dir haben, darum, du Knilch. Damit sie wissen, daß mit dir nicht zu spaßen ist.«

»Es macht mir aber keinen Spaß, mich ohne Grund zu raufen, Papa.«

»Was ist, Joaquín? Hast du Angst?«

Joaquín antwortete nicht.

»Hast du Angst, dich zu schlagen?« fragte Luis Felipe, lauter jetzt. »Mein Sohn macht sich in die Hosen, weil er sich nicht traut, einen kleinen Wichser zu verprügeln?«

»Es ist nur, weil ich nicht so gut bin im Prügeln, Papa«, sagte Joaquín.

»Du weißt nicht, wie man sich prügelt?« fragte Luis Felipe und lachte. »Das ist dein Problem? Ich werde dir zeigen, wie man seine Fäuste gebraucht, Junge. Dein Vater wird dir schon ein paar Sachen zeigen.«

Er stand auf und drückte seine Zigarette aus.

»Wart hier auf mich«, sagte er, »ich bin gleich wieder da.«

Luis Felipe ging langsam in sein Zimmer. Joaquín blieb vor dem Fernseher sitzen. Er bereute es schon, daß er sich zu seinem Vater gesetzt hatte. Kurz darauf kam Luis Felipe mit einem Paar Boxhandschuhe zurück.

»Zieh die hier an«, sagte er und gab ihm die Handschuhe.

»Wozu?« fragte Joaquín überrascht.

»Ich werde dir zeigen, wie man sich schlägt«, sagte Luis Felipe.

Joaquín lachte nervös.

»Keine Sorge, Papa«, sagte er. »Das ist nicht nötig.«

»Zieh die Dinger an, verdammt«, sagte Luis Felipe und wurde wieder lauter.

Joaquín fügte sich und zog die Boxhandschuhe an. Luis Felipe schob den Tisch und die Sessel zur Seite und machte in der Mitte des Wohnzimmers Platz.

»Wir tun jetzt so, als ob wir einen richtigen Kampf machen«, sagte er. »Alles oberhalb der Gürtellinie ist erlaubt. Ich werde lediglich deinen Schlägen ausweichen.«

»Du wirst mich nicht schlagen?« fragte Joaquín.

»Nein. Ich tänzele nur und weiche aus. Du mußt oberhalb der Gürtellinie boxen, egal wo.«

»Lieber nur in den Bauch, Papa. Ich will dir nicht ins Gesicht schlagen.«

»Schlag, wohin du willst, Hauptsache nicht in die Eier, Junge.«

Joaquín lachte. Er wußte nicht, was er tun sollte. Die Beine zitterten ihm.

»Mach schon, los, beweg dich«, sagte Luis Felipe. »Stell dir vor, ich bin so ein kleiner Wichser von deiner Schule.«

Joaquín nahm eine Angriffshaltung ein. Luis Felipe fing an,

um ihn herumzutänzeln. Joaquín überwand sich und versetzte ihm ein paar Schläge in die Bauchgegend. Sein Vater wehrte sie mit den Händen ab.

»Zu langsam«, sagte er und umkreiste ihn. »Stärker. Schneller. Schneller.«

Joaquín versuchte, einen kräftigen Faustschlag auf den Bauch zu landen, sein Vater wich dem Schlag aber aus und antwortete mit einer Ohrfeige. Joaquín lachte nervös.

»Lach nicht«, sagte Luis Felipe. »Box weiter. Konzentrier dich.«

»Du hast gesagt, du haust mich nicht, Papa.«

»Schlag zu und red nicht. Vergeude nicht deine Luft.«

Joaquín schlug zweimal mit aller Kraft zu. Luis Felipe stoppte mit Leichtigkeit seine Fäuste und gab ihm zwei Ohrfeigen. Joaquíns Gesicht fing an zu glühen.

»Das gilt nicht, Papa«, sagte er verärgert. »Das ist gegen die Regel.«

»Schlag dich wie ein Mann, verdammt, und hör mit dem Gejammer auf.«

Joaquín versuchte, seinem Vater ins Gesicht zu boxen, doch der wich rechtzeitig aus und gab ihm zwei Maulschellen. Wieder spürte Joaquín, wie sein Gesicht glühend heiß wurde.

»Ich will nicht mehr boxen«, sagte er.

»Handtuchwerfen gibt's nicht. Sei kein Waschlappen, Junge. Ich zeige dir, wie man sich schlägt wie ein Mann.«

Unversehens gab ihm Luis Felipe noch eine Maulschelle. Joaquín wurde wütend und schlug ihm zweimal in den Magen.

»Donnerwetter, du wirst ja aufsässig«, sagte Luis Felipe und lächelte.

Dann gab er ihm zwei Ohrfeigen, die härter waren als die davor. Joaquín drehte sich um, zog die Boxhandschuhe aus und warf sie zu Boden.

»Das ist unfair, Papa«, sagte er.

Ihm kamen die Tränen. Er konnte nichts dagegen tun.

»Zieh die Handschuhe an, verdammt«, sagte Luis Felipe. »Flenn hier nicht rum wie eine schwule Memme.«

»Ich will nicht«, sagte Joaquín. »Das Spiel gefällt mir nicht.«

»Komm, verteidige dich«, sagte Luis Felipe und gab ihm noch eine Maulschelle. »Los, konzentrier dich. Es wird weitergekämpft.«

»Du bist gemein«, schrie Joaquín und rannte zu seinem Zimmer.

»Junge, bleib hier«, schrie Luis Felipe.

Joaquín blieb nicht stehen.

»Mensch, ich habe doch nur versucht, dir zu zeigen, wie man sich prügelt«, schrie Luis Felipe.

Joaquín ging in sein Zimmer, schloß die Tür hinter sich ab und sah in den Spiegel seines Badezimmers. Sein Gesicht war hochrot. Er weinte vor Wut und biß die Zähne zusammen. Er holte sein Fotoalbum, schlug es auf und zerriß ein paar Fotos von seinem Vater. Dann legte er sich ins Bett. Er weinte immer noch. Kurz darauf klopfte Luis Felipe an die Tür.

»Mach auf, Junge«, sagte er.

Joaquín antwortete nicht. Luis Felipe trat mit dem Fuß gegen die Tür.

»Mach auf, verdammt«, schrie er.

Joaquín steckte den Kopf unter das Kopfkissen.

»Sollen sie dir doch in der Schule den Arsch aufreißen«, sagte Luis Felipe.

Joaquín hörte, wie sein Vater fortging. Ich hasse ihn, dachte er.

Ein paar Tage später, an einem Sonnabendnachmittag, fuhr Joaquín über das Wochenende zu Jorge und seinen Eltern. Nach dem Essen gingen Jorge und Joaquín nach oben in Jorges Zimmer im zweiten Stock.

»Komm, ich zeige dir etwas Geheimes«, sagte Jorge.

»Was?« fragte Joaquín.

Jorge schloß die Zimmertür zu. Dann öffnete er seinen Kleiderschrank, wühlte zwischen den Sachen und holte eine Zeitschrift hervor.

»Ein Heft mit nackigen Frauen«, sagte er lächelnd und zeigte Joaquín ein Playboy-Heft.

»Wo hast du das her?« fragte Joaquín.

»Ich habe es bei meinem Onkel Augusto geklaut«, sagte Jorge. »Der Hallodri hat eine Masse davon.«

Sie setzten sich aufs Bett und schauten sich die Zeitschrift an. Es war das erste Mal, daß Joaquín eine Zeitschrift mit nackten Frauen sah.

»Die hier gefällt mir am meisten«, sagte Jorge und zeigte auf das Foto von einer blonden Frau, die auf einer Schaukel nackt durch die Luft flog und dabei die Beine spreizte.

»Ja, es ist ein schönes Foto«, sagte Joaquín, weil er nicht wußte, was er sagen sollte.

»Ich habe sie mir so oft angeguckt, daß ich manchmal schon von ihr träume«, sagte Jorge. »Vor ein paar Tagen habe ich geträumt, daß wir schaukeln, sie mir gegenüber, und als wir ganz hoch in der Luft waren, habe ich ihr mein Ding reingesteckt. Hier kannst du sehen, was für Flecken ich ins Bett gemacht habe.«

Jorge schlug die Bettdecke auf und zeigte ihm ein paar Flecken.

»Sieht aus wie Butter«, sagte Joaquín.

Jorge lachte.

»Solche Flecken kommen davon, wenn man von Frauen träumt«, sagte er.

Schweigend schauten sie sich weiter die Zeitschrift an.

»Wir könnten ein Spiel spielen, das ganz toll ist«, sagte Jorge.

»Und wie geht es?« fragte Joaquín.

»Wir schauen uns die Fotos an, reiben uns dabei den Schniepel und sehen, wer am weitesten spritzen kann.«

»Und womit wollen wir spritzen?«

»Na, mit dem weißen Zeug, das rauskommt, wenn man reibt.«

Joaquín schlug voll Scham die Augen nieder.

»Hast du ihn dir noch nie gerieben?« fragte Jorge.

»Noch nie«, antwortete Joaquín. »Es ist Todsünde. Und für eine Todsünde kommt man in die Hölle.«

»Ja, meinetwegen, aber noch sterben wir ja nicht.«

Jorge stand auf, legte die Zeitschrift auf den Teppich und schlug sie auf seiner Lieblingsseite auf.

»Jetzt komm her und stell dich neben mir hin«, sagte er.

Joaquín stellte sich neben Jorge.

»Das Spiel geht so: Jeder läßt seine Hose runter und reibt ihn sich«, sagte Jorge. »Wer zuerst abspritzt, hat gewonnen.«

»Ich habe noch nie gespritzt, Jorge. Vielleicht kann ich gar nicht spritzen.«

»Alle Schniepel spritzen, du Hornochse.«

Jorge legte die Hände an den Hosengürtel.

»Auf die Plätze, fertig, los«, sagte er.

Dann zog er die Hose herunter und fing an zu masturbieren. Joaquín schielte dabei zu ihm hinüber.

»Zugucken gilt nicht«, sagte Jorge.

»Es ist ja nur, damit ich lerne, wie es geht«, sage Joaquín und zog die Hose herunter.

»Ich spritze gleich ab«, sagte Jorge.

Joaquín fing an zu masturbieren.

»Ich komme, ich komme«, sagte Jorge und schloß die Augen.

Dann ejakulierte er.

»Ich habe gewonnen, ich habe gewonnen«, schrie er.

Am Abend zogen sich Jorge und Joaquín Pyjamas an und gingen schlafen. Jorge legte sich ins Bett, Joaquín kroch in einen Schlafsack, den er auf dem Teppich ausgebreitet hatte.

»Hat dich schon mal jemand hypnotisiert?« fragte Jorge.

»Nein, noch nie«, sagte Joaquín.

Im Zimmer war es dunkel. Sie hörten den Verkehr auf der Avenida Coronel Portillo.

»Ich habe mir in Miami eine Schallplatte zum Hypnotisieren gekauft«, sagte Jorge. »Ich habe sie bis jetzt noch nicht gehört, weil ich Angst davor habe, es alleine zu machen.«

»Ich glaube, Hypnotisieren ist Todsünde«, sagte Joaquín.

»Und wenn schon, wir haben ja schon eine Todsünde begangen, als wir uns den Schniepel gerieben haben, da kommt es auf noch eine nicht mehr an.«

»Eigentlich hast du recht.«

Jorge stand auf, ging aus dem Zimmer und kam mit einem Plattenspieler zurück. Er stellte den Plattenspieler auf den Teppich und holte aus seinem Schrank eine Schallplatte.

»Vielleicht ist es gefährlich, sich zu hypnotisieren«, sagte Joaquín.

Jorge legte die Platte auf.

»Keine Angst«, sagte er, »es passiert schon nichts.«

Dann legte er sich neben Joaquín.

»Konzentrier dich gut«, flüsterte er. »Und wenn du Angst hast, sagst du es mir.«

Eine Stimme fing an, auf englisch Anweisungen zu geben. Jorge und Joaquín gehorchten den Anweisungen. Sie schlossen die Augen, atmeten tief, öffneten die Hände und versuchten, an nichts zu denken. Die Stimme sagte ihnen, sie seien an einem menschenleeren Strand. Die Platte gab das Rauschen des Meeres wieder, das Pfeifen des Windes und Möwengeschrei.

»Jetzt bist du hypnotisiert, Sklave«, flüsterte Jorge.

Joaquín gähnte.

»Ich bin nicht hypnotisiert«, sagte er. »Ich bin todmüde.«

»Ich sage dir, du bist hypnotisiert, Sklave. Jetzt konzentrier dich und denk, daß du eine Frau bist. Du bist hypnotisiert, und du bist eine Frau, eine Frau, eine Frau.«

Joaquín lächelte.

»Sag mir, daß du eine Frau bist«, sagte Jorge.

»Ich bin eine Frau«, sagte Joaquín.

»Ich bin eine Frau, Herr«, verbesserte ihn Jorge.

»Ich bin eine Frau, Herr«, wiederholte Joaquín.

»Sehr gut, sehr gut. Jetzt will ich, daß du die Frau aus dem Heft bist, die Frau auf der Schaukel.«

»Ich bin die Frau aus dem Heft, Herr. Ich bin die Frau auf der Schaukel.«

»Jetzt dreh dich um. Mach nicht die Augen auf. Du bist hypnotisiert. Du bist eine Frau.«

Joaquín legte sich auf den Bauch. Jorge zog ihm die Pyjamahose herunter. Joaquín öffnete erstaunt die Augen.

»Ich will nicht mehr weiterspielen«, sagte er.

»Gleich, sei still, verdirb nicht das Spiel«, sagte Jorge. »Mach die Augen zu, verdammt. Du bist hypnotisiert.«

Joaquín schloß die Augen. Jorge legte sich auf ihn.

»Ich stecke ihn dir zuerst rein, und dann du mir, ja?« flüsterte er und drückte sein Glied zwischen Joaquíns Pobacken.

»Es tut so weh«, jammerte Joaquín.

»Nur am Anfang, danach tut es nicht mehr weh.«

Jorge befeuchtete die Eichel seines Glieds mit viel Speichel und schob es Joaquín hinein.

»Sag mir, daß du die Frau aus dem Heft bist, bitte«, flüsterte Jorge und bewegte sich immer schneller.

»Ich bin die Frau aus dem Heft, Herr«, sagte Joaquín und versuchte, die Schmerzen zu vergessen.

Jorge wurde fertig und blieb auf Joaquín liegen.

»Es mit dem Po machen ist tausendmal schöner, als wenn man ihn sich selber reibt«, sagte er.

»Gut, und jetzt bin ich dran«, sagte Joaquín.

»Nein, es ist schon so spät«, sagte Jorge. »Lieber ein andermal.«

Dann ging er in sein Bett zurück und deckte sich mit seiner Batman-und-Robin-Bettwäsche zu.

Zwei Wochen später saß Joaquín gerade zu Hause im Wohnzimmer und blättertete in der Zeitung, als seine Mutter laut schreiend nach ihm rief. Erschrocken sprang er auf und lief ins Zimmer seiner Mutter.

»Darf man wissen, was dieser Schweinkram in deinem Zimmer zu suchen hat?« fragte sie ihn und zeigte auf einen Playboy.

Joaquín hatte die Zeitschrift von Jorge geliehen bekommen und sie hinter einem Bild versteckt, das bei ihm an der Wand hing.

»Ich weiß nicht, Mama«, sagte Joaquín.

»Wie, du weißt nicht?« fragte Maricucha. »Irma sagt, sie hat bei dir saubergemacht und plötzlich diesen Schmutz gefunden.«

Er schlug die Augen nieder und schämte sich.

»Ich kann nicht glauben, daß mein Goldjunge den Kopf voll Schweinereien hat«, sagte sie.

»Entschuldige, Mama«, sagte er, »ich tue es nie wieder.«

»Du bist noch ein Kind und befleckst schon deine Seele, Joaquincito«, sagte sie. »Wenn du in deinem Alter schon diese Hefte für Kranke liest, was soll aus dir dann werden, wenn du erst groß bist, mein Söhnchen?«

Sie warf die Zeitschrift auf den Boden, setzte sich aufs Bett und fing an zu weinen.

»Ich muß eine sehr schlechte Mutter gewesen sein, wenn mein Kind so verdorben ist«, murmelte sie.

Joaquín tat es leid, seine Mutter weinen zu sehen.

»Es ist das erste Mal, daß ich eine Zeitschrift mit nackten Frauen sehe, Mama«, sagte er. »Ich verspreche dir, ich mache es nie wieder.«

»Wo ich doch solche Hoffnungen in dich gesetzt hatte, mein Goldjungchen«, sagte sie schluchzend. »Ich kann nicht glauben, daß du so mißraten bist. Du hast mich so enttäuscht.«

Da kam Luis Felipe ins Zimmer. Er sah seine weinende Frau und die auf den Boden geworfene Zeitschrift.

»Was ist hier los?« schrie er.

»Unser Sohn ist ein Sexschwein«, sagte Maricucha.

Luis Felipe bückte sich, hob die Zeitschrift auf und sah sie halb lächelnd an.

»Ah, ein verdammter Wichser bist du also«, sagte er zu Joaquín.

»Luis Felipe, bitte, sprich nicht so zu dem Jungen«, sagte Maricucha.

»Halt dich da raus, Maricucha, das ist Männersache, das regle ich«, sagte Luis Felipe.

Dann sah er Joaquín finster an.

»Wo hast du diese Zeitschrift her?« fragte er ihn.

»Ich weiß nicht, Papa«, sagte Joaquín.

»Verarsch mich nicht«, schrie Luis Felipe und schlug ihm mit der Zeitschrift ins Gesicht.

Maricucha nahm ihren Sohn in die Arme.

»Luis Felipe, bitte, schlag das Kind nicht«, schrie sie.

»Darum ist aus unserem Junge so eine Prinzessin geworden«, schrie Luis Felipe. »Weil du ihn verhätschelst, du behandelst ihn, als wäre er ein Püppchen.«

»Sag nicht so etwas, sonst bekommt er Komplexe«, schrie Maricucha.

»Wo hast dieses Heft her, verdammt noch mal?« fragte Luis Felipe Joaquín.

»Ich habe es am Kiosk von Cristian gekauft«, sagte Joaquín.

Cristian war ein stiller, liebenswürdiger Mann, der ein paar Straßen weiter einen Zeitungskiosk besaß.

»Dieser schwule Cholo kotzt mich schon lange an«, sagte Luis Felipe.

»Sofort kommt mir diese Ferkelei aus dem Hause«, sagte Maricucha und nahm ihrem Mann die Zeitschrift aus der Hand. »Wir werden dieses Schmutzblatt verbrennen, ehe der Teufel sich bei uns einnistet.«

»Mama, bitte verbrenn es nicht«, sagte Joaquín. »Das Heft gehört mir nicht. Ich muß es zurückgeben.«

Luis Felipe packte Joaquín am Kragen und schüttelte ihn heftig.

»Hör mal zu, Höllensöhnchen, werd nicht unverschämt zu deiner Mutter«, schrie er.

»Wir werden diese ekelhafte Schweinigelei auf der Stelle verbrennen«, sagte Maricucha und ging mit der Zeitschrift in der Hand aus dem Zimmer.

Joaquín lief hinter seiner Mutter her.

»Ich muß sie zurückgeben, Mama«, schrie er. »Cristian hat sie mir nur geliehen.«

»Einen Scheiß wirst du, verdammt noch mal«, schrie Luis Felipe. »Ich werde mir Cristian mal vorknöpfen und diesen schwulen Cholo Mores lehren.«

Maricucha, Luis Felipe und Joaquín gingen auf die Terrasse hinaus.

»Marcelo, Marcelo«, rief Maricucha.

Marcelo war ein Gärtner, der für Joaquíns Eltern arbeitete. Er war ein kleinwüchsiger, fast buckliger Mann. Die Dienstmädchen nannten ihn Hawaii 5-0, weil er einem Detektiv aus dieser Fernsehserie ähnlich sah.

»Hier bin ich, Señora«, rief Marcelo. »Hier oben, beim Entengehege.«

Luis Felipe, Maricucha und Joaquín gingen zu den Gehegen hinauf, in denen Marcelo auf Geheiß von Maricucha Enten, Hühner und Kaninchen züchten mußte (›weil mein christliches Heim wie das Paradies auf Erden sein soll, Marcelo‹, hatte sie gesagt).

»Marcelo, mach mir auf der Stelle ein Feuer«, sagte Maricucha.

»Sofort, Señora«, sagte Marcelo mit erschrockener Miene.

Er schob etwas trockenes Laub und ein paar alte Zeitungen zusammen und machte Feuer.

»Wir haben eine Zeitschrift mit nackten Frauen in Joaquíns Zimmer gefunden«, sagte Maricucha.

»Wie denn das, Joaquincito?« sagte Marcelo.

»Dieser undankbare Indio von Cristian ist schuld«, sagte Luis Felipe. »Dem werde ich seinen Kiosk zu Kleinholz hauen.«

»Der Cristian ist ein ganz gerissener Cholo«, sagte Marcelo.

Maricucha trat an das Feuer, warf einen Blick auf die Zeitschrift, verzog vor Ekel das Gesicht und warf sie in die Flammen.

»In der Hölle schmoren sollen diese nackten Schlampen«, murmelte sie.

Als Luis Felipe am nächsten Tag seinen Sohn zur Schule brachte, stoppte er vor Cristians Kiosk, rülpste und stieg aus dem Auto.

»Das Fräulein hat Angst auszusteigen?« sagte er spöttisch zu Joaquín.

Joaquín stieg aus und ging seinem Vater hinterher.

»Guten Tag, Don Luis Felipe, das ist aber eine Überraschung, Sie hier zu sehen«, sagte Cristian und kaute weiter an einem Kuchenbrötchen.

»Komm mir nicht mit Schmeicheleien, du schwuler Cholo«, schrie Luis Felipe und packte Cristian beim Kragen. »Hör mir gut zu, verwichster Bergmensch. Wenn du meinem Sohn noch einmal eine Zeitschrift für Erwachsene gibst, mache ich mit deiner Bude kurzen Prozeß. Ich trete sie dir ein und zünde sie eigenhändig an, ist das klar?«

»Jawohl, Don Luis Felipe«, stotterte Cristian.

Er war totenbleich vor Schreck.

»Außerdem haben mich meine Freunde von der Polizei informiert, daß du diesen Kiosk nachts als Sexschuppen vermietest«, sagte Luis Felipe. »Halt dich nicht für den Oberschlauen, Cholosack. Ich weiß genau, daß in diesem Kiosk mehr gepimpert wird als auf dem Strich von Cinco y Medio.«

»Lügen, Don Luis Felipe, nichts als Lügen«, sagte Cristian.

»Noch so eine Sauerei, und ich sorge dafür, daß von deinem

Kiosk nur noch ein Haufen Asche übrigbleibt. Damit du Bescheid weißt«, sagte Luis Felipe und ließ ihn los.

»Danke, Don Luis Felipe«, sagte Cristian mit gesenktem Kopf.

Luis Felipe ging schnurstracks zu seinem Auto zurück.

»Entschuldigung, Cristian, es ist alles meine Schuld«, sagte Joaquín leise.

»Nimm das hier, für deinen Papa, damit er mir verzeiht, Joaquincito«, sagte Cristian und gab ihm eine Schachtel Zigarren.

Joaquín lief zum Auto seines Vaters und stieg so schnell er konnte ein.

»Diese Cholos sind alle gleich«, sagte Luis Felipe. »Man flucht nur mal kurz, und schon pissen sie sich ein.«

Er startete und fuhr los. Joaquín gab ihm die Zigarren.

»Cristian bittet dich, du möchtest ihm verzeihen«, sagte er.

Luis Felipe öffnete die Schachtel, nahm eine Zigarre heraus und steckte sie sich an.

»Hast du gesehen, was für ein erschrockenes Gesicht der Indio gemacht hat, als ich ihn am Schlafittchen gepackt habe?« sagte er lächelnd. »Lern von deinem Vater, Joaquín. Wenn du in Peru vorwärtskommen willst, mußt du wissen, wie man die Cholos zusammenscheißt.«

Beim Betreten des Klassenzimmers an diesem Morgen spürte Joaquín, daß er feuchte Hände hatte. Er war nervös.

»Ich habe deine Zeitschrift verloren«, sagte er zu Jorge, kaum daß sie sich auf der gemeinsamen Schulbank hingesetzt hatten.

»Wie, du hast sie verloren?« fragte Jorge überrascht.

»Meine Eltern haben sie mir weggenommen«, sagte Joaquín, ohne ihn dabei anzusehen.

Jorge schlug mit einer Hand auf die Bank.

»Scheiße, was bist du doch für ein Sack«, sagte er. »Ich hätte sie dir nie leihen sollen. Du mußt dafür sorgen, daß sie sie dir zurückgeben.«

»Das ist nicht möglich«, sagte Joaquín. »Sie haben sie schon verbrannt.«

»Sie haben sie verbrannt? Wie, sie haben sie verbrannt?«

»Meine Mutter ist durchgedreht und hat sie im Garten ins Feuer geworfen.«

Jorge trat gegen Joaquíns Schultasche.

»Verdammtes Arschloch, wie konnte ich nur auf die Idee kommen, einem Rindvieh wie dir die Zeitschrift zu geben«, sagte er.

»Entschuldige, Jorge.«

»Blödmann. Du wußtest, daß die Zeitschrift nicht mir gehörte, ich hatte sie von meinem Onkel geklaut.«

»Ich mache, was du willst, damit du mir verzeihst«, sagte Joaquín.

»Laß mich überlegen, wie ich dich bestrafe, Sklave«, sagte Jorge.

Zwei Stunden später gingen Jorge und Joaquín zur ersten Hofpause hinaus und liefen bis zum Zaun.

»Ich weiß jetzt deine Strafe«, sagte Jorge. »Ich will, daß du aus den Reifen von Moulbrights Auto die Luft rausläßt.«

Harry Moulbright war der Direktor des Markham. Er war ein dicker Mann mit Glatze. Es war allgemein bekannt, daß er Alkoholiker war. In der Schule ging das Gerücht um, er sei Nazispion gewesen und unter falschem Namen nach Peru gekommen, um sich vor der Justiz zu verstecken.

»Die Reifen von Moulbrights Auto?« fragte Joaquín überrascht.

»Ja«, sagte Jorge, »alle vier.«

»Und warum Moulbright?«

»Weil er ein Widerling ist, ein Arschloch. Voriges Jahr hat er mich in sein Büro mitgenommen und mir mit dem Lineal zwanzig Schläge auf die Hand gegeben. Dieser Sauhund hat ein Metallineal, das beschissen weh tut. Meine Hand war ganz rot und angeschwollen wie eine riesige Knolle. Das ist ein Sadist, dieser perverse Engländer.«

»Und was hattest du angestellt, daß er dir zwanzig Schläge mit dem Lineal gegeben hat?«

»Nichts, völlig harmlos. In den Pausen bin ich immer im Klassenraum geblieben und habe nachgeschaut, was die Gringos in ihren Brotbüchsen hatten, die besten Sachen habe ich dann gegessen. Unglaublich, was die alles hatten, Joaquín. Lauter Tafeln Sublimes, Doña Pepas, Coronitas, Piononos, einfach alles. Wenn du wüßtest, wie ich mir den Bauch vollgehauen habe. Die Gringos waren so blöd und haben es nicht mal gemerkt. Bis mich diese Tucke von Fisher erwischt hat und bei Moulbright verpetzt hat.«

Joaquín lächelte.

»Ich weiß nicht, ob ich es machen kann«, sagte er.

»Sei keine schwule Memme«, sagte Jorge. »Du mußt es machen.«

»Aber wenn sie mich erwischen, können sie mich von der Schule werfen.«

»Kein Mensch wird dich erwischen, Joaquín. Nach der Schule guckst du, wo Moulbrights Auto steht, und läßt ihm ruckzuck die Luft aus den Reifen.«

»Nach der Schule sind immer eine Menge Leute da, Jorge. Das kriegt bestimmt einer mit.«

»Wenn du weiter mein Freund sein willst, mußt du es machen. Wenn nicht, werde ich nie wieder mit dir reden.«

Joaquín empfand große Zuneigung für Jorge. Er wollte gern sein Freund bleiben.

»Gut, ich versuche es«, sagte er.

Jorge lächelte und klopfte Joaquín auf die Schulter.

»Also, heute nach der Schule, ja?« fragte er.

»Heute nach der Schule«, sagte Joaquín.

Sie gaben sich die Hand und lächelten.

Wie jeden Nachmittag schrillte pünktlich um drei Uhr im Markham die Klingel. Jorge und Joaquín verließen gemeinsam die Schule. Jorge ließ die Schultasche beim Chauffeur, der auf ihn mit dem Kleintransporter wartete, und ging mit Joaquín zu Moulbrights Auto, einem grünen VW Käfer, der vor dem Büro der Schulleitung geparkt war.

»Ich traue mich nicht«, sagte Joaquín. »Es sind so viele Leute da.«

Vor dem Haupteingang der Schule waren Dutzende Schüler in brauner Uniform, ungeduldig hupende Fahrer, Eisverkäufer mit Schildmütze und Klingel, die mehr lose Zigaretten als Eis verkauften, sowie englische Lehrer, die dadurch auffielen, daß sie in Anzug und Sportschuhen zur Arbeit gingen.

»Wenigstens aus zwei Reifen mußt du die Luft rauslassen«, sagte Jorge. »Du bückst dich und drückst die Spitze von einem Kugelschreiber ins Ventil. Kein Mensch merkt was.«

»Gut, ich versuche es«, sagte Joaquín und spürte, wie ihm die Knie zitterten.

»Beeil dich, Moulbright kann jeden Moment kommen«, sagte Jorge und lief zum Kleinbus.

Joaquín hockte sich neben Moulbrights Auto, holte einen Kugelschreiber hervor, drückte die Spitze des Kugelschreibers ins Ventil eines Vorderreifens und ließ die Luft heraus. Als er damit fertig war, fing er an, die Luft aus dem Reifen dahinter herauszulassen.

»He, junger Mann, was zum Teufel treiben Sie da?« hörte er plötzlich eine Stimme hinter sich.

Er schaute auf und erblickte Pérez-Mejía, der an der Schule für Disziplin verantwortlich war und ihn von einem Fenster im zweiten Stock aus beobachtete. Pérez-Mejía war ein dunkler, hagerer Typ. Die Schüler des Markham nannten ihn Eidechse, Kaulquappe oder Boa.

»Nichts, Herr Lehrer«, sagte Joaquín. »Ich habe mir nur die Schnürsenkel zugemacht.«

»Rühr dich nicht von der Stelle«, schrie Pérez-Mejía.

Erschrocken blieb Joaquín stehen und schaute sich nach Jorge um, doch er sah ihn nirgends. Pérez-Mejía kam aus der Schule herausgerannt, und als er sah, daß aus einem Reifen von Moulbrights Auto die Luft herausgelassen war, packte er Joaquín bei den Haaren.

»Du bist in flagranti ertappt bei einem Akt des Vandalismus gegen das Eigentum von Mister Harry Moulbright«, sagte er zu ihm.

»Ich habe nichts getan, Herr Lehrer, die Reifen waren schon so«, sagte Joaquín.

Erbarmungslos zog Pérez-Mejía Joaquín an den Haaren in die Schule zurück.

»Ich werde dich zu Mister Moulbright bringen«, sagte er lächelnd. »Er wird sich sehr freuen, wenn er erfährt, daß du ihm die Luft aus den Autoreifen gelassen hast.«

»Bitte, Herr Lehrer, sagen Sie ihm nichts«, flehte Joaquín.

»An dieser Schule kommen Disziplinverstöße teuer zu stehen«, sagte Pérez-Mejía. »Am Markham ist kein Platz für Spitzbuben.«

Als sie beim Zimmer des Direktors ankamen, klopfte Pérez-Mejía dreimal an die Tür. Moulbright öffnete sofort. Er war in Hemd und Krawatte und trug eine Brille mit dicken Gläsern.

»Ich habe diesen Schüler dabei überrascht, wie er versuchte, aus den Reifen Ihres Autos die Luft rauszulassen, Mister«, sagte Pérez-Mejía. »Ich übergebe ihn Ihnen, damit Sie ihn seiner verdienten Strafe zuführen.«

»Danke«, sagte Moulbright und sah Joaquín über seine Brillengläser hinweg an. »Sie können gehen.«

Pérez-Mejía machte eine Verbeugung und entfernte sich.

»Kommen Sie herein«, sagte Moulbright.

Joaquín trat ins Zimmer. Moulbright schloß die Tür, setzte sich in seinen Schreibtischsessel, schlug die Beine übereinander und holte Whisky hervor. Dann trank er einen Schluck aus der

Flasche, sah Joaquín an und lächelte. Er hatte kaum noch ein Haar auf dem Kopf, und sein rundes Gesicht sah aus wie entzündet.

»Name, Sektion?« fragte er.

»Joaquín Camino, eins A.«

Moulbright machte sich Notizen.

»Jetzt erzählen Sie mir mal, was Sie mit meinem Auto gemacht haben«, sagte er lächelnd.

»Nichts, Mister Moulbright«, sagte Joaquín. »Ich habe nichts getan.«

»Lügen Sie mich nicht an.«

»Ich schwöre Ihnen, ich habe nichts getan.«

Moulbright stand auf und trank noch einen Schluck.

»These damned peruvians are such liars«, murmelte er.

Dann zog er eine Schublade seines Schreibtischs hervor und nahm ein Metallineal heraus.

»Sie werden mir jetzt sagen, warum Sie mir die Luft aus den Reifen gelassen haben, oder Sie gehen hier mit dicken Händen weg«, sagte er.

Joaquín blieb still.

»Die rechte Hand«, sagte Moulbright.

Joaquín streckte die rechte Hand aus. Moulbright schlug ihm mit dem Metallineal auf die Hand, zehnmal hintereinander. Jedesmal, wenn er zuschlug, lächelte er, und ein dünner Faden Speichel lief von seinem Mundwinkel herab.

»Warum tun Sie so etwas?« fragte er.

»Ich habe nichts getan« sagte Joaquín und fing an zu weinen.

»Die linke Hand«, befahl Moulbright.

Dann knallte das Lineal weitere zehn Mal auf die Innenseite von Joaquíns linker Hand nieder.

»Nun rücken Sie mit der Sprache heraus, warum Sie wollten, daß ich mit dem Taxi nach Hause fahren muß«, sagte er.

Joaquín sah seine Hände, die rot angelaufen und geschwollen waren, und weinte weiter. Moulbright trank noch einen Schluck.

»Drehen Sie sich um und ziehen Sie die Hose runter«, befahl er.

Joaquín gehorchte schweigend. Moulbright fing an, ihm mit dem Metallineal auf den Hintern zu schlagen.

»Ich werde nicht aufhören, bis Sie den Mund aufmachen«, sagte er und schlug ihn immer weiter.

»Ich habe es für einen Freund getan«, sagte Joaquín. »Ein Freund hatte gesagt, daß ich es machen soll.«

Moulbright hörte auf zu schlagen.

»Der Name«, sagte er.

»Jorge Bermúdez.«

Moulbright lächelte.

»Armes Kerlchen, Ihr Popo ist ganz rot geworden«, sagte er und gab Joaquín noch ein paar Klapse mit der Hand. »Ziehen Sie sich die Hose hoch und gehen Sie nach Hause.«

Am nächsten Tag trafen sich Jorge und Joaquín auf dem Schulhof. Es war ein grauer Morgen, so grau wie die meisten Morgen in Lima.

»Was ist passiert gestern?« fragte Jorge.

»Nichts«, sagte Joaquín und steckte die Hände in die Hosentaschen, damit Jorge sie nicht sah.

»Tu nicht so blöd. Ich habe doch gesehen, wie Eidechse dich erwischt hat.«

»Ja, er hat mich erwischt, aber ich habe nichts gesagt.«

»Was hat er gesagt?«

»Nichts, Jorge. Es ist nichts passiert.«

»Wehe, du lügst, Joaquín. Erzähl mir alles, was passiert ist. Wenn du mich anlügst, hast du bei mir für immer verschissen.«

Joaquín senkte den Blick.

»Eidechse hat mich ins Zimmer von Moulbright gebracht, und Moulbright hat mich wie ein Irrer mit dem Lineal verdroschen«, sagte er.

»Hast du ihm meinen Namen gesagt?« fragte Jorge.

»Bist du verrückt? Ich habe ihm nicht ein Wort von dir gesagt.«

»Und warum wirst du dann so rot?«

»Ich werde gar nicht rot.«

»Du bist rot wie eine Tomate, du Sack.«

»Ich schwöre dir, ich habe dich nicht verpetzt, Jorge. Ich habe alles auf meine eigene Kappe genommen.«

»Ist auch besser so für dich, Joaquín. Wenn du mich beschuldigt hast, kannst du was erleben.«

In diesem Moment ertönte das Klingelzeichen. Jorge und Joaquín gingen in den Klassenraum und setzten sich auf ihre Plätze.

»Aus wie vielen Reifen hast du bei ihm die Luft rausgelassen?« fragte Jorge.

»Aus zweien«, sagte Joaquín. »Auf zwei Reifen hatte er einen Platten.«

»Richtig so, Scheißengländer. Hat er sehr hart zugeschlagen?«

»Superhart. Ich mußte heulen.«

Joaquín zeigte ihm seine Hände. Sie waren noch rot und geschwollen.

»Das ist ein Sadist, dieser Engländer«, sagte Jorge. »Es macht ihm Spaß, die Schüler zu schlagen.«

Wenig später betrat Candelares das Klassenzimmer und bat um Ruhe. Er unterrichtete Chemie. Er hatte schwarzes, mit Pomade nach hinten gekämmtes Haar und große, runde Augen wie ein Uhu. Candelares alberte gern mit seinen Schülern herum. Darum war er an der Schule sehr beliebt.

»Ich heiße Napoleón Candelares«, sagte er zu Beginn des Unterrichts. »Ich habe zwar nicht in Waterloo gekämpft, aber ich kämpfe jeden Tag mit dem Wasserklo, weil ich unter Verstopfung leide.«

Die Schüler lachten laut durcheinander.

Mitten in der Chemiestunde kam Señor Tapia, ein Assistent von Moulbright, in die Klasse, sprach leise mit Candelares und sagte:

»Schüler Jorge Bermúdez, kommen Sie bitte mit.«

Ein Murmeln ging durch die Klasse. Alle wußten, daß es nur etwas Schlechtes bedeuten konnte, von Moulbright gerufen zu werden. Bevor Jorge aufstand, warf er Joaquín einen drohenden Blick zu.

»Ich schwöre dir, ich habe ihm nichts gesagt«, flüsterte Joaquín.

»Du hast schon verschissen bei mir«, flüsterte Jorge.

In Begleitung Señor Tapias verließ Jorge den Klassenraum. Joaquín wurde sehr nervös. Er konnte sich nicht auf den Unterricht konzentrieren, schlug sein Heft auf und schrieb: ›Jorge, ich bitte dich um Verzeihung. Was ich gemacht habe, ist eine Gemeinheit. Ich schwöre dir, daß ich es bereue. Bitte, vergib mir. Ich hatte noch nie so einen guten Freund wie dich. Ich will nicht, daß ich nicht mehr dein Freund bin. Ich mache alles, was du willst, damit ich weiter dein Freund sein kann. Bitte, verzeih mir und gib mir noch einmal eine Chance. Joaquín (Dein Sklave)‹ Er riß das Blatt heraus und legte es auf Jorges Platz.

Eine Weile später unterbrach Señor Tapia den Chemieunterricht ein zweitesmal.

»Schüler Joaquín Camino, kommen Sie bitte mit«, sagte er.

Joaquín stand auf und verließ den Raum. Er spürte, wie sein Gesicht glühte. Er hatte Angst.

»Sie scheinen sich ja ganz schön Ärger eingehandelt zu haben, junger Mann«, sagte Tapia zu ihm auf dem Weg zur Schulleitung.

»Glauben Sie, daß man mich von der Schule werfen wird, Señor Tapia?« fragte Joaquín.

»Ich weiß nicht, aber der Engländer ist ziemlich tückisch«, sagte Tapia.

Sie betraten die Räumlichkeiten der Schulleitung, gingen die

Treppe hinauf und liefen durch einen Flur, an dessen Wänden die Fotos aller Absolventen des Markham hingen.

»Ich rate Ihnen nur, ihm nicht zu widersprechen. Der Engländer schäumt vor Wut, wenn ihm einer widerspricht«, sagte Tapia und senkte dabei die Stimme. »Man muß dem Glatzkopf immer recht geben.«

»Danke, Señor Tapia«, sagte Joaquín.

Tapia klopfte an die Tür zu Moulbrights Büro und zog sich eilig zurück.

»Herein«, rief Moulbright.

Joaquín öffnete die Tür und trat ein. Jorge saß vor Moulbrights Schreibtisch.

»Hinsetzen«, sagte Moulbright.

Joaquín setzte sich neben Jorge.

»Einer von Ihnen beiden hat mich angelogen«, sagte Moulbright. »Ich will wissen, wer der Lügner ist.«

Jorge und Joaquín blieben still.

»Joaquín Camino sagte mir gestern, die Idee, bei den Reifen meines Autos die Luft rauszulassen, käme von Jorge Bermúdez, und Jorge Bermúdez hat mir eben gesagt, daß er mit der Angelegenheit nichts zu tun hätte«, sagte Moulbright.

»So ist es, Camino hat das erfunden«, sagte Jorge und sah Joaquín an, als würde er ihm versprechen, es ihm heimzuzahlen.

»Wer von Ihnen beiden lügt, Señor Camino?« fragte Moulbright.

Joaquín wollte Jorge nicht noch mehr Scherereien machen.

»Ich«, sagte er. »Es war alles meine Idee.«

»Und darf man wissen, warum Sie mir gestern sagten, Sie hätten die Luft aus den Reifen rausgelassen, weil Jorge Bermúdez sie angestiftet hätte?« fragte Moulbright.

»Ich habe Sie angelogen, Mister Moulbright, aus Feigheit«, sagte Joaquín. »Ich habe Sie angelogen, um die Schuld auf jemand anderen zu schieben.«

»Die Sache ist nämlich die, daß Camino ein Schwuler ist, Mister Moulbright«, sagte Jorge.

Moulbright lächelte, als hätte er eine gute Nachricht vernommen.

»Ach ja?« sagte er. »Und wie das?«

»Camino wollte mich im Unterricht mehrere Male begrapschen«, sagte Jorge. »Einmal auf der Toilette hat er zu mir gesagt, er will unanständige Sachen mit mir machen.«

»Was für unanständige Sachen denn?« fragte Moulbright.

»Camino sagte mir, daß er mir auf der Toilette einen blasen will, ich habe ihn aber nicht gelassen«, stieß Jorge hastig hervor. »Und wie ich schon sagte: Camino hatte mehrere Male versucht, mich im Unterricht anzufassen.«

»Ist das wahr, Señor Camino?« fragte Moulbright. »Haben Sie eine solche Entartung?«

»Es ist wahr, ich habe Bermúdez angefaßt, Mister Moulbright, aber nur, weil er mich darum gebeten hatte«, sagte Joaquín.

»Lüge«, rief Jorge. »Ich habe mich nie anfassen lassen.«

»Sollten wir womöglich bei der Oberstufe in der Eins ein Schwulitätsproblem haben?« fragte Moulbright.

»Es ist Caminos Problem, nicht meins«, sagte Jorge.

»Sie haben ein Schwulitätsproblem, Señor Camino?« fragte Moulbright. »Are you a fucking faggot?«

Joaquín wußte nicht, was er sagen sollte. Es war das erste Mal, daß ihm jemand diese Frage stellte.

»Ich glaube, ja«, sagte er.

»Verflucht, das ist eine verflucht ernste Angelegenheit«, sagte Moulbright und legte einen Finger an die Nase. »Und Sie, Señor Bermúdez?«

»Ich nicht, Mister Moulbright«, sagte Jorge. »Ich hasse Schwule.«

»Sehr gut, sehr gut, denn an dieser Schule wird Schwulität nicht geduldet«, sagte Moulbright. »Sie können zurückgehen zum Unterricht, Señor Bermúdez. Ich will nicht, daß Sie in diese Angelegenheit mit hineingezogen werden. Beim nächstenmal schließe ich Sie vom Unterricht aus, Sie wissen ja.«

Jorge stand auf.

»Danke, Mister Moulbright«, sagte er. »Das einzige, worum ich Sie bitten möchte, ist auf einen anderen Platz versetzt zu werden, ich halte es nämlich nicht mehr aus neben Camino.«

»Ich werde die Maßnahmen treffen, die ich für angebracht halte«, sagte Moulbright.

Jorge sah Joaquín an, verzog verächtlich das Gesicht und verließ das Büro. Moulbright holte eine Flasche Whisky hervor, trank einen Schluck und rülpste.

»Das ist eine äußerst heikle Angelegenheit, Señor Camino«, sagte er. »Ich werde Sie für zwei Wochen vom Unterricht ausschließen müssen.«

Joaquín schwieg.

»Schwule Handlungen werden an dieser Schule hart bestraft«, fuhr Moulbright fort. »Es gibt keine schlimmere Verfehlung, die ein Schüler begehen kann, als sich zu homosexuellen Entartungen hinreißen zu lassen.«

»Ich schwöre Ihnen, es war nicht meine Idee, Mister Moulbright«, sagte Joaquín.

»Das ändert nichts an der Sache, Señor Camino. Sie haben mir gestanden, daß Sie eine Abweichung zur Schwulerei haben. Und wenn Sie an dieser Schule bleiben wollen, darf das nicht so weitergehen.«

»Ich verstehe, Mister Moulbright. Ich verspreche Ihnen, es kommt nie wieder vor.«

»Versprechungen, Versprechungen«, sagte er.

Er öffnete eine Schublade, holte ein Heft hervor und schrieb die Anweisung über Joaquíns Ausschluß vom Unterricht.

»Sie werden für zwei Wochen wegen unmoralischen Verhaltens vom Unterricht ausgeschlossen«, sagte er. »Holen Sie jetzt Ihre Sachen, ich rufe inzwischen Ihre Eltern an.«

»Bitte, Mister Moulbright, rufen Sie sie nicht an«, sagte Joaquín.

»Tut mir leid, Señor Camino, aber so verlangt es nun einmal die Schulordnung.«

»Könnten Sie nicht eine Ausnahme machen, Mister Moulbright? Meine Eltern sind sehr streng. Mein Vater wird mich schlagen, wenn er davon erfährt.«

»Er wird ohnehin davon erfahren, Señor Camino. Sie sind schon vom Unterricht ausgeschlossen.«

»Aber er darf nur von den Reifen erfahren, aus denen ich Ihnen die Luft rausgelassen habe, nichts von meiner Schwulerei mit Jorge, bitte.«

Moulbright lockerte seine Krawatte.

»Ist gut, ist gut, ich werde nicht anrufen«, sagte er lächelnd. »Dafür bekommen Sie aber ein paar Klapse auf den Po. Erscheint Ihnen das gerecht, Camino?«

»Ist gut, Mister Moulbright. Wie Sie wünschen.«

»Kommen Sie her. Drehen Sie sich um und lassen Sie die Hosen runter.«

Joaquín drehte Moulbright den Rücken zu und ließ die Hose herunter. Moulbright fing an, ihm mit der flachen Hand auf den Hintern zu schlagen. Plötzlich sah Joaquín nach hinten.

»Guck nicht, unverschämter Kerl«, schrie Moulbright.

Er hatte seinen Hosenschlitz geöffnet. Er masturbierte. Joaquín schaute wieder weg. Moulbright ließ weiter seine Hand auf Joaquíns Hintern klatschen. Als er fertig war, sagte er zu Joaquín, er könne gehen.

»Danke, Mister Moulbright«, sagte Joaquín.

Er verließ das Büro und kehrte ins Klassenzimmer zurück. Als er eintrat, war Candelares noch da.

»Was ist heute bloß mit den jungen Leuten los, daß sie so lange Gesichter ziehen?« sagte Candelares, als er Joaquín erblickte.

Joaquín ging an seinen Platz und packte seine Sachen ein.

»Geschieht dir recht, du schwule Sau«, flüsterte Jorge, während Candelares seinen Chemieunterricht fortsetzte.

»Ich wollte doch nur weiter dein Freund sein«, flüsterte Joaquín.

»Sei still«, flüsterte Jorge. »Wir werden nie wieder Freunde sein.«

Joaquín nahm seine Schultasche, zeigte dem Chemielehrer die Bescheinigung über seinen Ausschluß vom Unterricht und ging aus dem Klassenzimmer. Er biß die Zähne zusammen, um nicht zu weinen.

Jorge und Joaquín sprachen bis zum Ende der Schulzeit nicht wieder miteinander.

Am Abend der Abschlußfeier saß Joaquín mit Claudia zusammen, dem Mädchen, das er als Tanzpartnerin eingeladen hatte. Sie unterhielten sich und tranken ein bißchen, als Jorge an ihren Tisch trat.

»Gemütlich die Feier, wie?« sagte Joaquín.

Es waren die ersten Worte, die er nach mehreren Jahren des Schweigens zwischen ihnen an Jorge richtete.

»Gemütlich, gemütlich«, sagte Jorge.

Seine Augen glänzten. Er wirkte ein bißchen betrunken. Er war immer noch etwas dick, pausbäckig, mit lauerndem Blick.

»Wo ist denn deine Tanzpartnerin abgeblieben, mein Hübscher?« fragte ihn Claudia.

»Ich mußte sie nach Hause gehen lassen«, sagte Jorge. »Ihre Alten haben ihr nur erlaubt, bis um zwei zu bleiben.«

»Das sind ja ein paar spießige Filzläuse!« sagte Joaquín.

»So ist das nun mal, wenn man mit kleinen Mädchen ausgeht«, sagte Claudia.

Claudia war zweiundzwanzig, sechs Jahre älter als Joaquín und Jorge. Joaquín kannte sie, weil sie eine Freundin seiner Schwester Ximena war.

»Laßt uns anstoßen«, sagte Joaquín.

»Gute Idee«, sagte Claudia. »Stoßen wir zu dritt an.«

»Auf gewisse Freundschaften, die niemals auseinandergehen«, sagte Joaquín und sah Jorge lächelnd an.

Die drei ließen ihre Gläser erklingen.

»Darf ich deiner Tanzpartnerin ein Geheimnis verraten?« fragte Jorge Joaquín.

»Aber natürlich, wenn sie möchte«, sagte Joaquín.

»Mich faszinieren Männer, die mir ins Ohr flüstern«, sagte Claudia mit kokettem Lächeln.

Jorge flüsterte etwas in Claudias Ohr. Sie lächelte und klatschte ihm auf den Schenkel.

»Bandit«, sagte sie.

Claudia gab Joaquín die Hand.

»Ich bin gleich wieder da, ich verschwinde nur mal kurz«, sagte sie zu ihm.

»Ich muß auch mal«, sagte Jorge.

Claudia und Jorge standen vom Tisch auf, durchquerten den Park und gingen ins Haus hinein. Ein paar Minuten später stand Joaquín auf. Er wurde unruhig, weil Claudia nicht zurückkam, und ging sie suchen. Er fand sie im Saal, wo sie sich mit Jorge unterhielt.

»Was machst du denn hier?« fragte er überrascht.

»Ich unterhalte mich«, sagte Claudia. »Wir plaudern ein bißchen.«

»Wollen wir tanzen?« fragte Joaquín.

»Ach, gerade eben habe ich Jorge versprochen, mit ihm zu tanzen«, sagte Claudia.

»Ist gut, kein Problem«, sagte Joaquín.

Claudia und Jorge gingen tanzen. Sie tanzten eng umschlungen. Er flüsterte ihr etwas ins Ohr. Sie lachte. Als sie aufhörten zu tanzen, kamen sie zu Joaquín.

»Joaquincillo, bitte entschuldige mich, Jorge hat mich gebeten, ihn nach Hause zu bringen, ich fahre ihn schnell mit dem Auto«, sagte Claudia.

»Natürlich, kein Problem«, sagte Joaquín. »Ich komme mit.«

»Nein, bleib lieber«, sagte Claudia. »Ich fahre und komme gleich wieder zurück.«

»Alles klar, wie du möchtest«, sagte Joaquín.

»Hin, und zurück, ich bin gleich wieder da«, sagte Claudia und gab Joaquín einen Kuß.

Dann nahm sie ihre Handtasche und ging zum Nachbartisch, um sich von ein paar Freundinnen zu verabschieden. Jorge beugte sich zu Joaquín hinunter, um ihm etwas ins Ohr zu sagen.

»Du bist immer noch mein Sklave«, flüsterte er und ging mit Claudia fort.

Joaquín wartete auf sie, bis es Tag wurde.

Das Zeltlager

Wie immer, wenn Joaquín aus der Schule kam, setzte er sich in die Küche, um etwas zu essen, und Meche, eines der Dienstmädchen, beeilte sich, ihm ein Glas frischer Milch hinzustellen, dazu ein Stück Brot mit Erdbeerkonfitüre und eine Banane mit Honig.

»Wie war die Schule, Junge?« fragte sie.

Sie war eine dicke, untersetzte Frau mit schwarzem Haar und großen Augen.

»Schlecht«, sagte Joaquín.

»Warum, Junge?«

»Weil wir Sport hatten. Ich mag keinen Sportunterricht.«

»Ach, Junge, was soll bloß werden aus dir.«

Kaum hatte sie ihm den Rücken zugekehrt, schüttete Joaquín sein Glas Milch in den Ausguß, Milch war ihm ein Greuel. Kurz darauf kam Maricucha in die Küche und setzte sich zu ihm.

»Hallo, Mama«, sagte Joaquín und küßte seine Mutter auf die Wange.

»Hallo, mein Engel«, sagte Maricucha und strich ihrem Sohn über den Kopf. »Ich habe eine Überraschung für dich.«

»Hast du mir den Kassettenrecorder gekauft?« fragte Joaquín.

Er wünschte sich einen Kassettenrecorder, um die Bee Gees, Donna Summer und Olivia Newton John zu hören, die Musik, die auch die andern aus seiner Klasse am Markham hörten.

»Nein«, sagte Maricucha. »Ich habe dir doch gesagt, daß du noch zu jung bist, um in deinem Zimmer Musik zu haben.«

»Was dann?« fragte er.

»Ich habe dich für das Wochenende bei einem Zeltlager vom Saeta angemeldet«, sagte sie mit einem Lächeln.

Der Saeta war ein Klub für Jungen, deren Eltern zum Opus Dei gehörten oder damit sympathisierten. Maricucha war aktives Mitglied bei der Frauensektion des Opus Dei von Lima. Joaquín fand den Saeta schrecklich langweilig, doch seine Mutter sorgte dafür, daß er jeden Freitag nach der Schule dorthin ging.

»Und wo ist das Lager?« fragte er und biß in sein Marmeladenbrot.

»Ganz in der Nähe«, sagte Maricucha. »In der Schlucht von Santa Eulalia.«

Joaquín schüttelte ärgerlich den Kopf.

»Ich habe keine Lust mitzufahren«, sagte er leise.

»Man tut nicht das, wozu man Lust hat, Joaquincito«, sagte Maricucha. »Man tut, was man nach den Gesetzen des Herrn tun muß.«

»Du weißt doch, daß mir Zeltlager keinen Spaß machen, Mama.«

»Es ist nur zu deinem Besten, mein Söhnchen. Du wirst mit deinen Freunden zusammensein und nicht immer nur im eigenen Saft schmoren.«

»Ich habe keine Freunde im Saeta, Mama. Die Jungen vom Saeta sind alles Hohlköpfe.«

Maricucha runzelte die Stirn.

»Sei nicht ungezogen, sonst bekommst du Stubenarrest«, sagte sie.

»Warum mußt du mich zu Sachen zwingen, die mir keinen Spaß machen, Mama?« fragte er.

»Weil ich nur dein Bestes will«, sagte sie und strich ihm liebevoll über den Kopf. »Weil ich dich von klein an auf den Pfad der Heiligkeit führen will.«

»Ich will kein Heiliger sein«, sagte er. »Ich will glücklich sein.«

»Nur wenn du versuchst, ein Heiliger zu sein, wirst du glücklich sein, Joaquincito«, sagte sie mit sehr zärtlicher Stimme.

Sonnabend morgen saß Joaquín in der Tür des Hauses seiner Eltern, als die Saeta-Expedition mit einem blauen Kleinbus kam, um ihn abzuholen. Am Steuer saß Don Armando, ein junger spanischer Geistlicher mit einem Vogelgesicht und einer Leidenschaft fürs Bergsteigen. Neben ihm saßen Foncho und Alfredo, zwei Männer mittleren Alters, Laienbrüder des Opus Dei. Foncho war untersetzt und fast kahl. Alfredo war etwas größer und hatte kleine, schmale Augen. Dahinter saßen etwas zusammengedrängt die wagemutigsten Jungen vom Saeta. Joaquín nahm seinen Rucksack, lief die Treppe hinunter und stieg in den Bus.

»Hallo, Junge«, begrüßte ihn Don Armando. »Willkommen bei unserer Expedition.«

Don Armando war ganz in Schwarz gekleidet. Er lächelte.

»Applaus zum Empfang eines neuen Expeditionsmitglieds«, schrie Foncho begeistert, und fast alle Kinder klatschten.

Joaquín setzte sich in die letzte Reihe neben die Muller-Zwillinge.

»Gut, Kinder, fahren wir fort mit dem dritten Mysterium des Rosenkranzes«, sagte Foncho.

Alle im Bus waren augenblicklich still, und Foncho fing an, ein Vaterunser zu beten.

Kaum hatten die Jungen vom Saeta an diesem Morgen am Flußufer drei Zelte aufgebaut, da traten sie zum Bergsteigen an.

»Es gibt keine Pause, bis wir auf der Spitze des Berges sind«, rief Don Armando und wies begeistert auf einen nicht allzu hohen, steinigen Berg, in dessen Nähe sie das Lager aufgeschlagen hatten.

Die Jungen vom Saeta klatschten in die Hände und schrien freudig durcheinander. Angeführt von Armando, marschierten sie dann ein ziemliches Stück und nahmen den Berg in Angriff. Es war bald Mittag. Die Sonne brannte erbarmungslos.

»Ich finde diese Kraxelei blöd«, sagte Joaquín zu Juan Manuel Zegovia, während sie den Berg hinaufstiegen.

»Sei still und red nicht so dummes Zeug«, sagte Juan Manuel.

Juan Manuel war ein kleiner, dicklicher Junge mit Pausbakken. Joaquín und Juan Manuel waren befreundet, weil sie beide in Chaclacayo wohnten.

»Ich sehe keinen Sinn darin, zu schwitzen und zu schwitzen, um auf die Spitze von so einem komischen Berg zu gelangen«, sagte Joaquín.

»Das ist das erregende Gefühl, das Unbekannte zu erobern, darum«, sagte Juan Manuel.

»Blödsinn«, sagte Joaquín, der aufpassen mußte, daß er nicht ausrutschte.

»Wenn Don Armando hört, was du für dummes Zeug redest, kannst du dich auf was gefaßt machen«, sagte Juan Manuel.

»Reden denn die Pfaffen kein dummes Zeug?« fragte Joaquín mit spöttischem Lächeln.

»Pfaffe sagt man nicht«, sagte Juan Manuel. »Das heißt Geistlicher.«

»Du bist ein Hohlkopf«, sagte Joaquín.

»Und du ein Schlappschwanz, der sich nicht traut, den Berg zu besteigen«, sagte Juan Manuel.

»Beeilt euch, ihr müden Geister, nicht zurückbleiben!« rief ihnen Don Armando zu, der hundert Meter vor ihnen war.

Juan Manuel und Joaquín waren immer mehr zurückgefallen, je steiler der Anstieg wurde. Sie waren die letzten der Expedition.

»Wir kommen schon, Don Armando«, rief Juan Manuel.

Juan Manuel und Joaquín kletterten weiter den Berg hinauf. Sie keuchten, rutschten aus und schwitzten in Strömen. Eine Weile später blieb Joaquín stehen. Er war müde, in den Schuhen drückten ihn Kieselsteine, und er hatte Durst.

»Ich geh nicht weiter«, sagte er.

Juan Manuel blieb stehen und setzte sich erschöpft auf einen Stein.

»Du darfst nicht aufgeben bei der Ersteigung des Berges«, sagte er, angestrengt atmend.

»Sollen sie sich doch zum Teufel scheren mit ihrer Bergbesteigung«, sagte Joaquín. »Ich gehe zurück ins Lager.«

»Du weißt nicht, was du tust«, keuchte Juan Manuel und wischte sich den Schweiß von der Stirn.

»Und du bist ein Hornochse«, sagte Joaquín.

Juan Manuel stand auf und setzte den Anstieg fort. Joaquín machte sich auf den Rückweg.

»Hoffentlich kommt eine Lawine und begräbt euch Hornochsen unter sich«, schrie er.

Wenig später erreichte Joaquín das Lager. Er war erschöpft. Die Füße schmerzten ihn.

»Was machst du denn hier?« fragte Foncho erschrocken, als er ihn allein ins Lager zurückkommen sah.

Foncho saß am Ufer des Flusses und las ›Camino‹, ein Buch, das der Gründer des Opus Dei geschrieben hatte. Alfredo kochte währenddessen auf einem kleinen Gaskocher.

»Ich bin nicht ganz bis nach oben gekommen«, sagte Joaquín. »Ich habe Blasen an den Füßen.«

»Verflixt, so ein Pech«, sagte Foncho. »Zeig mal, laß mich sehen.«

Joaquín zog seine Schuhe und die Socken aus und zeigte ihm die Blasen.

»Teufel aber auch, bist ein armes Kerlchen«, sagte Foncho. »Komm, wir gehen ins Zelt. Ich kümmere mich um dich.«

Foncho und Joaquín gingen in ein Zelt. Foncho zog am Eingang den Reißverschluß zu. Innen war es heiß.

»Ich habe eine Creme, die wirkt bei Blasen am Fuß Wunder«, sagte Foncho.

»Fein, du ahnst nicht, wie das brennt«, sagte Joaquín.

»Am besten, du ziehst dir die Hose aus und legst dich auf meinen Schlafsack«, sagte Foncho.

Joaquín zog die Hose aus und legte sich in Unterhosen hin. Foncho kniete sich neben ihn und betupfte seine Fußblasen mit einer Salbe.

»Du bist rot wie ein Krebs«, sagte Foncho lächelnd. »Du hast einen schlimmen Sonnenbrand.«

»Kein Wunder, die Sonne hat auf dem Berg gebrannt wie verrückt«, sagte Joaquín.

»Ich habe auch Creme für Sonnenbrand da, soll ich dich einreiben?«

»Fein.«

Foncho holte noch eine andere Creme aus seinem Koffer und rieb damit Joaquíns Arme, Hals und Gesicht ein.

»Davon geht das Brennen sofort weg«, sagte er.

Dann verrieb er die Creme auf der Brust, dem Bauch und den Oberschenkeln.

»Ist gut, Foncho«, sagte Joaquín. »Da habe ich keinen Sonnenbrand.«

Foncho zog hastig seine Hände von Joaquíns Körper zurück.

»Verflixt, was bin ich doch zerstreut«, sagte er lächelnd.

»Was meinst du, wollen wir kurz ins Wasser springen, bevor die anderen Jungs zurück sind?« fragte Foncho Joaquín.

Alfredo war weggefahren, um für das Mittagessen Getränke einzukaufen.

»Gute Idee«, sagte Joaquín. »Ich halte es bald nicht mehr aus vor Hitze.«

»Wir ziehen uns sofort um«, sagte Foncho.

Sie standen auf und gingen zu den Zelten. Joaquín humpelte ein bißchen wegen der Blasen, die er an den Füßen hatte.

»Wenn du willst, kannst du dich im Zelt der Ordensmitglieder umziehen«, sagte Foncho.

»Nicht nötig, ich ziehe mich lieber in meinem Zelt um«, sagte Joaquín.

Sie gingen jeder in sein Zelt und zogen sich Badehosen an.

»Soll ich noch ein bißchen mehr Creme auf deinen Sonnenbrand machen?« fragte Foncho, als sie aus ihren Zelten kamen.

»Nein, danke, Foncho«, sagte Joaquín. »Das reicht.«

Sie gingen zum Fluß hinunter. Foncho war ein hagerer, knochiger Mann. Er hatte sehr weiße Haut. Seine Badehose schlotterte ihm an den Beinen.

»Das Wasser ist bestimmt eiskalt«, sagte Joaquín, als sie an den Fluß kamen.

Foncho tauchte eine Hand ins Wasser.

»Es ist schön frisch«, sagte er.

Der Fluß war ruhig und sauber. Am Ufer hatten sich kleine Ausbuchtungen gebildet. Foncho nahm einen Kieselstein und warf ihn ins Wasser. Plötzlich zog er zur Überraschung Joaquíns die Badehose aus.

»Es gibt nichts Herrlicheres als nackt im Fluß zu baden«, sagte er lächelnd.

Joaquín lächelte verlegen. Foncho stieg in den Fluß und tauchte mit dem Kopf unter Wasser.

»Gott, ist das herrlich«, rief er. »Einfach köstlich.«

Joaquín ging vorsichtig ins Wasser. Ihm taten die Füße weh, als er auf den steinigen Flußgrund trat.

»Zieh dir die Badehose lieber aus«, sagte Foncho zu ihm.

»Nein, ist gut so«, sagte Joaquín.

»Mensch, nackt ist es viel besser«, drängte Foncho. »Sei nicht so schüchtern.«

»Lieber nicht«, sagte Joaquín und tauchte unter.

Foncho ging zu Joaquín, spritzte ihm Wasser ins Gesicht, umarmte ihn und versuchte, ihm die Badehose herunterzuziehen. Sie lachten beide.

»Ist genug, Foncho, laß mich«, sagte Joaquín.

»Zieh dich aus, Mann«, sagte Foncho. »Kein Mensch sieht uns.«

»Ich will aber nicht. Ich habe dir doch schon gesagt, daß ich nicht will.«

»Ist gut, aber wehe, du erzählst jemandem was.«

»Und du hör mit der Grapscherei auf. Glaub nicht, daß ich nichts merke, Foncho.«

Foncho lachte nervös.

»Wovon redest du?« sagte er.

Nach dem Mittagessen wollten die Jungen des Lagers Fußball spielen.

»Und wer wäscht die Teller?« fragte Don Armando.

Keiner meldete sich.

»Die Teller wäscht Joaquín«, sagte Foncho mit schneidender Stimme.

»Warum ich?« fragte Joaquín überrascht.

»Weil du schlappgemacht hast«, sagte Foncho. »Du warst nicht auf der Spitze des Berges.«

Joaquín fügte sich und ging an den Fluß die Teller waschen.

»Vor dem Fußballspielen müssen alle beichten«, rief Don Armando den Jungen zu. »Ich werde die Beichte im Zelt abnehmen. Damit das klar ist: Wer nicht beichtet, darf auch nicht Fußball spielen.«

Dann nahm er einen Klappstuhl und ging in das größte Zelt.

»Wer beichet als erster?« fragte Alfredo.

»Ich«, rief Ramiro Cruchaga, ein kleiner Lockenkopf, und lief zu dem Zelt, in dem Don Armando verschwunden war.

Joaquín setzte sich auf die Wiese zu ein paar Jungs, die im Kreis saßen.

»Glaubst du, es ist Sünde, die nackte Frau aus den Caretas anzugucken?« fragte Miguel de los Heros, ein schmaler, dunkler, hochaufgeschossener Junge.

»Ich weiß nicht«, sagte Joaquín.

»Das hängt davon ab, mit was für Augen du das Foto anguckst«, sagte Juan Manuel.

»Verstehe ich nicht, wie meinst du das?« sagte Miguel.

»Wenn du das Foto mit unzüchtigen Augen anguckst und schlechte Gedanken dabei hast, ist es mit Sicherheit Sünde«, sagte Juan Manuel. »Wenn du es aber zufällig siehst, ist es keine Sünde.«

»Hast du etwa noch nie die nackte Frau in den Caretas gesehen?« fragte ihn Joaquín.

»Nur ein einziges Mal, und ich habe sofort die Augen zugemacht«, sagte Juan Manuel.

Die Jungen um ihn herum brachen in Gelächer aus.

»Wirklich, ich habe es nie wieder getan«, sagte Juan Manuel jetzt lauter und ließ seine Finger knacken. »Außerdem reißt mein Vater jedesmal die Seite mit der nackten Frau raus, damit wir nicht ständig in Versuchung geraten und sie angucken wollen.«

»Da übertreibt dein Vater aber«, sagte Miguel.

»Und ein schönes Mädchen ansehen, ist das Sünde?« fragte Fernando Muller, der die gleichen Sommersprossen und roten Haare hatte wie sein Zwillingsbruder.

»Es ist Sünde, wenn du ihre Frauenkörperteile anguckst«, sagte Juan Manuel.

»Alle Körperteile von ihr sind Frauenkörperteile, Dummkopf«, sagte Miguel.

»Ich meine natürlich ihre intimen Körperteile«, sagte Juan Manuel.

»Und welches sind ihre intimen Körperteile?« fragte Miguel.

»Alle außer dem Gesicht«, sagte Juan Manuel.

»Erzähl doch keinen Humbug«, sagte Joaquín. »Soll das etwa schon Sünde sein, wenn ich die Beine von einem Mädchen angucke?«

»Die Beine, ja«, sagte Juan Manuel. »Die Beine sind mit Sicherheit Sünde.«

»Du spinnst ja«, sagte Miguel. »Das ist völlig normal, einem Mädchen auf die Titten und den Arsch zu schauen.«

»Sag nicht solche Worte, das ist Sünde«, sagte Juan Manuel.

»Titte oder Arsch sagen ist keine Sünde, Dummkopf«, sagte Miguel lächelnd.

»Es ist Sünde, Himmel noch mal«, sagte Juan Manuel. »Und jetzt sündigst du vor mir.«

»Titte, Titte, Titte, Arsch, Arsch, Arsch«, sagte Felipe.

Alle lachten, außer Juan Manuel.

»Du kommst in die Hölle, Zwilling«, sagte er.

»Juan Manuel Zegovia«, rief Foncho.

»Ich bin dran«, sagte Juan Manuel.

Er stand auf und lief zum Zelt Don Armandos.

»Gut, jetzt, wo dieser Esel weg ist, können wir von richtigen Sünden reden«, sagte Miguel und senkte dabei die Stimme. »Glaubt Ihr, daß Wichsen Sünde ist?«

»Wichsen ist eine läßliche Sünde, keine Todsünde«, sagte Fernando.

»Und was ist der Unterschied?« fragte Miguel.

»Daß du wegen Wichsen nicht in die Hölle kommst«, sagte Fernando. »Du kommst dafür nur ins Fegefeuer.«

»Jawohl«, fügte Felipe hinzu, »alle Wichser sind im Fegefeuer.«

»Und wie sage ich Don Armando, daß ich es gemacht habe?« fragte Miguel. »Wie sagt man das anständig?«

»Ich sage immer, daß ich schlechte Gedanken hatte«, sagte Joaquín.

»So sagt man das nicht«, sagte Felipe. »Wichsen ist mehr als schlechte Gedanken.«

»Wie sagt man es dann?« fragte Miguel.

»Ich sage immer, ich habe sexuelle Unanständigkeiten begangen«, sagte Fernando.

Miguel, Fernando und Joaquín lachten.

»Sexuelle Unanständigkeiten, das ist es nämlich«, sagte Felipe.

»Ich werde sagen, ich habe onaniert, ohne Drumherum«, sagte Miguel.

»Nicht, daß du es Don Armando gegenüber damit an Achtung fehlen läßt«, sagte Fernando.

»Unsinn«, sagte Joaquín. »Glaubst du vielleicht, Don Armando hat noch nie gewichst?«

»Priester können nicht wichsen«, sagte Felipe. »Priester kriegen keinen Steifen.«

»Und woher weißt du das?« fragte Joaquín.

»Weil ich es weiß, darum, weil ich es weiß«, sagte Felipe mit Nachdruck. »Wenn ein Priester Priester wird, hört sein Schniepel auf zu funktionieren.«

»Und wie soll er dann pissen?« fragte Miguel.

»Na weiß ich nicht«, sagte Felipe. »Man müßte Don Armando fragen.«

»Du kommst vielleicht auf Ideen!« sagte Fernando zu seinem Zwillingsbruder. »Du kannst ihn doch nicht fragen: Womit pissen sie eigentlich, Don Armando?«

Alle lachten.

»Eines sage ich euch, bei den Priestern funktioniert der Schniepel nicht«, sagte Felipe.

Juan Manuel kam aus dem Zelt heraus und rannte zu ihnen.

»Wenn ich jetzt sterbe, komme ich auf jeden Fall in den Himmel«, sagte er lächelnd.

Als Joaquín an der Reihe war, zu beichten, ging er ins Zelt hinein. Don Armando saß auf dem Klappstuhl und lächelte ihn an.

»Komm und knie dich nieder«, sagte er.

Joaquín kniete sich vor ihm nieder.

»Ave Maria purissima«, sagte Don Armando.

»Die du unbefleckt empfangen hast«, sagte Joaquín.

»Wann hast du das letztemal gebeichtet?«

Das letztemal hatte Joaquín bei Don Jacinto im Saeta gebeichtet. Das war, als ihm Don Jacinto sagte, erzähl mir alle deine schlechten Gedanken, behalte keinen für dich, weil er sonst in dir bleibt und verfault, erzähl mir alles, restlos alles, und

Joaquín sagte zu ihm, ich habe keine schlechten Gedanken, Don Jacinto, wenn mir ein unanständiger Gedanke kommt, laufe ich schnell in den Garten und mache ein paar Rumpfbeugen, und Don Jacinto lächelte, streichelte ihm den Bauch und sagte, daher hast du auch so schön harte Bauchmuskeln, und Joaquín schloß die Augen und sagte, ich habe gelogen, ich war hochmütig, ich war müßig, ich habe vergessen zu beten, ich war ein schlechter Sohn und schlechter Bruder, ich habe die Sünde der Völlerei begangen, und Don Jacinto lächelte, streichelte ihm von neuem den Bauch und sagte, du bist ein Schlemmer, ach, mein kleiner Schlemmer, was sollen wir mit dir machen, damit du nicht mehr so ein Schlemmer bist, und Joaquín haßte es, wie immer, bei diesem Priester zu beichten, der ihm so falsch vorkam und der außerdem schrecklichen Mundgeruch hatte.

»Vor zwei Wochen im Saeta«, sagte er.

»Du sollst nicht mehr als eine Woche vergehen lassen, ohne zu beichten«, sagte Don Armando. »Es ist, als lebte man in einem Haus, wo nur alle zwei Wochen saubergemacht wird. Man gewöhnt sich daran, in einer schmutzigen Umgebung voller Staub zu leben.«

»Sie haben recht, Don Armando.«

»Jetzt erzähl mir alle deine Sünden, mein Sohn.«

»Ich habe gelogen.«

»Was noch?«

»Ich war hochmütig.«

»Sag mir ein Beispiel.«

»Ich weiß nicht. Na ja, vor ein paar Tagen sagte mir meine Mama, daß sie mich für dieses Zeltlager angemeldet hat, und ich habe mich so über sie geärgert und vor Wut angefangen zu weinen und ihr gesagt, daß ich sie hasse und daß ich mich, wenn ich groß bin, an ihr rächen werde und sie in ein Altersheim stekken werde, und daß ich sie nie besuchen werde.«

»Das ist ja eine Ungeheuerlichkeit, Junge, eine unsagbare Schlechtigkeit. Weiter.«

»Ich war müßig.«

»Was noch?«

»Ich habe vergessen zu beten. Ich habe die Sünde der Völlerei begangen.«

»Was noch?«

»Nichts weiter.«

»Hast du nicht gegen die Reinheit gefehlt?«

»Nein.«

»In diesen zwei Wochen hast du dich nicht einmal unsittlich berührt?«

»Nicht ein einziges Mal, Don Armando. Nicht ein einziges Mal.«

»Und du belügst mich auch nicht, Joaquín?«

»Nein, Don Armando, wie können Sie so etwas von mir denken.«

»Zieh die Hose runter, mein Sohn. Ich will sehen, ob du deine Teile berührt hast.«

»Ich sage die Wahrheit, Don Armando. Warum sollte ich Sie anlügen.«

»Die Hose runter, Sohn, die Hose runter. Sei nicht ungehorsam.«

Joaquín ließ die Hose herunter, und Don Armando berührte sein Glied.

»Es ist ein bißchen angeschwollen«, sagte er. »Mir scheint, du hast es berührt.«

Joaquíns Glied richtete sich auf.

»Gütiger Himmel, der Piepmatz ist aufgewacht«, sagte Don Armando. »Wir lassen ihn lieber schlafen. Zieh die Hose hoch.«

Joaquín zog sich die Hose hoch.

»Zur Strafe mußt du fünfzehnmal das Vaterunser und fünfzehnmal das Ave-Maria beten«, sagte Don Armando.

Joaquín nickte, schloß die Augen und dachte, daß er nicht ein einziges Vaterunser beten würde.

Ein bißchen später waren die Jungen bereit zum Fußballspielen. Alle hatten gebeichtet.

»Und ich, was soll ich spielen?« fragte Joaquín Foncho.

Foncho war der Kapitän von Joaquíns Mannschaft.

»Du gehst ins Tor«, sagte Foncho.

»Nein, ich bin nicht gern Torwart«, sagte Joaquín.

Trotz der Fußblasen wollte er lieber spielen.

»Du gehst ins Tor, und basta«, sagte Foncho mit finsterem Blick. »Ich bin der Kapitän, und ich bestimme.«

»Das sage ich dir gleich, Foncho, ich halte ganz schlecht«, sagte Joaquín. »Sie werden mir massenhaft Tore reinschießen.«

»Ins Tor, Mann!« befahl Foncho noch einmal. »Hör auf, Reden zu schwingen. Du bist ja schlimmer als ein Rechtsanwalt.«

Es war schrecklich für Joaquín, den Schlußmann machen zu müssen. Er konnte nicht verhindern, daß seine Mannschaft haushoch verlor.

An diesem Abend grillten die Jungen vom Saeta. Sie saßen am Lagerfeuer und aßen Würstchen im Brot. Nachdem sie gegessen hatten, sangen sie ›Guantanamera‹, ›La bamba‹, ›Ein Kuß und eine Blume‹, ›Graue Wolke‹, ›Tausend Freunde möcht' ich haben‹, ›Wär' ich doch ein Kolibri‹, ›Vamos a la playa‹, ›Marisabel‹ und das ›Lied an die Freude‹.

»Es ist Zeit, schlafen zu gehen«, sagte Don Armando kurz vor Mitternacht, als er keine Lust mehr hatte, zu singen.

Die Jungen standen auf und gingen zu den Zelten. In der Dunkelheit kam Foncho zu Joaquín.

»Komm mit, wir machen noch einen kleinen Spaziergang«, sagte er zu ihm. »Unterwegs werden wir ein Mysterium des Rosenkranzes beten.«

»Bitte, Foncho, ich bin todmüde«, sagte Joaquín.

»Los, Mann, nur einen kleinen Verdauungsspaziergang«, drängte Foncho.

»Nein, danke«, sagte Joaquín. »Ich gehe lieber gleich schlafen.«

Joaquín ging zu einem Zelt. Foncho kam zu Juan Manuel.

»Komm, wir machen noch einen kleinen Spaziergang«, sagte er zu ihm.

Juan Manuel lächelte.

»Au fein, ich bin kein bißchen müde«, sagte er begeistert.

»Schläfst du?«, fragt Joaquín flüsternd.

»Nein«, sagte Miguel leise.

Sie lagen nebeneinander. Die anderen Jungen schienen zu schlafen.

»Was meinst du, wollen wir ein bißchen in den Ort gehen?« sagte Joaquín.

»Ist es weit?« fragte Miguel.

»Es ist ganz in der Nähe. Zehn Minuten zu Fuß.«

»Wenn die Ordensbrüder das mitkriegen, gibt es Anschiß.«

»Sie kriegen es nicht mit, Mann. Die Ordensbrüder schlafen doch wie die Murmeltiere.«

»Gut, gehen wir.«

Miguel und Joaquín schlichen aus dem Zelt und verließen das Lager. Miguel holte eine Schachtel Zigaretten hervor.

»Ich finde es blöd, daß sie uns im Lager nicht rauchen lassen«, sagte er und bot Joaquín eine Zigarette an.

Sie zündeten sich die Zigaretten an und liefen auf einem Sandweg Richtung Santa Eulalia.

»Hast du schon mal ein Mädchen gefragt, ob sie mit dir geht?« fragte Miguel.

»Ein Mal, bei einer Feier, ich war aber so betrunken, daß ich am nächsten Tag ihren Namen nicht mehr wußte«, sagte Joaquín, und sie lachten.

Sie schwiegen beide und liefen eilig weiter.

»Ich will mit einem Mädchen gehen, traue mich aber nicht, sie zu fragen«, sagte Miguel.

»Und warum?« fragte Joaquín.

»Ich kenne sie kaum.«

»Gib dir einen Ruck und frag sie einfach.«

»Sie ist noch so jung.«

»Wie alt?«

»Dreizehn. Gerade geworden.«

»Ist sie schon entwickelt?«

»Ja. Sie hat schon einen Busen und alles.«

»Worauf wartest du dann noch, Miguel? Wenn du ewig wartest, kommt irgendein Arsch und nimmt sie dir weg.«

»Ich habe doch noch nie ein Mädchen gefragt, ob sie mit mir gehen will, Joaquín. Ich weiß nicht, wie ich es anstellen soll.«

»Ganz einfach. Du nimmst sie ins Kino mit, und beim Rausgehen nimmst du ihre Hand und fragst sie: Willst du mit mir zusammensein? Das ist alles.«

»Und wenn sie nein sagt?«

»Red doch nicht. Das ist unmöglich, Miguel.«

»Wieso? Vielleicht gefalle ich ihr nicht.«

»Wie kommst du darauf, Miguel. Du siehst doch klasse aus. Wenn ich ein Mädchen wäre, ich würde mich freuen, deine Freundin zu sein.«

Miguel lachte.

»Du bist in Ordnung«, sagte er und klopfte Joaquín auf die Schulter.

»Prost«, sagte Miguel.

»Prost«, sagte Joaquín.

Sie saßen in einer Kneipe in Santa Eulalia und tranken Bier. Vier oder fünf Gäste stritten sich lautstark über ein kürzlich stattgefundenes Fußballspiel. Aus einem alten Radio erklang ein Bolero. Der Fußboden war mit Sägespänen bestreut.

»Hast du schon mal?« fragte Joaquín.

»Was meinst du?« sagte Miguel.

»Na, hast du schon mal gefickt?«

Miguel trank sein Bier aus und rülpste.

»Nur ein Mal«, sagte er.

»Im Puff?« fragte Joaquín.

»Nein. Mit meiner Cousine.«

»Im Ernst? Erzähl.«

»Meine Cousine hat ein Strandhaus. Letzten Sommer habe ich sie da besucht. Eines Nachts ist das versaute Stück zu mir ins Bett gekrochen und hat mir gezeigt, wie man es macht.«

»Geil, hast du ein Schwein!«

Sie tranken noch ein Bier.

»Und du, hast du schon mal gefickt?« fragte Miguel.

»Klar, schon öfters«, log Joaquín. »Aber immer nur mit Nutten. Mit einem richtigen Mädchen soll es was ganz andres sein, oder?«

»Ich weiß nicht, aber ich will auch in den Puff. Ich hätte schweinisch Lust, einen guten Puff kennenzulernen.«

»Wenn du willst, können wir ja mal zusammen gehen. Ich kenne einen ausgezeichneten Puff in Miraflores.«

»Den mußt du mir zeigen. Ruf mich an, und wir gehen, wann du willst.«

Joaquín erhob seine Flasche.

»Prost, auf das Ficken«, sagte er.

»Prost«, sagte Miguel.

Bald darauf zahlten sie und kehrten ins Lager zurück.

Miguel schlief schon. Langsam schob sich Joaquín an ihn heran und steckte eine Hand in seinen Schlafsack. Er berührte seine dünnen, dunkel behaarten Beine. Er spürte, wie seine Hand zitterte, als sie Miguels Beine hinaufwanderte. Er schob die Hand in die Unterhose. Er suchte Miguels Glied. Er berührte es sanft. Er streichelte es. Er spürte, wie es sich aufrichtete, hart wurde, wuchs. Plötzlich schlug Miguel die Augen auf.

»Was soll das?« fragte er erschrocken.

»Darf ich dich anfassen?« flüsterte Joaquín.

»Spinnst du?« sagte Miguel.

Joaquín zog hastig seine Hand aus Miguels Schlafsack.

»Entschuldige«, sagte er.

»Laß mich gefälligst schlafen«, sagte Miguel.

»Bitte, sag es keinem«, flüsterte Joaquín.

Miguel drehte sich um und schlief weiter. Joaquín schloß die Augen.

»Lieber Gott, bitte, hilf mir, daß ich aufhöre, schwul zu sein«, betete er.

Am nächsten Morgen, nach dem Frühstück, brachen die Jungen des Lagers wieder zu dem Berg auf, den sie schon am Tag zuvor bestiegen hatten. Joaquín wollte nicht mitkommen. Er sagte, daß ihm die Blasen an den Füßen noch so weh taten, und blieb im Lager, um die Teller vom Frühstück zu waschen. Zu seiner Überraschung blieb auch Juan Manuel im Lager. Kurz darauf gingen sie an den Fluß, um zu baden.

»Ich habe die Nase voll von diesem Lager«, sagte Juan Manuel. »Ich fahre nie wieder in ein Lager vom Saeta.«

Sie saßen auf den Steinen am Ufer des Flusses, mit den Beinen im Wasser. Sie konnten sehen, wie sich ihre Beine im kalten, grünlichen Wasser bewegten.

»Ich denke, du bist Fan von diesen Zeltlagern«, sagte Joaquín.

»Jetzt nicht mehr«, sagte Juan Manuel und fing an zu weinen. »Ein Drecksladen ist das.«

Joaquín umarmte ihn.

»Was hast du?« fragte er.

»Laß mich«, schrie Juan Manuel und stieß ihn fort. »Faß mich nicht an, verdammt.«

»Beruhige dich, sei nicht so empfindlich«, sagte Joaquín.

»In diesen Lagern wird man ständig angetatscht«, sagte Juan Manuel. »Diese Ordensbrüder sind alles Kinderschänder.«

»Wieso?« fragte Joaquín überrascht, weil Juan Manuel normalerweise nicht schlecht sprach vom Opus Dei. »Was ist denn passiert?«

Juan Manuel wischte sich mit der Hand die Nase ab und warf den Schleim in den Fluß.

»Nein, ich erzähle es dir lieber nicht«, sagte er und schlug voller Scham die Augen nieder.

»Erzähl schon, Dummerchen«, sagte Joaquín. »Ich will dir doch nur helfen.«

»Und dabei wollte ich selber Ordensbruder beim Opus Dei werden«, sagte Juan Manuel mit einem Seufzer.

»Erzähl, Juan Manuel«, drang Joaquín in ihn. »Ich sage es auch nicht weiter.«

Sie schauten sich in die Augen.

»Schwör, daß du es keinem sagst«, sagte Juan Manuel.

»Ich schwöre«, sagte Joaquín.

Juan Manuel senkte den Blick.

»Foncho hat mich gestern abend betatscht«, sagte er.

»Ich wußte es ja«, sagte Joaquín. »Dieser Foncho ist ein Perverser.«

»Er ist mit mir hinter das Lager gegangen, wir haben den Rosenkranz gebetet, und plötzlich hat er mir die Hose runtergezogen.«

»Ist das wahr? Und was hat er gemacht?«

»Er hat mich betatscht und an mir rumgefummelt. Er wollte ihn mir lutschen.«

»Und, hast du ihn gelassen?«

»Ich wollte nicht, er hat mich gezwungen.«

Joaquín versuchte, ihn zu umarmen.

»Faß mich nicht an«, schrie Juan Manuel.

Sie schwiegen beide.

»Wenn ich jetzt sterbe, komme ich vielleicht nicht in den Himmel«, sagte Juan Manuel schluchzend.

Als Don Armando vom Bergsteigen zurückkam, ging Joaquín zu ihm.

»Don Armando, ich muß Sie sprechen«, sagte er.

»Sprich, mein Sohn«, sagte Don Armando und wischte sich den Schweiß von der Stirn.

»Aber es muß unter vier Augen sein.«

»Laß uns ins Zelt gehen, mein Sohn.«

Sie gingen in ein Zelt. Don Armando holte ein Handtuch aus seinem Koffer, setzte sich auf einen Klappstuhl und trocknete sich das Gesicht ab.

»Du ahnst ja nicht, was du versäumt hast«, sagte er, noch ganz außer Atem. »Es war phänomenal auf dem Berg. Stell dir vor, wir haben auf der Spitze sogar einen Rosenkranz gebetet.«

Joaquín lächelte angestrengt. Er schwieg.

»Nun sprich, Junge«, sagte Don Armando.

Joaquín holte tief Luft.

»Foncho hat gestern abend Juan Manuel befummelt«, sagte er.

Don Armando runzelte die Stirn, nahm die Brille ab und sah Joaquín mißtrauisch an.

»Das ist ausgeschlossen«, sagte er.

»Juan Manuel hat es mir selber erzählt«, sagte Joaquín.

»Dann hat er gelogen. In unserem Orden kommt so etwas nicht vor, mein Sohn.«

»Ich schwöre es Ihnen, Don Armando. Fragen Sie Juan Manuel doch selbst.«

»Du sollst nicht grundlos schwören, Joaquín. Und erfinde keine Unanständigkeiten. So etwas kommt in unserem Orden nicht vor. Und Schluß.«

Don Armando stand auf.

»Foncho hat auch mich befummelt«, sagte Joaquín.

»Schweig, unverschämter Bengel«, sagte Don Armando wütend und stemmte die Hände in die Seiten. »Wag es nicht, in meiner Gegenwart einen Ordensbruder schlechtzumachen. Jetzt verlaß das Zelt, und zu keinem ein Sterbenswort. Verstanden? Zu keinem.«

»Warum?« fragte Joaquín. »Ich verstehe Sie nicht, Don Armando.«

»Weil ich es dir sage, ich, ein Diener des Herrn«, schrie Don Armando.

Joaquín verließ das Zelt und verfluchte Don Armando, seine Mutter, Foncho und alle Perversen des Opus Dei.

Am Nachmittag schickte Foncho Juan Manuel an den Fluß das Geschirr vom Mittag waschen. Kurz darauf kam Joaquín und setzte sich zu ihm.

»Ich habe es Don Armando gesagt«, sagte er leise.

Erschrocken ließ Juan Manuel die Gabel los, die er gerade wusch. Die Gabel fiel ins Wasser und entschwand.

»Du hattest mir geschworen, daß du keinem etwas erzählst«, sagte er.

Er war ganz rot geworden. Er schien sich zu schämen.

»Ich habe es für dich getan«, sagte Joaquín. »Es ist nicht recht, daß Foncho macht, wozu er gerade Lust hat.«

»Und was hat Don Armando gesagt?« fragte Juan Manuel.

»Er hat mir nicht geglaubt«, sagte Joaquín und spuckte in den Fluß. »Er hat gesagt, so etwas würde beim Opus Dei nicht vorkommen.«

Juan Manuel seufzte niedergeschlagen.

»Und ich hatte so eine hohe Meinung vom Opus Dei«, sagte er leise wie zu sich selbst.

»Ich wollte es dir bloß schon vorher sagen, falls Don Armando dich danach fragt«, sagte Joaquín.

»Wenn er mich fragt, werde ich alles abstreiten«, sagte Juan Manuel.

»Wieso?« fragte Joaquín.

»Ich weiß nicht. Weil ich mich schäme. Außerdem will der Herr, daß wir unserem Nächsten vergeben.«

»Blödsinn, Juan Manuel. Wenn du alles abstreitest, stehe ich als Lügner da.«

»Das hast du davon, daß du so eine Quatschtante bist.«

Joaquín wurde wütend.

»Halt die Klappe, du Saftnase«, sagte er. »Geschieht dir recht, daß Foncho dich betatscht hat!«

»Hau ab, Joaquín«, sagte Juan Manuel und wurde lauter. »Laß mich allein. Ich muß meditieren.«

Joaquín nahm einen Teller und warf ihn in den Fluß.

»Soll dich doch ein blinder Esel ficken«, sagte er.

Dann ging er zurück ins Lager.

Als die Jungen vom Saeta alle ihre Sachen gepackt hatten, stiegen sie in den blauen Kleinbus. Joaquín setzte sich in die hinterste Reihe neben Miguel.

»Ich suche mir lieber einen anderen Platz«, sagte Miguel und rückte nach vorn.

Joaquín schämte sich so sehr, daß er rot wurde und sein Gesicht zu glühen anfing.

»Wie war es im Zeltlager, mein Söhnchen?« fragte Maricucha und gab Joaquín einen Kuß auf die Wange.

Joaquín war gerade nach Hause gekommen. Wie jeden Sonntagnachmittag sahen sie fern und lasen Zeitung.

»Es ging«, sagte er.

»Was habt ihr gemacht?« fragte ihn Luis Felipe.

»Wir haben Berge bestiegen, Fußball gespielt und im Fluß gebadet«, sagte Joaquín.

»Habt ihr nicht gebetet?« fragte Maricucha.

»Das auch«, sagte Joaquín. »Wir haben ein paarmal den Rosenkranz gebetet.«

»Hast du es bis auf die Spitze des Berges geschafft?« fragte Luis Felipe.

»Bis auf die Spitze, Papa«, sagte Joaquín. »Ich war der erste.«

»Gut so, mein Sohn, gut so«, sagte Luis Felipe.

»Solche Zeltlager bilden den Charakter, da geht nichts drüber«, sagte Maricucha.

»So ist es, Frau«, sagte Luis Felipe. »Im Krieg und im Zeltlager werden die Männer zu Männern.«

Das Geburtstagsgeschenk

Joaquín wurde fünfzehn Jahre alt, und seine Mutter hatte aus diesem Anlaß ein kleines Festessen vorbereitet.

»Joaquín, dein Papa ist da, komm runter, wir wollen ›Happy Birthday‹ singen«, rief Maricucha, als Luis Felipe von der Arbeit kam.

Joaquín war in seinem Zimmer und las ein Buch über die Fußballweltmeisterschaften.

»Ich komme gleich, Mama«, rief er.

»Beeil dich, es ist alles fertig, wir warten schon auf dich«, rief Maricucha.

Joaquín ging hinunter ins Speisezimmer. Auf dem großen Eßtisch standen zwei Krüge mit Chicha morada, dem purpurfarbenen Erfrischungsgetränk aus Mais, Sandwiches, die mit Fleisch, Käse und Salat oder mit Huhn belegt waren, Gewürzkuchen, Götterspeise sowie eine Schokoladentorte mit fünfzehn bunten Kerzen. Um den Tisch saßen Maricucha, Luis Felipe und Joaquíns Geschwister: Ximena und Fernando. Ximena war sechzehn Jahre alt, Fernando elf.

»Wie geht es unserem Märchenprinzen?« fragte Maricucha und küßte Joaquín auf die Stirn.

»Danke, gut«, sagte Joaquín.

»Jetzt singen wir«, sagte Fernando, der schon ungeduldig nach dem Gewürzkuchen schielte.

»Hör mal, hast du nicht gelernt zu grüßen?« sagte Luis Felipe zu Joaquín.

Luis Felipe saß auf einem Stuhl und rauchte eine Zigarette.

»Hallo, Papa«, sagte Joaquín zu ihm, ohne ihm in die Augen zu schauen.

»So nicht, wenn ich bitten darf«, sagte Luis Felipe. »Grüß ordentlich.«

Joaquín ging zu seinem Vater und gab ihm einen Kuß auf die Wange. Es war ihm zuwider, ihn küssen zu müssen.

»So ist gut«, sagte Luis Felipe.

»Und jetzt müssen wir singen«, drängelte Fernando.

Maricucha zündete die Kerzen auf der Torte an und machte das Licht aus.

»Wir singen erst auf englisch und dann auf spanisch«, sagte sie.

»Lieber nur englisch, Mama«, sagte Ximena. »Spanisch singen die Cholos.«

»Du mußt doch immer deinen eigenen Kopf haben, Töchterchen«, sagte Maricucha und lachte.

Mit etwas schriller Stimme fing sie an zu singen. Ximena, Fernando und Joaquín stimmten ein, sahen sich an und grinsten. Alle sangen ›Happy Birthday‹, außer Luis Felipe.

»Nun sing schon, Luis Felipe, hab dich nicht so«, sagte Maricucha mitten im Lied.

»Männer singen nicht«, sagte Luis Felipe mit rauher Stimme.

Als sie fertiggesungen hatten, holte Joaquín tief Luft und blies die Kerzen aus. Er schaffte sie nicht alle auf einmal.

»Du mußt es wie ein Mann machen, Junge«, sagte Luis Felipe zu ihm mit spöttischem Lächeln. »Du kommst mir vor wie ein Porzellanpüppchen.«

Ximena und Fernando lachten. Joaquín blies noch einmal und löschte die restlichen Kerzen.

»Bravo«, sagte Maricucha und klatschte begeistert in die Hände.

Luis Felipe stand auf und machte das Licht wieder an. Ximena und Joaquín stürzten sich auf die belegten Brote. Fernando stopfte sich mehrere Gewürzkuchen gleichzeitig in den Mund.

»Fernandito, das ist barbarisch, was du machst«, sagte Maricucha. »Man ißt erst das Salzige und dann das Süße.«

»Ich wollte nur gleich den Gewürzkuchen probieren, Mama«, sagte Fernando und konnte kaum sprechen, so sehr hatte er sich die Backen vollgestopft.

»Du frißt wie ein Schwein«, sagte Ximena zu Fernando.

»Halt die Klappe, dumme Gans«, sagte Fernando.

»Streitet euch doch nicht beim Geburtstagsessen«, sagte Maricucha. »Joaquín, vielleicht willst du eine kleine Rede halten?«

»Nein, Mama, bitte nicht, ich mag nicht«, sagte Joaquín.

»Er soll reden, er soll reden«, riefen Ximena und Fernando wie aus einem Munde.

»Nur ein paar Worte, Joaquín«, drängte Maricucha. »Du weißt, ich liebe deine Ansprachen.«

»Red, Junge«, sagte Luis Felipe. »Worte drechseln, das kannst du.«

Maricucha schlug mit einem Teelöffel an ihr Glas.

»Silencium, das Geburtstagskind will ein paar Worte an uns richten«, sagte sie.

Alle waren mucksmäuschenstill. Joaquín legte die Hände auf den Rücken.

»Wir haben uns heute hier versammelt, um meinen fünfzehnten Namenstag zu begehen«, sagte er.

»Verflixt, wie schön mein Joaquín redet«, murmelte Maricucha.

»An diesem Fest- und Freudentag der Familie möchte ich meiner Frau Mutter und meinem Herrn Vater meinen Dank ausdrücken dafür, daß sie mir das Leben geschenkt haben«, fuhr Joaquín fort.

»Ach, ich muß gleich weinen wie Maria Magdalena«, murmelte Maricucha.

»Ich möchte auch meiner Schwester Ximena und meinem kleinen Bruder Fernando danken, daß sie so gut zu mir sind und mir solch schöne Geschenke gemacht haben«, redete Joaquín weiter. »Ich verspreche euch, daß ich versuchen will, mich nie wieder mit euch zu zanken.«

Ximena und Fernando lächelten. Fernando schob sich einen weiteren Gewürzkuchen in den Mund.

»Um diese kurzen Dankesworte zu beenden, sollten wir, denke ich, ein Gebet an den Allerhöchsten richten, damit er unsere geliebte Familie beschütze und uns vor allem Bösen bewahre«, sagte Joaquín.

»Ach, mein Sohn ist doch ein gottesfürchtiger Mann«, murmelte Maricucha.

»Das waren meine Worte«, schloß Joaquín.

Alle applaudierten, außer Luis Felipe.

»Bravo, bravo«, sagte Maricucha und klatschte. »Du hast schöner gesprochen als Pater Griffin.«

»Das hat er von dir, daß er redet wie ein Schwuler, Maricucha«, sagte Luis Felipe.

»Die Torte anschneiden, die Torte anschneiden«, riefen Ximena und Fernando.

»Ja doch, Kinder, seid nicht so gierig, die Völlerei ist Sünde«, sagte Maricucha.

Sie nahm ein Messer und zerteilte die Torte. Ximena und Fernando klatschten in die Hände.

»Joaquín, komm mal kurz mit ins Wohnzimmer«, sagte Luis Felipe. »Ich muß mit dir unter vier Augen sprechen.«

»Was willst du dem Jungen denn sagen?« fragte Maricucha.

»Das geht dich nichts an, Frau«, sagte Luis Felipe. »Das ist Männersache.«

Ximena und Fernando sahen sich an und lächelten.

»Komm, Joaquín, keine Angst, ich will nicht mit dir schimpfen«, sagte Luis Felipe.

Joaquín nahm sein Sandwich und ging mit seinem Vater ins Wohnzimmer. Sie setzten sich beide auf eine alte Ledercouch. An den Wänden hingen die Köpfe der Hirsche, die Luis Felipe erlegt hatte.

»Tja, Sohn, nun bist du also fünfzehn Jahre«, sagte Luis Felipe und klopfte Joaquín auf die Schulter.

Joaquín lächelte verlegen und schlug die Augen nieder.

»Du bist nun kein Kind mehr«, sagte Luis Felipe. »Du bist jetzt ein richtiger Mann.«

»Ja schon«, sagte Joaquín.

»Sieh mal, Joaquín, ich will dir zu deinem fünfzehnten Geburtstag ein ganz besonderes Geschenk machen, aber es ist ein Geschenk von Mann zu Mann«, sagte Luis Felipe und senkte die Stimme. »Es muß ein Geheimnis bleiben zwischen dir und mir. Deine Mutter darf davon nichts erfahren.«

»Keine Sorge, Papa.«

»Fünfzehn Jahre ist ein Alter, in dem du machen solltest, was Männer machen, Joaquín. Ich will dich an einen Ort mitnehmen, wo du endgültig zum Mann wirst.«

»Fein, Papa. Wie du möchtest.«

»Sag mir eins, Junge. Hast du schon mal den Vogel gewässert?«

»Welchen Vogel, Papa?«

Luis Felipe lachte. Joaquín roch den schlechten Atem seines Vaters.

»Na, deinen Schwanz, Junge«, sagte Luis Felipe leise. »Hast du es schon mal mit einem Weib getrieben?«

Joaquín lächelte und wurde rot.

»Nein, Papa«, sagte er. »Noch nie.«

»Gut, du bist jetzt in dem Alter, wo du deinen Vogel wässern solltest, Junge. Ich werde mich darum kümmern, daß du wie es sich gehört deine Feuertaufe erhältst. Es ist das beste Geschenk, das ich dir machen kann, Joaquín. Du wirst mir dein Leben lang dankbar sein dafür.«

»Ja, Papa.«

»Mal sehen, ich bringe dich an einen Ort, wo wir einen ganzen Mann aus dir machen, vielleicht dieses Wochenende, okay?«

»Okay, Papa.«

»Aber kein Wort zu deiner Mutter, Joaquín. Du weißt, sie ist eine Fanatikerin der Religion.«

»Keine Sorge, Papa.«

Luis Felipe schlug ihm noch einmal auf die Schulter.

»So gefällst du mir, Junge«, sagte er zu ihm. »Du machst deinem Vater alle Ehre.«

Sie standen auf und kehrten ins Speisezimmer zurück.

»Worüber habt ihr gesprochen?« fragte Maricucha sie.

»Steck deine Nase nicht in Dinge, die dich nichts angehen, Frau«, sagte Luis Felipe.

Ein paar Tage später, an einem Sonnabendnachmittag, nachdem Joaquín, seine Eltern und seine Geschwister das Mittagessen beendet hatten, drückte Luis Felipe seine Zigarette aus, stand auf und sagte:

»Komm, Joaquín, wir drehen eine Runde.«

»Wo wollt ihr hin?« fragte Maricucha.

»Wir gehen einen Kaffee trinken«, sagte Luis Felipe, rülpste und hob die Hand vor den Mund.

»Wenn ihr wollt, mache ich euch gleich einen. Dann braucht ihr kein Geld auf der Straße auszugeben«, sagte Maricucha.

»Laß mal, Frau«, sagte Luis Felipe. »Wir wollen ein bißchen frische Luft schnappen gehen.«

Joaquín aß sein Kompott auf, stand auf und gab seiner Mutter einen Kuß auf die Wange.

»Trink keinen Kaffee, mein Liebling, das ist schädlich für die Nerven«, sagte ihm Maricucha ins Ohr. »Bestell dir lieber einen Tee.«

»Ist gut, Mama«, sagte Joaquín.

»In zwei Stunden etwa sind wir zurück«, sagte Luis Felipe.

»So spät?« fragte Maricucha mit gerunzelter Stirn.

»Verdammte Scheiße, laß mich frei atmen und geh mir nicht auf den Sack«, sagte Luis Felipe ärgerlich.

»Und du sag keine Ausdrücke vor den Kindern«, sagte Maricucha.

»Joaquín ist kein Kind mehr«, sagte Luis Felipe. »Er ist fünfzehn Jahre alt, er ist ein Mann.«

Luis Felipe und Joaquín verließen das Haus. Sie gingen die Treppe hinunter und stiegen ins Auto.

»Wohin fahren wir, Papa?« fragte Joaquín.

Luis Felipe zwinkerte ihm zu.

»Zu deinem Geburtstagsgeschenk«, sagte er lächelnd.

»Du willst mir ein Geschenk kaufen?« fragte Joaquín überrascht.

»Das nicht unbedingt«, sagte Luis Felipe und ließ das Auto an. »Aber ich werde dir ein Geschenk machen, das du niemals vergißt.«

»Was für ein Geschenk denn, Papa?«

»Wir werden dafür sorgen, daß du dein erstes Pulver verschießt, Junge«, sagte Luis Felipe und rülpste noch einmal. »Heute erhältst du deine Feuertaufe.«

»Was für eine Feuertaufe?« fragte Joaquín, der nicht verstand, wovon sein Vater sprach.

Luis Felipe lachte.

»Wir gehen in den Puff, Mann«, sagte er. »Damit du ein Weib besteigst. Heute verabschiedest du dich aus der Kategorie der Wichser und steigst auf in die Kategorie der Rammler.«

Joaquín lachte nervös.

»Ohne Spaß, Papa?« fragte er.

»Klar, Junge«, sagte Luis Felipe. »Du bist in dem Alter, wo du den Pflock einschlagen mußt. Sonst wirst du mir noch rammdösig.«

Joaquín stellte sich vor, mit einer unbekannten Frau zusammenzusein, sie beide nackt, und er bekam es mit der Angst.

»Wollen wir nicht lieber einen Fußball kaufen, Papa«, sagte er. »Bei La Pluma de Oro verkaufen sie wunderschöne.«

»Was ist los, Junge? Hast du Schiß, mit deinem Alten in den Puff zu gehen?«

»Nein, aber besser, wir machen es ein andermal, Papa.«

»Du brauchst keine Angst zu haben, Joaquín, du wirst sehen, was für eine feine Sache eine gute Nummer ist. Vertrau deinem Vater. Ich bringe dich in den besten Puff von Lima. Du wirst sehen, wie geil diese Choloweiber ficken. Das sind sehr reinliche, blutjunge Dinger. Nach deiner ersten Nummer wirst du dich als ein ganz anderer Mensch fühlen, Junge.«

»Wie du möchtest, Papa.«

»Du bist doch bestimmt auch so ein Rammler wie dein Alter, wie?«

Sie lachten. Joaquíns Lachen klang gequält. Er spürte, daß er feuchte Hände bekommen hatte.

»Soll ich dir erzählen, wie es bei mir das erste Mal war?« sagte Luis Felipe, während er auf der Autobahn nach Lima raste.

»Wenn du möchtest«, sagte Joaquín und wandte den Blick ab.

»Ich hatte nämlich nicht solches Glück wie du, beim ersten Mal von meinem Vater in den Puff mitgenommen zu werden. Dein Großvater war ein Arschloch, Joaquín. Aber ich ließ mir etwas einfallen und habe eine Chola gebürstet, die bei meinen Eltern arbeitete. Weißt du, wie alt ich war, als ich es mit der Chola Eugenia das erste Mal getrieben habe?«

»Nein. Wie alt denn?«

»Dreizehn, Joaquín. Dreizehn Jahre. Damit du siehst, daß es dein Vater schon als junger Bengel faustdick hinter den Ohren hatte. Glaubst du etwa, ich war mit fünfzehn noch bei null Kilometer wie du? Nein, mein Junge, ich hatte schon einen ordentlichen Kilometerstand, ich wußte schon, was gut ist. Und du hast dich an keine der Cholas rangemacht, die bei uns arbeiten?«

»Nein, Papa, wie kommst du darauf?«

»Findest du nicht auch, daß man der Angélica den Gefallen tun sollte? Dieser kleinen Chola juckt schon die Pflaume, Joaquín. Ich sage dir, ich hätte mörderisch Lust, aber deine Mutter paßt auf wie ein Schießhund und läßt mich mit Angélica keinen Moment allein. Aber ich wollte dir ja von meinem ersten

Mal erzählen. Weißt du, wie ich die Chola Eugenia gefickt habe?«

»Nein.«

»Ich erzähle dir das, damit du lockerer wirst, Junge, und damit du schon ein bißchen in Fahrt kommst.«

Joaquín rang sich ein Lächeln ab.

»Ich weiß noch, meine Eltern waren gerade in Europa«, fuhr Luis Felipe fort. »Eugenia verwaltete bei uns die Schlüssel. Ehrlich gesagt war sie ziemlich häßlich, die Ärmste. Die Chola hatte ein Gesicht wie ein Pferd. Wenn du sie auf die Rennbahn mitgenommen hättest, hätte man sie gesattelt und starten lassen. Aber wenn man jung und heißblütig ist, wird jedes Loch zum Schützengraben, ist doch so, oder? Jedenfalls habe ich mich eines Nachts still und leise in Eugenias Zimmer geschlichen und mich auf sie gepackt, diese Stute wollte aber nicht die Beine breitmachen, und da habe ich zu ihr gesagt, hör mal, du Mißgeburt, wenn du mich nicht ficken läßt, werde ich meinen Eltern sagen, daß du mich vergewaltigt hast, als sie verreist waren, und sie werden dich achtkantig rausschmeißen. Da hat die Chola blöd geguckt und mich gelassen, einen Riesenspaß hat es ihr gemacht, was habe ich das Miststück zum Stöhnen gebracht! Nun sag schon, Junge, war dein Alter nicht ein aufgewecktes Bürschchen? Dreizehn Jahre, und ich habe mir die Pflaumen schon ganz allein gesucht.«

Luis Felipe wieherte vor Lachen. Joaquín roch den schlechten Atem seines Vaters.

»Papa, hättest du nicht Lust auf eine Tasse Kaffee im Cream Rica?« fragte er.

»Piß dich nicht ein, Junge«, sagte Luis Felipe. »Heute mache ich dich zum Mann, ob du willst oder nicht.«

Kurz darauf betraten sie ein Haus ganz in der Nähe der Calle Miguel Dasso, sie gingen zum dritten Stock hinauf, und Luis Felipe klingelte an einer Wohnungstür.

»Das hier ist ein äußerst diskreter Laden«, sagte er mit leiser Stimme. »Sie lassen nicht jeden rein. Und sie haben die besten Nutten von ganz Lima.«

Joaquín lächelte. Ihm zitterten die Knie. Luis Felipe klingelte noch einmal.

»Na, schon hart wie Stahl?« fragte er.

»Wie Stahl?« fragte Joaquín, der nicht verstand.

Luis Felipe lachte und steckte die Hände in die Hosentaschen.

»Dein Schwanz, Junge, ich meine, ob du schon eine Latte hast«, sagte er. »Scheißmist verfluchter, du scheinst doch nicht nach deinem Vater zu kommen.«

Eine Frau machte auf. Es war eine dicke Mulattin, die um die vierzig sein mochte. Sie hatte Lockenwickler im Haar.

»Guten Tag, Don Felipe«, sagte sie lächelnd. »Das ist aber schön, daß Sie mich beehren.«

»Hallo, Monique«, sagte Luis Felipe zu ihr. »Darf ich dir vorstellen: Joaquín, mein Ältester.«

Joaquín gab Monique die Hand.

»Guten Tag, Señora«, sagte er zu ihr.

Monique lachte laut auf.

»Oh, so ein Schmeichler, seit Jahren hat keiner mehr Señora zu mir gesagt«, sagte sie.

»Hör mal, Chola, kannst du uns versorgen?« fragte Luis Felipe.

»Aber natürlich, Don Luis Felipe«, sagte Monique. »Für Sie sind die Mädchen immer ready.«

»Prima, Chola«, sagte Luis Felipe. »Du bist schwer in Ordnung, kann man nichts gegen sagen.«

»Habe ich Sie je enttäuscht, Don Luis Felipe?« fragte Monique. »Habe ich Sie je ohne die Liebe und Zärtlichkeit dieses bescheidenen Hauses gelassen?«

Monique, Luis Felipe und Joaquín gingen in die Wohnung. Er war ein dunkles, armselig möbiliertes Apartment.

»Also, Chola, wir sind gekommen, damit mein Filius bei dir seine Feuertaufe macht«, sagte Luis Felipe.

»Der Kleine ist noch unschuldig?« fragte Monique mit einem Seitenblick auf Joaquín.

»Das ist ja das Problem«, sagte Luis Felipe. »Dabei ist er in einem Alter, wo er ruhig zeigen kann, was in ihm steckt.«

»Wie alt bist du denn, Kindchen?« fragte Monique Joaquín und strich ihm über den Kopf.

»Fünfzehn, Señora«, sagte Joaquín. »Gerade geworden.«

»Huch, da wird es ja höchste Eisenbahn, daß du mal meine Mädchen ausprobierst«, sagte Monique lächelnd. »Und schau mich nicht so an, Junge, sonst läuft dir der Glibber noch zu den Augen raus.«

Luis Felipe lachte schallend und kniff Monique in den Bauch.

»Du mußt dir den Milchbart abrasieren, Joaquincito«, sagte Monique.

»Was für einen Milchbart?« fragte Joaquín.

Monique fuhr ihm mit dem Finger über die Oberlippe.

»Die Fusseln hier, Kind«, sagte sie lächelnd. »Diesen Mariachibart.«

»Hast du dich noch nie rasiert, Sohn?« fragte Luis Felipe.

»Nein, noch nie, Papa«, sagte Joaquín.

Monique legte Joaquín eine Hand zwischen die Beine.

»Ich glaube, dir wachsen schon die Haare, diese Eier jedenfalls sind nicht von schlechten Eltern«, sagte sie mit kokettem Lächeln.

Monique und Luis Felipe lachten aus vollem Halse. Joaquín lächelte gequält.

»Gut, Chola, jetzt zeig mal die Mädchen, die du heute da hast«, sagte Luis Felipe.

»Wie Sie wünschen, Don Luis Felipe, Ihr Wille ist mir Befehl«, sagte Monique. »Wenn die Herrschaften bitte mitkommen würden in den Aufenthaltsraum…«

Monique, Luis Felipe und Joaquín gingen durch den Flur und traten in ein kleines Zimmer. Auf einem Sofa saßen drei Mädchen und sahen fern. Eines hatte schwarzes Haar und mandelförmige Augen. Ein anderes war blondiert. Das dritte war schwarz und schien die Jüngste zu sein.

»Mädchen, ihr kennt doch Don Luis Felipe« sagte Monique.

»Guten Tag, Don Luchito«, sagte die Blondine.

»Guten Tag, Luchín«, sagte die mit den Mandelaugen.

Die Schwarze blieb stumm und wandte den Blick nicht vom Fernseher.

»Hallo, Mädchen«, sagte Luis Felipe lächelnd.

»Und das hier ist sein Sohnemann, Joaquín, er ist gerade fünfzehn Lenze alt geworden und will in diesem Haus der Liebe sein Debüt geben«, sagte Monique.

»Heißa, was für ein schnuckliges Kerlchen«, sagte die Mandeläugige.

»Ein strammer Bursche, der Junge, Don Luchito«, sagte die Blonde.

»Such dir aus, welche du haben willst, Joaquín«, sagte Luis Felipe.

Joaquín schlug die Augen nieder.

»Ich weiß nicht«, sagte er. »Ist mir egal.«

»Du kannst dich auf alle drei verlassen, Jungchen«, sagte Monique. »Sie sind unter regelmäßiger Hygienekontrolle und besitzen ein gültiges Gesundheitszeugnis. Ich lasse sie jede Woche durchchecken.«

»Such dir ohne Angst eine aus, nicht so schüchtern«, sagte Luis Felipe.

»Soll ich mit dir ein paar nette Sächelchen machen, Großer?« fragte das Mädchen mit den Mandelaugen Joaquín.

Joaquín wußte nicht, was er antworten sollte. Das Mädchen mit den gefärbten Haaren schaute ihn an und streckte lächelnd ihre Brüste heraus. Die Schwarze sah weiter fern.

»Welche würden Sie mir denn empfehlen, Señora?« fragte Joaquín Monique.

Monique lachte etwas gezwungen.

»Ich kann dir da nicht raten, Jungchen, da ist die Berufsehre vor«, sagte sie. »Aber ich versichere dir, sie arbeiten alle mit großer Hingabe und verstehen es, sich ganz auf den Geschmack des Kunden einzustellen.«

»Gut, Joaquín, wenn du nicht weißt, werde ich für dich entscheiden«, sagte Luis Felipe. »Ich nehme mir Amparo, und du machst deine Feuertaufe mit Flora, okay?«

»Wer ist Flora?« fragte Joaquín.

»Ich, mein Täubchen, stehe zu Diensten«, sagte die mit den Mandelaugen.

»Los, Amparo«, sagte Luis Felipe. »Dein Stündchen hat geschlagen.«

»Ach, Don Luchito, nicht mal in Ruhe seine Telenovela kann man gucken«, beschwerte sich die mit den gefärbten Haaren und stand auf.

Sie trug einen orangenen Minirock und rote Stöckelschuhe.

»Und du, Flora, geh gut mit meinem Stammhalter um«, sagte Luis Felipe.

»Selbstverständlich, Don Luchín, ich bin überglücklich, den Buben zum Manne machen zu dürfen«, sagte die mit den Mandelaugen.

»Und wehe, du bläst ihm nur einen«, sagte Luis Felipe, und die Mandeläugige lachte.

Luis Felipe legte Joaquín eine Hand auf die Schulter.

»Bring sie zum Stöhnen, Junge«, sagte er.

Als Luis Felipe zusammen mit Amparo den Raum verlassen hatte, stand Flora auf, nahm Joaquín bei der Hand und ging mit ihm in eines der Schlafzimmer. Flora schloß die Tür hinter sich ab, zog die Gardinen zu und machte Licht. Es war ein kleines, ziemlich schmuddliges Zimmer. In ihm stand lediglich ein Bett mit zerwühlten Laken.

»Zieh dich aus, Großer«, sagte Flora.

Joaquín lächelte. Ihm zitterten noch immer die Knie.

»Hab keine Angst«, sagte Flora lächelnd. »Ich werde dir schon keine Kaninchen aus dem Pimmel zaubern.«

Sie zog sich Bluse, Rock und Schuhe aus und behielt nur den BH und einen schwarzen Slip an. Er traute sich nicht, sie anzuschauen. Er zog sich langsam bis auf die Unterhose aus.

»Jetzt komm noch kurz ins Bad«, sagte sie.

Sie gingen in ein winziges, übelriechendes Badezimmer.

»Ich wasche dir deinen Piepmatz, ja?« sagte sie.

Er trat an das Waschbecken. Sie zog ihm die Unterhose herunter.

»Das ist ja ein leckerer Lümmel, den du da hast, Bub«, sagte sie lächelnd. »So ein Schwengelchen aber auch, ganz der Vater.«

Er versuchte zu lächeln. Sie wusch ihm das Glied mit Wasser und Seife.

»Das Wasser ist so kalt«, klagte er.

»Tut mir leid, Großer«, sagte sie. »Aber der Boiler ist ausgeschaltet, auf Befehl dieser Knauserin von Monique.«

Sie seifte ihm weiter das Glied ein. Er zitterte vor Kälte und Angst.

»Fertig, gehen wir ins Bett«, sagte sie.

Sie kehrten ins Zimmer zurück. Sie zog sich die Sachen ganz aus, legte sich aufs Bett und spreizte die Beine. Er sah Floras stark behaartes Geschlecht und spürte Ekel in sich aufsteigen. Dann setzte er sich auf die Bettkante und wußte nicht, was er tun sollte.

»Was ist los?« fragte sie überrascht. »Hast du keine Lust? Gefällt dir meine Mizzi nicht?«

»Ich weiß nicht«, sagte er. »Ich fühle mich nicht gut.«

»Das ist normal, Großer, das sind die Nerven«, sagte sie.

»Beim ersten Mal klemmt es bei euch Lausbuben immer ein bißchen. Komm her, ich versuche es mal mit Handbetrieb.«

Er saß regungslos da, mit dem Rücken zu ihr.

»Komm schon, Großer, leg dich hin«, drängte sie. »Ich könnte mich wegschmeißen dafür, es Unschuldsknaben wie dir zu besorgen. Du wirst sehen, ich mache eine so geile Nummer mit dir, daß du die Engel im Himmel singen hörst.«

Sie nahm ihn von hinten in die Arme und küßte ihm den Nacken. Er legte sich aufs Bett, sah seinen nackten Körper im Spiegel an der Decke und schloß die Augen.

»Sei ganz locker«, flüsterte sie.

Dann kniete sie nieder und fing an, ihm den Schwanz zu lutschen. Er konzentrierte sich, um eine Erektion zu bekommen.

»Was ist los mit dir, Lausbub? Wo klemmt es denn?«

»Ich weiß nicht. Ich glaube, ich habe keine Lust.«

»Gefalle ich dir nicht? Schau mal, meine Titten. Wie schön hart die sind. Schau mal, meine Mizzi. Wie die riecht, lecker! Und pitschnaß. Gefällt dir meine Mizzi nicht?«

»Du bist nett, Flora, aber ich weiß nicht, was mit mir los ist. Es ist meine Schuld.«

»Soll ich dir noch mal einen blasen, vielleicht steht er dir dann.«

»Nein, danke. Lieber nicht.«

»Wie du willst, Jungchen. Bei mir ist der Kunde König.«

Er stand auf und sammelte auf dem Fußboden seine Sachen zusammen. Sie ging ins Bad und spülte sich den Mund aus. Als sie wieder herauskam, hielt er ihr einen Fünftausend-Soles-Schein hin.

»Bitte, erzähl nichts meinem Vater«, sagte er leise.

Sie nahm den Geldschein und steckte ihn weg.

»Danke, Großer«, sagte sie lächelnd.

»Tut mir leid, Flora«, sagte er. »Es ist meine Schuld. Du machst deine Arbeit sehr gut.«

Joaquín hätte am liebsten geweint. Er war wütend. Er hatte Lust, seinen Kopf gegen die Wand zu knallen.

»Mach dir nichts draus, Großer, ich bin diese Schwierigkeiten gewohnt«, sagte sie und strich ihm über den Kopf.

»Ich habe meinem Vater ja gesagt, ich will nicht, aber dieser Vollidiot hat mich gezwungen«, sagte er und mußte sich zwingen, nicht loszuweinen.

»Was ist dein Problem, Kleiner?« fragte sie. »Stehst du auf Schwänze?«

»Nein, nein«, sagte er überrascht. »Wie kommst du darauf?«

»Nur so, Großer, ich frag nur. Falls allerdings doch, mach dich nicht verrückt deshalb, laß dich einfach von deinem Instinkt leiten. Sonst wird es die Hölle für dich sein.«

»Danke, Flora.«

»Wenn du willst, komm ein andermal wieder, und wir versuchen es noch mal, Jungchen. Für weißes, weiches Fleisch arbeite ich gratis.«

Er setzte sich aufs Bett und zog sich die Schuhe an.

»Und du erzählst bitte nichts meinem Vater, nein?« sagte er beim Zubinden der Schnürsenkel. »Bitte, sag es keinem, Flora.«

»Sei ganz beruhigt, Großer«, sagte sie, während sie sich wieder anzog. »Ich bin Profi.«

Er stand auf und schaute ihr in die Augen.

»Entschuldige tausendmal, Flora«, sagte er. »Ich weiß nicht, was ich tun soll, damit du mir verzeihst.«

Er bückte sich und küßte ihr eine Hand.

»Du bist ja ein richtiger Romantiker, Kleiner«, sagte sie lächelnd.

Sie verließen das Zimmer. Flora ging in den Aufenthaltsraum zurück und setzte sich wieder vor den Fernseher. Joaquín blieb im Flur stehen.

»Na, wie war es, Söhnchen?« fragte ihn Monique.

»Ausgezeichnet, Señora«, sagte er.

»Hast du eine Doppelnummer gemacht?«

»Wie bitte?«

»Ob du sie zweimal auf die Reise geschickt hast oder schon nach dem erstenmal k.o. warst.«

»Eine Doppelnummer, Señora.«

Monique lachte und schlug dabei eine Hand an die Brust.

»Donnerlittchen, diese Jugend von heute läßt sich keine Gelegenheit entgehen«, sagte sie und ging in den Aufenthaltsraum, um weiter fernzusehen.

Kurz darauf kamen Luis Felipe und Amparo aus einem der Zimmer, sie lachten und schäkerten miteinander.

»Und? Wie war es bei dir, Junge?« fragte Luis Felipe seinen Sohn.

»Ich habe sie zum Stöhnen gebracht, Papa«, sagte Joaquín.

Luis Felipe lachte laut und klopfte seinem Sohn auf die Schulter.

»Wie war mein Sohnemann, Florita?« fragte Luis Felipe.

»Ein Teufel ist das, ich bin fast erstickt, so sehr hat er mich gestoßen«, sagte Flora. »Der Apfel fällt nicht weit vom Stamm, Don Luchín.«

Alle lachten.

»Wieviel kriegst du, Chola?« fragte Luis Felipe Monique.

»Fünfzig, Don Luis Felipe«, sagte Monique und stand auf. »Ich berechne Ihnen nur den Einfachtarif, mehr nicht. Joaquíns zweite Nummer war ein Geschenk des Hauses.«

»Zweimal hast du es ihr besorgt, du Galgenstrick?« fragte Luis Felipe.

»Wenn schon, denn schon, Papa«, sagte Joaquín.

»Sakra, ich wußte doch, daß du mir auch so ein Rammler wirst«, sagte Luis Felipe.

Dann holte er ein paar Geldscheine hervor und gab sie Monique.

»Der Rest ist für dich«, sagte er zu ihr.

»Danke, Don«, sagte Monique zu ihm. »Du bist wirklich ein Gentleman.«

»Ich schaue bald wieder vorbei, Chola«, sagte Luis Felipe.

»Und du kannst kommen, wann immer du willst, Söhnchen«, sagte Monique zu Joaquín. »Für Schüler und Studenten gibt es bei mir ermäßigte Preise.«

»Bestimmt, Señora«, sagte Joaquín lächelnd. »Ich komme irgendwann vorbei.«

»Spitzbube, verflixter«, sagte Monique und kniff Joaquín in den Bauch. »Ganz der Papa.«

Sie lachten. Luis Felipe und Joaquín verließen die Wohnung.

»Und? Wie fühlst du dich, nachdem du eine geile Muschi vernascht hast?« fragte Luis Felipe, als sie die Treppen hinuntergingen.

»Hungrig«, sagte Joaquín, und sie lachten.

Luis Felipe klopfte seinem Sohn auf die Schulter.

»So bist du deines Vaters Sohn, potztausend«, sagte er voll Stolz.

Auf dem Weg nach Hause machten Luis Felipe und Joaquín halt im Drive-in-Restaurant BQ, um einen Happen zu essen. Der Kellner kam sofort ans Auto. Luis Felipe und Joaquín bestellten ein paar Sandwiches. Der Kellner war im Handumdrehen mit den Sandwiches zurück. Es war noch nicht Abend.

»Jetzt, wo du ein ganzer Mann bist, werde ich dir zwei, drei Ratschläge über Frauen geben«, sagte Luis Felipe, als der Kellner wieder weg war.

Joaquín biß in sein Sandwich und schaute zu, wie sich das Paar im Nachbarauto küßte.

»Erster Ratschlag: Vergiß nie, daß alle Frauen Schlampen sind«, sagte Luis Felipe.

Joaquín lächelte.

»Lach nicht«, sagte Luis Felipe. »Ich meine es ernst.«

»Alle?« fragte Joaquín.

»Alle, Junge«, sagte Luis Felipe. »Alle sind sie zu allem bereit für einen guten Ringelstecher.«

»Was ist ein Ringelstecher?« fragte Joaquín lächelnd.

»Das Tier, das wir Männer zwischen den Beinen haben«, sagte Luis Felipe und griff sich an die Hose.

Sie lachten.

»Ich kenne viele Frauen, Sohn«, fuhr Luis Felipe fort. »Glaub mir: Sie sind alle Schlampen, nur daß manche es wissen, und manche nicht.«

»Mama ist auch eine Schlampe?« fragte Joaquín.

Luis Felipe ließ ein Gelächter erschallen.

»Nein, deine Mutter nun nicht gerade«, sagte er. »Es sind alles Schlampen bis auf deine Mutter.«

»Habe ich doch gesagt«, sagte Joaquín.

»Deine Mutter ist ein merkwürdiger Fall, Sohn«, sagte Luis Felipe. »Ich kenne keine Frau, die so ist wie sie. Deine Mutter betet lieber, als daß sie eine gute Nummer macht. Manchmal, wenn ich sie bumse, habe ich schon gedacht, sie betet.«

Sie lachten aufs neue.

»Zweiter Ratschlag: Gib nie etwas darauf, wenn eine Frau nein sagt«, sagte Luis Felipe. »Vergiß nicht, sie sind alle fickbar. Die einen sind leicht zu haben, die andern machen auf eng, aber sie sind alle fickbar. Wenn ein Weib zu dir sagt, sie will, dann will sie, und wenn sie zu dir sagt, sie will nicht, dann will sie auch.«

»Und woher weißt du das, Papa?« fragte Joaquín.

»Weil ich es weiß, darum, weil ich es weiß«, sagte Luis Felipe. »Die, die dir sagen, sie wollen nicht, sind die größten Schlampen, Joaquín. Du kannst deinem Vater ruhig glauben. Ich habe viele Fotzen auf meinem Konto.«

Joaquín schaute wieder zum Nachbarauto: Das Paar küßte sich immer noch.

»Hat Mama nie gemerkt, daß du fremdgehst?« fragte er, ohne seinen Vater dabei anzusehen.

»I wo«, sagte Luis Felipe lächelnd. »Denkst du etwa, ich bin ein Trottel, oder was? Deine Mutter merkt nichts, sie hat nie etwas gemerkt. Ich mache meine Seitensprünge auf eigene Rechnung. Außerdem befriede ich deine Mutter vollauf. Oder heißt das ›befriedige‹?«

»Befriedige.«

»Meinetwegen, irgendwie wird es schon heißen.«

Sie lachten. Luis Felipe war fertig mit seinem Sandwich und steckte sich eine Zigarette an.

»Dritter Ratschlag, Joaquín: Zieh dir immer ein Kondom rüber«, sagte er und stieß den Rauch aus. »Du mußt immer ein Kondom in der Brieftasche haben. Mach es nie ohne, Junge. Das ist sehr gefährlich. Auch wenn die Frau sagt, es wäre ungefährlich, glaub ihr nicht. Ich kenne viele Fälle, daß sich ein Weib volltrichtern läßt, um einem dann ein Kind anzuhängen und abzukassieren. Ich will nicht, daß du mich vor der Zeit zum Großvater machst, Junge.«

»Keine Sorge, Papa«, sagte Joaquín. »Ich habe auch keine Lust auf ein Kind.«

»Ich weiß, Junge, aber wenn man geil ist, verliert man oft den Kopf. Glaubst du vielleicht, daß die Leute ihre Kinder planen? Von wegen. Die allermeisten von uns sind ein Produkt der Geilheit, nicht der Liebe. Die Geilheit ist die Kraft, die die Welt bewegt, Joaquín.«

»Du hast recht, Papa.«

Sie schwiegen beide. Luis Felipe rülpste.

»Einen letzten Ratschlag noch: Laß dich nicht zum Fotzenknecht machen«, sagte Luis Felipe. »Wie viele Freunde von mir sind zu gottverdammten Schlappsäcken geworden! Unmengen, Junge, Unmengen. Und warum? Weil sie sich zu Fotzenknechten haben machen lassen. Sie verlieben sich nicht, sie werden zu Fotzenknechten. Laß es nie zu, daß dir eine Frau auf der Nase herumtanzt, Joaquín. Den Weibern muß man beizeiten klarmachen, daß sie ihren Mund zu halten haben und daß ihr Platz in der Küche ist, wie deine Mutter.«

»Jawohl, Papa.«

»Ich sage dir das alles, weil ich mich freuen würde, wenn du auch mal so Frauenheld wirst wie dein Vater, Joaquín. Als ich noch jung war, hatte ich keinen Papa, der mir solche Ratschläge hätte geben können, wie ich sie dir gebe. Alles, was ich über Frauen weiß, mußte ich selber lernen.«

»Vielen Dank, Papa. Deine Ratschläge werden mir riesig helfen.«

Luis Felipe schaltete die Autoscheinwerfer an und ließ sich die Rechnung kommen.

»Eins muß ich dir noch sagen, Joaquín«, sagte er.

»Was, Papa?«

»Heute bin ich stolz auf dich.«

»Wie war's?« fragte Maricucha, als sie nach Hause kamen.

»Sehr schön, sehr schön«, sagte Luis Felipe und küßte seine Frau auf die Wange.

Joaquín sagte nichts.

»Wo wart ihr?« fragte Maricucha.

»Wir sind ein bißchen naschen gegangen«, sagte Luis Felipe.

»Hat es geschmeckt?« fragte Maricucha.

»Was meinst du, Joaquín, hat es geschmeckt?« fragte Luis Felipe.

»Lecker«, sagte Joaquín.

Luis Felipe bog sich vor Lachen.

»Worüber lachst du?« fragte Maricucha.

»Über nichts, Frau, über nichts«, sagte Luis Felipe. »Was soll das? Ist es in seinen eigenen vier Wänden verboten zu lachen?«

Er ging an die Hausbar und schenkte sich einen Schluck ein.

»Gibst du mir kein Küßchen, Joaquín?« sagte Maricucha.

Joaquín küßte seine Mutter auf die Wange.

»Pfui, du stinkst nach Chola«, sagte Maricucha und verzog vor Ekel das Gesicht.

Joaquín spürte, wie sein Gesicht zu glühen anfing.

»Darf man wissen, wo ihr gewesen seid?« fragte Maricucha mit gerunzelter Stirn.

»Joaquín, geh dich duschen«, sagte Luis Felipe. »Ich muß mit deiner Mutter unter vier Augen sprechen.«

Joaquín ging langsam in sein Zimmer.

Als Joaquín in seinem Zimmer war, zog er sich gleich aus und ging unter die Dusche. Er stand unter dem heißen Wasserstrahl, nahm seinen Schwanz, seifte ihn ein und ließ ihn anwachsen. Dann schloß er die Augen und rieb ihn sich, wobei er an einen Jungen von seiner Schule dachte. Der Junge hieß Billy. Er war blond, stark und ein sehr guter Sportler. Joaquín hatte ihn im Umkleideraum der Schule ein paarmal nackt gesehen. Unter dem heißen Wasser, das auf den Rücken, die entspannten Beine und den harten Schwanz prasselte, stellte er sich den schweißnassen Billy in der Umkleidekabine vor, er stellte sich vor, wie er ihm die Shorts runterzog, den Slip runterzog, seinen Schwanz lutschte, sich bückte, damit Billy ihm den Schwanz hinten reinsteckte, er stellte sich vor, wie Billy ihn bumste und ihm in den Nacken biß. Ja, Großer, geil, besorg es mir, sagte er und biß sich auf die Lippen. Er wurde fertig, machte die Augen auf, lachte still bei dem Gedanken, daß er geredet hatte wie Flora.

Am Abend lag Joaquín schon im Bett, als seine Mutter ins Zimmer kam und sich auf die Bettkante setzte.

»Kind, ich muß mit dir reden«, sagte sie.

Joaquín richtete sich auf und schob sich zum Sitzen ein Kissen hinter den Rücken.

»Red doch, Mama«, sagte er.

»Ich kann nicht, Liebling«, sagte Maricucha und seufzte. »Ich bin so traurig, daß mir die Worte fehlen.«

Sie schlug die Hände vors Gesicht und fing an zu weinen. Joaquín strich ihr über den Kopf.

»Was ist denn, Mama?« fragte er sie. »Warum weinst du?«

»Ach, mein Joaquín, ich kann nicht glauben, daß dein Vater so eine Abscheulichkeit getan hat«, sagte sie. »Ich bin am Boden zerstört.«

»Was für eine Abscheulichkeit denn?« fragte er überrascht.

»Dein Vater hat mir schon erzählt, daß er dich in ein öffentliches Haus mitgenommen hat, mein Liebling«, sagte sie und schaute ihm in die Augen. »Du darfst mir nicht länger die Wahrheit verschweigen.«

Jetzt schämte sich Joaquín. Er wußte nicht, was er sagen sollte.

»Es tut mir leid, Mama«, versuchte er, sie zu trösten, und schlug die Augen nieder.

»Bei der Liebe Gottes, wie kann man meinen kleinen Joaquín so beflecken?« sagte Maricucha zu sich selbst. »Wie kann man mir seine Seele so besudeln? Wie kann man ihn mir so verführen zu sündigen?«

Sie hörte nicht auf zu weinen. Auch Joaquín begann zu weinen.

»Ich wollte ja nicht, Mama«, sagte er. »Papa hat mich gezwungen.«

Maricucha umarmte ihren Sohn.

»Ich weiß, mein Liebling, dein Vater ist ein viehischer Macho«, sagte sie. »Hätte ich ihn besser gekannt, ich hätte dieses Vieh nie geheiratet.«

Joaquín lächelte.

»Wie traurig der Allmächtige jetzt sein muß«, sagte Maricucha. »Sicherlich weint er, wenn er daran denkt, daß mein Joaquincito bei einer Prostituierten war. Wie muß der Herr gelitten haben, als er dich schweinigeln sah mit dieser liederlichen Chola. Krebs soll er ihren Schamteilen schicken.«

»Ich habe mit der Prostituierten nicht geschweinigelt, Mama.«

»Lüg nicht, Joaquín. Sündige nicht noch mehr, der Allmächtige schaut auf uns herab.«

»Ich schwöre dir, Mama. Ich habe nichts gemacht. Es hat mich angeekelt.«

»Du hast die Sünde nicht bis zur Hurerei getrieben?«

»Bis wohin, Mama?«

»Wir müssen wieder zusammen das Alte Testament lesen, mein Liebling. Du hast deinen Glaubensunterricht vergessen. Hast du dich der Prostituierten bedient, oder nicht?«

»Ich konnte nicht, Mama. Ich wollte nicht. Mir war speiübel.«

»Du hast nichts gemacht?«

»Nichts. Sie wollte, ich habe mich aber nicht verführen lassen.«

Maricucha drückte ihn an sich und küßte ihn mehrmals auf Stirn und Wangen.

»Ich kann es nicht fassen, mein Liebling! Du warst zu soviel Mäßigung fähig und hast deine Keuschheit bewahrt!« sagte sie lächelnd. »Ich habe immer gewußt, daß du ein Kind von ganz besonderer Gottesfurcht bist, aber das überrascht mich doch. Man muß über große Willenskraft verfügen, um nicht der Versuchung des Fleisches zu erliegen.«

Joaquín schnaubte ins Kleid seiner Mutter.

»Ich bin so stolz auf dich, mein Liebling«, sagte sie. »Du bist eine so unendlich fromme Seele.«

»Es war furchtbar, Mama«, sagte er. »Ich will nie wieder an einen solchen Ort gehen.«

»Hab keine Angst, mein Liebling. Ich werde deine Keuschheit hüten wie meinen Augapfel. Nur über meine Leiche können sie dir deine Keuschheit rauben, Joaquín. Nur über meine Leiche.«

Er hörte nicht auf zu weinen.

»Du weißt ja nicht, wie stolz ich auf dich bin, mein züchtiger, gütiger Joaquín, mein reines, unbeflecktes Kind«, sagte sie, während sie ihn immer wieder umarmte.

»Mama, erzähl nicht Papa, was ich dir gesagt habe, ja?«

»Wieso denn, mein Liebling? Ein guter Christ schämt sich nicht, wenn er seine Keuschheit zu bewahren versteht.«

»Ich habe ihn angelogen. Er glaubt, daß ich es gemacht habe mit der Prostituierten.«

»Und warum hast du ihn angelogen? Du hättest ihm ruhig sagen sollen, daß du nicht so ein schweinischer Schürzenjäger bist wie er.«

»Ich weiß nicht, ich habe mich geschämt, die Wahrheit zu sagen.«

»Hab keine Angst, deinen Vater in die Schranken zu weisen, Joaquincito. Vergiß nicht, der Herr ist an deiner Seite.«

»Ich bitte dich aber darum, sag ihm nichts, ja? Wenn du es ihm erzählst, wird er wütend auf mich, und alles wird nur noch schlimmer.«

»Gut, ich werde ihm nichts sagen, aber du mußt mir auch etwas versprechen.«

»Was du willst, Mama.«

»Daß du nie wieder in ein öffentliches Haus gehst.«

»Nie wieder. Das verspreche ich dir.«

»Wenn Papa dich wieder mitnehmen will, sagst du ihm: Halt, Sündiger, hebe dich hinweg. Du kommst dann zu mir und sagst es mir.«

»Ja, Mama.«

Maricucha und Joaquín umarmten sich von neuem.

»Manchmal kann ich es fast nicht erwarten, daß mich der Herr zu sich ruft«, murmelte sie. »Das irdische Leben ist Enttäuschung, Enttäuschung und immer wieder Enttäuschung.«

»Papa, beim Pullern heute morgen hat es mächtig gebrannt«, sagte Joaquín am nächsten Tag.

Er war gerade ins Zimmer seines Vaters gekommen, der im Bett lag und Zeitung las. Maricucha war zur Messe gegangen.

»Mach keinen Quatsch«, sagte Luis Felipe und ließ die Zeitung auf die Bettdecke sinken. »Dir tut der Schwanz weh?«

»Hm«, sagte Joaquín, »die ganze Nacht schon.«

»Scheiße, sag nicht, du hast dir bei der Chola die Pfeife verbrannt. Was für ein Gefühl ist es?«

»Na eben, als ob ich mich verbrannt hätte. Ganz heiß.«

Es stimmte: Obwohl er es nicht geschafft hatte, mit Flora Sex zu machen, verspürte Joaquín ein starkes Brennen in seinem Glied.

»Wenn du dir bei deiner Feuertaufe die Pfeife verbrannt hast, bist du wirklich ein Pechvogel, Junge. Hat dir Flora denn keinen Gummi übergestülpt?«

»Nein, Papa, sie hat mir nichts übergestülpt.«

»So ein Miststück, diese Chola. Scheiße, ich habe auch mit ihr gefickt. Ich werde mit der dicken Monique reden, daß sie sie feuert.«

»Es ist nicht ihre Schuld, Papa.«

»Ich habe mir bei Monique nie die Pfeife verbrannt, Junge. Nie. Und dich erwischt es gleich beim ersten Mal. Scheiße, was bist du für ein Unglücksrabe.«

»Das kommt davon, weil ich kein Kondom genommen habe.«

»Genau. Nimm immer ein Kondom, Sohn. Immer.«

Luis Felipe stand aus dem Bett auf und kratzte sich an den Genitalien. Er war noch im Pyjama.

»Gut, wir ziehen uns schnell an und gehen zum Chinesen«, sagte er, gähnte und reckte die Arme.

»Was für ein Chinese denn?« fragte Joaquín.

»Na, der Chinese von der Roosevelt-Apotheke«, sagte Luis Felipe. »Er kuriert Geschlechtskrankheiten mit einer riesigen Pferdespritze. Jeder in Lima, der sich die Pfeife verbrennt, geht zum Chinesen. Mich hat er schon ein paarmal gerettet.«

»Muß ich eine Spritze kriegen? Reichen nicht einfach ein paar Tabletten?«

»Es geht nicht anders, Junge. Wenn du dir die Pfeife verbrannt hast, kommst du um deine Spritze nicht herum. Danach geht es dann wieder auf in den Kampf. So ist das nun mal im Leben. Für einen richtigen Rammler ist eine verbrannte Pfeife so etwas wie ein Kriegsorden.«

»Verflixt, daß ausgerechnet mir das passieren muß. Ich mag keine Spritzen.«

»Mann, es ist nur ein Piekser, stell dich nicht so an. Oder ist dir lieber, dein Schwanz fault dir ab?«

»Nein«, sagte Joaquín und lachte.

»Zieh dich rasch um, wir gehen zum Chinesen, bevor die Alte davon erfährt«, sagte Luis Felipe.

»Welche Alte?«

»Pardon, deine Mutter.«

Eine halbe Stunde später betraten Luis Felipe und Joaquín die Roosevelt-Apotheke. Zwei, drei Leute sahen sich die Auslagen an. Hinter dem Ladentisch stand ein Mann mit asiatischen Gesichtszügen.

»Guten Tag, mein lieber Akira«, sagte Luis Felipe zu dem Mann mit den mandelförmigen Augen und gab ihm die Hand.

»Wie geht es, Doktor Luis Felipe?« sagte Akira mit einer leichten Verbeugung des Kopfes.

»Nun ja, ich bringe hier meinen Sohn Joaquín«, sagte Luis Felipe und klopfte Joaquín auf die Schulter.

Joaquín gab Akira die Hand.

»Was hat der junge Mann?« fragte Akira.

»Verkehrsunfall«, sagte Luis Felipe mit leiser Stimme.

Akira nahm die Brille ab.

»Tripper, ja?« flüsterte er und trat näher an Joaquín heran.

»Hm«, sagte Joaquín.

»O Jugend, göttlicher Schatz«, sagte Akira mit einem Seufzer.

»Mit den Jungens von heute hat man nur Ärger, Akira«, sagte Luis Felipe. »Können Sie mir den Kleinen verarzten?«

»Aber mit dem größten Vergnügen, Doktor Luis Felipe«,

sagte Akira. »Im Handumdrehen haben Sie Ihren Jungen gesund zurück.«

Er kam hinter seinem Ladentisch hervor und legte Joaquín eine Hand auf die Schulter.

»Hier entlang, junger Kavalier«, sagte er zu ihm und wies auf einen Vorhang.

Akira und Joaquín verschwanden hinter dem Vorhang und gingen ins Innere der Apotheke. Luis Felipe blieb draußen.

»Da sind Ihnen wohl kleine Tierchen ins Schläuchlein gekrabbelt, wie?« fragte Akira lächelnd.

»Tja, leider«, sagte Joaquín.

»Machen Sie sich mal keine Sorgen, junger Kavalier, nicht umsonst werde ich der Feuerwehrmann von San Isodro genannt: Egal, was brennt, ich lösche es«, sagte Akira, lachte und bekam dabei ganz schmale Augen.

Dann zog er sich einen weißen Kittel an und bereitete die Spritze vor.

»Hoffentlich werde ich nicht ohnmächtig , ich habe nämlich eine schreckliche Angst vor Spritzen«, sagte Joaquín.

»Sie können beruhigt sein, es tut nicht weh«, sagte Akira. »Ein winziger Stich nur, wie von einer Mücke.«

Joaquín schloß die Augen und verfluchte im stillen seinen Vater. Akira hatte die Spritze fertig.

»Wenn sie so liebenswürdig wären und mir eine Gesäßbacke zeigen würden?« sagte er.

»Welche?« fragte Joaquín.

»Egal«, sagte Akira lächelnd, »ich habe in meinem Leben so viele Ärsche gesehen, daß ich unter ihnen keine besonderen Vorlieben mehr habe, junger Mann.«

Joaquín drehte Akira den Rücken zu und ließ die Hose und die Unterhose bis zu den Knien herunter.

»Besser, Sie wählen die Seite aus, Señor«, sagte er.

»Gewöhnlich ist die rechte Backe weicher«, sagte Akira.

Dann betupfte er Joaquíns rechte Gesäßhälfte mit einem

in Alkohol getränkten Wattebäuschchen und setzte die Spritze an.

»Ist gleich vorbei, ist gleich vorbei«, sagte er, während er ihm die Injektion verabreichte.

Ein paar Sekunden später zog er die Spritze wieder heraus.

»Fertig, junger Mann«, sagte er. »Jetzt geht es wieder eine Weile mit dem Galgenschwengel.«

Joaquín zog sich die Hose hoch.

»Und ich bin damit auch wirklich wieder gesund?« fragte er.

»Ach, junger Kavalier, wenn ich Ihnen sagen würde, wie viele Rohrschäden ich repariert habe, Sie würden es mir nicht glauben«, sagte Akira. »Es sind Unmengen von Galgenschwengeln, die mir Dankbarkeit schulden, junger Kavalier. Unmengen.«

Joaquín lachte.

»Danke, Señor«, sagte er.

»Passen Sie auf sich auf, ein gesunder Johannes ist das Heiligste auf der Welt«, sagte Akira.

Als Luis Felipe und Joaquín nach Hause kamen, wurden sie schon von Maricucha erwartet, die vor der Haustür saß.

»Wo wart ihr?« fragte sie, kaum daß sie aus dem Auto ausgestiegen waren.

Sie machte einen aufgebrachten Eindruck.

»Was ist los, Frau?« fragte Luis Felipe. »Kann ich nicht mal fünf Minuten mit meinem Sohn unterwegs sein?«

»Wo wart ihr, Joaquín?« fragte Maricucha.

»In der Apotheke, Mami«, sagte Joaquín.

»Bestimmt?« fragte sie und sah ihm in die Augen. »Belügst du mich auch nicht?«

»Frau, bitte, mach dich nicht lächerlich«, sagte Luis Felipe. »Wir waren in der Apotheke, um ein paar Sachen zu kaufen.«

»Was für Sachen?« fragte Maricucha und stand auf. »Wo sind die Sachen, die ihr gekauft habt?«

»Ich hatte Bauchschmerzen und habe die Pillen gleich in der Apotheke genommen«, sagte Joaquín.

»Und ich bin dir keine Rechenschaft schuldig, verflucht noch mal«, sagte Luis Felipe. »In diesem Haus bin immer noch ich es, der bestimmt.«

»Ich werde nicht zulassen, daß du mir den Jungen verdirbst, Luis Felipe«, sagte Maricucha mit lauter Stimme. »Das werde ich dir nicht erlauben.«

»Er ist kein Kind mehr, Frau«, sagte Luis Felipe. »Er ist ein Mann, nicht wahr, Joaquín?«

»Ja, Papa«, sagte Joaquín.

»Gnade dir Gott, wenn du noch einmal mit Joaquín außer Haus gehst, ohne mir etwas zu sagen, ich zeige dich Halunken an wegen Verführung Minderjähriger«, sagte Maricucha zu ihrem Ehemann.

Luis Felipe lachte höhnisch.

»Ich werde mit meinem Sohn hingehen, wo ich will«, sagte er.

»Geiler alter Bock«, sagte Maricucha. »Wie kannst du es wagen, mir meinen Joaquín zu verderben?«

»Ich verderbe ihn nicht, Frau«, sagte Luis Felipe. »Ich mache einen Mann aus ihm. Wer ihn verdirbt, das bist du, mit deinem Gehätschel. Bei dir wird der Junge noch schwul.«

»Lüge«, schrie Maricucha. »Wieso schwul? Ich will nur, daß aus dem Jungen ein guter Christ wird, und nicht ein dreister geiler Bock wie sein Vater.«

Luis Felipe gab seiner Frau eine schallende Ohrfeige.

»Ich bitte mir mehr Respekt aus, alte Filzlaus«, schrie er.

»Schlag mich, schlag mich tot, Halunke, aber verdirb mir nicht meinen Joaquín«, schrie Maricucha.

Jetzt brach sie in Tränen aus.

»Ich mache aus Joaquín einen Mann, der die Eier am rechten Fleck hat. Damit er nicht ein beschissener Schwuler wird wie dein Bruder Micky«, sagte Luis Felipe.

»Du bist nur eifersüchtig auf Micky, weil er mehr Geld hat als du«, sagte Maricucha. »Du wirst in die Hölle kommen, Luis Felipe, weil du gottlos bist.«

Luis Felipe brach in Gelächter aus.

»Ach, Maricuchita, was haben die Wechseljahre bloß aus dir gemacht«, sagte er und ging ins Haus.

Monate später aß Joaquín gerade ein Eis im Davory, als er Flora sah. Sie kam herein, bestellte eine eiskalte Limonade und ein Schinkenbrötchen mit viel Zwiebel und setzte sich an die Bar. Da erblickte sie Joaquín, sie erkannte ihn gleich.

»Hallo, Großer«, sagte sie lächelnd. »So trifft man sich wieder.«

»Hallo, Flora«, sagte Joaquín. »Schön, dich zu sehen.«

Flora trug eine schwarze Perücke. Die Fingernägel hatte sie dunkelviolett lackiert.

»Wie undankbar du bist«, sagte sie. »Du wolltest mich doch wieder besuchen.«

»Keine Zeit, ich bin einfach nicht dazu gekommen«, sagte Joaquín.

»Erzähl doch nicht«, sagte sie. »Wenn man will, nimmt man sich die Zeit.«

Flora bekam ihr Schinkenbrötchen und biß kräftig hinein.

»Und? Immer noch unschuldig?« fragte sie leise.

Sie sprach mit vollem Mund. Er konnte auf Floras Zunge ein Stück vom Schinkenbrötchen sehen. Er ekelte sich.

»Hm«, sagte er, ohne sie anzuschauen.

»Willst du es nicht noch mal versuchen?« fragte sie.

»Nein, danke«, sagte er. »Ich habe kein Geld.«

»Von dir nehme ich keins, Großer«, sagte sie. »Ich schenke dir die Nummer. Weißt du, ich habe dich irgendwie gern. Man merkt, daß du ein lieber Kerl bist, einer mit Gefühlen.«

Er schleckte weiter sein Eis.

»Hast du Lust, oder nicht?« fragte sie.

»Nein, lieber nicht«, sagte er.

Sie lachte.

»Warum lachst du?« fragte er.

»Ich verstehe schon, Großer«, sagte sie und streichelte ihm den Rücken. »Du stehst auf Schwänze, stimmt's? Du bist eine kleine Hure wie ich.«

»Wie kommst du darauf«, sagte er und schlug die Augen nieder.

»Gib es zu, Großer«, sagte sie. »Mir kannst du nichts vormachen. Man sieht es dir aus drei Meilen Entfernung an, daß du andersrum bist.«

Er schleckte sein Vanilleeis mit Fudge weiter und sagte kein Wort.

»Armer Kerl«, sagte sie. »Ist eine kleine Schwuchtel und will es nicht zugeben.«

Sie aß ihr Schinkenbrötchen zu Ende, stand auf und streichelte ihm noch einmal den Rücken.

»Tschau, Großer«, sagte sie zu ihm. »Wenn du willst, komm vorbei bei mir, nur zum Reden, mehr nicht. Und ich gebe dir einen Rat: Versuch es mal mit den Pimmeln, du wirst sehen, es wird dir gefallen.«

Joaquín schwieg verlegen. Flora verließ das Davory und klapperte dabei laut mit ihren Stöckelschuhen. Als sie beim Kassierer vorbeikam, machte der ihr ein Kompliment. Sie sah ihn an, verzog verächtlich das Gesicht und ging weiter.

Der Jagdausflug

Es war an einem Sonntagvormittag. Joaquín saß im Wohnzimmer und las die Sportseite des Comercio. Am Morgen war er mit seinen Eltern zur Acht-Uhr-Messe gegangen und hatte dann gefrühstückt. Plötzlich kam Luis Felipe ins Wohnzimmer und sah ihn finster an.

»Willst du nicht bald die Scheiße von den Hunden wegmachen?« fragte er ihn.

Jeden Sonntag mußte Joaquín die Autos seiner Eltern waschen, den Garten sprengen und den Kot von Blackie und Orejón einsammeln, den beiden Hunden des Hauses.

»Gleich, Papa«, sagte er, ohne seinen Vater anzusehen.

»Wie oft habe ich dir schon gesagt, du sollst die Zeitung nicht vor mir lesen«, sagte Luis Felipe. »Es kotzt mich an, wenn du sie mir völlig durcheinanderbringst. Geh jetzt, und mach die verdammte Scheiße weg.«

»Ich habe es satt«, murrte Joaquín. »Ich bin nicht dein Diener.«

»Werd nicht frech, verfluchter Bengel«, sagte Luis Felipe wütend. »Sofort gehorchst du.«

Joaquín rührte sich nicht.

»Aha, du spielst also den Rebellen«, sagte Luis Felipe.

Er ging zu Joaquín, packte ihn beim Arm, rüttelte ihn und zog ihn hinaus in den Garten.

»Mach die Scheiße weg, verdammt noch mal«, schrie er und stieß seinen Sohn zu einem Haufen Hundekot.

»Ich will nicht«, sagte Joaquín.

Luis Felipe packte mit eisernem Griff eine Hand seines Sohns und drückte sie in den Kothaufen.

»Verdammt, hör mit dem schwulen Getue auf«, schrie er, »und lern, wie ein Mann Scheiße anzufassen.«

Joaquín fing an zu weinen, während sein Vater ihm die Hände mit Kot beschmutzte.

»Ich habe die Schnauze voll von deiner Ziererei, Fräulein«, schrie Luis Felipe. »Verdammte Scheiße, ich werde mit Gewalt einen Mann aus dir machen.«

Er ging ins Haus zurück und setzte sich hin, um Zeitung zu lesen. Joaquín lief ins Bad, um sich die Hände zu waschen. Er wusch sich die Hände wieder und wieder. Danach legte er sich auf sein Bett. Er weinte immer noch. Während er weinte, hörte er auf dem Hausdach die Tauben trippeln.

»Verdammt, diese scheiß Tauben gehen mir auf den Sack«, schrie Luis Felipe kurz darauf. »Den ganzen Tag dieses Herumgerenne auf dem Dach. Nicht mal zu Hause hat man seine Ruhe.«

Er stand auf, öffnete seinen Gewehrschrank, nahm eine Flinte und ging auf den Innenhof hinaus. Joaquín hörte die Schüsse. Als er auf den Patio ging, sah er die toten Tauben.

Am nächsten Tag kam Luis Felipe gleich nach der Arbeit in Joaquíns Zimmer. Joaquín lag auf dem Bett und las einen Abenteuerroman. Luis Felipe setzte sich zu ihm.

»Magst du am Wochenende mitkommen zu einem Jagdausflug?« fragte er ihn.

»Ich weiß nicht«, sagte Joaquín, der auf seinen Vater noch wütend war.

Luis Felipe gab ihm einen Klaps auf den Schenkel.

»Du, entschuldige, daß ich dich Sonntag so zusammengeschissen habe«, sagte er. »Ich glaube, mir sind ein bißchen die Nerven durchgegangen.«

»Schon gut, Papa«, sagte Joaquín.

Luis Felipe stand auf und steckte sich eine Zigarette an.

»Ich habe vor, kommendes Wochenende nach El Aguerrido

zu fahren, das ist ein Jagdrevier in der Sierra de Piura«, sagte er und stieß den Zigarettenrauch aus. »Ich fände es toll, wenn du Lust hättest und mitkämst, Joaquín. Wir könnten Eichhörnchen jagen, und Hirsche und Pumas.«

»In Piura gibt es Pumas?« fragte Joaquín überrascht.

»Ha, und was für welche! Wahre Prachtexemplare!« sagte Luis Felipe.

»Hast du schon mal einen Puma erlegt, Papa?«

»Einen Puma noch nicht, da muß man großes Glück haben, aber Hirsche schon ein paar.«

»Und ich darf auch schießen, Papa?«

»Und ob, Sohn! Du bist schließlich fünfzehn und schon ein richtiger Mann.«

»Und wenn Mama es mir nicht erlaubt, wegen der Schule?«

»Die Alte soll die Klappe halten«, sagte Luis Felipe. »In diesem Haus bin ich es, der bestimmt.«

Sie lachten.

An diesem Abend kam Joaquín an die Tür des Schlafzimmers seiner Eltern und hörte, wie sie sich heftig stritten.

»Du willst mir meinen Joaquín verderben«, sagte Maricucha. »Du willst ihn hineinziehen in deine Welt der Jagdausflüge und Frauen.«

»Ich werde ihm seine Flausen austreiben, das ist es«, sagte Luis Felipe. »Du hast aus ihm ein Porzellanpüppchen gemacht. Du bist schuld an seiner Schwulität. Du hast ihn immer nur verhätschelt und verzärtelt.«

»Das ist nicht wahr, Luis Felipe. Ich versuche, ihn zu Disziplin und moralischen Werten zu erziehen, weil ich nicht will, daß mein Kind ein Schürzenjäger und Rohling wird wie du.«

»Halt den Mund, Frau. Ein bißchen mehr Respekt, wenn ich bitten darf.«

»Und du beleidige mich nicht, Unhold. Du solltest dich schämen, so mit einer schwangeren Frau zu reden.«

»Daran bist du schuld, daß du schwanger bist, blöde Kuh. Ich wollte ja einen Gummi nehmen, aber nein, die Kirche verbietet es. Deine scheiß Frömmelei geht mir auf den Sack. Und gnade dir Gott, du setzt mir noch so einen schwulen Sohn in die Welt. Gnade dir Gott.«

Maricucha fing an zu weinen.

»Wie kannst du es wagen, mir so etwas zu sagen, Unglückseliger?« schrie sie. »Ich hätte auf meine Mutter hören sollen. Ich hätte dich nie heiraten sollen.«

»Sei endlich still, Frau. Heul nicht. Du weckst noch die Kinder auf.«

»Joaquincito wird zu deinem Jagdausflug nicht mitkommen. Du würdest ihm nur beibringen, schlecht und grausam zu sein wie du. Ich werde es nicht zulassen, daß du den Jungen verdirbst. Mein Kind soll ein guter Mensch werden.«

»Du willst doch nur, daß dieser Kretin von Joaquín am Ende noch Pfaffe wird, oder nicht? Das ist es, was du willst. Du weißt nicht, daß die Pfaffen allesamt eine Bande von schwulen Säuen sind.«

»Du wirst in die Hölle kommen dafür, daß du so redest, Luis Felipe. In die Hölle.«

»Sei still, verfluchte Betschwester. Ich nehme Joaquín mit, ob du willst oder nicht.«

»Hätte ich dich bloß nie geheiratet. Niemals. Du hast mein Leben ruiniert, Gottloser.«

»Hör endlich auf zu heulen. Komm, Mäuschen, komm her zu mir.«

»Faß mich nicht an.«

»Ich fasse dich an, wann ich will. Du bist meine Frau.«

»Laß mich, Unhold.«

»Du gehörst mir, Maricucha. Dafür arbeite ich, damit du die Beine breitmachst für mich.«

»Laß mich, Luis Felipe. Ich bin schwanger. Es wird mir weh tun.«

»Scheißegal. Ich stecke ihn dir rein, ob du willst oder nicht, Miststück.«

Joaquín lief in sein Zimmer und zog sich das Kissen über den Kopf.

Am Tag, als Luis Felipe und Joaquín zum Jagdausflug aufbrachen, weinte Maricucha.

»Du darfst keine Tiere töten, mein Liebling«, sagte sie zu Joaquín. »Und achte nicht darauf, was dein verrohter Vater sagt.«

»Mach dir keine Sorgen, Mama«, sagte Joaquín. »Ich will nur ein bißchen wandern. Du weißt doch, daß mir Jagen keinen Spaß macht.«

Sie strich ihm über den Kopf.

»Denk daran, daß die Tiere auf der Welt sind, weil Gott sie erschaffen hat«, sagte sie zu ihm. »Wenn du ein Tier tötest, beleidigst du Gott.«

»Und wenn man eine Mücke tötet, beleidigt man dann auch Gott?« fragte Joaquín.

»Nein, Kind, die Mücken hat der Teufel erschaffen.«

»Ah, das wird es sein.«

»Stell dich taub, wenn dein Vater von Frauen zu dir spricht, ja? Achte nicht auf ihn. Er hat jede Moral verloren, jede Moral.«

»Ist gut, Mama.«

»Und laß nicht zu, daß er schlecht von deiner Mama spricht, die dich so liebhat. Wenn er häßlich von mir spricht, weise ihn in die Schranken und laß es nicht zu, Joaquín. Verschaff dir Respekt, mein Söhnchen. Denk daran, deine Mutter ist das Heiligste auf dieser Welt.«

»Ich weiß, Mama.«

»Und vergiß nicht, jeden Tag das Morgengebet und das Abendgebet zu sprechen. Dein Vater betet ja nicht mehr, aber schau dir nicht seine schlechten Seiten ab, Liebling.«

»Ich verspreche dir, ich werde ganz viel beten, Mama.«

Maricucha legte Joaquín ein Buch in den Koffer.

»Hier, nimm ›Camino‹ mit, damit du die weisen Gedanken des Vaters liest«, sagte sie zu ihm. »Das wird den schlechten Einfluß von deinem Papa ausgleichen.«

Joaquín lächelte und küßte seine Mutter auf die Wange.

»Und denk dran: Tiere töten ist Sünde«, sagte sie.

Einige Kilometer hinter Chiclayo hielt Luis Felipe am Straßenrand. Er war mehrere Stunden ohne Pause gefahren, seit er aus Lima heraus war.

»Komm, wir steigen aus und machen Pinkelpause«, sagte er.

Luis Felipe und Joaquín stiegen aus dem Auto. Es war heiß. Zu beiden Seiten der Straße lag eine Wüstenlandschaft.

»Es geht doch nichts darüber, an der frischen Luft zu pinkeln«, sagte er und schlug sein Wasser an einem Reifen des Autos ab. Joaquín lächelte.

»Pinkel du auch«, sagte Luis Felipe. »Nutze die Gelegenheit.«

»Ich muß nicht, Papa.«

»Pinkel, Mann. Sei nicht so schüchtern, verdammt noch mal.«

Joaquín stellte sich vor einen Reifen, machte die Hose auf und versuchte es. Er konnte nicht.

»Was hältst du davon, wenn wir ein paar Schießübungen machen? Damit du schon mal ein Gefühl dafür kriegst, wie das ist mit einer Waffe in der Hand«, sagte Luis Felipe, als er seinen Hosenschlitz zuknöpfte.

»Toll«, sagte Joaquín.

Luis Felipe holte eine Pistole aus dem Auto. Dann machte er eine Büchse Orangensaft auf, trank ein paar Schluck und gab Joaquín die Büchse, der sie austrank und seinem Vater zurückgab. Luis Felipe ging ein Stück vom Auto weg, häufte ein paar Steine auf und stellte die Büchse auf den Steinhaufen.

»Gut zu sehen?« rief er.

»Ausgezeichnet«, rief Joaquín.

Luis Felipe ging zum Auto zurück und lud die Pistole.

»Schieß du als erster«, sagte er und gab die Pistole Joaquín.

»Ich weiß nicht, wie das geht, Papa«, sagte Joaquín.

»Gottverdammt, als ob das eine Wissenschaft wäre«, sagte Luis Felipe. »Du mußt gut zielen und dann abdrücken, Junge, das ist alles.«

Joaquín zielte und drückte den Abzugshahn. Nichts geschah.

»Der Hahn geht so schwer«, sagte er.

»Du mußt mit Kraft abdrücken«, sagte Luis Felipe. »Wie ein Mann eben.«

Joaquín drückte noch einmal. Ein Schuß ging los. Er hörte ein Pfeifen in den Ohren. Die Büchse war noch an ihrem Platz.

»Macht die einen Krach«, sagte er und ließ die Pistole sinken.

Luis Felipe schüttelte ärgerlich den Kopf.

»Möchte das Fräulein vielleicht mit Wattebäuschchen werfen, um seine jungfräulichen Trommelfelle zu schützen?« sagte er und lachte.

Joaquín gab die Pistole seinem Vater. Luis Felipe zielte und schoß. Die Büchse fiel herunter.

»Du kannst gut zielen, Papa«, sagte Joaquín.

»Ich gebe dir einen Rat, Junge«, sagte Luis Felipe. »Damit du nicht danebenschießt, mußt du immer denken, du hast einen Cholo vor dir.«

Sie schütteten sich aus vor Lachen und stiegen ins Auto.

Am nächsten Tag kamen Luis Felipe und Joaquín in El Aguerrido an. Luis Felipe hielt vor dem Farmhaus. Sie stiegen aus, erschöpft von der Fahrt. Ein großer Mulatte mit Schnauzbart kam aus dem Haus und ging ihnen entgegen.

»Willkommen in El Aguerrido, Don Luis Felipe«, sagte er lächelnd.

»Hallo, mein lieber Sixto«, sagte Luis Felipe und umarmte ihn. »Wie geht's, wie steht's?«

»So wie immer, Chef«, sagte Sixto.

»Das hier ist Joaquín, mein Stammhalter«, sagte Luis Felipe und wies auf Joaquín.

Sixto und Joaquín gaben sich die Hand.

»Sixto ist der Verwalter von El Aguerrido«, sagte Luis Felipe zu Joaquín.

»Sehr angenehm, Señor«, sagte Joaquín zu Sixto.

Ein Junge kam aus dem Haus und lief zu ihnen. Er war barfuß. Sein Kopf war kahlgeschoren. Er lächelte. Ihm fehlten die Schneidezähne.

»Das ist Dioni, mein Jüngster«, sagte Sixto.

Dioni gab Luis Felipe und Joaquín die Hand.

»Wie alt bist du, Dioni?« fragte Luis Felipe.

»Vierzehn, Herr«, sagte Dioni.

»Ein Jahr jünger als meiner«, sagte Luis Felipe und klopfte Joaquín auf die Schulter.

»Ganz schön lang der Joaquincito«, sagte Sixto. »Wie Zuckerrohr. Dünn und lang.«

Joaquín lächelte und senkte den Blick.

»Wer ist der Stärkere?« fragte Luis Felipe und schaute Dioni und Joaquín an.

»Ihr Joaquín natürlich, Don Luis Felipe«, sagte Sixto. »Er ist besser im Futter.«

»Wer ist der Stärkere?« fragte Luis Felipe noch einmal und blickte seinen Sohn herausfordernd an.

»Ich weiß nicht«, sagte Joaquín.

»Wenn du willst, nehme ich es mit dir auf«, sagte Dioni. »Ich habe keine Angst vor Älteren.«

»Ha, verdammt, wollen wir doch mal sehen«, sagte Luis Felipe und rieb sich die Hände. »Tausend Soles für den, der bei der Keilerei gewinnt.«

Er zog seine Brieftasche heraus und zeigte ihnen einen Tausend-Soles-Schein.

»Halloballo«, sagte Dioni. »Für tausend Soles nehme ich es sogar mit einem Puma auf.«

Sixto lachte.

»Das ist ein richtiger Teufelskerl, mein Dioni«, sagte er.

»Los, Joaquín, du mußt die Familienehre verteidigen«, sagte Luis Felipe. »Jetzt hau dem Kleinen den Arsch voll.«

Joaquín lächelte.

»Nein, Papa«, sagte er. »Warum sollen wir uns denn schlagen? Laß uns lieber das Farmhaus anschauen gehen.«

»Zeig's ihm, Mann«, drängte Luis Felipe. »Sei keine Memme.«

»Ich mache ihn fertig«, sagte Dioni und spuckte in die Hände.

»Los, ich zähle bis drei, und die Keilerei beginnt«, sagte Luis Felipe. »Es gilt alles, außer in die Eier.«

»Zwingen Sie den Jungen nicht, wenn er nicht will, Don Luis Felipe«, sagte Sixto. Luis Felipe fing an zu zählen.

»Eins, zwei ...«

»Ich schlage mich nicht, Papa«, sagte Joaquín.

»Drei«, schrie Luis Felipe und klatschte in die Hände.

Dioni stürzte sich auf Joaquín, stellte ihm ein Bein, warf ihn zu Boden und nahm ihn in den Schwitzkasten.

»Gewonnen, gewonnen!« schrie er und lächelte.

»Mein Dioni ist ein richtiger kleiner Jaguar«, sagte Sixto voller Stolz auf seinen Sohn.

Luis Felipe gab Dioni den Geldschein. Joaquín stand auf. Er weinte.

»Heul nicht, verdammt noch mal«, sagte Luis Felipe zu ihm. »Nimm dir ein Beispiel an Dioni. Das ist nicht so ein Fräulein wie du.«

An diesem Abend verabschiedete sich Joaquín nach dem Abendessen von Sixto und seinem Vater, ging in das Zimmer, das man ihm gegeben hatte, und legte sich ins Bett. Es war heiß. An der Decke war ein Ventilator, der sich wie ein Propeller drehte. Joaquín knipste die Nachttischlampe an und begann, in ›Camino‹ zu lesen, dem Buch, das ihm seine Mutter mitgegeben hatte. Eine Weile später hörte er Geräusche im Nachbarzimmer. Er konnte seine Neugier nicht bezähmen und ging im Schlafanzug aus seinem Zimmer. Im Haus war es dunkel. Er lief zur Tür des Nachbarzimmers. Sie war nur angelehnt. Er spähte durch den Spalt und sah seinen Vater im Bett mit einer Frau. Beide waren sie nackt. Luis Felipe bewegte sich auf der Frau. Das Bett knarrte. Die Frau war jung und dunkelhäutig. Sie hatte schwarzes Haar. Sie stöhnte.

»Ich hatte Sehnsucht nach dir, süße kleine Chola«, sagte Luis Felipe und küßte sie.

Sie setzte sich auf ihn, warf den Kopf zurück und stöhnte vor Lust. Da erkannte Joaquín sie. Es war Marita, Sixtos Tochter. Marita hatte ihnen am Abend das Essen gekocht. Joaquín ging in sein Zimmer zurück. Er brauchte lange, bis er einschlief.

Am nächsten Morgen, nach dem Frühstück, brachen Luis Felipe und Joaquín zu ihrem Jagdausflug auf.

»Ich werde mit Sixto auf die Jagd gehen, und du mit Dioni«, sagte Luis Felipe.

»Toll, Papa«, sagte Joaquín. »Ich finde Dioni supernett.«

»Du nimmst diesen 22er Karabiner, Junge«, sagte Luis Felipe und gab Joaquín einen Karabiner. »Er ist schon geladen, für alle Fälle. Hier, mit diesem Riemen hängst du ihn dir über die Schulter. Wenn du einen Hirsch siehst, zielst du auf den Hals. Aber paß auf, daß du ihn nicht nur verwundest. Du mußt ihn mit dem ersten Schuß töten. Wenn du ihn verwundest, mußt du seiner Spur nachgehen, bis du ihn gefunden hast. Vergiß nicht, Joaquín: ein einziger Schuß, und zwar in den Hals.«

Luis Felipe gab seinem Sohn das Gewehr. Joaquín küßte ihn auf die Wange und ging aus dem Haus. Dioni erwartete ihn mit den gesattelten Maultieren.

»Entschuldigung für die Keilerei gestern, aber Geld ist knapp hier«, sagte er und gab Joaquín die Hand.

»Schon gut«, sagte Joaquín. »Ich verstehe.«

Sie stiegen auf die Maultiere und ritten los.

Ein paar Stunden später, kurz vor Mittag, hielt Dioni plötzlich sein Maultier an und gab Joaquín ein Zeichen.

»Da, ein Hirsch«, flüsterte er.

»Wo?» fragte Joaquín.

»Dort, hinter den Sträuchern«, flüsterte Dioni.

Sie hatten stundenlang nach einem Hirsch Ausschau gehalten. Sie hatten nur Eichhörnchen und Tauben gesehen. Sie stiegen von den Maultieren, wobei sie sich bemühten, kein Geräusch zu machen. Joaquín griff nach dem Karabiner.

»Wo ist er?« fragte er.

Dioni zeigte zum Hirsch. Erst da sah Joaquín ihn. Es war ein herrliches Tier: behend, wachsam, von edler Gestalt, aber ohne Geweih. Offenbar war es ein junges Tier.

»Wie schön«, flüsterte Joaquín.

»Leg an«, sagte Dioni. »Sonst läuft er uns noch weg.«

Joaquín hob den Karabiner und zielte auf den Hals des Hirsches. Er spürte, daß ihm der Arm zitterte.

»Wir lassen ihn lieber laufen«, sagte er. »Ich bringe es nicht übers Herz, ihn zu töten.«

»Schieß, Señor«, sagte Dioni. »Laß ihn nicht entwischen. Das Fleisch schmeckt wunderbar.«

Joaquín zielte von neuem. Es vergingen eine, zwei, drei Sekunden.

»Ich kann nicht«, sagte er. »Tiere töten ist Sünde. Es sind Geschöpfe Gottes.«

Dioni wandte den Blick nicht von dem Hirsch. Sie waren etwa fünfzig Meter von ihm entfernt.

»Es ist ein Fleisch, nach dem man sich alle Finger leckt«, sagte er. »Gib mir das Gewehr.«

Joaquín gab das Gewehr Dioni. Rasch legte Dioni an und schoß. Der Hirsch bäumte sich auf und brach zusammen.

»Getroffen, ich habe ihn getroffen«, rief Dioni begeistert.

Sie liefen zu der Stelle, wo der Hirsch zusammengebrochen war. Das Tier rang mit dem Tode.

»Der Arme«, sagte Joaquín. »Wir hätten ihn nicht erschießen sollen.«

»Schieß noch mal, damit er nicht leidet«, sagte Dioni.

»Ich kann nicht«, sagte Joaquín. »Schieß du.«

Dioni setzte den Lauf des Karabiners an den Hals des Tiers und drückte ab.

Eine halbe Stunde später kamen Dioni und Joaquín mit dem erlegten Hirsch beim Farmhaus an.

»Donnerwetter, Joaquín, bist den ersten Tag auf der Jagd und kommst mit einem Hirsch zurück«, rief Luis Felipe lächelnd.

»Wer hat ihn erlegt?« fragte Sixto.

»Joaquín, mit einer einzigen Kugel«, sagte Dioni und stieg vom Maultier.

»Flunker nicht«, sagte Luis Felipe überrascht.

»Bei Gott, Herr«, sagte Dioni, »der Joaquín hat ein gutes Auge.«

Luis Felipe klopfte seinem Sohn auf die Schultern.

»Ich bin stolz auf dich, Junge«, sagte er zu ihm.

Joaquín rang sich ein Lächeln ab.

»Dieser Hirsch ist noch ganz jung«, sagte Sixto. »Sein Fleisch muß butterweich sein.«

Sixto und Luis Felipe trugen den Hirsch zu einem Baum und hängten ihn an einem Ast auf. Danach öffnete Luis Felipe ein paar Büchsen Bier, um das Ereignis zu feiern.

»Wir müssen Fotos machen«, sagte er. »Mein Stammhalter hat einen Hirsch geschossen. Ich kann es nicht fassen!«

Luis Felipe ging ins Farmhaus und holte einen Fotoapparat.

»Stell dich neben dem Tier hin, Junge«, sagte er zu Joaquín.

Joaquín stellte sich neben den toten Hirsch.

»Pack ihn beim Kopf«, sagte Luis Felipe zu ihm. »Das macht man so, wenn man sich mit seiner Jagdtrophäe in Pose stellt.«

Joaquín ergriff ein Ohr des Hirschs. Ein paar Fliegen umschwirrten das Tier. Luis Felipe machte von seinem Sohn mehrere Fotos.

»Als guter Jäger mußt du ihn jetzt aufbrechen«, sagte er zu ihm.

Er ging zu Joaquín und gab ihm ein Messer.

»Ich weiß nicht, wie man das macht, Papa«, sagte Joaquín.

»Brich den Bauch auf und nimm die Eingeweide heraus«, sagte Luis Felipe. »Sonst kannst du nicht sein Fleisch kochen. Dann schneidest du ihm den Kopf ab und stopfst ihn aus, damit du von deinem ersten Tier eine Trophäe hast, Junge.«

»Ich kann es bestimmt nicht, Papa«, sagte Joaquín.

»Reiß dich zusammen, Mann«, sagte Luis Felipe lächelnd. »Jetzt bist du ein Jäger. Der Jäger, der das Wildbret erlegt hat, muß es auch aufbrechen.«

»Steck das Messer tief in ihn hinein, Junge«, sagte Sixto. »Der Hirsch ist doch längst tot.«

»Ich ekle mich«, murmelte Joaquín.

Luis Felipe sah seinen Sohn mißtrauisch an.

»Hat wirklich Joaquín ihn erlegt?« fragte er Dioni.

»Wirklich, Herr«, sagte Dioni.

Um seinen Vater nicht zu enttäuschen, schloß Joaquín die Augen und stieß das Messer tief in den Bauch des Hirschs.

»Schneid ihn ordentlich auf«, sagte Luis Felipe zu ihm. »Ohne Angst, Junge.«

Joaquín machte einen Schnitt in den Bauch des Hirsches. Er sah die Eingeweide des Tieres. Ihm wurde schwindlig. Er lief zu einem Baum und übergab sich.

»Hurensohn, verdammter«, murmelte Luis Felipe. »Dieser Junge hat keinen Jägermagen.«

An diesem Abend briet Marita den Hirsch, den Dioni und Joaquín ins Farmhaus gebracht hatten, und servierte ihn mit Reis und Röstkartoffeln. Luis Felipe, Sixto, Marita und Joaquín setzten sich, um beim Licht einiger Kerzen zu essen.

»Dieses Fleisch ist zart wie Hähnchen, einfach köstlich«, sagte Sixto und zerkaute ein Stück Hirschfleisch.

»Butterweich, so etwas von zart, und überhaupt keine Sehnen«, sagte Luis Felipe.

Joaquín sah auf seinen Teller. Er ekelte sich vor dem Hirschfleisch.

»Iß, Joaquín«, sagte Luis Felipe.

Alle aßen sie, bis auf Joaquín, der den Hirschbraten nicht anrührte.

»Wenn Joaquín möchte, esse ich sein Essen auf, Herr«, sagte Dioni, als er mit seiner Portion fertig war.

»Nein, danke, Dioni«, sagte Luis Felipe. »Joaquín wird seinen Teller aufessen, egal, ob er will oder nicht.«

»Iß, Kleiner«, sagte Marita zu Joaquín. »Hirschfleisch ist unheimlich reich an Proteinen.«

Joaquín lächelte und senkte den Blick.

»Gib ihm keinen Nachtisch, solange er nicht aufgegessen hat, Marita«, sagte Luis Felipe.

Als Marita mit dem Essen fertig war, stand sie auf. Sie räumte die Teller ab, ging in die Küche und servierte den Nachtisch und den Kaffee. Alle aßen ihren Nachtisch, bis auf Joaquín, der weiter vor dem Hirschbraten saß, ohne ihn anzurühren.

»Du gehst nicht ins Bett, ehe der Teller leer ist«, sagte Luis Felipe zu seinem Sohn und sah ihn streng an.

Kurz darauf standen alle vom Tisch auf. Joaquín blieb sitzen.

»Ganz schön mäklig der Junge, Don Luis Felipe«, sagte Sixto.

»Das ist die schlechte Erziehung von seiner Mutter, Sixto«, sagte Luis Felipe und ging auf die Terrasse. »Das verdammte Weibsbild hat ihn völlig an Hähnchen mit Pommes frites von El Rancho gewöhnt. Vor etwas anderem ekelt sich dieses Muttersöhnchen.«

Sixto und Luis Felipe setzten sich auf die Terrasse, um einen Schnaps zu trinken. Marita ging in die Küche, um das Geschirr zu spülen. Dioni blieb bei Joaquín.

»Was ist los mit dir?« fragte er ihn leise. »Warum ißt du nicht?«

»Ich kann nicht«, sagte Joaquín. »Ich ekle mich. Ich sehe noch die Eingeweide vor mir.«

»Iß, Señor. Es schmeckt wunderbar.«

»Der arme Hirsch. Wir hätten ihn nicht töten sollen, Dioni. Gott wird uns strafen dafür.«

Dioni schaute zu seinem Vater und Luis Felipe hinüber, vergewisserte sich, daß sie ihn nicht sahen, und fing an, Joaquíns Stück Fleisch zu essen.

»Danke, Dioni«, flüsterte Joaquín.

»Gern geschehen, junger Herr«, sagte Dioni, der den Braten im Handumdrehen aufgegessen hatte.

Dann stand er auf und ging auf die Terrasse hinaus.

»Joaquín ist fertig mit Essen«, sagte er lächelnd.

Luis Felipe glaubte ihm nicht.

»Verfluchter Lausbub«, sagte er lachend. »Paßt ja verdammt viel rein in deinen Magen. Komm, trink einen Schluck mit uns.«

Dioni ging zu Luis Felipe. Joaquín stand vom Tisch auf und verschwand in seinem Zimmer. Er schloß hinter sich zu, ging ins Bad und setzte sich aufs Klo, um ›Camino‹ zu lesen. Er bereute es, daß er nach El Aguerrido gefahren war.

Joaquín schlief schon, als ihn jemand wachrüttelte.

»Darf ich, junger Herr?« hörte er und spürte, wie ihm jemand den Kopf streichelte.

Joaquín erschrak. Im Nu war er hellwach. Auf seinem Bett saß eine Frau. Es war Marita. Im Zimmer war es dunkel.

»Was machst du hier, Marita?« fragte er leise.

»Ihr Vater hat es mir gesagt«, sagte sie.

Marita trug einen Jogginganzug. Sie lächelte.

»Was hat er gesagt?« fragte Joaquín.

»Daß ich zu Ihnen gehen soll, junger Herr«, sagte sie und streichelte weiter seinen Kopf.

Sie zog das Oberteil des Jogginganzugs aus. Sie trug keinen BH. Sie hatte kleine, feste Brüste.

»Ich bin Ihnen zu Diensten, junger Herr«, flüsterte sie und küßte ihn auf die Stirn.

Joaquín richtete sich auf.

»Das brauchst du nicht, Marita«, sagte er.

»Ich erfülle den Befehl von Don Luis Felipe, er ist der Patron«, sagte sie und zog die Hose herunter.

»Nein, zieh sie nicht aus, Marita«, sagte Joaquín. »Bleib lieber angezogen.«

»Wie du willst, junger Herr«, sagte Marita und zog sich die Hose wieder hoch.

Sie verstummten.

»Was hat mein Vater noch gesagt?« fragte er dann.

»Nur, daß ich dir zu Diensten sein soll«, sagte sie. »Habe ich doch schon gesagt. Willst du, daß ich dir dein Ding lutsche?«

»Nein, danke, Marita. Hat dir mein Vater Geld gegeben?«

»Natürlich, junger Herr. Er ist sehr freigebig, der Herr Luis Felipe.«

»Er hat dich dafür bezahlt, daß du zu mir ins Bett kommst?«

»Ja. Er hat mir gesagt, du brauchst Frauen, damit aus dir ein ganzer Mann wird.«

Joaquín verstummte. Marita nahm seine Hand und streichelte sie.

»Er gibt dir Geld dafür, daß du mit mir schläfst?« fragte er.

»Er ist sehr freigebig, der Patron«, sagte sie. »Er läßt sich nicht lumpen.«

»Und es macht dir Spaß?«

»Eine Frau ist dazu da, zu gehorchen, junger Herr.«

Joaquín stand aus dem Bett auf.

»Zieh dich an, Marita«, sagte er.

»Sie wollen mich nicht?« fragte sie überrascht. »Ich besorge es Ihnen richtig schön. Ich mache alles, was Sie wollen, junger Herr.«

»Nein, danke«, sagte Joaquín.

»Aber was wird der Patron sagen? Er hat mich doch schon bezahlt. Er wird schimpfen mit mir.«

»Sag ihm nicht die Wahrheit. Erzähl ihm, daß du es mir ordentlich besorgt hast. Ich sage es auch, ja?«

Marita senkte enttäuscht den Blick.

»Laß es mich wenigstens französisch machen, damit der Patron nicht böse ist«, sagte sie.

»Nein, Marita, lieber nicht«, sagte Joaquín.

Er nahm seine Hose und suchte die Brieftasche.

»Ich gebe dir etwas Geld, damit du mir hilfst, ja?« sagte er.

Er nahm einen Geldschein und gab ihn Marita.

»Sag meinem Vater, alles war bestens«, sagte er. »Bitte, Marita, sei nett und hilf mir.«

Sie steckte den Geldschein ein.

»Danke, junger Herr«, sagte sie.

Dann zog sie sich an und ging aus dem Zimmer.

Als Joaquín am Morgen aus seinem Zimmer kam, saß Luis Felipe auf der Terrasse und frühstückte.

»Na, wie hast du die Nacht geschlafen, Junge?« fragte er.

»Supergut, Papa«, sagte Joaquín und rang sich ein Lächeln ab.

»Ist meine Überraschung bei dir angekommen?« fragte Luis Felipe mit schelmischem Lächeln.

»Ja, vielen Dank auch«, sagte Joaquín, ohne ihm in die Augen zu sehen.

Luis Felipe ließ ein Gelächter erschallen.

»Die kleine Chola hat mir schon gesagt, daß du sie ordentlich abgebürstet hast«, sagte er und senkte dabei die Stimme. »Ist aus dir doch ein Rammler vor dem Herrn geworden, so still und schüchtern du auch bist.«

»Ja schon«, sagte Joaquín.

»Setz dich, Junge«, sagte Luis Felipe. »Die Chola bringt dir gleich das Frühstück. Du mußt ja ein Mordshunger haben, die Bumserei macht Appetit.«

Joaquín setzte sich zu seinem Vater.

»Das ist wichtig, daß du über Frauen Bescheid weißt, Sohn«, sagte Luis Felipe. »Darum gebe ich dir auch einen Rat fürs ganze Leben. Es gibt zwei Sorten von Frauen: die einen, die man heiratet, und die anderen, mit denen man seinen Spaß hat. Vergiß das nie.«

»Danke, Papa«, sagte Joaquín.

An diesem Vormittag gingen Dioni und Joaquín wieder gemeinsam auf die Jagd, und Joaquín sagte ihm, er wolle nicht mehr Hirsche jagen. Dioni schlug vor, auf Taubenjagd zu gehen, und Joaquín fand die Idee gut. Sie ritten zu einem Bach, stiegen von den Maultieren und legten sich ins Gras.

»Man muß ganz leise warten, bis die Tauben sich niederlassen, um Wasser zu trinken«, sagte Dioni.

»Dauert das lange?« fragte Joaquín.

»Nein«, sagte Dioni. »Um die Mittagszeit kommen sie immer herunter.«

Sie warteten weiter, ohne zu reden.

»Ich muß mal«, sagte Dioni.

Er stand auf, stellte sich an ein Gebüsch und knöpfte die Hose auf.

»Ich auch«, sagte Joaquín.

Er stellte sich neben ihm hin, knöpfte die Hose auf und lugte zu Dionis Geschlecht hinüber.

»Dein Schniepel ist anders als meiner«, sagte er, während sie pinkelten.

»Wieso?« fragte Dioni überrascht.

»Bei meinem guckt die Eichel raus, bei deinem nicht«, sagte Joaquín.

Dioni schaute Joaquíns Penis an.

»Du hast recht«, sagte er lächelnd.

Als sie fertig waren mit dem Pinkeln, machten sie die Hosen wieder zu und legten sich ins Gras.

»Laß mich noch mal deinen Schniepel sehen«, sagte Joaquín nach einer Weile.

»Wozu?« fragte Dioni.

»Nur, um zu schauen«, sagte Joaquín.

Dioni knöpfte die Hose auf und zog die Unterhose runter.

»Darf ich anfassen?« fragte Joaquín.

»Nein«, sagte Dioni. »Männer fassen sich nicht an.«

Joaquín holte einen zerknitterten Geldschein aus der Hosentasche.

»Ich gebe dir auch Geld dafür«, sagte er.

Dioni steckte den Schein ein.

Joaquín streichelte Dionis Penis. Dioni bekam eine Erektion.

»Da ist ja die Eichel«, sagte Joaquín. »Sie war versteckt.«

»Ja, Señor, aber faß mich nicht so viel an«, sagte Dioni und bekam einen roten Kopf.

»Macht es dir keinen Spaß?«

»Männer fassen sich nicht an.«

Joaquín ließ die Hose runter und drehte sich um.

»Steck ihn mir rein«, sagte er zu ihm.

Dioni zog seine Hose hoch und stand auf.

»Nein«, sagte er. »Wir gehen lieber nach Hause.«

»Du kriegst auch noch mehr Geld«, drängte Joaquín.

Dioni stieg auf sein Maultier.

»Komm, wir reiten nach Hause«, sagte er.

Nach dem Mittagessen sagte Luis Felipe zu Joaquín, daß er mit ihm ein Wörtchen unter vier Augen reden müsse. Sie gingen in Luis Felipes Zimmer.

»Mach die Tür zu«, sagte Luis Felipe und sah seinen Sohn finster an.

Joaquín schloß die Tür. Jedesmal, wenn sein Vater ihn so ansah, wie wenn er ihn haßte, zitterten ihm die Knie.

»Dioni hat dem alten Sixto erzählt, daß du mit ihm heute vormittag eine Schwulerei angestellt hast«, sagte Luis Felipe.

Joaquín senkte den Blick und sagte kein Wort.

»Stimmt das, hast du ihm an den Schwanz gefaßt?« fragte Luis Felipe jetzt lauter.

Joaquín antwortete nicht.

»Stimmt das?« beharrte Luis Felipe.

»Es ist nichts passiert, Papa«, sagte Joaquín, ohne seinen Vater anzusehen. »Dioni ist ein Lügner.«

»Ich glaube dir nicht. Dioni ist nicht in der Lage, sich so etwas auszudenken. Scheiße, in was für eine peinliche Lage du mich gegenüber Sixto gebracht hast!«

»Wir haben nur zusammen gepullert, mehr nicht.«

»Du hast ihm nicht an den Schwanz gefaßt? Ja oder nein?«

Joaquín antwortete nicht. Sein Vater gab ihm zwei schallende Ohrfeigen.

»Das hat man davon, wenn man mit einem Schwulen auf die Jagd geht«, sagte Luis Felipe. »Scheiße, du hättest lieber bei deiner Mama bleiben sollen und mit Puppen spielen sollen. Du verschwindest jetzt auf dein Zimmer und läßt dich erst wieder sehen, wenn ich es dir sage.«

Am nächsten Tag gingen Luis Felipe und Joaquín gemeinsam auf die Jagd. Es war der letzte Vormittag für sie in El Aguerrido. Die Maultiere trotteten gemächlich vor sich hin, als Luis Felipe plötzlich haltmachte.

»Da, ein Eichhorn«, sagte er und zeigte ins Geäst eines Baums. »Verdammt, man könnte fast glauben, eine Katze, so groß, wie es ist.«

»Wo ist es denn?« fragte Joaquín.

»Da oben, im Baum, auf dem Ast da«, sagte Luis Felipe.

»Jetzt sehe ich es«, sagte Joaquín. »Das ist ja riesig.«

»Hol es runter. Wollen wir doch mal sehen, ob du zielen kannst.«

»Ich treffe bestimmt nicht, Papa. Es ist so weit oben.«

Sie waren an diesem Morgen ohne Führer losgeritten, jeder auf einem Maultier.

»Schieß, Menschenskind«, drängte Luis Felipe.

»Mama sagt, es ist Sünde, Tiere zu töten«, sagte Joaquín.

»Die blöde Alte«, sagte Luis Felipe. »Glaub doch nicht an die frommen Sprüche von der.«

Joaquín nahm seinen Karabiner und legte an.

»Vielleicht ist es ein Muttertier und hat Junge«, sagte er.

»Schieß endlich«, sagte Luis Felipe. »Danach fragen wir es.«

Joaquín schoß. Das Tier stieß einen Schrei aus und stürzte zu Boden.

»Prima«, rief Luis Felipe und lächelte. »Das ist mein Sohn.«

Sie stiegen von den Maultieren ab und gingen zu dem toten Eichhorn.

»Liebes Eichhörnchen, mein Sohn möchte wissen, ob du Waisenkinder zurückgelassen hast«, sagte Luis Felipe und wieherte los vor Lachen.

Kurz bevor es dunkel wurde, luden Luis Felipe und Joaquín ihre Koffer ins Auto und verabschiedeten sich von Sixto, Marita und Dioni. An den drei Tagen, die sie in El Aguerrido verbrachten, hatte Luis Felipe nicht einen einzigen Hirsch aufgespürt. Er hatte lediglich ein paar Tauben geschossen.

»Es war uns eine große Freude, daß wir Sie wieder mal in El Aguerrido begrüßen konnten, Don Luis Felipe«, sagte Sixto.

»Ganz meinerseits«, sagte Luis Felipe und umarmte Sixto.

»Wer hätte das gedacht, daß der Joaquín als einziger einen Hirsch erlegt«, sagte Sixto lächelnd.

»Einen Hirsch und ein Eichhorn«, sagte Luis Felipe.

Joaquín gab Sixto die Hand.

»Schönen Dank, Don Sixto«, sagte er.

»War schön, dich kennenzulernen, Junge«, sagte Sixto. »Komm bald wieder.«

Dann gab Joaquín Dioni die Hand.

»Wetten, die nächste Keilerei gewinne ich«, sagte er zu ihm.

Dioni und Joaquín hatten seit dem Zwischenfall am Bach nicht mehr miteinander gesprochen.

»Den Arsch haue ich dir voll«, sagte Dioni lächelnd, sich seiner Sache sehr sicher.

»Ah, verdammt, die meinen es ernst«, sagte Luis Felipe begeistert.

»Der Joaquín will Revanche«, sagte Sixto.

»Wer ist der Stärkere?« fragte Luis Felipe.

Dann öffnete er seine Brieftasche und holte einen Geldschein hervor.

»Tausend Soles für den Sieger«, sagte er.

»Ihr wollt euch wirklich prügeln?« fragte Sixto überrascht.

»Ja«, sagte Joaquín.

»Ich warte schon«, sagte Dioni und rieb sich die Hände mit Staub ein.

»Also los, ich zähle bis drei«, sagte Luis Felipe.

Noch bevor sein Vater angefangen hatte zu zählen, stürzte sich Joaquín blitzschnell auf Dioni, er trat ihm in die Hoden und warf ihn nieder. Dann stieß er ihm ein Knie in den Bauch und schlug ihm mit der Faust ins Gesicht.

»Das ist wegen dem Schwulen«, sagte er zu ihm.

»Es reicht, Joaquín, du hast ihn ohne Vorwarnung angegriffen«, rief Luis Felipe. »Ist ja ein verdammt falsches Aas, mein Sohn.«

Dioni und Joaquín ließen voneinander ab. Dioni wischte sich die Nase ab, sie blutete. Luis Felipe gab den Geldschein Joaquín, der Dioni ansah und lächelte. Jetzt sind wir quitt, Dreckskerl verfluchter, dachte er.

Es war Nacht. Luis Felipe fuhr mit hundertzwanzig Stundenkilometern auf der Schnellstraße zurück nach Lima. Joaquín schlief halb.

»Wie weit ist es noch bis Lima?« fragte er.

»Vier, fünf Stunden«, sagte Luis Felipe. »Chimbote haben wir hinter uns.«

»Es stinkt«, sagte Joaquín.

»Das ist das Fischmehl«, sagte Luis Felipe. »Ganz Chimbote stinkt wie Fotze.«

Plötzlich tauchte ein Mann auf der Straße auf. Sein Hemd war offen. Er schien betrunken zu sein.

»Scheiße«, schrie Luis Felipe.

Er trat voll auf die Bremse und versuchte auszuweichen, schaffte es aber nicht. Ein starker Aufprall war zu hören. Der Mann flog durch die Luft und schlug auf der Fahrbahn auf.

»Dreckskerl verfluchter, scheiß Cholo«, sagte Luis Felipe und gab Gas.

Joaquín drehte sich erschrocken um. Er konnte den Mann, den sie angefahren hatten, nicht mehr sehen. Es war zu dunkel.

»Wollen wir nicht lieber halten, Papa?« sagte er.

»Bist du bescheuert?« sagte Luis Felipe. »Ich sammle doch nicht diesen besoffenen Cholo ein. Außerdem ist er wahrscheinlich sowieso schon tot. Wir müßten ihn ins Krankenhaus bringen und uns mit seiner Familie herumärgern. Diese Halunken würden versuchen abzukassieren. Weg mit Schaden, selber dran schuld, dieser bescheuerte Cholo.«

Luis Felipe blendete die Scheinwerfer auf und gab Vollgas. Das Auto raste weiter mit hundertvierzig, hundertfünfzig Stundenkilometern.

»Du glaubst, er ist schon tot?« fragte Joaquín.

»Ja, ich habe ihn voll erwischt«, sagte Luis Felipe. »Dieser Cholo hat den Arsch zugekniffen.«

Er steckte sich eine Zigarette an, machte einen Zug und stieß den Qualm aus.

»Tja, so ist das Leben«, sagte er lächelnd. »In El Aguerrido hatte ich Pech bei der Jagd, aber auf dem Rückweg habe ich einen Cholo erlegt. Wenigstens was, oder?«

Die Flucht

Jeden Abend vor dem Schlafengehen knieten Joaquín und Fernando, sein jüngerer Bruder, vor ihrem Doppelstockbett nieder und beteten drei Vaterunser und drei Ave-Maria. Danach bekreuzigten sie sich und löschten das Licht. Fast immer schlief Fernando als erster ein. Joaquín blieb meist noch eine Weile wach und beobachtete ihn. Es machte ihm Spaß, seine Bewegungen zu erahnen, seinen Atem zu hören und sich seine Träume vorzustellen. Ihm gefiel der Gedanke, Fernando würde von ihm träumen. Eines Nachts im Sommer stieg Joaquín vom oberen Bett, wo er schlief, herunter und legte sich zu seinem Bruder. Fernando murmelte etwas Unverständliches und schlief weiter. Joaquín schloß die Augen und streichelte Fernandos Schwanz. Die Augen seines Bruders waren weiter geschlossen, und er atmete tief, während Joaquín ihn sanft berührte. Plötzlich öffnete Joaquín die Augen, sah das Bild der Muttergottes an der Wand und bekam einen Schreck: Es war ihm so vorgekommen, als hätte ihm die Muttergottes in die Augen geschaut. Da küßte er seinem Bruder auf die Stirn und kletterte wieder in sein Bett. Er konnte nicht schlafen. Er betete drei Mysterien des Rosenkranzes und bat die Muttergottes, sie möge ihm bitte verzeihen.

Am Morgen darauf kam die Familie Camino bei der Acht-Uhr-Messe in der Pfarrkirche von Chaclacayo zu spät. Wie gewöhnlich betrat Luis Felipe mit einer Pistole am Hosengürtel die Kirche und blieb in der hintersten Reihe stehen. Maricucha, deren Gesicht hinter einer Mantille verborgen war, ging mit Joaquín und Fernando zu einer Bank in der Nähe des Altars. (Ximena,

Joaquíns Schwester, war bei deutschen Nonnen in einem Internat.) Joaquín wagte es nicht zu beten. Er fühlte sich schmutzig und schämte sich. Als Maricucha und Fernando sangen, blieb er stumm. Bei der heiligen Kommunion blieb er auf der Bank sitzen. Zu seiner Überraschung blieb auch Fernando sitzen, der sonst jeden Sonntag an der heiligen Kommunion teilnahm. Maricucha sah Fernando überrascht an und sagte ihm ins Ohr:

»Ich will mit dir zu Hause reden.«

Während Joaquín das Geschirr vom Frühstück spülte, ging Maricucha mit Fernando ins Schlafzimmer. Wenige Minuten später schrie sie nach Joaquín, der mit nassen Händen ins Zimmer seiner Mutter gelaufen kam. Maricucha erwartete ihn in der Tür. Fernando saß auf dem Bett seiner Eltern und weinte. Er hatte kurze Hosen an und ein T-Shirt von den Miami Dolphins.

»Du Schwein!« schrie Maricucha und gab Joaquín eine Ohrfeige.

Joaquín lief in sein Zimmer, schloß sich im Bad ein und sah in den Spiegel. Sein Gesicht glühte vor Scham. Kurz darauf hörte er, wie jemand das Zimmer betrat und die Tür zuwarf. Sofort kam er aus dem Bad heraus. Er stand vor seinem Vater, der eine Peitsche in der Hand hielt.

»Hose runter, Scheißbengel«, schrie Luis Felipe.

Joaquín gehorchte. Er drehte seinem Vater den Rücken zu und zählte die zwanzig Peitschenhiebe, die Luis Felipe auf seinen Hintern knallen ließ.

»Ein schwuler Sohn«, murmelte Luis Felipe und machte eine verächtliche Handbewegung. »Verfluchte Scheiße, ein mongoloider wäre mir lieber gewesen.«

An diesem Sonntag riefen Luis Felipe und Maricucha Joaquín nicht zum Mittagessen. Während seine Eltern im Speisezimmer waren, ging Joaquín ins Zimmer seiner Mutter, öffnete die Schatulle, in der sie ihren Schmuck aufbewahrte, und entnahm ihr eine Halskette, die ihm am wertvollsten zu sein schien. Ohne Zeit zu verlieren, kehrte er in sein Zimmer zurück und packte in eine Reisetasche ein paar Sachen zum Anziehen. Außerdem ein Kofferradio und ein Feuerzeug, das aussah wie eine Pistole, ein Geschenk seines Vaters. Dann versteckte er den Schmuck zwischen der Wäsche, schloß die Tasche und schlich sich durch die Küche aus dem Haus, ohne daß ihn Irma und Meche sahen, die beiden Dienstmädchen. Er lief so schnell er konnte zur Bushaltestelle. Die Sonne von Chaclacayo brannte auf ihn nieder. Als er die Schnellstraße erreicht hatte und den ausgetrockneten Fluß sah, atmete er tief durch. Er fühlte sich frei und unbeschwert. Kurz darauf stieg er in den Bus nach Lima. Betäubt von der Hitze, dem Lärm und den vielen Menschen, schlief er ein. Er hatte einen Traum. Er hatte diesen Traum oft:

Er stand am Rand des Swimmingpools seiner Eltern.

»Los, mach einen Kopfsprung«, sagte sein Vater zu ihm.

»Nein, Papa, lieber nicht«, sagte er.

»Einen Kopfsprung, verdammt noch mal, und keine Schwulitäten, es sind Gäste da«, sagte sein Vater zu ihm und sah ihn finster an.

Er wußte, daß ihm dieser vermaledeite Kopfsprung nicht gelingen würde. Er sprang, und es wurde ein Bauchklatscher. Der Magen tat ihm weh. Als er aus dem Swimmingpool herauskam, hörte er das unterdrückte Lachen der Gäste.

»Man könnte glauben, eine schwangere Frau«, sagte sein Vater.

Joaquín wachte auf, schweißnaß und durstig. Er stieg am Universitätspark aus, im Zentrum von Lima. Er lief ziellos umher zwischen Verrückten, Taschendieben, Huren und Bettlern.

Ein paar Stunden später, müde vom Herumlaufen in Limas Zentrum, nahm sich Joaquín vor, den Schmuck zu verkaufen, den er seiner Mutter gestohlen hatte. Auf dem Jirón Quilca sah er ein Schild, auf dem stand: »Kaufe Gold, Silber und Dollars«. Ohne lange zu überlegen, ging er ein paar Stufen hinauf und klingelte. Ein Mann öffnete.

»Na?« fragte er. »Womit kann ich dienen, Kumpel?«

Es war ein kleiner, dunkler Typ mit Bauch.

»Ich würde gern eine Goldkette verkaufen«, sagte Joaquín.

Der Mann drehte sich um.

»He, Partner, Kundschaft«, rief er.

Ein hagerer Typ kam an die Tür.

»Hereinspaziert, Junge, hereinspaziert«, sagte er lächelnd. »Wir zahlen hier die besten Preise auf dem Markt.«

Der Typ mit Bauch stellte Joaquín einen Stuhl hin.

»Nimm Platz bitte«, sagte er zu Joaquín. »Das ist alles, was wir dir anbieten können«, fügte er hinzu und lachte laut.

Der Dünne schloß die Tür, setzte sich an einen Schreibtisch und holte eine Waage heraus.

»Hier geht alles rechtens zu«, sagte er.

»Zeig, was hast du?« sagte der Dicke zu Joaquín.

Joaquín holte den Schmuck hervor.

»Ach herrje, sieht aus wie Katzengold«, sagte der Dünne und wiegte wie enttäuscht den Kopf.

»Das glaube ich nicht«, sagte Joaquín.

»Gib mal her, laß sehen«, sagte der Dünne.

Joaquín gab ihm den Schmuck. Der Typ legte ihn auf die Waage und holte einen Taschenrechner hervor.

»Ich kann dir für das Kettchen höchstens fünftausend geben«, sagte er und knabberte an einem Streichholz.

»Aber das ist ja fast gar nichts«, sagte Joaquín.

»Das ist ein fairer Preis, bei meiner heiligen Mutter seligen Angedenkens«, sagte der Typ.

»Kommt nicht in Frage, bei dem Preis nicht, da nehme ich sie lieber wieder mit«, sagte Joaquín.

»Kein Mensch wird dir mehr dafür geben, Kleiner, spiel nicht den Oberschlauen«, sagte der Dicke jetzt laut.

Der Dünne machte eine Schachtel auf, holte eine Pistole hervor und legte sie auf den Tisch.

»Es ist besser für dich, wenn du sie für fünftausend Mäuse verkaufst, und wir bleiben Freunde, Kleiner«, sagte er mit einem Grinsen. »Ist doch sowieso geklaut, oder? Wenn nicht, dann zeig mal die Rechnung.«

»Ich habe keine«, sagte Joaquín.

»Wie solltest du auch, wo sie doch geklaut ist«, sagte der Dicke.

»Hier hast du fünftausend, und jetzt verschwinde«, sagte der Dünne. »Sieh zu, daß du Leine ziehst, bevor wir dich wegen Diebstahl aufs Kommissariat bringen.«

Joaquín steckte das Geld ein und nahm seine Reisetasche.

»Schönen Dank jedenfalls«, sagte er.

Als er die Treppe hinunterging, hörte er, wie die beiden vor Lachen losprusteten.

Weil er nicht wußte, wohin er gehen sollte, kaufte Joaquín eine Eintrittskarte für das Kino Colón. Es lief ›Der letzte Tango von Paris‹, ein Film für Erwachsene über einundzwanzig Jahre. Joaquín war noch fünfzehn. Der Einlasser verwehrte ihm daher den Zutritt. Joaquín bettelte, ob er nicht trotzdem hineindürfe.

»Bring mir eine Tafel Sublime, und ich lasse dich rein, Jungchen«, raunte ihm der Einlasser zu.

Joaquín kaufte die Schokolade, gab sie dem Einlasser und betrat den Kinosaal. Er ging auf den Rang hinauf. Es waren nur noch wenige Plätze frei. Er setzte sich in die letzte Reihe, in die Nähe der Toiletten. Es stank. Das Licht war noch an. Alle Zuschauer waren Männer. Fast alle waren allein. Viele versteckten sich hinter einer Abendzeitung. Jemand hörte im Kofferradio ein Fußballspiel. Als die Vorstellung begann, ließ er das Radio an. Niemand beschwerte sich darüber. Minuten später schrie der Reporter im Radio: »Tor!« Auf dem Rang klatschten einige Beifall. Joaquín lächelte und sah sich weiter den Film an. Kurz darauf hatte er Lust zu masturbieren. Er ging auf die Toilette, öffnete den Hosenschlitz und dachte an Raúl, seinen Cousin. Raúl war dunkelhäutig, sagte unanständige Wörter und spuckte unentwegt. Joaquín schloß die Augen und dachte an einen Nachmittag bei Raúl zurück:

Sie lagen beide auf dem Teppich und sahen fern. Das Dienstmädchen brachte ihnen ein Tablett mit Keksen, Milch und Bananen. Sie stellte das Tablett auf dem Teppich ab und ging aus dem Zimmer.

»Willst du meine Banane?«, fragte Raúl.

»Gern«, sagte Joaquín.

Raúl machte seinen Hosenschlitz auf und holte seinen Schwanz heraus.

»Da hast du, stopf dir die Backen«, sagte er zu ihm.

Joaquín schaute den Schwanz seines Cousins an.

»Das macht dir doch solchen Spaß, Joaquincito«, sagte Raúl grinsend. »Faß an.«

Joaquín hatte eigentlich Lust, aber er tat nichts.

»Du bist so schwul, daß du dich nicht mal traust, schwul zu sein«, sagte Raúl und zog den Reißverschluß zu.

»Feuer, verfluchte Scheiße!« schrie jemand im Parkett des Colón.

Joaquín kam aus der Toilette heraus und sah, daß ein Vorhang neben der Leinwand Feuer gefangen hatte. Das Licht ging an. Die Zuschauer rannten zu den Notausgängen. Der Film lief weiter. Während sich das Publikum vor den Ausgängen drängte, machten Brando und die Schneider, schon ein bißchen verräuchert, auf der Leinwand Liebe. Inmitten des Gestoßes und Geschiebes ging Joaquín die Treppe hinunter und bahnte sich einen Weg auf die Straße.

»Die haben zu heiß gewichst, die haben zu heiß gewichst«, schrien ein paar Jungs und lachten über die Leute, die eilig das Colón verließen.

Zwei Tourismuspolizisten versuchten, vor dem Kino für

Ordnung zu sorgen. Von fern war eine Sirene zu hören. Joaquín rannte und stieg in einen Bus Richtung Miraflores. Er saß in der letzten Reihe und keuchte.

»Ihr Hosenstall ist auf«, sagte eine Frau, die ihm gegenübersaß.

Er zog sich unauffällig den Reißverschluß zu.

Als Joaquín in Miraflores ankam, verspürte er Hunger. Auf der Avenida Larco wühlte er in seinen Hosentaschen und stellte fest, daß das wenige Geld, das er hatte, nicht einmal für einen Hamburger oder ein gemischtes Sandwich reichte. Da fiel ihm das Revolverfeuerzeug ein, das er noch in seiner Reisetasche hatte. Entschlossen, den Revolver zu benutzen, um sich ein bißchen Geld zu verschaffen, suchte er eine stille Seitenstraße. Er sah sich eine Weile um, bis er sich für die Calle San Martín entschied. Er ging ein Stück in sie hinein, um von der Avenida Larco wegzukommen. Dann holte er aus seiner Reisetasche den Revolver, steckte ihn in die Hose und stellte sich an eine Ecke, um eine günstige Gelegenheit abzuwarten. Er wartete ein paar Minuten, die ihm wie eine Ewigkeit vorkamen, bis er eine Frau sah, die allein auf dem Bürgersteig gegenüber lief. Er ging auf die andere Straßenseite, näherte sich der Frau und schnitt ihr den Weg ab.

»Ihre Handtasche, Señora«, sagte er mit zittriger Stimme. »Geben Sie mir Ihre Handtasche.«

Sie sah Joaquín in die Augen. Sie war schon ziemlich alt, hatte weißes Haar und ein zerfurchtes Gesicht. Sie mochte siebzig sein oder älter.

»Geben Sie mir Ihre Handtasche«, sagte er noch einmal. »Ich habe eine Pistole.«

Er holte den Revolver hervor und richtete ihn auf die Frau.

»Her damit, oder ich schieße«, sagte er.

Sie sah ihn erschrocken an. Er wollte ihr die Handtasche entreißen, doch sie ließ nicht los.

»Ein Dieb, ein Dieb!« schrie die Frau.

»Still, scheiß Alte!« sagte er und drückte zweimal ab.

Sie preßte die Handtasche an die Brust und suchte Halt an der Hausmauer.

»Man hat mich ermordet«, schrie sie und erregte die Aufmerksamkeit von ein paar Passanten.

Joaquín rannte so schnell er konnte los zur Uferstraße.

»Hilfe, rufen Sie einen Krankenwagen«, schrie die Frau.

Joaquín lief, ohne sich umzudrehen. Er rannte zehn oder zwanzig Straßen weit. Erschöpft setzte er sich auf die Molenmauer und lachte laut auf bei dem Gedanken an das Gesicht der Frau, als er den Revolver abgedrückt hatte.

Als es Abend wurde, beschloß Joaquín, zum Schlafen in den Kennedy-Park zu gehen. Es war schon spät, und er hatte kein Geld, um sich ein Zimmer zu mieten. Einige Stunden zuvor waren die fliegenden Händler aus dem Park abgezogen und hatten ihn voller Müll zurückgelassen. Joaquín legte sich ins Gras, er sah zum Mond hinauf, und ihm fiel ein, was seine Mutter in Vollmondnächten wie dieser zu sagen pflegte:

»Dort sind die Muttergottes und das Jesuskind, ich sehe sie ganz deutlich.«

Er versuchte gerade einzuschlafen, als er bemerkte, wie sich ganz in seiner Nähe etwas bewegte. Es war eine Ratte, etwa einen Meter von ihm entfernt. Er wollte fortlaufen, vermochte aber nicht, sich zu rühren. Die Ratte kam etwas näher. Er zog seinen Speichel zusammen und spuckte auf sie. Die Ratte floh mit schrillen Pfiffen und alarmierte die vielen anderen Ratten, die vom Kennedy-Park Besitz ergriffen hatten.

»Ihre Papiere bitte, junger Mann«, sagte ein Polizist, der ihm mit einer Taschenlampe ins Gesicht leuchtete.

Joaquín wachte jäh auf. Er hatte im Kennedy-Park auf einer Bank gelegen. Es war ihm gelungen, eine Weile zu schlafen.

»Ihre Papiere«, wiederholte der Polizist.

»Habe ich nicht, Chef«, sagte Joaquín und stand auf.

»Wie, Sie haben keine?« fragte der Polizist jetzt lauter. »Die Papiere, verdammt noch mal, oder ich verhafte Sie auf der Stelle wegen fehlendem Ausweis und Terrorismusverdacht.«

»Man hat mir meine Brieftasche gestohlen, Chef«, sagte Joaquín. »Ich habe nichts da, womit ich mich ausweisen könnte.«

»Und warum liegen Sie hier mitten in der Nacht?« fragte der Polizist. »Warum gehen Sie nicht nach Hause?«

Es war ein kleiner Mann mit Bauch und Schnauzbart und trug eine dunkelgrüne Uniform. Er rauchte.

»Ich war am Abend bei einer Feier, und jetzt fährt kein Bus mehr, Chef«, sagte Joaquín. »Ich wohne in Chaclacayo.«

»Haben Sie alkoholische Getränke zu sich genommen?«

»Nein, Chef. Ich trinke nicht.«

»Mal sehen, blasen Sie mir ins Gesicht.«

»Ins Gesicht?«

»Genau. Ich werde Ihnen augenblicklich sagen, wieviel Promille Sie haben.«

Joaquín trat auf den Polizisten zu und blies ihm ins Gesicht.

»Stärker«, sagte der Polizist. »Haben Sie keine Lunge, oder was?«

Joaquín blies stärker.

»Sie haben eine säuische Fahne«, sagte der Polizist.

»Das kann nicht sein, Chef, ich habe keinen Tropfen getrunken«, sagte Joaquín.

»Egal, du stinkst aus dem Maul, Kleiner«, sagte der Polizist und grinste verächtlich. »Bist ein Stricher, wie?«

»Was ist das?« fragte Joaquín.

»Hör mal, verarschen Sie mich nicht, sonst verhafte ich Sie wegen Mißachtung der Staatsgewalt«, sagte der Polizist und stemmte die Hände in die Seiten. »Arbeiten Sie im Park?«

»Nein, Chef. Ich bin Student.«

»Der okkulten Wissenschaften, wie?«

Sie lachten.

»Nein«, sagte Joaquín, »ich gehe noch zur Schule.«

»Welcher?« fragte der Polizist. »Und reden Sie gefälligst wie ein Mann, nicht mit diesem Stimmchen, als wenn Sie Verstopfung hätten.«

»Ich bin am Markham College, Chef. Wir haben jetzt aber Sommerferien.«

»Ach, stimmt ja. Du bist aus guter Familie? Wo arbeitet dein Vater?«

»Bei einer Bank, Chef.«

»Nicht übel, dein Alter hat bestimmt Kohle, wie?«

»Na ja, mehr oder weniger.«

»Haben Sie eine Visitenkarte von Ihrem Herrn Vater?«

»Ich habe gerade keine bei mir, Chef, ich kann Ihnen aber eine besorgen.«

»Bei welcher Bank arbeitet er denn?«

»Bei der Continental.«

»Gut, gut, wir werden uns schon verstehen, junger Mann. Zufällig brauche ich gerade einen Bankkredit, um ein Grundstück in Las Lomas de Pachacamac zu finanzieren. Der Traum vom Eigenheim, Sie wissen ja, junger Mann.«

»Verstehe, Chef. Vielleicht kann Ihnen mein Vater den Kredit beschaffen.«

Der Polizist kramte aus seinen Hosentaschen ein Notizbuch und einen Kugelschreiber hervor.

»Name, Anschrift und Telefonnummer von Ihrem Herrn Vater«, sagte er. »Schießen Sie los.«

Joaquín machte die Angaben zu seinem Vater. Der Polizist notierte sie sich in seinem Notizbuch. Dann schrieb er seinen eigenen Namen und seine Telefonnummer auf eine andere Seite, riß die Seite heraus und gab sie Joaquín.

»Mal sehen, ob ich mit Ihrem Herrn Vater ins Geschäft komme«, sagte er. »Wenn nicht, muß ich Sie wegen fehlender Ausweispapiere verhaften.«

Joaquín las, was auf dem Zettel stand: »Wachtmeister Eudocio Rabanal«.

»Alles klar, Chef«, sagte er. »Gleich morgen spreche ich mit meinem Vater. Das regeln wir unter Freunden.«

»Und wo wollen Sie nun schlafen?« fragte ihn der Polizist.

»Ich weiß nicht«, sagte Joaquín.

»Warum gehen wir nicht aufs Kommissariat, und ich lasse Sie im Gästezimmer schlafen?«

»Aber Sie nehmen mich nicht fest, nein?«

»Ganz im Gegenteil. Ich lade Sie ein, damit Sie nicht die Nacht unter freiem Himmel verbringen müssen, junger Mann. Außerdem, der Park ist voller krimineller Elemente, lassen Sie sich das gesagt sein. Hier treiben sich haufenweise Schwule rum. Die lauern nur darauf, Ihnen den Arsch aufzureißen.«

Sie lachten.

»Gehen wir zum Streifenwagen«, sagte Wachtmeister Rabanal.

»Danke, Chef«, sagte Joaquín.

Sie liefen durch den Park und stiegen in den Streifenwagen. Es war ein altes Auto mit Schrammen und Beulen. Rabanal versuchte, den Motor anzulassen. Er sprang nicht an. Jedesmal, wenn Rabanal es versuchte, gab er ein metallisches Geräusch von sich.

»Verfluchte Scheiße«, sagte Rabanal, »eine elende Schrottkiste ist das.«

Joaquín lachte. Kurz darauf gelang es Rabanal dann doch, den Wagen anzulassen. Er fuhr langsam die Avenida Larco entlang. Die Geschäfte waren schon alle geschlossen.

»Schwarzer Adler, bitte kommen, schwarzer Adler, bitte kommen«, war eine Stimme aus dem Funkgerät des Streifenwagens zu vernehmen. »Hier weißer Panther. Gehe auf Empfang.«

»Hör mal, dicke Schwuchtel, du hast wohl die Decknamen vergessen, wie?« sagte die Stimme.

»Piß dir nicht aufs Bein mit deinen Decknamen, verdammte Scheiße«, sagte Rabanal. »Wer ist denn da? Bist du es, Elmer?«

»Nein, deine Alte«, sagte die Stimme.

Sie lachten.

»Wo seid ihr denn, Herzblatt?« fragte Rabanal.

»Unten an der Costa Verde. Kommst du, oder nicht? Laß dich nicht lange bitten, Dicker, und komm.«

»Was macht ihr Herumtreiber denn da?«

»Wir sitzen im Solitario und trinken ein paar Bierchen. Die schwarze Judith hat uns leckere Krapfen gebacken. Also, wir warten auf dich, Eudocio.«

»Ich bringe nur einen Verdächtigen aufs Kommissariat, danach komme ich runter, Herzblatt. Hebt mir einen Krapfen auf.«

»Beeil dich, dicke Schwuchtel. Mach deine Sirene an und drück ein bißchen auf die Tube, sonst sind die Krapfen nachher alle.«

Sie brachen in Gelächter aus. Rabanal legte das Funkgerät auf und gab Gas.

»Kollegen«, sagte er.

»Hm«, sagte Joaquín.

Kurz darauf bog Rabanal von der Avenida Arequipa ab, fuhr über die Petit Thouars und hielt vor dem Polizeikommissariat von Miraflores. Sie stiegen aus. Ein paar Polizisten spielten Karten und tranken Schnaps. Rabanal nahm Haltung an und grüßte den Kommissar.

»Ich bringe hier eine Person ohne Ausweispapiere, damit sie hier schlafen kann«, sagte er zu ihm.

»Wir sind kein Hotel, Rabanal«, sagte der Kommissar.

»Ich kenne den Herrn Vater der Person«, sagte Rabanal. »Ich bitte um Erlaubnis, sie im Gästezimmer unterbringen zu dürfen, bis morgen früh nur.«

»Na, mach schon und sieh zu, daß du wieder auf die Straße kommst«, sagte der Kommissar, ohne seinen Blick von den Karten zu heben, die er in der Hand hielt.

Rabanal brachte Joaquín zu einem Zimmer des Kommissariats. Er schloß das Vorhängeschloß auf und ließ ihn in ein dunkles Zimmer eintreten.

»Gleich morgen rufe ich deinen Alten an«, sagte er zu ihm. »Und wehe, du hast mich verarscht, dann hole ich dich und steck dich in den Knast.«

»Keine Sorge, Chef«, sagte Joaquín, »Sie brauchen ihn nur anzurufen.«

»Und du legst ein gutes Wort für mich ein, ja?«

»Mit Sicherheit, Chef.«

»Danke, Kleiner.«

»Ich danke, Chef.«

Rabanal schloß die Tür und ging fort.

»Willkommen im Sheraton«, hörte Joaquín, kaum daß Rabanal die Tür geschlossen hatte.

Er bekam einen Schreck. Im Zimmer war noch ein Junge. Er lag auf dem Fußboden, auf ein paar Stücken Pappe.

»Hallo«, sagte Joaquín.

Er setzte sich neben den Jungen und betrachtete ihn. Er war genauso alt wie er selber. Er hatte lange Haare, mandelförmige Augen und dunkle Haut.

»Was ist los mit dir?« fragte der Junge.

»Sie haben mich im Park gefunden, ich habe dort geschlafen«, sagte Joaquín.

Der Junge grinste und sagte nichts.

»Und du, warum bist du hier?« fragte Joaquín.

»Sie haben mich bei einer Razzia erwischt«, sagte der Junge. »Diese scheiß Hornochsen lassen einen nicht mal in Ruhe seinen Job machen.«

»Als was arbeitest du?«

»Ich bin Stricher.«

»Stricher? Was ist das?«

Der Junge lachte.

»Das weißt du nicht?« sagte er. »Ich arbeite im Park.«

»Und was machst du da?«

»Ich habe meine Kunden. Ich erkläre es dir besser morgen.«

»Wie heißt du?«

»Pedro.«

»Ich heiße Joaquín.«

Sie gaben sich die Hand.

»Ich muß mich ein bißchen aufs Ohr hauen«, sagte Pedro. »Ich scheiße mich ein vor Müdigkeit.«

Joaquín legte sich zu Pedro auf den Fußboden, und sie drehten sich voneinander weg.

Bei Tagesanbruch warf man sie aus dem Kommissariat hinaus. Es war ein strahlender Sommertag. Pedro schlug vor, zu ihm nach Barranco zu fahren, und Joaquín fand die Idee großartig, weil er nicht wußte, wohin er gehen sollte. Sie nahmen ein Taxi und fuhren zu Pedro. Pedro bezahlte, sie stiegen aus und gingen in sein Zimmer. Alles, was es darin gab, war auf dem Fußboden eine Matratze, eine Musikanlage und alte Zeitschriften und an der Wand ein Bob-Marley-Poster.

»Es ist Zeit für Spinat, Popeye«, sagte Pedro mit verschmitztem Lächeln.

Er ging an den eingebauten Schrank und holte einen Beutel Marihuana. Joaquín setzte sich auf die Matratze. Pedro drehte sich einen Joint, zündete ihn an und zog ein paarmal. Er hustete und reichte Joaquín den Joint.

»Da, nimm«, sagte er zu ihm.

»Nein, danke«, sagte Joaquín.

Pedro bestand nicht darauf. Er rauchte weiter. Als er aufgeraucht hatte, legte er eine Kassette mit Reggae ein und warf sich auf die Matratze.

»Ist alles gleich ganz anders nach einem kleinen Joint«, sagte er lächelnd. »Ich wüßte gar nicht, wie ich leben soll ohne meinen Spinat.«

Im Zimmer roch es nach Marihuana. Joaquín mochte den Geruch.

»Jetzt erzähl, wie du auf die Idee gekommen bist, im Park zu schlafen«, sagte Pedro. »Du wolltest wohl, daß sie dich vergewaltigen, oder was?«

Sie lachten.

»Nein«, sagte Joaquín. »Ich bin von zu Hause abgehauen.«

»Dann sind wir ja schon zwei«, sagte Pedro.

»Du bist auch abgehauen?«

»Ich bin von zu Hause weg, als ich vierzehn wurde.«

»Und wie alt bist du jetzt?«

»Siebzehn.«

»Und du bist nie wieder nach Hause zurück?«

»Nie. Nur Schwuchteln gehen wieder zurück. Worauf es ankommt ist, auf der Straße zu leben, Herzblatt.«

»Geil, ich bewundere dich, Pedro. Und wie hältst du dich über Wasser?«

»Na ich jobbe, als Stricher. Habe ich doch schon gesagt.«

»Was für Scheiß ist denn das, ein Stricher?«

»Weiß ich auch nicht, aber Jungs wie wir heißen Stricher.«

»Und was machst du im Park? Was ist das für ein Job?«

»Der Job ist zum Kotzen. Man braucht einen echt starken Magen dafür. Wann bist du abgehauen?«

»Gestern.«

»Ach herrje, du bist noch ganz grün hinter den Ohren? Du weißt nicht, was los ist auf der Straße?«

»Nein, ich kann aber lernen.«

»Ist nicht jedermanns Sache, die Straße. Weiß Gott nicht.«

»Glaubst du, ich könnte den Job auch machen? Kannst du mir nicht irgendwie helfen, an Geld zu kommen, Pedro?«

»Hast du schon mal einen Hinterlader abgefüllt?«

»Einen was?«

Pedro lachte.

»Du weißt nicht, was ein Hinterlader ist?« fragte er.

»Nein«, sagte Joaquín.

»Du bist ja noch so was von grün, Herzblatt. Die Unschuld vom Lande.«

»Was ist ein Hinterlader? Du mußt es mir beibringen, Pedro. Ich habe wirklich Lust, es zu lernen.«

»Ein Hinterlader ist ein Kerl, dem es Spaß macht, den Arsch hinzuhalten. Solche gibt es massenhaft in Miraflores. Nachts gehen sie in den Park, baggern dich an und nehmen dich mit runter zur Costa Verde. Du knallst sie einmal durch, und sie geben dir dafür ein Scheinchen und manchmal sogar eine Uhr oder ein Paar Sportschuhe. Siehst du die Latschen hier?«

Pedro zeigte ihm die Schuhe, die er anhatte. Es waren weiße Sportschuhe mit orange phosphoreszierenden Streifen.

»Sehen gut aus«, sagte Joaquín.

»Import, nagelneu«, sagte Pedro. »Hat mir ein Freier geschenkt.«

»Und wieviel Geld springt so raus im Monat?«

»Je nachdem. Unterschiedlich. Es gibt gute Nächte und schlechte Nächte. Aber im Durchschnitt mache ich meine fünfhundert Dollar im Monat.«

»Geil, nicht übel!«

»Stell dir vor, ich verdiene mehr als mein Alter«, sagte Pedro und lachte.

»Was arbeitet dein Vater?«

»Angestellter im öffentlichen Dienst. Er kriegt einen Hungerlohn. Und den ganzen Tag streiken sie. Ich mache lieber meinen Job als Stricher. Da kann mir keiner meine Freiheit nehmen.«

»Klar, verstehe.«

»Und warum bist du weg von zu Hause?« fragte Pedro. »Hattest du Zoff mit deinen Alten?«

»Ja, meine Alten gehen mir fürchterlich auf den Senkel. Sie lassen mich nicht in Ruhe leben.«

»Haben sie dich mit Drogen erwischt?«

»Nein, das nicht. Ich habe es einfach nicht mehr ausgehalten mit ihnen.«

»Eins sage ich dir, Liebling, auf der Straße leben ist oberscheiße. Wenn du willst, kannst du bei mir bleiben, bis wir eine Bude für dich gefunden haben.«

»Toll, Pedro. Dankeschön.«

»Und jetzt gehen wir zum Bäcker, ich bekacke mich vor Hunger. Von diesem Gras kriege ich einen Wahnsinnsappetit.«

»Gehen wir. Ich bin aber völlig blank.«

»Ich leihe dir was. Heute nacht kriege ich es im Park von dir zurück.«

»Und wie?«

»Ich werde dir zeigen, wie du zu Geld kommst, Herzblatt«, sagte Pedro. »Bei dem Knackarsch ist deine Zukunft gesichert.«

Sie lachten und gingen auf die Straße.

»Machen wir uns an die Arbeit«, sagte Pedro. »Der Abend ist noch jung.«

Er hatte bis in den späten Nachmittag hinein geschlafen und stand jetzt auf. Joaquín saß neben ihm und blätterte in einem alten Caretas-Heft. Bevor sie losgingen, rauchte Pedro noch einen Joint und ließ Joaquín ein paarmal ziehen. Dann verließen sie das Zimmer, liefen ein Stück bis zur Avenida Grau, und stiegen in ein Taxi. Sie fuhren nach Miraflores und stiegen am Kennedy-Park aus. Dort war ein buntes Treiben wie auf dem Jahrmarkt. Sie schlenderten zwischen Straßenfotografen, Zigeunerinnen, Eisverkäufern, Predigern, Rentnern, Hippies und Schuhputzern.

»Setz dich hin und beobachte, wie das Geschläft abläuft«, sagte Pedro.

Joaquín setzte sich auf eine Bank. Einen Kaugummi kauend, die Hände in den Hosentaschen, postierte sich Pedro an einer Ecke, um nach den Autos zu schauen, die am Park vorbeifuhren. Wenn ihn jemand aus dem Auto heraus ansah, lächelte

Pedro und zwinkerte ihm zu, er fuhr sich mit der Zunge über die Lippen und griff sich zwischen die Beine. Bald schon hielt neben ihm ein Auto. Pedro trat an das Auto heran, sprach mit dem Mann, der darin saß, und lief zu Joaquín.

»Komm«, sagte er zu ihm. »Du mußt nichts machen. Du guckst nur zu.«

Bevor Joaquín etwas antworten konnte, waren sie schon eingestiegen. Der Mann, der das Auto fuhr, war mittleren Alters und trug Anzug und Krawatte. Er schaute im Spiegel nach Joaquín.

»Du bist neu, wie?« fragte er ihn.

»Mein Kollege ist noch nicht lange dabei«, sagte Pedro.

»Willkommen, Kleiner«, sagte der Mann. »Wie heißt du?«

»Jorge«, sagte Joaquín.

»Nenn dich lieber Coco«, sagte der Mann, »das hat mehr Charme.«

Joaquín lächelte und sagte nichts. Der Mann fuhr auf einer gepflasterten Straße, die zum Strand führte. Nachdem er langsam die Costa Verde entlanggefahren war, hielt er direkt am Meer und machte die Scheinwerfer aus. Es war schon dunkel geworden. Pedro zwinkerte Joaquín zu. Der Mann nahm die Krawatte und seine Brille ab.

»Das wird jeden Tag schlimmer mit meinen Falten«, sagte er mit einem Blick in den Spiegel. »Grauenvoll, der Streß bringt mich noch um.«

Dann umarmte er Pedro und küßte ihn.

»Ah, ist das geil, mit dir zu knutschen, Pedrito«, sagte er.

Joaquín ließ das Fenster herunter. Am Ufer roch es nach Bier und Kondomen.

»Steck ihn mir rein, Pedrito«, sagte der Mann.

Pedro bediente seinen Kunden und sah dabei Joaquín an. Angeekelt stieg Joaquín aus dem Auto und setzte sich an den Strand. Das Rauschen des Meeres vermischte sich mit dem Stöhnen der Liebenden.

Mit dem Geld, das sie an diesem Abend verdient hatten, gingen Pedro und Joaquín in ein Restaurant in der Avenida Diagonal eine Pizza essen und tranken einen Krug Sangria. Danach fuhren sie mit dem Taxi zu Pedro. Zu Hause zog sich Pedro aus und rauchte Marihuana. Joaquín war etwas schwindlig. Er hatte viel Sangria getrunken, und er war Alkohol nicht gewöhnt. Er zog sich ebenfalls aus und legte sich in Unterhosen zu Pedro.

»Danke, Pedro«, sagte er zu ihm und gab ihm einen Kuß auf die Wange. »Du bist sehr lieb.«

Pedro stieß ihn von sich.

»Sachte, sachte, Herzblatt, mach keinen falschen Fehler«, sagte er. »Ich bin keine Schwuchtel wie du.«

Dann drehte er sich um und schlief ein. Joaquín blieb wach und lauschte Pedros Atem.

»Komm, wir gehen ein bißchen in die Kirche rein«, sagte Pedro zu Joaquín, als sie am nächsten Tag im Park auf einer Bank saßen und Eis aßen. »Da ist es nicht so heiß.«

Sie standen auf, liefen langsam, wie erschlagen von der Hitze, und traten in die Pfarrkirche von Miraflores ein. Sie war menschenleer. Pedro streckte sich auf einer Bank aus und zündete sich einen Joint an.

»Du solltest hier nicht rauchen«, sagte Joaquín.

»Wieso?« fragte Pedro.

»Na, es ist doch das Haus Gottes.«

Pedro lachte so laut, daß ein Echo zu hören war.

»Das Haus Gottes und die Fotze der Katze«, sagte er.

Eine Frau kam in die Kirche und ging zu einem Beichtstuhl. Mit vor der Brust gefalteten Händen kniete sie nieder, beichtete ihre Sünden und ging schweren Schritts wieder hinaus. Joaquín nutzte die Gelegenheit, daß Pedro eingeschlafen zu sein schien, um ebenfalls zum Beichtstuhl zu gehen und niederzuknien.

»Ave Maria purissima«, sagte der Priester, der hinter dem Gitter saß.

»Die du ohne Sünde empfangen hast«, sagte Joaquín.

»Sprich, Sohn.«

»Pater, ich habe eine unkeusche Handlung begangen.«

»Erzähl, Sohn.«

Joaquín schwieg ein paar Sekunden lang.

»Ich kann nicht«, sagte er. »Ich weiß nicht, wie ich es sagen soll.«

»Laß mich dir helfen, Sohn. War es mit einer Frau?«

»Nein, Pater.«

»Hast du den Herrn in deinen Gedanken beleidigt? Hast du für dich allein gesündigt? Hast du dich unzüchtig berührt?«

»Ja, das auch, aber das ist nicht das Schlimmste.«

»Erzähl mir, Sohn. Du brauchst dich nicht zu schämen. Ich bin hier, um dir zu vergeben.«

»Es war mit meinem kleinen Bruder.«

»O Gott. Und was genau hast du mit ihm gemacht, Sohn?«

»Ich habe mich nachts zu ihm ins Bett gelegt.«

»Hast du ihn berührt?«

»Hm.«

»Sodomie?«

Joaquín hatte das Wort noch nie gehört.

»Nein«, sagte er.

»Und willst du es wieder tun?«

»Nein«, sagte Joaquín und spürte, daß er log.

Der Priester sagte ein paar Worte auf Latein.

»Zur Strafe betest du zehn Ave-Maria«, sagte er dann. »Jetzt kannst du gehen, und laß dieses Geschöpf in Frieden, um der Barmherzigkeit Gottes willen.«

Joaquín kehrte zur Bank zurück, auf der Pedro lag. Er kniete nieder, schloß die Augen und versuchte, zehn Ave-Maria zu beten. Nach der Hälfte kam er nicht weiter. Er spürte, daß es Zeitverschwendung war.

An diesem Abend stieg Pedro im Park zu einem Kunden ins Auto, und Joaquín stellte sich an seinem Platz hin. Er versuchte, die Aufmerksamkeit eines Vorbeifahrenden zu erregen, ahmte Pedros Posen nach, seinen koketten Blick, sein freches Lächeln, aber niemand hielt an, um ihn mitzunehmen. Als er schon fast aufgeben wollte, kam ein Volvo vorbei, verringerte kurz die Geschwindigkeit und fuhr weiter. Enttäuscht setzte sich Joaquín auf eine Bank. Zu seiner Überraschung kehrte der Volvo zurück und hielt diesmal. Joaquín stand auf und ging näher. Der Mann in dem Auto ließ das Fenster runter und lächelte. Es war ein Glatzkopf. Als Joaquín ihn von nahem sah, erkannte er ihn sofort: Es war Micky, sein Onkel.

»Na, so eine Überraschung«, sagte Micky mit etwas kreischender Stimme. »Was machst du denn hier?«

»Nichts, Onkel«, sagte Joaquín. »Ein bißchen spazieren.«

»Wie geht es deinen Eltern? Ich habe sie ja eine Ewigkeit nicht mehr gesehen.«

»Ich glaube, gut.«

Micky hatte ein Seidentuch um den Hals. Er wirkte ziemlich nervös.

»Bitte steig ein«, sagte er. »Ich bringe dich, wohin du willst.«

Joaquín stieg zu seinem Onkel ins Auto. Der Volvo war nagelneu. Micky gab Gas. Joaquín kam sich vor wie in einem Flugzeug.

»Hast du Hunger?« fragte Micky.

»Und wie!« sagte Joaquín.

»Was hältst du davon, wenn wir ins Tiendecita Blanca gehen und einen Happen essen?«

»Toll, Onkel. Wo du willst.«

Ein paar Straßen weiter stellte Micky seinen Wagen ab. Noch etwas nervös von der unerwarteten Begegnung stiegen Micky und Joaquín aus und betraten das Tiendecita Blanca. Micky begrüßte einen Senator, der bekannt war für seine Redegewalt. Sie umarmten sich, machten ein paar Bemerkungen zur aktuellen politischen Lage und verabschiedeten sich unter ständigem Lächeln. Ein Kellner begrüßte Micky ehrerbietig und führte sie zu einem Tisch neben dem Klavier. Micky bestellte sich Spargel und einen Schoppen Weißwein und erwiderte herablassend den Gruß des Pianisten. Joaquín bestellte sich einen Cheeseburger und einen Schokomilchshake. Nachdem der Kellner die Bestellungen notiert hatte, zog er sich schlurfend zurück.

»Darf man wissen, was ein anständiger junger Mann wie Sie im Park von Miraflores treibt?« fragte Micky mit spöttischem Lächeln.

»Ich bin von zu Hause ausgerissen, Onkel«, sagte Joaquín leise.

Micky stieß ein schrilles Lachen aus.

»Und warum machst du solchen Quatsch?« fragte er und sah dabei seine Fingernägel an.

»Weil ich meine Eltern hasse«, sagte Joaquín. »Ich habe sie satt. Sie lassen mich nicht in Ruhe.«

»Red keinen Unfug, Junge«, sagte Micky. »Deine Eltern sind gute Leute. Du mußt lernen, sie zu verstehen und ihnen zu verzeihen.«

»Meine Eltern sind Hohlköpfe, Onkel. Ich halte es nicht mehr aus mit ihnen.«

»Deine Eltern sind deine Eltern, red nicht schlecht von ihnen. Ein Gentleman redet nicht schlecht von seinen Eltern.«

»Du kennst sie ja gar nicht, Onkel. Du ahnst nicht, wie sie mich behandeln.«

»Alle kleinen Jungs beklagen sich über ihre Eltern. Das ist der Lauf der Welt, Joaquincito. Ich gebe dir einen guten Rat: Geh nach Hause, das ist der Ort, wo ein Junge wie du um diese Zeit hingehört.«

»Ich gehe nicht nach Hause, Onkel.«

Micky lächelte und hielt sich dabei die Hand vor den Mund.

»Du bist störrisch wie deine oberfromme Mutter«, sagte er.

Joaquín lachte.

»Könntest du mich für ein paar Tage bei dir wohnen lassen, Onkel?« fragte er.

Micky hörte auf zu lächeln.

»Mein Haus ist keine Erziehungsanstalt«, sagte er mit schneidender Stimme.

In diesem Moment kam der Kellner mit einem Tablett und brachte ihnen das Essen, das sie bestellt hatten. Micky kostete den Wein und nickte ohne große Begeisterung. Joaquín trank mit einem Strohhalm seinen Milchshake. Der Kellner zog sich zurück, ständig schlurfend.

»Kannst du mir wenigstens ein bißchen Geld leihen, Onkel?« fragte Joaquín.

»Geld, wofür?« fragte Micky und kratzte sich am Kopf.

»Um mir Essen zu kaufen. Ein Zimmer zu mieten. Ich habe nicht einen Centavo, Onkel. Ich liege auf der Straße.«

»Das darfst du nie sagen, Joaquín. So kommst du nie zu Geld.«

»Bitte, Onkel, leih mir was.«

Micky machte eine ärgerliche Handbewegung.

»Red nicht beim Essen von Geld«, sagte er. »Das zeugt von schlechten Manieren.«

Joaquín verstummte. Schweigend aßen sie. Micky zerteilte den Spargel mit viel Zartgefühl. Joaquín verschlang seinen Cheeseburger in fünf, sechs Bissen.

»Ich gehe mal kurz auf Toilette«, sagte er, als er aufgegessen hatte.

Er stand auf und ging auf die Toilette. Als ihm sein Onkel nachkam, machte er den Hosenschlitz auf. Sie waren allein auf der Toilette. Micky verriegelte die Tür.

»Willst du dir ein paar Dollars verdienen?« fragte er lächelnd.

»Klar«, sagte Joaquín. »Für Geld mache ich alles, Onkel.«

Micky trat an Joaquín heran und beugte seinen Kopf.

»Küß ihn mir«, sagte er.

»Wen?« fragte Joaquín überrascht.

»Den Kopf«, sagte Micky. »Küß meinen Kopf.«

Joaquín küßte die Glatze seines Onkels. Sie war voller Leberflecken und roch nach Old Spice.

»Jetzt leck ihn mir«, sagte Micky, immer noch mit gebeugtem Kopf.

Joaquín fuhr ein einziges Mal mit der Zunge über seinen Schädel. Er behielt einen bitteren Geschmack im Mund zurück.

»Oh, geil«, murmelte Micky.

Er nahm seine Brieftasche und gab Joaquín einen Zwanzig-Dollar-Schein.

»Grüß deine Eltern von mir«, sagte er und klopfte Joaquín auf die Schulter.

Dann ging er aus der Toilette hinaus und verließ eilig das Tiendecita Blanca.

»Geizkragen«, murmelte Joaquín.

Wenig später klopfte Joaquín an Pedros Zimmertür. Pedro machte auf und sagte kein Wort. Sein Oberkörper war nackt. Er ließ Joaquín herein und fing an, vor einem zersprungenen Spiegel Hanteln zu stemmen. Er schien verärgert zu sein. Joaquín legte sich auf die Matratze. Das Zimmer roch nach Marihuana. Pedro hatte eine Kassette mit Reggae eingelegt.

»Warum hast du im Park nicht auf mich gewartet?« fragte er, ohne Joaquín anzusehen.

»Ich habe meinen Onkel getroffen, und er hat mich zum Essen eingeladen«, sagte Joaquín.

»Wir hatten abgemacht, aufeinander zu warten. Eine halbe Stunde habe ich auf dich gewartet, Scheißkerl.«

»Sorry, Pedro. Ich habe mich bekackt vor Hunger.«

Beim Anheben der Hanteln verzog Pedro vor Anstrengung das Gesicht.

»Du kannst heute nacht nicht hierbleiben«, sagte er. »Ich erwarte Besuch.«

»Ohne Mist?« fragte Joaquín.

»Ja, eine Tussi, mit der ich mal zusammen war, kommt.«

»Alles klar, ich bin gleich wieder weg.«

Pedro stemmte weiter die Hanteln.

»Ich schlage dir ein Geschäft vor«, sagte Joaquín.

»Und das wäre?«

»Ich will, daß du es mit mir machst.«

Pedro sagte kein Wort. Er sah ihn auch nicht an.

»Ich will, daß du ihn mir reinsteckst«, sagte Joaquín.

Pedro hustete und spuckte aus.

»Ich habe dir doch gesagt, ich bin keine Schwuchtel wie du«, sagte er.

Joaquín lächelte. Er spürte, daß er Pedro begehrte und zugleich verachtete.

»Ich habe Geld«, sagte er. »Ich bezahle auch.«

Pedro sah Joaquín im Spiegel an. Er stemmte weiter seine Hanteln.

»Wenn ich dir Geld gebe, steckst du ihn mir dann rein?« fragte Joaquín.

Pedro antwortete nicht.

»Zwanzig Dollar«, sagte Joaquín und zeigte ihm den Geldschein, den ihm Micky auf der Toilette vom Tiendecita Blanca gegeben hatte.

Pedro warf die Hanteln auf den Boden. Das Zimmer hallte wider vom Aufschlag.

»Scheiß Schwuchteln«, sagte er. »Ihr seid doch alle gleich.«

Joaquín erschrak. Er dachte, Pedro wolle ihn verprügeln.

»Dreh dich um und zieh dir die Hose runter«, sagte Pedro.

Joaquín gehorchte. Pedro warf sich jäh auf ihn.

»Mach es, daß es schön für mich ist, bitte«, sagte Joaquín.

»Halt die Fresse, schwule Sau«, sagte Pedro und stieß seinen Schwanz tief in Joaquín hinein.

Pedro arbeitete voller Gewalt und Wut. Joaquín biß in die Matratze, um nicht vor Schmerzen zu schreien. Als Pedro fertig war, wischte sich Joaquín die Tränen ab und gab ihm das Geld.

»Hat es dir Spaß gemacht?« fragte Joaquín.

»Nein«, sagte Pedro. »Das ist, als würde ich einen Köter ficken.«

Joaquín zog sich an und ging ohne ein Wort. Er wußte nicht, wohin. Er hatte kein Geld. Er wollte nicht zu seinen Eltern zurück. Er lief auf der Avenida Grau. Er kam sich idiotisch vor, weil er anfing zu weinen.

ZWEITER TEIL

Die Feier

Es war das erste Mal, daß sie Joaquín in der Pension anrief, in der er wohnte.

»Ich heirate am Sonnabend, und ich würde mich sehr freuen, wenn du kommen würdest«, sagte seine Schwester Ximena.

Ximena heiratete José Luis, die einzige Liebe ihres Lebens. Ximena war groß und hübsch, sie hatte schwarzes Haar und große Augen; sie hatte schon immer ein bißchen zur Pummeligkeit geneigt, aber für ihre Hochzeit eine Schlankheitskur gemacht. José Luis war groß und etwas rundlich, sein Haar war kurzgeschnitten, und er trug eine Brille mit starken Gläsern. Sie wünschte sich mehrere Kinder und träumte davon, jedes Jahr nach Miami zu reisen. Er träumte davon, Millionär zu werden und in einem Haus mit Swimmingpool zu leben. Beide hatten sie davon geträumt, einander zu heiraten, seit dem Tag, da sie sich kennenlernten, als sie noch Kinder waren.

»Ich weiß, daß du keine Lust hast, Papa und Mama zu sehen, bitte mach es mir zuliebe«, sagte Ximena.

»Ich komme, das verspreche ich dir«, sagte Joaquín.

»Du versprichst es?«

»Ich verspreche es.«

Am Tag der Hochzeit seiner Schwester zog sich Joaquín seinen besten Anzug an, zog etwas Kokain und setzte sich ins Taxi nach Virgen del Pilar. Er kam zu spät zur Messe und blieb lieber stehen, hinter der letzten Sitzreihe. Er registrierte mehrere mißbilligende Blicke und gab sich Mühe, sie zu übersehen.

Ihm fiel ein, wie sich Ximena und José Luis kennengelernt hatten. Er konnte sich an diesen Tag sehr genau erinnern: José

Luis war mit anderen Jungen aus dem Saeta-Club ins Haus seiner Eltern in Chaclacayo gekommen, und innerhalb von Minuten hatten sie im Garten ein Zeltlager aufgeschlagen. Ximena war sehr beunruhigt von der Anwesenheit so vieler Jungen und verbrachte den ganzen Tag in der Küche mit dem Backen von Gewürzkuchen, Schokoladentorte, Kokosbällchen und schaumigen Orangenbiscuits. Als sie fertig damit war, nahm sie die Schürze ab, legte Lippenstift auf, zog sich die Haarnadeln aus dem Haar und ging in den Garten, zusammen mit zwei Dienstmädchen, die die frisch zubereiteten Leckereien und mehrere Krüge Chicha morada hinaustrugen. Jahre später erzählte Ximena Joaquín, sie hätte schon vorausgeahnt, daß sie sich in einen der Jungs vom Zeltlager verlieben würde, denn als sie José Luis erblickte, zögerte sie keinen Augenblick, ihm das größte Stück von der Schokoladentorte aufzutun.

Nach dem Ende der Hochzeitszeremonie gingen die Brautleute, gefolgt von der vielköpfigen Gästeschar, in einen zur Kirche gehörenden Saal. Joaquín schloß sich in einem leeren Beichtstuhl ein und zog noch ein bißchen Koka. Ohne Kokain hätte er es kaum über sich gebracht, sich in die Schlange einzureihen, um seiner Schwester und seinem frischgebackenen Schwager zu gratulieren.

»Bruderherz, ich hatte schon geglaubt, du kommst nicht«, sagte Ximena zu ihm und umarmte ihn, als er zu dem kleinen Pult aufrückte, wo seine Schwester und José Luis die Glückwünsche der Verwandten und Bekannten entgegennahmen.

»Glückwunsch, Xime«, sagte Joaquín und küßte seine Schwester auf die Wange.

»Hallo, Schwager, schön, dich zu sehen«, sagte José Luis lächelnd und klopfte ihm auf die Schulter.

»Herzlichen Glückwunsch, Don José Luis«, sagte Joaquín.

An der Seite der Brautleute standen festlich gekleidet Luis Felipe und Maricucha. Sie sahen Joaquín an und schienen überrascht, ihn an diesem Tag nach so langer Zeit wiederzusehen.

»Grüß Gott, Söhnchen, wie dünn du geworden bist«, sagte Maricucha und gab ihm einen Kuß.

»Ich bin nicht dünn, Mama«, sagte Joaquín.

»Haut und Knochen bist du«, sagte Maricucha und kniff ihm in die Wangen, was sie schon gern getan hatte, als er noch ganz klein war. »Du siehst aus wie ein Besen: dünn wie ein Besenstiel und mit einer Riesenmähne. Das kommt davon, weil du nicht ab und zu bei uns vorbeischaust und mit uns ißt.«

Luis Felipe sah Joaquín in die Augen und gab ihm mit einer gewissen Unterkühltheit die Hand.

»Du kommst auch nach Hause zum Empfang, oder?« sagte er zu ihm.

»Ja, natürlich«, sagte Joaquín und ging die Eltern des Bräutigams begrüßen.

»Ach, das ist ja eine Überraschung: das schwarze Schaf der Familie Camino«, sagte Angelita, José Luis' Mutter, und drückte und küßte Joaquín so sehr, daß seine Wange danach ganz feucht war.

Kurz darauf klingelte Joaquín an der Haustür seiner Eltern.

»Ihre Einladung, bitte«, sagte zu ihm der Wachmann, der die Tür öffnete, ein dunkelhäutiger Typ von gedrungener Statur.

»Ich habe keine, aber das ist das Haus meiner Eltern«, sagte Joaquín.

»Haben Sie nicht irgendeinen Ausweis bei sich?« sagte der Wachmann.

Joaquín holte seine Brieftasche hervor und gab ihm seinen Führerschein. Der Wachmann kontrollierte ihn im Licht einer Taschenlampe.

»Entschuldigen Sie bitte, junger Herr, aber ich bin dazu verpflichtet«, sagte er und gab ihm den Weg frei.

Joaquín ging langsam ins Haus seiner Eltern hinein. Mehr als zehn Kellner liefen durch das Haus und waren mit den letzten Vorbereitungen für die Feier beschäftigt. Im Garten war neben dem Swimmingpool ein Sonnendach aufgebaut, das mehrere Tische überspannte. Die Feier hatte noch nicht begonnen. Joaquín ging in die Küche.

»Junger Herr Joaquín, so ein Wunder, Sie hier?« sagte Meche, die kleine, dicke, zahnlose Frau, die seit fast zwanzig Jahren im Haus als Dienstmädchen arbeitete.

»Wie geht es dir, Mechita?« sagte Joaquín.

»Nun, ich habe alle Hände voll zu tun, weil doch unsere Ximena heiratet.«

»So ist das Leben, Meche.«

»Und wann heiraten Sie, junger Herr Joaquín?«

»Wenn du mich endlich nimmst, Mechita«, sagte er, und sie lachte schallend.

Nachdem Joaquín sich einen Schluck zu trinken eingegossen hatte, ging er nach oben in sein einstiges Kinderzimmer. Alles war so, wie er es verlassen hatte, als er fortgegangen war: seine Urkunden von der Schule, die Fußballplakate an der Wand, die Sammlung von El Gráfico, die Abenteuerbücher, das Schachspiel, die Boxhandschuhe, die ihm sein Vater geschenkt hatte. Erdrückt von der Erinnerung, ging er ins Bad und zog etwas Koka. Anschließend ging er wieder in sein Zimmer, nahm sein Fotoalbum und setzte sich aufs Bett, um es anzuschauen. Er sah die Schwarzweißfotos von seiner Oma Eva, als sie noch jünger war, mit straff zusammengebundenem Haar und vorgestrecktem Kinn, immer in Weiß gekleidet, immer mit ihm auf den Armen. Er sah die Fotos von seinen ersten Geburtstagen: die Tische voller Popcorn, Chicha morada und Hähnchensandwiches, er selbst im Trikot vom FC Barcelona, zusammen mit seinen besten Freunden, wie sie alle schon darauf lauerten, zusammen Fußball zu spielen, nachdem sie ›Happy Birthday‹ gesungen hatten. Er sah die Fotos vom Tag seiner ersten Kommunion, bei der er ganz in Weiß gekleidet war und kurze Hosen trug, es war der Tag, an dem seine Mutter, gegen die Tränen ankämpfend, zu ihm sagte, sie wäre ganz sicher, daß er eines Tages den Ruf des

Herrn erhören würde, und nichts würde sie glücklicher machen, als ihren geliebten Joaquincito zu sehen, wie er das Wort des Herrn in die Welt tragen würde, während er nur an den Kragen seines Hemdes dachte, der sehr hart und zu eng war. Er sah die Fotos von der Jagd, die er und sein Vater in El Aguerrido gemacht hatten, damals, als sein Vater ihn zwang, einem toten Hirsch den Bauch aufzuschlitzen. Er riß jede Seite des Albums einzeln heraus, machte Schnipsel daraus und warf sie in den Müll. Dann spürte er, daß er dringend noch einen Schluck trinken mußte. Er stand auf und ging in den Garten hinunter.

»Mama, kann ich mal kurz mit dir reden?« sagte Joaquín etwas später zu Maricucha, als die Feier schon begonnen hatte.

Er war erregt vom Koka, das er genommen hatte, und hatte Lust, seiner Mutter etwas zu sagen, was ihm sehr wichtig war. Maricucha sprach immer noch mit ihren Freundinnen darüber, wie hübsch Ximena an diesem Abend war. Sie sah ihn an, kniff ihm in die Wangen und lächelte.

»Komm, Schatz, gehen wir tanzen«, sagte sie zu ihm, hakte ihn unter und ging mit ihm auf die Tanzfläche, wo die Brautleute und andere Paare zum Rhythmus der Musik tanzten, für die Michi Belaunde sorgte, der bekannteste Party-Diskjockey von Lima.

An ihren glänzenden Augen sah Joaquín, daß seine Mutter mehrere Gläser Champagner getrunken hatte.

»Mama, ich wollte dir schon längst etwas sagen«, sagte er zu ihr, während sie versuchten, im selben Rhythmus zum englisch singenden Julio Iglesias zu tanzen.

»Brauchst du Geld, Liebling?« fragte sie leise. »Allerliebstes Kind, du weißt, ich würde dir alles geben, was ich habe, ich würde dir jetzt auf der Stelle diese Ohrringe, diese Kette, diesen Fingerring geben, alles, aber dein Vater hat mir streng verboten, dir noch mehr Geld zu geben. Du mußt mit ihm reden, Liebling, du mußt mit deinem Vater Frieden schließen. Du kannst nicht weiter so auf eigene Rechnung leben, verlassen wie eine arme Waise.«

»Nein, Mama, ich will mit dir nicht über Geld reden.«

»Dir hängt etwas Weißes an der Nase, mach dich sauber, Söhnchen.«

»Das sind die Tropfen«, log er und putzte sich diskret die Nase. »Ich bin ein bißchen erkältet und nehme Tropfen dagegen.«

»Immer bist du erkältet«, sagte sie seufzend. »Wenn du auf deine Mutter hören würdest, die dich so liebt, wenn du jeden Tag ins Fitneßstudio gehen würdest, wie ich es dir immer geraten habe, dann wärst du nicht immer erkältet und wärst nicht so mager und blaß, Joaquín.«

»Mama, ich wollte dir etwas sehr Wichtiges sagen.«

»Sag schon, Kind, du weißt, ich liebe dich mehr als sonst irgend jemanden auf der Welt«, sagte Maricucha und tanzte mit der natürlichen Eleganz, die ihr stets eigen gewesen war.

»Ich will, daß du weißt, daß ich homosexuell bin, Mama.«

Maricucha warf den Kopf zurück und stieß ein Lachen aus.

»O Gott, o Gott, red nicht solchen Unfug, Joaquín«, sagte sie. »Du immer mit deinen schlechten Scherzen.«

»Ich scherze nicht, Mama«, sagte Joaquín. »Ich liebe Männer.«

Maricucha strich ihrem Kind mit den Händen übers Haar und sah ihn zärtlich an.

»Nein, mein Liebling, wie kommst du nur darauf, du warst doch immer richtig versessen auf Mädchen«, sagte sie. »Du machst lediglich eine schlechte Phase durch, du bist ein bißchen verwirrt, das kommt mit Sicherheit von deinem schlechten Umgang an der Universität«, fügte sie lächelnd hinzu und winkte jemandem zu, der sich gerade verabschiedete. »Ach, du ahnst ja nicht, was für eine Tortur es ist, mit diesen Absätzen zu tanzen.«

»Ich bin nicht verwirrt, Mama, ich bin mir sicherer denn je«, sagte Joaquín. »Ich liebe Männer. Schon immer, solange ich mich erinnern kann, habe ich auf Jungs gestanden.«

»Sprich nicht so laut, man kann dich hören.«

»Das ist mir egal.«

»Mir ist das ganz und gar nicht egal, was die Leute von uns denken, Söhnchen.«

»Ich finde es schrecklich, Mama, daß du so tust, als ob du dich an nichts erinnerst. Du weißt ganz genau, daß ich schon als Kind homosexuelle Neigungen hatte.«

»Was für homosexuelle Neigungen denn? So ein Humbug, Söhnchen. Erinnre dich doch nur daran, wie du Tati angehimmelt hast. Oder wie du für Sonia geschwärmt hast, Tante Milagritos' Tochter. Ich sehe dich noch vor mir, als wäre es gestern gewesen. Du hast nach ihr geschmachtet, wenn du sie sahst. Weißt du noch, wie du mal für Tati ein Lied geschrieben hast? Ach, du warst immer so romantisch, Joaquín.«

»Ich war nie in eins der Mädchen verliebt, Mama. Ich fand sie nett, mehr nicht.«

»Na schön, wenn das keine Liebe war, dann weiß ich nicht, was Liebe ist«, sagte Maricucha mit einem Seufzer.

Als nächstes legte Michi Belaunde eine Platte mit den großen Erfolgen von Frank Sinatra auf. Maricucha und Joaquín tanzten weiter zusammen.

»Dabei stirbst du fast vor Angst, dir eingestehen zu müssen, daß ich homosexuell bin, Mama«, sagte er.

»Nein, mein Liebling, nein«, sagte sie. »Begreifst du denn nicht, daß ich das nur sage, weil ich dein Bestes will? Ich will, daß du normal bist. Ich will, daß du der glücklichste Mensch der Welt bist. Und ich liebe dich so unendlich, mein Herz, ich will nicht, daß du ein Kranker bist, ein Mensch mit Komplexen.«

»Homosexualität ist keine Krankheit, Mama. Es ist die normalste Sache der Welt.«

»Das sagen bestimmt deine schlechten Bekanntschaften an der Universität. Glaub nicht, ich weiß nicht, mit wem du dich einläßt, ich bin bestens informiert über alles. Aber für mich sind Schwule keine normalen Menschen, sie sind furchtbar traumatisiert und furchtbar unglücklich, Joaquín. Außerdem hat seine Heiligkeit der Papst ganz klar gesagt, daß die Kirche gegen die Schwulen ist und daß alle Schwulen direkt in die Hölle kommen.«

»Ach, Mama, entschuldige, aber das ist alles ein Riesenschwachsinn.«

»Mein Söhnchen, ein bißchen mehr Respekt vor dem Papst, wenn ich bitten darf.«

»Gott und der Papst haben damit nichts zu tun, Mama.«

»Und ob sie etwas damit zu tun haben, mein Herz, und ob sie etwas damit zu tun haben! Eben das ist das Problem, daß du dich abgewandt hast vom Herrn, daß du immer mehr deinen Glauben verlierst, mein Liebling, dein Glaube verwelkt wie eine Blume.«

»Mama, bitte hör auf mit diesen frommen Sprüchen.«

»Es ist die reine Wahrheit, Joaquín. Darum hast du jetzt diese absurden Ideen, die dir irgendwer in den Kopf gesetzt hat. Aber hab keine Angst, mein Herz, du machst nur eine Identitätskrise durch, die du überwinden wirst.«

Joaquín spürte, daß er nur Zeit vergeudete und daß er eine Nase Koka brauchte.

»Komm, mein Liebling, ich werde dich der Tochter von Tante Natalia vorstellen«, sagte Maricucha zu ihm und wies auf ein blondes Mädchen, das in der Nähe der Tanzfläche ein paar Kanapees aß. »Schau mal, ist sie nicht bezaubernd?«

»Ich komme gleich, Mama«, sagte Joaquín und löste sich aus den Armen seiner Mutter. »Ich muß mal kurz verschwinden.«

Auf dem Weg zur Toilette dachte er: Verrückte Alte, du wirst mich nie verstehen.

Ein wenig abseits der lärmenden Feier, mit anderen älteren Herren in ein Gespräch vertieft, stand Don Nicolás Camino, ein hagerer Mann von strenger Wesensart, der jeglichen Ausschweifungen abgeneigt war.

»Joaquincito, komm mal her, ich möchte dich einem guten Freund der Familie vorstellen«, sagte Don Nicolás.

»Natürlich, Opa«, sagte Joaquín und ging zu seinem Großvater.

»Das ist Paco de Soria, ein alter Freund von mir«, sage Don Nicolás und wies auf einen weißhaarigen Mann von gedrungener Statur. »Du hast ihn nicht mehr sehen können, aber Paco ist die wichtigste Figur aus den Anfangszeiten des peruanischen Fernsehens. Er hat ein paar großartige Sendereihen gemacht, die Geschichte geschrieben haben.«

Paco de Soria lächelte und gab Joaquín die Hand.

»Du bist deinem Großvater wie aus dem Gesicht geschnitten«, sagte er zu ihm mit heiserer Stimme.

»In seinen heroischen Jahren war Paco der begehrteste Mann von ganz Lima«, sagte Don Nicolás.

»Sehr angenehm, Señor«, sagte Joaquín und betrachtete neugierig diesen kleinen Mann mit der geschwollenen Brust und mit Augen, die so wäßrig waren wie die eines Fischs. »Was für eine Art von Sendungen haben Sie gemacht?«

»Phantastische Kultursendungen, phantastische Sendungen«, sagte Don Nicolás.

»Von allem ein bißchen, Junge«, sagte Paco de Soria. »Vor allem aber Sendungen zur kulturellen Erziehung der Jugend, um sie von der schrecklichen Geißel der Drogen abzubringen. Dabei war das zu meiner Zeit noch nicht halb so schlimm mit der Kokserei wie heutzutage.«

»Ah ja«, sagte Joaquín.

»Das Fernsehen von damals, das war noch was«, sagte Don Nicolás. »Jetzt ist es nur noch platt und vulgär.«

»Warum sind Sie weg vom Fernsehen?« fragte Joaquín.

»Weil es an der Zeit war, die jungen Leute ranzulassen«, sagte de Soria. »Ich habe meinen Platz der Jugend geräumt.«

»Du warst immer so verflixt generös, Paco«, sagte Don Nicolás.

»Nun gut, entschuldigen Sie mich bitte, ich brauche einen Schluck zu trinken«, sagte Joaquín.

»Ich komme mit, ich trinke auch ein Gläschen«, sagte Paco de Soria.

Sie gingen in die Küche und gossen sich einen Schnaps ein.

»Donnerwetter, ich wußte gar nicht, daß mein Freund Nicolás so einen sympathischen Enkel hat«, sagte de Soria und klopfte Joaquín auf die Schulter.

»Danke, danke«, sagte Joaquín.

»Wie gefällt dir die Feier? Du bist traurig, weil deine kleine Schwester heiratet, wie?«

»Na ja, so ist das Leben.«

»Hör mal, Junge, ich würde dich gern etwas fragen, verzeih mir bitte meine Zudringlichkeit, aber ich fühle mich als ein Lausbub wie du«, sagte de Soria und zwinkerte ihm zu. »Du hast nicht zufällig ein bißchen von dem Pülverchen, das die Toten erweckt?«

»Nein, nein«, sagte Joaquín überrascht.

»Komm schon, Junge, mach mir nichts vor«, sagte de Soria. »Ich bin zwar alt, aber nicht blöd.«

»Ich weiß nicht, was Sie meinen, Señor.«

»Mann, die Schuppen aus Atahualpas Haar. Das Talkum der Götter.«

»Was soll das sein?«

»Du brauchst mir doch nichts vorzumachen, Joaquincito, in meinem Alter kenne ich die Welt, ich bin mit allem durch. Komm, laß uns auf die Toilette gehen, Junge, hab Mitleid mit einem armen, alten Mann.«

Paco de Soria verließ die Küche und ging zum Bad. Joaquín folgte ihm. De Soria schaute sich kurz um, ob sie auch keiner sah, verschwand mit Joaquín auf der Gästetoilette und riegelte die Tür hinter sich zu. Im grellen Neonlicht wirkte de Soria noch älter, wirkten sein Gesicht noch runzliger vom vielen bezahlten Lächeln, die Augen gläsern, die Zähne gelb wie die eines altgedienten Rauchers. Wortlos holte Joaquín das Koka aus seiner Brieftasche.

»Du bist ein feiner Junge«, sagte de Soria. »Ich wußte doch, daß ich bei dir was zum Muntermachen bekomme.«

Dann klopfte er Joaquín so begeistert auf die Schulter, daß das Kokain hinunterfiel und auf dem Fußboden verstreut wurde.

»Mist«, sagte Joaquín.

»Scheiße verdammt, so ein Pech«, sagte de Soria. »Aber keine Sorge, Junge, ich kriege das Zeug wieder zusammen.«

Er kniete nieder, bückte sich dicht über den Fußboden und zog mit ganzer Kraft das Koka ein.

Hand in Hand liefen Ximena und José Luis um den Tisch mit dem Dessert. Joaquín versuchte, die Szene auf der Toilette zu vergessen, und ging zu seiner Schwester.

»Du weißt ja gar nicht, wie dankbar ich dir bin, daß du gekommen bist«, sagte sie zu ihm und führte sich einen kleinen Marzipanvogel zum Mund.

»Ich habe dich noch nie schöner gesehen als heute, Xime«, sagte er.

»Ach, wenn du wüßtest, was mich das für Arbeit gekostet hat«, sagte sie seufzend. »Stunden über Stunden beim Frisör.«

»Und wann heiratest du, Joaquincito?« fragte überlaut José Luis.

»Ich weiß noch nicht«, sagte Joaquín.

»Du mußt langsam zu Stuhle kommen, Schwagerchen«, sagte José Luis mit spöttischem Lächeln. »Ich sage dir eins, die Ehe macht einem angst, aber sie ist ein wichtiger Schritt, den man im Leben gehen muß.«

»Ein äußerst wichtiger Schritt«, pflichtete Ximena bei und probierte eine Schokoladenkugel.

»Um ehrlich zu sein, ich habe nicht die Absicht zu heiraten«, sagte Joaquín.

»Das sagen alle, das sagen alle, aber dann schlagen sie doch den Pflock ein«, sagte José Luis lächelnd.

»Ich denke nicht daran, irgendeinen Pflock einzuschlagen«, sagte Joaquín, der nicht die Antipathie verhehlen konnte, die er gegenüber seinem Schwager empfand.

»Schon gut, Schwagerchen, war nicht bös gemeint«, sagte José Luis und klopfte ihm auf die Schulter.

»Und du willst wirklich niemals heiraten?« fragte Ximena ihren Bruder.

»Wirklich nicht«, sagte Joaquín.

»Das glaube ich dir nicht«, sagte Ximena überrascht. »Wieso denn bloß?«

In diesem Moment verspürte Joaquín eine Riesenlust, das Lügengespinst zu zerreißen, aus dem das Leben seiner Schwester Ximena bestand.

»Weil ich homosexuell bin«, sagte er zu ihr und schaute ihr in die Augen.

Kaum hatte er es gesagt, bereute er es schon.

Und er dachte: Wenn ich angetörnt bin, rede ich immer zuviel.

José Luis sah ihn sprachlos an. Ximena blinzelte nervös und preßte die Lippen zusammen.

»Wie gemein du bist«, sagte sie mit gerunzelter Stirn. »Wie kannst du mir so etwas am Tag meiner Hochzeit sagen!«

Eine Träne kullerte über ihre Wange und ruinierte das Makeup, das so viele Stunden gekostet hatte.

»Schämst du dich nicht, die Braut zum Weinen zu bringen?« sagte José Luis.

Als der Morgen graute, waren alle Gäste schon gegangen. Einige Stunden zuvor hatten sich Ximena und José Luis umgezogen, sie hatten unter einem Regen von Reiskörnern das Haus verlassen und waren zum Flugplatz gefahren, um in das Flugzeug zu steigen, das sie in die Karibik bringen würde. Nachdem Maricucha die letzten Gäste zum Tor begleitet hatte, zog sie sich die Schuhe aus, machte es sich in einem Sessel im Wohnzimmer bequem und schlief ein. An einem Tisch im Garten saß Luis Felipe und trank noch ein Glas. Joaquín ging in den Garten und setzte sich zu seinem Vater. Er hatte mit ihm die ganze Nacht nicht gesprochen. Genaugenommen hatte er mit ihm seit sehr langem nicht mehr gesprochen.

»Wie fandst du die Feier?« fragte er ihn.

Luis Felipe hatte für diesen Tag genug getrunken. Zu dieser Stunde konnte er die Wirkung des Schnapses nicht mehr verbergen.

»Alles ist perfekt gelaufen«, sagte er mit heiserer Stimme.

Dank dem Koka, das er die ganze Nacht genommen hatte, war Joaquín besser in Form als sein Vater.

»Ich habe mich gefreut, daß du nach so langer Zeit zu uns gekommen bist«, sagte Luis Felipe.

Sie schwiegen beide.

»Papa, ich wollte dir längst etwas sagen«, fing Joaquín sehr langsam zu sprechen an.

Sein Mund war wie ausgetrocknet, die Lippen aufgesprungen.

»Du mußt es mir nicht sagen, Sohn«, sagte Luis Felipe. »Ich weiß es. Ich wußte es schon, als du noch ein kleines Kind warst.«

Sie schwiegen eine Weile. Von fern war das Klingeln eines Brotverkäufers zu hören.

»Du schämst dich für mich, nicht wahr?« fragte Joaquín.

Luis Felipe trank einen Schluck. Seine rechte Hand zitterte ein wenig.

»Nein«, sagte er und hustete stark. »Aber du bist nicht der Sohn, den ich mir gewünscht habe.«

»Was hätte ich denn sein sollen, Papa?« fragte Joaquín.

»Offizier«, sagte Luis Felipe, ohne eine Sekunde zu zögern. »Ich wollte immer, daß mein ältester Sohn Offizier wird.«

Joaquín erinnerte sich daran, wie oft sein Vater versucht hatte, ihn zu bewegen, zur Marine zu gehen.

»Du hast mich zwar nicht darum gebeten, aber ich will dir einen ehrlichen Rat geben, mit der ganzen Zuneigung, die ich für dich hege, denn egal, wie du nun einmal bist, mit allen deinen Fehlern, du bist immer noch mein Sohn«, sagte Luis Felipe mit rauher, von der langen Nacht gezeichneter Stimme. »Du mußt fortgehen aus Lima, Joaquín. Diese Stadt ist sehr klein. Hier kennt jeder jeden. Dein Lebensstil geht gegen unsere Moral, gegen die Moral der anständigen Familien von Lima. Geh weit weg und leb dein Leben, wie es dir gefällt, aber lasse nicht noch mehr deine Eltern leiden, die immer nur das Beste für dich wollten.«

Joaquín antwortete nicht, er wußte nicht, was er sagen sollte. Luis Felipe gähnte, stieß seinen Stuhl um und versuchte, sich hinzustellen. Er schwankte wie ein waidwundes Tier und fiel auf den Rücken.

»Verdammt, ich bin falsch aufgetreten, das Bein ist mir eingeschlafen«, sagte er und versuchte, wieder aufzustehen.

Joaquín half seinem Vater hoch und klopfte ihm das Jackett ab.

»Alles in Ordnung?« fragte er ihn.

»Stillgestanden!« schrie Luis Felipe, knallte die Hacken zusammen und hob die rechte Hand an die Stirn zum militärischen Gruß.

Gefährliche Freundschaften

Alfonso und Joaquín sprachen zum erstenmal miteinander an dem Tag, als sie ihr Studium abbrechen mußten. Sie warteten im Büro Doktor Villalbas, des Dekans für Geisteswissenschaften, auf ihre Exmatrikulierungsbescheinigungen, als Alfonso Joaquín ansah und lächelte.

»In welchem Fach bist du durchgefallen?« fragte er ihn.

»In Logik«, sagte Joaquín. »Und du?«

»In Weltgeschichte.«

»Mach keinen Quatsch. Das war doch einfach, fand ich.«

»Egal, trotzdem.«

Sie saßen allein in dem kleinen Wartezimmer. Alfonso war groß und sehr weiß. Er hatte braunes Haar und strahlend blaue Augen. Joaquín hatte ihn ein paarmal gesehen, wenn er in der Rotunde der Universität einen Bummel machte, und er hatte ihn ziemlich attraktiv gefunden.

»Was denkst du, ob sie uns wirklich feuern?« fragte Alfonso.

»Hm«, sagte Joaquín. »Villalba ist ein Arschloch. Er hat seinen Spaß daran, Leute zu feuern.«

»Meine Alten werden mir die Eier abschneiden, wenn sie das erfahren«, sagte Alfonso. »Ein Glück, daß sie gerade verreist sind. So habe ich wenigstens eine Woche Zeit, um mir gut zu überlegen, was ich Ihnen sagen werde.«

Kurz darauf kam eine Sekretärin aus Villalbas Zimmer und händigte jedem einen Brief aus.

»Ihre Exmatrikulierungsbescheinigungen«, sagte sie zu ihnen. »Doktor Villalba bedauert sehr, daß Sie außerstande waren, den hohen Maßstäben dieser Bildungseinrichtung gerecht zu werden.«

»Danke«, sagten sie wie aus einem Munde und verließen das Büro.

Sie lasen ihre Exmatrikulierungsbescheinigungen, während sie zum Parkplatz der Universität liefen.

»Endlich ist diese Farce vorbei«, sagte Joaquín.

»Aber wir werden keinen Abschluß haben«, sagte Alfonso.

»Und wenn schon«, sagte Joaquín. »In diesem Land steigen nicht die Leute mit einem Hochschulabschluß auf, sondern nur die Ganoven. Ein Stück Papier zählt hier nicht. Worauf es in Peru ankommt, sind Ellbogen.«

»Ja, vielleicht hast du recht.«

Als sie den Parkplatz erreichten, hielt Alfonso vor seinem Auto und holte die Schlüssel hervor.

»Soll ich dich mitnehmen?« fragte er.

»Danke, nicht nötig«, sagte Joaquín. »Ich bin auch mit Auto da.«

»Hast du was vor jetzt?«

»Nein. Ich wollte nur ins Suizo fahren und ein bißchen Fisch essen.«

»Warum kommst du nicht zu mir, und wir essen Mittag am Swimmingpool?«

»Im Ernst?«

»Klar. Wir müssen doch die Gelegenheit nutzen, daß meine Alten verreist sind, oder?«

»Gut, mache ich gern. Danke für die Einladung.«

»Fährst du hinter mir her?«

»Geht klar.«

»Mal sehen, ob wir in weniger als dreizehn Minuten in La Planicie sind, das wäre neue persönliche Bestzeit.«

Alfonso stieg in sein Auto und fuhr los. Als er auf gleicher Höhe mit Joaquín war, zerriß er seine Exmatrikulierungsbescheinigung in kleine Schnipsel und warf sie aus dem Fenster.

»Villalba, du Scheißkerl, laß dich von einem blinden Esel

ficken«, sagte er und beschleunigte so stark, daß die Reifen quietschten.

Joaquín lachte, startete und gab Gas, um Alfonso einzuholen. Die beiden verließen die Universität unter Riesengetöse.

»Langsamer, verdammich«, schrie Poma, der Wachmann der Universität.

Alfonso und Joaquín rasten wie wahnsinnig: Sie fuhren bei Rot über die Kreuzung, machten gefährliche Überholmanöver, überfuhren um ein Haar einen Fußgänger und ernteten Beschimpfungen, Gehupe und obszöne Gebärden. Fünfzehn Minuten später waren sie in La Planicie.

»Beinahe Bestzeit«, sagte Alfonso, als sie ankamen.

»Ich bin mir vorgekommen, als hätte ich Nintendo gespielt«, sagte Joaquín.

Sie machten die Motoren aus und gingen ins Haus. Es war ein großes, modernes Haus mit Swimmingpool und weitläufigem Garten.

»Charito, ich bin schon da«, rief Alfonso. »Mach für zwei Mittag.«

»Gleich, junger Herr«, rief das Dienstmädchen von der Küche aus. »Nur noch zehn Minuten, bis die Telenovela zu Ende ist, seien Sie nicht gemein.«

»Muß mal wieder eins auf den Deckel kriegen, die Charito«, sagte Alfonso leise und lächelte.

»Wie alt ist die Chola?« fragte Joaquín.

»So um die siebzehn, achtzehn«, sagte Alfonso. »Wird Zeit, daß jemand ihre kleine, süße Ananas knackt.«

Sie lachten und gingen in Alfonsos Zimmer. Es war ein großer Raum mit Teppich und Klimaanlage. Alfonso holte zwei Badehosen aus dem Schrank.

»Was hältst du davon, wenn wir vorher noch kurz ins Wasser springen?« sagte er.

»Genial«, sagte Joaquín.

Sie zogen sich um und gingen auf die Terrasse. Obwohl noch

nicht Sommer war, brannte die Sonne in La Planicie schon sehr stark.

»Schön, das Haus«, sagte Joaquín und nahm den Garten in Augenschein, der sich bis zu den Hängen eines Hügels erstreckte.

»Mein Alter überlegt, ob er es nicht lieber verkaufen sollte«, sagte Alfonso. »Er macht sich ziemliche Sorgen wegen der politischen Lage. Falls es noch schlimmer wird, will er abhauen.«

»Wenn ich Geld hätte, würde ich lieber heute als morgen aus Peru verschwinden.«

»Wem sagst du das.«

Alfonso machte einen Kopfsprung in den Swimmingpool und tauchte bis zur anderen Seite. Joaquín ging über die Treppe ins Becken. Charito brachte ihnen Erfrischungsgetränke auf die Terrasse und eine Kleinigkeit gegen den großen Hunger.

»Guten Tag, die jungen Herren«, sagte sie.

Sie war eine junge Frau von angenehmem Äußeren. Als Uniform trug sie ein himmelblaues Kleid und einen dunkelblauen Pullover.

»Charito, mein Freund hier sagt, daß er dich in der Nacht glücklich machen kann«, sagte Alfonso.

»Junger Herr Alfonso, wenn du mich weiter ärgerst, sage ich es deiner Mama«, sagte sie lachend und kehrte in die Küche zurück.

»Verfluchtes Biest, irgendwann die Tage jetzt lege ich dich flach«, sagte Alfonso leise.

»Warst du schon im Bett mit ihr?« fragte Joaquín.

»Ein paarmal schon, sie hat sich nur nie bumsen lassen«, sagte Alfonso. »Jetzt, wo meine Alten unterwegs sind, muß sie aber dran glauben.«

Sie schwammen ein bißchen und setzten sich dann auf die Stufen des Swimmingpools.

»Wissen deine Alten schon, daß du von der Uni geflogen bist?« fragte Alfonso.

»Nein«, sagte Joaquín. »Aber mir ist scheißegal, ob sie es erfahren oder nicht, ich lebe allein.«

»Tatsache? Wie das?«

»Ich lebe schon eine ganze Weile allein. Ich halte es nicht aus mit meinen Alten.«

»Und wo wohnst du?«

»In einer kleinen Pension gegenüber vom Olivar.«

»Kostet das nicht ein Schweinegeld?«

»So viel auch wieder nicht, ist billig da. Außerdem bezahlt das meine Mutter.«

»Geil, da beneide ich dich.«

Alfonso warf den Kopf zurück und tauchte unter. Beim Auftauchen sahen seine Haare wie akkurat gekämmt aus.

»Hör mal, hättest du nicht Lust, für eine Woche bei mir zu wohnen, solange meine Alten verreist sind?« fragte er.

»Kommt nicht in Frage«, sagte Joaquín. »Ich will mich nicht durchschlauchen bei dir.«

»Wieso denn durchschlauchen, Mann, ich lade dich doch ein. Natürlich nur, solange meine Eltern weg sind. Wenn sie kommen, packst du sofort deine Sachen.«

»Ich weiß nicht, Alfonso. Wir haben uns doch gerade erst kennengelernt. Ich will nicht als Abzocker dastehen.«

»Wäre doch schade um die Gelegenheit, Mann. Du sparst ein bißchen Geld, und wir beide machen uns ein paar schöne Tage. Wir haben das ganze Haus für uns.«

»Laß es mich noch überlegen.«

»Das Mittag ist fertig, die jungen Herren«, rief Charito und stellte ein paar Teller auf den Terrassentisch.

»Wir essen erst mal, und dann holen wir deine Sachen von der Pension«, sagte Alfonso, und sie stiegen beide aus dem Swimmingpool.

An diesem Abend sahen Alfonso, seine Schwester Tati und Joaquín nach dem Abendbrot fern. Tati war sechzehn, vier Jahre jünger als Alfonso und Joaquín. Sie war nicht sehr groß und hatte langes blondes Haar. Ihre Augen waren wie die ihres Bruders: groß und himmelblau.

»Tati, wird Zeit, daß du ins Bett gehst«, sagte Alfonso zu ihr, mit einem Blick auf die Uhr. »Du mußt früh aufstehen, du mußt morgen zur Schule.«

»Du bist schrecklich, Alfonso«, sagte Tati. »Ich bin alt genug, um zu wissen, wann ich schlafen gehen muß.«

»Ab ins Bett mit dir«, sagte Alfonso und machte den Fernseher aus.

»Ich hasse dich, wenn du dich als Hausvater aufspielst«, sagte Tati.

Sie stand auf, knallte die Tür hinter sich zu und ging in ihr Zimmer. Alfonso machte den Fernseher wieder an und probierte die Programme durch. Es war zwölf Uhr nachts. Auf allen Kanälen brachten sie die Nationalhymne.

»So ein häßliches Lied, es ist zum Kotzen«, sagte er und machte den Fernseher aus. »Ich kann diese lächerliche Hymne nicht hören. Sie macht mich krank.«

Er stand auf und sah Joaquín mit spitzbübischem Lächeln an.

»Was meinst du, gehen wir ein bißchen zu Charito aufs Zimmer?« sagte er.

»Nein, lieber nicht«, sagte Joaquín. »Das arme Ding schläft bestimmt schon.«

»Komm, sei kein Spielverderber. Wir werden uns bepissen vor Lachen.«

»Charito ist noch so verdammt unschuldig. Ich finde,wir sollten sie nicht traumatisieren.«

»Sie macht zwar einen unschuldigen Eindruck, aber sie hat es faustdick hinter den Ohren. Ich weiß, wovon ich rede, Joaquín.«

»Und wenn sie deiner Mutter etwas sagt?«

»Keine Angst, ich habe mir Charito gekauft. Die Chola ist auf meiner Seite.«

»Meinetwegen, gehen wir, ich bleibe aber vor ihrem Zimmer.«

Sie gingen durch die Küche auf den hinteren Hof. Auf mehreren Leinen hing nasse Wäsche, und ein starker Geruch nach Waschlauge und billiger Seife hing in der Luft. Alfonso klopfte an Charitos Zimmertür.

»Charito, mach auf, ich bin es«, sagte er leise.

Charito öffnete die Tür. Sie war schon im Bett gewesen. Zum Schlafen trug sie einen grauen Jogginganzug mit der Aufschrift ›Colegio La Musa‹.

»Sie wünschen, junger Herr Alfonso?« fragte sie.

»Ich muß mit dir sprechen, Charo«, sagte Alfonso. »Ich habe mit meiner Mutter telefoniert, sie hat mich gebeten, ich soll mit dir reden.«

»Was gibt es denn, junger Herr?«

»Nun laß mich schon rein, ich bin doch nicht der schwarze Mann.«

Alfonso trat in Charitos Zimmer ein und setzte sich aufs Bett.

»Ich habe mit meiner Mutter telefoniert«, sagte er. »Sie sagt, wir werden auf alle Fälle nach Caracas umziehen.«

»Oh, das ist schön, junger Herr«, sagte Charito lächelnd.

»Ich habe ihr gesagt, wir sollten dich mitnehmen, Charo.«

»Ach, junger Herr, das ist so nett von Ihnen, ich weiß gar nicht, wie ich Ihnen danken soll.«

»Um ehrlich zu sein, Charito, meine Mutter ist davon nicht so überzeugt, sie sagt, man findet dort sehr leicht billige Dienstmädchen. Ich habe ihr aber gesagt, wir sollten dich unbedingt mitnehmen, weil du ein gutes Mädchen bist und deine Arbeit machst.«

»Danke, junger Herr Alfonsito.«

»Du würdest doch gern mitkommen, oder?«

»Und wie, junger Herr! Ich wäre überglücklich, wenn ich mit Ihnen mitkommen könnte.«

»Es wird aber nicht leicht sein, Charito, ich muß meine Eltern noch davon überzeugen.«

»Nun ja, junger Herr, Sie werden sie schon überzeugen, Sie sind nicht auf den Mund gefallen, und die Señora macht alles, was Sie sagen.«

»Ich verspreche dir, ich überzeuge sie, dafür mußt du mir aber einen kleinen Gefallen tun, Charo.«

»Welchen denn, junger Herr, ich stehe Ihnen zu Diensten.«

»Blas mir einen, und meinem Freund auch.«

Charito sah zur Tür hinaus und erblickte Joaquín, der sich hinter der aufgehängten Wäsche versteckt hatte.

»Junger Herr Alfonsito, Sie sind ganz schön dreist«, sagte sie. »Bitte verlassen Sie mein Zimmer.«

»Charito, wenn ich dir helfen soll, mußt du auch nett zu mir sein«, sagte Alfonso.

»Seien Sie nicht ungezogen, junger Herr, was wird Ihr Freund dazu sagen.«

»Mein Freund sagt, daß du eine geile Chola bist und daß er dir die Muschi lecken will.«

»Junger Herr, reden Sie nicht so«, sagte sie und lachte nervös.

»Komm, Charito, und blas mir einen, erst mir und dann meinem Freund«, sagte Alfonso.

»Mir lieber nicht«, sagte Joaquín.

»Sehen Sie, junger Herr Alfonsito, nehmen Sie sich ein Beispiel an Ihrem Freund, der ist nicht so unverschämt«, sagte Charito.

Alfonso öffnete seinen Bademantel und zeigte Charito seinen aufgerichteten Penis.

»Junger Herr, wie furchtbar, bedecken Sie sich«, sagte sie und schlug sich die Hand vor den Mund.

»Charito, wenn du nach Caracas mitkommen willst, mußt du mir den kleinen Gefallen tun«, sagte Alfonso. »Komm, knie dich hin. Nun mach schon, stell dich nicht so an.«

Sie kniete sich vor Alfonso nieder.

»Aber Sie versprechen mir, daß Sie mich nach Caracas mitnehmen, ja?« sagte sie.

»Ich verspreche es dir, Charito«, sagte Alfonso. »Du bleibst auf alle Fälle bei uns.«

Sie hielt sich die Augen zu und nahm Alfonsos Glied in den Mund.

»Sehr gut, meine Cholita, sehr gut«, sagte Alfonso lächelnd.

Es war schon nach zwölf, als Alfonso und Joaquín am nächsten Tag aufwachten. Sie fuhren zum Essen in den Club von La Planicie, wo nur wenige Leute waren. Es war ein herrlicher Tag: Die Sonne stand hoch am Himmel, und es wehte eine frische Brise. Sie setzten sich an einen Tisch auf der Terrasse und aßen mit großem Appetit.

»Ich esse gern in diesem Club, weil man hier vollkommen vergißt, daß man in Lima ist«, sagte Alfonso, als sie fertig waren.

»Ja, es ist ein wunderschöner Ort«, sagte Joaquín.

»Außerdem schmeckt das Essen hier«, sagte Alfonso und rieb sich den Bauch. »Und das Beste ist, daß hier keine Cholos sind. In diesen Club kommen Cholos nur als Kellner rein.«

Sie lachten. Alfonso bat um die Rechnung. Ein Kellner mit dunkler Haut und Pomade im Haar nickte und ging zur Registrierkasse.

»Verdammt, wenn meine Alten nach Caracas ziehen, werde ich die gute Bedienung durch unsere Indios vermissen«, sagte Alfonso und stieß geräuschvoll auf.

Der Kellner kam mit der Rechnung. Alfonso unterschrieb, ohne sie zu kontrollieren.

»Betrachte dich als von meinem Alten eingeladen«, sagte er.

»Vielen Dank«, sagte Joaquín.

Sie standen auf, verließen den Club und kehrten ins Haus von Alfonsos Eltern zurück, das nur drei Straßen entfernt war. Tati war noch nicht von der Schule zurück. Charito saß in der Küche und sah fern.

»Charito, wenn jemand anruft: Ich bin nicht da, ich haue

mich ein bißchen aufs Ohr«, rief Alfonso.

»Ist gut, junger Herr«, rief Charito aus der Küche.

Alfonso ging in sein Zimmer, gefolgt von Joaquín. Er schloß die Tür und schaltete die Klimaanlage ein.

»Es wäre spitze, jetzt zur Verdauung eine kleine Tüte zu rauchen«, sagte er und zog sich aus. »Schade, ich Blödmann habe vergessen, Gras zu kaufen.«

»Ich habe noch welches«, sagte Joaquín.

»Tatsache? Ich dachte, du wärst ein Gesundheitsapostel.«

»Der Eindruck täuscht.«

Joaquín holte etwas Marihuana aus seinem Koffer und zeigte es ihm.

»Ganz frisch«, sagte Alfonso, nachdem er daran gerochen hatte. »Hast du Papier?«

»Ja, auch.«

»Geil, da habe ich ja Glück.«

Auf dem Bett sitzend, trennten sie die Samenkörner vom Marihuana, drehten aus dem Kraut und dem Zigarettenpapier einen Joint und steckten ihn sich an.

»Das tut gut«, sagte Alfonso hustend, nachdem er den ersten Zug geraucht hatte.

Sie rauchten noch ein paar Züge und drückten die Kippe aus. Alfonso zog die Gardinen zu, und im Zimmer wurde es dunkel. Dann legten sie sich ins Bett, nebeneinander. Sie sagten nichts. Ihre Augen waren gerötet und angeschwollen.

»Stimmt es, was Carlos Mirando an der Uni von dir erzählte?« fragte Alfonso.

»Was hat er denn erzählt?«

»Daß du ihm mal einen geblasen hast.«

Joaquín wußte einen Moment nicht, was er sagen sollte.

»Carlos Miranda ist ein Arschloch«, sagte er dann. »Aber es stimmt, ich habe ihm einen geblasen.«

»Bist du denn schwul?«

»Ich weiß nicht. Ich glaube, ja. Ist dir das unangenehm?«

»Nein, nicht im geringsten.«

»Es ist etwas, das ich nicht unterdrücken kann, Alfonso. Auch wenn ich mich noch so sehr ändern wollte, ich kann es nicht.«

»Du mußt mir nichts erklären. Ich weiß, wie das ist. Manchmal glaube ich fast, ich bin auch schwul, besonders, wenn ich geraucht habe.«

»Ach ja? Das überrascht mich. Hätte ich bei dir gar nicht gedacht.«

»Ich rauche, weil ich mich bei Marihuana irre schwul fühle, es läßt mich irgendwie fühlen, wie ich wirklich bin.«

Sie schwiegen beide. Plötzlich ergriff Alfonso Joaquíns Hand. Sie sahen sich in die Augen.

»Ich mag dich«, sagte Alfonso.

»Ich dich auch«, sagte Joaquín.

Sie küßten sich. Sie streichelten sich.

»Willst du, daß ich es mache?« fragte Alfonso.

»Ich weiß nicht«, sagte Joaquín. »Es tut weh.«

»Wenn man es mit Zuneigung macht, tut es nicht weh«, sagte Alfonso.

Sie liebten sich ruhig, mit Zuneigung.

»Was hältst du von einer großen Kokelei heute abend?« fragte Alfonso, als sie nach einer langen Siesta aufwachten.

»Hast du Chamo?« fragte Joaquín.

In Lima hieß Kokain Koka oder Paco oder Weißes oder Falsches oder falsches Paquisha oder Paquirri oder Schneewittchen oder eben Chamo. Meistens sagte man Chamo.

»Nein, ich weiß aber, wo wir welches herkriegen«, sagte Alfonso.

»Wo?«

»Im Parque Torres Paz, wenn man von Barranco kommt.«

»Falls du es nicht wußtest, Marianito Peschiera haben sie im Torres Paz beim Kokakaufen erwischt.«

»Mach keinen Quatsch, kann ich mir gar nicht vorstellen.«

»Er hatte das Koka bei einem Bullen in Zivil gekauft, und sie haben ihn aufs Kommissariat geschleppt. Er mußte ein schweinisches Schmiergeld zahlen, um wieder rauszukommen.«

»Da muß sich Marianito aber verdammt blöd angestellt haben, ich hatte im Torres Paz noch nie Probleme. Ich habe meine Quelle, Chongo, der verdealt mir erstklassigen Stoff.«

Joaquín zögerte.

»Ich weiß nicht, ob ich Lust habe«, sagte er. »Ich hänge danach immer so durch.«

»Keine Sorge, Mann, nach Chongos Koka merkst du hinterher überhaupt nichts.«

Alfonso nahm Joaquín in die Arme.

»Hast du es schon mal gemacht, wenn du einen Törn hast?« flüsterte er ihm ins Ohr.

»Noch nie«, sagte Joaquín. »Ich kann nicht. Er steht mir nicht, wenn ich gekokst habe. Mein Schwanz wird dann ganz klein.«

»Erzähl doch nicht. Es bekokst zu machen ist ein saugeiles Gefühl.«

»Ich schwöre dir, Alfonso. Mit Koka kann ich nicht.«

»Wir versuchen es heute nacht. Ich wette, du wirst deinen Spaß haben.«

»Gut, meinetwegen.«

Sie gingen ins Bad unter die Dusche, wuschen sich mit Mandelseife, cremten sich hinterher ein, damit die Haut nicht austrocknet, und zogen Importsachen an. Dann gingen sie in die Garage, und Alfonso beschloß, den Mercedes seines Vaters zu nehmen.

»Dieser Wagen hat eine traumhafte Straßenlage«, sagte er und ließ den Motor an. »Er zischt ab wie ein Flugzeug.«

Joaquín öffnete das Handschuhfach und suchte nach einer Kassette, während Alfonso mit Karacho die Kurven von La Planicie nahm.

»Sieh mal nach, ob du etwas von Luis Miguel findest«, sagte Alfonso. »Der Junge hat was.«

»Ja. Er singt gut und sieht toll aus.«

»Ehrlich gesagt, mein Typ ist er nicht.«

»Du kannst aber nicht bestreiten, daß er ein süßes Knutschmaul hat.«

Joaquín fand eine Kassette von Luis Miguel, legte sie ein und spulte zurück.

»Ich finde es irre, so mit dir zu reden«, sagte Alfonso. »Man könnte glauben, wir seien zwei richtige Schwule.«

»Man könnte nicht nur glauben. Wir sind es.«

»Ich halte mich nicht für schwul, Joaquín.«

Luis Miguel fing an zu singen. Der Mercedes raste mit vollem Tempo die Steilhänge von La Molina hinauf.

»Irgendwann werde ich die Drogen und die Jungs seinlassen und werde mir eine Frau zum Heiraten suchen«, sagte Alfonso und blickte von La Molina auf die Lichter des nächtlichen Lima hinab.

Joaquín schaute ihn an und sah in seinem Gesicht einen Ausdruck von Resignation.

Kurz darauf hielt Alfonso an einer Ecke des Parque Torres Paz, er machte den Motor aus und öffnete die Wagentür.

»Wart hier auf mich«, sagte er. »Ich bin in spätestens fünf Minuten zurück.«

»Kommt nicht in Frage«, sagte Joaquín. »Ich gehe mit.«

»Gut, wie du willst.«

Sie schlossen das Auto ab und liefen zu einem kleinen Laden. Der Park war schmutzig und verwahrlost. Drei, vier Laternen, die ihn beleuchten sollten, waren dunkel. Auf einer Bank saß ein Paar und küßte sich.

»Hallo, Herzblatt, was machst du denn hier?« rief ein untersetzter, schnauzbärtiger Mann von der anderen Straßenseite zu ihnen herüber.

»Chonguito, Alter«, rief Alfonso erfreut. »Dich suche ich gerade.«

Alfonso und Joaquín gingen hinüber zu ihm und gaben ihm die Hand. Chongo trug ein offenes Hemd, Shorts und Plastiksandalen.

»Red schon, Herzblatt«, sagte Chongo leise. »Dein Wille ist mir Befehl.«

»Ich will den besten Chamo, den du hast, Chonguito«, sagte Alfonso. »Für meinen Freund hier, der an der Uni seinen Abschluß gemacht hat.«

»Oh, verdammt, ein Universitätsabsolvent«, sagte Chongo und drückte Joaquín noch einmal die Hand. »Respekt, wem Respekt gebührt, Verehrtester.«

»Und zwar absolut sauberen, Chongo«, sagte Alfonso. »Welchen, nach dem man hinterher keinen Schädel hat.«

»Ganz wie du willst, Schätzchen, allerfeinstes Koka, das ihm gefallen wird«, sagte Chongo lächelnd. »Für wieviel willst du? Für fünfzig oder für hundert?«

»Lieber für hundert, damit es auch reicht für uns beide«, sagte Joaquín.

»Halloballo, unser Universitätsabsolvent ist ja schon ganz gieperig«, sagte Chongo und rieb sich den Bauch.

»Absolut sauberes, Chongo«, sagte Alfonso noch einmal mit Nachdruck.

»Aber ja, sollst du haben, ich gebe dir welches, das die Kenner aus Kolumbien nehmen«, sagte Chongo. »Hol mal schon deinen Wagen, ich kümmere mich derweil um den Chamo für dich.«

Alfonso und Joaquín stiegen ins Auto, legten das Geld zurecht und fuhren mit ausgeschalteten Scheinwerfern vor das Tor der schmalen Einfahrt, in der Chongo verschwunden war. Bald darauf kam er wieder heraus, blickte sich nach allen Seiten um, gab Joaquín das Koka und nahm aus den Händen Alfonsos das vereinbarte Geld entgegen.

»Es ist absolut reines Kristall«, warnte er und spuckte aus. »Pfeift euch nicht alles allein rein, teilt es euch mit anderen, sonst schmachtet ihr drei Tage lang ab.«

»Danke, Chongo«, sagte Alfonso.

»Tschau dann, die Herrschaften«, sagte Chongo. »Und wohl bekomm's.«

Alfonso gab Gas, bog ab und schaltete die Scheinwerfer ein.

Bevor er zur Stadtautobahn hinunterfuhr, sah er in den Spiegel und vergewisserte sich, daß ihnen keiner folgte.

»Erledigt«, rief er begeistert. »Geil, habe ich dir nicht gesagt, es gibt keine Probleme?«

»Wollen wir schon mal probieren?« fragte Joaquín.

»Nur eine Nase.«

»Nicht mehr. Nur zum Probieren.«

Während sie zur Costa Verde hinunterfuhren, zogen sie in jedes Nasenloch ein bißchen Koka. Der Mercedes schoß die Straße hinab wie ein Flugzeug. Sie ließen die Fenster herunter und atmeten den Geruch von Meer, Bier und Krapfen.

»Das ist ein Weichei, dieser Luis Miguel, mach was andres an«, sagte Alfonso. »Am besten Doblenueve, und dreh ordentlich auf.«

Joaquín stellte Doblenueve ein und machte die Musik lauter.

»Peru ist sicherlich von Arsch, aber du bekommst hier zu einem zivilen Preis das beste Koka der Welt«, sagte Alfonso. »Ich sage dir eins, wenn meine Eltern es wahrmachen sollten und von hier weggehen, dann werde ich eine scheiß Sehnsucht haben nach diesem Land.«

»Wohin fahren wir?« fragte Joaquín.

»Nach da oben, zum Papstkreuz«, sagte Alfonso und wies auf das leuchtende Kreuz auf dem Gipfel des Morro Solar.

»Kommt man bis zum Kreuz hoch?«

»Klar, da oben hast du eine irre Aussicht.«

Alfonso fuhr weiter sehr schnell. Auf einem kurvenreichen

Sandweg jagten sie zum Berggipfel hinauf. Oben angekommen, löschte Alfonso die Scheinwerfer. Sie stiegen aus.

»Absolut geil! Lima sieht herrlich aus von hier oben«, sagte Joaquín.

Sie sahen das dunkle Meer, die Steilküste, von der sich schon so viele Selbstmörder gestürzt hatten, die trüben Lichter der Uferstraße.

»Laß uns ins Auto gehen«, sagte Alfonso.

Sie machten es sich im Auto bequem, schlossen alle Fenster, zogen noch mehr Koka und küßten sich.

»Bist du schon gut drauf?« fragte Alfonso.

»Absolut«, sagte Joaquín.

»Dann ficken wir jetzt.«

Bevor Alfonso eindrang in Joaquín, befeuchtete er eine Fingerspitze, tupfte sie erst in das Koka und dann auf die Spitze seiner Eichel.

»Du wirst sehen, was für ein geiles Gefühl das ist mit Chamo auf dem Schwanz«, sagte er.

Sie liebten sich, die Augen weit geöffnet, mit der wunderschönen Aussicht auf Lima.

»Ich werde dir etwas erzählen, was ich noch keinem erzählt habe«, sagte Alfonso zu Joaquín.

Sie waren wieder zurück im Haus in La Planicie, im Whirlpool von Alfonsos Eltern. Sie zogen weiter Koka, in immer kürzeren Abständen, mit immer mehr Lust zu reden.

»Ich verspreche dir, es erfährt von mir keiner was«, sagte Joaquín.

»Als kleiner Junge wurde ich mal vergewaltigt«, sagte Alfonso.

»Von wem?« fragte Joaquín überrascht.

Alfonso zog noch mehr Koka und trank einen Schluck Whisky pur. Dann fing er an, langsam zu erzählen.

»Wir wohnten hier, in La Planicie. Ich war zwölf oder dreizehn, ich weiß nicht mehr genau. Es war in den Ferien. Ich ging jeden Tag in den Club, um Golfstunden zu nehmen. Wir wohnten ganz in der Nähe vom Club, jedenfalls konnte ich zu Fuß gehen. Eines Tages sagte ein Typ, der ein guter Freund meines Vaters war und nachmittags zum Golfspielen in den Club kam, er bringt mich mit dem Wagen nach Hause. Der Typ war sehr nett. Außerdem schwamm er in Geld, nicht selbst verdient, reiche Familie. Jedenfalls stieg ich zu ihm ins Auto, und unterwegs sagte er, wir machen kurz bei ihm halt. Er besaß eine riesige Villa, unglaublich, die tollste von La Planicie. Er führte mich durch sein Haus, zeigte mir sein Schlafzimmer, den Swimmingpool, das Fitneßstudio, alles todschick. Plötzlich sagte er, wir könnten ja mal ein bißchen in die Sauna gehen, schwitzen ist gesund. Neben seinem Schlafzimmer hatte der Typ eine kleine Sauna. Es kam mir ein bißchen komisch vor, aber ich sagte nichts. Der Typ machte die Sauna an, und sofort war sie heiß. Ich zog meine Sachen aus und ging rein, nur mit einem Handtuch an. Er setzte sich neben mich, völlig nackt. Er hatte einen Steifen. Er tat so, als wäre es ihm unangenehm, und fragte mich, ob ich schon mal so einen riesigen Ständer gesehen hätte wie seinen. Ich sagte nein und versuchte, mich blöd zu stellen. Ich wußte nicht, was ich machen sollte, ich bepißte mich fast vor Angst, aber ich kam da nicht mehr raus, ich mußte es irgendwie durchstehen. Er lachte und fragte mich, wie groß ist denn deiner, Alfonsito, laß mal sehen. Ich ließ ihn sehen, und er sagte, nicht schlecht, nettes Pistölchen hast du da. Wir gingen raus aus der Sauna, duschten uns, und der Typ meinte, er will mich ein bißchen massieren. Ich habe noch gesagt, lieber nicht, es war aber nichts zu machen. Ich legte mich auf sein Bett, und er fing an, meinen Rücken zu massieren. Er hatte sich die Hände mit irgendwas eingeschmiert, irgendein Öl oder so, damit sie besser über die Haut flutschten. Plötzlich, ohne ein Wort zu sagen, knetete er meinen Po durch, alles ganz normal. Ich spürte noch, wie da was wahnsinnig gegen meinen Po drückte, dann stieß er voll zu, bis zum Anschlag. Es tat säuisch weh. Ich schrie. Ich erinnere mich noch genau, wie er mich bumste und mir sagte, wenn ich lieb bin, hat er eine Prämie für mich. Du glaubst nicht, Joaquín, wie weh das getan hat. Danach schenkte er mir einen von seinen Golfschlägern und brachte mich nach Hause, als ob nichts gewesen wäre.«

Sie sahen sich lange an, ohne mit den Augenlidern zu zucken, die Pupillen von dem Koka weit geöffnet. Der Whirlpool kochte fast. Ein heißer Wasserstrahl trommelte auf ihrem Rücken.

»Und du hast deinen Eltern nichts gesagt?« fragte Joaquín.

»Nein«, sagte Alfonso. »Ich behielt es für mich.«

»Und was ist aus dem Dreckskerl geworden?«

Alfonso beugte seinen Kopf auf die Silberplatte vor, auf der er das Koka zerkleinert und zu kurzen, schmalen Linien zusammengeschoben hatte, und zog zwei solche ›Leinen‹ mit einem Plastikstrohhalm.

»Kurz darauf ist er bei einem merkwürdigen Autounfall ums Leben gekommen«, sagte er. »An einem Abend kam er ziemlich betrunken aus dem Club, er wollte nach Hause fahren, und unterwegs überschlug er sich. Er flog dabei aus dem Fenster, das Auto kam auf ihm zu liegen und machte ihn platt. Er starb, zerquetscht wie eine Küchenschabe. Ein Stück Scheiße blieb von ihm übrig. Meine Eltern gingen zu seiner Beerdigung. Ich wollte nicht. Ich weiß noch, wie meine Mutter weinte, als sie vom Friedhof zurückkamen, sie sagte, der Typ wäre einer der besten Menschen gewesen, die sie im Leben kennengelernt hätte.«

»Wenn wir nicht ein paar Pillen nehmen, werden wir die ganze Nacht nicht schlafen können«, sagte Alfonso.

Es wurde schon hell, und das Koka war alle. Alfonso hatte weit geöffnete Pupillen und eine geschwollene Nase, die er sich unablässig mit einem heißen, nassen Taschentuch putzte.

»Es ist gefährlich, Schlaftabletten zu nehmen, wenn man gekokst hat«, sagte er.

»Quatsch«, sagte Alfonso.

Er suchte in den Badezimmerschränken seiner Eltern nach einem Schlafmittel.

»Sie müssen hier irgendwo sein«, sagte er und wühlte zwischen Medikamenten und Parfums, Make-up und Creme. »Meine Alte hat Unmassen von Pillen.«

Schließlich fand er ein Röhrchen Schlaftabletten. Er schluckte drei davon und gab Joaquín das Röhrchen.

»Damit schläfst du wie ein Baby und träumst von nackten Negern«, sagte er lächelnd.

Joaquíns Gesicht war so bedröhnt, daß er nicht lächeln konnte. Er nahm zwei Tabletten und würgte sie mit Mühe hinunter. Dann gingen sie in Alfonsos Zimmer und legten sich auf den Rücken.

»In Peru als Homosexueller geboren zu werden ist ein Fluch«, sagte Joaquín.

»Versuch, nicht daran zu denken«, sagte Alfonso. »Wenn man abtörnt, ist Denken das schlimmste.«

»Ich wollte Präsident werden, aber alles ist im Arsch, weil ich schwul bin.«

»Beruhige dich, Joaquín, werd nicht depressiv. Richtige Kerle halten das Abtörnen aus, ohne deprimiert zu werden.«

»Glaubst du, daß ich ein guter Präsident geworden wäre?«

»Du würdest ein verdammt guter Präsident sein. Ab sofort kannst du auf meine Stimme zählen.«

»Kein Mensch würde eine Schwuchtel zum Präsidenten wählen. Außer die Schwuchteln natürlich.«

»Aber es muß ja niemand wissen, daß du schwul bist. Du heiratest eine blonde Frau (du weißt ja, die Cholos wählen keine Cholos), hast ein paar hübsche Kinder, und basta. Dann hält dich niemand mehr auf, und im Jahr 2000 bist du ganz oben. Kannst du dir vorstellen, was für wilde Orgien wir mit diesen knackigen Leibwächtern veranstalten würden?«

»Ja, hört sich nicht schlecht an.«

»Außerdem, ich wette mir dir, du wärst nicht der erste schwule Präsident.«

»Es geht aber nicht, Alfonso. Ich bin schwul, ich kokse, sie haben mich von der Uni geschmissen. Das ist alles andere als der Lebenslauf eines Präsidenten.«

»Blödsinn, in Peru wird jeder Präsident, der gut aussieht und gut reden kann.«

»Außerdem, ich könnte keine Kinder haben.«

»Die Kinder sind doch nur Fassade. Ein Präsident macht sich immer besser mit zwei blonden Kindern und einem Hündchen im Garten.«

»Ich kann nicht mit Frauen, Alfonso.«

»Dann leihst du mir deine eben aus, ich bürste sie ab, und du bekommst sie mit vollem Bauch zurück. Und schon hast du einen weißen Stammhalter mit blauen Augen.«

»Keine schlechte Idee.«

»Jetzt versuchen wir zu schlafen, und morgen fangen wir an, deinen Wahlkampf zu planen.«

Ein paar Minuten später stand Joaquín auf, ging ins Bad, schnaubte ein paarmal und gab vor dem Spiegel als Präsident von Peru eine Pressekonferenz.

»Scheiße, habe ich Kopfschmerzen!« war das erste, was Alfonso am nächsten Morgen sagte.

Mit verquollenem Gesicht, zersprungenen Lippen und glasigen Augen lag Joaquín auf dem Bett und putzte sich alle Augenblicke die Nase. Neben sich hatte er eine Rolle Toilettenpapier liegen. Nach dem Schnauben warf er das zusammengeknüllte Papier auf den Teppich.

»Ich werde Charito sagen, sie soll uns ein Frühstück machen mit Bums hinter«, sagte Alfonso und quälte sich aus dem Bett.

Im Morgenmantel, die Hände in den Taschen und mit dunklen Ringen um die Augen, schlurften sie zur Küche.

»Ich habe Brustschmerzen, Alfonso.«

»Übertreib nicht, Joaquín. Doch nicht von dem bißchen Gekokel.«

»Wenn ich weiter kokse, bin ich eines Nachts so zugedröhnt, daß ich sterbe.«

Sie gingen in die Küche. Charito las die Theaterseite des Comercio.

»Ach, du meine Güte!« sagte sie. »Die jungen Herren sehen ja ganz schön mitgenommen aus.«

»Mach uns ein Frühstück mit allem Drum und Dran, Charo«, sagte Alfonso.

Sie gingen auf die Terrasse hinaus. Der Tag war verhangen. Man konnte kaum die Berge hinter dem Garten sehen.

»Wir sollten für ein paar Tage an einen ruhigen Strand fahren«, sagte Alfonso.

»Mir wäre es nur recht, weil mich das Koka sonst noch umbringt«, sagte Joaquín.

Alfonso nahm die Sonnenbrille ab und lachte.

»Ich hab eine Idee«, sagte er. »Wir fahren nach Punta Sal.«

»Wäre das geil!«

»Wir schließen uns in einem Bungalow ein und kiffen den ganzen Tag.«

»Hört sich traumhaft an.«

»Wir fliegen gleich heute, Joaquín.«

»Ich glaube bloß, Punta Sal ist teuer.«

»Keine Sorge, das Geld, das meine Alten dagelassen haben, ist mehr als genug.«

Alfonso ging ins Wohnzimmer, kam mit einem drahtlosen Telefon zurück, und während sie aßen, buchte er nebenbei Flug und Hotel. Am Nachmittag desselben Tages stiegen sie in eine Maschine der Aeroperú, die nach Talara flog. Jeder von ihnen hatte zwanzig Marihuanajoints bei sich.

»Wann hast du gemerkt, daß du auf Männer stehst?« fragte Alfonso, in einer Hängematte liegend.

Es war schon dunkel. Sie waren auf der Terrasse eines Bungalows, der zu einem Hotel in Punta Sal gehörte. Die Luft war angenehm kühl. Ein Vollmond in vielen Gelbtönen erhellte den Himmel des peruanischen Nordens.

»Schon als kleiner Junge«, sagte Joaquín.

»Erzähl, wie war es?«

»Das war bei einem Onkel, als ich für ein paar Tage in seinem Sommerhaus zu Besuch war.«

»Mach keinen Quatsch, dein Onkel ist dir an die Wäsche gegangen?«

»Nein, mit meinem Onkel war nichts. Er ist ein Gentleman, ein ganz passabler Typ, obwohl, komischerweise ist er auch schwul.«

»Gut, weiter.«

»Wir sind in sein Sommerhaus in Canta gefahren, das ist etwa drei Autostunden von Lima, ich, mein Onkel und ein Freund von ihm, der bei der Marine ist.«

»Wie alt warst du?«

»Zehn oder elf, ich weiß nicht mehr genau. Ich war noch völlig unschuldig. Natürlich hatte ich keine Ahnung, daß mein Onkel schwul war. Dieser Onkel hatte verdammt viel Geld. Er fuhr auf die Jungs von der Marine ab und ist berühmt für die unglaublichen Orgien, die er mit den schärfsten Matrosen von Peru veranstaltet.«

»Geil, mit dem mußt du mich bekannt machen.«

»Der Marinemensch sah gut aus und war ein Baum von einem Kerl. Er hieß Zaric, Fregattenkapitän. Einen Nachmittag ging mein Onkel Viscachas jagen, und Zaric und ich, wir blieben allein. Wir fingen an, Karten zu spielen, und Zaric sagte, wer drei Spiele hintereinander gewinnt, bestimmt für den anderen die Strafe. Wie du dir vorstellen kannst, spielte Zaric viel besser als ich, jedenfalls gewann er dreimal hintereinander. Zur Strafe sollte ich dann das Periskop finden, das er bei sich versteckt hatte.«

»Ganz schöner Gangster, der Herr Kapitän.«

»Ich setzte mich zu ihm und fing an, seine Jacken- und Hemdtaschen zu durchwühlen, und er sagte, kalt, kalt, du bist weit weg von dem Periskop, und ich steckte meine Hände in seine Hosentaschen, und er sagte, warm, warm, und wie im Spiel schob ich die Hand dann direkt in seine Hose, und er sagte, heiß, heiß, und als ich seinen Schwanz berührte, sagte er, gefunden, du hast das Periskop gefunden, und ziemlich aufgeregt zog ich meine Hand gleich wieder raus. Dann sagte er, wenn du willst, zeige ich dir mein Periskop und wir können U-Boot spielen. Ich konnte gar nicht so schnell gucken, da hatte er seine Hose schon auf und zeigte mir seinen Schwanz. Ich weiß noch, er war unbeschnitten. Halb im Spaß fragte mich Zaric, ob ich U-Boot mit ihm spielen will, ich fragte ihn, wie das geht, und er nahm seinen Schwanz in die Hand und erklärte es mir: Wenn ich sage, Auftauchen!, ziehst du deine Hand runter und das U-Boot guckt raus, und wenn ich sage, Fluten!, schiebst du die Hand hoch, und das U-Boot verschwindet. Er legte sich auf den Fußboden, nahm meine Hand und legte sie um seinen Schwanz. Dann sagte er: Auftauchen!, und ich zog die Vorhaut runter, er sagte: Fluten!, und ich schob sie wieder rauf, Auftauchen!, Fluten!, Auftauchen!, Fluten!, schneller, kleiner Matrose, Feuer frei auf die feindlichen Schiffe, und er spritzte so stark ab, daß er mich im Gesicht traf. Dann machten wir uns sauber und spielten weiter Karten.«

Alfonso stand aus der Hängematte auf, kniete sich neben Joaquín hin und küßte ihn auf den Mund.

»Du bist eine kleine Hure, Bub«, sagte er.

»Ich weiß, ich weiß«, sagte Joaquín. »Was soll ich machen.«

Dann rauchten sie Marihuana und badeten im Swimmingpool.

Am nächsten Morgen schliefen Alfonso und Joaquín noch, als an die Tür ihres Bungalows geklopft wurde. Alfonso stand auf, zog sich einen Morgenmantel über und öffnete.

»Señor Alfonso Cisneros?« fragte ihn eine Frau.

»Der bin ich«, sagte Alfonso.

»Sehr angenehm«, sagte die Frau. »Wenn Sie erlauben: Carolina Gonzales, ich bin die Geschäftsführerin des Hotels.«

Joaquín sprang aus dem Bett und ging zur Tür.

»Entschuldigen Sie, daß ich Sie geweckt habe, aber es ist eine recht heikle Angelegenheit«, sagte sie.

Es war eine Frau mittleren Alters. Sie trug eine gelbe Bluse, einen schwarzen Rock und Stöckelschuhe.

»Womit kann ich Ihnen dienen?« sagte Alfonso.

»Schauen Sie, Señor Cisneros, ich sehe mich gezwungen, Sie davon zu unterrichten, daß wir heute morgen Beschwerden von mehreren Gästen erhalten haben, hinsichtlich des Verhaltens von Ihnen und Ihrem Freund gestern abend in den Einrichtungen des Hotels«, sagte die Frau.

»Hm«, sagte Alfonso.

»Und worüber haben sich diese Gäste beschwert, Señorita?« fragte Joaquín.

»Nun ja, wie gesagt, es ist eine sehr heikle Angelegenheit, aber einige Gäste haben sich an die Hoteldirektion gewandt, um uns davon zu unterrichten, daß sie gestern abend im Swimmingpool ein anstößiges Verhalten beobachtet haben, das mit der Moral dieses Hotels nicht vereinbar ist.«

»Gut, ja, wir haben gestern abend im Swimmingpool gebadet, aber soviel ich weiß, ist das nicht verboten«, sagte Alfonso.

»Natürlich ist das nicht verboten, Señor Cisneros«, sagte die Frau. »Es ist aber sehr wohl verboten, daß sich zwei Männer im Swimmingpool des Hotels vor den Augen der anderen Gäste und in aller Öffentlichkeit küssen.«

»Mit Verlaub, Señorita, aber übertreiben Sie nicht ein bißchen?« sagte Joaquín.

»Und außerdem, was ist da so Schlimmes dran, daß wir uns geküßt haben?« sagte Alfonso. »Haben wir etwa irgend jemandem geschadet?«

»Natürlich, ja, Señor Cisneros«, sagte die Frau. »Dieses Hotel hat einen guten Ruf zu verteidigen und kann solche Beweise von Unsittlichkeit nicht dulden. Zwei Männer, die sich küssen, stellen eine Beleidigung der Ethik und Moral unserer Kunden dar. Außerdem, vergessen Sie nicht, daß wir auch Minderjährige beherbergen, die dieses schändliche Schauspiel mit ansehen könnten.«

»Zwei Männer, die sich küssen, sind weder eine Unsittlichkeit noch eine Schändlichkeit, Señorita«, sagte Joaquín.

»Das mag Ihre Meinung sein, aber die Direktion des Hotels ist da anderer Ansicht«, sagte die Frau.

»Gut, dann entschuldigen Sie vielmals, Señorita«, sagte Alfonso. »Ich versichere Ihnen, es wird nicht wieder vorkommen.«

»Ich bedaure, Ihnen mitteilen zu müssen, daß Sie in diesem Hotel nicht bleiben können«, sagte die Frau. »Sie haben einen schweren Verstoß gegen unsere Hausordnung begangen, so daß ich Sie bitten muß, das Hotel bis zwölf Uhr zu verlassen.«

»Das ist ja unglaublich«, sagte Alfonso. »Sie sollten sich schämen.«

»*Sie* sollten sich schämen, zwei Männer, die sich vor aller Augen abknutschen!« sagte die Frau.

»Ich wette, Sie haben noch nie einen Mann gehabt«, sagte Alfonso.

»Hören Sie, Señor Cisneros, ich muß Sie bitten, sich nicht im Ton zu vergreifen, Sie haben eine Dame vor sich«, sagte die Frau empört.

»Ich werde einen Brief schreiben an die Caretas, damit das ganze Land davon erfährt«, drohte Joaquín.

»Machen Sie, was Sie wollen, aber bitte verlassen Sie bis zwölf Uhr das Hotel«, sagte die Frau und ging die Bungalowtreppe hinunter.

»Vertrocknete Jungfer«, rief Alfonso ihr nach.

Joaquín lachte so laut, daß die Krebse, die im Sand krabbelten, erschrocken die Flucht ergriffen.

»Würdest du dich trauen, deinen Eltern zu erzählen, daß du homosexuell bist?« fragte Joaquín beim Rückflug nach Lima.

»Auf keinen Fall, bist du verrückt, die würden einen Riesenaufriß machen«, sagte Alfonso.

»Aber wenn du sie liebst, solltest du offen und ehrlich zu ihnen sein.«

»Im Gegenteil, gerade weil ich sie liebe, will ich, daß sie nie davon erfahren. Wenn sie es wüßten, würde sie das sehr unglücklich machen.«

»Irgendwann werden sie es von jemand anderem erfahren, Alfonso, und das wird nur noch schlimmer, weil du dann als Lügner vor ihnen stehst.«

»Ich glaube nicht, daß sie je davon erfahren, Joaquín. In Lima gibt es einen Haufen Leute, die ein Doppelleben führen. Man muß es nur geschickt anstellen.«

»Aber würdest du dich nicht ruhiger fühlen, wenn du ihnen die Wahrheit erzählst?«

»Nein. In diesem Land gibt es bestimmte Dinge, die man nicht sagen darf, und unsere Schwäche für Männer gehört dazu. Du darfst in Peru ein Kokser sein, ein Dieb oder ein Hurenbock, aber du darfst dir nicht den Luxus erlauben, schwul zu sein.«

»Scheiß doch auf dieses scheinheilige, intolerante Gesindel, das nicht akzeptieren will, daß die Menschen sind, wie sie sind. Sollen sie uns doch den Buckel runterruschen.«

»Klar, hört sich toll an, du mußt aber akzeptieren, daß die Leute Arschlöcher sind, Joaquín. Die Idealisten machen am Ende nur Miese. Wenn du oben schwimmen willst, mußt du pragmatisch sein, eiskalt.«

»Man lebt nur einmal, Alfonso. Wenn ich mich nicht traue zu sein, wie ich bin, werde ich als alter Mann voll Enttäuschung und Bitterkeit sein und mich hassen.«

»Du verstehst mich nicht. Ich sage ja nichts gegen das Schwulsein. Ich meine nur, du mußt es heimlich machen, ohne Skandal, der deinen Ruf ruiniert.«

»Ich jedenfalls könnte nicht heiraten, um meinen Ruf zu wahren und meine Eltern zufriedenzustellen, Alfonso. Ich würde mir wie eine Ratte vorkommen, ein übelster Trickser. Ich könnte morgens nicht in den Spiegel gucken.«

»Mensch, die Ehe hat auch ihre guten Seiten. Wenn du niemals heiratest, wirst du zum Schluß allein sein, verbittert wie diese geilen alten Böcke, die ins Haiti gehen, um zu sehen, ob sie einen von diesen halbgaren Schauspielern aufreißen, die in Miraflores herumschwuchteln. Überleg doch mal: Das muß doch herrlich sein, du kommst nach Hause, und deine Frau hat dir was Schönes gekocht, sie hat dir die Hemden gebügelt, schneidet dir die Fingernägel, die Fußnägel, pudert dir den Hintern, und deine Lausekinder spielen mit dir, daß du dich fast bepißt vor Lachen. Du kannst sagen, was du willst, Joaquín, das Familienleben ist einfach was Schönes. Ich jedenfalls will ein paar Kinder haben und sehen, wie sie groß werden.«

»Und was machst du, wenn du Lust hast auf einen Mann?«

»Du drehst eine Runde, reißt dir einen auf, treibst es mit ihm, und Feierabend. Es ist, als wenn dein Auto zu stottern anfängt: Du bringst es in die Werkstatt, sie stellen dir den Vergaser ein, waschen das Auto, schmieren es ab, und danach ist alles wieder tipptopp.«

»Ich finde es schrecklich, wenn die Männer nur dazu dasein sollen, dir ab und zu den Ölwechsel zu besorgen, Alfonso. Ich würde gern einen festen Freund haben, mit ihm zusammenleben.«

»Das ist unmöglich in diesem Land, Joaquín. Du hast ja gesehen, was uns in Punta Sal passiert ist. Wenn du mit einem Mann leben und mit ihm zusammenwohnen willst, mußt du aus Peru verschwinden. Peru ist nicht Dänemark, mein Lieber.«

»Ich weiß, ich weiß, aber wenn wir alle feige sind und uns weiter im Schrank verstecken, wird sich nie etwas ändern.«

»Ich für meinen Teil bleibe lieber gemütlich im Schrank. Wenn du glaubst, daß es deine Mission ist, dich für ein paar

Tucken und Transen aufzuopfern, die in der Pizzastraße ihr Bierchen trinken, herzlichen Glückwunsch, ich ziehe den Hut vor dir und drücke dir beide Daumen, aber bitte mich nicht darum, mit dir zusammen in den Abgrund zu springen.«

»Im Grunde genommen scheißt du dich ein vor Angst, Alfonso.«

»Es ist nicht, weil ich Angst hätte, Joaquín. Ich bin nur nicht ein Selbstmörder wie du.«

»Joaquín, kannst du mal bitte in mein Zimmer kommen, ich muß etwas mit dir bereden«, sagte Tati.

»Klar, gern«, sagte Joaquín.

Alfonso und Joaquín waren gerade aus Punta Sal zurückgekehrt. Joaquín ging zu Tati ins Zimmer. Sie saß auf ihrem Bett, noch in Schuluniform.

»Ich habe ein Superriesenproblem, Joaquín«, sagte sie. »Ich weiß nicht, was ich machen soll. Vielleicht kannst du mir helfen.«

»Wo drückt denn der Schuh, Tati?«

»Sonnabend ist meine Abifeier, und ich weiß nicht, mit wem ich gehen soll.«

»Na, Tati, das ist wirklich ernst.«

»Eigentlich wollte ich mit Polito gehen, meinem Freund, aber wir haben uns verkracht, und ich weiß nicht, was ich tun soll.«

»Verflixt aber auch.«

Sie schwiegen einen Moment.

»Hättest du Lust, mitzukommen zu meiner Abifeier?« fragte sie.

Joaquín lächelte überrascht.

»Lieber nicht, ich bin schon ein bißchen alt für eine Abiturfeier«, sagte er.

»I wo, erzähl doch nicht. Junge, du bist spitze. Wir werden einen Riesenspaß haben, Joaquín.«

»Um ehrlich zu sein, Tati, ich tanze katastrophal.«

»Sei nicht gemein, Joaquín, und laß dich nicht so bitten.«

»Von mir aus gern, aber ich frage erst mal Alfonso.«

»Alfonsito kann sich auf was gefaßt machen, wenn er nicht einverstanden ist, sag ihm das.«

»Gut, ich rede jetzt gleich mit ihm.«

Joaquín verließ Tatis Zimmer und ging zu Alfonso.

»Tati hat mich soeben zu ihrer Abifeier eingeladen«, sagte er.

Alfonso lachte. Er lag im Bett und sah fern.

»Ein hübsches Pärchen«, sagte er.

»Mistkerl, lach nicht, es ist kein Witz. Deine Schwester sagt, sie will nicht mit ihrem Freund gehen, weil sie sich verkracht haben.«

»Ich bin froh, wenn sie nicht mit dieser Pflaume von Polito geht.«

»Was soll ich machen, Alfonso? Soll ich gehen?«

»Spiel den Kavalier. Geh mit ihr.«

»Und du bist nicht sauer?«

»Im Gegenteil, ich finde es superwitzig.«

»Um ehrlich zu sein, ich habe keine große Lust auf eine scheiß Schulfeier von der Santa Ursula.«

»Es ist ja nur ein Abend, Joaquín. Tu es für sie.«

»Ich werde es auf jeden Fall für dich tun.«

»Ich bitte dich nur um eins.«

»Was du willst.«

»Kokse nicht an diesem Abend.«

»Versprochen.«

»Joaquín, beeil dich, wir kommen zu spät zur Messe«, rief Tati.

Es war der Abend ihrer Abiturfeier. Joaquín war im Bad und machte sich noch etwas mehr Gel ins Haar.

»Was für eine Messe?« rief er.

»Vor der Feier ist in der Schule eine Messe«, rief Tati. »Ich habe den Nonnen hoch und heilig versprochen, daß ich komme. Sie dauert nicht lange.«

»Ich bin gleich fertig«, rief Joaquín.

Er zog sich den Krawattenknoten zu, lächelte vor dem Spiegel, kämmte sich ein letztes Mal die Haare über und ging aus dem Bad. Tati lief schon nervös im Wohnzimmer auf und ab. Sie hatte dickes Make-up aufgelegt und roch nach Damenparfum. In den Brustausschnitt ihres Kleides hatte sie sich eine Orchidee gesteckt. Alfonso saß im Wohnzimmer und trank einen Schnaps.

»Du siehst bezaubernd aus, Tati«, sagte Joaquín.

»Komm, wir gehen jetzt, wir kommen sonst zu spät«, sagte Tati mit einem Blick auf die Uhr.

»Welchen Wagen nehmt ihr?« fragte Alfonso.

»Können wir Papas Mercedes nehmen?« fragte Tati.

»Meinetwegen, aber nur, weil es deine Abiturfeier ist«, sagte Alfonso.

»Danke, Alfonsito«, sagte Tati und küßte ihren Bruder auf die Wange.

»Steig schon mal ein, Tati«, sagte Alfonso. »Ich muß mit Joaquín noch kurz etwas bereden.«

»Aber ganz schnell, ja? Wir sind schon furchtbar spät dran«, sagte Tati und ging in die Garage.

Alfonso stand auf und rückte Joaquíns Krawattenknoten zurecht.

»Wenn du Tati vögeln willst, kein Problem«, sagte er leise. »Ich bin kein eifersüchtiger großer Bruder.«

»Wenn ich vögeln wollte, würde ich bei dir bleiben, geiles Stück«, sagte Joaquín.

Sie gaben sich einen Kuß. Dann ging Joaquín zur Garage und stieg in das Auto von Alfonsos Eltern. Tati war dabei, sich die Fingernägel überzulackieren. Nachdem sie aus La Planicie heraus waren, fuhr Joaquín mit dem Mercedes volles Tempo.

»Stört es dich, wenn ich das Radio anmache?« fragte Tati.

»Absolut nicht«, sagte Joaquín.

»Du denkst bestimmt, ich bin ein primitives Ding, aber ich sterbe für die Musik von RBC.«

Tati machte das Radio an und suchte RBC, einen der zahllosen Dudelsender.

»Ah, das ist Gefühl, ich bin Fan von dem Lied«, sagte sie und sang mit:

Es will mir scheinen,
du hast es nicht eilig,
und es macht dir Spaß,
zu sehen, wie ich nach und nach
nur noch an dich denke,
nur noch an dich denke...

In diesem Augenblick dachte Joaquín, daß er sich unbedingt etwas Koka besorgen mußte, wenn er es mit Tati den ganzen Abend aushalten sollte.

»Weißt du, Tati«, sagte er, »ich sterbe vor Hunger.«

»Keine Angst, bei der Feier gibt es massenhaft zu essen.«

»Nein, so lange halte ich es nicht aus, Tati. Ich muß gleich was essen.«

»Ach, schrecklich, ihr Männer seid alles solche Freßsäcke. Ich könnte umkommen vor Neid, ihr eßt und eßt wie die Scheunendrescher und nehmt nicht zu. Bei uns Frauen dagegen reicht ein Bissen, und sofort werden wir dick. Das ist merkwürdig, und außerdem ist es schrecklich ungerecht.«

»Das kommt davon, weil wir besser scheißen als die Frauen.«

»Ach, wie unanständig du bist«, sagte Tati lachend. »Du mußt aber recht haben, zwischen den Koliken, wenn ich meine Tage habe, und der ewigen Verstopfung werde ich nämlich fast verrückt.«

Kurz darauf hielt Joaquín vor dem Pacífico Chicken, einem Restaurant in San Isidro.

»Ich bin gleich zurück«, sagte er. »Ich beeile mich.«

Tati nickte. Sie trällerte ein Lied von Isabel Pantoja. Joaquín ging ins Pacífico Chicken und fragte nach Coqui, dem Geschäftsführer.

»Er ist oben in seinem Büro, im dritten Stock«, sagte ihm ein Kellner. »Sie brauchen nur zu klopfen.«

Joaquín bestellte ein Viertel Hähnchen, ging die Treppe hinauf und klopfte an die Tür der Geschäftsführung. Ein junger Mann öffnete. Es war Coqui.

»Geil, in was für eleganten Klamotten du rumläufst, richtig schick«, sagte er lächelnd.

»Ich brauche Vitamine, Coqui«, sagte Joaquín. »Hast du welche?«

»Für gute Kunden wie dich immer, Alter.«

»Ich brauche sie sofort, Coqui. Ich muß zu einer Schulfeier, und das Mädchen, mit dem ich da hingehe, sitzt unten im Auto und wartet auf mich.«

»Immer mit der Ruhe, Alter, keine Angst, geht schon klar.«

Coqui zog eine Schublade seines Schreibtischs auf, nahm ein Päckchen Koka heraus und gab es Joaquín.

»Was kriegst du?« fragte Joaquín.

»Nichts, Alter«, sagte Coqui. »Wir regeln das später.«

»Du bist okay, Coqui.«

»Danke, Alter. Wenn es geht, kauf beim Hinausgehen ein Hähnchen. Damit sie keinen Verdacht schöpfen.«

Joaquín steckte das Päckchen in die Hosentasche und verabschiedete sich von Coqui. Dann ging er auf die Toilette und zog das erste Koka an diesem Abend. Beim Hinausgehen aus dem Pacífico Chicken nahm er das Viertel Hähnchen, das er bestellt hatte, und rannte zum Auto.

»Entschuldige, daß es ein bißchen länger gedauert hat, aber ich mußte so lange anstehen«, sagte er zu Tati, als er in den Wagen stieg. »Jetzt aber ab zur Messe.«

Ohne Zeit zu verlieren, ließ er den Wagen an, biß in das

Hähnchen und raste über die Avenida los Conquistadores. Eine Weile später waren sie in der Kapelle der Santa Ursula. Die Messe war schon fast vorüber.

»Wenigstens werde ich beim heiligen Abendmahl dabeisein«, flüsterte Tati.

»Ich auch«, sagte Joaquín.

Sie schaute ihn überrascht an.

»Du hast doch aber gerade Brathähnchen gegessen«, sagte sie.

»Das macht nichts«, sagte Joaquín. »Gott wird den Hunger vergeben.«

»Von mir aus, ich mische mich nicht ein in deine Sünden«, sagte sie.

Sie nahmen das heilige Abendmahl ein. Für Joaquín war es ein merkwürdiges Gefühl, die Hostie im Mund und zugleich Koka in der Nase zu haben.

Das ist bestimmt ein Sakrileg, dachte er, nachdem er das heilige Abendmahl eingenommen hatte.

»Das kann ja wohl nicht wahr sein, guck mal, wer da ist«, flüsterte Tati Joaquín ins Ohr.

Sie saßen im Garten einer Villa in der Avenida Salaverry, in der die Abiturklasse von der Santa Ursula ihre Abschlußfeier veranstaltete.

»Ich habe meine Brille nicht auf, ich kann nicht richtig sehen«, sagte Joaquín und spuckte alles Essen, das er im Mund hatte, in eine Serviette.

Er hatte soviel Koka auf einmal genommen, daß er keinen Bissen hinunterbekam.

»Das kann doch nicht wahr sein, daß Polito mir das antut«, sagte Tati.

»Was für ein Polito?« fragte Joaquín.

»Na, Polito, mein Freund. Besser gesagt, mein Exfreund.«

»Wo ist er?«

»Da, er kommt grad die Treppe runter.«

»Er ist doch zur Feier gekommen? Dein Freund ist hier?«

»Das kann doch nicht wahr sein, daß Polito mich so betrogen hat und auch noch die Stirn besitzt, mit dieser schrecklichen Mariana Torero zu gehen.«

»Wer ist Mariana Torero?«

»Dieses Mondgesicht, das mit Polito zusammen ist. Guck nicht hin. Verflixt noch mal, ich habe gesagt, du sollst nicht hingucken. Ich will nicht, daß Polito mich sieht.«

»Du kannst einem leidtun. Die Kleine ist nicht häßlich.«

»Ach, man merkt, daß du schielst. Mariana ist eine Vogelscheuche mit Akne. Mit Brandzeichen wie ein Pferd. Und sie spricht wie ein mongoloides Baby. Außerdem hat sie Pickel auf dem Hintern.«

»Du hast ihren Hintern gesehen?«

»Nein, aber ich schwöre dir, Mariana Torero hat Pickel auf dem Hintern.«

»Iß, Tati. Vergiß Polito. Dein Essen wird kalt.«

»Und du iß auch was. Du hast noch keinen Happen gegessen, Joaquín.«

»Ich habe keinen Hunger. Entschuldige mich einen Moment, ich muß mal verschwinden.«

»Schon wieder?«

»Sorry, Tati, aber mir ist irgendwie unwohl.«

»Ach, du Ärmster, du kannst einem leidtun.«

Joaquín stand auf, ging auf die Toilette im zweiten Stock und nahm dort eine Nase Koka. Als er in den Garten hinunterging, hatten einige Paare schon zu tanzen angefangen.

»Komm, wir tanzen, Joaquín«, sagte Tati zu ihm.

»Ich warne dich, ich tanze katastrophal«, sagte Joaquín.

»Macht nichts. Ich bringe es dir bei.«

Sie gingen tanzen. Es lief ein Salsa, der gerade in Mode war.

»Schön, daß es dir Spaß macht, dein Skelett ein bißchen zu bewegen«, sagte Tati, während sie tanzten.

»Man tut, was man kann, man tut, was man kann«, sagte Joaquín.

Sie tanzten mehrere Tänze hintereinander, bis er spürte, daß er dringend noch Koka brauchte.

»Ich verschwinde mal schnell«, sagte er.

»Nicht zu glauben«, sagte Tati und stemmte die Hände in die Seiten. »Das kann ja wohl nicht wahr sein, ausgerechnet am Tag meines Abiturs hat mein Kavalier Durchfall.«

»Das passiert eben, Tati«, sagte Joaquín und beeilte sich, auf die Toilette zu kommen.

Auf der Toilette schloß er sich sofort in einer Kabine ein und machte den Rest Koka alle. Er leckte das Papier ab, in dem das Koka eingewickelt gewesen war, er leckte die Ecken seines Führerscheins ab, den er benutzt hatte, um das Koka an seine Nasenlöcher zu bringen, er leckte sich die Lippen ab, er leckte sich die Finger ab. Als er auf die Tanzfläche zurückkehrte, war er nervös und schlecht gelaunt. Das einzige, was ihn im Moment interessierte, war, noch ein paar Gramm Koka aufzutreiben.

»Komm, wir tanzen«, sagte Tati zu ihm und ergriff seine Hand.

»Ich kann nicht«, sagte Joaquín. »Mir geht es nicht gut.«

»Was hast du?«

»Ich weiß nicht. Ich bin müde.«

»Ein Tanz noch, sei nicht gemein.«

Joaquín legte seinen Arm um Tatis Taille, und sie tanzten zu einem langsamen Lied. Als das Lied zu Ende war, kam Polito zu Tati.

»Wollen wir tanzen?« fragte er.

Polito war ein Junge von kleinem Wuchs, mit Adlernase, flinken Augen und schwarzem Haar. Er schien etwas betrunken zu sein. Tati antwortete nicht.

»Hör mal, sei nicht albern, ich rede mit dir«, sagte Polito zu ihr.

Tati schwieg weiter, sie beachtete ihn nicht und sah woandershin.

»Komm, Mieze, wir tanzen«, sagte Polito und packte sie am Arm.

Tati stieß ihn von sich.

»Faß mich nicht an, und wage nicht, mich noch mal Mieze zu nennen«, schrie sie.

»Was hast du, eh, was stellst du dich denn so an«, sagte Polito grinsend. »Ich will doch nur ein bißchen Dancing mit dir machen.«

Tati klammerte sich an Joaquín.

»He, Dünner, kann ich mal deine Braut ausleihen?« fragte Polito Joaquín.

Joaquín versuchte zu antworten, aber er brachte kein Wort heraus. Er hatte zuviel Koka genommen.

»Geil, dein Freund ist ja voll zugedröhnt«, sagte Polito zu Tati. »Komm, Mieze, wir tanzen.«

»Laß mich, du Idiot, und nenn mich nicht Mieze«, sagte Tati.

»Wenn du auf die Palme gehst, siehst du viel geiler aus, Miezilein«, sagte Polito grinsend und versuchte, Tati zu küssen.

»Laß mich los, Mistkerl verfluchter«, schrie Tati und riß sich aus Politos Armen los.

Durch den Lärm der Musik bekamen nur wenige Paare etwas von dem Streit mit.

»Joaquín, bitte, tu doch was«, sagte Tati.

»Joaquín ist zur Salzsäule erstarrt«, sagte Polito.

»Das ist der Durchfall«, erklärte Tati.

»Ich gehe«, sagte Joaquín. »Ich fühle mich nicht gut.«

»Es ist doch noch so früh, wir hatten vor, wenn es hell wird, Chicharrones a Lurín zu essen«, sagte Tati überrascht.

»Ich kann nicht mehr«, sagte Joaquín. »Wenn du willst, bleib doch noch, mit Polito.«

»Zuviel gekokst, wie, Dünner?« sagte Polito.

Joaquín lief langsam von der Feier fort. Tati verabschiedete sich von ihren Freundinnen und ging ihm nach.

»Das kann ja wohl nicht wahr sein, heute abend ist aber auch alles schiefgegangen«, sagte sie, nahe am Weinen, als sie auf der Avenida Salaverry waren. »Ich treffe diesen Vollidioten von Polito, du hast Durchfall, und zur Krönung muß ich schon um eins von der Feier weg.«

Kaum waren sie in den Wagen eingestiegen, brach Tati in Tränen aus. Als Joaquín Gas gab und Gas gab und das Auto nicht losfuhr, merkte er, daß der Mercedes keine Räder mehr hatte.

Eine halbe Stunde später kamen Tati und Joaquín im Taxi nach Hause. Tati stieg barfuß aus, die Schuhe hatte sie in der Hand, und rannte zum Haus. Sie hatte den ganzen Weg über geweint, bis nach La Planicie. Joaquín bezahlte und stieg langsam aus dem Taxi. Tati machte einen solchen Krach, als sie das Haus betrat, daß Alfonso in Unterhosen und mit einer Pistole in der Hand aus seinem Zimmer kam.

»Verdammte Scheiße, sag nicht, du hast einen Unfall gebaut«, sagte er in der Tür des Hauses stehend zu Joaquín.

»Nein«, sagte Joaquín, ohne ihm in die Augen zu schauen.

»Wo ist dann der Mercedes?«

»Sie haben die Reifen geklaut, Alfonso.«

»Wo?«

»Da, wo die Feier war.«

»Alle vier?«

»Ja. Er steht auf Ziegelsteinen.«

»Mist verfluchter, das hat mir noch gefehlt. Ich habe ja geahnt, daß irgendwas passieren würde.«

Sie gingen ins Haus hinein. Alfonso machte das Licht an.

»Scheißkerl, du hast gekokst«, sagte er.

Joaquín sagte nichts. Er hatte so viel Koka gezogen, daß er nicht mehr richtig sprechen konnte.

»Du hattest mir versprochen, daß du heute nicht kokst«, sagte Alfonso.

»Tut mir leid«, sagte Joaquín.

»Hat Tati was mitgekriegt?«

»Nein. Sie glaubt, ich habe Durchfall.«

Sie gingen ins Zimmer von Alfonso, der sich schnell anzog.

»Du bist ein Riesenarschloch, Joaquín«, sagte er. »Man muß wissen, wann man kokst und wann nicht.«

Alfonso war wütend. Joaquín holte seine Koffer aus dem Schrank.

»Jeder ist ein Kokser, aber nicht jeder ist ein guter Kokser«, sagte Alfonso. »Und du mußt noch eine Menge lernen, eh aus dir ein guter Kokser wird.«

Joaquín sammelte seine Sachen ein, die auf dem Teppich verstreut lagen, und packte sie in die Koffer.

»Der gute Kokser kennt seine Grenzen«, redete Alfonso weiter. »Dem guten Kokser merkt man gar nicht an, daß er kokst. Der gute Kokser verzieht nicht das Gesicht und redet keinen Blödsinn. Der gute Kokser wird niemals steif und stumm wie du jetzt. Aber du bist eben kein guter Kokser. Du bist ein Versager, das ist alles.«

Joaquín nahm seine Koffer und ging aus dem Zimmer.

»Wo willst du hin?« fragte Alfonso.

»Zurück in die Pension«, sagte Joaquín.

Alfonso trat an ihn heran und ergriff seinen Arm.

»Immer mit der Ruhe, du mußt darum nicht gleich abhauen«, sagte er.

»Ich gehe lieber«, sagte Joaquín.

»Verdammte Scheiße, du bist aber auch eine Dame, nichts kann man dir sagen.«

»Genau, ich fühle mich als eine Dame, und wenn es dir nicht paßt, Pech gehabt.«

»Dreckskerl, hab dich nicht so, bleib noch ein paar Tage.«

»Danke, aber ich gehe lieber gleich.«

»Meinetwegen, wie du willst.«

Sie gingen wortlos zur Garage und luden die Koffer in Joaquíns Auto.

»Kannst du überhaupt fahren?« fragte Alfonso.

»Ich glaube schon«, sagte Joaquín.

»Wo steht der Mercedes?«

»In der Salaverry, Ecke Dreiunddreißigste.«

»Mach dir deshalb keine Sorgen, ich kümmere mich um alles. Rauch einen Joint und leg dich schlafen.«

Sie schauten sich in die Augen. Sie umarmten sich. Joaquín putzte sich mit seiner blauen Seidenkrawatte die Nase.

»Bevor du gehst: Hast du nicht noch ein bißchen Chamo übrig?« fragte Alfonso.

»Nein«, sagte Joaquín. »Es ist alles alle.«

»Schade. Ich hätte Lust auf eine Nase zum Wachwerden.«

Alfonso stieg in sein Auto und fuhr mit großer Geschwindigkeit aus der Garage, während er auf seinem Autotelefon eine Nummer wählte. Joaquín fuhr mit zwanzig Stundenkilometern aus La Planicie hinaus. Er sah unablässig in den Spiegel. Er hätte schwören können, daß ihn jemand verfolgte.

Ein paar Tage später kam Alfonso in die Pension, in der Joaquín wohnte. Sie hatten sich seit dem Abend von Tatis Feier nicht gesehen. Joaquín hatte gedacht, Alfonso würde ihn nicht mehr sehen wollen.

»Meine Eltern schicken mich zum Studium in die USA«, sagte Alfonso, kaum daß er das Zimmer betreten hatte, und setzte sich aufs Bett.

»Wieso das?« fragte Joaquín überrascht.

»Charito hat Marihuana in meinem Zimmer gefunden und es meiner Mutter erzählt.«

»Im Ernst?«

»Ja, Charito hat mich verraten. Es war ein scheiß Zufall. Genau an dem Tag hatte ich in La Mar schönes rotes Marihuana gekauft und in meinem Schrank in einem Paar alter Schuhe versteckt. Und ausgerechnet an diesem Tag mußte meine Mutter auf die Idee kommen, Hausputz zu machen, weil sie gerade aus Caracas zurückgekommen war. Wenn das kein Pech ist, Joaquín. Ich war auch gerade nicht zu Hause, weil ich bei der Golfstunde war. Jedenfalls sagte meine Mutter zu Charito, sie soll meinen Schrank aufräumen und meine Schuhe alle putzen, und beim Schuhputzen hat sie dann das ganze Gras gefunden und rennt damit prompt zu meiner Mutter, scheiß Chola. Was mußte mich das Dreckstück bloß bei meiner Mutter anzählen.«

»Und, wie hat deine Mutter reagiert?«

»Das war ja das schlimme. Anstatt auf mich zu warten und mit mir zu reden, sind meiner Mutter die Nerven durchgegangen. Sie hat meinen Alten im Büro angerufen und ihm gesagt, daß sie in meinem Zimmer Drogen gefunden hätte. Mein Alter ist sofort aus der Fabrik nach Hause gerast, er hat getobt vor Wut. Als ich aus dem Club kam, saßen meine Eltern im Wohnzimmer und warteten auf mich, vor sich den Packen Marihuana.«

»Nicht gerade angenehm, die Situation.«

»Superbeschissen, mein Alter war völlig von der Rolle. Er bombardierte mich mit lauter arschlosen Fragen, von der Sorte: seit wann nimmst du Drogen?, wann hast du zum erstenmal welche genommen?, wer hat dich dazu verleitet?, usw. Ich spielte den Ahnungslosen. Meine Mutter heulte und schrie hysterisch rum: Ich will nicht, daß mein Kind ein Drogenanhängiger wird, ich will nicht, daß mein Kind ein Drogenanhängiger wird, völlig hysterisch die Alte, und ich sagte zu ihr, es heißt nicht Drogenanhängiger, sondern Drogenabhängiger, und mein Alter völlig ausgeflippt, er schrie: Ich bitte mir gefälligst mehr Respekt vor deiner Mutter aus, verdammt noch mal, und sie schrie weiter herum wie eine Irre, sie sagte zu meinem Alten, man müßte mich in die San-Felipe-Klinik bringen, damit die da eine Schlafkur machen mit mir, es ginge um Leben und Tod, sie würde einen chinesischen Arzt kennen, den berühmten Doktor Pin, der kuriert einen von Drogen, indem er einem irgendwelche Nadeln reinsteckt, und dieses ganze Theater wegen ein bißchen Marihuana, Scheißmist verfluchter.«

»So ein Schwachsinn, Alfonso.«

»Warte, das ist ja noch nicht alles. Am schlimmsten wurde es, als ich ausrastete und meiner Mutter sagte, daß Marihuana völlig unschädlich ist und wenn sie einen Joint rauchen würde, würde sie aufhören, wie eine Irre zu schreien und ein bißchen lockerer werden, und meinem Alten habe ich gesagt, daß die halbe Flasche Whisky, die er sich jeden Tag hinter die Binde kippt, bedeutend schädlicher ist als die paar Joints, die ich ab und zu rauche. Scheiße, hätte ich bloß das Maul gehalten, Joaquín, jetzt war es völlig aus. Mein Alter stürzte sich auf mich und knallte mir ein paar, und meiner Mutter blieb die Luft weg, und sie wurde ohnmächtig. Stell dir vor, wir mußten sie mit dem Rettungswagen in die Tezza-Klinik bringen lassen. Und das schärfste war, die Alte hörte unterwegs nicht auf zu jammern: Wenn ich sterbe, ist das die Strafe, weil mein Kind ein Drogenanhängiger ist.«

»Da faßt man sich nur an den Kopf. Und, was hatte deine Mutter?«

»Nichts, reinweg gar nichts, sie haben ihr ein paar Pillen gegeben und sie wieder nach Hause geschafft, und am nächsten Tag ist das Aas ohne mir etwas zu sagen still und leise zur Uni gefahren, um festzustellen, ob ich zum Unterricht gehe, was für Zensuren ich hätte und das alles, und sie hat mit diesem Scheißkerl Villalba geredet, und da hat sie erfahren, daß sie mich gefeuert haben.«

»Und wie kommt es, daß du in die Staaten gehst?«

»Na, als mein Alter erfuhr, daß sie mich von der Uni geschmissen haben, hat er sofort Himmel und Hölle in Bewegung gesetzt, er hat mit seinen Gringofreunden von der Botschaft gesprochen und mich für einen Englischkurs an einer Universität in Colorado angemeldet. Ich muß übermorgen in ein Nest fliegen, das Pueblo heißt. Sagt der Name nicht alles? Das Dorf, in dem ich leben muß, heißt auch noch Dorf. Ehrlich, ist das nicht zum Schreien?«

»Hast du Bock auf die Staaten?«

»Ja, hier hänge ich eh nur sinnlos herum.«

Sie verstummten.

»Ich werde dich vermissen«, sagte Joaquín dann.

»Mistkerl, du mußt mich besuchen«, sagte Alfonso.

»Ja, es würde mir guttun, eine Weile aus Lima rauszukommen und die Drogen sein zu lassen.«

»Klar, wäre doch toll zusammen da.«

»Ich werde dich vermissen, Schweinebacke.«

Sie küßten sich, gingen ins Zimmer und liebten sich. Danach zog sich Alfonso rasch an.

»Wir sehen uns in Colorado«, sagte er zu Joaquín und gab ihm einen Kuß.

Ein paar Monate später flog Joaquín nach Denver, um Alfonso zu besuchen. Als er ankam, erwartete ihn Alfonso auf dem Flughafen. Sie umarmten sich und liefen zum Parkplatz.

»Schön, daß du da bist, Schwuler«, sagte Alfonso.

»Das war ja eine Ewigkeit, daß wir uns nicht gesehen haben«, sagte Joaquín.

»Ich habe fünfzehn Kilo zugenommen. Ein Pfingstochse ist aus mir geworden.«

»Mann, übertreib nicht. So dick bist du gar nicht.«

»Fett bin ich, Joaquín. Soviel habe ich noch nie gewogen. Dieses Land hier ist ideal zum Dickwerden. Hier siehst du überall Leute so breit wie ein Traktor. Wie war der Flug?«

»Zum Kotzen. Von Lima nach Miami saß ich neben diesem Komiker Pacochita, der war voll wie eine Haubitze. Du glaubst es nicht, Pacochita war so stinkbesoffen, daß er sich mitten in den Gang stellte und anfing, die säuischsten Schwulenwitze zu erzählen, und du kannst dir vorstellen, die Leute im Flugzeug haben sich scheckig gelacht, sie haben gekreischt und geklatscht und wollten immer mehr Witze, und alle haben gesoffen wie die Löcher, es war wie in einem Café-Theater. Aber das schärfste war, als Pacochita plötzlich ganz blaß wurde und nur noch ein Bis-gleich-nach-der-Werbung abließ. Er griff nach einer dieser Kotztüten, die es im Flugzeug gibt, und reiherte vor aller Augen los. Das war denn doch zuviel des Guten. Ein paar Damen protestierten, und die Stewardessen mußten ihn nach hinten schleppen.«

»Verdammt, dir passieren aber auch unglaubliche Sachen«, sagte Alfonso und lachte.

»Und du weißt ja noch gar nicht, was mir in Miami passiert ist«, sagte Joaquín.

»Erzähl.«

»Ich habe in einem kleinen Hotel in Miami Beach gewohnt und bin ins Warsaw gegangen, die beste Schwulendisco von Miami, und rat mal, wen ich da getroffen habe? Piero Santoro und Francesco Martínez, die Frauenlieblinge vom peruanischen Fernsehen.«

»Ohne Quatsch, Santoro und Martínez sind ein Paar?«

»Ich weiß nicht, irgendwas muß zwischen ihnen sein, als ich sie ansprach, sind sie nämlich fast aus den Latschen gekippt.«

»Wenn das im Teleguía stünde, daß Santoro und Martínez schwul sind, würde es unter den Schulmädchen eine Riesenwelle von Selbstmorden geben. Scharen von Fünfzehnjährigen würden sich vom Dach des Centro Cívico stürzen.«

»Ja, diese Weiberhelden vom Fernsehen sind alles die absoluten Oberschwuchteln«, sagte Joaquín, und sie lachten.

Als sie ins Auto eingestiegen waren, gab Alfonso ihm erst einmal einen Kuß.

»Ich habe dich vermißt, Schwuler«, sagte er.

»Ich dich auch«, sagte Joaquín.

Alfonso ließ den Wagen an. Sie zahlten die Parkgebühr, fuhren vom Parkplatz und kamen auf einen Highway.

»Hast du viel gekokst die letzte Zeit?« fragte Alfonso.

»Jedes Wochenende mindestens ein bißchen«, sagte Joaquín. »Aber ich bin hierhergekommen, um mich zu entgiften.«

»Schade. Ich habe extra jamaikanisches Marihuana besorgt zur Begrüßung in diesem scheiß Colorado.«

Alfonso holte aus seiner Jackettasche einen Joint hervor.

»Wie kommst du denn hier an Gras ran?« fragte Joaquín überrascht.

»Ich weiß eben meine Zeit zu nützen, Herzblatt.«

»Verflucht, bei dir ist Hopfen und Malz verloren, Alfonso.«

»Rauchen wir?«

»Ich weiß nicht, lieber nicht.«

»Verdammt, du hast dich ganz schön verändert.«

»Ich hätte schweinisch Lust, aber ich wollte ein paar Tage auf Entzug gehen.«

»Wie du willst. Den Schaden hast du.«

Alfonso steckte sich den Joint an und machte ein paar Züge. Joaquín roch den Marihuanarauch und überlegte es sich anders.

»Nur einen Zug zum Entspannen«, sagte er.

Alfonso lachte und reichte ihm den Joint.

»Nun rauch schon, Schwuler«, sagte er zu ihm. »Laß dich nicht so bitten.«

Joaquín machte einen tiefen Zug.

»Es gibt zwei Dinge, die ich mein Leben lang mögen werde«, sagte er, den Rauch in der Lunge zurückhaltend. »Marihuana und hübsche Jungs.«

Sobald sie in Alfonsos Apartment waren, liebten sie sich. Danach blieben sie nackt auf dem Bett liegen und hörten eine Platte von Tracy Chapman.

»Soll ich dir was sagen? Ich habe die Schnauze voll von Lima«, sagte Joaquín.

»Das ist nicht das erstemal, daß du das sagst.«

»Im Ernst, Alfonso, ich würde verdammt gern irgendwo anders hingehen.«

»Wieso denn? Sei doch nicht blöd. Du lebst doch in Lima wie ein Fürst, Joaquín.«

»Ich will weg von Lima, Alfonso. Ich muß da weg. Lima ist eine Scheißstadt. Und ich will nicht mein ganzes Leben in einer Scheißstadt zubringen.«

»Dreh nicht durch. Du mußt die Sache locker sehen.«

»Außerdem will ich weg von meiner Familie, weit weg. Meine Alten machen mir das Leben zur Hölle. Ich hasse sie. Manchmal glaube ich, am liebsten möchte ich sie nie wiedersehen.«

Joaquín legte seinen Kopf an Alfonsos Brust und fing an zu weinen.

»Das kommt davon, weil du zuviel gekifft hast«, sagte Alfonso. »Immer wenn du zuviel Marihuana rauchst, kriegst du einen Depri. Komm, wir gehen ein bißchen an die frische Luft, damit du Pueblo, Colorado, kennenlernst.«

»Es ist so kalt draußen. Ich bin müde. Ich habe keine Lust.«

»Laß uns shoppen gehen, dann fühlst du dich besser. Das Beste, was man machen kann, wenn man einen Depri hat, ist shoppen gehen.«

»Na gut, meinetwegen.«

Sie zogen sich an, setzten sich eine Sonnenbrille auf, damit man nicht ihre geröteten Augen sah, und fuhren ins einzige Einkaufszentrum, das es in Pueblo, Colorado, gab.

»Ich schaue mal, ob ich ein paar Golfbälle bekomme, mein Alter hat mich darum gebeten«, sagte Alfonso, als sie im Burdines waren, und ging zur Sportwarenabteilung.

Joaquín schlenderte durch das Einkaufszentrum, bis er die Krawatten sah. Er blieb vor ihnen stehen und sah sie sich lange an. Er hatte schon immer eine Schwäche für Krawatten gehabt. Er suchte die zehn schönsten aus, sah sich um und steckte sie sich unter das Jackett. Dann ging er zu Alfonso.

»Nach einem kleinen Einkaufsbummel fühle ich mich gleich viel besser«, sagte er zu ihm.

»Du bist eben eine typische Señorita aus Lima«, sagte Alfonso lächelnd. »Du bekommst eine Nervenkrise, und dir bleibt nichts anderes übrig, als ins nächste Shoppingcenter zu rennen.«

Als sie den Laden verließen, packte ein bulliger Typ Joaquín am Arm.

»Security«, sagte er zu ihm. »Please follow me.«

»Was ist los?« fragte Alfonso überrascht.

»Warte hier auf mich«, sagte Joaquín. »Ich erkläre es dir nachher.«

Der Typ brachte Joaquín in einen Raum neben den Umkleidekabinen. In diesem Raum beobachteten zwei Wachschutzleute auf mehreren Bildschirmen verschiedene Abschnitte des Ladens.

»Another fucking Latin-American«, bemerkte einer von ihnen.

Der bullige Typ griff in Joaquíns Jackett, holte die Krawatten hervor und zählte sie. Dann fragte er nach Namen und Adresse. Joaquín sagte ihm, was er wissen wollte. Der Typ notierte die Angaben auf eine Karteikarte und machte mehrere Fotos von ihm mit einer Polaroidkamera. Nachdem die Bilder entwickelt waren, erklärte er ihm, daß er zwei Möglichkeiten hatte: entweder Joaquín bezahlte die Krawatten, oder er riefe die Polizei. Joaquín sagte, daß er lieber bezahlte. Der Typ machte die Rechnung und sagte ihm den Preis. Joaquín zahlte in bar und unterschrieb ein Papier, in dem er sich verpflichtete, ein Jahr lang keine Filiale von Burdines zu betreten. Dann durfte er gehen.

»For a Latin-American, you have a pretty good taste«, sagte der bullige Typ zu ihm mit einem Seitenblick auf die Krawatten.

Joaquín dankte ihm und verließ den Laden. Alfonso wartete vor der Tür. Joaquín zeigte ihm die Krawatten und erzählte, was passiert war.

»Du bist aber auch ein Armleuchter«, sagte Alfonso lachend.

»Wenn du hier klaust, mußt du aufpassen wie Sau. Die Gringos sind nicht so blöd, wie sie aussehen, Joaquín. In diesem Land ist besser, du wirst Banker und klaust legal.«

»Komm, wir fahren zu einer Billardkneipe und trinken ein Bier«, sagte Alfonso, als sie aus dem Einkaufszentrum von Pueblo, Colorado, herauskamen.

»Ich würde ja gerne, aber ich habe kein Geld mehr«, sagte Joaquín.

»Schon gut, ich lade dich ein.«

Sie stiegen ins Auto. Es war ein eiskalter Abend. Die Autoheizung funktionierte nicht richtig.

»Es juckt mir in der Nase«, sagte Alfonso auf dem Weg in die Billardkneipe. »Was hältst du von ein bißchen Schniefen?«

»Du hast Koka?« fragte Joaquín.

»Nein, aber ich weiß, wo wir welches herkriegen.«

»Wo?«

»Ich kenne hier einen Peruaner. Ein Stotterer, der sich schon um den Verstand gekokst hat. Den Typ kannst du vergessen, aber er verdealt mir hin und wieder was.«

»Na dann, nichts wie hin.«

Joaquín machte das Radio an und drehte es lauter.

»Erzähl mal, was ist das für einer, dieser peruanische Stotterer«, sagte er.

»Er heißt Augusto, für seine Freunde Augustito. Eine verkrachte Existenz. Sein Alter hat aber Geld wie Heu. Augustito lebt mit einer Tussi zusammen, eine Kokstante von hier. Die Arme ist häßlicher als ein Tritt in die Eier. Augustito hat ihr weisgemacht, er wäre Computerfachmann, dabei ist das einzige, wovon er was versteht, Pacman spielen.«

Sie lachten.

»Es ist unglaublich, wie es aber auch überall Peruaner gibt, nicht?« sagte Joaquín.

»Egal, wo du bist auf der Welt, immer gibt es wenigstens

einen Peruaner oder Kolumbianer, der in der Gegend das beste Koka verdealt«, sagte Alfonso, und sie lachten wieder.

Kurz darauf hielten sie vor dem Haus, in dem Augusto wohnte. Alfonso stieg aus, ging zur Haustür, klingelte, sagte etwas in die Sprechanlage und kam zum Auto zurück.

»Wir haben Glück, er kommt gleich runter«, sagte er und freute sich schon.

Augusto ließ nicht lange auf sich warten. Er lief rasch zu Alfonsos Auto und stieg hinten ein. Er war klein und dick und hatte ein rundes, pickliges Gesicht.

»Mein Bekannter ist zu Besuch hier, und ich will ihm was Gutes tun, Augustito«, sagte Alfonso und gab ihm die Hand.

»Dafür sind wir ja da, dafür sind wir ja da«, sagte Augusto.

»Hast du was?«

»Zwei Gramm, hundert Eier«, sagte Augusto. »Sonderpreis für Landsleute.«

»Abgemacht«, sagte Alfonso. »Aber gleich.«

»Wart einen Moment«, sagte Augusto.

Er stieg aus dem Auto und rannte ins Haus zurück.

»Geil, wir haben Glück«, sagte Alfonso begeistert und holte hundert Dollar aus seiner Brieftasche. »Es heißt ja nicht umsonst, Schwule haben immer Schwein, wie?«

»Ich habe so eine Lust auf einen kleinen Törn«, sagte Joaquín. »Und dabei wollte ich mich entgiften.«

»Wir können nicht einfach aufhören, Joaquín. Wir können nicht aufhören zu koksen. Und wir können nicht aufhören, schwul zu sein. Wir haben uns dran gewöhnt, und basta.«

Augusto kam zum Auto zurück und stieg wieder ein. Er holte ein Briefchen hervor, öffnete es vorsichtig und zeigte ihnen das Kokain.

»Exportqualität«, sagte er zu ihnen. »Reinheitsgrad hundert Prozent.«

Alfonso gab ihm das Geld und steckte das Koka ein.

»Ende des Monats kommt wahrscheinlich eine Bestellung

von mir in Los Angeles an, auf einem Schulschiff der Marine«, sagte Augusto.

»Ohne Quatsch?« fragte Alfonso.

»Ja«, sagte Augusto. »Ich habe einen guten Bekannten bei der Marine, der bringt mir zwei Kilo erstklassiges Koka mit, das er in Tocache gekauft hat. Stell dir vor, was ich mir da für eine goldene Nase verdiene.«

»Zwei Kilo Koka, das ist ein Riesenbatzen, Augustito«, sagte Alfonso.

»Das ist noch gar nichts, Brüderchen«, sagte Augusto. »Das Schiff ist randvoll mit Koka. Fast alle Kadetten haben etwas bei sich. Wer wenigstens sein Kilochen mitbringt, hat die Taschen voll Geld, wenn er nach Lima zurückfährt.«

»Und dein guter Bekannter könnte nicht zufällig noch ein bißchen mehr mitbringen, für mich, meine ich?« fragte Alfonso.

»Geht nicht, leider«, sagte Augusto. »Das Schiff ist schon gestartet.«

»Es hat abgelegt, heißt das, du Armleuchter«, sagte Alfonso lachend. »Schiffe starten nicht.«

»Meinetwegen, ist doch scheißegal«, sagte Augusto und lachte ebenfalls. »Mußt du nicht so eng sehen, Alfonsito.«

»Hauptsache, du schniefst nicht das ganze Koka allein, Saukerl«, sagte Alfonso.

»Das mußt du gerade sagen, Alfonsito!« sagte Augusto. »Du würdest dir ja am liebsten noch die Linien vom Freeway reinziehen.«

Er stieg aus und rannte ins Haus zurück.

Am Abend, nachdem sie ziemlich lange Billard gespielt hatten, beschlossen Alfonso und Joaquín, ins Apartment zurückzufahren. Zwischen den einzelnen Spielen hatten sie auf der Toilette eine ganze Menge Koka gezogen. Sie waren auf der Autobahn, als sie eine Sirene hinter sich hörten. Alfonso schaute in den Spiegel und war starr vor Schreck.

»Scheiße«, sagte er. »Polizei. Sie haben uns am Arsch.«

»Bleib ruhig«, sagte Joaquín, »fahr ganz normal weiter.«

Die Sirene kam immer näher. Joaquín zitterten die Knie. Alfonso schaute wieder und wieder in den Spiegel.

»Wir stecken in der Scheiße«, schrie er.

»Was machen wir mit dem Stoff?« fragte Joaquín.

Sie hatten noch fast die Hälfte von dem Koka, das ihnen Augusto verkauft hatte. Joaquín bewahrte es in seiner Brieftasche auf.

»Gib her den Koks«, schrie Alfonso.

Joaquín wollte den Stoff aus dem Fenster werfen.

»Du sollst ihn mir geben, Blödmann«, schrie Alfonso noch einmal.

Joaquín gab ihm das Briefchen mit dem Koka. Alfonso nahm es in den Mund, zerkaute es und schluckte es hinunter.

»Ich muß anhalten«, schrie er.

»Bleib ruhig, bleib ruhig, sie werden nichts merken«, schrie Joaquín.

Alfonso bremste scharf. Verwirrt sahen sie ein Krankenauto vorbeifahren. Joaquín war so angespannt, daß er nicht lächeln konnte. Alfonso stieg aus und steckte sich einen Finger in den Hals, um sich zu übergeben.

Als sie in der Wohnung waren, legten sie sich auf Alfonsos Wasserbett und steckten sich einen Joint an, um sich ein bißchen zu entspannen.

»Ich kokse nie wieder«, sagte Joaquín. »Nie wieder.«

»Red keinen Schwachsinn, Mann«, sagte Alfonso.

»Nein, ich meine es ernst, Alfonso. Ich habe es satt, mich vollzuknallen. Wenn wir so weitermachen, wird es böse mit uns enden.«

»Fang nicht damit an, Joaquín. Wir törnen grad ab. Das ist alles.«

»Ich will nicht mein Leben lang ein Kokser sein.«

Jetzt weinte Joaquín.

»Scheiße, immer heulst du zum Schluß«, sagte Alfonso. »Nach jedem Törn heulst du am Schluß. Und zwei Tage später schnüffelst du auf dem Teppich herum, um zu sehen, ob du nicht doch noch irgendwo einen Krümel Koka findest.«

»Ich verspreche dir, Alfonso, diesmal hör ich für immer auf. Das verspreche ich dir.«

»Ja, klar. Alle Kokser sagen das, wenn sie abtörnen.«

»Weißt du was? Es stinkt mich an, daß du mir nicht glauben willst. Es stinkt mich an, daß du mir nicht hilfst, mit dem Chamo aufzuhören.«

»Hast du nicht mal gesagt, du willst alles mal ausprobieren und jung sterben?«

»Das ist ein blöder Spruch, mehr nicht. Ich bereue, dir solchen Scheiß erzählt zu haben. Das Leben eines Koksers ist ein Hundeleben. Nur Idioten bleiben auf Droge, Alfonso. Ich höre noch heute mit dem Koka auf.«

»Heute ein Schwur, morgen ein Verrat.«

»Natürlich, spiel nur den Zyniker.«

»Ich empfehle dir nur, versprich lieber nichts, was du nicht halten kannst, Joaquín. Dann gibt es einen Rückfall, und du bereust es um so mehr.«

»Es ist nicht unmöglich, vom Chamo wegzukommen. Auch du kannst aufhören damit. Es kommt nur darauf an, es wirklich zu wollen.«

»Ich habe kein Problem mit dem Koka. Ich bin nicht süchtig. Nicht das Koka beherrscht mich, sondern ich beherrsche das Koka.«

»Das ist genau, was in Lima alle Kokser sagen, Blödmann.«

»Bitte, Joaquín, mach mal langsam einen Punkt. Sei still und ertrage das Abtörnen wie ein Mann.«

»Gut, ich gehe dir nicht weiter auf die Nerven, aber ich will hier auch nicht länger bleiben.«

»Red keinen Scheiß, Mann. Du bist gerade erst angekommen. Wo willst du denn hin?«

Joaquín putzte sich die Nase und warf das Taschentuch auf den Teppich.

»Ich fliege zurück nach Lima«, sagte er. »Du schadest mir, Alfonso.«

»Verdammte Scheiße, ich bin wohl ein Wegwerffreund?«

»Nein. Du weißt, daß ich wahnsinnig gern mit dir zusammen bin, aber ich komme nicht von den Drogen weg, wenn ich mit dir zusammen bin. Darum gehe ich.«

»Von mir aus, meinentwegen. Wenn du gehen willst, dann geh. Aber ich will dich dann auch nie wiedersehen.«

Sie schwiegen beide.

»Im Grunde liebst du mich nicht«, sagte Joaquín. »Es macht dir nur Spaß, mich zu ficken.«

»Sei nicht albern«, sagte Alfonso.

Joaquín putzte sich noch einmal die Nase.

»Komm«, sagte Alfonso mit zärtlicher Stimme. »Weine nicht.«

Joaquín legte sich zu ihm.

»Du mußt lernen, ein Mann zu sein«, sagte Alfonso und umarmte ihn. »Daß du schwul bist, muß nicht heißen, daß du dich wie ein kleines Mädchen aufführst.«

»Ich will kein Kokser sein, ich will kein Kokser sein«, sagte Joaquín.

Alfonso versuchte, ihm die Hose auszuziehen.

»Ich mag jetzt nicht«, sagte Joaquín.

»Aber ich. Stell dich nicht so an. Es wird uns guttun. Wir werden uns dabei entspannen.«

»Es ist das letzte Mal, daß wir es machen, Alfonso.«

Versunken im Wasserbett, liebten sie sich. Alfonso nahm danach Schlaftabletten und schlief ein. Joaquín blieb wach und sah im Fernsehen ein Basketballspiel. Er war so nervös, daß seine Arme und Beine zuckten, als würde er mitspielen. Als es hell wurde, packte er seine Koffer und rief ein Taxi. An diesem Morgen flog er von Colorado fort, die Nase voll Koks und den Koffer voll mit zehn neuen Krawatten.

Zwei Jahre lang hörte Joaquín nichts von Alfonso. Bis er einmal nachts nach Hause kam und auf dem Anrufbeantworter seine Stimme war.

»Hallo, Joaquín. Ich bin's, Alfonso. Ich rufe aus Caracas an. Ich habe eine gute Nachricht für dich. Meld dich mal, wenn du kannst.«

Joaquín notierte sich die Telefonnummer, die Alfonso aufs Band gesprochen hatte, und rief sofort an. Alfonso nahm nach dem ersten Klingeln ab.

»Hallo, Alfonso. Ich bin's, Joaquín.«

»Joaquín, schön, deine Stimme wieder zu hören. Ich habe schon geglaubt, du rufst nicht an.«

»Wieso?«

»Ich weiß nicht. Ich dachte, du bist vielleicht noch stinkig auf mich.«

»Überhaupt nicht.«

»Wir haben uns lange nicht gesehen, wie?«

»Ja. Wo hast du meine Nummer her?«

»Ich habe bei deinen Eltern angerufen und sie darum gebeten. Bist du sauer deshalb?«

»I wo. Keineswegs. Erzähl. Was hat dich nach Caracas verschlagen?«

»Ich wohne hier.«

»Ohne Quatsch? Ich dachte, du bist in Colorado.«

»Nein, das ging in die Hosen. Jetzt wohne ich hier bei meiner Familie. Ich arbeite in der Fabrik meines Alten. Meine Eltern sind weg von Lima und haben sogar Charito mit nach Caracas genommen.«

»Da hat sie ja Glück. Jetzt sag mir deine gute Nachricht. Ich sterbe vor Neugier.«

Alfonso schwieg ein paar Sekunden.

»Ich heirate«, sagte er.

Joaquín wußte nicht gleich, was er sagen sollte.

»Herzlichen Glückwunsch«, sagte er.

»Danke, dankeschön. Du freust dich doch drüber, oder?«

»Ja, klar. Wenn du zufrieden bist, bin ich es auch. Und wieso so plötzlich?«

»Es ist an der Zeit, vernünftig zu werden, findest du nicht auch?«

»Ja, ich denke schon. Und wer ist die Glückliche?«

»Ein Mädchen von hier, eine Venezolanerin.«

»Wie ist sie so?«

»Sie ist ein sehr ruhiges Mädchen, sehr häuslich. Sie würde dir bestimmt auch gut gefallen.«

»Wie heißt sie?«

»Maricarmen.«

»Ah, und wie lange kennt ihr euch?«

»Wir sind schon ein halbes Jahr zusammen.«

»Länger nicht? Ein halbes Jahr ist gar nichts, Alfonso.«

»Mir reicht es.«

»Und du bist sicher, daß du heiraten willst?«

»Hundert Pro. Ich suche schon seit über einem Jahr eine Braut.«

»Im Ernst, du hast eine Braut gesucht?«

»Ich habe dir doch immer gesagt, daß ich vorhabe, irgendwann zu heiraten, Joaquín. Außerdem hatte ich ein Gespräch mit meinem Alten, das mein Leben verändert hat.«

»Tatsache? Erzähl.«

»Ich weiß nicht, ob du weißt, daß mein Vater einen Herzinfarkt hatte.«

»Verdammt, das wußte ich gar nicht.«

»Er wäre fast gestorben, wie durch ein Wunder ist er gerettet worden. Sie mußten ihn x-mal operieren. Nach diesem Schreck hatten wir ein verflucht ernstes Gespräch von Mann zu Mann.

So hatten wir noch nie miteinander geredet. Mein Vater lag noch auf der Intensivstation, und ich habe jede Nacht an seinem Bett gesessen, um auf ihn aufzupassen. In einer Nacht habe ich ihm alles erzählt. Ich weiß nicht, warum, aber ich wollte mir Luft machen und habe ihm alles erzählt.«

»Hat dir bestimmt gutgetan.«

»Ja, es war Wahnsinn. Meiner Alter heulte. Ich hatte ihn noch nie so heulen sehen. Wir lagen uns beide in den Armen und haben geheult. Er sagte mir, daß er mir alles verzeiht, und ich habe ihm versprochen, ein neues Leben anzufangen. Er bat mich darum, daß ich heirate und Kinder habe, und sagte zu mir, das wäre die größte Freude, die ich ihm machen könnte. Und ich, ich habe ihm versprochen, daß ich heiraten werde.«

»Verstehe, verstehe. Darf ich dich etwas Persönliches fragen, Alfonso?«

»Spiel nicht den Diplomaten, Blödmann. Zwischen uns gibt es keine Geheimnisse.«

»Hast du mit Maricarmen geschlafen?«

»Klar, was für eine Frage.«

»Und wie kommst du sexuell mit ihr zurecht?«

»Na ja, mit Frauen ist es natürlich was anderes. Es ist nicht so intensiv, du verstehst mich doch.«

»Vollkommen. Mir ist einmal gewichst immer noch lieber als eine Nummer mit einer Venezolanerin.«

Alfonso lachte.

»Du bist eine hoffnungslose Tunte, Joaquín«, sagte er.

»Wenn ich mit einem Mädchen Liebe mache, geht es mir so, als müßte ich vegetarisch essen: schmeckt alles ganz lecker, man hat aber eben doch das Gefühl, ein Stück Fleisch fehlt«, sagte Joaquín.

Alfonso lachte wieder.

»Und wann heiratest du?« fragte Joaquín.

»Ende des Monats, in der Kirche San Francisco de Barranco. Du kommst doch, oder?«

»Keine Frage.«

»Genial. Dann schicke ich dir gleich morgen die offizielle Einladung.«

»Danke. Und vielen Dank, daß du an mich gedacht hast.«

»Wir sehen uns am Tag der Hochzeit?«

»Auf alle Fälle, Alfonso.«

Joaquín legte den Hörer auf. Dann hörte er eine Platte von Morrissey und tanzte zu einem Lied, in dem es hieß:

why do you come here
when you know it makes
things hard for me
when you know, oh
why do you come?

Joaquín kam in die San Francisco de Barranco, als die Trauung schon fast vorbei war. Sofort nach der Messe gingen die Leute, die in der Kirche gewesen waren, in einen angrenzenden Saal, um Alfonso und Maricarmen zu gratulieren. Erst nach langem Schlangestehen konnte Joaquín den Jungvermählten gratulieren.

»Hallo, schön, dich zu sehen«, sagte Alfonso zu ihm.

Er war ziemlich abgemagert und hatte sich einen Bart stehen lassen. Er trug einen schwarzen Anzug, ein weißes Hemd und eine graue Krawatte. Joaquín wollte ihn umarmen, doch Alfonso gab ihm kühl die Hand.

»Ich wünsche euch viel Glück«, sagte Joaquín.

»Danke, danke«, sagte Alfonso, ohne zu lächeln.

Anschließend gab Joaquín der Braut die Hand.

»Sie sehen bezaubernd aus, Maricarmen«, sagte er zu ihr.

»Danke, sehr liebenswürdig«, sagte sie zu ihm.

Sie war klein, von ziemlich dunkler Hautfarbe, und hatte schwarzes Haar. Joaquín fand eigentlich nicht, daß sie sonderlich gut aussah.

»Herzlichen Glückwunsch also«, sagte er.

»Vielen Dank«, sagte sie mit gefrorenem Lächeln.

Alfonso zwinkerte Joaquín zu.

»Ich sehe dich beim Empfang«, sagte er lächelnd.

»Bis dann«, sagte Joaquín.

Als nächste begrüßte er Alfonsos Eltern, einen großen Mann mit Halbglatze, blauen Augen und abgezehrtem Gesicht und eine kleine, rundliche Frau mit blondierten Haaren und einem von mehreren Schichten Make-up bedeckten Gesicht. Dann verließ er so schnell er konnte die Kirche. Er stieg ins Auto und fuhr nach La Molina, wo die Feier stattfinden sollte. Er war einer der ersten beim Empfang. Da der Champagner ausgezeichnet war, trank er jedes Glas, das ihm angeboten wurde. Ein bißchen später erschien, überschüttet von Beifall, das Brautpaar auf dem Fest und tanzte Arm in Arm. Joaquín mußte auf die Toilette gehen. Er schlug den vielen Champagner ab, den er getrunken hatte. Jemand klopfte an die Toilettentür.

»Besetzt«, sagte er.

»Mach auf, Schweinebacke«, sagte Alfonso.

Joaquín öffnete sofort. Alfonso kam herein, schob den Riegel vor und lächelte.

»Ich dachte, du kommst nicht, Schwuler«, sagte er.

»Bist du verrückt?« sagte Joaquín. »Wie kannst du das denken? Ich lasse mir doch nicht deine Hochzeit entgehen.«

Alfonso umarmte Joaquín.

»Ich scheiß mich ein vor Angst«, sagte er. »Ich weiß nicht, ob ich durchhalte.«

»Ruhig Blut«, sagte Joaquín. »Wird schon werden.«

»Wenigstens solange, bis mein Alter gestorben ist, nicht?«

»Klar. Und dann gibst du ihr auf gut venezolanisch einen Arschtritt.«

»Rat mal, wie mein erster Junge heißen wird.«

»Keine Ahnung.«

»Joaquín.«

»Nein, Alfonso. Ich bitte dich, das nicht. Du weißt, daß ich meinen Namen fürchterlich finde.«

»Gib mir einen Kuß, Schwuler.«

Joaquín küßte Alfonso.

»Eigentlich dürfen wir das ja nicht«, sagte er. »Du bist jetzt ein verheirateter Mann.«

»Nur noch einmal«, sagte Alfonso. »Ich schwöre dir, es ist das letzte Mal.«

Sie küßten sich aufs neue.

»So, ist gut, jetzt nie wieder«, sagte Alfonso.

»Geh und kümmer dich um deine Gemahlin, Kanaille«, sagte Joaquín.

»Ich verspreche dir, in meinen Flitterwochen werde ich immer, wenn ich sie ficke, an dich denken«, sagte Alfonso lächelnd.

Dann ging er hinaus und machte die Tür hinter sich zu. Als Joaquín zur Feier zurückkehrte, tanzte Alfonso mit seiner Frau.

»Ist es nicht ein schönes Paar?« fragte ihn eine Señora.

»Wunderschön«, sagte Joaquín und lächelte.

Eine unmögliche Liebe

An einem Tag im Sommer lief Joaquín gerade an der Virgen del Pilar vorbei, als auf der Straße ein Mädchen hupte und ihm aus dem Auto zuwinkte. Er erkannte sie sofort: Es war Alexandra López de Romaña. Sie hielt und machte ihm Zeichen, zu ihr zu kommen. Er rannte zu dem Auto und gab ihr einen Kuß.

»Wo willst du hin?« fragte sie lächelnd.

»Es ist nicht weit, zur Dasso«, sagte er.

»Steig ein, ich bring dich hin«, sagte sie.

»Genial«, sagte er und stieg zu ihr ins Auto.

Alexandra und Joaquín hatten sich an der Katholischen Universität kennengelernt. Es war nicht dazu gekommen, daß sie Freunde wurden, aber immer, wenn sie sich trafen, grüßten sie sich herzlich. Sie hatte blondes, lockiges Haar, ausdrucksstarke Augen und das unbeschwerte Lächeln eines Mädchens aus Lima, das mit vielen schönen Dingen um sich herum großgeworden war. An diesem Tag trug sie Ohrringe aus geflammtem Silber, eine Sonnenbrille, einen Overall aus blauem Jeansstoff und weiße Sportschuhe.

»Ich habe eine Riesenlust auf einen Cappuccino im D'Onofrio«, sagte sie. »Kommst du mit?«

»Genial«, sagte er. »Fahren wir.«

Sie lächelte und fuhr los. Sie hörte eine Kassette mit Charlie García. Joaquín betrachtete sie aus dem Augenwinkel und dachte, was er immer gedacht hatte, wenn er sie an der Katholischen getroffen hatte: Du bist bezaubernd, Alexandra, die Schönste von allen.

»Wenn du wüßtest, wie leid mir das tat, als ich hörte, daß sie dich von der Katholischen gefeuert hatten«, sagte sie, während sie langsam auf dem Camino Real fuhr.

»Tja, so ist das Leben«, sagte er und legte ein bißchen Traurigkeit in die Stimme.

»Du warst aber auch ein Hallodri, Joaquín. Du bist nie zum Unterricht gekommen.«

»Hm.«

»Und was treibst du jetzt so?«

»Nicht viel. Die Zeit totschlagen.«

»Hallodri«, sagte sie und lachte.

Kurz darauf bog Alexandra in die Calle Dasso ein und hielt bei der ersten Parklücke, die sie fand. Sofort wurde sie von ein paar Kindern umringt, die ihr schreiend anboten, auf das Auto aufzupassen. Alexandra und Joaquín stiegen aus, sagten zu den Kindern, sie sollten gut auf das Auto aufpassen, gingen ins D'Onofrio, setzten sich an einen Tisch an der Fensterseite und bestellten zwei Cappuccinos. Alexandra steckte sich eine Zigarette an, schlug die Beine übereinander und lächelte.

»Und wie steht's mit Ricardo?« fragte er.

Ricardo studierte an der Katholischen Universität Jura. Alexandra hatte man immer nur mit Ricardo zusammen gesehen.

»Weißt du nicht, daß wir auseinander sind?« sagte sie.

»Keine Ahnung«, sagte er. »Wieso denn?«

»Um ehrlich zu sein, ich hatte ihn einfach über. Wir waren mehr als zwei Jahre zusammen gewesen, und ich brauchte ein Break.«

»Du hast mit ihm Schluß gemacht?«

»Na ja, eigentlich haben wir beide Schluß gemacht, aber ich als erste.«

»Und, geht es dir jetzt besser?«

»Uff, tausendmal besser, ich fühle mich unendlich erleichtert und genieße das Alleinsein. Ich höre meine Lieblingsmusik: Charlie García, Sui Generis, Nito Mestre, Serú Gerán. Ich nehme Französischunterricht bei der Alianza. Ich mache tausend Sachen, die ich nicht machen konnte, als ich mit Ricardo zusammen war.«

Alexandra öffnete ihre Handtasche, holte ein Tütchen Equal hervor, riß es auf und schüttete das Pulver in ihren Kaffee.

»Ach, ich sehe aus wie ein wandelndes Nachtgespenst«, sagte sie.

»Nun übertreib mal nicht«, sagte Joaquín. »Du siehst blendend aus, Alexandra.«

»Wenn hier einer gut aussieht, dann bist du es, Traumprinz«, sagte sie lächelnd. »Jetzt erzähl du von dir. Bist du mit irgendwem zusammen?«

»Nein.«

»Das ist ja unglaublich, Joaquín. So eine Verschwendung!«

»Na ja, so ist das Leben. Mich liebt eben niemand.«

»Der Kater auf dem Dach, immer allein« sagte sie mit kokettem Lächeln. »Warum gibst du mir nicht deine Telefonnummer, und wir treffen uns mal?«

»Klar, gute Idee.«

Joaquín schrieb seine Telefonnummer auf eine Serviette und gab sie ihr.

»Ich verspreche dir, ich rufe dich in den nächsten Tagen an«, sagte sie und sah auf ihre Armbanduhr. »Ach, fast hätte ich die Tangas vergessen«, fügte sie hinzu und machte einen besorgten Gesichtsausdruck.

»Was für Tangas?« fragte er.

»Ich muß mir ein paar Tangas anschauen gehen, die eine Freundin aus Brasilien mitgebracht hat. Sie sollen einfach bezaubernd sein.«

»Dann beeil dich, laß dich nicht aufhalten.«

»Sorry, daß ich los muß, Joaquín, aber ich muß fliegen«, sagte sie und stand auf. »Du ahnst ja nicht, wie scharf alle hinter diesen brasilianischen Tangas her sind.«

Sie küßte Joaquín auf die Wange und ging aus dem D'Onofrio, ohne daran zu denken, ihren Cappuccino zu bezahlen.

Ein paar Tage später rief Alexandra Joaquín an und sagte, daß sie ihn sofort sehen muß. Es war schon nach Mitternacht. Er zögerte keinen Moment, ihr seine Adresse zu geben. Zehn Minuten später stand sie vor seiner Tür. Sie kam weinend herein, fiel ihm um den Hals und setzte sich in den Sessel.

»Was ist passiert?« fragte Joaquín.

»Ricardo war bei mir und hat mich ganz schlimm behandelt«, sagte sie. »Er hat schreckliche Sachen zu mir gesagt. Ich habe ja nicht gewußt, wie mies dieser Typ sein kann.«

Er setzte sich zu ihr und strich ihr übers Haar.

»Was hat er denn gesagt?« fragte er.

»Daß ich eine hysterische Ziege bin und eine Schlampe«, sagte sie fast schreiend. »Daß ich schuld daran bin, daß unsere Beziehung kaputtgegangen ist. Daß er den Tag verflucht, an dem er mich kennengelernt hat und daß er allen seinen Bekannten erzählen wird, daß ich mal sein Dings gelutscht habe.«

»Tatsache, du hast ihm den Schwanz gelutscht?«

»Na ja, aber nur einmal und weil ich absolut betrunken war. Wenn du wüßtest, wie ich das jetzt bereue, Joaquín. Wenn du wüßtest, wie schlecht ich mich jetzt fühle.«

»Wart mal kurz. Ich bring dir was, damit du dir die Nase putzen kannst.«

Joaquín holte aus dem Bad ein bißchen Toilettenpapier und gab es ihr. Sie schnaubte und redete weiter.

»Es ist seine Schuld, daß alles kaputtgegangen ist, Joaquín, glaub mir«, sagte sie, immer noch ganz aufgelöst. »Ricardo ist ein Macho, der eine Frau als sein Eigentum betrachtet. Nichts durfte ich bei ihm machen. Meinen Tanzunterricht nicht, meine Französischstunden nicht, nichts. Er hat mich nicht wachsen lassen, reifen, ein besserer Mensch werden, verstehst du? Ricardo wollte nur, daß ich den ganzen Tag an seiner Seite bin, daß ich ihm was Schönes koche, daß ich ihn verwöhne, daß ich ihm den Rücken kraule und die Pickel ausquetsche. Scheißkerl elender, soll ihm doch seine Großmutter die Pickel ausquetschen. Und am schlimmsten war es, wenn wir zu zweit waren, du ahnst ja nicht, was für ein geiles Schwein er da war. Entschuldige, daß ich es so deutlich sage, Joaquín, aber es stimmt, er dachte immer nur an das eine. Den ganzen Tag versuchte er wie ein Kranker, mich auszuziehen. Ich mußte ihm alle Augenblicke sagen, daß ich nicht will, und er war so gemein und hat mir schreckliche Dinge gesagt, er hat zu mir gesagt, ich wäre unnormal und frigide, und ich schwöre dir, am Anfang habe ich ihm sogar geglaubt, wenn du wüßtest, wie schlecht ich mich seinetwegen gefühlt habe. Dabei bin ich gar nicht frigide. Ich bin bloß auch keine Lymphomanin.«

»Nymphomanin, Alexandra. Mit n.«

»Meinetwegen, dann eben Nymphomanin, ist doch egal, sei nicht so pedantisch.«

Sie lachten und umarmten sich.

»Ich freue mich wirklich, daß du gekommen bist«, sagte er.

Dann machte er den Fernseher an und stellte ihn leise.

»Ach, wenn du wüßtest, wie verspannt mein Rücken ist«, sagte sie. »Massierst du mich ein bißchen?«

»Gern«, sagte er.

Er kniete sich hinter ihr nieder und fing an, ihr den Rücken zu massieren.

»Da, ja, genau da, huch, wie du mich kitzelst«, sagte sie, als er mit der Massage begann.

Dann senkte sie den Kopf und schloß die Augen. Er massierte sie weiter. Als er müde wurde, küßte er sie auf den Nacken und stand auf.

»Fertig«, sagte er.

»Uff, einfach toll, ich bin gleich ein ganz anderer Mensch«, sagte sie.

Sie sah auf ihre Uhr und sprang auf.

»Scheiße, in zehn Minuten ist Ausgangssperre«, sagte sie. »Ich schaffe es nicht mehr nach Hause.«

»Du kannst hier bleiben und bei mir schlafen«, sagte er lächelnd. »Ich würde mich freuen.«

»Ach, ist mir das peinlich, ich bin völlig durcheinander.«

»Mach dir deshalb keine Sorgen. Du rufst einfach bei dir an und sagst, daß du heute nacht nicht nach Hause kommst.«

Alexandra verlor keine Zeit, sie rief bei sich zu Hause an und sagte ihrer Mutter, sie würde noch bei ihrer Freundin Claudia bleiben wollen, um zu lernen.

»Sorry, Joaquín, was du jetzt von mir denken mußt«, sagte sie, als sie auflegte.

»Red keinen Unsinn«, sagte er. »Ich freue mich doch, wenn du bei mir bist. Aber würde es dich stören, wenn ich ein bißchen Marihuana rauche?«

»Nein, überhaupt nicht«, sagte sie.

Joaquín ging in sein Schlafzimmer, machte die Schublade seines Nachttischs auf und nahm einen Joint heraus. Er steckte sich ihn an und machte ein paar Züge.

»Willst du auch?« fragte er und bot ihr die Zigarette an.

»Ach, ich weiß nicht, ich habe es noch nie probiert«, sagte sie.

»Probier einfach, es ist nicht schädlich.«

»Gut, aber nur einen Zug, ja?«

Sie nahm die Zigarette, zog vorsichtig daran und hustete.

»Wie das kratzt im Hals«, sagte sie.

Er lachte.

»Mach noch einen Zug«, sagte er. »Der erste schmeckt meistens nicht.«

Sie zog noch einmal, behielt den Rauch in der Lunge und gab ihm die Zigarette zurück. Nachdem er noch ein bißchen geraucht hatte, machte er die Zigarette aus und legte ein Kassette von Mecano ein.

»Spitze, ich bin Fan von Mecano«, sagte sie.

Sie stand auf und tanzte zu einem Lied, in dem es hieß:

ach, ist das öde, ist das öde,
immer nur an Vergangnes zu denken,
denk nicht zu lange daran,
denn das Leben wartet auf dich...

Er löschte das Licht und tanzte mit Alexandra. Durch das Marihuana bekam er immer Lust zu tanzen. Als das Lied zu Ende war, umarmte er sie und küßte sie.

»Nicht so stürmisch«, sagte sie. »Du mußt sachter küssen.«

Er küßte sie ganz sanft.

»Du bist das hübscheste Mädchen von Lima«, sagte er zu ihr.

»Das sagst du, weil es dunkel ist«, sagte sie.

Sie legten sich auf den Teppich, und ohne aufzuhören, sich zu küssen, zogen sie sich langsam aus.

»Wir sollten das lieber nicht machen«, sagte sie. »Morgen werde ich es bereuen.«

Er küßte sie weiter, legte sich auf sie und schob ihren Slip hinunter.

»Nein, Joaquín, lieber nicht«, sagte sie.

Er hatte keine Lust mehr, sie zu streicheln, fühlte sich aber verpflichtet weiterzumachen. Er versuchte, in sie einzudringen. Er konnte nicht. Er hatte keine Erektion.

»Ich muß mal ins Bad«, sagte er und stand unvermittelt auf.

Dann schloß er sich im Badezimmer ein, setzte sich auf die Toilette, und ihm kamen die Tränen. Er war wütend, daß er nicht einmal mit so einem hübschen Mädchen wie Alexandra Liebe machen konnte. Kurz darauf klopfte sie an die Badtür.

»Was ist los mit dir?« fragte sie ihn. »Fühlst du dich unwohl?«

»Nein, es ist nichts«, sagte er. »Ich komme gleich.«

Er putzte sich die Nase, nahm ein paar Augentropfen und ging aus dem Bad. Alexandra stand an der Tür. Als er sie sah, fing er wieder an zu weinen. Sie umarmte ihn und preßte ihn an sich.

»Was hast du?« fragte sie ihn.

»Kann ich dir nicht erklären«, sagte er. »Du würdest es doch nicht verstehen.«

»Ach, du Dummerchen, erzähl mir deine Probleme, mir kannst du alles sagen.«

Joaquín legte seinen Kopf bei Alexandra auf die Schulter.

»Ich hasse mich dafür, aber er steht mir nicht«, sagte er.

»Bist du steril?« fragte sie überrascht.

»Impotent heißt das. Steril ist was andres.«

»Meinetwegen, ist doch egal, du weißt ja, was ich meine.«

»Nein, ich bin nicht impotent. Wenn ich allein bin, steht er mir. Aber wenn ich mit einer Frau zusammen bin, klappt es nicht.«

»Du Ärmster. Komm, Joaquín, laß uns ins Bett gehen.«

Sie gingen in sein Schlafzimmer und legten sich hin. Sie war in BH und Slip. Er in T-Shirt und Unterhosen.

»Jetzt erzähl mir alles, aber mach es nett«, sagte sie.

»Das Problem ist, daß ich auf Jungs abfahre«, sagte er. »Ich hasse mich dafür. Ich will nicht so sein.«

»Seit wann ist das so?«

»Ich weiß nicht mehr genau, aber es ist merkwürdig, früher habe ich nämlich Mädchen gemocht.«

»Du Ärmster. Du mußt wahnsinnig leiden, Joaquín.«

»Ich will nicht schwul sein, Alexandra.«

»Schon gut, Joaquín. Du mußt deshalb nicht weinen. Ich werde dir helfen, dieses Trauma zu überwinden.«

Sie nahm ihn in die Arme und küßte ihn auf die Stirn. Er hörte nicht auf zu weinen.

Am nächsten Tag machte Joaquín gerade einen Mittagsschlaf, als es an seiner Wohnungstür klingelte. Er wachte auf, quälte sich mißmutig aus dem Bett und sah aus dem Fenster. Es war Alexandra. Überrascht, weil er nicht mit ihr gerechnet hatte, ging er in die Küche und ließ sie ins Haus. Sie nahm den Fahrstuhl, kam in seine Wohnung und fiel ihm um den Hals.

»Was hältst du davon, wenn wir zusammen zum Psychiater gehen?« fragte sie ihn.

»Nicht schlecht, die Idee«, sagte Joaquín lächelnd.

»Genial, ich habe nämlich noch für heute nachmittag einen Termin bei Doktor Mori vereinbart«, sagte sie.

»Und wer ist Doktor Mori?« fragte er überrascht.

»Der Psychiater von meiner Mama«, sagte sie. »Eine absolute Koryphäe. Meine Mutter sagt, wenn Doktor Mori nicht wäre, würde sie gar nicht mehr am Leben sein. Entschuldige, Joaquín, wenn ich dir nicht vorher Bescheid gesagt habe, aber du weißt ja, ich bin eine ziemliche Chaotin, und außerdem ist es nur zu deinem Besten.«

»Um wieviel Uhr ist der Termin?«

»Um drei. Wir haben also noch eine halbe Stunde Zeit. Und mach dir keine Sorgen, die erste Konsultation kostet nichts.«

»Du bist ein Schatz, Alexandra.«

»Ich tue das, weil ich dir helfen will, Joaquín.«

»Ich weiß, ich weiß.«

Joaquín ging ins Bad, nahm ein paar Augentropfen und rieb sich Kölnischwasser ins Gesicht, um nicht nach Marihuana zu riechen. Zum Einschlafen hatte er einen Joint geraucht. Nach dem Mittagessen rauchte er immer Marihuana.

»Wir machen uns gleich auf den Weg«, sagte sie, als er aus dem Bad kam. »Ich komme nicht gern zu spät.«

Sie fuhren mit dem Fahrstuhl hinunter, gingen aus dem Haus und stiegen in Alexandras Auto. Sie legte eine Kassette von Sui Generis ein und fuhr, ohne unterwegs zu reden. Auf dem Malecón Balta hielt sie vor Doktor Moris Praxis. Sie warteten ein paar Minuten. Pünktlich um drei stiegen sie aus und klingelten. Ein Mann mittleren Alters, schlank, mit Brille und ein paar grauen Haaren, ließ sie herein.

»Guten Tag, Doktor Mori«, sagte Alexandra zu ihm. »Ich bin Alexandra López de Romaña. Meine Mutter hat schon mit Ihnen gesprochen.«

»Guten Tag, sehr angenehm«, sagte Doktor Mori und gab ihr die Hand.

»Das ist mein Freund, Joaquín Camino«, sagte Alexandra.

»Sehr angenehm, Doktor«, sagte Joaquín und gab Doktor Mori die Hand.

»Treten Sie ein, bitte«, sagte Doktor Mori.

Die drei betraten das Praxiszimmer und nahmen auf Ledersesseln Platz. Doktor Mori schlug die Beine übereinander und lächelte. Im Hintergrund war klassische Musik zu hören.

»Womit kann ich Ihnen dienen?« fragte Mori.

Alexandra holte tief Luft. Sie war etwas aufgeregt.

»Mein Freund Joaquín hat ein Problem, und wir hätten gern gewußt, ob Sie uns helfen könnten«, sagte sie.

Mori sah Joaquín an.

»Und welches Problem hat Joaquín?« fragte er.

»Joaquín hat ein Trauma mit Frauen«, sagte Alexandra.

»Ein Trauma welcher Art?« fragte Mori.

»Na ja, eigentlich mag er Frauen, aber er ist nicht fähig, eine Ejakulation zu haben«, sagte Alexandra.

»Eine Erektion«, verbesserte Joaquín.

»Entschuldigung, eine Erektion«, sagte Alexandra.

»Hm«, sagte Mori.

»Und darum bildet er sich ein, homosexuell zu sein, aber er will nicht homosexuell sein«, sagte Alexandra.

»Hm«, sagte Mori.

»Und wir würden gerne wissen, ob Sie etwas tun können, damit Joaquín nicht mehr glaubt, homosexuell zu sein, und vor allem, damit er normal mit einer Frau schlafen kann, na ja, nicht mit mir, mit einer Frau ganz allgemein«, redete Alexandra weiter.

»Verstehe, verstehe«, sagte Mori.

»Joaquín hat mir nämlich erzählt, daß er von Kind an von Frauen geträumt hat«, redete Alexandra immer schneller. »Tatsache ist, daß er immer Frauen gemocht hat.«

»Natürlich, natürlich«, sagte Mori.

»Ich glaube, in Wirklichkeit ist er absolut normal, er ist nur traumatisiert, weil es das erstemal bei ihm mit einer Prostituierten war, und logisch, daß es nicht funktioniert hat, das scheint mir völlig normal zu sein, weil, wenn ich ein Mann wäre (was ich absolut nicht sein möchte, Doktor, nicht daß Sie mich mißverstehen), wenn ich ein Mann wäre, habe ich ihm gesagt, ich bin mir sicher, hundert Prozent, ich könnte nicht mit einer Prostituierten schlafen, ich würde mich totekeln«, sagte Alexandra.

»Ja, ja«, sagte Mori.

»Und ich will nicht, daß Joaquín weiter leidet, Doktor, ich will ihm helfen, glücklich zu sein, vollkommen glücklich«, sagte Alexandra.

Sie schlug die Hände vors Gesicht und brach in Tränen aus.

Mori reichte ihr eine Packung Taschentücher.

»Danke, Doktor«, sagte Alexandra und putzte sich die Nase. »Es tut mir leid, aber ich bin sehr, sehr emotional.«

»Ich fürchte, ich kann Ihnen nicht helfen, aber ich kann Ihnen einen Kollegen empfehlen«, sagte Mori.

»Natürlich, Doktor, selbstverständlich«, sagte Joaquín.

»Heißt das, Sie wollen uns nicht helfen?« fragte Alexandra.

»Nein, das heißt es nicht, Señorita López de Romaña, das heißt vielmehr, daß ich mich auf andere Gebiete des menschlichen Verhaltens spezialisiert habe«, sagte Mori.

»Ach so«, sagte Alexandra und schnaubte noch einmal.

Mori schrieb einen Namen und eine Telefonnummer auf einen kleinen gelben Zettel und gab ihn Alexandra.

»Hier haben Sie die Nummer von Doktor Fernández«, sagte er zu ihr. »Ich empfehle ihn Ihnen. Ich bedaure sehr, aber ich kann Ihnen nicht helfen.«

Er sah auf seine Uhr, stand auf und brachte sie beide zur Tür. Er schien erleichtert zu sein, als sie das Behandlungszimmer verließen.

»Ach, so ein unsympatischer Kerl, so ein Widerling«, sagte

Alexandra, als sie wieder im Auto saßen. »Was glaubt der Typ eigentlich, wer er ist? Hast du gesehen, wie arrogant er uns angeguckt hat? Dieser weiße Cholo hält sich wohl für den Enkel von Freud, oder was?«

Ein paar Tage später schaute Alexandra bei Joaquín vorbei, und sie gingen beide im La Baguette einen Kaffee trinken.

»Und wenn ich nun Lesbierin bin?« fragte sie leise und nahm ihre Sonnenbrille ab.

»Ist doch Unsinn, Alexandra«, sagte Joaquín lächelnd. »Du bist keine Lesbe. Du kannst nicht mit neunzehn Jahren plötzlich eine Lesbe werden. Das hättest du schon viel früher gemerkt.«

»Aber du hast mir selber erzählt, daß du dich als kleiner Junge nicht gay gefühlt hast, Joaquín.«

»Das ist was anderes. Ich hatte immer nur Jungs im Kopf. Wetten, du hast noch nie von Frauen geträumt.«

»Nein, noch nie, aber nur, weil ich die Phantasie einer Ameise habe. Ich weiß aber noch, daß ich als kleines Mädchen immer gern bei meinen Freundinnen geschlafen habe. Es gab nichts Schöneres für mich, als am Wochenende bei Aracelli zu bleiben, und wir haben in einem Bett geschlafen, ganz eng zusammengekuschelt und glücklich. Vielleicht war das eine erste Tendenz zur Lesbierin, Joaquín.«

»Absolut nicht, Alexandra, das ist das Normalste von der Welt. Es wäre was anderes, könntest du dich daran erinnern, daß du schon mal Lust hattest, mit einem Mädchen Liebe zu machen.«

»Aber, Joaquín, ich bin doch nicht pervers.«

»Dann vergiß deine lesbische Krise, Alexandra. Homosexualität ist keine ansteckende Krankheit, Liebes. Und weil ich schwul bin, wirst du noch lange nicht lesbisch.«

»Ach, ich weiß nicht, ich mache mir riesige Sorgen, Joaquín. Ich habe die ganze letzte Nacht nicht schlafen können, weil ich dachte, ich bin lesbisch. Wenn ich lesbisch bin, ist alles aus, Joaquín. Ich schwöre dir, dann ist alles aus für mich.«

»Ich möchte dich mal was ganz Dummes fragen. Stell dir vor, du hast nur noch eine Nacht zu leben. Du weißt, daß du am nächsten Morgen sterben wirst. In dieser einen Nacht, würdest du da lieber mit einem Mann Liebe machen oder mit einer Frau?«

»Das ist aber eine deprimierende Frage, Joaquín. Na weder noch. Wenn es meine letzte Nacht wäre, würde ich sie mit Mama und Papa, meinem allerliebsten Schwesterlein, meiner Katze Zickzack und meiner Schildkröte Lederstrumpf verbringen wollen.«

»Gut, dann stell dir vor, du stirbst nicht.«

»Hach, ein Glück!«

»Stell dir vor, du bist an einem Traumstrand in der Karibik, weit und breit keine Menschenseele, der Strand gehört dir ganz allein, und du bist nackt, du liegst im Sand und kommst fast um vor Lust, Liebe zu machen. Denkst du da an einen Mann oder an eine Frau?«

»Erst einmal an gar nichts, höchstens an Sonnenbrand, Hautkrebs und die Sandkörner, die man immer in den Hintern kriegt und an denen man sich so wundreibt.«

»Mit dir ist einfach nichts zu machen, Alexandra« sagte er und lachte.

»Ich bin nun mal nicht sexuell hyperaktiv«, sagte sie.

Sie umarmte Joaquín und seufzte.

»Ich werde nicht zulassen, daß du schwul bist, und du laß bitte nicht zu, daß ich lesbisch bin, ja?« sagte sie.

»Versprochen«, sagte er.

An einem Nachmittag, nachdem sie Marihuana geraucht hatten, legten sich Alexandra und Joaquín auf den Teppich, küßten sich, zogen sich aus, und er bat sie, ihm den Schwanz zu lutschen.

»Ich weiß nicht, lieber nicht«, sagte sie. »Ich habe es nur einmal mit Ricardo versucht, und ich glaube, es hat mir keinen Spaß gemacht.«

»Wenn du ihn mir lutscht, steht er mir vielleicht, und du heilst mein Trauma«, sagte er und hatte das Gefühl, daß er sie benutzte.

Sie überwand ihre Scham und nahm seinen Schwanz in den Mund.

»Er steht dir, er steht dir«, sagte sie begeistert, als sie merkte, daß Joaquíns Schwanz hart geworden war.

»Komm, wir müssen die Gelegenheit nutzen, setz dich bei mir rauf«, sagte er.

»Joaquín, ich muß dir etwas sagen.«

»Sag, aber beeil dich, bevor er weich wird.«

»Ich bin Jungfrau.«

»Keine Sorge, ich auch.«

»Aber ich weiß nicht, ob ich es machen will. Danach werde ich es bereuen, ich werde das Gefühl haben, einen intimen Teil meines Wesens verloren zu haben.«

»Nur die Spitze, Alexandra. Ich verspreche dir, nur die Spitze.«

»Gut, aber wirklich nur die Spitze, ja?«

»Ich verspreche es dir.«

Sie zog den Slip aus und setzte sich auf Joaquín. Er versuchte, seinen Schwanz bei ihr hineinzubekommen.

»Aua, vorsichtig, nicht so roh«, jammerte sie.

»Entschuldige, es ist die Aufregung«, sagte er.

Dann schob er ihn mit Mühe hinein. Er schwitzte. Er war angespannt.

»Joaquín, du hast gesagt, nur die Spitze«, protestierte sie.

»Entschuldige, er ist wie von selber reingerutscht«, sagte er. »Beweg dich ruhig, hab keine Angst.«

»Aber du spritzt nicht ab, wenn du drinnen bist, nein?«

»Ich ziehe ihn raus, bevor ich abspritze, ich verspreche es dir.«

Alexandra fing kaum an, sich zu bewegen, als Joaquín schon in ihr kam.

»Du Idiot, ich hatte dich gebeten, es nicht zu machen, wenn du noch drinnen bist.«

»Es tut mir leid, es war aus Versehen«, sagte er.

Sie setzte sich auf die Bettkante.

»Verdammter Kackmist, womöglich hast du mir jetzt ein Kind gemacht«, sagte sie.

Sie sprang auf und rannte ins Bad. Joaquín zog sich die Hose an. Kurz darauf kam sie wieder heraus. Sie weinte.

»Ich bin garantiert schwanger«, schrie sie. »Wir sitzen in der Scheiße, Joaquín, was sollen wir jetzt machen?«

»Du bist nicht schwanger, Alexandra«, sagte er. »Red keinen Unsinn.«

»Das sind genau meine gefährlichsten Tage, Joaquín. Ich wette, was du willst, daß ich schwanger bin.«

Joaquín versuchte, sie zu beruhigen.

»Mach dir keine Sorgen deshalb«, sagte er. »Ich habe einen Onkel, der ist Gynäkologe. Ich rufe ihn gleich an, und er bringt die Sache in Ordnung.«

Alexandra setzte sich im Schneidersitz auf das Bett.

»Auch wenn du es nicht glaubst, aber ich habe richtig gemerkt, wie deine Samentierchen gerannt sind, um die Eizelle zu finden«, sagte sie. »Es war, als hätte mir jemand ein Alka-Seltzer in die Muschi gesteckt.«

Joaquín suchte die Telefonnummer seines Onkels heraus, Doktor Lucho Tudela. Als er sie gefunden hatte, rief er ihn sofort in seiner Praxis an.

»Sag ihm aber nicht meinen Namen, ich will nicht, daß halb Lima erfährt, daß ich meine Unschuld verloren habe«, sagte sie.

»Keine Angst, es wird niemand etwas erfahren, mein Onkel Lucho ist ein sehr anständiger Kerl«, sagte Joaquín.

Das Telefon läutete mehrere Male. Schließlich nahm sein Onkel ab.

»Hallo, Onkel, ich bin's, Joaquín, dein Neffe«, sagte er zu ihm. »Ich rufe dich an, weil mir was Dummes passiert ist.«

»Erzähl schon, Junge, wo brennt's denn?« sagte Doktor Tudela mit herzlicher Stimme.

»Ich habe gerade mit meiner Freundin geschlafen, und sie ist sicher, daß ich sie schwanger gemacht habe, und wir wissen nicht, was wir tun sollen, weil du verstehst doch bestimmt, daß wir kein Kind haben können, Onkel.«

»Donnerwetter, Joaquincito, wie ich sehe, weißt du deine Zeit zu nutzen«, sagte Tudela. »Aber es freut mich, das zu hören, hier wurde nämlich gemunkelt, du wärst von der anderen Fachschaft, lieber Neffe.«

»Aber Onkel, wie kommst du denn darauf, ich doch nicht!«

»Weißt du, Joaquincito, am besten du kommst mit deinem Mädchen gleich hierher, und ich werde euch eine kleine Tablette geben, die auf alle Fälle hilft. Sie heißt die Pille danach. Die Kleine nimmt sie so schnell wie möglich, dann stottert kurz der Motor, und die Sache ist geritzt.«

»Wenn du wüßtest, wie dankbar ich dir bin, Onkel. Ich mache mich sofort auf den Weg.«

»Ich warte auf dich, Neffe.«

Joaquín legte auf. Alexandra weinte immer noch.

»Das habe ich nun davon«, sagte sie. »Ich wollte dir helfen, dein Trauma zu überwinden, und du machst mich schwanger.«

»Du hast ja recht, ist aber alles kein Problem, du kriegst von meinem Onkel Lucho die Pille danach«, sagte er.

»Und was ist das wieder für eine Sauerei?« fragte sie und verzog angewidert das Gesicht.

»Alexandra, red nicht so, mein Onkel Lucho Tudela ist der angesehenste Gynäkologe von Lima. Er hat mir gesagt, du nimmst diese Pille, und dann stottert der Motor, das heißt, du bekommst die Regel und bist nicht mehr schwanger.«

»Das kann nicht sein. Das muß eine Erfindung von deinem perversen Onkel sein.«

»Komm, beeil dich, er wartet auf uns.«

Sie verließen die Wohnung und wollten den Fahrstuhl nehmen, es ging aber nicht, weil Stromausfall war. Sie liefen die Treppe hinunter und stiegen in Alexandras Auto. Er fuhr so schnell er konnte, während sie sich den Bauch hielt.

»Wenn es ein Junge wird, wie wollen wir ihn dann nennen?« fragte sie auf dem Weg in die Praxis.

»Keine Ahnung«, sagte er. »Über so etwas habe ich mir noch nie Gedanken gemacht.«

»Felipe, das gefällt mir, Diego ist auch nicht schlecht, aber mein Lieblingsname ist Paul.«

»Ja, Paul ist schön.«

»Und wenn es ein Mädchen wird?«

»Keine Ahnung. Sag du.«

»Wenn es ein Mädchen wird, soll es Paola oder Veroníca heißen. Das sind meine Lieblingsnamen.«

Kurz darauf kamen sie vor einem Haus neben der Amerikanischen Klinik an. Joaquín hielt an und machte den Motor aus.

»Ich bleibe hier«, sagte sie und schaltete das Radio ein.

»Steig aus, mach keine Dummheiten«, sagte er.

»Ich kann nicht, ich schäme mich zu Tode, dein Onkel muß ja glauben, ich bin eine Nutte.«

»Gut, wie du willst.«

Joaquín ging in die Klinik, stieg zwölf Stockwerke zu Fuß die Treppen hoch und kam in der Praxis seines Onkels an. Keuchend nannte er der Sprechstundenhilfe seinen Namen. Sie ließ ihn sofort hinein.

»Hallo, Joaquincito, wie sieht's aus bei dir, Neffe?« sagte Doktor Tudela und erhob sich von seinem Schreibtisch.

Er war ein stattlicher Mann mit schmalen, schelmischen Augen und mit rundem, rötlichem Gesicht.

»Na im Moment jedenfalls nicht so gut wie bei dir«, sagte Joaquín und umarmte seinen Onkel.

»Und deine Freundin?« fragte Tudela.

»Sie ist unten im Auto geblieben, sie wollte nicht aussteigen.«

»Erzähl erst mal. Wie alt ist die Kleine?«

»Zwei Jahre jünger als ich, neunzehn.«

»Wunderbar, da ist sie ja in der Blüte ihrer Jugend. Was soll's, da hast du also deiner Dulzinea ein Brot in den Ofen geschoben. Ha, und ich dachte schon, du wärst so ein Halbseidener.«

»Nein, Onkel, wie kommst du darauf, woher denn.«

»Aber eins mußt du mir verraten, Joaquincito, wie lange schaffst du es eigentlich, ihn in ihrer Muschi zu behalten? Du bist doch bestimmt so ein Kampfhahn, steckst ihn rein, und schwuppdiwupp ist es passiert.«

»Ja, ich komme immer gleich, das ist es ja.«

Doktor Tudela lachte.

»So sind sie alle in deinem Alter, keine Ausdauer, spritzen ab, und Feierabend«, sagte er. »Ich dagegen, so alt, wie du mich hier siehst, weißt du, wie lange ich es schaffe? Eine halbe Stunde ist gar nichts, eine halbe Stunde dauert die Nummer mindestens.«

»Donnerwetter, du hast es gut, Onkel.«

»Kommt Zeit, kommt Rat, Neffe, kommt Zeit, kommt Rat. Mit den Jahren lernst du das, wie man richtig fickt. Ich habe schon einiges hinter mir.«

»Kann ich mir vorstellen, Onkel, kann ich mir vorstellen.«

»Aber paß auf! Vergiß nie, dir einen Gummi rüberzuziehen, wegen der Mücken, ja?«

»Keine Sorge, Onkel, das passiert mir nicht wieder.«

»Hier, Neffe, hier hast du die Pille, die ich dir versprochen habe. Sag deinem Mädchen, sie soll sie jetzt gleich nehmen.«

Doktor Tudela gab ihm eine Tablette in durchsichtiger Plastikverpackung.

»Ein Glück auch, Onkel, wenn du wüßtest, wie dankbar ich dir bin. Du hast mir verdammt aus der Klemme geholfen«, sagte Joaquín. »Wieviel schulde ich dir?«

»Aber Joaquincito, auf was für Ideen du kommst, bleibt doch alles in der Familie.«

Sie lachten. Joaquín steckte die Tablette ein und verabschiedete sich von seinem Onkel.

»Sieh einer an, was für ein Schwerenöter aus dem Joaquincito geworden ist«, sagte Doktor Tudela und klopfte seinem Neffen zum Abschied auf die Schulter.

Joaquín rannte die Treppe hinunter, hin zum Auto und zeigte Alexandra sofort die Tablette.

»Ich habe es mir anders überlegt«, sagte sie.

Joaquín sah sie überrascht an.

»Wenn es ein Mädchen wird, würde ich ihm meinen Namen geben, Alexandra, aber ich würde sie immer Alessandra nennen, mit Doppel-s, ich finde, das hat was, meinst du nicht auch?« sagte sie.

Er ergriff ihre Hand.

»Komm mit in den Imbißladen da drüben«, sagte er zu ihr. »Du mußt jetzt gleich diese Tablette nehmen.«

Sie stieg aus. Sie liefen zum Imbißladen gegenüber von der Amerikanischen Klinik. Joaquín bestellte zweimal Erdbeersaft.

»Pur oder mit Milch?« fragte die Frau, die sie bediente.

»Auf keinen Fall Milch, mir fangen doch jetzt die Brüste an zu wachsen«, sagte Alexandra.

»Da, nimm und schluck sie«, sagte er zu ihr.

Sie bekreuzigte sich und schloß die Augen.

»Verzeih mir, lieber Gott, aber ich bin noch nicht mal mit der Uni fertig«, sagte sie.

Dann führte sie die Tablette an den Mund und schluckte sie zusammen mit ein bißchen Saft.

»Adios, Paul, adios, Alessandrita«, sagte sie und brach in Tränen aus.

Ein paar Tage später sahen Alexandra und Joaquín gerade fern. Es war Freitag abend.

»Ich hätte irre Lust, ins Studio One zu gehen«, sagte er.

»Was ist das?« fragte sie.

»Eine schwule Disko in Miraflores. Wie wär's, kommst du mit?«

»Ich weiß nicht, Joaquín, ich schäme mich so. Womöglich treffen wir da jemanden, der mich kennt.«

»Nur mal kurz gucken. Sei keine Angsthäsin.«

»Gut, gucken wir mal, aber wenn es häßlich ist, gehen wir gleich wieder, ja?«

»Okay, wie du willst.«

Bevor sie losfuhren, rauchten sie noch einen Joint. Dann stiegen sie in Alexandras Auto. Joaquín fuhr. Das Studio One war in einer Sackgasse, nahe der Avenida Benavides. Sie hielten, stiegen aus und gingen zum Eingang.

»Das ist hier aber eine Szenedisko«, warnte sie der Einlasser.

»Wie ›Szene‹?« fragte Alexandra.

»Na ja, die einschlägige Szene eben«, sagte der Typ lächelnd.

»Meinst du, wir wissen nicht, daß es eine Disko für Schwulis ist?« sagte Alexandra.

»Sag nicht Schwulis, das ist ein Schimpfwort«, sagte der Typ. »Dann sag lieber Homos.«

Alexandra lachte. Joaquín zahlte den Eintritt.

»Ich komme mir vor wie im Käfig voller Narren«, sagte sie, als sie drin waren.

»Psst, nicht so laut«, sagte er.

Sie setzten sich an eine Ecke des Tresens und bestellten zwei Bier. Die Disko war gedrängt voll mit Männern, fast alle in hautengen Hosen. Eine überlaute Musik strapazierte die Trommelfelle.

»Ich bin echt beeindruckt, Joaquín«, sagte sie. »Ich hätte nie geglaubt, daß es so viele Schwule gibt in Lima.«

»Und ein paar von ihnen sind gar nicht mal so häßlich«, sagte er.

»Entschuldige, aber ich finde sie alle absolut vulgär, völlig überkandidelt. Nicht mal Frauen sind so weibisch wie diese Typen.«

»Findest du mich auch weibisch, Alexandra?«

»Kein bißchen. Du bist nicht wie sie, Joaquín. Du bist absolut normal.«

Sie tranken ihr Bier aus der Flasche.

»Hast du gesehen, daß auch Mädchen hier sind?« fragte sie.

»Das sind doch bestimmt Lesben, oder?« sagte er.

»Ich weiß nicht, warum Lesben immer so häßlich sein müssen.«

»Red keinen Unsinn, Alexandra, es gibt auch Lesben, die bezaubernd sind.«

»Ich habe noch keine hübsche Lesbe kennengelernt. Für mich sind das alles frustrierte Weiber, die keinen abbekommen haben und aus purer Verbitterung lesbisch werden, als Trostpreis.«

»Niemand wird lesbisch oder schwul, Alexandra. Deine sexuelle Orientierung ist von Anfang an da. Nicht du wählst sie, sie wählt dich.«

»Aber du kannst nicht bestreiten, daß die Gays meistens gut aussehen und die Lesben häßlicher als ein Tritt in die Eier.«

»Es gibt auch ätzende Schwule.«

»Klar, aber sie sind immer nett angezogen, haben einen gepflegten Schnauzer, ein passendes T-Shirt und arschenge Jeans. Die Lesben dagegen laufen alle schlampig und ungepflegt herum. Und zwar so, daß meine Mama, als sie mich einmal in meinen Hippieklamotten sah, zu mir gesagt hat: Ach, Kind, du läufst herum wie eine Lesbierin.«

Sie lachten.

»Ich muß mal pinkeln gehen«, sagte er. »Ich bin gleich wieder da.«

»Komischer Vogel«, sagte sie und lachte.

Es waren so viele Leute im Studio One, daß man sich kaum bewegen konnte. Joaquín arbeitete sich bis zur Toilette vor und schloß sich dort in einer Kabine ein. Er machte gerade seine Hose auf, als durch ein Loch in der Holzwand ein Typ schaute.

»Soll ich dir geilem Stück schön einen blasen?« fragte er.

»Nein, tausend Dank auch«, sagte Joaquín.

»Du steckst ihn hier durchs Loch, und ich mache dir einen Schmatz, daß du das Schielen kriegst«, ließ der Typ nicht lokker.

»Millionenmal danke, aber ich hab's eilig«, sagte Joaquín.

»Zimtzicke«, sagte der Typ und zog sich vom Loch in der Kabinenwand zurück.

Joaquín pinkelte, so schnell er konnte, und ging zurück zum Tresen, wo an einer Ecke immer noch Alexandra saß. Ein Mädchen mit geschorenem Kopf und Adlernase sagte ihr etwas ins Ohr. Alexandra schaute Joaquín an, als suche sie Hilfe bei ihm. Joaquín ging zu ihr hin und nahm sie in seine Arme.

»Hübsches Pärchen, aber ich habe das Gefühl, sie langweilt sich bei dir«, sagte das Mädchen mit der Glatze.

»Jedenfalls ist es nicht dein Problem«, sagte er.

»Scheiß Macker, guck mal, wie ich vor Angst zittre«, sagte das Mädchen.

Sie schien angetrunken zu sein.

»Darum mußt du dir wohl Mut ansaufen, wie?« sagte Joaquín.

»Ist dir nicht langweilig mit diesem Wichser?« fragte das Mädchen Alexandra. »Komm lieber zu mir, Süße.«

Sie schob Alexandra eine Hand zwischen die Schenkel und versuchte, sie zu küssen.

»Blödes Weib, laß mich in Ruhe«, schrie Alexandra wütend.

»Dreckslesbe, scheiß Zwergin, nimm die Pfoten von meiner Freundin«, sagte Joaquín.

Das Mädchen stellte sich vor ihn hin und gab ihm einen Kinnhaken. Er verlor das Gleichgewicht und stürzte zu Boden.

»Scheiß Macker, Wichser, Klemmschwuchtel«, schrie das Mädchen.

Der Typ, der in der Bar bediente, kam hinterm Tresen hervor, er packte das Mädchen und beförderte es zum Ausgang. Joaquín hatte Mühe, wieder auf die Beine zu kommen.

»Komm, wir hauen ab aus dieser Spelunke«, sagte Alexandra.

Joaquín und Alexandra verließen die Diskothek.

»In diesen ekelhaften Laden gehe ich nie wieder«, sagte er.

Am darauffolgenden Wochenende fuhren Joaquín und Alexandra nach Cusco. Er lud sie ein, und sie traute sich, zu verreisen, ohne ihre Eltern um Erlaubnis zu fragen.

»Das haben die Inkas nie im Leben allein gebaut«, sagte sie beim Anblick der Ruinen von Machu Picchu. »Das müssen die Marsmenschen gewesen sein.«

Sie hatte verquollene Augen und aufgesprungene Lippen. Bei ihrer Ankunft in Machu Picchu hatten sie Marihuana geraucht. Beide hatten sie sich einen Walkman in die Ohren gesteckt. Sie hörte Peter Gabriel, er Marillion.

»Joaquín, da ist eine Frau, die dir unwahrscheinlich ähnlich sieht, ich könnte schwören, sie winkt dir zu«, sagte sie.

»Du siehst Gespenster«, sagte er.

»Nein, im Ernst, schau doch mal, da«, sagte sie und wies auf eine Frau.

Als Joaquín seine Mutter erblickte, die zu ihm herüberwinkte, traute er seinen Augen nicht.

»Das darf ja nicht wahr sein«, sagte er. »Das ist meine Alte.«

»Wie schön sie ist, deine Mutter, genauso wie du«, sagte Alexandra.

Maricucha lächelte und machte ihm Zeichen. Resigniert ging Joaquín zu ihr.

»Sag so wenig wie möglich, nicht daß du irgendeinen Blödsinn erzählst, wir sind nämlich verdammt schlecht aufeinander zu sprechen«, sagte er leise zu Alexandra.

»Hallo, mein Liebling, das ist aber eine Überraschung, dich hier zu treffen«, sagte Maricucha.

»Hallo, Mama«, sagte Joaquín und küßte seine Mutter auf die Wange.

»Das ist Alexandra, eine Freundin von mir«, sagte er.

»Endlich stellst du mir mal deine Freundinnen vor, mein Liebling«, sagte Maricucha.

»Guten Tag, Señora«, sagte Alexandra. »Ich kann Ihnen gar nicht sagen, wie beeindruckt ich bin. Sie und Joaquín sehen sich ja zum Verwechseln ähnlich.«

»Ach, Kindchen, wenn du Fotos von früher sehen würdest, du würdest aus dem Staunen gar nicht mehr rauskommen«, sagte Maricucha. »Jetzt ist mein Joaquín ganz schmal im Gesicht, bestimmt ißt du nicht ordentlich, nicht wahr, mein Söhnchen?«

»Was machst du denn hier, Mama?« fragte Joaquín.

»Ach, Junge, ich habe genug von Miami«, sagte Maricucha. »Ich habe mir jetzt vorgenommen, Peru kennenzulernen, es gibt hier so viele schöne Stellen. Ich erzähle dir lieber nicht, was dein Vater davon hält. Er ist ganz außer sich. Er meint, es wäre supergefährlich, daß ich allein nach Cusco fahre, wegen dem Terrorismus. Aber niemand stirbt, bevor seine Stunde schlägt. Außerdem ist Lima in letzter Zeit schrecklich geworden. Man muß nur mal sehen, was die Cholos jetzt alles vor der Tür von Wong stehlen. Vor ein paar Tagen haben sie deiner Tante Camincha, als sie aus der María Reina rauskam, die Handtasche geraubt, übrigens, wenn du wüßtest, wie sehr die Ärmste unter Hämorrhoiden leidet.«

»Lima ist jetzt viel gefährlicher als Cusco«, sagte Alexandra. »Du weißt nie genau, ob nicht jeden Moment direkt neben dir eine Autobombe explodiert.«

»Außerdem hat Cusco eine Wahnsinnsmagie, stimmt's?« fragte Maricucha. »Hier bildet man sich unglaublich. Übrigens müßt ihr unbedingt das Buch von Shirley McLaine lesen, wo sie zur Frage des Übersinnlichen schreibt, es ist göttlich.«

»In welchem Hotel wohnst du, Mama?« fragte Joaquín.

»In der Suite im Libertador, die dein Onkel Micky hat«, sagte Maricucha.

»Ich wußte gar nicht, daß Micky im Libertador eine Suite hat«, sagte Joaquín.

»Ach, das weißt du nicht? Eine herrliche Suite, mit Whirlpool und Kamin«, sagte Maricucha.

»Wir wohnen in einem netten kleinen Hotel nicht weit weg von der Plaza de Armas«, sagte Alexandra.

»In getrennten Zimmern, nehme ich an«, sagte Maricucha.

Alexandra lächelte. Joaquín wußte nicht, was er sagen sollte. Maricucha lachte laut auf.

»Ich mache nur Spaß, Kinder«, sagte sie.

Plötzlich rief Maricucha ein schlanker, dunkelhäutiger Mann.

»Wer ist denn der Yeti da?« fragte Joaquín.

»Joaquín, sei nicht so rassistisch«, sagte Alexandra.

»Er ist mein Fremdenführer, mein Reisebegleiter«, sagte Maricucha. »Und so, wie du diesen kleinen Cholo da siehst, weiß er mehr von der Geschichte Cuscos, als du und ich zusammengenommen. Und Quechua spricht er besser, als ich Englisch. Er muß die Reinkarnation von Atahualpa sein, der hübsche Kerl.«

»Er sieht nach einem Terroristen aus«, sagte Joaquín.

»Gut, Kinder, ich muß jetzt los, es ist nie zu spät, sich ein bißchen Kultur anzueignen«, sagte Maricucha. »Vorher noch schnell ein Foto von uns dreien, ja?«

Sie nahm den Fotoapparat ab, den sie um den Hals hängen hatte, ging zu einem Touristen und bat ihn, ein Foto von ihnen zu machen.

»Es ist mein Sohn, den ich seit einer Ewigkeit nicht gesehen habe«, erklärte sie und wies dabei auf Joaquín.

Der Mann tat es gern und ließ sich zeigen, wie er den Fotoapparat bedienen mußte.

»So etwas von unfotogen wie mich gibt es nicht noch mal auf der Welt«, sagte Alexandra.

Maricucha legte Alexandra und Joaquín die Arme auf die Schulter.

»Besser nur Sie und Joaquín«, sagte Alexandra.

»Nein, Kind, kommt nicht in Frage. Wir drei zusammen«, sagte Maricucha.

»Ich werde das ganze Foto verderben«, sagte Alexandra.

»Red keinen Unsinn, Kind, du siehst göttlich aus«, sagte Maricucha. »Ihr müßt nur darauf achten, beim Lächeln den Mund ein klein wenig aufzumachen, damit man die Falten nicht sieht.«

Alle drei lächelten mit halboffenem Mund. Der Mann machte ein paar Fotos von ihnen. Dann bestand er darauf, daß sie noch ein Foto von ihm zusammen mit Maricucha machten.

»So ein Schürzenjäger, dieser stinkige Gringo«, sagte Maricucha leise.

Joaquín machte ein Foto von seiner Mutter und dem Touristen. Dann ging der Tourist freudestrahlend fort.

»Da siehst du, daß ich noch Schlag habe bei den Männern«, sagte Maricucha zu ihrem Sohn.

Sie küßte Alexandra auf beide Wangen.

»Sorg dafür, daß dieser Schlaks ordentlich ißt, ja?« sagte sie zu ihr.

»Ach, Señora, wenn Sie den Riesenteller Nudeln mit Spiegelei gesehen hätten, den der Schlaks gestern gegessen hat«, sagte Alexandra.

»Tschau dann«, sagte Maricucha zu Joaquín und gab ihm einen Kuß auf die Wange. »Ruft mich abends im Hotel an, wir könnten zusammen essen gehen.«

»Ist gut, Mama«, sagte Joaquín.

Maricucha setzte sich ihren Strohhut auf und eilte zu ihrem Fremdenführer.

An diesem Abend gingen Joaquín und Alexandra ins Kamikaze, eine der besten Diskotheken von Cusco, in der Pochi Gonzales und seine Gruppe am Rande der Tanzfläche ihre beliebtesten Lieder spielten.

»Ich finde die Musik von Pochi Gonzales toll«, sagte Alexandra, als sie mit Joaquín tanzte.

»Ich auch«, sagte er und bewegte sich dabei kaum, weil er nicht gern tanzte.

»Eine Exfreundin von Pochi hat mir erzählt, daß er sie ans Bett gefesselt hatte, stell dir das mal vor«, sagte sie. »Würdest du deine Freundin ans Bett fesseln?«

»Ich lasse mich lieber selber fesseln«, sagte er.

Sie tanzten eng umschlungen und flüsterten sich ins Ohr.

»Ich würde es nie zulassen, daß man mich fesselt«, sagte sie. »Da käme ich mir ja vor wie eine Sklavin, ein Sexobjekt.«

»Muß doch geil sein, ab und zu als Sexobjekt behandelt zu werden«, sagte er.

»Bitte, Joaquín, werd nicht pervers«, sagte sie lachend.

Als das Lied zu Ende war, setzten sie sich an einen Tisch. In der Mitte des Tischs brannte eine Kerze. Alexandra fing an, mit der Kerze zu spielen, indem sie mit ihren Fingern durch die Flamme fuhr.

»Was ist das Abartigste, das du in deinem Leben gemacht hast?« fragte Joaquín sie leise.

»Ich habe nie etwas Abartiges getan«, sagte sie lächelnd. »Ich bin ein Mädchen aus Villa María, vergiß das nicht.«

»Lügnerin. Wir haben alle irgendein Geheimnis.«

»Dann sag du mir erst deins.«

Er stützte den Kopf auf eine Hand und überlegte.

»Einmal, als ich noch klein war, habe ich zusammen mit einem Freund ein Huhn vergewaltigt«, sagte er.

Sie prustete los und schlug sich die Hand vor den Mund.

»Solche Sittenstrolche aber auch, das arme Huhn!« sagte sie.

»Das Huhn ist dabei gestorben, ich glaube vor Scham.«

Sie konnte gar nicht mehr aufhören zu lachen.

»Jetzt bist du dran«, sagte er.

»Ach, ich weiß nicht«, sagte sie.

»Erzähl, nun mach schon.«

»Gut, aber schwöre, daß du keinem was sagst!«

»Ich schwöre es.«

»In den Ferien ein Jahr vor dem Abi war ich mit einer Schulfreundin und ihren Eltern zum Skilaufen nach Chile gefahren.

Einen Tag schneite es wie verrückt, und wir mußten in diesen Kabinen noch oben fahren, die so schrecklich hoch hängen. So eine Art Drahtseilbahn. Natürlich bin ich vor Angst fast gestorben. Ich fing an zu weinen, und der Vater von Pilar – wir nannten ihn alle Sackgesicht, aber natürlich nur, wenn er nicht dabei war –, Sackgesicht sagte: Ich fahre mit Alexandra, nach euch, erst ihr; in jede Kabine paßten nämlich nur zwei Personen. Jedenfalls fuhren Pilar und ihre Mutter in einer Kabine, und Sackgesicht und ich, wir kamen in einer anderen hinterher. Ich guckte nach unten und bekam eine panische Angst. Da nahm mich Sackgesicht in die Arme und setzte mich auf seinen Schoß, auf die väterlichste Weise der Welt. Plötzlich, ehe ich überhaupt begriff, was los war, hatte er eine Hand an meiner Brust und die andere in meinem Schlüpfer. Sackgesicht befummelte mich nach Herzenslust, weil die Fahrt überhaupt kein Ende mehr nehmen wollte. Ich habe mich nicht gewehrt, ich habe nichts gesagt, und ich sollte mich schämen, es dir zu erzählen, aber ich muß zugeben, es hat mir Spaß gemacht. Am Ende war ich pitschenaß. Schrecklich, ich komme mir jetzt vor wie eine Schlampe.«

In diesem Augenblick kam ein Junge auf Alexandra zu und sah sie an.

»Erinnerst du dich nicht mehr an mich?« fragte er sie.

»Kennen wir uns?« fragte sie lächelnd.

»Na, du bist mir eine«, sagte der Junge. »Du kannst mich doch nicht vergessen haben. Weißt du nicht mehr, wie wir beim Festival von La Honda den ersten Preis gewonnen hatten und plötzlich ganz berühmt waren?«

»José Antonio«, rief sie. »Nicht zu glauben, ich habe dich überhaupt nicht wiedererkannt.«

»Wir haben uns ja auch seit Jahren nicht gesehen«, sagte er.

»Das ist Joaquín, ein Freund von mir«, sagte sie.

»Sehr angenehm«, sagte José Antonio und gab Joaquín die Hand.

»José Antonio und ich haben mal einen Sommer lang zusammen bei La Honda gesungen«, sagte Alexandra.

»Wir haben mit ›Weißer Sand, blaues Meer‹ den ersten Preis gewonnen, weißt du noch?« sagte José Antonio.

»Mein Gott, wie lange das her ist!« sagte Alexandra.

»Na ja, seit ich bei der Marine bin, habe ich von unseren Leuten niemanden mehr gesehen«, sagte José Antonio.

»Im Ernst, du bist bei der Marine?« fragte Alexandra überrascht.

»Zu Befehl, Offiziersschüler del Solar«, sagte José Antonio lächelnd und machte eine militärische Grußbezeigung.

»Und darf man erfahren, was ein Marinesoldat im Kamikaze macht?« fragte Alexandra mit kokettem Lächeln.

»Laß uns tanzen, und dann erkläre ich es dir«, sagte José Antonio.

»Super«, sagte Alexandra.

»Gestatten?« fragte José Antonio Joaquín.

»Klar, Mensch«, sagte Joaquín.

Alexandra und José Antonio verloren sich im Gewühl der Tanzenden. Joaquín nutzte die Gelegenheit, um auf Toilette zu gehen. Er wollte gerade pinkeln, als er hörte, wie jemand auf der Toilette Koka anbot.

»Zwanzig Dollar die Leine, zwanzig Dollar die Leine«, sagte der Typ.

»Was kostet ein Paket?« fragte ihn Joaquín.

»Ich verkaufe keine Pakete, nur einzelne Leinen«, sagte der Typ.

»Du weißt doch bestimmt, wo ich eine gute Pastete herbekomme, Alter«, sagte Joaquín.

Der Typ sagte nichts und schaute Joaquín in die Augen.

»U oder Alianza?« fragte er mit sehr ernster Stimme.

»U über alles«, sagte Joaquín.

»Komm in meine Arme, Kumpel«, sagte der Typ.

Sie umarmten sich beide.

»Frag unten im Literarischen Café nach Quique«, sagte der Typ Joaquín ins Ohr.

»Danke, Alter«, sagte Joaquín.

Er verließ die Toilette, sah, daß Alexandra und José Antonio noch tanzten, ging die Treppe runter, über die Straße, ins Literarische Café. Er fragte nach Quique. Eine Frau wies auf einen Dicken, der ein altes Exemplar der Bohemia las. Joaquín bedankte sich bei der Frau und ging zu dem Dicken.

»Sie sind Quique?« fragte er ihn.

»Höchstpersönlich«, sagte der Dicke.

»Ich komme vom Kamikaze«, sagte Joaquín.

»Red«, sagte der Dicke.

»Ich brauche Paquirri.«

»Für wann?«

»Jetzt gleich.«

»Geht nicht, Dünner, unmöglich. Bestellungen müssen einen Tag im voraus gemacht werden.«

»Ich zahle, was du willst, Quique.«

»Na gut, Dünner, du hast Glück, ich werde dir verkaufen, was eigentlich für meinen persönlichen Bedarf bestimmt war, aber es macht vierzig Eier, das Falsche.«

»Abgemacht. Danke, Quique. Bist ein prima Kumpel.«

»Komm, wir gehen an die frische Luft, hier sind viele Spitzel.«

Quique stand auf, und sie gingen auf die Straße hinaus. Innerhalb weniger Sekunden hatten sie die Transaktion abgeschlossen.

»Überläßt du mir den Ehrenanstoß?« fragte Quique.

»Aber natürlich, Quique, nimm nur«, sagte Joaquín und öffnete die Packung Koka.

Quique nahm ein bißchen mit den Fingern und führte es an die Nase.

»Sei vorsichtig damit, hier in der Höhenluft ist das Koka tückisch«, sagte er.

»Keine Angst, Alter«, sagte Joaquín.

Er holte seinen Personalausweis hervor und zog soviel Koka, wie er konnte. Er verabschiedete sich von Quique, ging ins Kamikaze hoch und suchte Alexandra. Sie saß mit José Antonio zusammen.

»Wo hast du denn gesteckt?« fragte sie.

»Ich war unten und habe einen Kaffee getrunken«, sagte Joaquín und versuchte, sich nichts anmerken zu lassen.

»Wenn du wüßtest, an was für verrückte Sachen ich mich mit José Antonio erinnert habe«, sagte Alexandra.

»Was wäre das Leben ohne schöne Erinnerungen«, sagte José Antonio und streichelte Alexandras Haare.

»Gut, ich lasse euch lieber allein«, sagte Joaquín und ging an die Bar.

Alexandra stand auf und ging ihm nach.

»He, was ist denn los mit dir?« fragte sie ihn und ergriff seine Hand.

»Es ist nicht zu glauben, Alexandra«, sagte Joaquín und konnte nicht verbergen, daß er wütend auf sie war. »Ich fahre mit dir nach Cusco, da läuft dir dieser Leichtmatrose über den Weg, und du schickst mich zum Teufel.«

»Ich habe dich nicht zum Teufel geschickt, du warst nur plötzlich weg, und außerdem, red nicht so von José Antonio, er ist ein Schatz«, sagte sie.

»Er ist ein Aufreißer, das einzige, was er will, ist mit dir ins Bett gehen«, sagte er.

Sie lächelte und umarmte ihn.

»Du bist eifersüchtig«, sagte sie. »Ich finde es toll, wenn du wütend wirst, Joaquín. Du siehst dann noch besser aus als sonst schon.«

»Ich hole mir jetzt zwei Bier, und du schaff dir diesen Matrosen vom Hals«, sagte er. »Der Blödmann ist bestimmt bei der Handelsmarine.«

»Du kannst nicht bestreiten, daß er lieb ist, Joaquín.«

»Nein, aber bestimmt hat er Tripper. Falls du es nicht weißt, fast alle Matrosen haben Tripper.«

Sie lachte und ging an den Tisch zurück. Er kaufte zwei Bier, ging auf die Toilette und gab ein Bier dem Typ, der auf der Toilette Koka verkaufte.

»Hat es geklappt?« fragte ihn der Typ.

»Alles bestens«, sagte Joaquín. »Vielen Dank.«

Er holte das Koka hervor, zog ein paarmal und fing an, mit dem Typ, der Koka verkaufte, über Fußball zu reden. Plötzlich kamen drei Polizisten in die Toilette gestürmt.

»Ruhe, verdammt, dies ist eine Razzia«, schrie einer von ihnen.

Die Entschlossenheit der Männer in Uniform sorgte mit einem Schlag dafür, daß das aufgeregte Durcheinanderschreien auf der Toilette des Kamikaze verstummte.

»Dies ist eine Routinekontrolle, um Dealer sowie andere schädliche Elemente dingfest zu machen, die in Nachtlokalen Gebrauch von Betäubungsmitteln machen«, sagte der Polizist, der die Operation leitete. »Alle stellen sich hier auf, in zwei Reihen, eine: Ausländer, die andere: Einheimische. Jeder wird einzeln durchsucht. Bei der ersten verdächtigen Bewegung wird geschossen.«

Wie von selbst bildeten sich auf der Toilette zwei Schlangen, und alle Anwesenden wurden einer Leibesvisitation unterzogen.

»Die beiden hier kommen mit als Marihuanadealer«, sagte ein Polizist, als er in den Taschen von zwei Touristen Marihuana fand.

Er richtete seine Pistole auf die beiden Touristen, und sie mußten sich mit den Gesichtern zur Wand stellen. Es waren zwei rothaarige Typen mit Bart.

»Ah, ein riesiges Paco«, sagte kurz darauf ein anderer Polizist und holte aus der Unterhose des Typen, der auf der Toilette lose das Koka verkaufte, einen Beutel Kokain.

»Sagen Sie nicht Paco, Gefreiter Martínez«, sagte der Polizist, der offensichtlich das Kommando hatte. »Das heißt Paket.«

»Verzeihung, Sergeant«, entschuldigte sich der Gefreite.

Dann war Joaquín an der Reihe. Ein Polizist kontrollierte seine Brieftasche und fand das Päckchen Koka, das er im Literarischen Café gekauft hatte.

»Sie sind verhaftet wegen Besitzes von hochkonzentriertem Kokain«, sagte er zu ihm.

Als die Kontrolle zu Ende war, verließen die vier Verhafteten, einer von ihnen Joaquín, unter Polizeibewachung die Toilette. Das Konzert von Pochi Gonzales war unterbrochen worden. Im Kamikaze herrschte eine angespannte, mit Nervosität geladene Atmosphäre.

»Joaquín, was ist passiert?« fragte Alexandra, als sie sah, daß ihn die Polizei abführte und dabei Gewalt anwendete.

»Nichts, mach dir keine Sorgen, nur ein kleines Mißverständnis«, konnte ihr Joaquín noch sagen.

Die vier Verhafteten wurden in zwei Streifenwagen zum Polizeikommissariat von Cusco gebracht. Nachdem Joaquín dem Kommissar seine Angaben zur Person gemacht hatte, wurde er in eine Zelle gesperrt, die nach Scheiße stank.

Eine Stunde später kommentierte Joaquín für seine Zellengenossen gerade ein imaginäres Fußballspiel, als er das Geschrei seiner Mutter hörte.

»Wo ist mein Söhnchen, was hat man mit meinem geliebten Söhnchen gemacht?« schrie Maricucha, als sie das Kommissariat von Cusco betrat.

Nachdem der Kommissar sie etwas beruhigt hatte und ihre Papiere kontrolliert hatte, brachte er sie zur Zelle, in der Joaquín war.

»Bei ihrem Sohn wurde der Besitz von mehreren Gramm Kokain festgestellt«, sagte er zu ihr.

Er war ein dunkelhäutiger, rundlicher Mann mit Schnauzbart. Maricucha trug einen Poncho und einen Strohhut. An ihrer Seite war die schluchzende Alexandra.

»Das kann nicht sein, mein Sohn ist kein Drogenanhängiger, das muß ein Irrtum sein«, sagte Maricucha.

»Joaquín ist zwar ein problematischer Junge, aber gesund«, sagte Alexandra.

»Tut mir leid, aber der junge Mann hat ein schweres Vergehen begangen, für das das Gesetz eine harte Strafe vorsieht«, sagte der Kommissar.

»Ach, Comandante, ich weiß nicht, was wir tun könnten, um das unter Freunden zu regeln«, sagte Maricucha.

Der Polizist hüstelte und zupfte an seinem Schnauzbart.

»Ich mache, was Sie sagen, Chef, was Sie befehlen«, sagte Maricucha.

»Bitte, Herr Polizist, seien Sie nett«, sagte Alexandra.

»Zufälligerweise arbeiten wir gerade an einem Erweiterungsbau des Kommissariats, und wir sind etwas knapp an Geldmitteln«, sagte der Kommissar. »Um ehrlich zu sein, wir sind dringend angewiesen auf Spenden.«

»Ach, mein Comandante, ich bin ja so überglücklich, mit den Ordnungskräften bei einer so edlen Sache zusammenarbeiten zu können«, sagte Maricucha und öffnete ihre Handtasche. »Akzeptieren Sie Kreditkarten?«

»Nein, wo denken Sie hin, so modern sind wir hier noch nicht, Señora«, sagte der Kommissar.

»Das Scheckheft, das Scheckheft, wo habe ich das Scheckheft?« sagte Maricucha, als spräche sie zu sich selbst.

»Ich würde auch gern ein bißchen dazu beisteuern«, sagte Alexandra und gab dem Kommissar zwei, drei zerknitterte Geldscheine.

»Danke für die freiwillige Spende, Señorita«, sagte der Kommissar. »Wenn Sie gehen, bekommen Sie Ihre Quittung und Ihren Aufkleber als Freundin der Polizei von Cusco.«

Maricucha holte ihr Scheckheft hervor.

»Wieviel brauchen Sie, um die Arbeiten abzuschließen, mein Comandante?« fragte sie.

»Nein, Señora, nur soviel, wie Sie spenden wollen«, sagte der Kommissar.

»Ach, Chef, seien Sie nicht so schüchtern, ich weiß, wie sehr Sie unter der Rezession und der allgemeinen Lage zu leiden haben«, sagte Maricucha. »Soll ich Ihnen den Scheck in Soles oder in Dollars ausstellen?«

»Um ehrlich zu sein, in Dollars verliert das Geld nicht so schnell an Wert«, sagte der Kommissar.

Maricucha trug auf einem Scheck eine Summe ein und zeigte ihn dem Kommissar.

»Reicht das?« fragte sie.

»Donnerwetter, Señora, damit können wir gleich noch das ganze Kommissariat neu streichen«, sagte der Kommissar zu ihr.

»Ach, Herr Kommissar, Sie wissen ja nicht, wie ich mich freue, den Behörden bei einer gerechten Sache behilflich sein zu können«, sagte Maricucha.

Sie unterschrieb den Scheck, riß ihn aus dem Scheckheft heraus und gab ihn dem Kommissar.

»Wenn Sie gehen, erhalten Sie Ihre Quittung und Ihren Aufkleber, Señora«, sagte der Kommissar. »Los, Lobatón, mach mir das Gitter hier auf«, rief er, an einen seiner Untergebenen gewandt.

Ein Polizist mit erschrockenem Gesichtsausdruck lief zur Zelle und öffnete das Vorhängeschloß. Joaquín kam aus der Zelle heraus.

»Sie sind frei, aber daß mir das nicht noch einmal vorkommt«, sagte der Kommissar zu ihm.

»Keine Sorge, Chef«, sagte Joaquín.

Maricucha umarmte ihren Sohn.

»Bist du verletzt, mein Söhnchen?« fragte sie ihn.

»Deine Nase blutet ein bißchen«, sagte Alexandra.

»Das kommt von der Kälte«, sagte Joaquín.

Er wußte, daß sie blutete, weil er zuviel Koka genommen hatte.

»Ach, wie peinlich, so eine Szene, was wird der Herr Kommissar von uns denken?« sagte Maricucha.

»Chef, ich weiß gar nicht, wie ich Ihnen für Ihre Freundlichkeit danken soll«, sagte Maricucha.

»Ganz meinerseits, die Polizei von Cusco ist Ihnen unendlich verbunden, Señora«, sagte der Kommissar.

Maricucha gab ihm die Hand, und der Polizist machte eine leichte Verbeugung. Dann verließen sie zu dritt das Kommissariat.

»Wenn dieser Cholo dachte, ich würde mich bei ihm mit einem Küßchen verabschieden, dann hat er sich geschnitten«, sagte Maricucha.

Alexandra lachte.

Als das Telefon klingelte, schlief Joaquín noch. In der Nacht zuvor war er aus Cusco zurückgekommen. Er hatte Lust, drei Tage hintereinander zu schlafen.

»Guten Tag, Nicanor López de Romaña am Apparat, ich bin Alexandras Vater«, hörte er am anderen Ende der Leitung.

»Sehr angenehm, Señor«, sagte er.

»Meine Tochter erzählt in letzter Zeit viel von dir. Ich würde mich gern mit dir unterhalten.«

»Aber gern, Señor, wie Sie wünschen.«

»Warum kommst du nicht am besten gleich heute nachmittag in mein Büro?«

»Ausgezeichnet, kein Problem.«

Er notierte sich die Adresse, und sie verabredeten sich für sechs Uhr.

»Ach, noch eins, bitte kein Wort davon zu Alexandra«, sagte Señor López de Romaña. »Das ist eine Sache zwischen dir und mir.«

»Natürlich, Señor, machen Sie sich keine Sorgen.«

Er legte auf, stellte den Wecker auf fünf und schlief weiter. Um fünf stand er dann auf, duschte und fuhr los zu Señor López de Romañas Büro. Um Punkt sechs war er da. Die Sekretärin ließ ihn sofort hinein.

»Hallo, und danke, daß du gekommen bist«, sagte Señor López de Romaña und gab ihm die Hand.

Er war ein blonder, etwas dicker Mann mittleren Alters.

»Nimm Platz, bitte«, sagte er und wies auf einen schwarzen Ledersessel.

Er rief seine Sekretärin und sagte ihr, daß er nicht gestört werden wollte. Nachdem er sich eine Zigarette angesteckt hatte, setzte er sich hin, schlug die Beine übereinander und lächelte. Joaquín lächelte ebenfalls, ohne zu wissen, warum sie beide lächelten.

»Ich werde mit dir in aller Offenheit reden«, sagte López de Romaña. »Ich habe dich angerufen, weil ich mit dir über meine Tochter reden muß.«

Joaquín nickte und sagte nichts.

»Meine Frau und ich sind sehr besorgt, weil sich Alexandras Verhalten sehr verändert hat, seit sie mit dir zusammen ist«, fuhr López de Romaña fort. »Erst einmal gefällt mir nicht, daß sie immer zu dir kommt und du nie zu uns kommst. Wir haben Alexandrita ein paarmal gesagt, sie soll dich zu uns zum Essen einladen, damit wir dich kennenlernen können, sie sagt aber, du willst nicht. Das ist das eine, was mir nicht gefällt, Joaquín. Und weißt du, warum? Weil als ich jung war, da gab es zwei Sorten von Mädchen: die anständigen und die weniger anständigen, und wenn man mit einem anständigen Mädchen gehen wollte, mußte man mit Anzug und Krawatte zu ihr nach Hause gehen und sich ihren Eltern vorstellen. So war das, ganz klar, sonnenklar. Seitdem hat sich vieles verändert in Lima, vieles hat sich zum Schlechten geändert in Lima, aber das ist etwas, woran sich nichts geändert hat. Und Alexandra ist ein anständiges Mädchen, ein absolut anständiges Mädchen. Da haben wir uns doch verstanden, oder?«

»Völlig, Señor.«

»Das freut mich, das freut mich. Gut, die andere Sache ist die, daß Alexandra eine schlechte Entwicklung nimmt. Sie wird frech ihrer Mutter gegenüber, treibt sich den ganzen Tag auf der Straße herum und kommt mit merkwürdigen Ideen nach Hause, wie sie sie noch nie gehabt hat. Wo hat meine Tochter das her, zu sagen, die Universität würde zu nichts etwas taugen? Wo hat sie das her, zu sagen, Marihuana wäre nicht schädlich? Wo hat sie das her, daß sie übers Wochenende nach Cusco verreist, ohne uns ein Wort zu sagen? Nun, diese Dinge müssen mich sehr beunruhigen, Joaquín. Für mich ist ganz klar, sonnenklar, daß du es bist, der sie auf solche Gedanken bringt, und ich werde nicht zulassen, daß mir jemand Alexandra verdirbt, jawohl. Du hast meiner Tochter Flausen in den Kopf gesetzt, du hast sie mir verdorben, und ich kann das nicht zulassen. Ich werde alles in meiner Macht Stehende tun, um dafür zu sorgen, daß Alexandra ein anständiges Mädchen bleibt. Da haben wir uns doch verstanden, oder?«

»Voll und ganz, Señor.«

»Das freut mich, das freut mich. Ich mache dir jetzt einen Vorschlag (und ich sage dir das mit fast väterlicher Zuneigung, zum Wohle Alexandras und zu deinem eigenen Wohl), ich schlage dir vor, daß ihr euch besser eine Weile nicht seht, bis sich die Wogen geglättet haben, okay? Auf diese Weise bleiben wir alle Freunde, und niemand verliert dabei. Haben wir uns verstanden?«

»Völlig, Señor.«

»Im Grunde genommen bist du ein guter Junge, Joaquín.«

Señor López de Romaña stand auf und brachte Joaquín zur Tür seines Büros.

»Du wirst verstehen, daß Alexandrita nichts von diesem Gespräch erfahren darf, das heißt, daß alles, was in diesen vier

Wänden gesagt wurde, unter uns bleibt. Haben wir uns verstanden, Junge?«

»Voll und ganz.«

Señor López de Romaña öffnete die Tür und gab Joaquín die Hand.

»Grüß deine Eltern von mir«, sagte er lächelnd.

Am nächsten Tag kam Alexandra bei Joaquín vorbei und sagte ihm, daß sie mit ihm reden muß. Joaquín tat sich ein paar Tropfen in die Augen, weil er Marihuana geraucht hatte, und sie fuhren nach La Herradura ans Meer. Als sie ankamen, hielten sie am Strand und bestellten sich zwei Bier.

»Wir müssen uns trennen, Joaquín«, sagte sie. »Das kann so nicht mehr weitergehen mit uns beiden.«

»Wie du meinst«, sagte er.

»Du fügst mir schrecklichen Schaden zu. Seitdem wir zusammen sind, bin ich ganz durcheinander im Kopf, ich habe meinen inneren Frieden verloren. Ich glaube, es ist besser, wenn wir uns eine Weile nicht sehen.«

»Du hast recht, Alexandra. Das ist das beste für uns beide.«

»Was ich alles durchgemacht habe mit dir, ist einfach zuviel für mich. Ich bin fix und fertig.«

»Vielleicht solltest du zu einem Psychiater gehen, oder?«

»Ja, und du auch.«

»Mir geht es gut.«

»Nein, dir geht es nicht gut. Du dich nur schon daran gewöhnt, daß es dir schlechtgeht, Joaquín.«

»Ich bitte dich, Alexandra, du redest zu mir wie meine Mutter.«

»Das will ich auch, Joaquín. Du mußt einsehen, daß es dir schlechtgeht, daß du ein bißchen krank bist.«

»Mir geht es gut so.«

»Meinetwegen, mir jedenfalls nicht. Erst erzählst du mir, du wärst schwul. Dann muß ich erfahren, daß du ein Kokser übelster Sorte bist. Und was mir am meisten weh tut ist, daß du nicht das Vertrauen zu mir hattest, es mir zu sagen. Du hast hinter meinem Rücken Koka genommen und mich zur typischen dummen Pute von Villa María gemacht, die nicht weiß, daß ihr Freund Kokain schnupft. Das ist es, was ich dir nicht verzeihe, Joaquín.«

In Cusco hatte Joaquín ihr gestanden, daß er hin und wieder eine Leine Koka legt, und sie war deshalb immer noch ganz außer sich.

»Es stinkt mich an, daß du von mir sprichst, als wären wir ein Liebespaar, Alexandra. Ich habe mich nie als deinen Lover angesehen.«

»Ich aber. Deinetwegen bin ich keine Jungfrau mehr. Und ich dachte, wir würden uns lieben, du Idiot.«

Alexandra schlug die Hände vors Gesicht. Sie weinte.

»Tut mir leid«, sagte er. »Ich verspreche dir, Ale, ich mache Schluß mit dem Koka.«

»Besser, wir sehen uns eine Weile nicht«, sagte sie.

»Wie du meinst«, sagte er.

Ein paar Monate später sah Joaquín Alexandra auf dem Flughafen von Miami. Er zögerte keinen Augenblick, sie anzusprechen. Als sie ihn erblickte, blieb sie stehen und lächelte. Sie umarmten sich herzlich wie zu den Zeiten, als sie beide an der Universität studierten.

»Joaquín, na so eine Überraschung, was machst du denn hier?« sagte sie.

»Nichts, ich warte auf meinen Flug nach Lima«, sagte er.

Alexandra war in Begleitung einer Frau.

»Das ist Adriana, meine Mama«, sagte sie und wies auf die Frau.

Joaquín und Adriana tauschten einen Kuß auf die Wange aus.

»Sehr erfreut, Señora«, sagte er.

»Ach, Joaquín, sei nicht so grausam. Bitte nicht Señora! Sag einfach Adriana zu mir«, sagte sie.

»Mama, du bist unverbesserlich, du kannst dir das Flirten einfach nicht verkneifen«, sagte Alexandra.

»Und wo wollt ihr hin?« fragte Joaquín.

»Wir sind auf dem Weg nach New York, wir wollen ein bißchen Shopping machen«, sagte Adriana. »Man muß ab und zu raus aus Lima zum Entgiften.«

»Donnerwetter, nicht schlecht«, sagte er. »Wer hat, der kann.«

»Willst du nicht mitkommen?« fragte Adriana.

Joaquín dachte, es wäre ein Witz. Er lächelte.

»Klar, genial, du kommst mit uns mit, Joaquín«, sagte Alexandra.

»Natürlich nur, wenn du kannst«, sagte Adriana. »Vielleicht hast du ja in Lima was Wichtiges zu tun.«

»Das mit Lima hat Zeit«, sagte Joaquín.

»Dann sei nicht dumm, Joaquín, und nütze die Gelegenheit«, sagte Adriana. »Und wegen dem Geld mach dir keine Gedanken, das laß meine Sache sein. Na, eigentlich kommt ja mein Mann für alles auf, ich unterschreibe nur.«

Adriana und Alexandra schauten sich an und kicherten wie zwei unartige kleine Mädchen.

»Los, Joaquín, gib dir einen Ruck und nütze die Gelegenheit, daß meine Mutter dich einlädt«, sagte Alexandra.

»Gut, wenn ihr darauf besteht. Ich komme mit, aber ich zahle selber«, sagte Joaquín.

»Ach, Junge, vergiß deinen Stolz und laß dich einladen, zier dich nicht so«, sagte Adriana.

»Wie Sie meinen, Señora«, sagte Joaquín lächelnd.

»Adriana, Joaquín, nichts da von Señora, ich habe dir doch schon gesagt, du sollst mich nicht älter machen, als ich bin.«

Eine Stunde später saßen sie zu dritt im Flugzeug nach New York.

An der Rezeption des Hotels in Manhattan, in dem sie ein Zimmer reserviert hatte, nahm Adriana de López de Romaña ihren Hut ab, seufzte und bat um zwei Zimmer: ein Doppelzimmer für die beiden Damen und ein Einzelzimmer für Joaquín. Ein Hotelangestellter sagte ihr, er habe nur das Doppelzimmer frei, das sie bestellt hatte, und schlug ihr für Joaquín eine Aufbettung im selben Zimmer vor.

»Würde es dir etwas ausmachen, mit uns in einem Zimmer zu schlafen?« fragte Adriana.

»Ganz und gar nicht, gern«, sagte Joaquín.

»Vorsicht, Joaquín, die Alte ist ein scharfer Zahn«, flüsterte ihm Alexandra ins Ohr, und beide lachten.

Nach dem Anmelden fuhren sie zu dritt in ihr Zimmer hoch, stellten das Gepäck ab und gingen etwas essen.

»Diese Stadt fasziniert mich, sie ist von einer unglaublichen Elektrizität, ich fühle mich hier so jung, so voller Leben«, sagte Adriana, als sie durch die Straßen von Manhattan gingen.

»Mir machen die Wolkenkratzer angst, nachts sehen sie aus wie Horrormonster«, sagte Alexandra.

»Im Vergleich mit New York ist Lima ein Provinznest«, sagte Adriana.

»Darum sage ich ja, Mama, und du willst mir immer nicht glauben, in Lima geboren zu sein, ist das Schlimmste, was einem passieren kann«, sagte Alexandra.

»Ach, Töchterchen, wenn du dich da mal nicht täuschst, lieber bin ich in Lima Oberschicht, als hier Mittelschicht«, sagte Adriana. »In Lima leben wir wie die Königinnen. Wenn wir hier mit den Annehmlichkeiten leben wollten, die wir dort haben, uff, dann müßten wir Milliardäre sein.«

»Aber in Lima haben wir Terroristen, die uns umbringen wollen, nur weil wir weiß und schön sind, wir haben dort Cholos, die uns hassen und schweinische Wörter zu uns sagen«, sagte Alexandra. »Hier benehmen sich die Leute cooler, nicht so aggressiv wie in Lima.«

»Glaub das ja nicht, Töchterchen, hier haben sie dafür diese schrecklichen Neger«, sagte Adriana. »Wir brauchen bloß in die U-Bahn zu gehen, dann stürzen sich die Neger auf uns und vergewaltigen uns, bis zum Bauchnabel rauf, ich weiß, wovon ich rede.«

»Wenn ich dich so höre, frage ich mich, ob dir New York überhaupt gefällt, Mama«, sagte Alexandra.

»New York ist faszinierend, es begeistert mich, ich bin ganz verrückt danach. Ich liebe diese Stadt wie die Kuh den Stier. Aber du kannst nicht bestreiten, daß sie auch ihre gefährlichen Seiten hat«, sagte Adriana.

»Mag sein, aber hier kannst du durch die Straßen gehen und siehst schöne Menschen«, sagte Alexandra. »In Lima rennen nur lauter Fratzen rum, die dich angucken, als wenn sie dich jeden Moment bespringen wollen.«

»Das will ich ja nicht bestreiten, aber vergiß nicht, hier läufst du nichtsahnend auf der Straße und wumm! stößt du plötzlich mit einem dicken Weib zusammen«, sagte Adriana. »Ich sage dir eins, diese dicken Weiber können dich mit ihrem Becken oder einer Titte glatt erschlagen. Es ist, als ob du gegen ein Volvo-Lkw prallst. Weil eins ist schrecklich an dieser materialistischen Gesellschaft (wobei ich eigentlich nichts gegen den Materialismus als solchem habe), eins ist wirklich schrecklich, und zwar, wie fett sie hier sind, nirgendwo anders auf der Welt gibt es so viele Fettsäcke wie hier.«

»Da du grad vom Essen redest, Mama, ich kriege langsam Hunger«, sagte Alexandra.

»Ach ja, ich habe auch schon schrecklichen Appetit«, sagte Adriana.

Ohne Zeit zu verlieren, überquerten sie die Straße, gingen in ein italienisches Restaurant, suchten sich einen Tisch im Nichtraucherbereich und bestellten drei vegetarische Pizzas und eine Flasche alkoholfreien Wein.

»Ich muß dir gestehen, du bist noch schnuckliger, als Alexandra erzählt hat«, sagte Adriana zu Joaquín, nachdem der Kellner ihre Bestellung aufgenommen und sich zurückgezogen hatte.

Joaquín lächelte verlegen.

»Mama, fang nicht wieder an«, sagte Alexandra.

»Du weißt, ich glaube an den freien Wettbewerb, Kindchen«, sagte Adriana und stieß ein lautes Lachen aus. »O Gott, ich darf nicht lachen, die Falten.«

Während sie aßen, erzählte Joaquín die neuesten politischen Witze aus Lima.

»Dieser Junge ist der geborene Politiker«, sagte Adriana. »Du solltest Politikwissenschaften, Soziologie oder so etwas studieren, was gut klingt, und dann machen wir dich zum Präsidentschaftskandidaten, Junge, in Peru brauchen wir eine weiße Hoffnung wie dich.«

Zurück im Hotel, gingen Adriana, Alexandra und Joaquín nacheinander ins Bad, um sich den Schlafanzug anzuziehen.

»Morgen früh ist das Museum dran, und danach können wir einkaufen gehen«, sagte Adriana, als sie im Bett lag.

Vor dem Schlafengehen hatte sie sich verschiedene Cremes gegen die Falten auf das Gesicht aufgetragen.

»Ach, Mama, du weißt doch, daß ich es im Museum stinklangweilig finde«, sagte Alexandra.

»Alexandrita, sei nicht kulturlos, du solltest dich schämen, so vor Joaquín zu reden«, sagte Adriana.

»Ich muß nicht dic Kulturinteressierte spielen, um ihn zu beeindrucken«, sagte Alexandra.

Adriana stieß ein schrilles Lachen aus.

»Ist ja schrecklich, wie empfindlich du bist, Kindchen«, sagte sie. »Joaquín, geht es auf dem Klappbett?«

»Ausgezeichnet, Señora, es ist sehr bequem, vielen Dank.«

»Wenn du mich noch einmal Señora nennst, werfe ich dich aus dem Zimmer, damit du es weißt.«

»Recht so, das hast du davon, Mama, daß du immer noch so tust, als wenn du fünfzehn wärst.«

»Nun gut, Kinder, bis morgen, und träumt schön«, sagte Adriana. »Ach, und achtet nicht drauf, wenn ich etwas sage, ich rede manchmal im Schlaf.«

Sie machte das Licht aus und schloß die Augen. Joaquín wälzte sich im Bett und konnte nicht schlafen. Als er sicher war, daß Adriana schlief, stand er von seiner Klappliege auf und schlüpfte bei Alexandra unter die Bettdecke.

»Bist du verrückt, was machst du hier?« flüsterte Alexandra erschrocken.

»Ich kann nicht schlafen«, flüsterte Joaquín. »Nur ein Weilchen.«

»Wenn Mama aufwacht, bringt sie uns um.«

Er streichelte ihr die Schenkel.

»Du bist ja ganz heiß«, flüsterte er.

»Joaquín, lieber nicht, ich vergehe vor Angst«, flüsterte sie.

»Ruhig, es passiert nichts«, flüsterte er. »Außerdem ist es mit Angst viel geiler.«

Sie streichelten sich lautlos. Adriana hustete. Sie stand aus ihrem Bett auf und wollte ins Bad gehen. Als sie an Joaquíns Klappliege vorbeikam, sah sie, daß sie leer war. Alarmiert blieb sie stehen und machte Licht. Alexandra und Joaquín schlossen die Augen.

»Darf man wissen, was das bedeutet?« fragte Adriana.

Alexandra und Joaquín schlugen die Augen auf und taten so, als hätten sie geschlafen.

»Was ist denn mit dir, Mama?« fragte Alexandra. »Du siehst ja aus wie ein Gespenst.«

»Unverschämtes Ding, ein bißchen mehr Respekt vor deiner Mutter gefälligst«, sagte Adriana. »Und du, Schamloser, verlaß sofort das Bett meiner Tochter«, sagte sie zu Joaquín gewandt.

Mit einem Satz war Joaquín aus Alexandras Bett.

»Mama, was ist denn los, werd nicht gleich hysterisch«, sagte Alexandra.

»Für was haltet ihr euch eigentlich, dreistes Gesindel? Rammeln vor einer Dame wie die Karnickel!« sagte Adriana.

»Wir haben nichts Schlimmes getan, Mama«, sagte Alexandra.

»Es ist nichts passiert, Señora, wir haben uns nur ein bißchen unterhalten«, sagte Joaquín.

»Du bist ja nur eifersüchtig, Adriana, du platzt bald vor Eifersucht«, sagte Alexandra.

»Halt den Mund, freche Göre«, sagte Adriana.

»Das hätte dir gefallen können, wenn Joaquín zu dir ins Bett gekommen wäre«, sagte Alexandra.

»Es reicht«, schrie Adriana und gab ihrer Tochter eine Ohrfeige.

Alexandra schlug die Hände vors Gesicht und fing an zu weinen.

»Du Ausgeburt der Hölle, wie kannst du es wagen, deine Mutter schlimmer als jede Hure zu behandeln«, schrie Adriana. »Und du, Undankbarer, verschwinde aus meinem Zimmer und komm mir nicht wieder unter die Augen«, schrie sie Joaquín an.

»Es tut mir leid, Señora«, sagte Joaquín und ging ins Bad, um sich umzuziehen.

»Wenn er geht, gehe ich auch«, schrie Alexandra.

»Dann geht doch alle beide, dreistes Gesindel«, schrie Adriana.

Alexandra sprang aus dem Bett, zog sich einen Sportanzug an und nahm ihren Koffer.

»Du bist ein Hexe, Adriana, du platzt vor Neid, notgeil bist du«, schrie sie.

»Schweig, Unverschämte«, schrie Adriana.

Joaquín kam aus dem Bad heraus, nahm seinen Koffer und ging zur Zimmertür.

»Erlauben Sie, Señora«, sagte er.

»Erlauben Sie, Señora«, äffte ihn Adriana nach und machte ein dummes Gesicht. »Du hättest mich um Erlaubnis bitten sollen, bevor du meine Tochter in meiner Gegenwart begrapschst, schamloser Kerl.«

Alexandra und Joaquín verließen so schnell es ging das Zimmer.

»Du und deine Wechseljahre!« schrie Alexandra und knallte die Tür zu.

»Schlampe, Schlampe«, schrie Adriana.

In dieser Nacht mußten Alexandra und Joaquín von einem Hotel zum nächsten ziehen, ehe sie schließlich in einem 3-Sterne-Hotel ein Zimmer bekamen.

»Was sollte das nur, in mein Bett zu kommen, wenn meine Mutter dabei ist!« sagte Alexandra, kaum daß sie im Zimmer waren.

»Ich dachte, sie merkt nichts«, sagte Joaquín. »Ich habe es einfach nicht ausgehalten. Es war deine Schuld, du hast mich so geil gemacht.«

Sie setzten sich aufs Bett und schalteten den Fernseher an.

»Meine arme Mama, wir haben sie ganz allein gelassen«, sagte Alexandra nach einer Weile.

Sie nahm das Telefon und rief ihre Mutter an. Ihre Hände zitterten, als sie die Nummer wählte.

»Hallo, Mama, ich bin's«, sagte sie. »Ich wollte nur wissen, wie es dir geht.«

Sie sprach nicht weiter und fing an zu weinen.

»Sorry, Mama, wenn du wüßtest, wie leid es mir tut«, sagte sie.

Joaquín ging ins Bad, um Toilettenpapier zu holen.

»Nein, nein, es war meine Schuld«, redete Alexandra wieder.

Joaquín gab ihr das Toilettenpapier. Sie putzte sich die Nase.

»Ich bin in einer elenden Absteige voller Schaben«, sagte sie und lachte. »Ich komme zu dir, in einer Sekunde bin ich bei dir.«

Sie legte auf und seufzte. Sie wischte sich die Nase an ihrem Pullover ab.

»Tut mir leid, Joaquín, aber ich kann sie nicht allein lassen«, sagte sie.

Am nächsten Tag rief Alexandra Joaquín an. Es war schon nach zwölf. Joaquín hatten den ganzen Vormittag geschlafen.

»Wie geht's deiner Mama?« fragte er.

»Ausgezeichnet, bestens, sie hat sich schon wieder beruhigt«, sagte Alexandra. »Heute vormittag waren wir im Museum, wir waren beide so etwas von kulturinteressiert wie keiner sonst auf der Welt. Jetzt hat sie sich hingelegt, um ein bißchen Siesta zu machen. Wenn du willst, könnten wir ja inzwischen ins Kino gehen.«

»Genial. Worauf hast du Lust?«

»Ich bin scharf auf den neuen Harrison-Ford-Film.«

»Gute Idee.«

»Ja. Du weißt doch, ich könnte mich wegschmeißen für Harrison Ford. Für mich ist Harrison der absolut schickste Typ.«

»Dann springe ich noch schnell unter die Dusche und komme bei dir vorbei.«

»Was? Du bist noch im Schlafanzug?«

»Hm.«

»Langschläfer. Hör mal, mach dich hübsch, ja? Kämm dich so, wie ich es gern habe, und zieh dir schwarze Sachen an, ich finde, das steht dir.«

»Versprochen.«

Joaquín legte den Hörer auf, duschte sich, kämmte sich so, wie Alexandra es mochte – mit ein bißchen Gel, alles nach hinten gekämmt außer einer Strähne, die in die Stirn hing – und zog sich lauter schwarze Sachen an. Dann ging er auf die Straße hinunter und stieg in ein Taxi. Ein paar Minuten später holte er Alexandra ab, und sie fuhren zusammen zum Kino.

»Diese Araber fahren wie die Henker, wie Fanatiker«, sagte

sie, als sie aus dem Taxi stiegen. »Ich wette, die haben nur einen Führerschein zum Kameltreiben und setzen sich damit ans Steuer von einer Taxe, blödes Pack.«

Sie gingen ins Kino hinein, kauften Popcorn mit Butter und zwei extragroße Coca-Cola und setzten sich in die letzte Reihe.

»Ich hasse es, in der letzten Reihe zu sitzen«, sagte sie. »Das sieht so aus, als wären wir zum Knutschen gekommen.«

»Wir sind zum Knutschen gekommen«, sagte Joaquín mit verführerischem Lächeln.

Sie lachte.

»Joaquín, bitte benimm dich«, sagte sie.

»Guck mal, er steht schon«, sagte er, und er faßte sich zwischen die Beine.

»Hallo, Partner«, sagte sie lächelnd, und sie faßte ihm zwischen die Beine.

Kurz darauf setzten sich ein Mädchen und ein Junge ein paar Plätze neben Alexandra hin. Joaquín sah den Jungen an: Er fand, daß er sehr gut aussah. Sekunden später erwiderte der Junge seinen Blick. Sie schauten sich in die Augen, ohne zu lächeln. Bevor das Licht ausging, sahen sie sich noch einmal an. Kaum hatte der Film begonnen, stand der Junge auf, sah zu Joaquín hinüber, machte ihm mit dem Kopf ein Zeichen und ging aus dem Saal. Joaquín spürte, wie ein Jucken seinen Rücken hinunterlief. Er wußte, er würde der Versuchung nicht widerstehen können.

»Ich muß mal den Chilenen etwas zu essen geben«, sagte er Alexandra ins Ohr.

Er kannte diesen Ausdruck von einem Großonkel, der ihn benutzte, um zu sagen, daß er auf Toilette mußte. Sie lachte und schlug sich die Hand vor den Mund.

»Sie kommen wohl um vor Hunger, die Chilenen?« fragte sie.

»Den Ärmsten knurrt der Magen, sie brauchen dringend was zu beißen«, sagte er.

»Beeil dich aber, ich erzähl dir dann, was inzwischen war«, sagte sie lachend.

Joaquín stand auf und ging auf die Toilette. Als er hereinkam, sah ihn der Junge an und lächelte. Es war niemand außer ihnen auf der Toilette. Sie gingen in eine Kabine und schlossen sich ein. Sie küßten sich. Joaquín machte ihm die Hose auf und lutschte seinen Schwanz. Danach gingen sie wieder ins Kino zurück.

»Hat es den Chilenen geschmeckt?« fragte Alexandra.

»Und wie!« sagte Joaquín. »Es war ein Bankett.«

Nach der Kinovorstellung war es schon dunkel. Alexandra und Joaquín beschlossen, etwas essen zu gehen. Sie liefen ein paar Straßen, gingen in ein Fastfood-Restaurant und nahmen jeder einen großen Salat. Dann setzten sich an einen Tisch, einander gegenüber.

»Eine Freundin hat mir erzählt, hier in Manhattan soll eine ganz irre Disko aufgemacht haben«, sagte Alexandra, während sie ihren Salat aß. »Und zwar in einer Kirche, die eingestürzt war, darum haben die Pfaffen sie auch verkauft, oder so, und jetzt hat man daraus eine Disko gemacht.«

»Hört sich nicht schlecht an«, sagte Joaquín.

»Sie soll riesig sein, und ganz tolle Leute sollen da sein. Wir müssen da unbedingt hin, Joaquín, es muß ein echtes Kulturerlebnis sein.«

»Das Dumme ist, ich habe keine Papiere bei mir. Wir müßten vorher noch bei meinem Hotel vorbeifahren, damit ich meinen Paß hole.«

»Kein Problem, bei der Gelegenheit rufe ich kurz meine Mutter an.«

»Ruf sie lieber nicht an, nicht daß sie ihre psychedelischen Klamotten anzieht und mit uns mitkommen will«, sagte er.

»Nein, in Sachen Disko ist sie schon im Ruhestand«, sagte sie und lachte. »Habe ich dir eigentlich erzählt, daß meine Alten sogar selber mal Marihuana probiert haben, als es in Lima Mode war?«

»Ach, ja? Soviel ich weiß, ist die Mode eigentlich noch nicht vorbei.«

»Meine Mutter sagt, ihr Erlebnis mit Marihuana war umwerfend. Sie sagt, als sie zum erstenmal einen Joint geraucht hat, fing sie an, Schäfchen springen zu sehen, ein Schäfchen, zwei Schäfchen, so wie bei kleinen Kindern, wenn sie nicht einschlafen, und sie hatte schon massenhaft Schäfchen gezählt, als plötzlich die Schäfchen keine Gesichter mehr hatten, sie verformten sich, und peng! waren sie zu Gewürzkuchen geworden, riesige Gewürzkuchen, mit weißer Creme gefüllt, und im selben Moment merkte meine Mutter, daß sie einen Mordshunger hatte, einen Hunger, der sie fast umbrachte, einen Heißhunger auf etwas Süßes, wie sie noch nie einen im Leben gehabt hatte, so groß, daß sie die Dienstmädchen weckte und sie zwang, Gewürzkuchen zu backen, die armen Dienstmädchen mußten im Nachthemd um drei Uhr morgens Kuchen backen, stell dir das mal vor, die Ärmsten dachten, die Alte ist verrückt geworden, und als die Kuchen schließlich fertig waren, aß Adriana solche Berge davon, daß mein Vater sie schließlich mit dem Rettungswagen in die Tezza-Klinik bringen lassen mußte, damit man ihr den Magen auspumpt.«

Sie lachten, daß ihnen die Tränen kamen.

»Ach, Alexandra, du mit deinen Geschichten«, sagte er.

»Ich schwöre dir, es ist die Wahrheit, Joaquín«, sagte sie. »Ich schwöre dir.«

Als sie ihren Salat aufgegessen hatten, verließen sie das Restaurant und fuhren im Taxi zu Joaquíns Hotel.

»Ich sage meiner Mutter lieber Bescheid, daß es später wird«, sagte Alexandra, als sie im Zimmer waren.

Sie setzte sich aufs Bett und rief ihre Mutter an.

»Hallo, Mama, ich bin's«, sagte sie. »Der Film war ganz toll, du mußt ihn dir unbedingt anschauen. Und wie geht's dir? Hast du dich ein bißchen ausruhen können? Ah, gut, es geht doch nichts über eine kleine Siesta richtig im Bett, und nach dem Aufstehen ein Schokomint. Was hast du vor? Nein, ich habe schon einen Riesensalat gegessen, geh bitte ohne mich, aber vergiß nicht, Álvaro und Marcela einen schönen Gruß von mir auszurichten. Ich? Nichts, ich glaube, ich werde ein bißchen tanzen gehen, danach komme ich ins Hotel zurück, ja? Nein, mach dir keine Sorgen, Mama, Joaquín kommt mit, er wird gut auf mich aufpassen. Nein, Mama, keiner wird mir Schokolade mit Drogen schenken. Mama, du bist ja verrückt, wer hat dir denn das erzählt, mir wird niemand Pillen in meinen Drink schütten, das macht kein Mensch, Drogen sind viel zu teuer, als daß man sie einfach so wegschenkt. Nein, ich sage das nicht, weil ich weiß, wie die Preise bei Drogen sind, ich habe das nur gehört. Ja, ja, mach dir keine Sorgen, ich komme nicht spät. Also tschau, Mama, iß was Schönes, ja? Tschau, tschau.«

Alexandra legte auf und kontrollierte, daß die Ohrringe richtig saßen. Joaquín holte den Paß aus dem Nachttisch und gab ihn ihr.

»Kannst du ihn bitte einstecken?« bat er sie.

Sie steckte ihn in ihre Handtasche, und sie gingen los. Sie nahmen ein Taxi und fuhren in die Diskothek. Ein paar Minuten später waren sie da.

»Ist sie nicht zauberhaft, die Kirche?« sagte sie, als sie aus dem Taxi stiegen, und wies auf die Diskokirche.

»Wunderschön«, sagte er. »Schöner als die Kathedrale von Lima.«

»Wäre es nicht genial, wenn man aus der Virgen del Pilar auch eine Superdisko machen würde, eine Art Nirvana II?«

»Das wäre unglaublich. Wäre bestimmt ein Riesenerfolg.«

Vor dem Eingang wartete eine lange Menschenschlange. Alexandra und Joaquín stellten sich hinten an und rückten langsam nach vorn. Als sie endlich an der Tür waren, wollte ein Typ ihre Ausweise sehen.

»Scheiße, meine Handtasche«, sagte Alexandra.

»Wo hast du sie?« fragte Joaquín.

»Im Taxi liegen lassen«, sagte Alexandra. »Ich habe sie im Taxi vergessen.«

Sie entschuldigten sich beim Einlasser und traten einen Meter beiseite.

»Das kann ja wohl nicht wahr sein!« sagte Joaquín völlig außer sich.

»Es tut mir leid. Bin ich blöd!« sagte Alexandra.

»Das bist du, und zwar saublöd!« sagte Joaquín. Er konnte nicht verhehlen, wie wütend er auf sie war.

»Sei still, du! Wenn ich sage, ich bin blöd, ist das was anderes, als wenn du das sagst, klar?« sagte sie lauter werdend.

»Alexandra, sei bitte still, die Leute gucken schon«, sagte er und zog sie noch ein Stück fort.

»Verbiet mir nicht immer den Mund, ich habe es satt, ständig von dir herumkommandiert zu werden«, schrie sie. »Du bist ein autoritärer Macho, du läßt mich nicht sein, wie ich bin.«

»Ah, ja? Wenn du mich satt hast, dann hau doch ab«, sagte er.

»Und ob ich abhaue!«, sagte sie. »Und ruf mich gefälligst nicht wieder an.«

»Ich habe dich nicht angerufen, du warst es, die mich nach New York eingeladen hat«, sagte er.

»Nicht ich habe dich eingeladen, es war meine Mutter, diese Irre«, sagte sie.

Alexandra stieg in ein Taxi und fuhr fort, die Hände vor das Gesicht geschlagen. Joaquín fragte stundenlang an den Taxiständen von Manhattan nach der Handtasche, konnte sie aber nicht finden. Am nächsten Morgen stieg er in den Zug nach Miami. Zwanzig Stunden später und mit fürchterlichem Durchfall kam er in Miami an. Im peruanischen Konsulat brauchten sie eine Woche, bis sie ihm einen neuen Paß gaben. Dann endlich konnte er weiterfliegen nach Lima.

Ein paar Monate später begegneten sich Alexandra und Joaquín in einer Diskothek in der Avenida Pardo. Er saß an der Bar des

Biz Pix und trank ein Bier, als er sie allein zu einem Reggae tanzen sah, der gerade in den Charts war. Ohne lange zu überlegen, ging er zu ihr hin und fing an, neben ihr zu tanzen. Als sie ihn sah, fiel sie ihm um den Hals. Sie tanzten zusammen, ohne etwas zu sagen. Dann setzten sie sich in eine Ecke. Sie umarmten sich noch einmal.

»Ich habe mich ziemlich daneben benommen in New York«, sagte er. »Tut mir leid.«

»Nein, es war meine Schuld, Joaquín«, sagte sie.

Sie nahmen sich bei der Hand. Er küßte sie auf die Stirn und die Wangen.

»Was mich am meisten geärgert hat, war, daß wir nicht in die Disko reingekommen sind«, sagte sie. »Ich war ein paar Tage später noch mal da. Du kannst dir das nicht vorstellen, Joaquín! Ich habe noch nie so viele schöne Menschen auf einem Haufen gesehen. Die Mädchen todschick, sie sahen alle aus wie Madonna. Ich kam mir neben ihnen vor wie ein häßliches Entlein. Und die Jungs – einfach zum Anbeißen und supergut drauf, sie tanzten alle ohne T-Shirt mit Wahnsinnskörpern, wie aus der Joghurtwerbung von Milkito, wenn du wüßtest, was die für Körper hatten, Joaquín.«

»Warst du allein da?«

»Nein, meine Mutter ist mitgekommen. Du hättest sie sehen sollen, ich hätte mich bepissen können. Die Alte hatte sich hautenge Jeans angezogen und Stöckelschuhe, die es mit dem Empire State Building aufnehmen konnten. Das Gesicht hatte sie sich wie ein Vamp geschminkt, und sie sagte zu mir, Töchterchen, du wirst entschuldigen, aber heute reiße ich mir einen Kerl auf. Joaquín, genau so hat sie es gesagt, das waren ihre Worte. Ich konnte es kaum fassen. Ich weiß nicht, wie viele Wodka die Alte diese Nacht gekippt hat. Sie war völlig von der Rolle. Tanzte da ein Neger, peng! machte sich Adriana an ihn ran und flirtete mit ihm, ohne daß es ihr eklig wurde. Ich mußte mich festhalten vor Lachen. Aber natürlich hatte niemand was von der Ärmsten wissen wollen. Morgens um sechs sind wir dann beide stockbesoffen und heulend im Hotel gelandet, und Mama hat sich die Seele aus dem Leib gekotzt.«

Joaquín lachte.

»Und was hat deine Mama gesagt, daß wir uns gekracht hatten?« fragte er.

»Um ehrlich zu sein, es war ihr gar nicht so unlieb«, sagte Alexandra. »Sie sagte etwas in der Art wie: Endlich hast du mit diesem Oberschwuli Schluß gemacht, Schwuchteln bringen Unglück. Ach, komm, Joaquín, laß uns tanzen, dieses Lied von Sting finde ich super.«

Sie faßten sich bei den Händen und gingen tanzen.

»Guck mal das Herumgehopse von diesen Cholos, ich hasse sie, die tanzen nach Sting, als ob es Salsa wäre«, sagte sie wenig später mit einem Seitenblick auf ein paar Leute, die neben ihnen tanzten.

»Ja, das ist hier in letzter Zeit ein furchtbarer Cholo-Laden geworden«, sagte Joaquín. »Wollen wir nicht lieber ein bißchen zu mir gehen?«

»Genial«, sagte sie.

Sie verließen die Disko und stiegen in ihre Autos. Sie fuhr hinter ihm her bis zu dem Haus in der Avenida Pardo, in dem er wohnte.

»Hübsch hast du es hier«, sagte sie, als sie in Joaquíns Wohnung kamen.

Er nahm sie in die Arme und wollte sie küssen.

»Joaquín, bitte fang nicht damit an«, sagte sie.

»Wieso nicht?« fragte er. »Hast du keine Lust?«

»Ich bin fest zusammen mit jemandem.«

»Im Ernst? Wer ist der Glückliche?«

»Du kennst ihn nicht. Er heißt Aldo. Er ist Maler.«

»Und, ist er hübsch?«

»Superhübsch. Er ist so hübsch, daß man gar nicht glaubt, daß er aus Lima ist.«

»Ach, ja? Ich glaube, ich habe ihn mal im Solari gesehen.«

»Ich glaube nicht, Aldo geht nämlich äußerst selten aus. Er ist gern allein.«

»Schön für ihn. Und wie kommt ihr miteinander zurecht?«

»Großartig. Er ist superwitzig, wenn du wüßtest, was ich bei ihm lache. Und er ist bezaubernd, er bringt mir Blumen, schreibt mir Gedichte, schenkt mir Bücher, er verleiht mir das Gefühl, als wäre ich die interessanteste Frau von Lima.«

»Du bist es, Alexandra.«

»Demagoge. Du warst schon immer ein Demagoge.«

Sie verstummten. Sie setzten sich auf eine Couch. Er streichelte ihr Haar.

»Ich habe dich vermißt, Prinzessin«, sagte er.

»Ich dich auch, es ist aber besser, wenn wir getrennt sind, Joaquín, zusammen schaden wir uns nur«, sagte sie.

Er küßte sie. Sie schloß die Augen und bot ihm den Mund dar.

»Besser nicht«, sagte sie.

Er umarmte sie und küßte sie von neuem.

»Komm ins Bett, Alexandra«, sagte er.

»Nein«, sagte sie. »Ich kann das Aldo nicht antun.«

»Aber Aldo wird nichts erfahren. Warum sollte er je davon erfahren.«

Sie kaute auf ihren Lippen, als wäre sie uneins mit sich.

»Hast du Kondome da?« fragte sie mit verführerischem Lächeln.

»Nein, aber ich ziehe ihn raus, wenn's kommt«, sagte sie.

»Das kannst du vergessen, Joaquín. Dir glaube ich kein Wort. Mit Kondom oder gar nicht.«

»Furchtbar, bist du dogmatisch, Alexandra!«

»Tut mir leid, Joaquín, aber ich will kein Kind haben.«

»Aber um diese Uhrzeit kriegen wir nirgends ein Kondom her.«

»Die Meza-Apotheke hat rund um die Uhr auf, Liebling.«

»Genial. Los, wir fahren sofort hin.«

Ohne Zeit zu verlieren, fuhren sie mit Joaquíns Auto zur Meza-Apotheke.

»Scheiße, geschlossen«, sagte er, als sie ankamen.

»Nein«, sagte sie. »Klopf an, dann kommt der Wachmann.«

Joaquín stieg aus und klopfte an die Metalltür der Apotheke. Einen Augenblick später ging die Tür einen Spalt auf und der Wächter zeigte sich.

»Sie wünschen?« fragte er.

»Importpräservative, bitte, Mister«, sagte Joaquín.

»Noch so ein geiler Bock, verdammte Scheiße«, murmelte der Wächter und schloß die Tür.

Joaquín lächelte. Der Wächter war schon bald mit einer Schachtel Präservative zurück.

»Diese geilen Böcke lassen einen nicht schlafen, verdammte Scheiße«, sagte er und gab ihm die Präservative. »Kaufen Sie ihre Kondome gefälligst rechtzeitig, junger Mann. Und nicht erst auf den letzten Drücker.«

»Beim nächstenmal, Mister«, sagte Joaquín und bezahlte.

Dann stieg er ins Auto und zeigte die Kondome Alexandra. Sie lächelte und gab ihm einen Kuß.

»Es freut mich, daß ich dich offensichtlich so scharf mache«, sagte sie.

Sie fuhren in die Wohnung zurück, streichelten sich unterwegs die Schenkel, sagten aber kein Wort. Als sie wieder bei Joaquín waren, zogen sie sich aus und legten sich aufs Bett.

»Hast du mit Aldo geschlafen?« fragte Joaquín, während sie sich liebten.

»Hm«, sagte sie.

»Und wie ist er?«

»Du machst es besser.«

»Hat er einen großen?«

»Normal.«

»Hast du seinen Schwanz gelutscht?«

»Hm.«

»Sag mir, daß es dir Spaß gemacht hat.«

»Es hat mir Spaß gemacht, ja, es hat mir Spaß gemacht.«

»Sag mir, daß du eine Schlampe bist.«

»Ich bin eine Schlampe, Joaquín, mit dir bin ich eine Schlampe.«

»Ich komme gleich, Alexandra.«

»Ich auch. Mach weiter, mach weiter.«

Am nächsten Tag rief Joaquín Alexandra an und fragte sie, ob sie Lust hätte, im Tiendecita Blanca mit ihm Kaffee zu trinken. Alexandra nahm die Einladung erfreut an. Sie vereinbarten, sich um Punkt sechs im Tiendecita Blanca zu treffen. Sie waren beide pünktlich. Joaquín schlug vor, sich an einen Tisch im Freien zu setzen, aber Alexandra wollte lieber hineingehen, und so wählten sie einen Tisch neben dem Pianisten.

»Draußen zu sitzen ist gefährlich, man weiß nie, wann die Terroristen eine Bombe schmeißen«, sagte sie.

Kurz darauf kam der Kellner an ihren Tisch. Sie bestellte ein Croissant und einen Café au lait. Er eine Kugel Schokoeis.

»Es war schön gestern nacht, Joaquín«, sagte sie, sobald der Kellner in der Küche verschwunden war. »Nach und nach befreie ich mich von meinen Zwängen. Ich kann Sex jetzt viel besser genießen. Findest du nicht auch, daß es gestern super war?«

»Ich muß dir die Wahrheit sagen, Alexandra«, sagte er sehr ernst. »Für mich war es nicht so schön.«

»Wie meinst du das?« fragte sie überrascht.

»Jedesmal, wenn ich mit dir schlafe, ist mir, als ob meine Seele einen Tritt kriegt. Danach bin ich deprimiert, ich fühle mich furchtbar, und ich hasse mich.«

Alexandra runzelte die Stirn, sie begriff nicht.

»Ehrlich gesagt, ich verstehe überhaupt nichts mehr, Joaquín«, sagte sie. »Du warst es doch, der zu dir gehen wollte und der die Kondome kaufen wollte, und jetzt muß ich mir sagen lassen, ich gebe deiner Seele einen Tritt. Ehrlich gesagt, ich verstehe überhaupt nichts mehr.«

»Ich will dir nicht die Schuld geben, Alexandra. Versteh mich nicht falsch.«

»Ich verstehe dich immer falsch, ich verstehe dich immer falsch. Du solltest dir einen Dolmetscher zulegen, wenn du mit mir sprichst.«

»Alexandra, reg dich nicht auf, ich versuche nur, offen zu dir zu sein.«

»Du hättest lieber gestern nacht offen zu mir sein sollen, bevor du mich abgeschleppt hast.«

»Ja, du hast recht, aber ich war ziemlich betrunken, und da ist es passiert.«

»Natürlich, du warst betrunken, die Ausrede eines Arschlochs, wie sie typisch ist in Lima.«

»Ich will mich nicht herausreden, Alexandra. Ich versuche nur, die Wahrheit zu sagen, auch wenn es uns weh tut. Du mußt verstehen, daß ich keinen Spaß daran habe, mit einer Frau zu schlafen, und sei sie noch so sexy und superintelligent wie du.«

»Die Komplimente kannst du dir sparen, Liebling.«

»Ich meine es ernst, Alexandra. Du bist ein bezauberndes Mädchen. Ich bin sehr gern mit dir zusammen. Aber ich empfinde nichts dabei, wenn ich mit einem Mädchen ins Bett gehe. Versteh doch mal, um in Fahrt zu kommen, muß ich an einen Jungen denken. Das macht mich fertig. Danach fühle ich mich als Lügner, und zwar einer von der schlimmsten Sorte.«

»Eins mußt du mir aber erklären, Joaquín. Wenn es dir keinen Spaß macht, mit mir zu schlafen, warum sagst du mir dann jedesmal, wenn wir uns treffen, du würdest sonstwas dafür geben, mit mir Liebe zu machen.«

»Ich weiß nicht, ich weiß es nicht. Vielleicht weil ich meine Homosexualität immer noch nicht ganz akzeptiert habe.«

»Weißt du was, Joaquín? Ich habe von deiner famosen Homosexualität die Nase gestrichen voll.«

»Tut mir leid, aber ich bin nun mal so.«

»Von mir aus kannst du mit allen hübschen Jungs von Lima ins Bett gehen, prima, das ist dein Problem. Aber was ich hasse ist, wenn du nachts sagst, daß du verrückt nach mir bist, und zu guter Letzt machen wir Liebe, und am nächsten Tag liegst du mir in den Ohren, wie sehr du es bereust und wie sehr ich dir schade.«

»Es tut mir leid, Alexandra, ich weiß, wir hätten es nicht tun sollen.«

»Darauf kannst du Gift nehmen, daß wir es nie wieder tun werden. Darum bin ich so gern mit Aldo zusammen, er liebt mich nämlich wirklich, nicht wie du. Du bist durch und durch falsch.«

»Du hast recht, wir sollten nicht wieder miteinander schlafen. Ich bin nämlich auch fest mit jemandem zusammen.«

»Mit wem?«

»Kennst du nicht. Er ist Sänger.«

»Und woher weißt du, daß ich ihn nicht kenne?«

»Na, weil du ihn eben nicht kennst.«

»Hör mal, Kindchen, ich kenne alle hübschen Jungs von Lima. Wie heißt er?«

»Michael.«

»Der bei Papaya Pop singt?«

»Hm.«

»Ehrlich, Joaquín, du könntest dir ruhig was Besseres suchen.«

»Findest du nicht auch, daß er was von Mick Jagger an sich hat?«

»Du mußt ganz schön in ihn verknallt sein, Kindchen.«

»Ich finde ihn supersexy.«

»Den Typ kannst du vergessen, er ist ein Schwein und ein Drogenabhängiger, Joaquín.«

»Du kennst ihn ja gar nicht, Alexandra.«

»Und ob ich ihn kenne! Der Typ hat mich fünfzigtausendmal

im Tarot und im Nirvana zum Tanz aufgefordert. Und jedesmal, wenn wir dann irgendwann getanzt haben, hat dieses miese Arschloch mich um Geld gebeten, um sich Drogen zu kaufen.«

»Wenn er auf Droge ist, ist das sein Problem. Ich mache nur verdammt gern Liebe mit ihm.«

»Was? Was hast du gesagt, Joaquín? Das darf ja wohl nicht wahr sein, daß du mit diesem Typ gepennt hast!«

»Wieso?«

»Das darf ja wohl nicht wahr sein, du hast es mit diesem Rauschgiftsüchtigen getrieben und danach mit mir?!«

»Alexandra, bitte. Wenn du dich deshalb so ekelst: Ich hatte gestern nacht ein Kondom drüber.«

»Das darf einfach nicht wahr sein! Ich habe mich noch nie so erniedrigt gefühlt. So eine hundsgemeine Sauerei hat mir noch nie jemand angetan.«

»Ich finde, du übertreibst, Liebes.«

»Nenn mich nicht Liebes, Idiot. Ich hasse es, wenn du mich Liebes nennst. Du liebst mich nicht, du hast mich nie geliebt. Du bist falsch bis in die Knochen, das bist du. Du kannst dich mit deinem Schätzchen Michael ein für allemal verpissen, du Idiot.«

Alexandra sprang auf und verließ das Tiendecita Blanca. Einige ältere Damen warfen Joaquín vorwurfsvolle Blicke zu.

Monate später, Joaquín war gerade zu Hause und sah fern, klingelte das Telefon.

»Hallo, Joaquín, ich bin's«, hörte er.

Es war Alexandra. Sie hatten sich seit dem Nachmittag im Tiendecita Blanca nicht mehr gesehen.

»Hallo, Prinzessin, das ist ja eine Überraschung«, sagte er.

»Ich rufe an, um mich von dir zu verabschieden, Joaquín«, sagte sie. »In ein paar Stunden bin ich hier weg, und ich wollte nicht gehen, ohne dir Tschau zu sagen.«

»Wo willst du denn hin?«

»Zum Studium nach Boston. Meine Eltern wollten mich schon lange ins Ausland schicken, und ich habe Lima auch ehrlich gesagt ziemlich satt.«

»Das ist schön. Ich finde die Idee ausgezeichnet. Herzlichen Glückwunsch, Alexandra.«

»Ja, ehrlich gesagt freue ich mich schon riesig, für eine Weile im Ausland zu gehen.«

»Klar, kann ich verstehen. Und was ist mit Aldo?«

»Ich habe ihn schon lange nicht mehr gesehen. Es hat nicht funktioniert. Er ist zu verrückt für mich.«

»Bist du in letzter Zeit mit jemandem ausgegangen?«

»Nein, und ich habe mich sehr einsam gefühlt, Joaquín. Ich habe gemerkt, ich kenne alle interessanten Jungs in Lima, was übrigens nicht allzu viele sind, und wenn ich in dieser Stadt bleibe, werde ich einsam und verbittert enden.«

»In Boston wirst du sicherlich haufenweise hübsche Jungs kennenlernen, Alexandra.«

»Hoffentlich, und nicht nur das, ich will auch mit meinem Fahrrad fahren können und einen Kaffee trinken können, ohne daß ich angepöbelt werde, ich will ein normales Leben führen, Joaquín. Ich habe das alles satt, die Ausgangssperre, das Duschen mit dem Wassereimer und den ständigen Stromausfall.«

»Ich kann dich vollkommen verstehen.«

»Erzähl von dir. Was ist mit Michael?«

»Michael? Wir haben Schluß gemacht. Ich habe ihm gesagt, er muß sich entscheiden zwischen dem Koka und mir, und er hat sich natürlich für das Koka entschieden.«

»Es ist besser für dich, Joaquín. Ich habe dir ja gesagt: Der Typ ist ein ekelhafter Rauschgiftsüchtiger.«

Sie verstummten.

»Ich werde dich vermissen, Alexandra«, sagte er dann.

»Ich dich auch, sehr, Joaquín«, sagte sie.

»Ich liebe dich«, sagte er.

»Ich liebe dich«, sagte sie und legte auf.

Joaquín war von solch innerer Unruhe erfüllt, daß er losfahren mußte Marihuana kaufen. Er fuhr zur Calle La Mar, hielt an einer Ecke und kaufte ein Päckchen. Dann fuhr er an die Uferstraße, parkte das Auto in einer ruhigen Seitenstraße, drehte sich einen Joint und rauchte ihn. Dabei schaute er aufs Meer hinaus und dachte an Alexandra.

Der Fußballer

An diesem Morgen flog die peruanische Nationalmannschaft nach Puerto España, um gegen die Auswahl von Trinidad und Tobago zu spielen. Auf dem Flugplatz von Lima verabschiedeten sich die Spieler von ihren Familienangehörigen und Freunden, gaben Autogramme, ließen sich zusammen mit Bewunderern fotografieren und gaben Interviews. Joaquín flog als Reporter des Expreso mit ihnen mit. Kurz bevor sie an Bord des Flugzeugs gingen, begrüßte er Gianfranco Bonelli, einen der populärsten Spieler der Mannschaft. Gianfranco war ein hübscher Kerl: groß, weiß, mit Lockenkopf und hellen Augen.

»Vielen Dank für die lobenden Artikel, die du über mich geschrieben hast«, sagte er zu Joaquín und gab ihm die Hand.

»Du hast sie verdient, Mann«, sagte Joaquín.

»Danke, dankeschön«, sagte Gianfranco lächelnd. »Wir sehen uns dann im Flugzeug.«

Wenig später gingen die Mitglieder der peruanischen Nationalelf an Bord. Sie konnten nicht eine gewisse Nervosität verbergen, denn wenige Wochen zuvor waren die Fußballer des Clubs Alianza Lima mit dem Flugzeug über dem Meer abgestürzt und ums Leben gekommen. Bevor das Flugzeug startete, stand Gianfranco von seinem Platz auf und setzte sich neben Joaquín, der Platz zwischen ihnen war frei.

»Stört es dich, wenn ich mich hierhersetze?« fragte er.

»Im Gegenteil, ich freue mich«, sagte Joaquín lächelnd.

»Kommst du mit, um das Spiel zu sehen?«

»Ja, die Zeitung schickt mich.«

»Komisch, daß so ein weißer Junge wie du Sportjournalismus macht. Da wimmelt es doch nur so von Cholo-Ratten.«

»Ich war schon immer Fußballfan.«

»Aber sie zahlen doch bestimmt schlecht, oder?«

»Verdammt schlecht.«

»Darum sind die Sportjournalisten auch so käuflich. Und außerdem haben diese Halunken immer einen Haufen Weibergeschichten.«

Sie lachten. Als das Flugzeug abhob, bekreuzigte sich Gianfranco dreimal.

»Ich kann mich an das verfluchte Fliegen einfach nicht gewöhnen, mir wird dabei ganz flau im Magen«, sagte er.

»Ich bete im stillen auch immer, für alle Fälle«, sagte Joaquín.

»Ehrlich, du weißt gar nicht, wie dankbar ich dir bin für die lobenden Kolumnen über mich.«

»Das freut mich sehr, Gianfranco. Du hast sie verdient, und noch viel mehr.«

Die Stewardessen brachten schon bald das Frühstück. Gianfranco und Joaquín aßen schweigend.

»Gehst du mit jemandem in Lima, hast du eine Freundin?« fragte Gianfranco, als er fertig war mit dem Frühstück.

»Im Moment nicht, aber bis vor kurzem hatte ich eine«, sagte Joaquín.

»Du hast Schluß gemacht mit ihr?«

»Nein, sie hat Schluß gemacht. Sie ist in die Staaten gegangen, um zu studieren, und hat mich im Regen stehen lassen.«

»Tja, der Ball ist rund.«

»Genau, der Ball ist rund. Und du, hast du eine Freundin?«

»Ja, ich bin schon so gut wie in festen Händen. Ich gehe mit einem Mädchen aus der Nachbarschaft. Sie ist noch nicht mit der Schule fertig, aber die Kleine ist schon sehr reif, ich mag die Art, wie sie denkt.«

»Hat sie was für Fußball übrig?«

»Sie ist nicht gerade Fan, aber wenn ich sonntags in Lima spiele, kommt sie ins Stadion. Und stell dir vor, sie hat immer den aktuellen Tabellenstand im Kopf.«

»Nicht schlecht, das nenne ich Liebe.«

Gianfranco lächelte, gähnte und räkelte sich.

»Weißt du schon, in welchem Hotel du wohnst?« fragte er.

»Im Holiday Inn, wie ihr«, sagte Joaquín.

»Schön. Ich habe übrigens gehört, bei den Negern in Trinidad muß man mächtig aufpassen. Du darfst ihnen nie den Rükken zukehren. Das sind wilde Krokodile, die machen vor niemandem halt. Du weißt, weißes Fleisch, auch wenn es ein Mann ist...«

Sie lachten.

Als die Spieler der peruanischen Nationalmannschaft nach dem Abendessen auf ihre Zimmer gingen, kam Gianfranco an Joaquín vorbei, der zum Nachtisch Eis aß. Er blieb stehen und setzte sich zu ihm.

»Alles klar?« fragte ihn Joaquín.

»Alles paletti«, sagte Gianfranco. »Ich würde bloß gern meine Kleine anrufen. Ich habe eine scheiß Sehnsucht nach ihr, aber das Telefonieren ist so teuer.«

»Wenn du willst, ruf sie doch von meinem Zimmer aus an«, sagte Joaquín. »Wegen dem Geld mach dir keine Gedanken. Die Zeitung zahlt.«

»Im Ernst?« fragte Gianfranco überrascht.

»Klar, wenn ich für sie unterwegs bin, zahlt mir die Zeitung alle Anrufe. Wäre doch die Gelegenheit für dich.«

»Junge, das wäre super. Absolut super.«

»Wir können gleich gehen, wenn du willst.«

»In Ordnung.«

Joaquín unterschrieb die Rechnung, und sie gingen in sein Zimmer hinauf.

Im Zimmer angelangt, setzte sich Gianfranco aufs Bett und blätterte in einem Buch, das auf Joaquíns Nachttisch lag.

»Du bist ja ein richtiger Bücherwurm«, sagte er. »Kein Wunder, daß du so ein kluges Köpfchen bist.«

Joaquín lächelte und nahm den Hörer ab.

»Welche Nummer hat deine Freundin?« fragte er.

Gianfranco wußte die Nummer aus dem Kopf. Joaquín wählte sie und reichte ihm das Telefon hinüber.

»Ich lasse dich solange allein«, sagte er, als Gianfranco gewählt hatte.

»Was soll der Quatsch«, sagte Gianfranco. »Bleib ruhig, ist kein Problem.«

»Wirklich?«

»Wirklich.«

Joaquín machte den Fernseher an, setzte sich auf den Teppich und probierte die Sender durch, bis er CNN gefunden hatte. Er sah sich die Nachrichten an, um zu sehen, ob es etwas über Peru gab.

»Hallo, Rosita, ich bin's«, sagte Gianfranco. »Alles in Ordnung hier, Rosita, nur die Hitze ist nicht zum Aushalten. Ja, eine mörderische Hitze. Die Stadt ist ganz hübsch, man sieht, daß die Leute mehr Geld haben, schöne Autos, saubere Straßen, nicht soviel Dreck überall wie bei uns. Das einzige, was übel ist, sind die vielen Schwarzen überall, man kommt sich vor wie nachts in La Victoria.«

Er legte sich aufs Bett und redete weiter.

»Wir geht's dir, Cholita? Hast du Sehnsucht nach mir?«

Joaquín ging ins Bad, schloß die Tür und hörte weiter zu.

»Hör mal, Rosa, laß dich nicht mit den Typen aus der Nachbarschaft ein. Du weißt, ich habe ein Auge auf sie. Nein, keine Sorge, wir müssen uns hier früh hinlegen. Sie lassen uns abends nicht mal mehr auf die Straße gehen, sie behandeln uns wie Gefangene. Nicht mal, wenn ich wollte, Chola, es gibt hier doch eh nur Farbige, und du weißt, daß ich von den Negerweibern nichts wissen will, Rosita, ich kann die Krokodile nicht ab, schon bei dem Gedanken daran wird mir schlecht, was denkst du denn von mir. Hör mal, Chola, was für ein Geschenk soll ich dir mitbringen? Überleg mal, überleg schnell, das Telefonieren von hier ist teuer. Eine Armbanduhr? Ist gut, Rosita, auf jeden Fall, und paß auf dich auf, ja, am besten, du redest mit den Kerlen aus der Nachbarschaft nicht. Ja, wir spielen morgen, ja, ja, gegen die Affen von hier aus Trinidad, guck mir zu im Fernsehen, ja? Tschau, Rosita, und grüß deine Eltern von mir, Küßchen, Chola, tschau dann.«

Nachdem Gianfranco den Hörer aufgelegt hatte, kam Joaquín aus dem Bad heraus.

»Alles klar?« fragte er.

»Ja, vielen Dank, Junge, war echt nett von dir«, sagte Gianfranco.

Joaquín setzte sich zu ihm aufs Bett.

»Du liebst sie sehr, wie?« fragte er.

»Ja, ich bin in Rosita völlig verknallt«, sagte Gianfranco. »Die Kleine macht mich noch krank. Die Sache ist die, daß ich noch nicht mit ihr geschlafen habe. Sie läßt sich nicht bumsen. Sie ist noch ganz unschuldig, Jungfrau, und alle Kerle aus der Nachbarschaft wollen sie vernaschen. Das ist es, was mir angst macht, Junge, daß sich irgendein Arsch Rosita greift, wenn ich unterwegs bin.«

Joaquín merkte, daß Gianfranco eine Erektion hatte.

»Wenn du willst, kannst du auch bei mir hier schlafen«, sagte er zu ihm.

»Nein, das geht nicht«, sagte Gianfranco. »Nachher geht der Trainer durch und schaut nach, ob auch jeder in seinem Zimmer ist.«

Er stand auf.

»Gut, Junge, ich hau mich aufs Ohr«, sagte er. »Noch mal millionenmal danke wegen dem Anruf.«

Er gab Joaquín die Hand und ging zur Tür.

»Du kannst vorbeikommen, wann du willst«, sagte Joaquín.

»Danke«, sagte Gianfranco lächelnd und ging aus dem Zimmer.

Etwas später ging Joaquín in die Hotelbar hinunter.

»Joaquincito, was machst du denn um diese Zeit noch hier?« fragte ihn Mamerto Salgado, ein altgedienter Sportjournalist der Zeitung El Nacional. »Komm, setz dich zu mir, Dünner, und trink einen Schluck mit mir, ich lade dich ein.«

»Wie siehst du das Spiel morgen, Mamerto?« fragte Joaquín.

»Beschissen, Dünner, beschissen«, sagte Salgado. »Trinidad spielt zur Zeit einen totalen Fußball, mit Spielern, die auf mehreren Positionen einsetzbar sind. Haben sich enorm gesteigert, die Krokodile.«

Salgado rief den Kellner und bestellte noch zwei Bier.

»Weißt du, daß ich es bis zur Juniorenmannschaft von der U gebracht hatte?« sagte er.

»Echt? Wußte ich gar nicht«, sagte Joaquín.

»Ich habe halbaußen gespielt. Du hättest mich mal am Ball sehen sollen, Dünner. Sogar auf dem Trainingsplatz der Nationalmannschaft habe ich gespielt. Ein saustarkes Gefühl, auf diesem Platz zu spielen, auch bei leerem Stadion. Aber einmal, bei einem Freundschaftsspiel (stell dir mal vor, es ging nicht mal um was, das war das schlimmste), hat mich so eine schwarze Mißgeburt voll auflaufen lassen, und ich habe mir das Bein gebrochen. Tja, da war es aus mit dem Traum, und ich mußte den Fußball an den Nagel hängen. Aber eins sage ich dir, Dünner, der peruanische Fußball hat einen großartigen Halbaußen verloren.«

»Dafür hat er einen großartigen Sportjournalisten bekommen, Mamerto.«

»Na ja, man tut, was man kann, aber ich sage dir eins, du fängst ja gerade erst damit an und machst deine ersten Klimmzüge: Dieser Beruf ist eine ziemliche Scheiße, Dünner, in ihm gibt es lauter käufliches Pack, Arschlecker und Schleimer, die sich für ein Butterbrot verkaufen, saudumme Leute, die keinen blassen Schimmer von Fußball haben. Denn sich ein Fußballspiel ansehen, das muß man können, da ist es nicht damit getan, daß man die Aufstellung auswendig weiß.«

Der Kellner ging zu Salgado und sagte ihm, daß gleich Feierabend sei. Dann brachte er ihm die Rechnung.

»Das heißt, du schmeißt uns raus, Negerlein?« sagte Salgado zu ihm. »Du gibst uns einen Arschtritt?«

Der Kellner lächelte. Salgado unterschrieb mit einer verächtlichen Bewegung die Rechnung.

»In meinem Zimmer ist eine gut gefüllte Hausbar«, sagte er zu Joaquín. »Wenn du willst, können wir noch ein letztes Gläschen zusammen trinken, als Betthupferl.«

»Okay, ich trinke noch einen Saft«, sagte Joaquín.

»Gottverflucht, was soll das bloß werden mit den jungen Leuten dieser Coca-Cola-Generation«, sagte Salgado, während sie zum Fahrstuhl gingen. »Sie trinken nicht, rauchen nicht, bumsen nicht und essen fast überhaupt nichts. Das ist doch kein Leben, Dünner. Als ich so alt war wie du, habe ich ein Riesenstück Fleisch mit Bohnen dazu verdrückt und drei Huren hintereinander gebumst und war trotzdem auf dem Fußballfeld neunzig Minuten lang topfit. Jetzt sind die Jungs von der Nationalelf alles feine Dämchen. Sie konzentrieren sich, machen Spezialdiäten, gehen früh schlafen, keine Frauen, sie wichsen nicht mal, weil sie Angst haben, es könnte sie schwächen, jedenfalls spielen sie von Arsch, und nach einer halben Stunden bitten sie mit hängender Zunge darum, ausgewechselt zu werden.«

Sie stiegen aus dem Fahrstuhl und liefen einen mit Teppichen ausgelegten Flur entlang. Als Salgado vor seinem Zimmer angekommen war, holte er eine Plastikkarte mit mehreren Löchern hervor und versuchte, die Tür zu öffnen.

»Scheiß Neger«, murmelte er wütend. »Mein Leben lang habe ich Schlüssel benutzt, und jetzt kommen sie mir mit diesen Dreckskarten.«

Er trat ein paarmal mit dem Fuß gegen die Tür.

»Ein Schlüssel ist ein Schlüssel, und eine Plastikkarte ist eine Plastikkarte«, sagte er laut. »Warum verflucht müssen mir diese verlausten Neger das Leben schwermachen?«

Joaquín sagte ihm, er solle die Karte doch mal andersherum reinstecken. Salgado steckte sie richtig hinein, und die Tür ging auf.

»Ich bin nicht geboren für dieses Zeitalter der Computer, verdammte Scheiße«, sagte er, als sie eintraten.

Salgado entnahm seiner Zimmerbar eine kleine Flasche Wodka und machte sie mit den Zähnen auf.

»Laß uns an die frische Luft gehen«, sagte er und öffnete die Schiebetür.

Sie gingen auf den Balkon hinaus. Der Lärm des Verkehrs vermischte sich mit der Musik von einem Fest, die von fern zu ihnen drang.

»Schöner Ausblick«, sagte Joaquín.

»Ja, aber nicht zu vergleichen mit dem von Callao, wo ich wohne«, sagte Salgado.

Er trank ein paar Schluck und rülpste.

»Du mußt mich entschuldigen, Dünner, aber ich muß mal pissen, und es gibt nichts Schöneres, als an der frischen Luft zu pinkeln«, sagte er.

Mamerto Salgado machte seine Hose auf und holte seinen Schwanz heraus. Unter ihnen schimmerte der Swimmingpool des Hotels.

»Hör auf mich, Dünner, laß diesen Beruf sein, er lohnt sich nicht, er ist eine schöne Scheiße«, sagte Salgado und pinkelte aus dem fünfzehnten Stock in den Pool.

Am nächsten Tag gewann Peru in einem mittelmäßigen Spiel mit zwei zu eins gegen Trinidad und Tobago. Gianfranco schoß das erste Tor und war einer der überragenden Spieler auf dem Platz. Nach dem Spiel ging Joaquín in die peruanische Kabine, um ihm zu gratulieren.

»Herzlichen Glückwunsch«, sagte er und gab ihm die Hand. »Du hast ausgezeichnet gespielt, Gianfranco. Du warst der Beste.«

Wie die anderen peruanischen Spieler war Gianfranco gerade dabei, die verschwitzten Sachen auszuziehen.

»Danke, mein Lieber, dankeschön«, sagte er, noch keuchend, der Körper schweißnaß. »Ja, ich glaube auch, daß es heute für mich gut gelaufen ist.«

»Könnte ich das Hemd von dir haben?« fragte ihn Joaquín.

»Aber doch nicht dieses durchgeschwitzte, stinkige Ding«, sagte Gianfranco lächelnd.

Er machte dem Mannschaftsbetreuer ein Zeichen.

»He, Chino, reich mal ein neues Hemd rüber, damit der Herr Journalist morgen in der Zeitung gut von mir spricht«, rief er.

Der Betreuer holte ein sauberes Hemd heraus und gab es Joaquín mit einer leichten Verbeugung. Es war ein dicker, untersetzter Mann mit mandelförmigen Augen.

»Mit der größten Hochachtung vor unserer nationalen Presse«, sagte er.

»Red keine Opern, Chinese«, sagte Gianfranco.

»Vielen Dank, Señor«, sagte Joaquín.

»Sag nicht Señor zu ihm, Blödmann, sonst glaubt er es noch«, sagte Gianfranco.

Ein starker Geruch nach dem Schweiß junger Männer erfüllte die peruanische Kabine.

»Gut, ich muß jetzt ins Hotel, um über das Spiel zu schreiben«, sagte Joaquín.

»Schreib was Nettes über mich, mein Lieber«, sagte Gianfranco.

Joaquín fuhr ins Hotel und schrieb einen langen Bericht über das Spiel, wobei er bei mehreren Gelegenheiten Gianfranco erwähnte. »Als Spieler von unbändigem Temperament und großer technischer Raffinesse gab Gianfranco Bonelli, der überragende Spieler des Matches, in Puerto España praktischen und zugleich ästhetisch überzeugenden Anschauungsunterricht in Sachen Fußball und schoß ein prachtvolles Tor, das die peruanische Auswahl zum Sieg führte«, schrieb er.

Am Abend nach dem Spiel versammelten sich die Spieler der peruanischen Nationalmannschaft in der Lobby des obersten Stockwerks des Hotels, um ihren Sieg zu feiern. Auf Bitte der peruanischen Mannschaftsleitung ließ die Direktion des Hotels mehrere Kästen Bier hochbringen. Nachdem Joaquín seinen Bericht nach Lima abgeschickt hatte, fuhr auch er hinauf, um mitzufeiern. Er suchte Gianfranco unter den peruanischen Jungs, fand ihn aber nicht.

»Den Affen haben wir ganz schön den Arsch versohlt«, schrie Bambam Aguirre, der dunkelhäutige Mittelstürmer der Mannschaft.

»Halt die Klappe, Orang-Utan, du Weichei«, schrie Piticlín Núñez, ein schmaler, talentierter Spieler. »Zu Hause traust du dir nicht, das Maul aufzumachen, und hier hast du die große Fresse.«

Alle lachten aus vollem Hals. Sie hatten rote Trainingsanzüge und Sportschuhe an und waren ziemlich betrunken. Auf dem Fußboden lagen leere Bierbüchsen herum.

»Wann kommt denn endlich das Fleisch?« fragte Pañalón Chany, der peruanische Torwart.

»Sie sollen mir eine süße Negerin bringen, damit ich mit ihr Hubschrauber spielen kann«, schrie El Apático Reyes, ein zierlicher, eleganter Verteidiger.

»Kommen Mädchen?« fragte Joaquín Ronald Muchotrigo, einen Auswechselspieler.

»Wie es heißt, spendiert uns die Leitung ein paar Mädchen als Prämie«, sagte Muchotrigo.

Joaquín rieb sich die Hände.

»Werden denn auch genug für alle dasein?« fragte er mit durchtriebenem Grinsen.

»Ja, aber nicht für die Journalisten«, sagte El Chino Fukuda, linker Abwehrspieler der Auswahl.

»Feiert ihr immer mit Mädchen, wenn ihr siegt?« fragte Joaquín.

»Das hängt von der Leitung ab, wir jedenfalls haben nichts dagegen«, sagte Fukuda.

In diesem Augenblick näherte sich Piticlín Núñez von hinten Bambam Aguirre und zog ihm die Trainingshose herunter.

»Geilen Arsch hast du, Neger«, schrie er.

Alle bogen sich vor Lachen.

Wütend rannte Bambam Piticlín bis zum Fahrstuhl hinterher. Da sah er den Feuerlöscher und konnte der Versuchung nicht widerstehen. Er zerschlug die Glasscheibe, nahm den Feuerlöscher heraus und rannte damit zu den anderen zurück.

»Feuer, Feuer«, schrie er und richtete den Strahl des Feuerlöschers auf seine Mannschaftskameraden.

»Eh, Neger, nicht so wild, wenn ich bitten darf«, schrie Tito Rodríguez, ein Mittelfeldspieler von kleiner Statur.

»Neger, du Tier, geh zurück in deinen Zoo«, schrie El Cirujano Díaz, der kräftige Libero, bevor er in seinem Zimmer verschwand.

Minuten später betrat Joaquín den Fahrstuhl und traf dort Gianfranco.

»He, Junge, wo warst du denn, ich habe dich die ganze Zeit gesucht«, sagte Gianfranco zu ihm und umarmte ihn.

»Ich dich auch«, sagte Joaquín.

Gianfranco roch nach Bier. Wie seine Mannschaftskameraden trug er einen roten Trainingsanzug und weiße Sportschuhe.

»Ich wollte meine Kleine anrufen, Junge«, sagte er. »Ich weiß ja nicht, ob es geht, aber vielleicht kann ich noch mal dein Telefon benutzen. Du weißt doch, die Tagegelder, die wir von der Leitung bekommen, sind ziemlich miserabel.«

»Klar, Mann, mache ich doch gern«, sagte Joaquín und drückte den Knopf vom siebenten Stock. »Gehen wir in mein Zimmer.«

»Du bist in Ordnung, Junge. Ein richtiger feiner Gentleman.«

»Irre Fete da oben, wie?«

»Ja, du mußt entschuldigen, aber ich habe schon ganz schön ein Ding in der Krone.«

»Nach dem tollen Spiel heute darfst du auch, Gianfranco.«

Sie stiegen aus dem Fahrstuhl, gingen in Joaquíns Zimmer und riefen Rosita an.

»Chola, ich bin's«, sagte Gianfranco und legte sich mit dem Telefon aufs Bett. »Mir geht's gut, Rosita, aber sag du, wie es dir geht, meine Kleine, ich habe wahnsinnige Sehnsucht nach dir. Haben sie das Spiel übertragen? Hast du es dir angesehen? Ja, danke, Cholita, ja, ist wirklich gut gelaufen, hat alles so geklappt, wie ich wollte, ich war nicht schlecht am Ball, glaube ich, wie? Das einzige ist, daß diese Affen von Trinidad eine Saubande sind, sie haben geholzt, daß einem angst und bange werden konnte. Nein, nein, mach dir keine Sorgen, Rosita, ich bin heil geblieben, nur ein paar Schrammen, das Übliche. Wie fandst du mein Tor? Toll, was? Ja, danke, und damit du es weißt, als ich das Tor gemacht hatte, habe ich als erstes an dich gedacht, Chola, ich habe es dir gewidmet. Nein, wirklich, ohne Schmus, im selben Moment, wo ich den Ball im Netz hatte, mußte ich an dich denken, und ich habe mir gesagt, Tor für Peru, verdammt, da hast du es, es ist für dich, Rosita. Nein, wie kommst du darauf, Chola, überhaupt nicht. Hör mal, meine Kleine, du hast doch nicht mit dem Toni, Chamán oder Malaspecto herumgestanden, nein? Ehrlich, ganz ehrlich, du flunkerst auch nicht? Ich sage dir das, na ja, Rosa, ich sage dir das, weil diese Kerle die übelsten Halunken sind, das ist kein Umgang für dich. Sie wollen dir nur an die Wäsche, dich ins Bett zerren und bumsen, Chola. Ich sage dir das, weil ich sie kenne, Rosita, hör, was ich dir sage. Wie geht's der Familie, alle okay? Grüß sie alle von mir, ja? Gut, ich muß aufhören, diese Anrufe machen mich noch arm, und dann habe ich kein Geld mehr, um die Armbanduhr für dich zu kaufen, Rosita. Tschau, Cholita, tschau, bis dann, ich dich auch, tschau.«

Während Gianfranco sprach, hatte Joaquín sich das Hemd der Nationalmannschaft angezogen, das er in der Mannschaftskabine geschenkt bekommen hatte.

»Steht dir toll«, sagt Gianfranco zu ihm, nachdem er aufgelegt hatte.

»Danke«, sagte Joaquín. »Willst du einen Schluck trinken?«

»Gern«, sagte Gianfranco.

Joaquín öffnete die Minibar, mixte ein bißchen Rum mit Coca Cola und gab ihm ein Glas.

»Prosit auf Rosita und ihre Unschuld«, sagte Gianfranco lächelnd.

»Prosit auf Rosita«, sagte Joaquín.

Sie stießen mit ihren Gläsern an und tranken.

»Erzähl mal, mein Lieber, was hast du geschrieben über das Spiel?« fragte Gianfranco.

»Willst du den Artikel sehen?«

»Ja, zeig mal.«

Joaquín gab ihm den Artikel, den er nach Lima geschickt hatte. Gianfranco legte sich aufs Bett und fing an, ihn zu lesen.

»Verdammt, wie du schreiben kannst, man merkt gleich, was für ein schlauer Kopf du bist, Dünner«, murmelte er beim Lesen.

Noch bevor er die erste Seite zu Ende gelesen hatte, schloß er die Augen, ließ den Kopf ins Kissen sinken und fing an zu schnarchen. Joaquín nahm Gianfranco den Artikel aus der Hand und setzte sich neben ihn hin. Er machte die Augen zu und dachte an Gianfrancos nackten Körper in der Umkleidekabine. Er bekam Lust, diesen jungen, festen und muskulösen Körper zu berühren. Er konnte nicht an sich halten. Er legte seine Hand auf Gianfrancos Bauch und ließ sie unter zärtlichem Streicheln weiter nach unten gleiten. Er berührte seinen Schwanz. Streichelte ihn. Spürte ihn wachsen, hart werden. Plötzlich wachte Gianfranco auf.

»He, Junge, was ist los?« fragte er erschrocken.

»Nichts, nichts«, sagte Joaquín. »Ich wollte bloß ein bißchen nett zu dir sein.«

»Bist ja ein ganz schöner Draufgänger, Dünner«, sagte Gianfranco.

Sie schwiegen einen Moment.

»Darf ich ihn dir ein bißchen lutschen?« fragte Joaquín, ohne ihm in die Augen zu schauen.

»Was soll's«, sagte Gianfranco. »Du hast eh schon geschafft, daß ich einen Ständer habe. Mach ruhig weiter.«

Joaquín zog ihm die Trainingshose runter und lutschte seinen Schwanz.

»Willst du ihn mir reinstecken?« fragte er etwas später.

»Du bekommst ihn wohl gern hinten rein?«

»Hm.«

»Hast du Vaseline da?«

»Hm.«

Joaquín ging ins Bad und kehrte mit einer Dose Vaseline zurück. Dann zog er sich die Hose aus und legte sich auf den Bauch. Gianfranco machte sich ein bißchen Vaseline auf seinen Schwanz und steckte ihn Joaquín rein.

»Ja, Rosita, ja, beweg dich schön, Cholita«, sagte er und stieß immer wieder zu.

Joaquín verspürte zugleich Schmerzen und Lust und biß ins Trikot der peruanischen Nationalmannschaft.

Gianfranco und Joaquín sahen sich ein paar Tage später beim Rückflug nach Lima wieder.

»War ich voll neulich!« war das erste, was Gianfranco sagte. »Ich hatte einen absoluten Filmriß. Ich erinnere mich an überhaupt nichts mehr.«

»Ich auch nicht«, sagte Joaquín.

Dann setzten sie sich in verschiedene Reihen und sprachen während des gesamten Fluges nicht mehr miteinander. Als das Flugzeug auf dem Flugplatz von Lima ankam, nahm Joaquín seinen ganzen Mut zusammen und ging noch einmal zu Gianfranco.

»Könntest du mir ein Autogramm geben?« fragte er ihn.

»Klar, Junge«, sagte Gianfranco.

Etwas nervös schrieb er ein paar Worte auf einen Zettel und gab ihn Joaquín. Dann gaben sie sich die Hand, und Gianfranco ging zum Flugzeugausgang. Joaquín las den Zettel. ›Sei umarmt von deinem aufrichtigen Freund, Gianfranco‹, stand darauf.

Samstagabend

Es war ein Samstagabend. Joaquín hatte keine Lust, auszugehen. Er wollte auf seinem Bett liegen bleiben und ein bißchen fernsehen.

Er schaltete zwischen den verschiedenen Programmen herum, als es an seiner Tür klingelte. Mit einem Satz war er aus dem Bett, machte das Licht aus, lehnte sich aus dem Fenster und sah nach, wer unten war. Er erkannte Juan Carlos. Er lief in die Küche und griff zum Hörer der Sprechanlage.

»Juan Carlos, das ist ja eine Überraschung«, sagte er.

»Joaquincillo, was machst du heute abend?«

»Bei mir ist Ruhe angesagt.«

»Immer mit der Ruhe, und dann mit ’nem Ruck?«

»Immer mit der Ruhe, und dann mit ’nem Ruck.«

»Dann geb dir ’nen Ruck, und wir unternehmen was.«

»Alles klar. Ich ziehe mich um und komme runter.«

»Vergiß nicht deine Monatsbinde.«

Sie lachten. Sie hatten sich vor ein paar Jahren bei einer Fete in La Honda kennengelernt. Seitdem trafen sie sich hin und wieder. Joaquín zog sich rasch um und ging auf die Straße hinunter. Er stieg zu Juan Carlos ins Auto. Sie gaben sich die Hand. Im Auto roch es nach Marihuana. Im Radio war Dobelnueve an.

»Was treibst du so, alte Schwuchtel?« fragte Juan Carlos lächelnd.

Juan Carlos war groß, blond und schlank. Er war zweiundzwanzig, ein Jahr älter als Joaquín.

»Immer dasselbe«, sagte Joaquín. »Wo fahren wir hin?«

»Gustavito hat sturmfreie Bude. Seine Alten sind verreist. Er hat mir gesagt, wir sollen bei ihm einreiten. Er hat einen großen Packen Koka.«

»Genial. Fahren wir.«

Juan Carlos startete und fuhr los, die Avenida Pardo entlang.

»Was macht die Uni?« fragte er.

»Die ist im Arsch«, sagte Joaquín. »Wußtest du nicht, daß sie mich gefeuert haben?«

Juan Carlos lachte. Seine Augen waren gerötet und verquollen, offenbar hatte er Marihuana geraucht.

»Mach keinen Quatsch, sie haben dich gekantet?«

»Hm«, sagte Joaquín, »ich bin dreimal in Logik durchgefallen.«

»Junge, du bist und bleibst ein scheiß fauler Sack.«

»So ist das Leben. Und was macht die Lima-Uni?«

»Man schlägt sich so durch. Zwar mit Hängen und Würgen, aber ich komme über die Runden.«

»Wenigstens gibt es an der Lima gute Weiber. An der Katholischen war nur Ausschuß.«

»Junge, glaub das nicht, auch an der Lima nehmen die Cholos so überhand, daß es einem graust.«

»In ganz Lima kannst du dich kaum noch retten vor Cholos, Alter, egal wo du hinsiehst.«

Sie waren nicht lange unterwegs. Juan Carlos hielt in der Calle Los Nogales, vor dem Haus, in dem Gustavo wohnte. Sie stiegen aus, meldeten sich durch die Sprechanlage bei Gustavo, gingen ins Haus hinein und fuhren in einem vollständig verspiegelten Fahrstuhl nach oben.

»Hallo, Schlampen, alles klar?« rief Gustavo, als sie aus dem Fahrstuhl kamen.

Sie gaben sich die Hand und gingen in die Wohnung.

»Haben wir dich geweckt?« fragte Juan Carlos.

»Ich bin grad beim Kämmen«, sagte Gustavo.

»Die Dauerwelle, oder was?« fragte Juan Carlos.

»Du Arsch, ich kämme das Chamo«, sagte Gustavo.

Sie lachten. Natürlich hatten sie gleich verstanden, daß Gustavo Koka zerkleinerte, es eben ›kämmte‹.

»Wieviel hast du?« fragte Joaquín.

»Drei Beeren«, sagte Gustavo.

Eine Beere war ein Gramm Koka. Ein Gramm reichte für mehrere Nasen. Eine Nase, auch Zug oder Schuß genannt, war in etwa eine Leine.

»O Scheiße, das wird ja eine geile Kokelei werden«, sagte Juan Carlos.

»Aber erst mal trinken wir einen Schluck«, sagte Gustavo.

»Laß uns das Chamo probieren, damit wir sehen, ob es was taugt«, sagte Joaquín.

»Trocken schniefen ist scheiße«, sagte Gustavo. »Das zerlöchert dir die Nase.«

»Gustavo spricht aus eigener Erfahrung«, sagte Juan Carlos, und sie lachten.

»Ich hole uns was zu trinken«, sagte Gustavo und ging in die Küche.

Joaquín und Juan Carlos traten auf den Balkon. Zu ihren Füßen breitete sich der Golf von Lima aus.

»Bist du noch mit Mili zusammen?« fragte Joaquín.

»Ach, schon lange nicht mehr«, sagte Juan Carlos. »Wußtest du nicht, daß sie nach Genf gegangen ist?«

»Im Ernst? Habe ich gar nicht mitbekommen.«

»Ja, sie wohnt jetzt da. Von einem Tag auf den andern hat sie ihre Koffer gepackt, und weg war sie.«

»Und warum nach Genf?«

»Sie hatte einen Schweizer Paß.«

»Schön für sie.«

Sie schwiegen einen Moment.

»Bist du sauer, daß sie weg ist?« fragte Joaquín.

»Nein, so ist das Leben«, sagte Juan Carlos. »Jeder sieht zu, wo er bleibt.«

»Warst du verliebt in sie?«

»Nein. Ich war verliebt in ihre Titten.«

Sie lachten. Gustavo brachte eine Flasche Whisky.

»Prost, Schwuchteln«, rief er und lachte.

Sie tranken den Whisky pur, ohne Wasser.

»Was ist mit deinen Alten, Gustavito?« fragte Juan Carlos.

»Die sind im schönen Miami«, sagte Gustavo.

»Und was treiben sie da?«

»Mamachen läßt sich die Falten glattziehen, und Papachen versucht, seinen Schwimmring loszuwerden.«

Sie lachten.

»Und was ist mit deiner Freundin, Schwuchtel?« fragte Gustavo Joaquín.

»Was für eine Freundin?« fragte Joaquín überrascht.

»Nun stell dich nicht so blöd«, sagte Gustavo. »Das Rasseweib, mit dem du neulich im Los Olivos warst.«

»Ach, Natalia«, sagte Joaquín. »Sie ist nicht meine Freundin, wir kennen uns nur so.«

»Mensch, ist doch klasse, die Kleine«, sagte Gustavo. »Bei der sieht man, die hat Zukunft. Wo hast du die aufgerissen?«

»Dort im Los Olivos«, sagte Joaquín.

»Und, hast du sie gebrettert?« fragte Juan Carlos.

»Ach, i wo«, sagte Joaquín. »Ich habe sie grad erst kennengelernt.«

»Glaube ich dir nicht, Miststück«, sagte Gustavo. »Hundert Pro, daß du die Kleine längst genagelt hast.«

Joaquín lächelte und sagte nichts.

»Und was ist aus deiner Französin geworden, Gustavito?« fragte Juan Carlos.

»Die ist schon weg«, sagte Gustavo. »Kommt aber wieder, in ein paar Monaten. Wenn ihr wüßtet, was ich mit Sabine für verdammt geile Nummern geschoben habe.«

»Wie hattest du sie eigentlich kennengelernt?« fragte Joaquín.

»Ich habe sie mal in Miami aufgerissen, im Coconut Grove,

diesem ziemlich abgefahrenen Schuppen in Baja Beach«, sagte Gustavo.

»Und dann?« fragte Joaquín.

»Sie ist mich besuchen gekommen«, sagte Gustavo. »Wollte sich durchschlauchen, das Miststück. Ist fast einen Monat geblieben. Ich hatte sie in einer Pension in Miraflores untergebracht und habe sie gebürstet ohne Ende. Die Französin ist echt Weltmeisterin im Bumsen. Ich mußte jede Nacht ran. Ohne konnte sie nicht schlafen.«

»Tja, die Europäerinnen halten sich nicht mit der Vorspeise auf, die wollen gleich Kompott«, sagte Juan Carlos.

»Hat sie mit dir geschnieft?« fragte Joaquín.

»Blöde Frage, warum ist sie sonst nach Lima gekommen?« sagte Gustavo.

»A propos, willst du nicht endlich das Chamo rausrücken, Gustavito?« sagte Juan Carlos. »Laß dich nicht ewig bitten, mir juckt schon die Nase.«

»Gottogott, du scheinst es aber verdammt nötig zu haben«, sagte Gustavo. »Kommt lieber rein, hier fliegt uns das Zeug weg.«

Sie gingen ins Haus. Gustavo brachte aus seinem Zimmer das Koka und legte es auf einen Glastisch.

»Das ist der Stoff, der Senator Martínez Guerra auf dem Gewissen hat«, sagte er und nahm einen Plastikhalm.

»Ich wußte gar nicht, daß Martínez Guerra beim Koksen gestorben ist«, sagte Joaquín.

»Klar, Mann«, sagte Juan Carlos, »das weiß doch halb Lima.«

»In der Zeitung stand, ihm wäre ein Pfeffersandwich im Hals steckengeblieben«, sagte Joaquín.

»Martínez Guerra war ein übelster Kokser«, sagte Gustavo. »Das mit dem Sandwich ist eine Ente.«

Er zog ein paarmal und gab den Halm Juan Carlos.

»Erzähl mal, wie war bei dir die erste Nase, Gustavito?« fragte Joaquín.

»Das war bei meinem Abiball«, sagte Gustavo.

»Das weißt du noch?« sagte Juan Carlos und zog ein paarmal.

»Und wo war das?« fragte Joaquín.

»In der Disko neben dem D'Onofrio«, sagte Gustavo.

»Das Black and White«, sagte Juan Carlos.

»Der Laden, wo sie keine Cholos reinlassen. Einmal ist da ein Cholo durchgeknallt und hat dem Einlasser mörderisch eins auf die Fresse gegeben, das war ein Neger«, sagte Gustavo.

»Deshalb hieß der Laden auch Blacks Outside«, sagte Juan Carlos.

Joaquín zog ein paarmal.

»Und alle haben gekokst?« fragte er.

»Nein, die Weiber nicht, aber meine Kumpel und ich, wir waren fast durch die Bank angetörnt«, sagte Juan Carlos.

»Und Piti Sabogal war so vollgeballert, daß ihm die Kinnlade runterklappte und er den Mund nicht mehr zukriegte«, sagte Gustavo.

»Sie mußten ihn mit dem Rettungswagen in die Amerikanische Klinik bringen, es war zum Schreien«, sagte Juan Carlos.

»Sie sollen ihn dann in Houston operiert haben und ihm den Kiefer abgeschliffen haben«, sagte Gustavo.

»Irre, diese Gringos«, sagte Joaquín.

Sie verstummten und zogen weiter Koka.

»Ich habe mal mit meinem Alten zusammen geschnieft«, sagte Juan Carlos.

»Mach keinen Quatsch«, sagte Joaquín.

»Das hast du mir gar nicht erzählt, Schwuchtel«, sagte Gustavo.

»Zum Bepissen war das«, sagte Juan Carlos.

»Erzähl«, sagte Joaquín.

»Warte, erst noch eine Leine«, sagte Juan Carlos.

Er nahm den Halm, beugte sich über den Glastisch und zog noch mehr Koka.

»Wir hatten Gäste«, sagte er, »und ich hatte mich in die Küche gesetzt, um einen Schluck zu trinken. Mein Alter war schon ziemlich angefixt. Ich wußte damals gar nicht, daß der auf Chamo abfuhr. Jedenfalls schleppte er mich auf die Besuchertoilette, holte ein Briefchen raus und lud mich ein. Ich weiß noch genau, wie er zu mir sagte: In Lima mußt du wissen, wie man Leinen legt. Die besten Geschäfte macht man nämlich bei Koka auf den Männertoiletten.«

»Wie wahr«, sagte Joaquín.

»In der Bank, wo ich jobbe, kaufen sich mehrere Direktoren zum Wochenende immer ihr Pastetchen Koka«, sagte Gustavo. »Jeden Freitag kommt ein Typ und verdealt der gesamten Chefetage Chamo.«

»Lima ist spitze, echt«, sagte Juan Carlos. »Nirgendwo sonst läßt es sich so gut leben wie in Lima.«

»Und, kokst dein Alter immer noch?« fragte Joaquín.

»Nein, er hat Schluß gemacht damit«, sagte Juan Carlos. »Er hatte einen Herzinfarkt und hat es seinlassen.«

»Einen Herzinfarkt?« fragte Joaquín.

»Kaputtgespielt«, sagte Juan Carlos. »Der Idiot hat sich völlig kaputtgekokelt. Einen Vormittag war er im Klub und hat seine Golfstunden genommen, und bums, plötzlich ist er umgefallen, wie ein Sack Kartoffeln. Der Caddie hat ihn aufgeladen und zur Verwaltung gebracht. Der Rettungswagen kam grad noch rechtzeitig, sonst wäre der Alte über den Jordan gegangen.«

»Verdammt, da war ja der Caddie ein richtiger Held«, sagte Joaquín.

»Mein Alter hat ihm dafür ein Ticket nach Miami spendiert«, sagte Juan Carlos.

»Mach keinen Quatsch«, sagte Gustavo, »der Indio hat das große Los gezogen?«

»Hat er«, sagte Juan Carlos. »Und der Caddie nicht dumm, ist natürlich in Miami geblieben. Wir haben nie wieder was von ihm gehört.«

Sie lachten und schnupften weiter Koka.

»Nach dem Chamo bin ich wieder voll gut drauf«, sagte Juan Carlos. »Meine Zähne sind jetzt wie Zement.«

»Die Kokserei ist unser Verderben, echt«, sagte Gustavo. »Wenn wir so weitermachen, geben wir bald alle den Löffel ab.«

»So wie dieser Ferreyros, der Typ hat versucht, seinen persönlichen Rekord zu brechen, und hat zwanzig Leinen hintereinander gezogen, dieser Vollidiot hat einen Herzinfarkt bekommen und kam steif in die Amerikanische Klinik«, sagte Juan Carlos.

»Tot?« fragte Joaquín.

»Klar, Mann«, sagte Juan Carlos. »Ich bin zwar nicht zur Totenwache gegangen, ich habe aber gehört, er soll noch im Sarg nach Koka gestunken haben, stell dir mal vor.«

»Ich muß aufs Klo«, sagte Joaquín.

Er stand auf, ging auf die Besuchertoilette, verschloß die Tür und machte das Licht an.

»Ich bin kein Kokser, ich bin kein Kokser, ich bin kein Kokser«, sagte er und schaute dabei in den Spiegel.

Er machte die Hose auf und versuchte zu pinkeln. Er konnte nicht. Sein Schwanz war völlig zusammengeschrumpft. Er machte die Hose wieder zu und ging zu den anderen zurück.

»Kommt, wir unternehmen was«, sagte er.

»Die paar Leinen noch, und dann zischen wir ab«, sagte Juan Carlos.

Joaquín kniete sich auf den Teppich nieder und zog noch mehr Leinen.

»Was haltet ihr davon, wenn wir ins Nirvana gehen?« sagte er.

»Das ist so verschwult«, sagte Gustavo. »Gehen wir lieber ins Amadeus.«

»Oh, nein, Mensch, das sind doch alles Wichser im Amadeus«, sagte Joaquín.

»Du kannst aber nicht bestreiten, daß da die besten Weiber von Lima sind«, sagte Juan Carlos.

»Und man kann schniefen, ohne daß einem einer auf die Eier geht«, sagte Gustavo.

»Ich weiß nicht, hat euch Germancito Vega erzählt, daß neulich Aguirre im Amadeus war, dieser Abgeordnete?« sagte Juan Carlos.

»Mach keinen Quatsch«, sagte Joaquín.

»Ja, er sagt, er hat ihn gesehen, wie er stockbesoffen zu einem Lied von Azúcar Moreno getanzt hat, der Arsch soll rumgefegt sein wie ein Zigeuner«, sagte Juan Carlos.

»Zum Schreien, der bekannte Abgeordnete Aguirre tanzt zu Azúcar Moreno«, sagte Gustavo.

»Und dann sagt Germancito, daß er ihn auf der Toilette getroffen hat, wo Aguirre von ihm Chamo kaufen wollte, und Germancito hat zu ihm gesagt: Okay, du kannst was abhaben, aber du mußt mich auf Knien drum bitten.«

»So ein Nazi, verdammt radikal«, sagte Gustavo.

»Und Aguirre, was hat er gemacht?« fragte Joaquín.

»Na, er hat sich hingekniet, was sonst«, sagte Juan Carlos.

»Ja, wenn man es braucht…« sagte Gustavo. »Wenn du einen Affen schiebst, ist dir alles egal.«

»Das schärfste ist, als Aguirre vor ihm auf den Knien lag, ist Germancito ausgeflippt und wollte ihm nichts mehr geben«, sagte Juan Carlos.

»Kann ich mir vorstellen bei dem, das ist so ein scheiß Irrer«, sagte Gustavo.

»Und wieso hat er den armen Aguirre so fertiggemacht?« fragte Joaquín.

Juan Carlos beugte sich über den Glastisch und zog ein paar Leinen.

»Germancito sagt, als er ihn so vor sich sah, auf Knien, hat er sich derart geekelt, daß er ihn am liebsten vollgekotzt hätte. Er sagt, er hat zu ihm gesagt: Deinetwegen sind wir am Arsch in Peru, wegen dieser ganzen scheiß Politiker wie du, weil das alles nur Diebe und Kokser sind.«

»Gut, daß das mal einer sagt, verdammte Scheiße«, sagte Joaquín.

»Und Aguirre hat sich auf ihn gestürzt und ihm die Fresse poliert, Germancito ist doch so ein Hänfling und kann nicht gegenhalten.«

»Geil«, sagte Gustavo, »da ist die Sache in einer Schlägerei geendet?«

»Eine Schlägerei vom Feinsten, weil dann nämlich die Leibwächter von Aguirre gegen die Kumpels von Germancito losgemacht haben«, sagte Juan Carlos.

»O geil, das muß ja wirklich eine Superschlägerei gewesen sein«, sagte Gustavo. »Schade, daß wir nicht da waren.«

»Es soll die beste Schlägerei in der Geschichte des Amadeus gewesen sein«, sagte Juan Carlos. »Die Cholos von Aguirre haben ihre Knarren rausgeholt und rumgeballert. Fermín Buchanan soll eine Kugel ins Bein gekriegt haben.«

Sie redeten nicht weiter. Sie zogen Koka.

»Gut, wo gehen wir hin?« fragte Juan Carlos.

»Wir drehen eine Runde«, sagte Gustavo, »und gucken uns ein bißchen um.«

»Welchen Wagen nehmen wir?« fragte Juan Carlos.

»Wir fahren besser mit deiner Kiste, meinen Bus suchen die Bullen.«

»Wie das?« fragte Joaquín.

»Mir ist ein Cholo auf seinem Karren in die Quere gekommen, und ich bin abgehauen«, sagte Gustavo.

»Hast du ihn plattgemacht?« fragte Joaquín.

»Ich weiß nicht«, sagte Gustavo, »ist doch auch scheißegal, oder?«

Sie lachten. Sie legten noch ein paar Leinen, machten das Koka alle und gingen aus der Wohnung.

»Was meint ihr, wollen wir noch ein bißchen Chamo besorgen?« fragte Gustavo, als sie mit dem Fahrstuhl hinunterfuhren.

»Auf alle Fälle«, sagte Juan Carlos, sah in den Spiegel und putzte sich die Nase.

Sie gingen auf die Straße und stiegen ins Auto. Juan Carlos startete und fuhr los, die Avenida El Golf hinunter.

»Und wo kriegen wir welchen her?« fragte Joaquín.

»Wir fahren zu Lucho«, sagte Gustavo. »Lucho hat auf alle Fälle welchen.«

»Ich habe gehört, Luchito sollen sie vor ein paar Tagen verhaftet haben«, sagte Juan Carlos.

»Ohne Quatsch? Sie haben ihn beim Kokakaufen erwischt?« fragte Gustavo.

»Nein, nicht dabei«, sagte Juan Carlos. »Er war vollgedröhnt und ist mitten in der Ausgangssperre morgens um drei losgezogen, um Nachschub ranzuschaffen.«

»So ein scheiß Idiot aber auch«, sagte Joaquín. »Sie hätten ihn glatt abknallen können.«

»Luchito soll eine Unterhose zum Fenster rausgehängt haben, als ihn die Bullen gestoppt haben, als weiße Fahne«, sagte Juan Carlos.

»Er muß ja voll die Dröhnung gehabt haben«, sagte Gustavo. »Lucho gehört zu den Leuten, die Freitag mit dem Koksen anfangen und Sonntag nacht aufhören, wenn im Fernseher Sendeschluß ist.«

Juan Carlos stoppte vor Luchos Haus, in der Nähe der Avenida Salaverry.

»Wartet hier auf mich«, sagte Gustavo. »Ich weiß, wie man Luchito dazu kriegt, daß er was rausrückt.«

Er stieg aus, klingelte an der Haustür und ging hinein. An der Tür stand ein Wachmann.

»Gutes Zeug, das Koka von Gustavito, wie?« sagte Joaquín.

»Vom Feinsten«, sagte Juan Carlos.

»Verdammt geil, so richtig vollgedröhnt zu sein.«

»Die Scheiße ist immer am Tag danach. Wenn du im Bett abfaulst. Das Abtörnen.«

»Erinner mich nicht daran.«

»Junge, es lohnt sich aber. Die Leute, die nicht schniefen, wissen nicht, was sie versäumen.«

»Ich kann besser denken, wenn ich gut drauf bin. Ich habe das Gefühl, ich bin intelligenter.«

»Ich auch. Außerdem wird man durch Koka lockerer und findet leichter Freunde.«

»Es sind aber falsche Freundschaften, Juan Carlos.«

»Scheißegal. Das zwischen uns ist für mich keine falsche Freundschaft.«

»Für mich auch nicht. Aber es gibt einen Haufen Leute, die dir sonstwas erzählen, wenn sie angetörnt sind.«

»Stimmt schon, beim Koksen wird viel gelogen.«

Gustavo stieg wieder ein und knallte die Wagentür zu.

»Was ist los, Schlampen?« rief er lachend. »Was guckt ihr so wie die Trauerklöße?«

»Hast du was?« fragte Juan Carlos.

»Ich habe dir doch gesagt, du Ei, auf Luchito ist Verlaß«, sagte Gustavo.

»Hat er dir was verkauft?« fragte Joaquín.

»Unter Freunden verkauft Lucho nie«, sagte Gustavo.

»Laß mich gleich mal probieren«, sagte Juan Carlos.

»Hier nicht, Weichei, willst du, daß der Wachmann was mitkriegt?« sagte Gustavo. »Wir fahren zum Pera del Amor, der ist ganz in der Nähe.«

Juan Carlos fuhr los, die Salaverry entlang, über die Avenida del Ejército hinweg, und kam beim Parque Pera del Amor an. Er fuhr schnell und sicher.

»Jetzt können wir«, sagte er. »Hol das Chamo raus.«

Gustavo holte das Koka hervor.

»Nicht viel, aber Superqualität«, sagte er.

Sie zogen Koka. Als sie fertig waren, startete Juan Carlos.

»Was machen wir jetzt, wo wollen wir hin?« fragte er.

»Ich brauche erst mal ein Bier«, sagte Gustavo. »Meine Kehle ist wie Schmirgelpapier.«

»Gute Idee«, sagte Juan Carlos. »Wir machen beim Pollón halt und holen uns was zu trinken.«

Er verringerte abrupt die Geschwindigkeit und bog mit einem gewagten Manöver auf den Parkplatz vom Pollón ein. ›Wichser‹, schrie ihm jemand aus einem Auto hinterher.

»Wieviel soll ich holen?« fragte Juan Carlos.

»Ein Sixpack«, sagte Gustavo.

Juan Carlos stieg aus und lief zur Kasse.

»Komm, solange er weg ist, wir legen noch ein paar Leinen«, sagte Gustavo.

Er packte das Koka aus, hielt es sich mit einer Kreditkarte unter die Nase und zog. Dann gab er es an Joaquín weiter, der ebenfalls eine Nase nahm. Gustavo stellte das Radio an und suchte einen Sender.

»Scheiße, überall nur Schlager«, sagte er.

»Versuch doch mal Doblenueve«, sagte Joaquín.

Gustavo fand Doblenueve, wo eine Sendung auf englisch lief.

»Ist doch zum Kotzen, Joaquín«, sagte er. »Sind wir hier in Miami oder im Pollón?«

Sie lachten.

»Habe ich dir eigentlich erzählt, was für eine verrückte Sache mir hier im Pollón mal passiert ist?« fragte Joaquín.

»Erzähl«, sagte Gustavo.

»Ich hatte mit ein paar Kumpels geschnieft, und es war schon ziemlich spät, so gegen drei, vier Uhr morgens. Damals gab es noch keine Ausgangssperre.«

»Verdammt, das war ein Leben ohne Ausgangssperre!« sagte Gustavo.

»Wir waren voll gut drauf, da kamen plötzlich ein paar riesige schwarze Schlitten mit Blaulicht angerast.«

»O Gott, das muß ja was gewesen sein.«

»Du kannst dir vorstellen, wir haben nicht schlecht gestaunt, als aus einem der Schlitten der Wirtschaftsminister ausstieg.«

»O Scheiße! Und was sucht ein Minister früh um vier im Pollón?«

»Wir waren starr vor Schreck, Gustavito. Kein Geringerer als Minister Alberto Elías stieg aus seinem gepanzerten Mercedes, um ihn herum seine ganzen Cholos Marke ›Mamani‹ Vice mit gezückten Pistolen.«

»Verdammt, bei dir weiß man nie, ob man dir glauben soll. Du haust einem manchmal ganz schön die Taschen voll.«

»Ich schwöre dir, Gustavito, so war es. Elías kam zu uns und sagte ganz cool: Hallo, Jungs, wie geht's, ihr könnt wohl auch nicht schlafen, wie. Dann hat er sich zu uns gesetzt und gefragt, ob wir nicht ein kühles Bierchen für ihn hätten.«

»Geil, du glaubst es nicht!«

»Ich schwöre dir, der Elías war total angetörnt. Er hat auf seinem Stuhl gesessen und uns endlos vollgelabert. Eine halbe Stunde hat er uns alles mögliche von Inflation, Auslandsschuld, Haushaltsdefizit und solchem Scheiß erzählt.«

»Verrückter Kerl, dieser Elías. Aber irgendwie Klasse.«

»Große Klasse, wirklich Extraklasse. Und es war zum Bepissen, plötzlich meint nämlich einer von meinen Kumpels zu ihm: Na ja, ich verstehe ja nicht viel von Ökonomie, Herr Minister, aber ich würde schon gern wissen, ob es günstig für mich ist, Dollars zu kaufen, vielleicht könnten Sie mir sagen, ob der Dollar steigen wird.«

»Der traut sich ja was! So direkt zu fragen!«

»Na ja, es war Rázuri, der Zwerg, der schreckt vor nichts zurück, und Elías sagte uns: Jungs, seht zu, daß ihr Dollars kauft, es wird demnächst eine massive Abwertung geben. Das hat er gesagt, ich weiß noch ganz genau, daß das seine Worte waren, massiv, und am nächsten Tag hat Rázuri alles, was er hatte, verkauft und in Dollars angelegt. Wenn ich ehrlich sein soll, ich hatte die ganze Angelegenheit vergessen.«

»Nun erzähl mir nicht, daß der Dollar gestiegen ist.«

»Er ist absolut in die Höhe geschossen, Gustavito. Eine oder anderthalb Wochen später gab es eine schweinische Abwertung, und Rázuri, die Ratte, hatte sein Kapital verdreifacht.«

»Scheiß Zwerg. Hatte der ein Schwein!«

»Stell dir mal vor, der Rázuri war so dankbar dafür, daß er an die Caretas einen Leserbrief schrieb, in dem er die Politik von Elías lobte, du glaubst es nicht. Ich weiß noch, womit der Brief aufhörte: Elías ist der beste Minister in der Geschichte Perus, und darum schlage ich ihn als Kandidaten der Jugend für das Amt des Präsidenten vor.«

»Scheiß Schleimer.«

»Und dann hat diese Ratte von Rázuri das ganze Geld, das er gewonnen hatte, bei einem Riesenbesäufnis in der Granja Azul mit den Stewardessen der Lufthansa auf den Kopf gehauen.«

Juan Carlos kam mit dem Bier zum Auto zurück.

»Da«, sagte er, »sechs eiskalte Bierchen.«

Er warf die Büchsen auf den Hintersitz, startete und fuhr vom Pollón hinunter. Gustavo und Joaquín machten sich jeder ein Bier auf und tranken. Gustavo rülpste.

»Wo fahren wir hin?« fragte Juan Carlos.

»Wir könnten ja mal gucken, was im Nirvana los ist«, sagte Joaquín.

»Du mit deinem Nirvana, Mensch«, sagte Gustavo. »Wenn du Schwuchteln sehen willst, fahren wir lieber zum Javier Prado.«

Juan Carlos war begeistert.

»Gute Idee«, schrie er. »Wir gehen zum Javier Prado Schwule klatschen.«

»Schwule klatschen, das ist es!« schrie Gustavo.

»Geil«, schrie Joaquín.

»Ein Schuß zur Feier der Idee!« schrie Juan Carlos.

Gustavo holte das Koka heraus, und die drei zogen noch ein

paarmal. Juan Carlos bog in die Avenida Coronel Portillo ein und raste mit Vollgas Richtung Javier Prado.

»Weißt du noch den Abend, wo wir die Transe aufgerissen haben, Gustavito?« sagte er.

»Huch, war das eklig«, sagte Gustavo. »Erinner mich bloß nicht daran.«

»Was war da?« fragte Joaquín.

»Wir hatten eine Transe aufgerissen, ohne daß wir es mitkriegten, Junge, Junge«, sagte Gustavo.

»Sah aus wie ein richtiges Weib«, sagte Juan Carlos, »Tatsache, wie ein richtiges Weib.«

»Mit einem ordentlichen Vorgebirge«, sagte Gustavo.

»Und wie habt ihr es gemerkt?« fragte Joaquín.

»Erzähl du, Gustavito«, sagte Juan Carlos.

»Erinner mich nicht daran, sonst kriege ich das kalte Kotzen«, sagte Gustavo.

»Ich hätte mich bepissen können vor Lachen«, sagte Juan Carlos. »Das war die gerechte Strafe für deinen Egoismus, du Ei, weil du sie als erster bürsten wolltest.«

»Ich sollte es im kleinen Loch machen, und als ich es dann von vorne versuchte, habe ich es gemerkt«, sagte Gustavo.

Juan Carlos konnte sich kaum halten vor Lachen.

»Du bist ihm an den Schwanz gegangen«, sagte er. »Volltreffer!«

»Halt's Maul, du Arsch«, sagte Gustavo. »Ich habe den Dreckskerl mit Fußtritten aus dem Auto geschmissen. Du hast ja gesehen, wie ich ihn aufgemischt habe.«

»Du hast ihn verprügelt?« fragte Joaquín.

»Die Nase habe ich ihm eingeschlagen«, sagte Gustavo. »Scheiß Tucke, hat geblutet wie Sau.«

Er nahm noch eine Nase Koka.

»Schlagt die Schwulen tot!« schrie er.

Juan Carlos und Joaquín lachten.

»Schlagt die Schwulen tot!« schrien sie.

Juan Carlos bog in den Javier Prado ein und verringerte die Geschwindigkeit.

»Blend auf und fahr ganz langsam«, sagte Gustavo.

»Wir verplempern hier doch nur blöd die Zeit«, sagte Joaquín. »Los, wir fahren lieber ins Amadeus.«

»Scheiß aufs Amadeus, Weichei«, sagte Juan Carlos. »Schwule klatschen ist geiler.«

»Wir müssen versuchen, daß eine von diesen Schwuchteln bei uns einsteigt«, sagte Gustavo.

»Das kannst du vergessen«, sagte Joaquín.

»Wieso?«

»Na, so blöd sind die nun auch wieder nicht«, sagte Joaquín. »Wenn sie drei angetörnte Typen wie uns sehen, steigen die doch nicht ins Auto.«

»Quatsch du sie an, Joaquín«, sagte Gustavo. »Du kannst gut Süßholz raspeln.«

»Das ist doch arschlos, Mann«, sagte Joaquín. »Was für Scheiß soll ich denn erzählen.«

»Guck mal, da sind sie«, schrie Juan Carlos.

An einer Ecke der Javier Prado standen mehrere Prostituierte und Transvestiten beisammen.

»Halt an, halt an«, sagte Gustavo. »Fahr da in die kleine Straße rein.«

»Wollen wir nicht lieber abhauen?« sagte Joaquín.

Juan Carlos wendete an der Ecke und hielt an. Eine Frau kam zum Auto gelaufen.

»Hallo, Jungs«, sagte sie.

»Hallo, meine Schöne«, sagte Joaquín zu ihr.

»Ah, Dünner, du bist mir ja ein ganz Hübscher«, sagte sie.

»Willst du nicht bei uns einsteigen und mit uns ein bißchen durch die Gegend juckeln?« fragte Joaquín.

»Ach, Liebling, ich bin doch nicht verrückt«, sagte sie. »Ich allein gegen euch drei? Das fehlte noch. Damit ihr mich durch den Fleischwolf dreht, wie?«

»Du brauchst keine Angst zu haben«, sagte Joaquín, »wir wollen nur ein bißchen Spaß haben.«

»Freut mich sehr, Dünner, aber ehrlich, ich arbeite nicht in Gruppe«, sagte sie.

»Wir wechseln uns ab«, sagte Joaquín.

»Ich rufe lieber eine Kollegin von mir, sie soll mitkommen«, sagte sie. »Dann wird das Ganze gemütlicher, und ihr drei macht kein Schaschlik aus mir.«

»Nein, mit zweien wollen wir nicht«, sagte Gustavo. »Nur du, mehr nicht.«

»Wie heißt du eigentlich?« fragte Juan Carlos.

»Pelusa«, sagte sie.

»Schöner Name«, sagte Joaquín.

»Stehe zu Diensten, Dünner«, sagte sie mit kokettem Lächeln.

»Komm schon, Pelusa, steig ein, wir werden uns hier im Wagen schon einig«, sagte Gustavo.

»Wenn du willst, legen wir noch ein bißchen drauf«, sagte Juan Carlos.

»Hundert Pro: kommt nicht in die Tüte, Jungs«, sagte Pelusa. »Ich rufe Fiorella, eine gute Kollegin von mir.«

»Scheiße, du rufst niemanden«, sagte Gustavo. »Du steigst ein, und basta.«

»Fiore, Fiore«, rief Pelusa. »Komm her, meine Kleine, hier sind ein paar Jungs, die es kaum erwarten können.«

Fiorella kam angerannt.

»Ach, schrecklich, diese jungen Mädels von heute sind nicht so professionell, wie das früher war«, beklagte sich Pelusa.

»Ich habe dir gesagt, du sollst niemanden rufen, verdammte Scheiße«, schrie Gustavo.

Er packte Pelusa bei den Haaren und zog sie so heftig heran, daß sie mit ihrem Kopf durch das Autofenster kam.

»Au, aua, laß mich los, Weißarsch, elender Mistkerl«, schrie Pelusa.

Ihr halber Oberkörper war im Auto. Gustavo schlug mehrmals mit der Faust auf sie ein.

»Scheiß Tucke, wir hauen dich zu Klumpatsch«, schrie er.

Juan Carlos entriß Pelusa die Handtasche und warf sie auf den Hintersitz.

»So ein feiner Pinkel beklaut mich, mieses Schwein«, schrie Pelusa.

»Hilfe, Mädels, sie haben Pelusa überfallen«, schrie Fiorella.

»Gib Gas, Juan Carlos«, schrie Gustavo.

»Laß sie los, Gustavo«, schrie Joaquín.

Juan Carlos schlug Pelusa zweimal mit der Faust ins Gesicht.

»Alle Schwuchteln werden sterben«, schrie er.

»Ich bin keine Schwuchtel, du Idiot«, schrie Pelusa. »Ich bin eine Dame.«

Inmitten des Gerangels biß Pelusa Gustavo in den Arm.

»Au, verfluchte Scheiße, die Schwuchtel hat mich gebissen«, schrie Gustavo.

Joaquín hörte, wie etwas auf dem Autodach aufschlug. Er drehte sich um und sah, daß Pelusas Freundinnen Juan Carlos' Auto mit Steinen bewarfen.

»Sie schmeißen mit Steinen«, schrie er.

»Nun fahr endlich«, schrie Gustavo zu Juan Carlos.

»Ich halte dich fest, Pelusita«, schrie Fiorella und klammerte sich an Pelusas Hüfte. »Ich lasse dich nicht los, Liebes.«

Juan Carlos trat jäh das Gaspedal durch. Pelusa riß sich aus Gustavos Armen los und stürzte auf die Straße.

»Miese kleine Diebe«, schrie sie. »Dreckige Gullyratten.«

»Ich habe ihre Perücke, ich habe ihre Perücke«, schrie Gustavo begeistert.

Er hielt Pelusas blonde Perücke in den Händen.

»Der Schwuchtel haben wir es gegeben, war das ein Spaß!« sagte Juan Carlos.

Er fuhr ein paar Straßen Richtung Calle Basadre weiter und hielt an einer Ecke.

»Die Drecksau hat mich gebissen«, sagte Gustavo. »Ich glaube, ich blute.«

Er machte das Licht im Auto an. Er hatte einen Kratzer am rechten Arm.

»Es ist kaum zu sehen«, sagte er. »Es ist nichts.«

»Nicht daß die Schwuchtel Aids hatte, das wäre voll der Anschiß«, sagte Joaquín.

»Wieso?« fragte Gustavo mit erschrockenem Gesicht.

»Weil Aids auch durch Beißen übertragen wird«, sagte Joaquín.

Juan Carlos wieherte vor Lachen.

»Aidsleiche«, sagte er. »Ab in den Sarg!«

»Halt die Fresse, du Idiot«, sagte Gustavo. »Ich habe echt Lust, diesen scheiß Tucken den Arsch aufzureißen.«

Gustavo machte das Licht aus. Sie zogen weiter Koka und tranken Bier.

»Das werden die mir büßen«, sagte Gustavo. »Wir nehmen uns jetzt eine Schwuchtel vor und klatschen sie auf.«

Juan Carlos öffnete Pelusas Handtasche und sah nach, was drin war.

»Kondome. Lauter Kondome. Taschentücher. Bonbons. Münzen. Lippenstift. Vaseline. Ein Sarita-Colonia-Bildchen«, sagte er.

»Hau weg den Scheiß«, sagte Gustavo. »Schwuchteln bringen Unglück.«

»Schmeiß nicht weg«, sagte Joaquín. »Ich hebe es auf, das Zeug.«

»Oho, dir gefällt wohl die Perücke, wie?« sagte Gustavo.

»Maulhalten, Aidsleiche!« sagte Joaquín.

»Los, wir müssen zurück zur Javier Prado«, sagte Gustavo.

»Sei nicht blöd, die kennen doch jetzt unser Auto«, sagte Juan Carlos.

»Dann fahren wir zum Olivar«, sagte Gustavo. »Da sind richtige Schwule.«

Juan Carlos ließ die Calle Basadre hinter sich und kam zum Camino Real.

»Schlagt die Schwulen tot!« schrie er.

»Schlagt die Schwulen tot!« schrie Gustavo und streckte dabei den Kopf aus dem Auto.

Als sie an der Virgen del Pilar vorbeikamen, bekreuzigten sich Juan Carlos und Gustavo.

»Fahr langsamer, gleich kommen sie«, sagte Gustavo.

Juan Carlos erreichte den Parque Olivar und verringerte die Geschwindigkeit.

»Da ist so eine Tucke, hinter dem Baum da«, schrie Gustavo.

Juan Carlos fuhr den Wagen auf den Bürgersteig und hielt an. Gustavo stieg aus.

»Mamita, komm her, komm zu uns«, rief er.

Hinter einem Baum stand eine Frau.

»Was willst du?« fragte sie mit heiserer Stimme.

»Nun komm schon«, rief Gustavo. »Wir wollen eine geile Nummer schieben.«

»Geh weiter, Rotznase«, rief die Frau. »Ich habe keinen Bock auf dich.«

Juan Carlos stieß ein Lachen aus.

»Die Schwuchtel hat dich Rotznase genannt, Gustavito, das ist aber gar nicht nett«, sagte er.

»Wen meinst du eigentlich, du schwule Sau?« schrie Gustavo.

»Na, dich, wen sonst, aufgeplusterter Papageienarsch«, schrie die Frau.

Im Park war Gelächter zu hören.

»Ich schlage dir die Fresse ein, scheiß Schwuchtel«, sagte Gustavo und rannte in den Park.

Juan Carlos und Joaquín stiegen aus dem Auto und liefen Gustavo hinterher. Prostituierte und Transvestiten stoben schreiend auseinander.

»Razzia, Razzia«, schrien sie.

Gustavo holte die Frau ein, die ihn beschimpft hatte, und

stieß sie zu Boden. Dann warf er sich auf sie und fing an, ihr ins Gesicht zu schlagen.

»Du mußt sterben, du stinkige Schwuchtel«, schrie er.

Die Frau lag auf dem Boden und spuckte ihn an.

»Verflucht, das Saustück hat mich mit Aids bespuckt«, schrie Gustavo.

Er stand auf und trat sie mit dem Fuß, wo er nur konnte. Juan Carlos und Joaquín kamen keuchend angelaufen.

»Tun wir was fürs Vaterland, schlagen wir einen Schwulen tot«, schrie Juan Carlos und trat immer heftiger auf die Frau ein.

»Das ist kein Schwuler, das ist eine Frau«, schrie Joaquín.

»Und ob das ein Schwuler ist, du Arsch«, schrie Gustavo. »Mach gefälligst mit.«

Joaquín trat die Frau zwei-, dreimal.

»Habt Mitleid mit einer armen Frau«, schrie sie. »Ich wollte doch nur ehrlich mein Geld verdienen.«

»Halt die Fresse, Schwuchtel«, schrie Gustavo. »Wir sind die Schwulenkiller, wir machen dich kalt.«

Die drei traten weiter auf die Frau ein.

»Guck doch mal wenigstens nach, ob es wirklich eine Frau ist«, schrie Joaquín.

»Zeig deinen Schwanz, Schwuchtel«, schrie Juan Carlos.

»Ich bin eine Frau, ich bin eine Frau«, schrie sie.

»Halt die Fresse, Schwuchtel«, schrie Juan Carlos.

Gustavo und Juan Carlos hoben ihren Rock hoch und sahen, daß sie einen gelben Slip trug.

»Es ist doch nicht Neujahr, du Miststück«, sagte Juan Carlos und gab ihr einen Fußtritt.

Dann zogen sie den Slip herunter und sahen das aufgerichtete Glied des als Frau verkleideten Mannes.

»Und er hat auch noch einen Ständer«, schrie Gustavo und verzog wie angeekelt das Gesicht. »Du bist krank, du Dreckfotze.«

»Ich habe zufällig einen Schwanz, aber ich bin eine Frau.«

»Die Schwuchtel ist Maso«, sagte Juan Carlos, und sie traten immer wieder zu.

Plötzlich hörten sie eine Sirene.

»Scheiße, die Bullen, nichts wie weg«, sagte Gustavo.

Die drei rannten zum Auto zurück.

»Verdammte Hundesöhne«, schrie der Transvestit.

Sie sprangen ins Auto, Juan Carlos gab Gas und fuhr los, an der ersten Ecke bog er ab. Er kam auf die Avenida los Conquistadores.

»War das geil«, sagte er. »Den haben wir zu Klumpatsch gehauen. Mit Sicherheit haben wir dem ein paar Knochen gebrochen.«

»Und jetzt ein bißchen Chamo, um neue Kräfte zu sammeln«, sagte Joaquín.

Gustavo suchte das Koka, fand es aber nicht.

»Mist«, sagte er. »Ich glaube, das Chamo ist mir im Park aus der Tasche gefallen.«

Juan Carlos biß sich vor Wut in die Hand.

»Verfluchte Scheiße«, sagte er.

Joaquín sah auf die Uhr.

»In einer halben Stunde fängt die Ausgangssperre an«, sagte er.

»Kommt, wir kaufen bei Dasso neuen Stoff und machen es uns bei mir gemütlich«, sagte Gustavo.

»Okay«, sagte Juan Carlos.

»Ich passe«, sagte Joaquín. »Laßt mich bei mir raus.«

»Wie du willst«, sagte Juan Carlos.

Er kam auf den Camino Real, ließ in der Kurve vom Gutiérrez-Oval die Reifen quietschen und fuhr die Avenida Comandante Espinar hinunter.

»Scheiß Ausgangssperre«, sagte Gustavo.

Juan Carlos erreichte die Avenida Pardo und hielt vor dem Haus, in dem Joaquín wohnte.

»Die Perücke und die Handtasche nehme ich mit«, sagte Joaquín.

»Spül dir die Nase mit warmem Wasser und trink viel Milch, das hilft gegen das Abtörnen«, sagte Juan Carlos zu ihm.

»Und wasch dir den Hintern«, sagte Gustavo spöttisch.

Joaquín stieg aus dem Auto.

Er ging ins Haus und fuhr hinauf in seine Wohnung. Innen hörte er Geräusche. Er bekam einen Schreck. Er hatte den Fernseher angelassen. Er machte ihn aus und ging ins Bad. Dort setzte er die Perücke auf und hängte sich die Handtasche um.

»Hallo, Pelusa«, sagte er und betrachtete sich im Spiegel.

Dominikanische Erinnerungen

Es war kurz vor Mitternacht. Die Bar des Hotels Dominican Concorde war fast menschenleer. Joaquín setzte sich an den Tresen, bestellte eine Limonade und beobachtete die zwei, drei Paare, die gelangweilt zu einer süßlichen Merengue tanzten. Nach einer Weile setzten sich zwei junge Pärchen an die Bar und bestellten für alle Bier. Joaquín hörte, daß sie englisch sprachen. Die beiden Jungs fand er beide sehr hübsch, besonders einen von ihnen: Er war groß, weiß und schlank, trug langes Haar und hatte traurige Augen. Während die Mädchen blöde Witze erzählten und laut gackerten, trank der Junge gedankenverloren sein Bier und hörte nicht auf, mit seinem Haar zu spielen.

Joaquín und der Junge mit den langen Haaren sahen sich ein paarmal an. Joaquín kam es vor, als hätte er ihn schon irgendwo gesehen. Kurz darauf gähnte der Junge ziemlich lange und reckte die Arme; er schien sich zu langweilen. Er stand auf, sagte etwas zu den Mädchen, die mit ihm gekommen waren, und ging ins Casino, das neben der Bar war. Joaquín überlegte nicht lange, zahlte seine Rechnung und ging ebenfalls ins Casino, nur um noch eine Weile den Anblick des Jungen mit den langen Haaren genießen zu können. Das Casino war voll lärmender Leute. Glückliche, weiß gekleidete Dominikaner stellten ihre Goldketten aus und verspielten laut lachend ihr Geld. Der Junge blieb an einem der Spieltische stehen, um zuzuschauen. Daraufhin trat Joaquín an den Tisch und setzte ein paar Pesos. Er mochte keine Glücksspiele, aber er wollte den Jungen auf sich aufmerksam machen. Als sich die Kugel drehte, schauten sich Joaquín und der Junge in die Augen. Beide wußten, daß Joaquín sein Geld verlieren würde, und so passierte es auch. Da lächelte der Junge Joaquín zum erstenmal an. Joaquín erwiderte sein Lächeln und machte eine Geste der Resignation. Der Junge ging an ihm vorbei und sagte zu ihm: »Komm mir nach.« Er lief weiter und verließ das Casino. Joaquín wartete einen Moment und ging dort hinaus, wo der Junge hinausgegangen war. Er sah ihn in einer Tür verschwinden. Er ging ihm nach und verschwand hinter derselben Tür. Plötzlich fand er sich in der Küche des Hotels wieder. Er suchte den Jungen. Er war nicht da. Ein paar Schwarze mit weißen Mützen alberten miteinander herum, während sie in der Küche arbeiteten.

»Der Herr sucht die Toilette?« fragte einer von ihnen.

Joaquín nickte.

»Wenn Sie rauskommen, gleich rechts die erste Tür«, sagte der Schwarze.

Joaquín ging aus der Küche und warf einen Blick in die Toilette, aber dort war der Junge auch nicht. Er gab es auf und kehrte an die Bar zurück: Die drei anderen waren schon fort. Er beschloß, ins Bett zu gehen. Als er in sein Zimmer hinauffuhr, fühlte er sich sehr traurig.

Etwas später, Joaquín war schon im Bett und schaltete zwischen den Fernsehprogrammen hin und her, klopfte es an seiner Tür. Erschrocken stand er auf und schaute durch den Spion. Es war der Junge mit den langen Haaren. Joaquín öffnete.

»Wo warst du denn geblieben?« fragte der Junge lächelnd.

»Ich habe dich überall gesucht und nirgends gefunden«, sagte Joaquín.

»Ich bin die Treppe von der Küche hinaufgegangen.«

»Komm doch rein, bitte.«

Der Junge trat ins Zimmer, sah in den Spiegel, fuhr mit einer Hand übers Haar, als würde er sich tätscheln, und setzte sich auf den Teppich. Er wirkte unschuldig und geistesabwesend.

»Was hast du dir angesehen?« fragte er.

»Nichts, irgendwas«, sagte Joaquín und setzte sich zu ihm. »Ich konnte nicht schlafen.«

Joaquín war im Schlafanzug. Der Junge trug über dem Knie eingeschnittene Bluejeans, ein weißes T-Shirt und Sandalen.

»Wo kommst du her?« fragte Joaquín.

»Aus Toronto, Kanada«, sagte er.

»Und was machst du in Santo Domingo?«

»Bummeln. Tourismus. Und du?«

»Das gleiche.«

»Bist du allein hier?«

»Ja. Du aber nicht, wie?«

»Nein. Ich bin mit ein paar Bekannten hier, ich habe sie aber über.«

»Um so besser für mich.«

Sie schauten sich in die Augen. Sie lächelten. Joaquín legte dem Jungen seinen Kopf auf die Schulter. Der Junge suchte Joaquíns Mund. Sie küßten sich sacht. Sie zogen sich ohne jede Hast aus. Da niemand von ihnen ein Kondom hatte, beschlossen sie, in die Badewanne zu gehen. Sie ließen heißes Wasser ein und stiegen vorsichtig hinein. Joaquín setzte sich zwischen die Beine des Jungen, der ihn umarmte. Dann befriedigten sie sich, ruhig, mit offenen Augen.

»Wie hast du rausbekommen, in welchem Zimmer ich wohne?« fragte Joaquín.

»Ich habe an der Bar deine Rechnung gesehen«, sagte der Junge lächelnd. »Da stand deine Zimmernummer drauf.«

»Und wie bist du an die Rechnung rangekommen?«

»Ich habe dem Kellner ein paar Pesos gegeben.«

»Hat es sich gelohnt?«

»Ich bin mir nicht sicher«, sagte der Junge lächelnd.

Sie lachten, umarmten sich und wären fast ausgerutscht. Der Fußboden im Bad war naß.

»Willst du hierbleiben zum Schlafen?« fragte Joaquín.

»Ich würde gern, ich kann aber nicht«, sagte der Junge.

»Wieso?«

»Ich muß zurück zu meinen Freunden. Sie warten auf mich in einer Bar.«

»Verstehe.«

Als er sich angezogen hatte, holte der Junge einen kleinen Gummiarmreif aus der Tasche und gab ihn Joaquín.

»Das schenke ich dir«, sagte er. »Damit du mich nicht vergißt.«

»Danke«, sagte Joaquín und küßte ihn auf den Mund.

Der Junge ging zur Tür.

»Du hast mir nicht gesagt, wie du heißt«, sagte Joaquín. »Ich habe nicht mal deine Telefonnummer.«

Der Junge nahm ein Notizbuch vom Nachttisch und schrieb seinen Namen und seine Telefonnummer auf. Joaquín las: Reid MacDonald.

»Wie die Hamburger?« fragte er lächelnd.

»So ähnlich«, sagte der Junge.

Sie umarmten sich und küßten sich. Dann ging Reid aus dem Zimmer.

Am nächsten Tag rief Joaquín ihn an. Eine Frau sagte ihm, er hätte sich verwählt, dort würde kein Reid wohnen. Joaquín rief noch einmal an. Die Frau schrie, er solle aufhören, sie zu belästigen, und knallte den Hörer auf.

Ein paar Jahre vergingen. Eines Tages fuhr Joaquín in einem alten Taxi durch die Straßen im Zentrum von Santo Domingo, als er Reid sah. Er lief allein. Obwohl Joaquín überrascht war, ihn so förmlich angezogen zu sehen, erkannte er ihn augenblicklich. Reid trug graue Hosen, ein weißes langärmliges Hemd und eine schwarze Krawatte. Joaquín bat den Taxifahrer zu halten, stieg aus und lief zu Reid.

»Hallo«, sagte er zu ihm und tippte ihm von hinten an die Schulter.

Reid drehte sich erschrocken um. Er starrte Joaquín an, senkte den Blick und sagte kein Wort. Etwas war anders geworden zwischen ihnen. Reid hatte eine dicke Bibel in der Hand. Er drückte sie mit aller Kraft, als klammere er sich fest an ihr.

»Ich habe dich ja lange nicht gesehen«, sagte Joaquín. »Wie geht es dir?«

Reid sagte immer noch nichts, sein Blick war auf den Boden geheftet.

»Bedaure, aber ich glaube, Sie verwechseln mich mit jemandem«, sagte er, ohne Joaquín in die Augen zu schauen.

»Reid, ich bin es, Joaquín. Weißt du nicht mehr?«

»Nein. Bedaure.«

»Wir hatten uns einen Abend im Dominican Concorde kennengelernt.«

»Sie müssen sich irren, mein Herr.«

Da zeigte ihm Joaquín den Armreif, den er ihm geschenkt hatte. Er trug ihn jedesmal, wenn er in Santo Domingo war.

»Erinnerst du dich?«

»Bedaure, aber ich muß jetzt gehen, ich bin in Eile«, sagte Reid und lief weiter.

Joaquín stieg wieder ins Taxi, das auf ihn wartete. Als er an Reid vorbeikam, winkte er ihm zum Abschied zu. An seine Bibel geklammert, lief Reid weiter, ohne seinen Gruß zu erwidern.

Der Schauspieler

Joaquín hatte ihn schon ein paarmal in einer Fernsehserie gesehen, und er hatte große Lust, ihn kennnenzulernen: Gonzalo Guzmán war in Lima zum Modeschauspieler geworden. Gonzalo war jung, hübsch und charmant. Nach langem Zögern traute sich Joaquín eines Abends, ihn anzurufen.

»Ich würde gern mit dir ein Interview machen«, sagte er.

»Super«, sagte Gonzalo, ich verpasse keine Sendung von dir.«

Zu dieser Zeit hatte Joaquín eine Interviewsendung im peruanischen Fernsehen. Meistens interviewte er Schauspieler oder Sänger.

»Was hältst du davon, wenn wir es gleich morgen machen?« fragte er.

»Ausgezeichnet«, sagte Gonzalo. »Je eher, desto besser. Eine kleine Bitte hätte ich: Könntest du mich, wenn du zum Sender fährst, bei mir zu Hause abholen?«

»Klar«, sagte Joaquín. »Mache ich gern.«

Dann notierte er sich auf einem Zettel Gonzalos Adresse.

»Bis morgen dann«, sagte Gonzalo, bevor er auflegte.

Für das Fernsehen zu arbeiten, hatte auch seine Vorteile.

Am nächsten Tag war Joaquín abends um neun bei Gonzalo. Gonzalo wohnte bei seinen Eltern in Miraflores, in einem Apartment gegenüber vom Tennisclub Terrazas. Joaquín klingelte, meldete sich durch die Sprechanlage und wartete im Auto. Kurz darauf kam Gonzalo aus dem Haus. Er lächelte.

»Sorry, daß du mich abholen mußtest, aber ich spare noch für ein Auto«, sagte er.

»Kein Problem«, sagte Joaquín. »Schön, dich kennenzulernen.«

Sie gaben sich die Hand.

Joaquín startete und fuhr los zum Fernsehsender, für den er arbeitete.

»In der Telenovela wirkst du ein bißchen voller«, sagte er.

»Das Fernsehen macht immer dick«, sagte Gonzalo lächelnd. »Es macht dick und klein. Die Dicken sehen aus wie Schweine und die Kleinen wie Zwerge.«

Joaquín lächelte und sah Gonzalo an: Er schien schon geschminkt zu sein.

»Du hast dich schon geschminkt?« fragte er ihn.

»Ja, ich habe ein bißchen Puder aufgelegt zu Hause«, sagte Gonzalo und faßte sich ans Gesicht. »Wieso? Fällt es sehr auf?«

»Nein, nein. Du siehst sehr gut aus.«

»Danke. Du auch.«

»Schminkst du dich immer zu Hause?«

»Ja. Wobei, eigentlich schminke nicht ich mich, sondern meine Mutter.«

»Ach, ja? Das ist ja witzig.«

»Das Problem ist, daß sie beim Sender ein miserables Make-up verwenden, und meine Mutter schminkt mich ausschließlich mit Importprodukten.«

»Klar, verstehe.«

»Außerdem macht es meiner Mutter riesigen Spaß, mich zu schminken. Jedesmal, wenn ich ein Interview oder einen Fototermin habe, freut sie sich, daß sie mich schminken kann. Wenn ich sie nicht lasse, ist sie mir böse.«

»Wirklich witzig.«

Joaquín fuhr die Avenida Salaverry entlang. Es war inzwischen kurz nach zehn, und auf der Straße war wenig Verkehr.

»Kannst du mir schon sagen, was du mich fragen wirst? Ich bin schrecklich nervös«, sagte Gonzalo.

«Keine Ahnung«, sagte Joaquín. »Irgendwas.«

Sie schauten sich an und lächelten.

»Darf ich dich um einen Gefallen bitten?« fragte Gonzalo.

»Klar, Mensch, was du willst«, sagte Joaquín.

»Kannst du mich im Interview fragen, ob ich eine Freundin habe?«

»Natürlich, gern.«

»Meine Freundin will sich nämlich das Interview ansehen, und ich kann dann die Gelegenheit nutzen und sie grüßen.«

»Klar, Gonzalo, ist eine schöne Geste von dir.«

Sie verstummten. Kurz darauf kamen sie beim Sender an, sie stiegen aus dem Auto und gingen in die Fernsehstudios. Joaquín ging in den Schminkraum. Gonzalo blieb im Studio und gab den Mädchen an den Telefonen des Senders Autogramme. Eine altgediente Maskenbildnerin, die sich rühmte, Henry Kissinger und am selben Tag Gordo Porcel geschminkt zu haben, machte wie jeden Abend in aller Eile Joaquín zurecht. Dann ging Joaquín ins Studio zurück, sagte den Kameraleuten guten Abend und wartete darauf, daß seine Sendung anfing. Auf einer kleinen Tribüne im Studio saßen etwa fünfzehn, zwanzig Leute. Um die gleiche Zeit wie immer, elf Uhr abends, gab ihm ein Kameramann ein Zeichen, damit er wußte, daß er auf Sendung war.

»Guten Abend«, sagte Joaquín und lächelte in die Fernsehkamera. »Heute habe ich das große Vergnügen, Ihnen einen talentierten und charmanten Schauspieler vorzustellen, einen jungen Mann, der die Herzen des Publikums von Lima im Sturm erobert hat, die Entdeckung des Jahres, keinen Geringeren als den allseits bekannten und beliebten Gonzalo Guzmán.«

Gonzalo betrat die Bühne, und das Publikum klatschte begeistert. Gonzalo und Joaquín gaben sich die Hand, nahmen Platz und unterhielten sich ein paar Minuten über die Sachen, die Gonzalo in letzter Zeit gemacht hatte: eine Telenovela, ›Jasmin‹, und ein Theaterstück, ›Willst du der Spatz in meiner Hand sein?‹ In der Mitte des Interviews, als sie schon etwas lockerer waren, stellte Joaquín die Frage, um die ihn Gonzalo gebeten hatte.

»Eins mußt du mir noch verraten, Gonzalo«, sagte er, »etwas, das sehr viele Mädchen wissen möchten, entschuldige die indiskrete Frage: Hast du eine Freundin?«

Im Studio gab es Gelächter und Gemurmel.

»Ja, ich bin wahnsinnig verliebt«, sagte Gonzalo und sah in die Kamera. »Meine Freundin heißt Rocío, sie ist die große Liebe meines Lebens. Ich liebe sie mehr als alles andere auf der Welt, sie ist mein ein und alles. Vorigen Monat waren es fünf Jahre, die wir zusammen sind. Rocío ist ein zauberhaftes Mädchen und superintelligent. Roci, Liebste, ich weiß, daß du mich jetzt siehst, ich sende dir einen dicken Kuß, ich bete dich an.«

Gonzalo warf ihr durch die Kamera einen Kuß zu.

»Einen Kuß über den Äther«, sagte er lächelnd.

Das Publikum spendete dieser Geste von Zärtlichkeit starken Applaus.

»Da bist du ja mächtig zu beneiden, so ein Glück! So verliebt zu sein!« sagte Joaquín.

»Ja«, sagte Gonzalo, »ich bin der glücklichste Mensch der Welt.«

Anschließend unterhielten sie sich noch darüber, wie schwierig es ist, in Lima Schauspieler zu sein, sowie über Gonzalos weitere Pläne: »Mein Ziel ist es, nach Mexiko oder Venezuela auszuwandern, lieber nach Mexiko«, sagte er. Als die Sendung vorbei war, beeilten sie sich, aus dem Studio hinauszukommen. Gonzalo wurde sofort von Dutzenden Frauen umringt, die ihn schreiend um Autogramme baten.

»Sie sind so schlicht, so menschlich, so nice«, schrie eine von ihnen.

»Er ist zum Anbeißen«, schrie eine andere.

Unentwegt lächelnd, gab Gonzalo Autogramme und ließ sich von seinen Bewunderinnen umarmt fotografieren. Plötzlich schien er die Geduld zu verlieren. Er hörte auf zu lächeln, bahnte sich mit Stößen und Knüffen einen Weg, beschimpfte zwei Mädchen, die ihn um ein Autogramm anflehten: »Schnauze, verdammt, scheiß Cholas«, und stieg zu Joaquín ins Auto.

»Bloß weg hier«, sagte er.

Die Mädchen kreischten weiter, trommelten gegen die Scheiben des Autos und baten Gonzalo, noch mehr Autogramme zu geben. Gonzalo rang sich ein Lächeln ab und winkte ihnen zum Abschied zu.

»Dieses Pack treibt mich noch zum Wahnsinn«, murmelte er, während er lächelte. »Ich schwöre dir, manchmal hätte ich Lust, sie mir mit Fußtritten vom Leibe zu halten.«

Joaquín ließ den Motor an, fuhr ruckartig ein Stück rückwärts und gab Gas. Er hätte beinahe ein Mädchen umgefahren.

»Scheiß Cholas«, sagte Gonzalo und schaute in den Spiegel, um seine Haare in Ordnung zu bringen.

»Es ist zum Kotzen, so bekannt zu sein, wie?« sagte Joaquín lächelnd.

Sie verstummten. Sie ließen die Fenster herunter. Joaquín fuhr bei Rot über eine Ampel und bog in die Avenida Salaverry ein.

»Was meinst du, wie war das Interview?« fragte Gonzalo.

»Super«, sagte Joaquín. »Du warst sehr witzig und hast einen Riesenbeifall bekommen.«

»Findest du nicht auch, daß ich ein bißchen nervös wirkte?«

»Keine Spur. Du kamst mir absolut locker vor.«

»Kam das gut rüber, als ich von meiner Freundin gesprochen habe?«

»Das war absolut spitze, richtig romantisch. Das Publikum war ganz aus dem Häuschen.«

»Danke, Joaquín, das hast du toll gemacht, ich habe selten so ein sympathisches Interview erlebt.«

»Ich muß mich bei dir bedanken. Du hast eine ausgezeichnete Sendung für mich gemacht.«

Sie sagten eine Weile kein Wort.

»Hättest du Lust auf einen Drink?« fragte Gonzalo dann.

»Klar, gute Idee«, sagte Joaquín. »Ich kann jetzt sowieso noch nicht schlafen.«

»Das Problem ist nur, wo können wir hingehen?«

Stadtbekannt, wie er war, konnte sich Gonzalo nicht irgendwo in der Öffentlichkeit sehen lassen, ohne die Unannehmlichkeiten des Ruhms in Kauf nehmen zu müssen.

»Wenn du willst, können wir zu mir gehen«, sagte Joaquín.

»Genial«, sagte Gonzalo. »Da haben wir wenigstens unsere Ruhe.«

Joaquín lächelte und fuhr die Avenida Prescott entlang. Gonzalo machte das Radio an, stellte Doblenueve ein und drehte die Lautstärke auf. Es lief ein Lied von Sting.

»Sting finde ich toll«, sagte er und fing an, auf englisch mitzusingen.

Wenig später kamen sie bei Joaquín an. Sie waren kaum in Joaquíns Apartment, als Gonzalo schon seine Freundin anrief. Joaquín ging ins Bad, um sich abzuschminken.

»Hallo, Rocío, hast du mich gesehen?« fragte Gonzalo am Telefon.

Joaquín stand vor dem Spiegel und seifte sich mit einem Schwamm das Gesicht ein.

»Ist gut gelaufen, wie?« fuhr Gonzalo fort. »Hat dir gefallen, was ich von dir gesagt habe? Ehrlich, es hat dich glücklich gemacht? Was ich gesagt habe, kam mir aus dem Herzen, Rocío, aus tiefstem Herzen. Ich dich auch, meine kleine Schöne.«

Joaquín ging ins Zimmer zurück und legte Jackett und Krawatte ab. Gonzalo telefonierte noch.

»Ich bin jetzt bei Joaquín«, sagte er. »Wir trinken einen Schluck, und dann fahre ich nach Hause. Natürlich, Liebling, wir sehen uns morgen. Ich rufe dich gleich früh an, und wir schauen uns das Interview zusammen auf Video an. Ja, meine Eltern haben es aufgenommen. Tschau, Liebling. Tschau, und träum von mir, ja?«

Gonzalo legte den Hörer auf.

»Ich mußte mich bei ihr melden«, sagte er lächelnd. »Sie wäre mir sonst böse gewesen, du weißt ja, wie das ist.«

»Verstehe schon«, sagte Joaquín.

Er schenkte zwei Gläser Wein ein, öffnete das Fenster und setzte sich auf den Teppich. Gonzalo setzte sich zu ihm.

»Darauf, daß wir uns kennengelernt haben«, sagte Joaquín.

»Zum Wohl«, sagte Gonzalo.

Sie stießen mit ihren Gläsern an und nippten am Wein. Sie sagten nichts. Sie sahen sich in die Augen.

»Ehrlich gesagt, ich war schon lange verrückt danach, dich kennenzulernen«, sagte Gonzalo.

»Mir ist es genauso gegangen«, sagte Joaquín und schlug die Augen nieder. »Das war auch der Grund, weshalb ich dich angerufen habe. Das Interview war nur ein Vorwand, um dich kennenzulernen.«

Gonzalo lächelte.

»Trickser, Betrüger«, sagte er und klopfte Joaquín freundschaftlich auf den Schenkel.

»Mir ist nichts anderes eingefallen, wie hätte ich dich denn sonst kennenlernen können?« sagte Joaquín. »Ich lasse keine Folge von deiner Serie aus. Ich freue mich immer riesig, wenn ich dich sehe im Fernsehen.«

»Lügenbold. Ich wette, du siehst die Serie nie.«

»Und ob, ich schwöre! Aber nur, wenn du dabei bist.«

Sie lächelten. Keiner sagte etwas. Sie lauschten dem Verkehr auf der Avenida Prado.

»Darf ich dich etwas Persönliches fragen, Joaquín?«

»Natürlich«, sagte Joaquín. »Alles, was du willst.«

»Stimmt es, was Osvaldo Gambini über dich erzählt?«

Gambini war einer der bekanntesten peruanischen Schauspieler.

»Was erzählt er denn?« fragte Joaquín.

»Daß ihr ein Paar seid, du und er«, sagte Gonzalo.

Joaquín machte ein überraschtes Gesicht.

»Nicht die Spur«, sagte er.

»Ein Glück«, sagte Gonzalo. »Das habe ich ja auch gesagt.«

»Hättest du mir so einen schlechten Geschmack zugetraut, Gonzalo? Gambini ist doch ein Widerling.«

»Ich weiß, ich weiß, aber ich schwöre dir, daß sie das von dir sagen.«

»Wer?«

»Die Leute aus der Szene. Die Leute vom Theater.«

»Blödsinn. Diese Leute kennen mich doch überhaupt nicht.«

»Okay, aber sei bitte nicht sauer.«

»Ich bin nicht sauer.«

»Und ob du sauer bist, Mistkerl«, sagte Gonzalo lächelnd und klopfte Joaquín auf den Schenkel.

Keiner sagte etwas. Sie tranken Wein.

»Gehörst du zur Szene?« fragte Gonzalo.

»Was für eine Szene?« fragte Joaquín.

»Na ja, zur Szene eben.«

»Nein. Ich gehöre weder zur Szene von Gambini noch von den Theaterleuten. Ich habe mit dieser Szene nichts zu tun.«

Gonzalo lachte.

»Eingeschnappte Leberwurst«, sagte er.

Joaquín trank noch ein Glas Wein. Er ärgerte sich, daß Gonzalo ihn gefragt hatte, ob er etwas mit Gambini hätte.

»Ich habe dir doch gesagt, ich habe mit Gambini nichts zu schaffen. Ich kenne ihn kaum. Ich habe mal ein Interview mit ihm gemacht, das ist alles.«

»Mir hat Gambini gesagt, ihr wärt Lover.«

»Das hat er dir gesagt? Das ist absolut gelogen.«

»Ich schwöre dir, Joaquín. Einmal im Theater, nach einer Probe, hat er mir erzählt, du wärst sein fester Freund, und wie toll es zwischen euch wäre, ihr wärt verliebt wie die Turteltauben. Es war der Hammer für mich. Ich konnte es einfach nicht glauben.«

»So ein verlogener Drecksack. Wie kann dieser Gambini so etwas behaupten?!«

»Du kannst dir gar nicht vorstellen, wie eifersüchtig ich damals war.«

»Du warst eifersüchtig?«

»Hm.«

»Wieso? Verstehe ich nicht.«

Gonzalo schlug die Augen nieder.

»Weil ich dich mag«, sagte er.

Joaquín stockte der Atem.

»Ich dich auch«, sagte er mit belegter Stimme.

Sie schauten sich in die Augen.

»Schwörst du mir, daß mit Gambini nichts war?« sagte Gonzalo.

»Ich schwöre es dir«, sagte Joaquín.

Sie umarmten sich. Sie sanken auf dem Teppich nieder. Sie küßten sich.

»Ich mag dich unheimlich«, sagte Gonzalo.

»Ich dich auch«, sagte Joaquín. »Ich war schon seit langem ganz verrückt danach, dich kennenzulernen. Ich wußte, wir würden gut zusammenpassen.«

Sie küßten sich wieder. Gonzalo umarmte Joaquín von hinten.

»Es ist merkwürdig«, sagte er zu Joaquín, biß ihm ins Ohr und küßte seinen Hals. »Ich hatte noch nie Lust, mit einem Jungen zu schlafen. Mir hat noch keiner so gefallen, wie du mir gefällst.«

»Komm, mach es mir«, sagte Joaquín.

Sie standen auf, faßten sich bei der Hand, gingen ins Schlafzimmer.

Am nächsten Tag wollte Joaquín gerade Siesta halten, als es an seiner Tür klingelte. Mißmutig stand er auf und sah auf die Straße hinunter. Es war Gonzalo. Joaquín rannte zur Sprechanlage in der Küche und öffnete ihm die Haustür. Gonzalo kam mit dem Fahrstuhl herauf. Kaum war er in der Wohnung, umarmte er Joaquín. Sie schlossen die Tür, gingen ins Schlafzimmer, zogen sich aus und liebten sich. Danach lagen sie nackt auf dem Bett und streichelten sich.

»Ich muß dir etwas sagen«, sagte Gonzalo. »Ich habe die Unwahrheit gesagt gestern nacht. Es ist nicht das erstemal, daß ich mit einem Jungen schlafe.«

»Halb so schlimm. Hatte ich mir schon gedacht.«

»Sorry, ich war ein Arschloch. Ich weiß nicht, warum ich dich angelogen habe.«

Joaquín schmiegte seinen Kopf an Gonzalos Brust.

»Seit wann weißt du, daß du auf Jungs stehst?« fragte er ihn.

»Seit der Schule schon«, sagte Gonzalo. »In meiner Klasse war ein Junge, der sah traumhaft aus. Er hieß Patrick Fisher. Er war blond, schön, hatte einen phantastischen Körper. Und in Sport war er spitze. Was habe ich Patrick angehimmelt! Ich schaute so gern seine Beine an, wenn wir im Sportunterricht Fußball spielten. Ich betrachtete ihn so gern, wenn wir danach nackt duschten. Ich hatte nie jemandem davon erzählt, daß ich ihn insgeheim anhimmelte. Und es ist nie etwas zwischen uns beiden passiert.«

»Und wann hast du es das erste Mal gemacht?« fragte Joaquín.

Gonzalo lächelte.

»Ich schäme mich, es dir zu erzählen«, sagte er. »Erzähl lieber du erst.«

Joaquín fuhr sich mit der Hand über die Haare. Er starrte zur Decke.

»Das erste Mal, daß ich es gemacht habe, war mit einem Schulfreund«, sagte er. »Es war schrecklich. Ich habe mich danach beschissen gefühlt.«

»Wieso?«

»Weil ich ihn liebte, er aber nicht mich. Ich gefiel ihm nicht einmal. Bis heute verstehe ich nicht, warum wir es gemacht haben.«

»Aber er war schwul, oder nicht?«

»Nein. Er stand auf Mädchen. Es ging ihm nur ums Bumsen, die pure Geilheit.«

»Seid ihr noch befreundet?«

»Nein. Wenn wir uns sehen, sagen wir uns kaum guten Tag. Es ist schade. Manchmal denke ich, daß ich ihn noch liebe.«

»Wie heißt er?«

»Jorge.«

»Wie alt warst du, als es passierte?«

»Ich war in der ersten Klasse der Mittelstufe. Ich war noch ein Kind. Ich wußte nicht einmal, daß ich von Jorge sexuell etwas wollte. Ich wußte nur, daß ich gern mit ihm zusammen war und daß ich gern mit ihm lachte.«

Keiner sagte etwas. Gonzalo streichelte ihm den Kopf.

»Ich habe auch früh angefangen«, sagte er.

»Erzähl«, sagte Joaquín.

»Aber schwör, daß du es niemandem sagst.«

»Ich schwöre.«

»Es war mit einem Chauffeur, der für meine Eltern arbeitete.«

»Mit einem Chauffeur?«

»Hm. Wenn du wüßtest, wie säuisch ich mich dafür schäme, ich habe es noch nie jemandem erzählt.«

»Mensch, hör auf zu spinnen, du brauchst dich doch deshalb nicht zu schämen.«

»Der Chauffeur war ein riesiger Neger, ein absolut geiler Typ. Leonidas hieß er. Leonidas de la Cruz. Er holte mich jeden Nachmittag von der Schule ab. Ich war in der dritten Klasse der Mittelstufe. Ich war wahnsinnig geil damals. Den ganzen Tag lief ich mit einem Steifen herum. Eines Tages bat ich Leonidas, mir das Autofahren beizubringen, und kletterte auf seinen Schoß. Er fuhr weiter, als wenn nichts wäre. Nach einer Weile merkte ich, wie sein Schwanz hart wurde. Ich spürte seinen Hammer, klammerte mich ans Lenkrad und wurde immer geiler. Als wir bei uns zu Hause ankamen, machte ich ihm in unserer Garage die Hose auf und lutschte ihm den Schwanz. Der Schwarze sagte kein Wort, er sagte nie etwas. Am nächsten Tag wollte ich wieder lutschen, aber er ließ mich nicht. Es ist nie wieder etwas passiert. Und wir haben darüber beide nie ein Wort verloren.«

»Er hat dich nicht gebumst?«

»Nein. Ein Glück auch, er hatte nämlich einen Riemen wie ein Pferd.«

Sie lachten.

»Und wie war das, als du zum ersten Mal mit einem Mann richtig Liebe gemacht hast?« fragte Joaquín.

»Das war mit einem Typ aus dem Fitneßstudio«, sagte Gonzalo. »Ich war schon in der fünften. Ich ging fast jeden Tag nach der Schule ins Studio, ins Workout, das Studio in der Calle Dasso. Der Typ hieß Eduardo, Eddie wurde er genannt. Der war ein Vieh. Er war immer stundenlang im Studio und hatte einen Traumbody. Eddie war mein Trainer. Er wog mich, legte meinen Trainingsplan fest, gab mir spezielle Diäten für den Muskelaufbau, empfahl mir Vitamine. Das Übliche. Einmal nahm er mich mit zu sich nach Hause. Er wollte mir ein paar besondere Vitamine geben, die ihm jemand aus Miami mitgebracht hatte. Jedenfalls gingen wir zu ihm. Eddie wohnte bei seinen Eltern in Jesús María, im Wohnpark San Felipe. Unter dem Dach hatte er ein kleines Zimmer, so eine Art privates Fitneßstudio. Wir schlossen uns da ein, fingen an zu trainieren, und plötzlich ließ Eddie seine Hose runter und sagte, ich soll ihm einen blasen. Ich weiß noch, sein Schwanz war ziemlich klein, vielleicht kam er mir auch nur so klein vor, weil er so ein Muskelpaket war, ich weiß nicht. Schließlich machten wir alles. Der Typ war völlig versaut. Er hat mir die perversesten Sachen beigebracht.«

»Und deine Freundin? Weiß Rocío was?«

»Bist du verrückt? Wie kommst du darauf? Rocío hat nicht den geringsten Schimmer von diesen Dingen.«

»Und als ihr schon zusammen wart, hast du es da weiter mit Männern getrieben?«

»Na ja, schon, aber nur ab und zu. Manchmal konnte ich mich nicht beherrschen und rief Eddie an, oder Freunde vom Theater, die auch so sind. Aber ich habe Rocío nie etwas davon erzählt. Wieso fragst du?«

»Und warum erzählst du es ihr nicht?«

»Weil sie es nicht verstehen würde. Sie würde furchtbar darunter leiden. Eine Welt würde für sie zusammenbrechen.«

»Vielleicht unterschätzt du sie, Gonzalo.«

»Quatsch, ich kenne sie. Rocío ist ein Mädchen aus Villa María. Nie im Leben würde sie auf die Idee kommen, daß ich auch meine Gay-Seite habe.«

»Hast du mit ihr geschlafen?«

»Klar. Sie war noch Jungfrau, als ich sie kennenlernte. Mit mir war es das erste Mal für sie.«

»Und es macht dir Spaß mit ihr?«

»Riesenspaß. Roci ist klasse im Bett. Aber das kann man nicht vergleichen mit Sex mit einem Mann. Es ist nicht so geil. Es ist alles viel reiner, romantischer.«

»Verstehe.«

Sie schwiegen.

»Liebst du sie wirklich, Gonzalo?«

»Selbstverständlich. Ich bete sie an.«

»Warum sagst du ihr dann nicht, wie die Dinge liegen?«

»Ich habe dir doch schon gesagt, sie würde es nicht verstehen. Es wäre ein Trauma für sie, es würde sie völlig fertigmachen.«

»Ich finde, wenn du sie wirklich gern hast und auch nur ein bißchen Achtung vor ihr hast, solltest du ihr die Wahrheit sagen.«

»Hör auf herumzuspinnen, Joaquín, ein Mädchen versteht diese Dinge nie. So etwas bleibt unter Männern.«

»Ich finde, nicht, Gonzalo.«

»Wieso? Ich verstehe dich nicht.«

»Wenn ich sie wäre, würde ich das nicht wollen.«

«Na ja, vielleicht hast du recht, jetzt ist aber zu spät. Ich bin seit fünf Jahren mit ihr zusammen, Joaquín. Ich habe nicht das Recht, ihr so eine Gemeinheit anzutun.«

»Irgendwann wird sie es erfahren, Gonzalo. Du kannst nicht dein ganzes Leben lang lügen.«

»Sie wird es nie erfahren«, sagte Gonzalo wütend. »Rocío wird es nie erfahren.«

Er stand abrupt vom Bett auf, zog sich an und sagte, er müsse gehen. Er ging, ohne Joaquín einen Kuß zu geben.

Ein paar Tage später rief Gonzalo Joaquín an.

»Ich möchte, daß du Rocío kennenlernst«, sagte er. »Hast du Lust, mit uns an den Strand zu fahren?«

Es war ein Sonnabend Mitte Januar. Die Sonne war herausgekommen.

»Gute Idee«, sagte Joaquín.

»Ich hole dich in einer halben Stunde ab«, sagte Gonzalo. »Wir müssen möglichst früh los, sonst stecken wir ewig im Stau.«

»Alles klar. Ich warte auf dich.«

Joaquín zog sich eine Badehose an, holte aus dem Kühlschrank zwei Flaschen Weißwein und wartete auf Gonzalo und Rocío. Eine halbe Stunde später hörte er es hupen und sah auf die Straße hinunter: Es war Gonzalo, der aus einem Kleintransporter zur Begrüßung eine Hand herausstreckte. Joaquín erwiderte den Gruß, setzte sich Sonnenhut und Sonnenbrille auf und ging hinunter. Im Auto gab Gonzalo ihm die Hand.

»Hallo«, sagte er zu ihm. »Darf ich dir Rocío vorstellen, meine Freundin.«

»Hallo, Joaquín«, sagte Rocío mit einem Lächeln.

»Hallo, Rocío«, sagte Joaquín und küßte sie auf die Wange.

Rocío war ein sehr attraktives Mädchen. Sie hatte langes, brünettes Haar, dunkelbraune Augen und ein bezauberndes Lächeln.

»An welchen Strand fahren wir?« fragte Gonzalo.

»Nach Villa auf keinen Fall«, sagte Rocío. »Da war das Wasser gestern ekelhaft.«

»Wollen wir an den Silencio fahren?« fragte Gonzalo.

»Am Silencio machen sich neuerdings die Cholos so breit«, sagte Rocío.

»Was soll's, Liebling, Cholos hast du überall«, sagte Gonzalo.

»Meinetwegen, fahren wir an den Silencio«, sagte Rocío resigniert.

Gonzalo legte eine Kassette von David Bowie ein, drehte die Musik auf und fuhr los zur Schnellstraße nach Süden. Joaquín entkorkte eine Flasche, goß jedem einen Schluck Wein in einen Plastikbecher und verteilte die Becher. Sie tranken. Gonzalo sang auf englisch. Rocío sah mit abwesendem Blick zum Fenster hinaus, wobei der Wind ihr Haar durcheinanderwirbelte. Joaquín betrachtete Gonzalos weiße, muskulöse Beine und die schmaleren dunklen Beine Rocíos. An einer Ampel auf der Avenida Benavides mußten sie halten. Während Gonzalo darauf wartete, daß die Ampel auf Grün schaltete, merkte er, daß er aus einem Auto neben ihm beobachtet wurde. Man hatte ihn erkannt. Er wurde an jeder Ecke Limas erkannt. Gonzalo quälte sich ein Lächeln ab und winkte den Mädchen im Nachbarauto zu. Als die Ampel umschaltete, trat er das Gaspedal durch.

»Hat man denn nie Ruhe vor diesen blöden Cholas«, murmelte er.

»Der Ruhm hat nun mal seinen Preis, Gonza«, sagte Rocío.

Etwas später, schon auf der Autobahn, ließ Gonzalo aus seinen Eingeweiden unüberhörbar Gas entweichen.

»Ach, Gonza, wenn du dich nur benehmen könntest«, sagte Rocío und streckte den Kopf zum Fenster hinaus.

Gonzalo brach in Gelächter aus.

»Du bist ein Schwein«, sagte Rocío und lachte ebenfalls.

»Ich habe dir doch gesagt, Liebling, du mußt dich an meine Furze gewöhnen«, sagte Gonzalo.

»Nie im Leben«, sagte Rocío. »Du hast kein bißchen Manieren.«

Gonzalo sah im Spiegel zu Joaquín.

»Weißt du, was der lustigste Moment in den fünf Jahren mit Rocío war?« fragte er lachend. »Der Tag, an dem ich zum erstenmal in ihrer Gegenwart einen fahren ließ.«

»Gonzalo, sei still, man schämt sich ja mit dir zu Tode«, sagte sie und schlug die Hände vors Gesicht.

»Du glaubst nicht, wie hysterisch sie wurde«, redete Gonzalo weiter. »Sie hat mich aus ihrer Wohnung rausgeschmissen und einen Riesenkrach geschlagen. Eine Woche lang hat sie kein Wort mit mir gesprochen.«

»Wie du wieder lügst, Gonzalo«, sagte Rocío.

»Das stimmt, du hast nicht mit mir gesprochen«, sagte Gonzalo.

»Aber nicht länger als einen Tag«, sagte Rocío.

»Nur eine feine Dame aus Villa María fühlt sich beleidigt, wenn ihr Verlobter einen fahren läßt«, sagte Gonzalo.

Joaquín schenkte Wein nach. Sie tranken.

»Ach, das war aber noch gar nichts im Vergleich dazu, als *sie* das erstemal in meiner Gegenwart einen fahren ließ.«

Rocío lächelte und schlug wieder die Hände vors Gesicht.

»Das ist mir noch nie passiert, du Lügner«, sagte sie voller Scham.

»An diesem Tag spürte ich, daß zwischen uns absolutes Vertrauen herrscht, daß wir ein supersolides Paar sind«, sagte Gonzalo.

»Spinner, ich benehme mich nie unanständig«, sagte Rocío.

»Ich weiß, Liebling«, sagte Gonzalo. »Du bist das reinste Mädchen der Welt.«

Am Silencio angekommen, schlossen sie das Auto ab und rannten ans Wasser, weil der Sand unter ihren Füßen glühte. Gonzalo warf die mitgebrachten Sachen in den Sand und zog sich das T-Shirt aus.

»Ich gehe gleich ins Wasser«, sagte er. »Kommt einer mit von euch?«

Das Meer war ruhig. Es waren nicht viele Leute am Strand.

»Ich gehe noch nicht«, sagte Rocío.

»Ich auch nicht«, sagte Joaquín.

»Lahme Enten«, sagte Gonzalo.

Er rannte ins Meer hinein und stürzte sich kopfüber ins Wasser. Rocío holte Sonnencreme heraus und cremte sich Beine und Arme ein. Joaquín hielt sich an den Wein.

»Cremst du mir ein bißchen den Rücken ein?« fragte sie ihn.

»Klar, gern«, sagte er.

Er nahm die Creme, trug ein bißchen auf Rocíos Rücken auf und verrieb es sacht.

»Du hast einen schönen Körper, Rocío«, sagte er.

»Danke, aber das kostet mich auch einiges«, sagte sie. »Zwei Stunden Aerobic jeden Vormittag und haufenweise Joghurt. Ich sage dir eins, ich kann keinen Joghurt mehr sehen. Irgendwann ist mir mal alles egal, und ich schlage mir den Bauch mit einem superfettigen Hamburger voll.«

Joaquín war fertig mit dem Eincremen und schenkte sich Wein nach.

»Ein schöner Tag heute«, sagte er.

»Ideal für den Strand«, sagte sie.

Gonzalo winkte ihnen von weit draußen auf dem Meer zu. Sie lächelten und winkten zurück.

»Weißt du«, sagte Joaquín, »ich beneide Gonzalo. So ein Ego wie er hätte ich auch gern.«

»Manchmal nervt mich seine Eigenliebe«, sagte Rocío. »Dann habe ich das Gefühl, Gonzalo ist nur in sich selbst verliebt, nicht in mich. Aber man muß ihn verstehen. So sind Schauspieler nun mal, nicht?«

»Du liebst ihn?«

»Wahnsinnig. Schon von Kind an. Ich kann mir keinen anderen Mann vorstellen, Joaquín. Wir sind seit fünf Jahren zusammen. Stell dir mal vor, fünf Jahre.«

»Ich verstehe dich. Wenn ich eine Frau wäre, ich würde mich sofort in Gonzalo verlieben.«

Sie lächelte, als wäre sie über das soeben Gehörte überrascht. Sie verstummten.

»Darf ich dich etwas fragen?« sagte sie dann.

»Immer, frag nur«, sagte er.

»Stimmt es, was man von dir erzählt?«

»Was erzählt man denn?«

»Na, du sollst irgendwie merkwürdig sein.«

»Irgendwie merkwürdig?«

»Na ja, schwul eben.«

Joaquín lächelte. Er schwieg.

»Stimmt das, was man sagt?« bohrte sie noch einmal nach.

»Ja«, sagte er. »Mehr oder weniger.«

Sie trank einen Schluck.

»Stört es dich, daß ich das gefragt habe?« sagte sie.

»Überhaupt nicht«, sagte er.

»Aber so bin ich nun mal, sehr geradeheraus.«

»Ist schon gut, kein Problem. Und stört es dich, daß ich so bin?«

»Nein, es stört mich nicht. Aber wenn ich ehrlich sein soll, es tut mir leid um dich.«

»Es tut dir leid? Wieso das?«

»Ich habe nichts gegen Schwule, Joaquín, aber bei dir finde ich es ehrlich gesagt Verschwendung.«

»Wieso?«

»Weil ein so gut aussehender, gut gebauter und auch noch intelligenter Bursche wie du eben nicht dafür da ist, ein Schwuler zu sein. Du könntest ein supertolles Mädchen haben. Jedenfalls finde ich es schade, daß du so bist. Na ja, jedem Tierchen sein Pläsierchen, nicht?«

Gonzalo kam aus dem Wasser zu ihnen gelaufen.

»Wie ist das Wasser?« fragte ihn Rocío.

»Geil«, sagte Gonzalo. »Aber du bist noch geiler, Liebling«, fügte er hinzu und schüttelte den Kopf, um sie naßzuspritzen.

»Ach, du Blödmann, ich hasse dich«, sagte Rocío und lachte.

Am Abend gingen sie zu dritt ins Nirvana. Nachdem sie ein paar Bier getrunken hatten, fingen Gonzalo und Rocío an zu tanzen. Joaquín verschwand auf der Toilette, um zu sehen, ob ihn jemand zu einer Nase Koka einlud. Er hatte Glück: Er traf Piraña, einen schlaksigen Kerl, der auf der Toilette des Nirvana einzelne Leinen verkaufte. Joaquín gab ihm das Geld im voraus und zog ein paarmal.

»Falls du Lust hast: Wir wollen morgen früh um sechs an der Costa Verde ein bißchen kicken«, sagte Piraña.

»Mal sehen, vielleicht«, sagte Joaquín.

Er ging an die Bar zurück und bestellte ein Bier. Bald darauf hatten Gonzalo und Rocío genug getanzt und kamen zu Joaquín an die Bar.

»Fauler Sack, du hast überhaupt nicht getanzt«, sagte Rocío zu Joaquín.

»Ich tanze nicht gut«, sagte Joaquín.

»Lüg nicht«, sagte sie.

»Ich schwöre«, sagte er.

»Komm mit, ich will sehen, wie du tanzt«, sagte sie und ergriff seine Hand.

Sie bahnten sich einen Weg zur Tanzfläche. Es war so voll im Nirvana, daß sie kaum vorwärtskamen. In einer Ecke fanden sie ein freies Plätzchen und fingen an zu tanzen. Rocío tanzte mit großer Hingabe. Sie schüttelte vor allem ihr Haar, auf das sie sehr stolz zu sein schien. Joaquín rührte sich kaum vom Fleck. Tanzen machte ihm keinen Spaß.

»Von wegen du tanzt nicht gern, du willst nur Komplimente hören« überschrie Rocío den Lärm.

Es lief ein Song von The Cure. Die Tanzfläche war rammelvoll. An einer Wand lief ein Fernseher. Plötzlich sprach Rocío ein Mädchen an, das neben ihr tanzte. Sie umarmten sich und gaben sich einen Kuß auf die Wange.

»Darf ich dir eine Freundin vorstellen«, schrie Rocío Joaquín ins Ohr. »Das ist Stephanie.«

»Hallo, nett, dich kennenzulernen«, sagte Joaquín und küßte sie auf die Wange.

Sie tanzten zu dritt weiter. Stephanie war klein und blond. Sie hatte eine große Nase und sinnliche Lippen. Als das Lied zu Ende war, sagte Rocío, sie käme bald um vor Hitze, und ging an die Bar. Ein anderes Lied fing an. Stephanie und Joaquín tanzten weiter.

»Du tanzt schön«, sagte er.

»Man tanzt, wie man bumst«, sagte sie.

»Du bist sehr hübsch«, sagte er.

Sie streckte ihm im Spaß die Zunge raus.

»Du auch, aber du könntest noch besser aussehen«, sagte sie.

»Ah, ja? Wie denn?« sagte er.

Stephanie machte einen Ohrring ab, fiel Joaquín um den Hals und steckte ihn in ein Ohrläppchen von Joaquín.

»Jetzt siehst du viel besser aus«, sagte sie mit kokettem Lächeln.

»Blöde Kuh, das hat weh getan«, sagte er wütend.

»Beim ersten Mal, da tut's noch weh«, sagte sie lachend.

Er ergriff ihren Arm.

»Komm mit raus an die frische Luft«, sagte er.

»Steht dir klasse, der Ohrring«, sagte sie.

Stephanie und Joaquín verließen das Nirvana. Verzwergtes Saustück, das machst du nicht mit mir, dachte er.

»Wollen wir irgendwo hinfahren?« sagte er.

»Eh, du bist ja ein ganz schöner Draufgänger«, sagte sie. »Du kennst mich doch erst ein paar Minuten.«

»Ich will nur eine kleine Tüte rauchen«, sagte er.

Sie lächelte.

»Fahren wir«, sagte sie erwartungsvoll.

Sie stiegen in Joaquíns Auto. Er fuhr Richtung Meer. Sie machte das Radio an, stellte Doblenueve ein und fing an zu singen, den Kopf zum Fenster rausgesteckt. Nach wenigen Minuten waren sie an der Costa Verde. Er hielt auf einer Sandfläche am Meer.

»Was für ein romantisches Plätzchen, um eine Tüte zu rauchen«, sagte sie.

»Hier wird keine Tüte geraucht«, sagte er.

»Was ist los, Mann? Warum bist du denn so sauer?«

»Mach den Ohrring ab.«

»Nur, wenn du mich ganz lieb darum bittest.«

»Verdammt, mach den Ohrring ab«, schrie er.

»Den habe ich dir geschenkt, du Arsch«, schrie sie.

Sie lehnte sich zu Joaquín hinüber und machte den Ohrring ab. Er machte seine Hose auf.

»Blas mir einen«, sagte er.

»Ich habe keine Lust«, sagte sie und schaute ihm zwischen die Beine. »Ich stehe nicht auf Kinderschniepel.«

Er machte das Handschuhfach auf und holte eine Spraydose mit Reizgas heraus.

»Blas mir einen, oder ich mach dich alle, du Drecksau«, sagte er.

»Soll dir doch deine Mami einen blasen«, sagte sie.

Er sprühte ihr Gas ins Gesicht.

»Eh, du Scheißkerl, du hast sie wohl nicht mehr alle«, schrie sie und hielt sich schützend die Hände vors Gesicht.

Er drückte weiter auf die Spraydose. Dann machte er die Tür auf und stieß Stephanie aus dem Auto. Sie fiel weinend in den Sand. Er machte die Tür zu, fuhr los, machte alle Fenster auf und kehrte ins Nirvana zurück. Dort ging er als erstes auf die Toilette, kaufte bei Piraña Koka und zog ein paarmal.

Als Joaquín aus der Toilette des Nirvana herauskam, traf er Gonzalo und Rocío.

»Wo hast du denn gesteckt?« fragte ihn Gonzalo.

»Mir hatte jemand gesagt, du wärst schon weg, mit Stephanie«, sagte Rocío.

»Ja, sie hatte mich darum gebeten, sie nach Hause zu fahren«, sagte Joaquín.

»Aber ja doch, du Schelm«, sagte Rocío mit einem Lächeln, als würde sie ihm nicht glauben.

Gonzalo sah auf die Uhr.

»Es ist schon spät«, sagte er. »Wir müssen Rocío bei ihren Eltern abliefern, die sind echt belastend. Wenn Rocío nach halb zwei kommt, flippen die aus und machen mir den Arsch heiß.«

Gonzalo, Rocío und Joaquín stanken nach Zigarettenqualm, als sie aus dem Nirvana kamen. Ein kleines Mädchen bot ihnen vor der Tür der Diskothek Blumen an. Gonzalo kaufte eine rote Rose und schenkte sie Rocío. Sie umarmte ihn und gab ihm einen Kuß.

»Dafür liebe ich dich, Gonza, du gibst mir immer das Gefühl, etwas Besonderes zu sein«, sagte sie.

Sie stiegen in Joaquíns Auto.

»Du, in deinem Auto riecht es ja so komisch«, sagte Gonzalo. »Irgendwie was Chemisches.«

Im Auto hing noch der Geruch des Reizgases.

»Das muß das Parfum von Stephanie sein« sagte Joaquín, und sie lachten alle drei.

»Erzähl mal, erzähl«, sagte Rocío erwartungsvoll. »Alles klar mit dieser Verrückten?«

»Alles klar«, sagte Joaquín und fuhr los. »Ich habe sie ein Stück gebracht, damit sie es nicht so weit nach Hause hat.«

»Red keine Opern, Mensch«, sagte Gonzalo. »Hast du sie aufgerissen?«

»Ich habe es versucht, sie wollte aber nicht«, sagte Joaquín.

»Komisch, eigentlich ist Stephanie als scharfer Zahn bekannt«, sagte Rocío.

»Joaquín verzeiht nicht, Liebling«, sagte Gonzalo. »So ruhig, wie du ihn hier siehst, ist er gemeingefährlich, du weißt nicht, was für ein Frauenheld er ist.«

»Stille Wasser sind tief«, sagte sie.

Während er die Avenida Prado entlangfuhr, legte Joaquín eine Kassette von Mecano ein. Gonzalo und Rocío sangen beide mit. Sie kannten alle Texte auswendig. Kurz darauf kamen sie bei Rocío an. Sie wohnte bei ihren Eltern in einer stillen Straße von San Isidro.

»Tschau, Jungs«, sagte sie.

»Tschau, du Schöne«, sagte Joaquín und gab ihr einen Kuß auf die Wange.

»Tschau, du Schöner«, sagte sie zu ihm.

»He, he, nun übertreibt mal nicht«, sagte Gonzalo.

Rocío stieg mit einem Lächeln aus. Gonzalo brachte sie bis zur Tür. Er umarmte sie und gab ihr einen Kuß auf die Wange.

»Tschau, Liebste«, sagte er. »Und träum von mir.«

Rocío ging ins Haus. Gonzalo ging zurück zum Auto.

»Erledigt«, sagte er. »Gehen wir zu dir?«

»Das lasse ich mir nicht zweimal sagen«, antwortete Joaquín und gab Gas.

Sie redeten nicht. Gonzalo fing an, Joaquíns Schenkel zu streicheln.

»Wir sollten mal einen Dreier machen«, sagte Joaquín.

»Du bist pervers«, sagte Gonzalo lächelnd.

»Vielleicht, aber wäre doch supergeil.«

»Mach dir keine falschen Hoffnungen, du Ei. Ich teile Rocío mit niemandem.«

In der Wohnung machten sie sofort Liebe. Joaquín konnte nicht aufhören, an Rocío zu denken, während Gonzalo ihn bumste.

»Es war das letzte Mal, daß wir es gemacht haben«, sagte er, als sie fertig waren.

»Spinnst du, du Arsch?« sagte Gonzalo überrascht. »Wie kommst du denn darauf?«

»Ich finde es einfach nicht okay, daß du zu Rocío so hundsgemein bist.«

»Wieso hundsgemein? Wovon redest du eigentlich?«

»Davon. Daß du einen Tag sie fickst und einen anderen mich.«

»Wo liegt das Problem, Joaquín? Macht dir das Vögeln mit mir keinen Spaß?«

»Klar macht es mir Spaß. Ich gehe wahnsinnig gern mit dir ins Bett. Und das weißt du.«

»Ja und?«

»Es stinkt mich an, daß du sie hintergehst. Rocío verdient nicht, daß du sie so behandelst.«

»Ich hintergehe sie nicht, du Arsch. Ich habe aber auch keine Lust, ihr die ganze Wahrheit zu sagen, das ist es. Begreifst du denn nicht, daß ich das nur tue, um sie zu schützen?«

»Meinetwegen. Wenn du ihr nicht sagen willst, daß du bisexuell bist, kein Problem, aber wir beide schlafen dann nicht mehr miteinander.«

»Was soll der Quatsch? Ich habe dir doch erklärt, daß sie das nicht verstehen würde, und basta. Alles mußt du kaputtmachen.«

Gonzalo stand aus dem Bett auf und suchte seine Sachen zusammen, die verstreut auf dem Teppich lagen. Er war wütend.

»Du bist sauer, weil du weißt, daß ich recht habe«, sagte Joaquín. »Es stinkt dich an, daß ich die Wahrheit sage. Es stinkt dich an, daß ich dich daran erinnere, daß du ein Lügner bist.«

»Weißt du was, Joaquín, das Koka verbrennt dir langsam das Gehirn«, sagte Gonzalo und brüllte schon fast.

»Genial, und wenn es mir das Gehirn restlos verbrannt hat, kann ich auch endlich mit dir zusammen in einer Telenovela arbeiten.«

»Du bist ein beschissenes Arschloch.«

Gonzalo ging aus der Wohnung, knallte die Tür hinter sich zu und verließ das Haus, um sich auf der Avenida Prado ein Taxi zu nehmen. Nachdem Joaquín sich eine Weile im Bett herumgewälzt hatte und nicht schlafen konnte, kehrte er ins Nirvana zurück. Morgens um sechs landete er schließlich an der Costa Verde. Die Nase voll Koka, spielte er mit Piraña Strandfußball.

Wochen später traf Joaquín Rocío im Nirvana. Es war ein Donnerstag. Rocío war allein. Sie umarmten sich und gaben sich einen Kuß auf die Wange.

»Bist du mit Gonzalo da?« fragte er.

»Nein, Gonza ist in Miami«, sagte sie. »Er begleitet seine Mutter bei ein paar Einkäufen.«

»Da geht es ihm ja gut. Aber ein so schönes Mädchen wie du sollte nicht allein an einen Ort wie diesen kommen, Rocío.«

»Sag Gonzalo nichts davon, ja? Du weißt, wie eifersüchtig er ist. Wenn er davon erfährt, schneidet er mir die Titten ab.«

Sie lachten. Sie tranken ein bißchen. Sie tanzten eine Weile. Es war ziemlich leer. Man konnte im Nirvana tanzen, ohne geschubst und gestoßen zu werden und ohne daß einem jemand auf die Füße trat.

»Ich habe einen ausgezeichneten Wein bei mir zu Hause«, sagte er, als sie keine Lust mehr hatten zu tanzen. »Wollen wir ein bißchen zu mir gehen?«

»Genial«, sagte sie.

Sie verließen das Nirvana. In weniger als fünf Minuten erreichten sie Joaquíns Haus.

»Ist es nicht deprimierend, allein zu wohnen?« fragte sie im Fahrstuhl.

»Manchmal«, sagte er.

»Ich könnte nicht allein wohnen«, sagte sie. »Ich brauche es, umhätschelt zu werden.«

Sie gingen in die Wohnung. Er machte Licht.

»Schick, genauso wie in ›Neuneinhalb Wochen‹«, sagte sie und setzte sich in einen schwarzen Ledersessel.

Er machte einen Rotwein auf, goß zwei Gläser voll, gab eins Rocío und legte eine Platte der Gypsy Kings auf.

»Du kannst dir nicht vorstellen, wie ich Gonza vermisse«, sagte sie.

»Du liebst ihn, ja?«

»Ich bete ihn an.«

»Hast du Gonza schon mal betrogen?« fragte er.

»Nein, niemals«, sagte sie.

»Und er hat dich auch nie betrogen?«

Sie trank einen Schluck und schlug die Beine übereinander. Sie trug hautenge Jeans.

»Wir haben uns mal gestritten, und er ging ein paarmal mit einem Mädchen aus, einer blöden Kuh aus seinem Studio, aber nur, um mich eifersüchtig zu machen«, sagte sie. »Danach haben wir uns wieder vertragen, und er hat mir geschworen, daß nichts passiert war, sie hatten nicht mal geknutscht. Wir sind uns beide supertreu.«

»Ich muß mal kurz verschwinden«, sagte er.

Er ging ins Bad, nahm eine Nase Koka, schaute in den Spiegel und sagte: »Wir sind uns beide supertreu. Dann ficke ich sie eben, wenn sie so blöd ist.« Als er ins Zimmer zurückkam, saß Rocío im Sessel und sah fern. Es lief gerade eine Jasmin-Werbung, und auf dem Bildschirm war Gonzalo zu sehen.

»Liebster, ich sehne mich so nach dir«, sagte Rocío.

Sie sprang aus dem Sessel, ging zum Fernseher und küßte Gonzalos Gesicht auf dem Bildschirm.

»Donnerwetter, das nenne ich Liebe«, sagte Joaquín lächelnd.

Rocío machte den Fernseher aus und ließ sich in den Sessel fallen.

»Ich fühle mich so was von gut«, sagte sie mit einem Seufzer. »Ich bin superrelaxt. Der Wein ist wirklich himmlisch.«

Joaquín setzte sich zu ihr.

»Du bist wunderschön«, sagte er und strich ihr über einen Schenkel.

»Danke«, sagte sie. »Das muß der Wein sein, daß du mich für schöner hältst, als ich bin.«

Er näherte sich ihr und versuchte, sie zu küssen. Sie ließ ihn nicht.

»Nein, auf keinen Fall, das kann ich Gonza nicht antun«, sagte sie.

»Wieso denn?» fragte er. »Es bleibt doch zwischen uns.«

»Nein«, sagte sie. »Ich würde Gonza nie betrügen.«

»Mach schon, stell dich nicht so an.«

»Nein, Joaquín, auf keinen Fall.«

»Ein Küßchen nur, Roci. Ein bißchen Knutschen, mehr nicht.«

»Nichts da mit Knutschen. Ich bin nicht so ein mannstolles Ding wie Stephanie.«

Er stand auf und ging ans Fenster. Jetzt wurde er wütend. Er wollte sich rächen.

»Du bist ganz schön blöd, Rocío«, sagte er. »Gonzalo betrügt dich doch auch.«

»Wie kommst du darauf?« fragte sie überrascht.

»Weil ich genau weiß, daß Gonzalo ohne die geringsten Gewissensbisse fremdgeht.«

»Und woher weißt du das?«

»Frag mich lieber nicht. Ich sage dir nur, daß ich es mit Sicherheit weiß.«

»O nein, das lasse ich nicht auf ihm sitzen«, sagte sie. Sie stand auf und stemmte die Hände in die Seiten. »Du mußt mir jetzt sagen, mit wem Gonzalo mich betrogen haben soll.«

»Er ist mehr als einmal fremdgegangen«, sagte er.

»Mit wem, nenn mir einen Namen«, sagte sie.

»Mit mir zum Beispiel«, sagte er, ohne ihr in die Augen zu schauen.

»Wie, mit dir?« fragte sie.

»Gonzalo steht auf Männer, Rocío«, sagte er langsam und kam sich dabei grausam vor. »Gonzalo schläft seit Jahren mit Männern.«

»Du lügst«, schrie sie. »Das sagst du nur, weil du eifersüchtig bist. Du platzt vor Neid, weil er nicht mit dir schlafen will.«

»Ich lüge nicht, Rocío«, sagte er. »Glaub mir, Gonzalo hat mit mir geschlafen.«

»Lügner«, schrie sie.

Sie nahm eine Schallplatte und brach sie entzwei. Es war die neueste Platte von Mecano.

»Wie kannst du es wagen, so zu mir von Gonzalo zu reden, du Idiot?« schrie sie.

Joaquín bückte sich und sammelte die Bruchstücke von der Platte ein. Schade, daß sie gerade die von Mecano nehmen mußte, dachte er.

»Eines Tages wirst du mir dankbar sein, daß ich es dir gesagt habe«, sagte er.

Rocío warf ihr Weinglas aus dem Fenster. Das Klirren des Glases beim Aufschlagen auf dem Bürgersteig war noch in Joaquíns Apartment im siebenten Stock zu hören.

»Ich werde Gonza auf der Stelle anrufen«, sagte sie.

Sie holte ihr Notizbuch aus der Handtasche, suchte Gonzalos Telefonnummer in Miami heraus und wählte. Ihr zitterten die Hände.

»Señora, guten Abend, ich bin's, Roci«, sagte sie und versuchte zu verbergen, daß sie ziemlich verwirrt war. Offenbar hatte sie Gonzalos Mutter an der Leitung. »Verzeihen Sie, daß ich noch so spät anrufe. Ist Gonza vielleicht da? Danke, Señora, und Küßchen.«

Joaquín setzte sich in den Sessel und schlug die Beine übereinander.

»Hallo, Gonza«, redete Rocío weiter. »Gut, gut, Liebster. Na ja, um ehrlich zu sein, nicht so richtig.«

Jetzt fing sie an zu weinen.

»Sorry, daß ich so durcheinander bin, aber ich muß mit dir reden, Gonza. Ich rufe dich an, weil Joaquín mir gesagt hat, daß, ach, ich weiß nicht, wie ich es sagen soll, er hat mir gesagt, du seist schwul und ihr hättet miteinander geschlafen. Er lügt, nicht wahr, er lügt doch? Schwörst du es mir, Gonza? Es ist alles eine Erfindung von Joaquín, nicht wahr? Ja, er ist eine Ratte, mindestens. Ich wußte ja, daß es eine Lüge ist, ich wußte es ja. Wie kommst du darauf, ich könnte diese Sauereien glauben? Ich weiß, Joaquín ist nur neidisch. Damit du weißt, was für Freunde du hast: Joaquín hat versucht auszunutzen, daß du nicht da bist, und wollte mich verführen. Damit du weißt, was für eine Ratte er ist. Es ist nur, weil Joaquín eine Schwuchtel ist und er glaubt, alle sind Schwuchteln wie er. Sorry, daß ich dich um diese Zeit noch angerufen habe, Gonza, aber ich mußte das klären. Ruf mich noch mal an, wenn deine Mutter nicht im Zimmer ist, dann reden wir in Ruhe, ja? Liebst du mich? Ich bete dich auch an, Schatz. Tschau, Liebster, ein Küßchen auf den Bauchnabel. Tschau, tschau.«

Rocío legte den Hörer auf, verließ die Wohnung ohne ein Wort, stieg in den Fahrstuhl und fuhr hinunter.

»Joaquín Camino ist ein Schwuler, eine hoffnungslose Tunte«, schrie sie, bevor sie ins Auto stieg.

In ihrem knallroten Amazón raste sie davon.

Seit dieser Nacht sprachen Gonzalo und Rocío nicht mehr mit Joaquín. Da man sich in Lima immer irgendwann über den Weg läuft, trafen sich die drei im Nirvana wieder, aber die beiden zogen es vor, ihn zu übersehen. Monate später blätterte Joaquín an einem Kiosk in den Zeitungen, als er las, daß Gonzalo Rocío heiraten würde (»Frauenliebling Guzmán gibt seiner Roci das Jawort«, hieß es in der Überschrift). Joaquín wurde zur Hochzeitsfeier nicht eingeladen. Trotzdem schickte er den Brautleuten als Geschenk die neueste Platte von Mecano. Ein paar Tage später kam das Geschenk zurück, zusammen mit einer Karte.

»Steck dir die Platte an deinen Allerwertesten«, stand darauf. Unterschrieben war sie von Rocío.

Die Eroberung Madrids

Punkt sechs Uhr abends stand Joaquín vor einer alten Villa in Miraflores, dem Haus der Eltern Juan Ignacios. Er klingelte und meldete sich durch die Sprechanlage. Ein Hausdiener öffnete, machte eine Verbeugung, führte ihn ins Wohnzimmer und ging Juan Ignacio Bescheid sagen, daß Besuch für ihn da sei. Joaquín kam sofort herunter.

»Menschenskind, Don Joaquín, an dir scheinen die Jahre spurlos vorbeizugehen«, sagte er lächelnd.

Juan Ignacio und Joaquín gaben sich die Hand.

»Hallo, Juani«, sagte Joaquín. »Du siehst blendend aus.«

Sie hatten sich seit zwei oder drei Jahren nicht gesehen. Kennengelernt hatten sie sich an der Katholischen Universität, als sie beide studierten, um Rechtsanwalt zu werden. Juan Ignacio war gerade aus Washington zurückgekehrt, wo er ein Magisterstudium der Politikwissenschaften abgeschlossen hatte.

»Setz dich doch«, sagte er und wies auf einen alten Ledersessel. Er war groß und schlank, sein Haar war schwarz, das Gesicht schmal, die Augen dunkel umschattet. Er hatte die Aura eines Prinzen.

Sie setzten sich hin, schlugen die Beine übereinander, lächelten.

»Und? Wie ist dein Eindruck von Lima?« fragte Joaquín.

Juan Ignacio seufzte, als hätte er es vorgezogen, nicht davon zu sprechen.

»Diese Stadt ist ein Haufen Scheiße«, sagte er. »Ich bleibe hier um keinen Preis.«

»Was, so schockierend, die Rückkehr?«

»Es ist ein Trauma, Joaquín. Nach ein paar Jahren im Ausland bist du total geschockt. Wenn du hier lebst, merkst du nicht so, wie entsetzlich kleinkariert Lima ist. Aber wenn du von außen kommst, ist der Schock brutal.«

»Und du denkst tatsächlich daran wegzugehen?«

»Ja, auf jeden Fall, je früher, desto besser. Dieses Land hat keine Zukunft, Joaquín. Es wird alles noch schlimmer werden. Peru ist ein Haufen Scheiße, und daran wird sich in hunderttausend Jahren nicht ändern.«

Ein schwarzes Dienstmädchen kam mit einem Tablett herein und brachte Mandarinentee, Schokoladenkekse und Importbonbons. Die Frau stellte das Tablett auf einem Tisch ab und zog sich auf Zehenspitzen zurück. Juan Ignacio goß Tee ein und redete weiter.

»Du mußt verstehen, daß Peru ein barbarisches Land ist, Joaquín«, sagte er und schlürfte seinen Tee. »Es ist ein Land voller vulgärer, unzivilisierter Leute. Dieses Land, auch wenn es uns weh tut, ist ein Ort des unaufhaltsamen Verfalls, in dem die Leute sich über kurz oder lang an Chaos, Horror und Gewalt gewöhnen werden. Man muß hier raus. So schnell es geht. Weil die Gefahr ist, sich daran zu gewöhnen, wie kleinkariert Peru ist.«

Juan Ignacio schien sehr überzeugt zu sein von dem, was er sagte.

»Ich weiß nicht, Juani«, sagte Joaquín. »Jedenfalls finde ich es schade, daß du von deinem Land nichts mehr wissen willst.«

»Nein, nein, so würde ich es nicht sagen«, sagte Juan Ignacio mit einem etwas arroganten Lächeln. »Ich meine nur, Peru ist ein Land der Verlierer, und ich bin ein Siegertyp. Und das ist es, weshalb ich gehen will, weil mir dieses Land zu klein geworden ist.«

Keiner sagte etwas. Sie aßen ein paar Kekse.

»Und wo willst du hin?« fragte Joaquín.

»Nach Spanien, glaube ich«, sagte Juan Ignacio.

»Genial. Spanien ist ein großartiges Land.«

»Darum ja. Außerdem sind meine Eltern in Spanien geboren, so daß ich zum Glück einen spanischen Paß habe.«

»Mensch, da beneide ich dich, Juani, du bist fein raus! Ich habe immer davon geträumt, in Spanien zu leben.«

»Warum gehen wir nicht zusammen, Joaquín? Ich bin mir sicher, du wirst dort Erfolg haben.«

»Meinst du? Ehrlich gesagt, ich glaube, daß es sehr schwer ist.«

»Mensch, raff dich auf. Du mußt dich nur trauen!«

»Das ist schwer, sehr schwer, Juani. Hier habe ich meine Freunde, meine Familie. Dort kenne ich keinen Menschen.«

Juan Ignacio schüttelte den Kopf, als könne er diese Haltung nicht verstehen.

»Du schaffst es, du schaffst es«, sagte er. »Du wirst mit der Zeit merken, was für ein Fehler es ist, in Peru zu bleiben.«

Danach erzählten sie sich die politischen Witze, die in Lima kursierten, redeten von gemeinsamen Bekannten und von den acht Freundinnen, die Juan Ignacio in Washington angeblich gehabt hatte.

Eine Woche später, an einem Augustmorgen, flog Juan Ignacio nach Madrid. Bevor er an Bord ging, rief er vom Flugplatz aus Joaquín an.

»Wenn ich nach Peru zurückkomme, dann nur als Transitpassagier«, sagte er, und sie lachten.

Joaquín hatte kaum Zeit, ihm alles Gute zu wünschen, da Juan Ignacio zum Flugzeug mußte.

Im Dezember kam Juan Ignacio nach Lima zurück, um bei seiner Familie Weihnachten zu feiern. Ein paar Tage, nachdem er zurück war, rief er Joaquín an, und sie verabredeten sich zum Kaffee im Tiendecita Blanca. Joaquín kam zehn Minuten vor der verabredeten Zeit. Zu seiner Überraschung wartete Juan Ignacio schon auf ihn. Er blätterte im Esquire. Als Juan Ignacio ihn sah, legte er die Zeitschrift weg und stand auf. Sie gaben sich lächelnd die Hand. Dann setzten sie sich und bestellten zwei Mineralwasser.

»Du siehst blendend aus wie immer, Juani«, sagte Joaquín.

»Man tut, was man kann, man tut, was man kann«, sagte Juan Ignacio lächelnd mit gespielter Bescheidenheit.

»Erzähl, wie war es in Spanien? Ich platze vor Neugier.«

Juan Ignacio redete langsam.

»Gut, also am Anfang war es hart, aber das Schlimmste ist überstanden«, sagte er. »Um ehrlich zu sein, als ich nach Madrid kam, kam ich mir erst mal ziemlich verlassen vor. Ich habe zwei Wochen in einer schäbigen Absteige in der Gran Vía gewohnt. Das war die beschissenste Zeit. Irgendwann dachte ich schon, ich schmeiße das Handtuch und gehe zurück nach Lima, aber ich habe die Zähne zusammengebissen. Jetzt wohne ich in einer Pension von Peruanern und habe einen Job als Versicherungsvertreter.«

»Im Ernst? Und, bist du zufrieden mit der Arbeit?«

»Na ja, es ist zwar nicht die Erfüllung, aber wenigstens ein Anfang, oder?«

»Klar, natürlich. Und du würdest nicht lieber in Lima eine Arbeit haben, die dir gefällt?«

Juan Ignacio lachte verächtlich.

»Nein, Mann, das auf keinen Fall«, sagte er. »Was soll ich denn machen in Lima? Als Rechtsanwalt in einem Land arbeiten, wo das Gesetz nichts gilt? Mich mühselig als Journalist durchschlagen? Einen netten Roman schreiben, damit ihn zwei- oder dreihundert Leute lesen und mir sagen, daß ich ein vielversprechendes Talent bin? Nein, Don Joaquín, man muß sich höhere Ziele setzen.«

Juan Ignacio schien jetzt etwas verärgert.

»Verstehe, verstehe«, sagte Joaquín. »Und was sind dort deine Ziele?«

»Also, ich würde gern eine gute Arbeit haben, gutes Geld verdienen und alle Bequemlichkeiten genießen, die eine Stadt wie Madrid bietet und die du in Lima, mit Terrorismus und Cholera, wo alle fünf Minuten kein Wasser und kein Strom ist, nicht hast. Selbst wenn du Millionär bist.«

»Du hast recht, Juani. Hier sind sogar die Millionäre angeschissen, weil sie umgeben von ihren Leibwächtern wie in einem Käfig leben.«

»Außerdem ändert sich in Lima nichts, Joaquín. Es ist, als wäre die Zeit hier eingefroren. Du gehst außer Landes, kehrst nach einer gewissen Zeit zurück, und alles ist beim alten. Guck dir nur mal die Kellner im Tiendecita Blanca an: dieselben Gesichter wie vor fünfzehn, zwanzig Jahren. In Lima treten die Leute auf der Stelle. Wenn jemand eine Arbeit findet, ist es, als hätte er eine Nische gefunden: Er ist von dort nie wieder wegzukriegen.«

»Du glaubst, ich trete auch auf der Stelle, Juani?«

»Was ich glaube ist, daß du so schnell wie möglich aus Peru raus mußt. Mensch, hier vergeudest du nur deine Zeit. Du mußt eine unumkehrbare Tatsache akzeptieren: Das war einmal, daß wir Weißen die Herren dieses Landes waren, wir befinden uns auf dem Rückzug, wir leben wie im Käfig und werden immer weniger. Die Cholos schmeißen uns nach und nach raus. Das ist auch normal, so mußte es kommen. Die Cholos sind die Mehrheit. Sie sind die Herren diese Landes.«

»Aber wenn ich gehe, was mache ich dann mit meiner Arbeit, was wird aus meiner Wohnung?«

»Kündige und verkauf dein Zeug, Mann. Laß alles sausen. Brich die Brücken hinter dir ab. Zieh einen Schlußstrich unter Peru, und nach Weihnachten hauen wir ab. Raff dich auf und trau dich! Wer nichts riskiert, der gewinnt auch nicht.«

Juan Ignacio steckte Joaquín mit seinem Optimismus an.

»Gut, abgemacht«, sagte er. »Wir fliegen zusammen nach Madrid.«

»Großartig«, sagte Juan Ignacio lächelnd. »Du wirst es nicht bereuen, Joaquín. Du wirst sehen, Gott wird dir beistehen, denn daß Gott ein Peruaner sein soll, ist eine der übelsten Verleumdungen, die man über ihn verbreitet hat.«

Sie lachten und ließen sich die Rechnung kommen.

Innerhalb von weniger als zwei Wochen kündigte Joaquín seine Arbeit und verkaufte seine Wohnung. Nachdem er mit seiner Familie Weihnachten gefeiert hatte, bestieg er mit Juan Ignacio ein Flugzeug, das sie weit weg von Peru bringen sollte. Sie gedachten nicht, allzu bald nach Lima zurückzukehren.

»Ach, einfach traumhaft, das Land der unbegrenzten Möglichkeiten, das Land der Freiheit«, sagte Juan Ignacio mit einem Seufzer.

Er saß neben Joaquín am Strand von Key Biscayne. Sie hatten beschlossen, ein paar Tage in Miami zu verbringen, bevor sie nach Madrid weiterfliegen würden. Sie hatten sich in dem Apartment einquartiert, das Juan Ignacios Eltern in Key Biscayne besaßen.

»Die Vereinigten Staaten von Amerika, das beste Land der Welt«, sagte Juan Ignacio. »Schade, daß ich nicht hier geboren bin, im Land der Freiheit. Wenn man es recht bedenkt, hat es uns voll damit angeschissen, in Peru geboren zu sein.«

»Stimmt«, sagte Joaquín.

»Weißt du was, die Tage, die wir hier in Miami sind, sollten wir nur englisch sprechen.«

»Vergiß es, Juani. Mein Englisch ist ziemlich mies.«

»Schade, englisch zu sprechen ist nämlich derart angenehm, daß man sich als ein besserer Mensch fühlt.«

Sie lachten. Juan Ignacio stand auf und schüttelte sich den Sand vom Körper. Es war ein wunderschöner Tag. Ein milder Sonnenschein wärmte die Haut.

»Ich gehe mich mal ein bißchen umsehen«, sagte er. »Vielleicht erholen sich beim Anblick so vieler schöner Mädchen meine Augen ein bißchen.«

Er ging fort, langsam am Wasser entlang. Joaquín blätterte in einer Vanity Fair. Er las nicht die Artikel, sondern sah sich nur die hübschen Jungs und Mädchen an, die in den Anzeigen abgebildet waren.

»Joaquincito, das ist ja eine Überraschung, ich wußte gar nicht, daß du hier bist«, hörte er es plötzlich neben sich.

Er blickte auf und sah seine Tante Mimi. Sie war klein, sommersprossig und hatte eine Stupsnase. Ihre Freundinnen nannten sie Küken.

»Hallo, Tante Mimi, schön, dich zu sehen«, sagte Joaquín.

Er stand auf und wollte ihr einen Kuß auf die Wange geben, doch sie wehrte charmant ab.

»Gib mir lieber kein Küßchen, ich habe mir das Gesicht ganz dick eingecremt«, sagte Mimi. »Seit wann bist du hier, Joaquín?«

»Seit gestern abend, Tante Mimi. Und du?«

»Ach, wenn du wüßtest, Kind, dein Onkel und ich, wir sind gleich den Tag nach Weihnachten gekommen. Weißt du, wie ich ihn überzeugt habe, zu fliegen? Das ist eine himmlische Geschichte. Als wir zur Abwechslung mal wieder kein Wasser hatten in Lima, habe ich zu ihm gesagt, Al (weil du weißt ja, daß ich deinen Onkel nicht Álvaro nenne, sondern Al), Al, habe ich zu ihm gesagt, ich muß mich eine halbe Stunde heiß duschen, ich halte es nicht mehr aus, ich fühle mich wie ein Dreckschwein, wir müssen unbedingt nach Key Biscayne, und dein Onkel fand das so witzig, nach Miami zu fliegen, nur weil ich duschen wollte, daß er sagte, in Ordnung, Mi, besorg sofort die Tickets, wir nehmen die erste Maschine von American Airlines, und so sind wir beide hierhergekommen, halbtot vor Lachen, wie findest du das, ist das nicht komisch?« sagte Mimi und lachte.

»Wahnsinnig witzig«, sagte Joaquín und lachte ebenfalls. »Du bist eine verrückte Nudel, Tante.«

»Ach, Kind, du kannst dir gar nicht vorstellen, wie erleichtert ich bin, aus der Hölle von Lima raus zu sein. Ehrlich gesagt, ich habe es satt, satt bis obenhin, die Stromausfälle und die Bomben und die stinkenden Cholos.«

»Und wie geht es Onkel?«

»Dick ist er geworden, kugelrund, aber es geht ihm gut. Er muß jetzt gerade im Pool von Key Colony sein, wo wir unser Apartment haben, schau doch mal bei uns vorbei, wenn du Lust hast.«

Mimi nahm ihren Strohhut ab und fächelte sich damit Luft zu.

»Ach, schrecklich, diese Hitze«, murmelte sie. »Erzähl du doch mal, was hast du heute abend vor, Joaquincito?«

Es war Silvester. Die Zeitungen von Miami waren voller Anzeigen für Fiestas Latinas.

»Ich weiß noch nicht«, sagte Joaquín. »Ich wohne bei einem Freund, und er ist ein superruhiger Typ. Eigentlich wollten wir nicht groß was unternehmen.«

Mimi bleib vor Überraschung der Mund offen stehen.

»Ach, das ist ja schrecklich, seid nicht solche Schlafmützen, Kind« sagte sie mit etwas schriller Stimme. »Wie könnt ihr Silvester früh ins Bett gehen, zumal, wenn ihr in Miami seid? Also nein, Joaquincito, das wäre ein Verbrechen. Warum kommt ihr nicht ins Sonesta heute abend? Dort gibt es eine Feier, die bestimmt schön wird. Wir Peruaner gehen da alle hin.«

»Wußte ich gar nicht. Mal sehen, vielleicht komme ich, Tante.«

»Klar, überzeug auch deinen Freund, Joaquincito. Außerdem werden auch viele nette Mädchen dasein.«

»Ah, dann unbedingt«, sagte er und markierte den Schwerenöter. »Wir sehen uns heute abend auf alle Fälle, Tante.«

Mimi lachte und verzog dabei das Gesicht.

»Ach, Kind, ich muß aufpassen, daß ich nicht zu sehr lache, wegen der Falten«, sagte sie. »Gut, tschau dann also. Wir sehen uns heute abend im Sonesta. Und bleib nicht so lange in der Sonne, es ist jetzt modern, weiß wie ein Albino zu sein.«

Sie ging fort, wobei sie sehr darauf achtete, wo sie hintrat, weil auf dem Sand Quallen angeschwemmt waren.

An diesem Abend, dem letzten im Jahr, kamen Juan Ignacio und Joaquín kurz nach elf vor dem Hotel Sonesta Key Biscayne an.

»Ich fühle mich als ein perfekter Sieger, wenn ich elegant gekleidet bin«, sagte Juan Ignacio mit einem Blick in den Rückspiegel des Autos, das sie bei ihrer Ankunft in Miami gemietet hatten. »Schicke Klamotten kaufen und mich elegant kleiden, das sind zwei Dinge, die bei mir immer die Moral heben.«

»Du siehst sehr gut aus, Juani«, sagte Joaquín. »Man könnte dich für ein Model aus GQ halten.«

»Das nun nicht unbedingt«, sagte Juan Ignacio lächelnd, »aber wir sind so gut angezogen, daß man gar nicht glaubt, daß wir Peruaner sind.«

Sie parkten den Wagen vor dem Hotel, bezahlten den Eintritt und betraten den Saal, in dem die Fiesta peruana stattfand. Es war ein großer, mit Teppichen ausgelegter Festsaal mit einer Terrasse, die zum Strand hinausging. Es waren ziemlich viele Leute da, um die zweihundert Personen. Fast alle saßen sie an den Tischen und aßen. Die Männer trugen Anzug und Krawatte. Die Frauen dunkle Kleider. Auf einem kleinen Podest spielte ein Orchester karibische Musik. Alle Musiker waren ganz in Weiß. Niemand hatte sich bisher getraut, mit dem Tanzen anzufangen.

»O Gott, das sieht hier aus wie der Speisesaal des Club Nacional an einem Freitagabend«, sagte Juan Ignacio.

»Komm, wir setzen uns schnell hin, ich habe keine Lust, daß mich meine Tante und mein Onkel sehen«, sagte Joaquín.

Sie setzten sich an einen Tisch und bestellten zwei Mineralwasser mit Zitrone. Kurz darauf begannen einige Paare zu tanzen.

»Es sind eine Menge ganz passabler Miezen da«, sagte

Juan Ignacio mit einem Seitenblick auf einen Nachbartisch, an dem sich eine Gruppe von jungen Mädchen lautstark unterhielten.

Joaquín fiel auf, daß viele von ihnen in auffälligen Farben wie Fuchsiarot, Papageiengrün oder phosphoreszierendem Gelb gekleidet waren. Manche trugen eine Blume im Haar.

»Ich glaube, ich werde eine auffordern. Die eine macht mir die ganze Zeit schon schöne Augen«, sagte Juan Ignacio.

Juan Ignacio trat an den Tisch, sprach mit einem Mädchen, das Joaquín ziemlich häßlich fand, und ging mit ihr tanzen. Joaquín fuhr sich mit der Hand übers Haar, und es kam ihm vor, als ob es ganz fettig wäre. Er war einem Rat von Juan Ignacio gefolgt und hatte sich vor der Feier Gel ins Haar gemacht, was er nun bereute. Er stand auf und ging auf die Toilette, um das Haar irgendwie in Ordnung zu bringen. Er war überrascht, auf der Toilette einen Mann zu treffen, der noch vor kurzem in Peru Minister gewesen war. Der Mann machte unentwegt Grimassen und hörte nicht auf zu reden. Er schien sehr nervös zu sein.

»Man will mich umbringen, man will mich umbringen, ich stehe auf der schwarzen Liste, ich weiß, wer die Leute sind, die mich umbringen wollen«, schrie er. »Aber mich kriegen sie nicht, diese Hundesöhne. Vorher mache ich sie fertig, ich murkse sie alle ab, jeden einzelnen.«

Um ihn herum standen zwei, drei Burschen, die so taten, als hörten sie ihm interessiert zu. Der Exminister ließ sie ein wenig von seinem Koka schnupfen. Sie zogen ein paarmal und hörten ihm weiter zu. Nachdem Joaquín gepinkelt hatte, trat er an den Exminister heran.

»Erlauben Sie mir vor allem anderen, Ihnen zu der klugen Politik zu gratulieren, die Sie gemacht haben, Herr Minister«, sagte er.

»Danke, Junge, aber ich muß aufpassen, diese Dreckskerle, die mich umbringen wollen, können jeden Moment auftauchen«, sagte der Exminister.

Er war ein kahlköpfiger Mann mittleren Alters mit dunklen Ringen um die Augen. Er schwitzte. Sein Gesicht war angespannt. Er machte einen sehr unruhigen Eindruck.

»Ich weiß nicht, ob Sie so liebenswürdig sein könnten, mich zu einem Schuß einzuladen, Herr Minister«, sagte Joaquín.

»Aber gern«, sagte der Exminister.

Er zog eine Pistole und setzte sie Joaquín an die Stirn.

»Bum, bum«, schrie er.

Joaquín erblaßte. Der Exminister stieß ein Gelächter aus und steckte die Pistole wieder ein. Die Burschen um ihn herum wieherten vor Lachen.

»Hast du nicht gesagt, du willst einen Schuß?« fragte der Exminister.

»Der Witz war gut«, sagte Joaquín.

Ohne daß er mit seinen Grimassen aufgehört hätte, holte der Exminister eine kleine Büchse voll Kokain hervor und hielt sie Joaquín hin.

»Du kannst was abhaben, wenn du mir sagst, welches Ressort ich hatte«, sagte er.

»Minister für Landwirtschaft«, sagte Joaquín, ohne zu zögern. »Der beste, den es in unserer Geschichte je gab.«

Der Exminister strahlte vor Stolz.

»Verdammt, dieser Junge hat eine große Zukunft vor sich«, sagte er und gab ihm die Büchse mit dem Koka.

Joaquín zog soviel Koka, wie er konnte, und gab dem Exminister die Büchse zurück.

»Wenn du jemanden siehst, der einen verdächtigen Eindruck macht, gibst du mir Bescheid, okay?« sagte der Exminister.

»Auf jeden Fall«, sagte Joaquín.

Er ging zurück in den Saal und sah auf die Uhr: Es war kurz vor Mitternacht. Juan Ignacio tanzte noch. Auf dem Weg zurück an den Tisch sah er, daß ihn seine Tante Mimi und sein Onkel Álvaro zu sich heranwinkten. Er kam nicht umhin, zu ihnen zu gehen, um ihnen guten Abend zu sagen.

»Hallo, Junge, schön, dich zu sehen«, begrüßte ihn sein Onkel.

Er war ein kleiner, untersetzter Mann, der mit einer Schweinefarm südlich von Lima viel Geld gemacht hatte.

»Wie gut, daß du dich entschlossen hast zu kommen, Joaquincito«, sagte seine Tante Mimi.

Joaquín umarmte seinen Onkel und gab seiner Tante einen Kuß.

»Ist schön, die Feier«, sagte er.

»So, wie sie in Lima vor der Invasion der Cholos waren«, sagte Mimi.

»Mimi, bitte red nicht so«, sagte Álvaro, »in Peru haben wir doch alle ein bißchen Choloblut in den Adern.«

»Aber ich bitte dich, Al«, sagte Mimi mit beleidigter Miene, »in meinen Adern fließt nicht ein Tropfen Choloblut.«

»Kommst du mit raus, Joaquincito, ich brauche ein bißchen frische Luft«, sagte Álvaro.

Er ging ein paar Schritte in Richtung Terrasse und prallte mit voller Wucht gegen eine Glastür. Er wankte an den Tisch zurück.

»Verflucht, ich habe das Glas nicht gesehen, ich dachte, die Tür wäre offen«, sagte er wie zu sich selbst.

Er hatte sich die Stirn aufgeschlagen und blutete.

»Um Gottes Willen, Al, hast du dir etwas getan?« rief Mimi. »Joaquincito, schnell, ruf einen Rettungswagen.«

»Übertreib nicht, Mimi, es ist nichts, es ist nur eine Lappalie«, sagte Álvaro. »Komm mit auf die Toilette, Neffe, wir waschen das ein bißchen ab«, fügte er hinzu und suchte Halt bei Joaquín.

»Das hast du davon, Al«, sagte Mimi vorwurfsvoll. »Das kommt, weil du wieder nicht genug Martinis trinken konntest.«

»Ich habe nur vier getrunken, und du bist schon bei deinem sechsten Gin Tonic, Küken«, sagte Álvaro.

»Ich hasse dich, wenn du mich Küken nennst«, sagte Mimi. »Ich hasse dich.«

Joaquín und sein Onkel Álvaro gingen auf die Toilette, bemüht, nicht aufzufallen. In der Toilette stand ihnen unversehens der Exminister gegenüber.

»Scheiße, was ist los«, schrie der Exminister, zog seine Pistole und richtete sie auf sie.

Verängstigt, wie er schon war, hatte er sich beim Anblick des blutverschmierten Gesichts Álvaros zu Tode erschrocken.

»Beruhigen Sie sich, und stecken Sie Ihre Pistole ein«, sagte Álvaro zu ihm.

»Nehmt diesem verrückten Alten die Knarre weg«, schrie jemand.

»Es ist nichts passiert, Herr Minister«, sagte Joaquín. »Mein Onkel hat sich an einer Glastür gestoßen, darum blutet er.«

»Man will mich umbringen, man will mich umbringen«, sagte der Exminister und biß sich verängstigt auf die Lippen.

»Beruhigen Sie sich«, sagte Álvaro und wusch sich das Blut ab. »Hier sind wir alle Freunde. Die politischen Streitigkeiten lassen wir im Ausland beiseite.«

»Es ist zwölf«, rief jemand im Toilettenraum. »Prosit Neujahr!«

Plötzlich legte der Exminister eine Hand an die Brust und fing an, die peruanische Nationalhymne zu singen. Joaquín, sein Onkel Álvaro und die anderen Peruaner, die sich auf der Toilette des Sonesto befanden, fielen in den Gesang ein. Auch wenn nicht der 28. Juli war, so war dies doch für alle ein erhebender patriotischer Moment.

»Es wird Zeit, daß wir gehen«, sagte Juan Ignacio kurz nach ein Uhr morgens. »Wenn es am schönsten ist, soll man gehen, und hier fängt die Stimmung schon an nachzulassen.«

»Du hast recht, Juani«, sagte Joaquín. »Wir gehen lieber nicht so spät schlafen.«

Juan Ignacio und Joaquín verließen das Sonesta so geschniegelt, wie sie gekommen waren. Joaquín zog es vor, seinem Onkel Álvaro und seiner Tante Mimi nicht auf Wiedersehen zu sagen.

»Die Peruaner von Miami tragen teure Klamotten und riechen gut, aber sie sind stinkend langweilig«, sagte Juan Ignacio, als sie zum Parkplatz des Hotels liefen. »Die haben in ihrem ganzen scheiß Leben noch kein Buch gelesen. Alles, was diese feinen Pinkel lesen, ist Hola. Nicht einmal die Caretas lesen sie. Selbst die Fotos von Ellos y Ellas blättern sie kaum durch«, fügte er hinzu, und sie lachten.

Sie stiegen ins Auto. Joaquín fuhr. Juan Ignacio besaß keinen Führerschein. Er war achtundzwanzig Jahre alt und hatte noch nie versucht, den Führerschein zu machen. In Lima war er es gewohnt, daß ihn der Chauffeur seiner Eltern überall hinbrachte. Joaquín fuhr langsam, ohne zu reden. Die Straßen von Key Biscayne waren leer. In weniger als fünf Minuten waren sie im Apartment von Juan Ignacios Eltern.

»Ah, was für eine Ruhe das ist, wenn man weit weg ist von Peru«, sagte Juan Ignacio, als er bei Betreten des Apartments Jackett und Krawatte ablegte. »Kannst du dir vorstellen, wie das wäre, wenn wir jetzt in Lima wären, Joaquín? Wahrscheinlich sitzen sie jetzt im Dunkeln und lauschen, wie die Autobomben explodieren.« Er lachte.

Joaquín setzte sich ins Wohnzimmer und machte den Fernseher an. Er war immer noch ein bißchen aufgekratzt von dem Koka, das er auf der Toilette des Sonesta geschnupft hatte. Juan Ignacio ging ins Bad, zog einen hellblauen Schlafanzug an und cremte sich das Gesicht ein. Bevor er sich schlafen legte, kam er noch einmal, um Joaquín gute Nacht zu sagen.

»Bis morgen dann, Don Joaquín«, sagte er. »Ich wünsche dir, daß deine größten Wünsche in diesem Jahr in Erfüllung gehen.«

Sie hatten sich vorher schon darauf geeinigt, daß Juan Ignacio im Wasserbett seiner Eltern schlafen würde und Joaquín auf der Schlafcouch im Wohnzimmer.

»Bis morgen, Juani«, sagte Joaquín.

Juan Ignacio ging ins Schlafzimmer, machte die Tür zu und das Licht aus. Joaquín legte sich auf die Couch und sah weiter fern. Zu nervös, als daß er ans Schlafen denken konnte, ging er nach einer Weile zu Juan Ignacio ins Schlafzimmer und setzte sich auf die Bettkante.

»Was ist los?« fragte Juan Ignacio überrascht und knipste die Nachttischlampe an.

»Juani, es gibt etwas, das ich dir nie gesagt habe, und ich will die Gelegenheit nutzen, daß wir ein neues Jahr beginnen, um es dir zu sagen«, sprach Joaquín langsam.

Juan Ignacio setzte sich in seinem Bett hin.

»Na, da bin ich ja gespannt«, sagte er und verschränkte die Arme.

Dann nahm Joaquín seinen ganzen Mut zusammen und sagte, was er ihm verheimlicht hatte, seit sie sich an der Katholischen Universität kennengelernt hatten.

»Da wir in Madrid zusammenwohnen wollen, glaube ich, es ist wichtig, daß du weißt, daß ich homosexuell bin«, sagte er und schaute ihm dabei in die Augen.

Juan Ignacio nickte und schwieg. Er gab nicht im geringsten zu erkennen, überrascht zu sein. Joaquín hielt die Stille nicht aus. Er redete weiter.

»Die ganze Zeit, seit wir Freunde sind, habe ich mich nicht getraut, es dir zu sagen, aber du bist einer meiner besten Freunde, und ich glaube, ich werde mich dir gegenüber freier fühlen, wenn du weißt, daß ich homosexuell bin«, sagte er.

Juan Ignacio redete mit ruhiger Stimme, als hätte die Angelegenheit keine größere Bedeutung.

»Bei unserer Freundschaft – ich meine, du begehst einen Fehler, dir ein Etikett umzuhängen, Joaquín«, sagte er. »Die Sexualität des Menschen verändert sich, entwickelt sich. Mit der Zeit wirst du die Zweifel, die du jetzt hast, ganz sicher überwinden.«

»Es sind keine Zweifel, Juani. Ich bin mir dessen völlig sicher, was ich dir sage.«

»Du machst eine Phase der Verwirrung durch, Joaquín. Glaub mir. Ich sage dir das aus eigener Erfahrung. Ich hatte auch einmal gewisse Zweifel dieser Art, aber es war nur ein Moment der Verwirrung, den ich überwunden habe, indem ich meinen Glauben an Gott stärkte und an die moralischen Prinzipien, zu denen mich meine Eltern erzogen haben.«

»Du glaubst wirklich, daß ich verwirrt bin, Juani?«

Jetzt fühlte sich Joaquín tatsächlich verwirrt.

»Natürlich, Don Joaquín«, sagte Juan Ignacio. »Du bist ein Siegertyp, der geborene Sieger, und Sieger können sich derartige Abweichungen nicht leisten.«

»Was rätst du mir dann?«

»Daß du diese falschen Wünsche sublimierst. Daß du diese negativen Energien auf andere Weise sublimierst. Alles steckt im Kopf, Joaquín, absolut alles wird durch den Kopf kontrolliert.«

»Aber würde ich mich mein Leben lang unterdrücken, wäre ich sehr unglücklich, Juani.«

»Im Gegenteil, im Gegenteil. Wenn du lernst, diese schädlichen Regungen zu kontrollieren, wirst du dich sehr gut fühlen. Die Homosexuellen sind immer Verlierer, Joaquín. Du bist kein Verlierer. Du bist ein Sieger. Außerdem, denk an deine Mutter. Denk daran, was du ihr antust. Du hast nicht das Recht, deiner Mutter so etwas anzutun.«

Joaquín spürte, daß Juan Ignacio ihn nicht verstand und ihn nie verstehen würde. Er bereute, daß er ihm sein Geheimnis verraten hatte, und stand auf.

»Besser, du vergißt, was ich dir gesagt habe, Juani«, sagte er. »Entschuldige, daß ich dich vom Schlafen abgehalten habe.«

Er wollte Juan Ignacio einen Kuß auf die Wange geben, aber dieser wehrte ab.

»Bis morgen, Joaquín«, sagte er mit schneidender Stimme.

Joaquín ging aus dem Zimmer, machte die Tür zu und legte sich auf die Schlafcouch. Über dem Meer von Key Biscayne leuchtete immer noch buntes Feuerwerk auf.

Ein paar Tage später, an einem kalten Januarmorgen, kamen Juan Ignacio und Joaquín vor der Pension in Madrid an, in der Juan Ignacio ein Zimmer gemietet hatte. Mehrere Koffer schleppend, gingen sie in ein altes Haus in der Avenida Mediterráneo und klingelten im zweiten Stock. Sie waren erschöpft. Der Flug war anstrengend gewesen. Sie hatten nur noch einen Wunsch: heiß duschen und sich schlafen legen. Sie mußten mehrmals klingeln. Schließlich machte ihnen ein Typ mit Bart auf. Er war in Bademantel und Pantoffeln.

»Hallo, Paco«, begrüßte ihn Juan Ignacio und gab ihm die Hand.

»Hallo, Juanito«, sagte der Typ lächelnd.

Es war der Besitzer der Pension. Er roch nach Alkohol.

»Das ist Joaquín, ein Freund aus Peru«, sagte Juan Ignacio.

Paco gab Joaquín die Hand.

»Hereinspaziert, hereinspaziert«, sagte er.

Sie gingen hinein.

»Ihr müßt mich entschuldigen, aber ich habe gerade Besuch«, flüsterte Paco.

»Laß dich nicht stören, Paquito«, sagte Juan Ignacio. »Und viel Spaß auch.«

Paco lächelte, ging in sein Zimmer und schloß die Tür.

»Ein Hurenbock und Säufer, wie alle Spanier«, sagte Juan Ignacio leise zu Joaquín, und sie lachten.

Sie gingen in Juan Ignacios Zimmer. Es war klein, ohne Teppich, in ihm standen ein Bett und ein Tisch. An der Wand hing ein Bildnis der Muttergottes.

»Wie du siehst, ist es nicht gerade eine Suite, aber dafür ist die Miete billig«, sagte Juan Ignacio.

»Ist doch ausgezeichnet, Juani«, sagte Joaquín. »Wenigstens haben wir ein Dach über dem Kopf.«

Sie stellten ihre Koffer ab und setzten sich aufs Bett.

»Ich bin wie gerädert«, sagte Juan Ignacio und gähnte.

»Erzähl mal, was ist Paco für einer?« sagte Joaquín.

»Ach, der gute Paco, ein geborener Verlierer«, sagte Juan Ignacio mit herablassendem Lächeln. »Paco kommt aus Lima. Er war Verwalter von einem Schnapsladen. Seine Eltern sind Spanier. Ich glaube, sie besitzen ein spanisches Restaurant in Barranco. Hier sind sie untere Mittelklasse, in Peru dagegen haben sie einen Haufen Geld damit gemacht, Leuten ohne Geschmacksnerven Paella zu verkaufen. Irgendwann hatte Paco seinen spanischen Paß rausgekramt und ist nach Spanien gegangen, um hier sein Glück zu machen. Schließlich hatte er nichts zu verlieren, oder? In Peru hat er nur die Zeit totgeschlagen. Als er hier ankam, hat Paco die ersten Monate von Arbeitslosengeld gelebt, sich von süßem Quark ernährt und venezolanische Telenovelas gesehen. Jetzt hat er irgendeinen Job in einem Reisebüro, nichts Umwerfendes, wie du dir vorstellen kannst.«

»Und wie kommt er zu dieser Pension?«

»Die Wohnung gehört seinem Vater, der Alte lebt aber in Lima, und dieses Schlitzohr von Paco vermietet zwei Zimmer, ohne daß der was davon weiß. Damit hält er sich über Wasser, mit der Miete für die beiden Zimmer und dem Arbeitslosengeld, das er weiter vom spanischen Staat kassiert, obwohl er inzwischen einen Job gefunden hat.«

»Und wer hat das andere Zimmer gemietet?«

»Ach, die Aguaruna, die mußt du unbedingt kennenlernen«, sagte Juan Ignacio lachend. »Eine echte Eingeborene aus dem peruanischen Urwald. Sie arbeitet hier in Madrid als Dienstmädchen. Jeden Tag fährt sie mit ihren Besen und Lappen wo-andershin. Das ist eine Hexe, vor der mußt du dich in acht nehmen. Behandle sie gut, sonst kriegst du es mit ihrem bösen Blick zu tun, und du kannst ein für allemal einpacken. In ihrem Zimmer hat sie lauter seltsame Puppen und Kräuter aus dem Amazonasgebiet.«

Sie lachten.

»Und wie heißt die Aguaruna?« fragte Joaquín.

»Rosaura«, sagte Juan Ignacio, »ein idealer Name für ein Dienstmädchen, nicht?«

»Wohnt sie allein, oder teilt sie ihr Zimmer mit irgendwem?«

»Sie hat eine peruanische Freundin, noch so eine Verliererin, die schläft manchmal bei ihr. Das ist eine kleine Dicke, fast schwarz. In Lima könnte sie dein Dienstmädchen sein, oder meins. Der Mops arbeitet als Swimmingpoolputzerin, stell dir mal vor. Das war vielleicht witzig, als sie mir erzählte, daß sie Swimmingpools saubermacht! Ich fragte sie nämlich, ohne mir dabei was zu denken, tauchst du beim Saubermachen unter, oder wie?, und sie sagte, nein, wie kommst du darauf, ich kann doch gar nicht schwimmen, wir lassen erst das Wasser ab, und dann gehe ich rein und mache sauber; es ist zum Schreien.«

»Swimmingpoolputzerin, das ist wirklich zum Schreien.«

»Ja, und diese Dicke hat ein Verhältnis mit der Aguaruna, glaube ich. Die beiden Eingeborenen müssen Lesben sein; wenn die Dicke zum Schlafen dableibt, hört man die zwei nämlich immer kichern und stöhnen. Sie treiben es wohl ganz schön heftig miteinander.«

Sie lagen beide auf dem Bett und lachten.

»Hör mal, Juani, und wo soll ich schlafen?« fragte Joaquín.

»Ich weiß nicht«, sagte Juan Ignacio. »Wir müssen ein Klappbett kaufen gehen, oder was in der Art. Ich glaube, auf der anderen Straßenseite ist ein Bettenladen.«

»Wollen wir nicht lieber gleich gehen?«

»Nun hab es doch nicht so eilig. Meinetwegen, gehen wir eben, ich komme mit.«

Sie standen auf, verließen die Pension und entdeckten ganz

in der Nähe einen Laden für Betten und Matratzen. Ohne lange zu überlegen, gingen sie hinein. Nachdem sie geguckt hatten, was es kostet, kaufte sich Joaquín das billigste Bett.

»Jetzt komme ich mir vor wie ein richtiger ›scheiß Latino‹«, sagte Joaquín, als er mit seinem Klappbett unterm Arm in die Pension zurückkehrte.

»Mist, ich kann nicht schlafen«, sagte Juan Ignacio.

»Ich auch nicht«, sagte Joaquín. »Es ist eine Arschkälte.«

Es war ihre erste gemeinsame Nacht in Madrid. Sie hatten sich noch nicht an den Zeitunterschied gewöhnt. Von der Straße drang Lärm herein. Joaquín fror. Er hatte vergessen, Bettwäsche und eine Decke zu kaufen, und war nur mit seinen Pullovern und Jacken zugedeckt.

»Dieser Sack von Paco hat bestimmt die Gasrechnung nicht bezahlt, und sie haben ihm die Heizung abgestellt«, sagte Juan Ignacio.

»Scheiße, ich hatte nicht geglaubt, daß es so kalt wird«, sagte Joaquín.

Keiner sagte etwas.

»Du kannst ein bißchen zu mir ins Bett kommen, um dich aufzuwärmen, wenn du willst«, sagte Juan Ignacio.

»Nein, lieber nicht«, sagte Joaquín. »Ich will dir keine Umstände machen.«

»Das sind doch keine Umstände, Mann. Ich habe zwei Wolldecken. Leg dich eine Weile hier mit hin. Sonst erkältest du dich.«

»Und es stört dich ganz bestimmt nicht, Juani?«

»Überhaupt nicht, wirklich.«

Joaquín ging hinüber zu Juan Ignacios Bett.

»Keine Angst, es passiert auch nichts«, sagte er und machte es sich neben Juan Ignacio bequem, ohne ihn zu berühren.

»Das weiß ich doch, Mann, das brauchst du doch nicht extra zu sagen.«

Sie verstummten.

»Ganz schön zu merken, der Unterschied, hier ist es richtig warm«, sagte Joaquín.

»Ich hasse diese langen Flüge«, sagte Juan Ignacio. »Wenn ich Millionär bin, fliege ich nur noch mit der Concorde.«

Sie verstummten wieder.

»Betest du immer vor dem Schlafengehen?« fragte Joaquín.

Bevor Juan Ignacio ins Bett gegangen war, hatte er sich bekreuzigt, die Augen geschlossen und war ein paar Minuten lang ganz still gewesen.

»Immer«, sagte Juan Ignacio. »Ich bete jeden Abend ein Vaterunser, drei Ave-Marias, eine Bußformel und die Fürbitte von Monsignore Escrivá. Du betest doch auch, oder?«

»Nein, ich bete nie«, sagte Joaquín. »Außer im Flugzeug, beim Start oder bei starken Luftlöchern.«

»Mann, das ist schlimm. Man muß Gott nahe sein, im Guten wie im Bösen. Laß uns zusammen ein Vaterunser beten, damit der Herr uns hier in Madrid den rechten Weg weist.«

Im Bett liegend, beteten Juan Ignacio und Joaquín laut ein Vaterunser.

»Beten kostet nichts, und man schläft besser«, sagte Juan Ignacio, als sie mit dem Beten fertig waren.

»Du hast recht«, sagte Joaquín und mußte lächeln.

»Und was du noch machen mußt vor dem Schlafengehen ist dich eincremen, damit du keine Falten kriegst«, sagte Juan Ignacio.

»Ach ja?«

»Ja. Gib mir mal die Dose rüber, die da auf dem Nachttisch steht.«

Joaquín nahm eine Dose, die auf dem Nachttisch stand, und gab sie ihm. Es war eine Feuchtigkeitscreme. Joaquín öffnete die Dose und trug ein wenig Creme auf Joaquíns Gesicht auf.

»Du mußt dir jeden Abend ein bißchen auf die Nase und die Stirn machen, und vor allem hier, unter die Augen und neben den Mund, da sind am meisten Falten«, sagte er und verteilte die Creme sorgfältig auf Joaquíns Gesicht. »Fertig. Du wirst sehen, wie wir noch mit hundert Jahren fit sein werden.«

Dann stellte er die Creme auf den Nachttisch zurück, drehte Joaquín den Rücken zu und schloß die Augen.

»So, jetzt aber bis morgen«, sagte er.

»Bis morgen«, sagte Joaquín.

Ein paar Minuten später hörte Joaquín, daß Juan Ignacio weinte.

»Schläfst du, Juani?« fragte er.

»Nein«, sagte Juan Ignacio.

»Ist was?«

»Nein, nichts.«

Joaquín strich Juan Ignacio über den Kopf.

»Ruhig«, sagte er zu ihm. »Alles wird gut.«

»Ich weiß nicht, warum uns Gott so eine harte Prüfung auferlegen muß«, sagte Juan Ignacio. »Ich habe eine solche Strafe nicht verdient.«

»Wovon redest du?«

»Von den unreinen Begierden. Von den Begierden wider die Natur.«

»Sag nicht so etwas, Juani. Homosexuell zu sein ist keine Strafe. Wir sind so geboren. Es gibt keinen Grund, sich deshalb als ein schlechter Mensch zu fühlen.«

»Umarme mich, Joaquín.«

Joaquín schob sich an Juan Ignacios Rücken und umarmte ihn.

»Ich liebe dich«, sagte er zu ihm.

»Warte einen Moment«, sagte Juan Ignacio.

Er stand auf, nahm das Bildnis der Muttergottes ab, schloß die Augen und küßte es.

»Es tut mir leid, meine Herrin«, murmelte er.

Dann legte er das Bildnis unter das Bett und kehrte an Joaquíns Seite zurück.

»Küß mich auf den Rücken«, flüsterte er mit geschlossenen Augen.

Joaquín küßte ihn auf den Rücken. Juan Ignacio hatte eine weiche Haut mit vielen Muttermalen auf dem Rücken.

»Du riechst wunderbar, Juani«, sagte Joaquín.

»Bitte, nenn mich Verónica«, flüsterte Juan Ignacio.

Am nächsten Morgen ging um Punkt acht der Radiowecker an. Joaquín war sofort wach und hörte ein paar Choräle: Im Radio hatte die Übertragung der Frühmesse begonnen. Es war Sonntag. Kurz darauf wachte auch Juan Ignacio auf, er bekreuzigte sich und sprang aus dem Bett.

»Guten Morgen«, sagte er.

»Guten Morgen«, sagte Joaquín, auf seinem Klappbett liegend.

Juan Ignacio legte sich auf den Fußboden, machte dreißigmal Rumpfbeugen und sah in den Kleiderschrankspiegel.

»Verdammt, ich fühle mich richtig fit«, sagte er und ließ seine Brustmuskeln spielen. »Ich fühle mich topfit, Joaquín. Ich bin in einer so guten körperlichen Verfassung wie noch nie.«

Er schien an diesem Morgen sehr guter Stimmung zu sein. Er machte dreißig Liegestützen.

»Jetzt eine schöne Dusche, und dann zur Neun-Uhr-Messe«, sagte er, als er mit dem Frühsport fertig war.

»Du willst zur Messe gehen?« fragte Joaquín überrascht.

»Ja, natürlich«, sagte Juan Ignacio. »Am Tage des Herrn gehe ich immer zur Messe.«

»Würde es dir etwas ausmachen, wenn ich mitkomme?«

»Absolut nicht. Ich würde mich sehr freuen.«

Juan Ignacio ging ins Bad, duschte und kam mit einem Handtuch um die Hüfte ins Zimmer zurück. Ohne zu trödeln, öffnete er den Kleiderschrank und nahm einen Anzug heraus. Joaquín erhob sich vom Klappbett und öffnete seinen Koffer.

»Was meinst du, soll ich für die Messe auch einen Anzug anziehen?« fragte er.

»Ja, natürlich«, sagte Juan Ignacio und zog sich eilig an. »Ins Haus Gottes muß man anständig angezogen gehen. Es ist, als gingen wir in den Regierungspalast.«

Joaquín holte den zerknitterten Anzug hervor, den er im Koffer hatte. Sie zogen sich schweigend an. Als sie fertig waren, bestäubte er sich mit Parfum. Dann gab er das Parfum Joaquín.

»Es ist ein spezielles Eau de Toilette, um zur Messe zu gehen«, sagte er. »Frisch, aber nicht zu aggressiv. Entschieden konservativ.«

Joaquín lächelte und bestäubte sich ein bißchen mit dem Parfum. Bevor sie losgingen, betrachteten sie sich im Spiegel.

»Zwei echte Sieger«, sagte Juan Ignacio und rückte sich die Krawatte zurecht. »Du kannst sagen, was du willst, Leute wie wir sind geboren, um zu siegen.«

Sie verließen das Zimmer. Juan Ignacio schloß es ab.

»Diese Aguarana klaut bestimmt wie ein Rabe«, murmelte er. »Wir müssen uns beeilen, Joaquín. Ich will nicht zu spät zur Messe kommen.«

Sie fuhren mit Fahrstuhl hinunter und gingen auf die Straße. Es wehte ein eisiger Wind. Sie liefen ein paar Straßen bis zu einer Kirche in Retiro. Als sie ankamen, hatte die Neun-Uhr-Messe noch nicht begonnen. Sie setzten sich in eine der hinteren Bankreihen. Die Kirche war recht voll.

»Ich bin gleich wieder da«, sagte Juan Ignacio. »Ich gehe nur schnell beichten.«

Er stand auf, ging zur Warteschlange vor dem Beichtstuhl und stellte sich an. Als er kurz darauf an der Reihe war, kniete er sich nieder, murmelte ein paar Wort, nahm die Absolution durch den Priester entgegen und kehrte an die Seite Joaquíns zurück.

»Fertig«, sagte er lächelnd. »Rein und unbefleckt. Makellos wie der Schnee.«

»Schön für dich«, sagte Joaquín.

»Mann, du solltest auch beichten gehen.«

»Du hast recht, Juani. Vielleicht nächsten Sonntag.«

In diesem Moment trat ein Priester, begleitet von zwei Ministranten, an den Altar, rückte das Mikrophon zurecht, bekreuzigte sich und fing an, die Messe zu lesen. Zum Erstaunen Joaquíns betete Juan Ignacio alle Gebete laut mit und sang zusammen mit den anderen Gläubigen. Vor dem Credo bat der Priester darum, daß sich alle an die Hand nahmen. Eine alte Frau wollte Juan Ignacios Hand ergreifen, doch er zog sie zurück.

»Ihre Hand, junger Mann, der Pater hat uns darum gebeten«, sagte die alte Frau.

Juan Ignacio sah sie nicht einmal an. Er tat, als hätte er sie nicht gehört.

»Gott bestraft den Hochmut«, sagte sie.

»Ruhe, scheiß Alte«, zischte er.

Joaquín mußte sich beherrschen, nicht laut loszulachen. Als sie aus der Messe kamen, fragte er Juan Ignacio, warum er zu der alten Frau so grob gewesen war.

»Ich gehe in die Kirche, um Zwiesprache mit Gott zu halten, darum muß ich mich noch längst nicht von einem verlausten alten Weib betatschen lassen«, sagte Juan Ignacio auf der Kirchentreppe, und sie lachten beide.

Am nächsten Tag kam Juan Ignacio kurz nach sechs von der Arbeit zurück. Er trug einen blauen Anzug. Er war am Morgen sehr früh aufgestanden, hatte sich Pomade ins Haar gemacht und war ins Büro gegangen.

»Ich habe gekündigt«, sagte er zu Joaquín, kaum daß er im Pensionszimmer zur Tür herein war. »Ich habe den Job als Versicherungsvertreter hingeschmissen.«

»Was ist passiert?« fragte Joaquín überrascht.

Er lag auf dem Bett. Er hatte den Tag damit zugebracht, in alten Nummern von Hola zu blättern und fernzusehen.

»Es war ein Scheißjob«, sagte Juan Ignacio. »Und ich bin nicht bereit, mich noch einmal zu so etwas herabzulassen. Ich bin zu großen Dingen berufen, nicht zu solch schäbigem Broterwerb.«

Er wirkte richtig wütend. Er setzte sich aufs Bett und zog die Schuhe aus.

»Wäre es nicht besser gewesen, du hättest die Arbeit so lange behalten, bis du eine bessere gefunden hast?« fragte Joaquín.

Juan Ignacio sah ihn finster an.

»Nein, Joaquín«, sagte er aufgebracht. »Ich weiß sehr gut, was ich tue.«

Dann zog er sich aus, legte den Anzug sorgfältig zusammen und hängte die anderen Sachen an Plastikhaken. Er setzte sich in Unterhosen aufs Bett und redete weiter.

»Diese Arbeit war nicht auszuhalten«, sagte er. »Man hatte mir einen winzigen Schreibtisch zugeteilt. Es war entwürdigend. Auf so engem Raum zusammengepfercht, kann man nicht arbeiten, Joaquín. Zudem war ich von ordinären Leuten umgeben, alles gescheiterte Existenzen. Und die erste Lehre, die du lernen mußt, ist: Wenn du dich mit Verlierern zusammentust, wirst du selber zum Verlierer. Aber am meisten hat mich angekotzt, daß diese unappetitlichen Spanier den ganzen Tag rauchten. Sie haben gequalmt wie die Kaputten, so daß man nicht mehr atmen konnte im Büro. Sie wissen nicht, daß Rauchen nicht mehr angesagt ist und in den zivilisierten Ländern sehr schlecht angesehen wird. Und um das Maß vollzumachen, haben sie unablässig gerülpst. Verdammt, ich weiß nicht, warum die Leute in Spanien soviel aufstoßen müssen. Das kommt bestimmt davon, weil sie ständig ölige Tortillas, Kaldaunen, Schweineohren, Würste und Garnelen in sich hineinstopfen, alles Sachen, die für eine gesunde Ernährung schrecklich sind.«

Joaquín lachte.

»Igittigitt, hör bloß auf«, sagte er.

»Du wirst verstehen, daß das alles zuviel war für mich«, fuhr Juan Ignacio fort. »Um fünf hatte ich den Kanal voll und sagte mir, nein, Juan Ignacio, es reicht, du bist ein Individualist und nicht so ein armseliger Bürohengst wie die, du mußt hier raus, bevor es zu spät ist, hör auf, Scheiße zu fressen, töte nicht das Kind, das du in dir trägst. Ich also hin zu meinem Chef (so ein typischer Spanier mit Rauschebart, wo du nur gründlich genug suchen mußt, und du entdeckst Spinnen darin, außerdem mit einer kleinen Brille wie ein Möchtegernintellektueller, einer Zigarre im Maul und einem Schmerbauch wie ein Sumoringer), und äußerst höflich sage ich zu ihm, Señor Alpuente, ich danke Ihnen sehr für die Chance, die Sie mir in dieser Gesellschaft gegeben haben, aber ich muß leider kündigen, aus strikt persönlichen Motiven, und er sagt zu mir, aber warum denn, Señor García?, Sie sind doch erst vor wenigen Monaten in die Gesellschaft eingetreten, und da sage ich zu ihm, darum, weil es nicht meinen Erwartungen entspricht, Señor Alpuente, und er lacht hämisch und sagt zu mir, nun, Señor García, da Sie aus Südamerika kommen, sollten Sie Ihre Erwartungen vielleicht etwas herunterschrauben, und ich, ich zügle meine Empörung und sage zu ihm, das niemals, Señor Alpuente!, ich mag zwar materiell verarmen, aber ich werde es niemals zulassen, daß meine Ansprüche verarmen, und er lächelt blasiert und sagt zu mir, ich bedaure, Señor García, aber sollten Sie es sich anders überlegen, werden Sie stets willkommen sein in der Versicherungsgesellschaft Star, wo jeder Vertreter ein Star ist, und beinahe hätte ich zu ihm gesagt, hör mal, Fettsack, Speckgesicht, verarsch mit nicht, was glaubst du eigentlich, wen du vor dir hast, he?, glaubst du vielleicht, du kannst dem Boß von Coca-Cola Kronenkorken verkaufen?, aber zum Glück konnte ich mich beherrschen, und ich habe mich bei ihm bedankt, und gute Nacht, mein lieber Herr Gesangsverein, ich wüßte nicht, daß wir uns schon einmal gesehen haben sollten.«

Juan Ignacio stieß ein böses Lachen aus. Er schien sehr stolz darauf zu sein, seine Arbeit gekündigt zu haben.

»Und was willst du jetzt machen?« fragte Joaquín.

Juan Ignacio lächelte.

»Dasselbe wie du, Don Joaquín«, sagte er. »Mir meine Segundamano kaufen, Stellenanzeigen heraussuchen, Bewerbungen verschicken, mich hinsetzen und warten.«

»Hoffentlich haben wir Glück«, sagte Joaquín.

Jeden Morgen warteten Juan Ignacio und Joaquín darauf, daß Paco und Rosaura aus dem Haus gingen, ehe sie das Zimmer verließen, das sie miteinander teilten. Dann nahmen sie eine heiße Dusche – Juan Ignacio stets vor Joaquín, was diesen ärgerte, weil für ihn nur noch wenig heißes Wasser übrigblieb –, machten sich Spiegeleier zum Frühstück und gingen Zeitungen kaufen. Juan Ignacio kaufte immer ABC an einem Kiosk ganz in der Nähe der Pension.

»ABC nicht zu lesen ist wie mangelnde Achtung gegenüber seiner Majestät dem König«, sagte er einmal empört, als Joaquín El País kaufte.

Dann kehrten sie in die Pension zurück und brachten mehrere Stunden damit zu, die Zeitungen zu lesen, die Nachrichten des Tages zu erörtern und María-Kekse zu essen. Es war selten, daß auch einmal eine Nachricht über Peru in den spanischen Zeitungen stand.

»Verdammt, wir haben zur rechten Zeit dieser Hölle den Rücken gekehrt«, sagte Juan Ignacio manchmal, wenn die Zeitungen von einem Gewaltakt in Peru berichteten.

An zwei Tagen in der Woche kauften sie auch die Segundamano. An diesen Tagen setzten sie sich, noch bevor sie die Tageszeitungen aufschlugen, an den Küchentisch und studierten gründlich die Stellenanzeigen. Sie strichen die Anzeigen an, die ihnen reizvoll erschienen, und schickten unverzüglich ihre Bewerbungen ab. Danach aßen sie Mittag. Sie machten sich immer in der Pension Mittag. Bis auf Sonntag, dann gingen sie zu einem McDonald's.

»Ich finde McDonald's toll, ich habe da immer ein Gefühl, als wenn ich in den Vereinigten Staaten bin«, sagte Juan Ignacio einmal zu Joaquín, als er einen doppelten Hamburger aß.

Jeden Tag nach dem Mittagessen gingen sie ins Kino. Sie fuhren immer mit dem Taxi oder mit dem Bus, nie mit der U-Bahn. Juan Ignacio weigerte sich, U-Bahn zu fahren. Er sagte, Siegertypen fahren nie U-Bahn. Er mochte vor allem die amerikanischen Action-Filme mit Schwarzenegger, Stallone, Van Damme und Segal. Nach der Vorstellung kehrten sie ohne Eile in die Pension zurück.

»Drück die Daumen, Don Joaquín, heute ist der große Tag«, pflegte Juan Ignacio zu sagen, wenn sie bei der Pension ankamen.

Dann öffnete er den Briefkasten, um nachzusehen, ob auf eine der vielen Bewerbungen, die sie geschrieben hatten, eine Antwort für sie da war. Er fand aber nur Werbung und manchmal Post aus Lima vor. Um sich neuen Mut zu machen, gingen sie in die Wohnung hinauf, aßen etwas, zogen sich Schlafanzüge an und setzten sich ins Wohnzimmer, um fernzusehen.

Für die Benutzung des Fernsehers in der Pension galt ein Prinzip. Wer den Fernseher als erster einschaltet, hat das Recht, das Programm zu wählen, hatte Paco zu Juan Ignacio und Joaquín gesagt, als er ihnen die Regeln der Pension erklärte. Die anderen waren: nicht das Essen der anderen essen, die Teller waschen, die man dreckig gemacht hatte, nicht mehr als einmal pro Woche die Waschmaschine benutzen und keine Leute von der Straße anschleppen. Letztere Regel galt nicht für Paco. Juan Ignacio hielt sich nicht an die Regel mit dem Fernseher. Wenn er ins Wohnzimmer kam, und Rosaura sah gerade irgendeine Sendung, bemächtigte er sich der Fernbedienung, und sobald die Sendung von Werbung unterbrochen wurde, wechselte er das Programm, bis ihn Rosaura darum bat, zu der Sendung zurückzukehren, die sie ausgewählt hatte.

»Verdammt, ich habe es satt, daß du mir ständig mein Programm wegmachst«, sagte Rosaura eines Abends zu ihm.

Juan Ignacio lachte.

»Beruhige dich, und mach bitte keinen Aufstand«, sagte er. »Wenn du dich an die Regel hältst, ist das nicht meine Schuld.«

Juan Ignacio und Joaquín bogen sich vor Lachen. Rosaura stand auf, verließ den Raum und schloß sich in ihrem Zimmer ein. Seit diesem Abend kam sie nie wieder in das Wohnzimmer, um fernzusehen.

Joaquín war in der U-Bahn, als er ihn sah: Er stand auf dem Bahnsteig gegenüber. Er war noch ein Kind. Er mochte vierzehn, fünfzehn Jahre alt sein. Er hatte blondes Haar, grüne Augen und einen schwermütigen, traurigen Blick. Plötzlich sah er Joaquín an und lächelte. Überwältigt von der Schönheit dieses Jungen, rannte Joaquín los, die Treppen hoch und wieder hinunter. Er erreichte den gegenüberliegenden Bahnsteig gerade noch rechtzeitig, um in den Waggon einzusteigen, in dem der Junge soeben verschwunden war. Der Junge sah Joaquín an und lächelte von neuem. Dann sah er in die Zeitung des Mannes, der neben ihm saß. Drei oder vier Stationen später stand er auf und stieg aus. Joaquín zögerte keinen Augenblick, ihm nachzugehen. Sie verließen die U-Bahn. Sie waren schon auf der Straße, als Joaquín ihn erreichte.

»Hallo«, sagte er zu ihm und lief neben ihm her.

»Hallo«, sagte der Junge, ohne stehenzubleiben.

Er hatte noch keinen Stimmbruch gehabt.

»Du erinnerst mich sehr an meinen Bruder«, sagte Joaquín zu ihm. »Wie heißt du?«

»Cayetano«, sagte er.

»Der Name eines Herzogs«, sagte Joaquín.

Cayetano lächelte.

»Hast du Hunger?« fragte Joaquín. »Möchtest du gern irgendwas essen?«

»Ich esse nur zu Hause«, sagte Cayetano.

»Ein vernünftiger Grundsatz«, sagte Joaquín.

»Außerdem hat mir meine Mutter gesagt, ich soll nicht mit Fremden reden.«

»Keine Angst, ich will nur dein Freund sein.«

»Du bist zu alt, um mein Freund zu sein.«

Joaquín lief weiter, ohne zu wissen, wo er war und wo er hinging.

»Guck mal, da ist ein Bäckerladen«, sagte er zu Cayetano. »Bist du sicher, daß du nicht doch ein Stück Kuchen willst?«

»Gut, meinetwegen, aber nur ganz kurz, zu Hause warten sie nämlich schon auf mich«, sagte Cayetano.

Sie gingen in einen Bäckerladen, im dem es nach frischem Brot und Zimt roch. Es roch wie im Tiendecita Blanca in den Tagen vor Weihnachten.

»Was willst du haben?« fragte Joaquín.

Cayetano bat um ein Stück Erdbeertorte mit Schlagsahne.

»Du kannst auch mehr haben, alles, was du willst«, sagte Joaquín.

Cayetano lächelte und bat noch um ein Stück Apfelkuchen, Kekse mit Honig, Rosinen und Nüssen, ein Flugzeug aus Marzipan und mit Schokolade überzogene Pirulines.

»Iß nicht soviel süße Sachen, Junge, du wirst sonst noch so dick wie ich«, sagte der Verkäufer.

»Kinder werden nicht dick«, sagte Cayetano, und alle drei lachten sie.

Joaquín zahlte, und sie verließen den Bäckerladen.

»Gut dann, hat Spaß gemacht«, sagte Joaquín.

»Finde ich auch«, sagte Cayetano.

Sie gaben sich die Hand.

»Ich wollte dir nur sagen, daß du bezaubernd bist«, sagte Joaquín. »Du bist wie ein Engel.«

Cayetano lächelte.

»Das sagt meine Mutter auch immer«, sagte er.

Dann ging er fort, seine Erdbeertorte essend.

Joaquín lag schlaflos auf seinem Klappbett. Er hörte das Atmen Juan Ignacios, verspürte eine starke Erektion und konnte nicht schlafen. Er hielt es nicht mehr aus. Er stand auf und ging zu Juan Ignacio hinüber.

»Laß uns Liebe machen, Verónica«, flüsterte er ihm ins Ohr.

Juan Ignacio wachte auf und erschrak.

»Was ist los mit dir, spinnst du?« sagte er und rückte ein Stück von Joaquín weg.

»Ich bin keine Verónica. Ich bin Juan Ignacio, dein Freund Juani fürs ganze Leben.«

Joaquín wich beschämt zurück.

»Tut mir leid«, sagte er, »ich dachte, es hätte dir Spaß gemacht, mit mir Liebe zu machen.«

»Nein, es macht mir keinen Spaß, absolut nicht«, sagte Juan Ignacio mit schneidender, aggressiver Stimme. »Die Sodomie ist etwas Abscheuliches, Joaquín. Wenn ich nur daran denke, was wir getan haben, dreht sich mir der Magen um.«

Joaquín bereute, sich so getäuscht zu haben, stand auf und setzte sich auf sein Klappbett.

»Ich fand überhaupt nicht abscheulich, was wir gemacht haben, Juani«, sagte er leise. »Für mich war es etwas sehr Schönes. Ich habe es genossen.«

»Ich aber nicht«, sagte Juan Ignacio. »Für mich war es eine beschämende Erfahrung. Ich würde sagen, es war der Tiefpunkt unserer Freundschaft. Freunde sind dafür da, einander zu helfen, Joaquín, nicht dafür, sich gegenseitig zu schaden. Und ich will nicht, daß du mich mit deinen Schwächen ansteckst. Du hast einen Lebensstil gewählt, der nicht vereinbar ist mit der Moral. Der Rest ist dein Problem, sieh zu, wie du damit klarkommst. Aber zwinge mich nicht, Dinge zu tun, die ich aus tiefstem Herzen ablehne. Ich bitte dich, daß das nicht wieder vorkommt, andernfalls muß ich zu drastischen Maßnahmen greifen.«

Joaquín lächelte.

»Du redest wie mein Vater«, sagte er.

»Eben weil ich dich liebe, Joaquín, und weil ich mich in diesem Moment als dein großer Bruder fühle«, sagte Juan Ignacio. »Mehr denn je müssen wir jetzt stark und einig sein, um voranzukommen. Du siehst ja, die Dinge sind schwieriger, als wir uns das vorgestellt hatten. Ein Tag nach dem andern vergeht, und wir sind immer noch ohne Arbeit. Ich bin äußerst beunruhigt, Joaquín. Das kann so nicht weitergehen.«

»Und was sollen wir tun, wenn wir keine Arbeit finden?«

»Ich weiß nicht, keine Ahnung, aber laß mich dir eins sagen: Ich bin nicht nach Madrid gekommen, nur um hier noch ein scheiß Latino mehr zu sein. Ich habe einen Universitätsabschluß, ich habe in Ehren ein Magisterstudium in Washington, D. C., abgeschlossen, und ich werde nicht damit enden, in einer Madrider Kneipe Teller zu waschen. Das auf keinen Fall. Ich habe meinen Stolz, wie du sehr gut weißt. Ehe ich mich hinstelle und Teller wasche, gehe ich zurück nach Lima, und Feierabend.«

»Aber nach Lima zurückgehen hieße, unseren Stolz zu opfern, Juani. Wir würden als Verlierer zurückkommen.«

»Kann sein, kann sein, aber ehrlich gesagt, ich habe es satt, jeden Tag Bohnen zu essen, meine Unterhosen in der Dusche zu waschen und auf dieser durchgesuppten Matratze zu schlafen, verflucht noch mal. Und ich habe die Schnauze gestrichen voll, diese scheiß Aguarana ertragen zu müssen, die mich nicht in Ruhe fernsehen läßt und die mich mit einer hundertjährigen Rachsucht anschaut, als wäre ich daran schuld, daß sie eine India ist und obendrein auch noch potthäßlich. Ich bin es nicht gewohnt, unter so beengten Verhältnissen zu wohnen, Joaquín. In Lima wird für mich gekocht, was ich gern esse. In meinem ganzen Leben habe ich noch nie Geschirr gespült. Hier, in dieser lausigen Pension, muß ich das zum ersten Mal tun. Bei mir zu Hause wird mir das Frühstück ans Bett gebracht, meine Sachen werden picobello gewaschen, und ich kriege sie ordentlich gebügelt zurück, makellos, und gnade der Wäschefrau, meine

Hemden sind etwas zerknittert oder sie sind nicht gestärkt, dann kann sich die Negerin auf was gefaßt machen. Wozu soll ich dich anlügen, ich sehne mich tatsächlich sehr nach den Annehmlichkeiten zu Hause zurück.«

»Na ja, man kann nicht leugnen, in Lima hatten wir es besser als hier.«

»Du kannst ruhig wissen, was ich vorhabe, Joaquín. Wenn ich nicht bald eine gute Arbeit finde, packe ich die Koffer und gehe erhobenen Hauptes nach Peru zurück.«

Sie schwiegen beide.

»Bereust du nicht, bei der Versicherungsgesellschaft gekündigt zu haben, Juani?« fragte Joaquín.

»Ich bereue nie etwas«, sagte Juan Ignacio. »Nur Verlierer bereuen, was sie getan haben.«

»Vielleicht solltest du doch mal überlegen, für eine Weile Arbeitslosengeld zu beziehen. Das gäbe dir mehr Zeit, nach einer guten Arbeit zu suchen.«

Juan Ignacio schüttelte den Kopf.

»Auf gar keinen Fall«, sagte er kategorisch. »Ich will nicht als Parasit leben und mich vom spanischen Staat aushalten lassen. Das geht gegen meine Prinzipien.«

»Übertreib nicht, Juani. Man muß doch pragmatisch sein.«

»Das ist eine Frage der Prinzipien, Joaquín. Ich war immer der Meinung, diesen ganzen faulen Säcken, die vom Arbeitslosengeld leben, sollte man den Schnuller wegnehmen. Am besten, man holt noch einen Wasserwerfer, wie in Peru, und beschießt sie mit einem ordentlichen Strahl Wasser mit Salzsäure, damit sie aus dem Knick kommen und endlich lernen, sich ihren Lebensunterhalt selber zu verdienen, verfluchte Scheiße.«

Sie lachten. Jetzt schien Juan Ignacio optimistisch und selbstsicher zu sein, der ewige Sieger.

»Wie lange hast du noch vor zu warten?« fragte Joaquín.

»Höchstens bis Ende des Monats«, sagte Juan Ignacio. »Ansonsten: Alle kehren zurück, wie es im Walzer heißt.«

Dann drehte er Joaquín den Rücken zu und zog sich das Kopfkissen über den Kopf. Diese Reise nach Spanien wird voll ein Schuß in den Ofen, dachte Joaquín. Ich hätte nicht so einfach aus Lima abhauen sollen wie eine blinde Kuh.

An einem seiner letzten Abende in Madrid zog Joaquín los, um eine Runde zu drehen und zu sehen, ob ihm nicht ein hübscher Junge über den Weg lief. Es war sehr kalt an diesem Abend. Er hielt ein Taxi an und stieg ein.

»Bringen Sie mich bitte in die beste Gaydisko von Madrid«, sagte er zu dem Taxifahrer.

»Gay, Gay… sagt mir nichts, der Name«, sagte der Taxifahrer, ein schon älterer Mann. »In welcher Straße ist denn diese Diskothek?«

»Nein, die Disko heißt nicht Gay«, sagte Joaquín. »Ich meine eine Disko für Boys.«

»Ach so, eine dieser neuen Diskotheken, wo die jungen Leute Coca-Cola trinken?« fragte der Taxifahrer.

»Nein. Ich möchte in eine Diskothek für Homosexuelle.«

»Also, da weiß ich keine, und wenn ich eine wüßte, würde ich Sie nicht hinbringen«, sagte er scharf. »Und jetzt steigen Sie bitte aus, ich arbeite nicht für Schwule.«

Joaquín stieg aus und nahm ein anderes Taxi. Diesmal verstand der Fahrer problemlos, wo Joaquín hinwollte, und brachte ihn in eine Schwulendisko. Nachdem er bezahlt und sich beim Taxifahrer bedankt hatte, ging Joaquín in die Diskothek, setzte sich an die Bar und bestellte eine koffeinfreie Coca-Cola. Es war nicht sehr voll. Die Musik war ihm zu laut.

»Du bist Peruaner, stimmt's?« hörte er kurz darauf.

Ein Mädchen hatte sich neben ihn gesetzt. Sie hatte schwarzes Haar, mandelförmige Augen und eine etwas zu große Nase.

»Ja«, sagte Joaquín.

Sie lächelte.

»Ich auch«, sagte sie.

»Woran hast du das gemerkt?« fragte er.

»Ich habe dich schon mal in Lima gesehen, glaube ich«, sagte sie. »Was machst du hier?«

»Nichts«, sagte er. »Ich bin nur so hier.«

»Ich wußte gar nicht, daß du schwul bist«, sagte sie.

»Ich auch nicht«, sagte er, und sie lachten.

»Bist du es denn, oder nicht?«

»Manchmal.«

»Das gilt nicht.«

»Wieso?«

»Weil ich immer lesbisch bin, nicht nur manchmal«, sagte sie.

Er trank seine Coca-Cola.

»Du bist die erste Lesbe, die ich kennenlerne«, sagte er.

»Du wirst schon mehr gekannt haben, ohne es zu wissen«, sagte sie.

Sie schwiegen eine Weile.

»Du lebst in Madrid?« fragte er.

»Ja«, sagte sie.

»Und seit wann?«

»Seit fünf Jahren schon, bald sechs.«

»Nicht schlecht. Wohnst du bei deiner Familie?«

»Nein, ich wohne allein. Meine Familie will mich nicht.«

»Mich auch nicht.«

»Das ist normal.«

»Und wovon lebst du?«

»Von meinen Zinsen.«

»Du hast es gut. Wer hat, der kann. Wie heißt du?«

»Luciana. Luciana Ravello.«

»Hast du was mit dem Banker zu tun?«

»Ich bin seine Tochter.«

Vor nicht allzu vielen Jahren war José María Ravello in Peru einer der reichsten Bankiers. Dann fiel er in Ungnade: Es gab einen Skandal, und er wurde verhaftet, weil er mit den Geldern seiner Kunden unerlaubt spekuliert hatte.

»Was ist mit deinem Vater geworden?« fragte Joaquín.

»Er ist seit zwei Jahren aus dem Gefängnis raus«, sagte Luciana. »Er lebt jetzt in Kostarika.«

»Ist er weiter im Bankgeschäft?«

»Nein, er hat ein kleines Landgut mit Obstanbau und ein paar Rindern. Er arbeitet aber nicht mehr. Er ist in Rente. Es geht ihm nicht gut seit dem Gefängnis.«

»Und du, warum lebst du nicht in Kostarika?«

»Weil mein Alter weiß, daß ich lesbisch bin, und um jeden Ärger zu vermeiden, hat er mich hierhergeschickt.«

Luciana bestellte ein Bier. Joaquín nahm sich an ihr ein Beispiel und bestellte auch eins. Sie tranken ein paar Schluck und gingen tanzen.

»Fühlst du dich jetzt schwul?« fragte sie, während sie tanzten.

»Nach einem Bier fühle ich mich immer schwul«, sagte er.

Ein bißchen später schlug sie vor, in ihre Wohnung zu fahren. Sie verließen die Diskothek, stiegen in ein Taxi und fuhren zu Luciana. Sie wohnte in Menéndez y Pelayo, in der Nähe vom Retiro.

»Ich zeige dir etwas, das ich nur meinen Freunden zeige«, sagte sie zu Joaquín, als sie in die Wohnung kamen.

Sie ging in ihr Schlafzimmer und kehrte mit einem Goldbarren zurück. Er war so groß wie ein Ziegelstein, nur daß er golden glänzte.

»Wir haben ihn aus Peru rausbekommen, kurz bevor mein Alter verhaftet wurde«, sagte sie.

»Da hattet ihr echt Schwein«, sagte Joaquín.

Luciana streichelte den Goldbarren.

»Jetzt gehört er mir«, sagte sie lächelnd. »Mein Vater hat ihn mir geschenkt, als ich einundzwanzig wurde.«

»Was wird er wert sein ungefähr?« fragte Joaquín.

»Genug Geld, damit ich nicht zurückmuß nach Lima«, sagte sie, und beide lachten.

Am letzten Tag im Januar sagte Juan Ignacio zu Joaquín, daß er sich entschlossen hatte, nach Lima zurückzukehren, und Joaquín sagte ihm, sein Geld sei bald alle und er wolle ebenfalls zurück. Am Morgen gingen sie zusammen ins Büro einer Fluggesellschaft und reservierten für den nächsten Tag zwei Plätze in einer Maschine nach Miami.

»Wir müssen uns anständig von Madrid verabschieden«, sagte Juan Ignacio, als sie die Tickets hatten und wieder in der Pension waren. »Was hältst du davon, wenn wir uns richtig vornehm anziehen und im Palace essen gehen?«

»Finde ich großartig, die Idee«, sagte Joaquín. »Wir haben schon lange nicht mehr ordentlich gegessen.«

»Vorher will ich mir aber noch zwei Anzüge kaufen, um den Leuten in die Augen sehen zu können, wenn ich nach Lima zurückkomme«, sagte Juan Ignacio. »Ich will, daß die Cholos vom Zoll sagen, sieh mal einer an, diesem Weißen muß eine Bank gehören, der muß Geld haben. Du weißt, in Lima wird man behandelt, wie man sich anzieht, Joaquín. Du solltest dir auch zwei neue Anzüge kaufen.«

»Du hast recht, Juani.«

»Dann gehen wir jetzt gleich los und kaufen uns schicke Klamotten. Nichts mache ich lieber.«

Sie zogen sich ihre Mäntel an, verließen die Pension und gingen hinunter auf die Straße.

»Heute nehmen wir ein Taxi«, sagte Juan Ignacio. »Ich habe es satt, mit diesen Bussen mit lauter Tattergreisen zu fahren, deren Endstation das Leichenschauhaus ist.«

Sie lachten und hielten ein Taxi an.

»Wenn es verqualmt ist, steigen wir nicht ein«, sagte Juan Ignacio.

Er machte die Tür des Taxis auf. Der Taxifahrer rauchte.

»Tut mir leid«, sagte Juan Ignacio zu dem Taxifahrer. »Ich fahre nicht in kontaminierten Taxis.«

»Fick dich doch in den Arsch«, schrie der Taxifahrer.

»Ich bezahle nicht dafür, daß man mich vergiftet, Glatzkopf«, rief Juan Ignacio ihm lachend hinterher, als er weiterfuhr.

Joaquín bog sich vor Lachen. Sie mußten noch mehrere Taxis anhalten, bis sie einen Fahrer fanden, der nicht rauchte. Sie stiegen ein, und Juan Ignacio sagte dem Fahrer, er solle sie zu dem Geschäft Milano an der Puerta del Sol bringen.

»Meine Mutter hat mir meine Sachen immer im Milano gekauft«, sagte Juan Ignacio. »Das ist ein Laden vom Feinsten.«

Als sie am Milano ankamen, zahlten sie zusammen das Taxi, gingen in das Geschäft und sahen sich bei den Anzügen um. Ein Verkäufer half ihnen, den Schnitt und die Farben zu finden, die sie haben wollten.

»Anzüge immer dunkel und kariert«, sagte Juan Ignacio zu Joaquín. »Dunkel, weil es schlank macht, und kariert, weil es den Eindruck von Macht vermittelt.«

Dann erklärte ihnen der Verkäufer, daß jede Farbe ihre eigene Persönlichkeit habe.

»Grau ist ruhig, fast schon schüchtern«, sagte er. »Es hat nicht soviel Charakter wie Marineblau, das stets weiß, was es will. Schwarz ist der reine Individualist, der den Tod nicht scheut.«

Er ging ein Bandmaß holen, um die Maße zu nehmen.

»Der scheint mir auch ein ganz Süßer zu sein«, sagte Juan Ignacio leise zu Joaquín und deutete mit einer Kopfbewegung auf den Verkäufer. »Paß bloß auf, daß nicht einer von der Sorte niest und uns Aids anhängt«, fügte er hinzu, und beide lachten.

Der Verkäufer kam zurück und vermaß sie von oben bis unten.

»Welches ist die Farbe der Sieger?« fragte ihn Juan Ignacio.

»Definitiv Blau«, sagte der Verkäufer.

»Aber dunkles Blau«, sagte Juan Ignacio.

»Genau, dunkel muß es sein, Dunkelblau«, sagte der Verkäufer.

»Und Weiß«, sagte Juan Ignacio. »Nur ein Erfolgsmensch trägt einen weißen Anzug.«

»Gut, ja, Weiß ist stets eine entschiedene Bejahung, ein Ausrufezeichen der Hoffnung«, sagte der Verkäufer.

»Wenn ich heirate, werde ich einen weißen Anzug tragen, und dazu eine rote Nelke«, sagte Juan Ignacio.

»Das würde dir blendend stehen, Juani«, sagte Joaquín.

»Weiß paßt gut zu Ihrem pechschwarzen Haar«, sagte der Verkäufer zu Juan Ignacio.

»Ich werde eine Havanna rauchen, die einzige Havanna in meinem Leben«, sagte Juan Ignacio.

»Wann heiratet der junge Herr?« fragte ihn der Verkäufer.

»Irgendwann«, sagte Juan Ignacio.

»Schon jetzt meine besten Wünsche«, sagte der Verkäufer.

An diesem Abend zogen Juan Ignacio und Joaquín die Anzüge an, die sie im Milano gekauft hatten, und fuhren zum Abendessen ins Hotel Palace.

»So lasse ich mir das Leben gefallen«, sagte Juan Ignacio, als sie bei einem herrlichen Dessert saßen.

Zum Essen hatten sie eine Flasche Rotwein getrunken. Joaquín fühlte sich ein bißchen beschwipst.

»Kannst du dich an mich erinnern, als wir noch zur Schule gingen, Juani?« fragte er.

»Um ehrlich zu sein, nein«, sagte Juan Ignacio. »Aber ich denke wahnsinnig gern an die Schule zurück. Ich bin stolz, daß ich am Markham College gelernt habe, Perus bester Schule.«

Sie aßen weiter ihr Dessert, ohne zu reden.

»Ich kann mich aber noch sehr gut an dich erinnern«, sagte Joaquín.

Juan Ignacio fühlte sich geschmeichelt und lächelte.

»Bestimmt erinnerst du dich daran, wie sie mich house captain nannten«, sagte er.

»Nein«, sagte Joaquín, ohne ihm in die Augen zu sehen. »Ich sehe dich noch vor mir, wie du eines Tages im Waschraum der Unterstufe warst.«

Juan Ignacio machte ein erstauntes Gesicht.

»Im Waschraum der Unterstufe?« fragte er.

»Hm«, sagte Joaquín.

»Komisch«, sagte Juan Ignacio, »weiß ich gar nicht mehr.«

Joaquín lächelte, als ob er ihm nicht glaubte.

»Du erinnerst dich wirklich nicht daran?« fragte er.

»Ehrlich, ich kann mich absolut nicht mehr erinnern«, sagte Juan Ignacio. »Was war denn da?«

Joaquín trank einen Schluck, bevor er zu reden anfing.

»Ich war in der fünften Klasse der Unterstufe«, sagte er. »Wir hatten zweite Pause. Ich war in einem Waschraum der Unterstufe. Du kamst herein mit deinem schwarzen Captain-Umhang. Es waren nur wenige Jungs da. Du sagtest zu uns, du würdest eine Kontrolle der persönlichen Hygiene vornehmen. Wir stellten uns alle in einer Reihe auf, und du hast die Haare, die Hände, die Fingernägel und den Hemdkragen kontrolliert. Danach sagtest du, alle hätten bestanden, nur ich nicht. Als die anderen Jungs aus der Toilette raus waren, sagtest du mir, du müßtest bei mir eine gründlichere Kontrolle vornehmen. Du bist mit mir in eine Kabine gegangen, hast die Tür verriegelt und gesagt, ich soll mir die Hose runterziehen. Dann hast du meinen Schwanz befühlt und gesagt, du bist ein bißchen schmutzig, ich werde dich nicht melden, aber ich muß dich saubermachen, mit Spucke, guck gut zu, damit du es auch lernst. Dann hast du dir in die Hand gespuckt und angefangen, mir den Schwanz zu reiben. Du hast deine Hose aufgeknöpft und gesagt, jetzt machen wir es zusammen, nimm ein bißchen Spucke und mach mich schön sauber, nur damit ich sehe, daß du es gelernt hast; wenn du es gut machst, hast du die Prüfung bestanden. Ich habe mir in die Hand gespuckt und ihn dir gerieben. Als du kamst, hast du mir die ganze Hand vollgespritzt. Bevor du dann gingst, sagtest du zu mir, daß du mir eine Eins gibst, und ich mußte dir versprechen, keinem etwas zu sagen.«

Juan Ignacio trank einen Schluck. Er war bleich.

»Mein Gott, wie ich mich schäme«, murmelte er. »Es tut mir leid, Joaquín. Es tut mir echt leid.«

»Nichts für ungut, Mann«, sagte Joaquín. »Das ist doch lange her.«

»Wenn ich dir Schaden zugefügt habe, bitte ich dich, mir zu verzeihen, Joaquín. Ich schwöre dir bei dem, was mir am heiligsten ist, ich wußte nicht, daß dieser Junge du warst. Ich kann mich noch an die Szene im Waschraum erinnern, aber ich wußte nicht, daß du es warst.«

»Entschuldige du mich, daß ich das Gespräch auf diese bitteren Erinnerungen gebracht habe, Juani.«

»Wenn ich etwas tun kann, damit du mir verzeihst, sag es mir, Joaquín. Du kannst mich bitten, worum du willst.«

Joaquín überlegte, worauf er Lust hätte diese Nacht. Er mußte nicht lange überlegen.

»Heute ist unsere letzte gemeinsame Nacht in Madrid«, sagte er. »Laß uns hier im Hotel übernachten.«

Juan Ignacio lächelte erleichtert, vielleicht weil er spürte, daß Joaquín ihm nichts nachtrug.

»Abgemacht«, sagte er.

»Wir zahlen aber natürlich halbe-halbe«, sagte Joaquín.

»Kommt gar nicht in Frage«, sagte Juan Ignacio. »Heute lade ich dich ein.«

Dann ließ er sich die Rechnung kommen und bezahlte mit einer Kreditkarte. Nicht mehr ganz nüchtern standen sie auf und gingen zur Hotelrezeption. Juan Ignacio bat um ein Doppelzimmer, reichte seine Kreditkarte rüber, füllte ein Formular aus und nahm den Zimmerschlüssel entgegen. Sie fuhren mit dem Fahrstuhl nach oben. Schweigend liefen sie durch den mit Teppichen ausgelegten Gang. Joaquín ahnte, was passieren würde. Sie waren kaum im Zimmer, da umarmten sie sich schon und küßten sich.

»Bitte, verzeih mir«, flüsterte Juan Ignacio.

»Ich werde dich immer lieben«, flüsterte Joaquín.

Dann ließen sie sich nur noch von ihren Instinkten leiten. In dieser Nacht schliefen sie zum zweiten- und letztenmal miteinander.

Zwei Tage später machten sie vor dem Weiterflug nach Lima halt in Key Biscayne. Wie auf der Hinreise quartierten sie sich im Apartment von Juan Ignacios Eltern ein. Am Tag nach ihrer Ankunft in Miami beschlossen sie, auf einem der zum Haus gehörenden Plätze Tennis zu spielen. Sie fuhren in ein Einkaufszentrum, kauften Schläger, Bälle und Sportbekleidung und kehrten in die Wohnung zurück. Sie zogen sich rasch um und gingen auf den Tennisplatz hinunter. Es war ein Betonplatz, der von Palmen umstanden war. Es war strahlender Sonnenschein an diesem Vormittag.

»Mach dich frisch, ich werde dich in Grund und Boden spielen«, sagte Juan Ignacio, als sie auf den Platz kamen.

»Sprücheklopfen gilt nicht«, sagte Joaquín lächelnd.

Juan Ignacio machte ein paar Erwärmungsübungen.

»Ich bin heute voll drauf, hundert Prozent«, sagte er. »Ich fühle mich topfit, wie ein Bub von fünfzehn Jahren. Verdammt, es geht doch nichts über ein gesundes, geregeltes Leben.«

»Bei der Sonne werden wir vor die Hunde gehen«, sagte Joaquín.

Juan Ignacio stieß ein Lachen aus.

»Da fangen die Ausreden ja schon an«, sagte er spöttisch. »Ich konnte nichts sehen, wegen der Sonne, ich hatte den Wind gegen mich, die Möwen haben so laut geschrien, der Ball ist nicht richtig gesprungen. Ach, Don Joaquín, wann wirst du bloß lernen zu verlieren?« fügte er hinzu, und beide lachten.

Juan Ignacio machte ein paar Hockstrecksprünge und bekreuzigte sich.

»Fertig«, rief er. »Wenn du willst, können wir anfangen.«

»Wer zählt?« rief Joaquín von der anderen Seite des Spielfelds.

»Du bitte«, rief Juan Ignacio. »Das wird ja nicht allzu schwer, weil du über Null nicht hinauskommen wirst.«

Das Match begann. Joaquín spielte zunächst stärker als Juan Ignacio. Ohne große Schwierigkeiten sammelte er Punkte. Juan Ignacio wirkte an diesem Vormittag etwas langsam und unkonzentriert. Seine Schläge waren schwach und schlecht plaziert. Nur selten holte er einen Punkt.

»Sechs zu zwei, der erste Satz geht an mich«, rief Joaquín, nachdem er mühelos den Satzball gewonnen hatte.

»Fünf zu zwei, meintest du wohl«, verbesserte ihn Juan Ignacio. »Ein Spiel fehlt noch.«

»Ich bin mir absolut sicher, Juani. Der erste Satz ist zu Ende.«

»Hast du es eilig, oder was? Es fehlt noch ein Spiel, Mann. Fang bitte nicht mit deinen faulen Tricks an.«

Joaquín hatte keine Lust, sich lange zu streiten, und er hatte keine Schwierigkeiten, auch das nächste Spiel für sich zu entscheiden. Erst da akzeptierte Juan Ignacio, daß er den ersten Satz verloren hatte.

»Gut, jetzt ist aber die Pause vorbei«, rief er, bevor sie den zweiten Satz anfingen.

Er schlug nun mit mehr Kraft, aber fast alle seine Schläge gingen ins Aus oder ins Netz. Joaquín sammelte weiter Punkte, ohne sich übermäßig anzustrengen.

»Vier zu eins« rief er kurz darauf, als Juan Ignacio einen Ball weiter über die Außenlinie geschlagen hatte.

»Du tickst wohl nicht richtig«, schrie Juan Ignacio. »Drei zu eins, Mann.«

Juan Ignacio schien wütend zu werden. Es war sehr heiß, er verlor, und er verlor nicht gern.

»Nein, Juani«, sagte Joaquín. »Ich zähle, und ich bin mir sicher. Es steht vier zu eins, und du hast den Aufschlag.«

»Es ist doch nicht zu glauben, daß du so ein Trickser bist«, schrie Juan Ignacio und konnte nicht verbergen, daß er wütend war.

»Ich mache keine Tricks«, sagte Joaquín. »Ich zähle, weil du mich darum gebeten hast. Wenn du willst, zählen wir ab sofort gemeinsam.«

»Einverstanden«, sagte Juan Ignacio. »Drei zu eins. Ich habe Aufschlag.«

»Vier zu eins«, ließ Joaquín sich nicht beirren. »Das kann doch nicht sein, daß du das immer wieder mit mir machst, nur weil du am Verlieren bist, Juani.«

»Von wegen! Warum, verdammt noch mal, soll ich mich auf deine Trickserei einlassen, wenn ich sicher bin, daß es drei zu eins steht?«

Da wurde es Joaquín zuviel.

»Wir brauchen ja nicht weiterzuspielen«, sagte er und ging vom Platz.

»Verdammt«, schrie Juan Ignacio völlig außer sich. »Du willst mir drohen? Du stellst mir ein Ultimatum?«

Joaquín setzte sich auf eine Bank neben dem Spielfeld und wischte sich den Schweiß von der Stirn.

»Ich spiele nicht weiter«, sagte er. »So hat das keinen Sinn.«

»Du bist eine Mimose, eine scheiß Mimose«, schrie Juan Ignacio. »Wenn du nicht gewinnst, hat es keinen Sinn zu spielen, wie? Verdammtes Arschloch. Ich habe die Schnauze voll von deinen Launen, von deinen ewigen Zickereien. Wie ein kleines Fräulein!«

»Die Mimose bist du, du bist es, der faule Tricks macht, wenn du am Verlieren bist«, schrie Joaquín.

Er stand auf und ging zum Eingang des Tennisplatzes.

»Das Fräulein fühlt sich beleidigt, schmeißt den Schläger hin und geht«, rief Juan Ignacio spöttisch. »Das ist ja nicht zu glauben. Genauso ist deine ganze Lebenshaltung, Joaquín. Wenn es nicht immer nach deiner Nase geht, wenn die Dinge nicht so laufen, wie du es gerne hättest, scheißt du auf alles und haust ab. Das ist die Haltung eines Verlierers, jawohl. Das ist es, du bist ein Verlierer.«

Joaquín blieb stehen, drehte sich um und sah Juan Ignacio an.

»Bitte, fang nicht wieder mit deinem blöden Gerede von Siegern und Verlierern an«, sagte er.

Juan Ignacio stieß ein verkrampftes Lachen aus.

»Du willst es nicht hören, weil es die Wahrheit ist«, schrie er. »Du bist ein Verlierer, ein scheiß Verlierer, Joaquín. Du warst immer ein Verlierer, und du wirst immer ein Verlierer bleiben. Und das weißt du.«

»Vielleicht wirst du einmal ein Sieger sein, aber du bist ein Riesenarschloch«, schrie Joaquín.

»Halt's Maul, Verlierer, scheiß Schwuler«, schrie Juan Ignacio.

»Hast du etwas gesagt, Verónica?« schrie Joaquín.

»Sag das noch einmal, und ich schlage dir die Fresse ein, du Fotze«, schrie Juan Ignacio.

»Ich will dich nicht mehr sehen«, sagte Joaquín. »Ich haue ab.«

Er ging ins Apartment hoch, packte seine Koffer, fuhr hinunter in die Tiefgarage und stieg ins Auto. Er fuhr langsam aus dem Gebäude heraus und dachte nur, ich werde erst losheulen, wenn ich am Portier vorbei bin.

»Verlierer«, schrie ihm Juan Ignacio vom Tennisplatz hinterher.

DRITTER TEIL

Eine Woche Ferien

Joaquín aß gerade Frühstück, als das Telefon klingelte. Er nahm ab. Es war Luis Felipe, sein Vater. Sie hatten sich seit Monaten nicht gesprochen.

»Hallo, Junge«, sagte Luis Felipe in einem Ton, der Joaquín ungewöhnlich herzlich erschien. »Ich rufe dich an, weil ich beschlossen habe, mir eine Woche Urlaub zu gönnen, und die würde ich gern bei dir in Miami verbringen.«

Joaquín lebte allein in einer kleinen Wohnung in Key Biscayne. Er war nach Miami gegangen, weil er Lima satt hatte. Trotzdem bereute er es immer mehr, sein Land verlassen zu haben. Mit jedem Tag mehr haßte er die Hitze, die Moskitos und die Klimaanlagen von Key Biscayne.

»Na, das ist ja eine gute Idee!« sagte er.

»Weißt du, Junge, ich muß mal ein bißchen ausspannen und ein paar Tage dieses Chaos von Lima hinter mir lassen«, sagte Luis Felipe. »Ich habe in der Fabrik alle Hände voll zu tun. Wir haben Probleme mit der Gewerkschaft. Es gibt eingeschleuste Terroristen. Ich weiß nicht, ob ich dir erzählt habe, daß die Terroristen vor kurzem unseren Industrial Relations Manager umgebracht haben.«

»Verdammt, nein, habe ich gar nicht gewußt«, sagte Joaquín.

Er log. Er hatte die Nachricht in einer Nummer der Caretas gelesen, die er an der Tankstelle von Key Biscayne gekauft hatte.

»Du solltest dich irgendwie schützen, Papa«, fügte er hinzu, nur um seinem Vater zu schmeicheln.

»Tue ich auch, ich habe immer die 38er mit dem abgesägten Lauf und Martínez Lara bei mir«, sagte Luis Felipe.

»Wer ist denn Martínez Lara?«

»Na, mein Leibwächter.«

Luis Felipe lebte in ständiger Sorge um seine persönliche Sicherheit. Im Wandschrank seines Schlafzimmers bewahrte er eine stattliche Menge von Waffen und Munition auf. Jeden Abend holte er seine Waffen hervor, legte sie aufs Bett, reinigte sie gewissenhaft und zählte die Munition. An den Wochenenden traf er sich im Schützenverein mit zwei oder drei pensionierten Offizieren und schoß stundenlang mit seinen Gewehren und Pistolen, erhöhte seine Treffsicherheit und erörterte die geheimen Pläne der Terroristen. Luis Felipe pflegte zu sagen, in Peru muß man Freunde unter den Militärs haben, weil sie es sind, die letzten Endes bestimmen.

»Und wann würdest du kommen?« fragte Joaquín.

»Gleich morgen«, sagte Luis Felipe.

»Was, so schnell?«

»Wieso? Macht dir das Probleme?«

»Nein, nein. Überhaupt nicht. Ich freue mich riesig, daß du kommst, Papa.«

Joaquín hatte es noch nie gewagt, zu seinem Vater aufrichtig zu sein. Er zog es vor zu lügen, Ausflüchte zu ersinnen und artige Sprüche aufzusagen. Anschließend haßte er sich dann für seine Feigheit.

»Wenn es dir nicht paßt, sag es ruhig«, sagte Luis Felipe. »Vielleicht willst du lieber ungestört sein, Junge. Dann gehe ich ins Sonesta, und wir kommen uns nicht ins Gehege.«

»Auf was für Ideen du kommst, Papa. Es ist toll, wenn du bei mir wohnst.«

»Prima, dann wohne ich bei dir. Ich habe vor, eine Woche am Strand zu liegen, mein Bierchen zu trinken und meine Zigarette zu rauchen. Abends müssen wir dann ins Lokal vom Sonesta gehen und uns den Wanst vollhauen, oder?«

»Hört sich sehr gut an, Papa«, sage Joaquín und dachte dabei, daß es sich verdammt schlecht anhörte.

»Gut, dann rufe ich dich heute abend noch mal an, um dir zu sagen, wann meine Maschine ankommt«, sagte Luis Felipe.

»Bitte vergiß nicht, mir Bescheid zu geben, damit ich dich vom Flugplatz abholen kann.«

»Nein, Mann, mach dir bloß keine Umstände. Ich nehme ein Taxi, das geht schon.«

»Auf keinen Fall, Papa. Ich hole dich vom Flugplatz ab.«

»Ausgezeichnet, ausgezeichnet. Dann rufe ich dich heute abend an.«

»Tschau, Papa. Danke für deinen Anruf.«

Joaquín legte den Hörer auf, ging in die Küche und machte den Kühlschrank auf. Es war erst kurz nach zehn, aber er war so nervös, daß er eine ganze Kilopackung Schokoladeneis aufaß.

»Hallo, Joaquín, ich bin's, Papa, bist du da?«

Es war die Stimme Luis Felipes, die über den Anrufbeantworter kam. Joaquín war eingeschlafen, als er sich im Fernsehen die Letterman Show angesehen hatte. Er sprang aus dem Bett und ging ans Telefon.

»Hallo, Papa«, sagte er.

»Hallo, Joaquín. Ich hoffe, ich störe nicht.«

»Nein, nein. Ich habe gerade ferngesehen.«

»Hör mal, ich rufe nur an, um dir zu sagen, daß ich mein O.K. für morgen bekommen habe. Ich bin siebzehn Uhr dreißig in Miami.«

»Wann?«

»Um siebzehn Uhr dreißig. Meinetwegen auch: halb sechs.«

Luis Felipe hatte es immer gemocht, wie ein Militär zu sprechen. Er sagte ›positiv, negativ‹ anstatt ›ja, nein‹ oder ›Sichtweite null‹ anstatt ›ich sehe nichts‹.

»Gut«, sagte Joaquín, »welche Fluggesellschaft nimmst du?«

»American Airlines natürlich«, sagte Luis Felipe. »Ich fliege nicht mit peruanischen Flugzeugen, Junge. Ich bin schließlich kein Selbstmörder.«

Sie lachten.

»Hör mal, ich wollte dich um einen kleinen Gefallen bitten, bei dem ich auf deine Verschwiegenheit rechne«, sagte Luis Felipe.

»Sag schon, Papa. Alles, was du willst.«

»Ich wollte, daß du dir ein paar Sachen notierst, die du schon mal für mich einkaufst.«

»Schieß los. Papier und Kugelschreiber habe ich hier.«

»Dann schreib: zwei Flaschen Stolichnaya, zwei Flaschen Johnnie Walker Black label, zwei Dutzend Büchsen Budweiser (aber kein light, das richtige Bier wie immer), ein paar Büchsen Tomatensaft, damit ich mir meine Bloody Mary machen kann, ein paar Flaschen Rotwein und zwei Stangen Camel.«

»Geht klar«, sagte Joaquín. Und dachte, dieser ausverschämte Kerl glaubt wohl, er fährt ins Feldlager, oder was.

»Ich gebe dir dann einen Scheck für deine Auslagen, Junge«, sager Luis Felipe.

»Kein Problem, Papa.«

»Alles klar dann?«

»Alles okay, Papa. Alles klar.«

Joaquín hätte am liebsten gesagt, ›kehrt marsch!, verdammte Scheiße, warum läßt du mich nicht in Ruhe mein Leben leben, warum schüttest du dir nicht die Birne bei deinen Generalsfreunden zu, in einem dieser deprimierenden Offiziersclubs, in denen die Leute herumballern, Schwachsinn reden und sich vollaufen lassen, um schließlich in einer dieser riesigen Toiletten zu landen, in denen es Kotzbecken gibt, die einzigen offiziell als solche anerkannten Kotzbecken in Lima‹.

»Bis morgen dann, Junge«, sagte Luis Felipe. »Ich freue mich, dich nach so langer Zeit mal wieder zu sehen.«

Joaquín legte auf und sah weiter die Letterman Show. Es gelang ihm nicht, sich zu entspannen und seinen Spaß an der Sendung zu haben, wie sonst fast jeden Abend. Er war gereizt. Er versuchte zu masturbieren, um ruhiger zu werden, aber auch das gelang ihm nicht. Er mußte zwei Xanax nehmen, um einzuschlafen.

Luis Felipe kam langsam von der Einreisekontrolle auf dem Flughafen von Miami gelaufen. Er trug ein blaues Jackett, graue Hosen, eine weinrote Krawatte und hatte eine Sonnenbrille auf. Bevor Joaquín ihn begrüßte, beobachtete er ihn einen Moment: Er kam ihm älter und abgezehrter vor als das letztemal, als er ihn gesehen hatte.

»Papa«, sagte er zu ihm.

Luis Felipe drehte sich um, erblickte seinen Sohn und lächelte.

»Hallo, Junge«, sagte er. »Ich dachte schon, du wärst nicht gekommen.«

Joaquín wußte nicht, ob er ihn umarmen, ihm einen Kuß auf die Wange geben oder ihm einfach nur die Hand drücken sollte. Luis Felipe ergriff die Initiative und umarmte ihn. Joaquín roch den schlechten Atem seines Vaters.

»Wie war der Flug?« fragte er und spürte, daß seine Stimme schüchtern und dünn geklungen hatte. Ihm fiel ein, wie sein Vater ihm immer gesagt hatte, ›red nicht wie ein Spielzeugpüppchen, verdammt, das hört sich ja an, als ob deine Stimme aus dem Arsch kommt, bei uns Männern kommt die Stimme aus den Klöten‹.

»Keine besonderen Vorkommnisse«, sagte Luis Felipe und schob die Kinnlade hin und her, ein nervöser Tick, der sich mit den Jahren verstärkt hatte.

»Kann ich deinen Koffer nehmen?«

»Nein. Laß nur, den trägt das Negerlein.«

Ein magerer, schwarzer Gepäckträger in Uniform trug Luis Felipes Koffer und pfiff dabei mit unbekümmerter Miene ein Liedchen.

»Verflucht, ist ja eine Mordshitze hier«, sagte Luis Felipe, als sie ins Freie kamen.

»Keine Angst, es sind nur ein paar Schritte bis zum Auto«, sagte Joaquín.

Sie liefen zum Parkhaus. Luis Felipe schwitzte. Er trocknete sich die Stirn mit einem Tuch ab, das seine Initialen LFC trug.

»Wo steht das Auto?« fragte der Gepäckträger mit starkem karibischen Akzent.

»Wir sind gleich da«, sagte Joaquín.

In Wirklichkeit wußte er nicht mehr, wo es stand. Er hatte vergessen, in welchem Stockwerk er das Auto abgestellt hatte.

Luis Felipe, Joaquín und der Kofferträger liefen in der brütenden Hitze, ohne zu wissen, wo sie waren. Plötzlich blieb der Kofferträger stehen.

»Bis hierher und nicht weiter«, sagte er und stellte den Koffer neben Luis Felipe ab.

»Was ist los, Freundchen«, sagte Luis Felipe.

»Wenn Sie nicht wissen, wo das Auto steht, dann ist das nicht meine Schuld«, sagte der Gepäckträger. »Ich muß zurück an die Arbeit.«

»Dann geh doch«, sagte Luis Felipe und steckte die Hände in die Hosentaschen.

Joaquín wurde nervös. Er wußte, daß sein Vater stets bereit war, die erstbeste Kanaille, die ihm über den Weg lief, windelweich zu schlagen.

»Macht fünf Dollar«, sagte der Gepäckträger.

Luis Felipe sah seinen Sohn an und lächelte.

»Dieser scheiß Nigger glaubt, zwei Vollidioten vor sich zu haben«, sagte er zu ihm.

Dann sah er mit finsterem Blick den Gepäckträger an.

»Du kriegst von mir kein Trinkgeld, oder du läufst gefälligst weiter«, sagte er zu ihm.

»Wenn Sie mir nicht mein Geld geben, rufe ich die Polizei«, sagte der Gepäckträger.

»Na, dann lauf, ich warte hier so lange«, sagte Luis Felipe

drohend. »Wir werden ja sehen, ob sie einem scheiß Neger wie dir glauben oder einem Herren wie mir.«

»Red nicht so mit mir, Arschloch«, schrie der Gepäckträger.

»Hier, da haben Sie ihre fünf Dollar«, sagte Joaquín und hielt dem Gepäckträger einen Geldschein hin.

Der Gepäckträger nahm den Schein und ging fort.

»Affen wie du gehören in den Käfig«, schrie ihm Luis Felipe hinterher. »Scheiß Krokodil, verfluchtes.«

Der Gepäckträger drehte sich nicht um. Er machte eine obszöne Geste und lief weiter.

»Sauhund von Neger«, zischte Luis Felipe.

»Wart hier auf mich, Papa«, sagte Joaquín. »Ich komme gleich mit dem Wagen, damit wir den Koffer nicht tragen müssen.«

Dann rannte er durch das Parkhaus und suchte sein Auto. Er suchte in höheren und tieferen Stockwerken, lief zu mehreren Autos, die so aussahen wie seins, dachte schon, daß man sein Auto gestohlen hätte und daß sein Leben mit seinem Vater wieder zur Hölle werden würde, als er sah, wie Luis Felipe immer unruhiger wurde und sich in einen nervösen, verängstigten älteren Herrn ohne Persönlichkeit verwandelte, bis er endlich schweißdurchtränkt doch noch seinen Wagen fand. Er stieg schnell ein, schaltete die Alarmanlage ab und fuhr zu der Stelle, wo sein Vater wartete.

»Entschuldige die Verzögerung, Papa, aber ich habe den Wagen nicht gefunden«, sagte er, kaum daß er ausgestiegen war, und nahm den Koffer von seinem Vater.

»Du verbummelst ja deine Sachen immer«, murmelte Luis Felipe.

Joaquín lächelte und dachte: Scheiß Alter, wärst du bloß in Lima geblieben.

Als Luis Felipe in Joaquíns Wohnung kam, ließ er sich erst einmal in einen Sessel fallen und steckte sich eine Zigarette an.

»Zur Stärkung ein kleiner Whisky?« fragte Joaquín.

»Ja, bitte. Einen doppelten, und ohne Wasser. Mit zwei Stükken Eis, nicht mehr.«

Joaquín ging in die Küche, goß den Schnaps ein und gab ihn seinem Vater.

»Du wirst müde sein«, sagte er.

»Nach zwei anständigen Whiskys bin ich wieder wie neugeboren«, sagte Luis Felipe und trank einen Schluck.

Sie verstummten.

»Die Einkäufe, die du mir aufgetragen hast, habe ich übrigens alle erledigt«, sagte Joaquín dann.

»Prima. Wieviel bekommst du von mir?«

»Nein, Papa, ich habe es nicht wegen des Geldes gesagt.«

Luis Felipe holte ein paar Geldscheine heraus und gab sie ihm.

»Danke«, sagte Joaquín und steckte das Geld weg.

»Mir scheint, es war eine gute Idee von dir, eine Wohnung in Key Biscayne zu nehmen«, sagte Luis Felipe, ein Stück Eis lutschend.

»Meinst du wirklich?« fragte Joaquín.

»Na, wenn ich in Miami wohnen würde, wäre es für mich überhaupt keine Frage, ich würde auch auf dieses Inselchen ziehen, gefällt mir prima«, sagte Luis Felipe. »Hier gibt es keine Neger, nur wenige Gringos (und das ist ein Vorteil, weil wenn es viele Gringos gibt, kommt man sich irgendwie blöd vor, nicht?), und die Leute, die es gibt, kommen aus guter Familie, wie wir. Du weißt ja, daß meine beiden Brüder auch Apartments in Key Biscayne haben. Juan Francisco hat eins in Key Colony, und Carlos hat eins in El Commodore, mit einer phantastischen Aussicht.«

Juan Francisco und Carlos waren sympathischer, erfolgreicher und wohlhabender als Luis Felipe. Sie wohnten in La Planicie und verbrachten die Sommer in Las Palmas, im Süden von Lima. Sie hatten sehr gute Geschäfte gemacht, dank derer sie bequem und ruhig leben konnten. Beide hatten sie sich ihr

Bauchfett absaugen lassen, was Luis Felipe mit einem spöttischen Lächeln zu kommentieren pflegte, als würde er sagen, ›meine Brüder mögen zwar mehr Geld haben als ich, aber ich bin nicht so verschwult wie sie, daß ich mir heimlich in einer Klinik in Miami den Schwimmring absaugen lasse‹.

»Und du, Papa, warum kaufst du dir nicht auch ein Apartment in Miami?« fragte Joaquín und setzte sich zu seinem Vater. »Du könntest ab und zu herkommen und dich erholen.«

»Keine schlechte Idee«, sagte Luis Felipe. »Aber du weißt ja, Junge, ich bin Peruaner bis in die Eier, nicht wie die jungen Leute wie du, die bei der ersten Gelegenheit irgendwohin abhauen.«

»Tja«, sagte Joaquín, »für meine Generation ist Patriotismus ein schlechter Witz.«

Er nahm das Glas seines Vaters und ging in die Küche, um nachzuschenken. Luis Felipe steckte sich eine Zigarette an.

»Es stört dich doch nicht, daß ich rauche, oder?« fragte er.

»Nein, absolut nicht«, sagte Joaquín. »Fühl dich wie zu Hause.«

Er log schon wieder. Er haßte es, wenn bei ihm geraucht wurde. Er hätte Lust gehabt zu sagen, ›ja, Papa, es kotzt mich wahnsinnig an, wenn du hier qualmst, es kotzt mich an, daß du meine Wohnung mit Zigarettengestank verpestest, weil du nicht weißt, was es mich für Arbeit gekostet hat, den Gestank nach Qualm hier rauszukriegen, als ich sie vor kurzem gemietet habe, der Vormieter war ein kubanischer Arzt, der muß wie ein Schlot geraucht haben, und ich habe einen ganzen Monat damit zugebracht, Raumsprays zu zerstäuben, Duftblätter in alle Ecken der Wohnung zu legen und diese kleinen Pilze aufzstellen, die schlechte Gerüche absorbieren, und alles, damit du jetzt ankommst und großkotzig hier herumqualmst, ohne daß es dich im geringsten juckt, nein, alter Sack, übertreib es nicht, wenn du rauchen willst, kein Problem, aber dann heb deinen Arsch hoch und geh an den Strand‹.

Luis Felipe öffnete eine Schiebetür und ging auf den Balkon hinaus.

»Scheiße, das ist ja die reinste Sauna«, sagte er und trank einen Schluck.

Joaquín ging ebenfalls auf den Balkon. Die Luft war heiß und schwül.

»Und wie sieht es in Lima aus?« fragte er.

Luis Felipe holte tief Luft, wie um sich mehr Gewichtigkeit zu verleihen.

»Beschissen, Junge, absolut beschissen«, sagte er. »Auch wenn es viele Leute nicht begreifen: Wir haben Bürgerkrieg. Man muß ständig im Alarmzustand sein, in Verteidigungsbereitschaft, damit du beim ersten Terroristen, der dir über den Weg läuft, die Pistole ziehst und ihn erledigst.«

»Schlimm«, sagte Joaquín.

Sie verstummten.

»Erzähl davon nichts deiner Mutter, aber ich bin bedroht bis in die Eier«, sagte Luis Felipe dann.

»Was, im Ernst?«

»Ich bin dreimal durch anonyme Anrufer in der Fabrik bedroht worden. Sie haben mir gesagt, ich stehe auf der schwarzen Liste, weil unsere Fabrik an die Terroristen keine Revolutionssteuer abgeführt hat. Die sollen sich zum Teufel scheren, diese Indiosauhunde. Ich habe mich nicht mein Leben lang abgerackert, damit diese scheiß Terroristen jetzt kommen und versuchen, mich zu erpressen.«

Luis Felipe war jetzt so erregt, daß er fast schrie.

»Du solltest vielleicht öfter nach Miami kommen, Papa«, sagte Joaquín.

»Ich lasse mich von niemandem aus meinem Land verjagen, Kind«, sagte Luis Felipe. »Diese Schwuchteln sollen gehen! Ich bleibe!«

Keiner sagte etwas. Sie schwitzten. Es war sehr heiß.

»Nicht bewegen, nicht bewegen!« sagte Luis Felipe plötzlich.

Er hob seine rechte Hand, gab seinem Sohn eine Ohrfeige und zeigte ihm die Hand: Ein Blutfleck war auf ihr.

»Da war ein Moskito«, sagte er lächelnd. »Ich bin vielleicht alt, aber meine Reflexe funktionieren noch.«

»Gut, gut, der Whisky hat mir Appetit gemacht«, sagte Luis Felipe und rieb sich den Bauch. »Was hältst du davon, wenn wir ins Lokal vom Sonesta gehen und ordentlich mampfen?«

Joaquín mochte das Restaurant nicht, aber er sagte nichts, weil er seinen Vater nicht enttäuschen wollte.

»Eine Sekunde, ich will mich nur noch mit einem Mittel gegen die Moskitos einsprayen«, sagte er.

Er ging ins Bad und besprühte sich die Arme und den Hals mit einem Aerosol.

»Nein, danke«, sagte Luis Felipe. »Das sind Schwulitäten der Gringos, Junge.«

Joaquín lächelte müde.

»Ich mache das, nachdem mich die Moskitos ein paarmal fast aufgefressen haben. Seitdem gehe ich nicht mehr aus dem Haus, ohne mich einzusprayen.«

Im stillen dachte er: Hoffentlich machen sie Brei aus dir, alter Sack.

Sie verließen das Apartment und gingen zum Auto hinunter.

»Wie anders man sich fühlt, wenn man ohne Pistole auf die Straße geht, ohne Handy, ohne einen Cholo im Rücken, der dir überallhin nachfolgt«, sagte Luis Felipe, als sie die Treppen hinuntergingen.

»Muß ja wirklich furchtbar sein, so leben zu müssen.«

»Das ist, weil wir in Peru im Bürgerkrieg leben, Sohn. Und dieser Krieg war schon seit Jahren absehbar. Dieser Krieg fing mit Velasco an, diesem Sauhund, der Peru so großen Schaden zugefügt hat. Der Terrorismus kommt daher, daß Velasco die Cholos aufgeweckt hat und sie den Weißen gleichgestellt hat.«

»Das ist es, Papa«, sagte Joaquín und schloß das Auto auf.

»Nein, wir gehen lieber zu Fuß«, sagte Luis Felipe. »Ein kleiner Spaziergang wird mir jetzt guttun. Da kann ich unterwegs eine rauchen.«

Das Hotel Sonesta war fünf oder sechs Straßen weiter.

»Wie du meinst«, sagte Joaquín.

Sie verließen das Haus zu Fuß. Luis Felipe steckte sich eine Zigarette an, zog tief den Rauch ein und sah zum Himmel hoch, an dem nicht eine Wolke war. Dann redete er weiter.

»Gut, wie ich schon gesagt habe, das Problem in Peru ist folgendes. Die Sache ist ganz klar, sonnenklar. Das Problem ist, daß die Weißen und die Cholos sich hassen, aber sie brauchen sich auch. Ich weiß nicht, ob du mich verstehst: Wir Weißen mögen die Cholos nicht, wir reden schlecht von den Cholos, die Cholos stinken uns, wir meiden die Cholos, kannst du mir folgen?«

»Ja, ja.«

»Aber das Dumme ist, daß wir Weißen ohne die Cholos nicht leben können, Joaquín. Weil, wer arbeitet dann für uns in den Fabriken, wer sind unsere Arbeitskräfte? Das müssen die Cholos sein, wer sonst. Und wer sind unsere Dienstmädchen, unsere Köchinnen und unsere Wäscherinnen? Das müssen die Cholas sein, wer sonst.«

»Klar.«

»Und viceceversa (oder wie sagt man?, du mußt das wissen, du bist der Intellektuelle der Familie), umgedreht mögen die Cholos uns Weiße auch nicht. Sie schauen mit Neid zu uns auf. Sie hegen eine scheiß Rachsucht gegen uns. Sie würden gern so sein wie wir. Sie können es aber nicht, weil sie Cholos sind, Brownies, Yetis. Wer als Cholo geboren wurde, stirbt als Cholo. Er kann ein Cholo mit Geld werden, ein weißer Cholo, aber wer als Cholo geboren wird, stirbt als Cholo, alles andere ist Quatsch. Und was passiert? Daß die Cholos uns hassen, uns aber ebenfalls brauchen, kannst du mir folgen?«

»Ja, ja.«

»Weil sie keine Erziehung haben, weder das Geld noch die Intelligenz, um sich in der Geschäftswelt zu behaupten. Nimm einem Weißen ein Unternehmen weg, gib es einem Cholo, und du wirst sehen, bevor der Hahn einmal gekräht hat, ist das Unternehmen im Arsch. Der Cholo muß für den Weißen arbeiten, Sohn, das ist Gesetz. Er kann nicht allein arbeiten, weil er sich betrinkt, den Frauen hinterherläuft und pleite geht. Das ist die große Tragödie Perus: daß die Weißen und die Cholos sich hassen, aber auch nicht voneinander loskommen.«

»Klar.«

»Und jetzt, man kann natürlich auch weggehen aus Peru, man kann seine Sachen verkaufen und woanders hinziehen, wie es so viele Freunde von mir gemacht haben, aber das ist idiotisch, weil im Ausland bist du ein Niemand, Sohn. Außerhalb von Peru bist du immer ein Ausländer, ein Bürger zweiter Klasse. Für mich ist ein Latino in Miami sein dasselbe wie ein Cholo in Lima sein – die Gringos sehen immer auf dich herab.«

»Du hast recht, Papa.«

»Ich bin viel in der Welt herumgekommen, und ich sage dir eins, Sohn: In den Vereinigten Staaten gibt es klar voneinander getrennte gesellschaftliche Stufen. Zuerst sind da die Weißen, und das muß natürlich so sein. Danach kommen die Hunde und Katzen (ha, in diesem Land leben die Hunde und Katzen wie die Könige). Weiter unten kommen die Neger, die keine Sklaven mehr sind, aber immer Krokodile bleiben werden, jawohl. Und als letztes, als letztes Rad am Wagen gibt es da noch die Latinos.«

Plötzlich schwieg Luis Felipe und zerklatschte ein Moskito, das gerade dabei war, ihm in den Arm zu stechen.

»Mistvieh, diese Moskitos beißen ganz schön zu«, sagte er. »Man könnte glauben, sie hätten Zähne.«

Joaquín lächelte und dachte: Geschieht dir recht, alter Sack, du mußt ja immer alles besser wissen.

»Ich habe einen Mordshunger«, sagte Luis Felipe, als sie das Restaurant des Sonesta betraten. »Ich habe einen solchen Hunger, daß ich einen ganzen Ochsen mit Haut und Haaren verspeisen könnte.«

Eine Frau mit mandelförmigen Augen empfing sie und führte sie an einen Tisch. Das Lokal war ziemlich leer. Wie in einigen Restaurants in Lima war auf der Terrasse ein künstlicher Teich mit bunten Fischen angelegt.

»Ich bringe Ihnen gleich die Karte«, sagte die Frau und zog sich zurück.

Sie sprach spanisch wie die meisten Einwohner Miamis.

»Bei dieser Chinesin läuft einem glatt die Spucke im Mund zusammen«, sagte Luis Felipe und sah der Frau hinterher.

»Ja, sie ist sehr hübsch«, sagte Joaquín.

»Wie alt wird die Kleine sein?« fragte Luis Felipe. »Zwanzig, zweiundzwanzig, mehr nicht. Die ißt bestimmt noch mit den Händen, wie?«

Sie lachten. Die Frau kehrte mit der Speisekarte zurück. An der Brust trug sie ein Schildchen, auf dem ihr Name stand: Kim.

»Haben Sie gewählt?« fragte sie.

»Ja, wir haben gewählt«, sagte Luis Felipe, rieb sich die Hände und betrachtete ungeniert die Brüste der Frau.

»Sie wünschen?« fragte sie.

Luis Felipe bestellte mehrere Gerichte.

»Da wäre noch was, was ich gern hätte«, fügte er mit einem Lächeln hinzu.

»Ja, bitte?« sagte sie.

»Ich hätte gern Sie, Kim«, sagte Luis Felipe.

Sie lächelte und schlug sich mit der Hand vor den Mund.

»Gibt's nicht, Señor«, sagte sie. »Steht nicht auf der Speisekarte.«

»Verflucht schade«, sagte Luis Felipe. »Ich hätte sonstwas gegeben für ein Schäferstündchen mit einer so schönen Frau wie Ihnen.«

In diesem Moment haßte Joaquín seinen Vater. Er fand ihn vulgär und abstoßend.

»Danke, Sie sind sehr liebenswürdig«, sagte sie.

»Sag mal, Chinita, ist deine Muschi auch so ein Schlitz wie deine Augen?« fragte Luis Felipe und wieherte los vor Lachen.

Sie lächelte sehr professionell und ging in die Küche zurück.

»Diese Chinesin muß eine von der Sorte sein, die schreit«, murmelte Luis Felipe und schaute ihr dabei auf den Hintern.

»Gieß dir einen Whisky ein, Mann«, sagte Luis Felipe. »Stell dich nicht so an. Wo dich doch dein Vater besuchen gekommen ist.«

»Gut, aber nur einen, zur Gesellschaft«, sagte Joaquín.

Sie waren zurück in der Wohnung. Joaquín goß ihnen beiden ein und setzte sich zu seinem Vater.

»Prost«, sagte Luis Felipe.

»Prost, und herzlich willkommen«, sagte Joaquín.

Sie stießen an und verstummten.

»Joaquín, ich muß mit dir von Mann zu Mann reden.«

»Red nur, Papa. Wir können über alles sprechen. Worüber du willst.«

Luis Felipe steckte sich eine Zigarette an und stieß in Ringen den Rauch aus.

»Deine Mutter und ich, wir wollen uns trennen«, sagte er mit ernster Stimme.

Joaquín machte ein erstauntes Gesicht.

»Was? Das wußte ich nicht«, sagte er.

»Ja, wir haben die Entscheidung in gegenseitiger Abmachung oder Agreement, oder wie die Scheiße heißt, getroffen.«

»Verdammt, hatte ich keine Ahnung von.«

»Das Problem ist, daß deine Mutter die Trennung nicht will. Du weißt doch, sie ist eine Fanatikerin der Religion, und wie es aussieht, erlauben es ihr die Pfaffen vom Opus Dei nicht. Und sie tut nun mal nicht den geringsten Schritt, ohne daß die Betbrüder vom Opus Dei ihr Ja und Amen dazu geben.«

»Ja, das ist schon eine Plage mit dem Opus Dei.«

Luis Felipe trank einen Schluck und schlug die Beine übereinander.

»Es ist ein Jammer, immerhin sind wir seit fast dreißig Jahren verheiratet«, sagte er.

»Dreißig Jahre ist eine lange Zeit«, sagte Joaquín.

»Aber die Sache ist im Arsch, da ist nichts mehr dran zu löten. Diese Scheißschwulen vom Opus Dei (entschuldige, wenn ich so zu dir rede, Sohn, aber wir sind ja unter Männern, wie?), diese Schwuchteln haben aus deiner Mutter nach und nach einen anderen Menschen gemacht. Wie die Ameisen haben sie gearbeitet, um mir ins Knie zu ficken, und letzten Endes haben sie es geschafft. Eins kann man nicht bestreiten, diese Sauhunde sind intelligent.«

Joaquín nickte.

»Das kann man nicht bestreiten«, sagte er.

»Als ich sie kennenlernte, war deine Mutter ein lustiges, normales Mädchen. Sie ging zur Messe und hatte ihre religiösen Ideen, klar, wie jedes Mädchen aus guter Familie in Lima, aber sie war keine religiöse Fanatikerin, wie sie es jetzt ist. Diese Typen vom Opus Dei haben ihr Flausen in den Kopf gesetzt, sie haben ihr eingeredet, ich wäre ein Stück Scheiße, ich wäre ihr Feind. Und für sie ist, was das Opus Dei sagt, Gesetz.«

»Unglaublich.«

Luis Felipe schob die Kinnlade hin und her, ein Zeichen großer Nervosität.

»Deine Mutter (ich will nicht schlecht reden von deiner Mutter, ich habe große Achtung vor ihr), deine Mutter geht mir mörderisch auf die Eier, und entschuldige bitte, wenn ich so zu dir rede, mit dieser Offenherzigkeit«, sagte er.

»Kein Problem, Papa.«

»Will ich einen Schluck Whisky trinken, regt sich deine Mutter auf, sie zetert herum und erzählt irgendwelchen Blödsinn. Vor meinen Gästen sagt sie zu mir, ich wäre Alkoholiker. Verflucht, wie kann sie so etwas behaupten, Mann. Ich bin doch kein Alkoholiker. Ich trinke nur mal einen Schluck, um den Blutdruck zu senken, wie das jeder Geschäftsmann in Lima tut. Will ich mit meinen Freunden essen gehen, zetert die Alte herum und sagt, ich soll mein Geld nicht mit meinen Saufkumpanen, das sind ihre Worte, zum Fenster rausschmeißen. Verflucht und zugenäht, ich darf nicht mit meinen Freunden essen gehen, und sie darf spenden für die Schwulen vom Opus Dei?«

Er rülpste und redete weiter.

»Wenn ich mal einen Sonntag nicht zur Messe gehe, weil ich mich die ganze Woche abgerackert habe wie ein Pferd und am Sonntag im Bett bleiben und meine Zeitungen lesen und fernsehen will, macht deine Mutter ein Faß auf und redet den ganzen Tag kein Wort mehr mit mir, verfluchtes Miststück das.«

»Furchtbar.«

»Kurz und gut, nach einem scheiß Tag, nachdem ich in der Fabrik arbeiten mußte, wo ich eingeschleuste Terroristen habe, die mich umbringen wollen, komme ich nach Hause, in mein eigenes Haus, und habe keine Ruhe. Statt dessen macht mir deine Mutter das Leben zur Hölle. Alles, was ich sage, ist falsch. Nur was die Schwuchteln vom Opus Dei sagen, ist richtig.«

»Schrecklich.«

»Das kann so nicht weitergehen, Sohn. Diese Ehe ist, entschuldige, wenn ich das so sage, im Arsch.«

Luis Felipe trank einen Schluck und rülpste noch einmal. Joaquín blieb stumm.

»Natürlich werde ich weiterhin für deine Mutter aufkommen, ich werde sie nicht auf der Straße lassen«, fuhr Luis Felipe fort. »Aber eins ist klar, ich werde ihr nur soviel Geld geben, wie sie braucht. Keinen Heller mehr. Weil es mir auf den Sack geht, wenn ich sehe, wie sie mich bluten läßt, wie sie mir das Geld aus der Tasche zieht, um es dem Opus Dei zu geben. Du kannst dir nicht vorstellen, was für ein Heidengeld deine fanatische Mutter Scheck für Scheck für Scheck dem Opus Dei zukommen läßt.«

»Hauptsache, euch beiden geht es gut, Papa«, sagte Joaquín. »Wenn es besser für euch ist, getrennt zu leben, denke ich, ist es gut, wenn ihr euch trennt.«

Luis Felipe sah seinem Sohn in die Augen. Es war ein harter, bohrender Blick.

»Das heißt, du unterstützt mich?« fragte er ihn.

Joaquín senkte den Blick.

»Na ja, ich weiß nicht richtig«, sagte er. »Das kommt alles ziemlich überraschend für mich, Papa.«

»Ich muß wissen, ob mein ältester Sohn auf meiner Seite ist, oder ob er zu seiner Mutter und den Schwulen vom Opus Dei hält«, sagte Luis Felipe mit drohender Stimme.

»Ich halte zu dir, Papa, aber ich bin auch nicht gegen Mama«, sagte Joaquín. »Ich bin für euch beide.«

Luis Felipe schlug mit der Faust auf den Tisch.

»Das geht nicht, das geht nicht«, schrie er.

Joaquín erschrak.

»Entweder für mich oder für sie«, schrie Luis Felipe. »Man kann nicht für beide sein. Bist du für mich oder für die Alte?«

»Ich bin für dich, Papa«, sagte Joaquín.

Luis Felipe lächelte.

»So gefällst du mir, Sohn«, sagte er. »Ich wußte ja, daß du mich nicht im Stich lassen würdest.«

Später, als er sich im Bett wälzte und vergeblich versuchte einzuschlafen, fühlte sich Joaquín als Feigling.

Am nächsten Morgen stand Joaquín auf, ging aus seinem Schlafzimmer und traf seinen Vater dabei an, wie er in Unterhosen Frühstück machte.

»Guten Morgen, Joaquín«, sagte Luis Felipe.

Er hatte einen breiten, kräftigen, behaarten Körper. Um seinen Hals hing ein Goldkettchen mit einer Medaille von der Jungfrau Maria.

»Hallo, Papa«, sagte Joaquín. »Was machst du denn hier?«

»Ein anständiges Soldatenfrühstück«, sagte Luis Felipe. »Rührei mit Speck. Du weißt doch, Frühstück ist die wichtigste Mahlzeit am Tag.«

»Danke, aber ich passe.«

»Nun komm schon, Junge, du mußt ordentlich essen. Du bist mager, klapperdürr, wie ein Streichholz. Wenn ein Hurrikan kommt, fliegst du weg wie Stück Papier.«

Sie lachten. Joaquín machte den Fernseher an. Luis Felipe servierte das Frühstück. Sie setzten sich an den Küchentisch, aßen, ohne zu reden, und sahen dabei im Fernsehen die Nachrichten.

»Wer geht zuerst ins Bad?« fragte Luis Felipe, als sie fertig gefrühstückt hatten.

»Wie du willst«, sagte Joaquín.

»Dann gehe ich erst schnell unter die Dusche.«

Luis Felipe nahm eine People und ging ins Bad.

Beim Abwaschen des Geschirrs erinnerte sich Joaquín daran, wie er und sein Vater im Haus in Chaclacayo zusammen duschten. Jeden Morgen wachte sein Vater ziemlich früh auf und sagte, »komm, wir gehen schnell unter die Dusche«. Joaquín ging nie gern mit seinem Vater ins Bad, aber er traute sich nicht, es ihm zu sagen. Dann gingen sie gemeinsam ins Bad, Luis Felipe zog sich aus und stellte sich unter die Dusche, und Joaquín setzte sich aufs Klo und wartete darauf, daß sein Vater mit dem Duschen fertig würde. Eines Morgens seifte sich Luis Felipe gerade seine Genitalien ein, als Joaquín ihn dabei beobachtete, und Luis Felipe fragte ihn, »was guckst du so?«, und Joaquín wurde rot, schlug die Augen nieder und sagte, »nichts«, und Luis Felipe sagte zu ihm, »bei dir werden der Schwanz und die Eier auch noch wachsen, wenn du mal groß bist«, und Joaquín dachte, daß er nie einen Schwanz und Eier haben wollte wie sein Vater.

Luis Felipe kam aus dem Bad heraus, um die Hüfte ein Handtuch geschlungen.

»Fertig«, sagte er. »Komm, geh schnell unter die Dusche, wir müssen in einen Laden in Hialeah fahren, um Waffen zu kaufen.«

»Ich brauche höchstens fünf Minuten, Papa«, sagte Joaquín und beeilte sich, ins Bad zu kommen.

Nachdem Luis Felipe und Joaquín sich ein paarmal verfahren hatten, erreichten sie den Waffenladen in Hialeah. Joaquín war verärgert, weil sein Vater ihm nicht richtig den Weg beschrieben hatte. Ein Angestellter des Geschäfts empfing sie. Er sprach spanisch und trug eine Guayabera. Er sagte, er sei Kubaner. Der Laden hatte keine Klimaanlage. Der Kubaner schwitzte.

»Ich bin peruanischer Unternehmer und muß ein paar Dinge für meinen persönlichen Schutz kaufen«, sagte Luis Felipe.

»Wenn ich Ihnen helfen kann, gern«, sagte der Verkäufer.

»Ich brauche ein paar Handfeuerwaffen«, sagte Luis Felipe.

»Wir haben eine große Auswahl an Handfeuerwaffen vorrätig, aber laut Gesetz müssen sie eine bestimmte Frist im voraus bestellt werden«, sagte der Verkäufer.

Luis Felipe holte eine Visitenkarte aus seiner Tasche und zeigte sie dem Verkäufer.

»Jack schickt mich«, sagte er leise.

»Das ist was anderes«, sagte der Verkäufer. »Ich bringe Ihnen sofort den Katalog.«

»Das ist nicht nötig«, sagte Luis Felipe und gab ihm ein mit Schreibmaschine geschriebenes Blatt. »Hier steht, was ich brauche.«

Der Verkäufer las das Blatt und runzelte die Stirn.

»Ist die Lage in Peru so schlimm?« fragte er.

»Beschissen, absolut beschissen«, sagte Luis Felipe.

Joaquín nickte.

»Gut, wenn Sie mir gestatten, werde ich Ihre Bestellungen

heraussuchen«, sagte der Verkäufer und verschwand hinter ein paar Vorhängen im Lager des Geschäfts.

»Entweder dieser affektierte Fettsack rückt mir die Waffen raus, oder ich werde ihn auf Zehenspitzen Mambo tanzen lassen«, sagte Luis Felipe.

Joaquín lachte.

»Wie viele Pistolen willst du kaufen, Papa?« fragte er.

»Vier Revolver, keine Pistolen«, sagte Luis Felipe. »Ein Revolver ist sicherer. Bei Pistolen bleibt manchmal die Kugel stecken.«

»Alle für dich, Papa?«

»Nein, zwei für mich, eine für deine Mutter und eine für meinen Leibwächter.«

Joaquín fiel ein, wie er als Kind von Luis Felipe immer Spielzeug-Maschinenpistolen geschenkt bekam und Maricucha sie ihm dann wegnahm und sagte, »ich will nicht, daß du ein Waffennarr wirst wie dein Vater«.

»Bist du sicher, daß Mama eine Pistole benutzen wird, Papa?« fragte er.

»Deine Mutter wird allein leben, Sohn. Ich muß ihr irgendeinen Schutz geben.«

Sie verstummten.

»Eigentlich solltest du auch eine Waffe tragen«, sagte Luis Felipe.

»Danke, Papa, aber ich brauche keine.«

»Man weiß nie, Sohn, man weiß nie. Einen Revolver trägt man wie ein Kondom bei sich: Man weiß nie, wann man es braucht.«

Sie lachten. Der Verkäufer kam mit ein paar Kartons aus dem Lager zurück.

»Hier sind Ihre Bestellungen, geschätzter Freund«, sagte er und stellte die Kartons auf den Verkaufstresen. »Vier Smith & Wesson sowie die dazugehörige Munition. Hoffentlich müssen Sie sie nie benutzen.«

»Und ob ich sie benutzen will!« sagte Luis Felipe. »Ich wäre überglücklich, wenn ich von den Terroristen ein paar zur Strecke bringen könnte.«

»Bei den Kommunisten hilft nur eine harte Hand, mein Freund«, sagte der Verkäufer. »Darin stimmen wir total und mathematisch überein.«

Luis Felipe holte seine goldene Kreditkarte hervor und bezahlte.

»Und wann stürzt dieser Hundesohn von Fidel?« fragte er.

»Auf alle Fälle noch dieses Jahr«, schrie der Verkäufer und schlug mit der Faust auf den Tisch.

»Das sagt ihr Kubaner schon seit dreißig Jahren«, sagte Luis Felipe und ließ ein Gelächter ertönen.

»Gut, und jetzt an den Strand«, sagte Luis Felipe, als sie in Joaquíns Wohnung zurückkamen.

Er stellt die Kartons in der Küche ab, stellte die Klimaanlage kälter ein und packte eine Badehose aus.

»Ich bleibe noch einen Moment und erledige ein paar Anrufe, Papa«, sagte Joaquín.

Er hatte keine Lust, an den Strand zu gehen, und schon gar nicht mit seinem Vater. Er war nie gern an den Strand gegangen. Als kleiner Junge hatte ihn sein Vater jeden Sommer an den Silencio mitgenommen, und es war furchtbar. Wenn sie ankamen, mußte er als erstes den Sonnenschirm aufstellen: Joaquín verstand es nicht gut, das Loch in den Sand zu graben, und am Ende fiel der Sonnenschirm immer um. Danach spielten sie Federball. Joaquín haßte es, vor allen Leuten Federball spielen zu müssen, weil er merkte, daß sich der halbe Strand darüber halbtot lachte, wie schlecht er und sein Vater spielten. Aber das schlimmste war, wenn sie ins Wasser gingen. Vor dem Silencio gab es im Meer ein tiefe Stelle, und die machte ihm angst. Er hatte nämlich gehört, daß viele Menschen in diesem Wasserloch ertrunken waren, und darum zitterte er vor Angst, wenn er ins

Meer ging, er bekreuzigte sich und konnte nichts anderes denken als, »das Loch wird mich verschlingen, das Loch wird mich bis auf den Meeresboden hinunterziehen, und ich werde all den Ertrunkenen begegnen«. Und er aß auch nicht gern das Mittag, das sein Vater an den Strandkiosken kaufte: Er haßte es, Cebiche essen zu müssen, er haßte, daß er danach aus dem Mund nach Zwiebeln roch, er haßte es, die Meeresfrüchte kosten zu müssen, nach denen sich sein Vater alle Finger ableckte. Und schließlich der Sonnenbrand: Joaquín war es verboten, Sonnencreme zu benutzen, weil sein Vater sagte, »nur Schwule benutzen Sonnencreme und solch Zeug«, und darum war jedesmal, wenn sie vom Strand zurückkamen, seine Haut von der Sonne verbrannt, und nachts konnte er nicht schlafen, weil sein ganzer Körper glühte, und er haßte den Sonnenbrand, haßte den Strand, haßte seinen Vater.

»Du kommst dann nach?« fragte Luis Felipe.

»Klar, Papa«, sagte Joaquín. »Ich komme gleich runter.«

Luis Felipe zog sich im Wohnzimmer um, zog Sandalen an und legte sich ein Handtuch über die Schultern.

»Wollen wir doch mal schauen, wie die Gringas so sind«, sagte er mit durchtriebenem Lächeln. »Vielleicht angle ich mir eine.«

Sie lachten. Luis Felipe ging los. Als er allein war, fing Joaquín erst einmal an, das Wohnzimmer sauberzumachen und aufzuräumen. Er ging mit Staublappen, -wedel und -sauger zu Werke. Er zerstäubte überall Duftspray, um den Schnaps- und Zigarettengeruch aus der Wohnung herauszubekommen. Dann erblickte er die Brieftasche seines Vaters. Er öffnete sie. Er sah die Kreditkarten, die Krankenversicherungen, die Familienfotos. Plötzlich entdeckte er ein Foto, das seine Aufmerksamkeit weckte. Es war das Bild einer jungen Frau. Er kannte sie nicht. Die Frau war blond. Ihr Mund war knallrot angemalt. Sie lächelte. Joaquín drehte das Foto um. Auf der Rückseite las er: »Für meinen Jaguar, in Liebe«. Er lachte auf und steckte das Foto dahin zurück, wo er es gefunden hatte.

»Ach, Jaguar, bei dir ist Hopfen und Malz verloren«, murmelte er.

Plötzlich mußte er an seine Mutter denken. Sie tat ihm leid. Er griff zum Telefon und rief sie an. Während er das Freizeichen hörte, ging ihm durch den Kopf, daß er sie seit Monaten nicht angerufen hatte. Nicht einmal zu ihrem Geburtstag habe ich sie angerufen, dachte er. Irma, eines der Dienstmädchen von Luis Felipe und Maricucha, nahm ab. Joaquín erkannte ihre Stimme.

»Tag, Irma, ich bin's, der junge Joaquín«, sagte er. »Kann ich meine Mutter sprechen?«

»Augenblick, ich hole sie«, sagte Irma.

Joaquín hatte Irma nie leiden können. Es störte ihn, daß Maricucha sie so verwöhnte, daß sie ihr teure Sachen in Camino Real kaufte und sie zum Gewürzkuchenessen ins Cherry's mitnahm.

»Liebling, das ist ja ein Wunder, daß du anrufst! Wie denn das?« fragte Maricucha, kaum war sie am Telefon.

»Einfach so, Mama«, sagte Joaquín. »Ich hatte eben Lust, dich anzurufen.«

»Da freue ich mich aber, mein Junge. Ich weiß gar nicht, wie du lebst. Du machst dich rar, du Undankbarer.«

»Was gibt es Neues bei euch, Mama? Wie geht es dir?«

»Ach, Kind, es könnte nicht besser sein, wie du dir vorstellen können wirst. Dein Vater ist nämlich für ein paar Tage verreist und gönnt uns Ferien von ihm«, sagte sie und prustete vor Lachen los, und er hörte, daß Irma in Maricuchas Lachen einfiel.

»Kann ich mir vorstellen«, sagte er. »Du mußt ja richtig aufatmen.«

»Als ob man eine schwere Last von mir genommen hätte, mein Lieber.«

»Mama, Papa hat mir erzählt, er hätte genug von dir und daß ihr euch trennen wollt. Ist das wahr?«

Maricucha antwortete nicht gleich.

»Ach, Liebling, wahr ist, daß ich nicht mehr weiß, was ich mit deinem Vater machen soll«, sagte sie.

»Aber wenn du ihn satt hast, worauf wartest du dann?«

»Eine kirchlich getraute Ehe aufzulösen ist Todsünde, Joaquín. Ich habe eine Verpflichtung vor Gott.«

»Mama, bitte sei nicht altmodisch.«

»Der Glaube kommt nie außer Mode, mein Engel. Mir bleibt nur, zu beten, weiter mein Kreuz zu tragen und den Herrn zu bitten, daß er mir Kraft verleiht.«

»Dann wollt ihr euch also nicht trennen?«

»Ich kann mich nicht trennen, mein Liebling. Ich kann nicht Gott im Himmel eine Ohrfeige geben.«

Joaquín dachte bei sich, daß seine Mutter frömmlerisch und dumm sei, und ärgerte sich über sie.

»Mama, glaubst du, daß Papa fremdgeht?« fragte er.

»Dein Vater wird seine Sünden vor unserem Herrgott verantworten müssen«, sagte Maricucha. »Es steht mir nicht an, ihn zu richten.«

»Oder ist es dir egal, wenn Papa fremdgeht?«

»Das einzige, worauf es mir ankommt, ist, meine Seele zu retten und mich im Himmel mit meinen über alles geliebten Kindern wieder zu vereinen, allen voran mit dir, mein Joaquín.«

Er stieß ein Lachen aus, als lachte er über sie.

»Bete, mein Liebling«, sagte sie. »Du mußt immer wieder beten. Vergiß nicht, die Fürbitte des Vaters zu beten, die ich dir geschickt habe.«

»Bete du lieber für mich.«

»Ich bete jeden Tag einen Rosenkranz für dich, mein Liebling.«

»Gut, Mama, ich muß jetzt an den Strand.«

»Tschau dann, mein Joaquín. Vergiß nicht, dich mit deiner Coppertone Lotion einzureiben, von den Sonnenstrahlen bekommt man Krebs, und ich will nicht, daß du vor mir in den Himmel kommst, ja, mein Liebling?«

Joaquín legte den Hörer auf und dachte, daß es eigentlich verständlich war, daß Luis Felipe ab und zu eine schön junge, schön geile und schön blonde Frau brauchte, die ihm, wenn sie in einem Drei-Sterne-Hotel Liebe machten, ins Ohr stöhnte, »ja, mein Jaguar, zerfleische mich«. Dann zog er seine Badehose an und ging hinunter an den Strand.

An diesem Tag machte Luis Felipe im Bett seines Sohnes einen Mittagsschlaf. Joaquín ertrug nicht das Schnarchen seines Vaters und ging darum ein bißchen in Key Biscayne spazieren. Als er in seine Wohnung zurückkehrte, saß sein Vater im Wohnzimmer und trank einen Schnaps.

»Sohn, wir müssen miteinander reden«, sagte Luis Felipe.

»Was ist, Papa?« sagte Joaquín und setzte sich zu ihm.

»Gieß dir erst mal einen Schluck ein.«

»Nein, danke, Papa. Du weißt doch, ich trinke nicht.«

»Wer hätte das geglaubt, daß aus meinem Sohn ein Abstinenzler wird, der keinen Tropfen verträgt«, sagte Luis Felipe. »Ich muß immer daran denken, wie du mal bei Onkel Federico betrunken warst. Eine Blamage war das!«

Damals hatte Luis Felipe Joaquín zu einem Diner im Hause seines Schwagers Federico Orellana mitgenommen, eines der angesehensten Anwälte Limas. Als sie bei Orellana ankamen, hatte Joaquín das Gefühl, fehl am Platze zu sein: An diesem Diner nahmen nur lauter Erwachsene teil, und er war gerade erst dreizehn. Wenig später sagte Luis Felipe zu ihm, »du bist schon groß, Junge, gieß dir einen Pisco sour hinter die Binde, damit du lernst, deinen Mann zu stehen«. Joaquín trank drei Pisco sour und fühlte sich gleich viel lockerer. Er traute sich nun auch, sich in das Gespräch zu mischen, das sein Vater mit anderen Herren führte. Er wollte ebenfalls seine Meinung zu den politischen Angelegenheiten loswerden. So kam es, daß er plötzlich sagte, »es ist erforderlich, daß alle politischen Tendenzen zu einem Konsens über die brennendsten Fragen der Nation kommen«.

Er wollte demonstrieren, daß er die Zeitungen gelesen hatte und genauso wie ein Erwachsener reden konnte. Luis Felipe sah ihn überrascht an und sagte, »wie es aussieht, ist dem Jungen der Schnaps zu Kopfe gestiegen, potztausend«, und die Umstehenden schütteten sich aus vor Lachen. Joaquín hätte vor Scham im Erdboden versinken mögen und beschloß, kein Wort mehr zu sagen. Kurz darauf wurde ihm schwindlig. Er lief zur Toilette und versuchte, die Tür zu öffnen. Es ging nicht. Die Toilette war besetzt. Er klopfte an die Tür. Er hielt es nicht mehr lange aus. Dann kam der Senator Soto aus der Toilette, Joaquín erkannte ihn, weil er ihn oft im Fernsehen gesehen hatte, und Joaquín konnte nicht mehr. Er erbrach sich vor seinen Füßen, der Senator sperrte entsetzt seinen Mund auf, sagte, »o Gott, wie der kotzt!« und entfernte sich eiligst.

»Kommen wir gleich zur Sache, Sohn«, sagte Luis Felipe. »Als ich eben aufgewacht bin, habe ich mir mal deine Bücher angesehen, und um ehrlich zu sein, ich mache mir große Sorgen um dich.«

Joaquín warf einen Blick auf seine Bücher. Er stellte fest, daß sie in Unordnung waren. Luis Felipe steckte sich eine Zigarette an und redete weiter.

»Du weißt, ich nehme kein Blatt vor den Mund«, sagte er. »Ich habe noch nie gern um den heißen Brei herumgeredet. Ich habe deine Bücher nicht gelesen, und ich will sie nicht lesen, aber ich bin äußerst beunruhigt, jawohl.«

Joaquín hörte ihm zu, er knabberte dabei an den Fingernägeln.

»Ich mische mich nicht in dein Privatleben, Sohn, aber es kann nicht sein, daß du diese ganzen Schwulenbücher hast«, sagte Luis Felipe. »Das muß doch sehr schädlich sein für dich, Junge.«

Joaquín schlug die Augen nieder. Er spürte, daß ihm das Gesicht vor Scham glühte.

»Willst du nicht irgend etwas dazu sagen?« fragte Luis Felipe.

»Nein«, sagte Joaquín.

Da geriet Luis Felipe in Rage.

»Verdammt, mach nicht so ein Gesicht wie die Unschuld vom Lande«, schrie er. »Du mußt doch krank sein, wenn du diesen Scheiß liest. Diese Bücher sind der reine Dreck, Sohn. Und wenn ich dir das sage, dann darum, weil ich dir helfen will. Du bist ein Mann mit den Eiern am rechten Fleck. Du bist mein Sohn und mußt die Ehre unseres Namens hochhalten.«

Joaquín lächelte mit einem Anflug von Spott. Luis Felipe schlug mit der Faust auf den Tisch.

»In meiner Familie gibt es keine Schwulen und wird es keine Schwulen geben«, schrie er. »Ich werde das nicht zulassen.«

Er trank einen Schluck Whisky und atmete tief durch, als versuchte er, sich zu beruhigen.

»Hör mal, Sohn, wir schließen einen Vertrag«, sagte er. »Ich biete dir meine ganze Hilfe an, damit du dieses Problem überwindest. Ich biete dir meine finanzielle Hilfe an, damit du zu allen Ärzten und Psychiatern gehst, zu denen du möchtest. Bis du geheilt bist. Ich stelle nur eine Bedingung: versprich mir, daß du aufhörst mit deinen Schwulitäten und dich benimmst wie ein Mann mit den Klöten am rechten Fleck.«

»Das kann ich dir nicht versprechen, Papa«, sagte Joaquín. »Ich hätte das Gefühl, dir etwas zu versprechen, was ich nicht halten kann.«

»Mumpitz, Menschenskind, Mumpitz«, schrie Luis Felipe. »Du willst kein Schwuler sein. Du bist verwirrt, das ist alles. Du mußt dich einfach zusammenreißen, Sohn.«

Dann stand er etwas schwerfällig auf. Er wirkte erschöpft.

»Wir werden diese Schwulenbücher auf der Stelle wegwerfen«, sagte er. »Gib mir einen Müllsack, und wir fangen an, dich von dieser Krankheit zu kurieren.«

Unvermittelt begann Luis Felipe, die Bücher von den Regalbrettern herunterzuholen. Joaquín hatte diese Bücher in den

Buchläden von Miami gekauft. Es waren Erzählungen und Romane über gleichgeschlechtliche Liebe.

»Gib mir einen Müllsack, Sohn«, sagte Luis Felipe. »Hilf mir, diesen Dreck rauszuschaffen.«

Joaquín stand auf. Er spürte, daß ihm die Beine zitterten.

»Ich will meine Bücher nicht wegwerfen, Papa«, sagte er. »Bitte, faß meine Bücher nicht an.«

Überrascht schob Luis Felipe das Kinn hin und her.

»Ich habe dich nicht gefragt, ob du sie wegwerfen willst«, schrie er. »Ich habe dir gesagt, daß wir sie wegwerfen werden. Bring mir jetzt einen Müllbeutel, verdammt noch mal.«

Joaquín preßte die Hände gegen die Schläfen und brach in Tränen aus.

»Heul nicht, verdammt, heul nicht«, sagte Luis Felipe. »Ich werde deine Bücher nicht wegwerfen. Behalt ruhig deine Schwulenbüchlein. Wenn du eine Schwuchtel sein willst, ist mir das scheißegal.«

Er warf einen Packen Bücher auf den Teppich und machte eine Geste der Verachtung.

»Aber ich werde dann auch nicht eine Minute länger hierbleiben«, fügte er hinzu. »Ich werde diese Schwulitäten nicht gutheißen.«

Er sammelte seine Sachen zusammen und fing an einzupacken.

»Ruf mir ein Taxi«, sagte er.

Joaquín ging in sein Schlafzimmer und bestellte ein Funktaxi. Als Luis Felipe mit dem Packen fertig war, ergriff er seinen Koffer.

»Hilf mir bei den Waffen«, sagte er.

Joaquín nahm die Kartons mit den Waffen, die sein Vater am Vormittag gekauft hatte. Sie verließen das Apartment und warteten neben der Portiersloge. Luis Felipe steckte sich eine Zigarette an. Joaquín bemühte sich, nicht zu weinen. Als das Taxi kam, stieg Luis Felipe ein und fuhr ab, ohne ein Wort zu sagen.

Das Telefon klingelte. Joaquín nahm ab. Es war Maricucha.

»Hallo, mein Liebling«, sagte sie. »Mit was für einer Grabesstimme meldest du dich denn?«

»Hallo, Mama. Was gibt's?«

»Weißt du, Joaquín, ich rufe dich an, weil mich dein Anruf sehr beunruhigt hat. Ich habe hin und her überlegt, ich habe mit meinen Freundinnen gesprochen, und ich glaube, ich sollte so schnell wie möglich kommen.«

»Du willst nach Miami kommen?«

»Ich bin in großer Sorge, mein Liebling. Es darf nicht sein, daß dein Vater zu dir fliegt, um schlecht von mir zu reden, von seiner eigenen Frau, von deiner Mutter, die dich so vergöttert. Er hat einfach kein Recht dazu. Man muß die Dinge an ihren Platz rücken.«

»Und was soll das bringen, wenn du nach Miami kommst? Du machst alles nur noch komplizierter, Mama.«

»Nein, mein Liebling. Ich muß mit deinem Vater von Angesicht zu Angesicht reden. Ich muß meine Ehe retten.«

Er lachte.

»Mama, ich bitte dich, für deine Ehe gibt es keine Rettung«, sagte er.

»Das sagst du, weil du ein Ungläubiger bist, aber ich werde bis zum Ende kämpfen, um meine Ehe zu retten.«

»Mama, falls du es noch nicht weißt, Papa hat eine Geliebte.«

Keiner sagte etwas.

»Kind, bitte, ich möchte dich doch um etwas mehr Achtung vor deiner Mutter bitten«, sagte sie.

»Im Ernst, Mama. Ich habe ein Foto in seiner Brieftasche gesehen. Es ist so ein junges Ding mit gefärbten Haaren. Auf der Rückseite des Fotos steht: »Für meinen Jaguar, in Liebe«.«

»Denk dir nicht irgendwelche Sachen aus, Joaquín. Du hast immer einen Hang zur Unwahrheit gehabt.«

»Ich schwöre dir, es ist die Wahrheit, Mama.«

»Gut, dann muß ich erst recht nach Miami fliegen.«

Er bereute, daß er das Foto in der Brieftasche seines Vaters erwähnt hatte.

»Mama, überleg es dir gut«, sagte er.

»Ich habe es mir schon überlegt, und zwar mehr als einmal, Söhnchen. Außerdem habe ich meinen geistigen Führer zu Rate gezogen, und er hat die Reise hundertprozentig gebilligt.«

»Was weiß denn dein geistiger Führer von der Ehe, wo er doch in seinem Leben nie verheiratet war?«

Jetzt wurde Joaquín ärgerlich, und er konnte es nicht verhehlen.

»Ich will nicht mit dir streiten, Söhnchen«, sagte sie. »Ich weiß, du hast riesige Antikörper gegen das Opus, etwas, das du leider von deinem Vater geerbt hast.«

Er hörte einen Piepton in der Leitung.

»Mama, warte bitte eine Sekunde, ich bekomme gerade einen Anruf«, sagte er.

»Was?«

»Leg nicht auf. Ich bin gleich wieder dran.«

Joaquín drückte einen Knopf und ging auf die andere Leitung.

»Joaquín, hier spricht dein Vater«, hörte er.

Es war Luis Felipes heisere Stimme.

»Hallo, Papa, wie geht's«, sagte Joaquín.

»Ich bin jetzt im Sonesta. Willst du nicht vorbeikommen, und wir gehen essen? Ich will nicht, daß wir im Streit auseinandergehen. Ich will so nicht aus Miami abfliegen.«

»Papa, ich habe gerade ein Gespräch mit Mama auf der anderen Leitung.«

»Wo ist die Alte?«

»In Lima.«

»Uff, hast du mir einen Schreck eingejagt.«

»Mama scheint sehr aufgeregt zu sein. Sie sagt, sie hat die Absicht, nach Miami zu kommen.«

»Das hat sie dir gesagt?«

»Hm.«

»Gib sie mir mal. Ich muß ihr ein paar Takte erzählen.«

»Das geht nicht, Papa, ich kann euch nicht miteinander verbinden.«

»Du hast ihr doch nichts davon gesagt, daß wir eine kleine Diskussion hatten, oder? Sie will doch nicht etwa deshalb kommen?«

»Nein, Papa, wie kommst du darauf.«

»Deine Mutter ist krank, Joaquín. Sie hat es mit den Nerven. Sie steht unter Tabletten, du mußt gut aufpassen, was du zu ihr sagst.«

»Keine Sorge, Papa.«

»Gut, ich werde sie gleich anrufen, um sie zur Raison zu bringen. Und du komm vorbei, wann du willst, damit wir zusammen essen gehen.«

»Genial. Danke.«

Joaquín ging wieder auf die andere Leitung.

»Sorry, Mama, es war Papa«, sagte er.

Maricucha hatte aufgelegt.

Luis Felipe kam aus dem Fahrstuhl des Sonesta. Joaquín wartete auf ihn an der Rezeption. Luis Felipe klopfte ihm auf die Schulter und gab ihm einen Kuß auf die Wange.

»Donnerwetter, du hast dich ja in Schale geworfen«, sagte er.

Joaquín lächelte, er fühlte sich geschmeichelt. Er hatte seinen elegantesten Anzug angezogen.

»Aber eine konstruktive Kritik muß ich trotzdem loswerden«, sagte Luis Felipe, als sie zum Haupteingang des Hotels liefen.

»Und die wäre?«

»Das Brut, das du genommen hast, ist Cholo-Diesel, Junge.«

Joaquín lächelte überrascht. Er hatte sich tatsächlich mit etwas Brut bestäubt, bevor er zum Sonesta gefahren war.

»Danke für den Tip«, sagte er und bemühte sich zu verbergen, daß er sich über die Bemerkung seines Vaters ärgerte.

»Nun trag es mir nicht nach, Menschenskind, dir kann man aber auch überhaupt nichts sagen.«

»Schon in Ordnung, Papa.«

Sie verließen das Hotel und winkten ein Taxi heran.

»Findest du es okay, wenn wir zum Stefano's fahren?« fragte Luis Felipe.

»Wunderbar«, sagte Joaquín.

»Ich habe gehört, dort soll man die besten Weiber von Key Biscayne finden, oder?«

»Ja, habe ich auch gehört.«

Sie stiegen in ein Taxi. Luis Felipe sagte dem Fahrer, er solle sie zum Stefano's bringen, und sie fuhren los.

»Ich habe mit der Alten gesprochen«, sagte Luis Felipe.

»Und, was hat sie gesagt?« fragte Joaquín.

»Sie ist sauer, weil ich sie nicht mitgenommen habe.«

»Ach, ja?«

»Ja. Sie beklagt sich, daß ich sie nie mitnehme, wenn ich verreise. Wäre ich ja auch schön blöd, wo ich mich doch gerade von deiner verrückten Mutter erholen will.«

Sie lachten.

»Ich glaube, sie will sich nicht von dir trennen, Papa«, sagte Joaquín.

»Die Sache ist die, daß das verdammte Frauenzimmer in den Wechseljahren ist und einem darum ständig auf die Eier geht.«

Sie lachten von neuem, als besiegelten sie eine neue Komplizenschaft.

»Glaubst du, daß sie kommt?« fragte Joaquín.

»Gnade ihr Gott! Ich habe ihr strikt untergesagt, die Kreditkarte zu benutzen.«

»Hoffentlich hört sie auf dich.«

Sie verstummten.

»Ich werde dir einen Rat geben«, sagte Luis Felipe. »Gib nie einer Frau eine Kreditkarte. Niemals.«

»Danke, Papa.«

Kurz darauf hielt das Taxi vorm Eingang des Stefano's. Luis Felipe und Joaquín stiegen aus und gingen ins Restaurant. Eine junge Frau brachte sie an einen Tisch in der Nähe der Tanzfläche, auf der nur wenige Leute waren.

»So ein Haufen geile Weiber«, sagte Luis Felipe und rieb sich zufrieden die Hände.

»Wollen wir wetten, das sind fast alles Kubanerinnen«, sagte Joaquín.

»Verdammt, diese Kubanerinnen haben Ärsche wie Außenbordmotoren«, sagte Luis Felipe mit durchtriebenem Lächeln. »Riesenärsche, richtige Prachtexemplare.«

Sie lachten. Luis Felipe rief einen Kellner und bestellte für sie beide etwas zu trinken. Der Kellner notierte die Bestellung und zog sich zurück.

»Der soll ruhig ein bißchen rennen. Da kann er wenigstens nicht mehr so viel herumschwuchteln«, sagte Luis Felipe mit verächtlichem Gesicht. »Guck mal, wie der läuft. Man könnte glauben, der hat ein Geldstück zwischen den Arschbacken.«

Sie lachten. Der Kellner kehrte mit den Getränken zurück. Luis Felipe erhob sein Glas.

»Auf daß wir weiter Freunde bleiben«, sagte er.

»Prost«, sagte Joaquín.

Sie stießen an. Sie tranken.

»An der Bar ist ein Weib, das uns die ganze Zeit anschaut«, sagte Luis Felipe leise.

Joaquín betrachte die Frau an der Bar. Sie war blond. Sie lächelte.

»Findest du sie hübsch?« fragte er.

»Hübsch?« sagte Luis Felipe. »Verdammich, mit der möchte man am liebsten Hubschrauber spielen.«

Joaquín lachte. Für einen Moment wollte er der Macho und Frauenheld sein, den sein Vater in ihm vermißte.

»Wie geht das, Hubschrauberspielen?« fragte er.

»Du hebst ihr Kleid hoch, stemmst das Pianola und läßt sie aufgespießt kreiseln«, sagte Luis Felipe mit gesenkter Stimme.

Sie lachten. Die Frau lächelte ihnen zu.

»Die ist bestimmt schon so feucht, daß ihre Möse Blasen schlägt«, sagte Luis Felipe. »Warum gehst nicht zu ihr hin und fragst sie, ob sie einen Schluck mit uns trinkt?«

»Mal sehen, ob sie anbeißt«, sagte Joaquín.

Er stand auf und ging zu der Frau an der Bar.

»Sprechen Sie spanisch?« fragte er sie.

»Aber klar, Schatz«, sagte sie. »Wer nicht spanisch spricht, soll sich fortscheren aus Miami.«

»Mein Vater möchte Sie fragen, ob Sie zu uns an den Tisch kommen würden und mit uns einen Schluck trinken«, sagte Joaquín.

»Sehr liebenswürdig von Ihrem Vater«, sagte sie. »Von mir aus gern.«

Joaquín und die Frau gingen zum Tisch von Luis Felipe, der aufstand und der Frau die Hand küßte.

»Welche Ehre, mich Ihrer Gesellschaft erfreuen zu dürfen«, sagte er zu ihr.

»Ganz meinerseits«, sagte sie.

Sie nahmen alle drei Platz. Luis Felipe klatschte in die Hände und bestellte etwas für die Frau.

»Sie sind die schönste Frau dieser Insel«, sagte er zu ihr.

Sie lächelte und nestelte an ihrem Kleidausschnitt.

»Vielen Dank«, sagte sie.

»Ich heiße Luis Felipe und stehe Ihnen zu Diensten. Das hier ist mein Sohn Joaquín.«

»Sehr angenehm. Ich heiße Charitín.«

Aus den Lautsprechern des Stefano's erklang eine fiebrige Merengue.

»Darf ich Sie um die Ehre bitten, mit mir ein Tänzchen zu wagen, Señorita Charitín«, sagte Luis Felipe.

Charitín stand sofort auf. Sie schien große Lust zu haben zu tanzen.

»Von mir aus, sehr gern«, sagte sie.

Luis Felipe nahm Charitín bei der Hand und ging mit ihr tanzen. Joaquín stand vom Tisch auf und ging auf die Toilette. Als er zurückkam, sah er, daß sein Vater immer noch mit Charitín tanzte. Die Musik war furchtbar. Der Saal war verqualmt. Die Leute fand er abstoßend. Er beschloß zu gehen. Er verließ das Stefano's und lief zu Fuß zu seiner Wohnung zurück.

Joaquín schlief noch halb, als er ans Telefon ging. Es war kurz nach neun Uhr morgens. Er war am Abend zuvor spät ins Bett gekommen. Der Kopf tat ihm weh. Seine Haare rochen nach Qualm.

»Hallo, Joaquín. Du schläfst noch um die Zeit?«

Es war Luis Felipe.

»Hallo, Papa.«

»Wie war dein Abend noch? Du warst ja so schnell weg?«

»Na ja. Ich wollte dir freie Bahn lassen bei der Kubanerin.«

Luis Felipe lachte.

»Schönen Dank für diese Kavaliersgeste von dir, Junge«, sagte er. »Du bist immer so zuvorkommend.«

»Und, wie war es mit Charitín?«

»Säuisch gut. Ich habe sie ins Hotel mitgenommen.«

»Im Ernst?«

»Das ist eine Bestie, die Charitín. Ich habe sie die ganze Nacht gerammelt. Ach, verdammt, diese kleine Kubanerin ist eine Zuckerschnecke. Ich kam mir vor mit ihr, als wäre ich so jung wie du.«

Sie lachten.

»Das freut mich für dich«, sagte Joaquín.

»Danke, danke. Hör mal, Junge, warum kommst du nicht zum Brunch vorbei?«

»Charitín ist bei dir?«

»Ja. Im Moment ist sie gerade im Bad. Ich habe sie wohl ein bißchen ramponiert, so wie ich sie durchgeknallt habe«, sagte Luis Felipe und wieherte los vor Lachen.

Joaquín lachte müde.

»Ich weiß nicht, Papa«, sagte er. »Es ist noch so früh. Ich habe noch keinen Hunger.«

»Sei kein Spielverderber. Laß dich nicht lange bitten. Ich will nicht weg, ohne mich von dir zu verabschieden.«

»Du fliegst ab?«

»Charitín und ich starten heute nachmittag zu einer Kreuzfahrt.«

»Toll.«

»Nur für zwei Tage. Ich muß mal ausspannen, Joaquín.«

»Verstehe.«

»Du kommst?«

»Gut. Ich dusche mich, und dann mache ich mich auf den Weg.«

Eine Weile später betrat Joaquín das Hotel Sonesta.

»He, bist du nicht Peruaner?« fragte ihn ein Hotelboy an der Rezeption.

»Ja«, sagte Joaquín. »Kennen wir uns?«

»Ich bin auch Peruaner«, sagte der Boy. »Ich habe dich ein paarmal im Nirvana gesehen.«

Der Typ war klein, korpulent, mit schwarzen Haaren und dunklen Augen. Er trug eine braune Uniform wie alle Hotelboys des Sonesta.

»Ich heiße Peter«, sagte er.

»Angenehm. Joaquín.«

Sie gaben sich die Hand.

»Was treibst du hier?« fragte Peter.

»Nichts Besonderes«, sagte Joaquín. »Und du?«

Peter schaute auf seine Uniform.

»Ich jobbe, wie du siehst«, sagte er.

»Und, auszuhalten, der Job?«

»Einigermaßen. Es ist nur ein Anfang, mehr nicht. Wenigstens bin ich nicht in Lima. Ich hatte die Nase voll von Lima.«

»Verstehe, verstehe. Bist du schon lange hier?«

»Nein, noch nicht, ein halbes Jahr etwa. Den Job hier habe ich erst seit einem Monat. Vorher habe ich mich mit dem Verkaufen von Papageien durchgeschlagen.«

»Papageien?«

»Als ich hier herkam, habe ich eine Zeitlang bei meiner Cousine gewohnt, die hat ein Papageiengeschäft in Bayside. Ich habe ihr bei den Papageien geholfen, derweil ich Ausschau hielt nach etwas Besserem. Es war aber zum Kotzen, die Papageien haben herumkrakeelt wie Scheiße, ich bin fast taub geworden. Irgendwann war es mir zuviel, ich habe einem Papageien, der hundert Dollar kostete, den Hals umgedreht, und meine Cousine hat mich entlassen.«

Sie lachten.

»Vielleicht können wir uns irgendwann mal sehen«, sagte Joaquín.

»Klar, gute Idee«, sagte Peter.

Sie ließen sich an der Rezeption einen Zettel geben und tauschten ihre Telefonnummern aus.

»Gut, ich muß wieder an die Arbeit«, sagte Peter.

»Viel Glück«, sagte Joaquín.

Sie gaben sich die Hand. Joaquín ging in den Speisesaal des Hotels. Luis Felipe und Charitín saßen an einem Tisch am Fenster, Seite an Seite.

»Hallo, Junge«, sagte Luis Felipe, als er ihn erblickte.

»Hallo, Papa«, sagte Joaquín.

Er küßte seinen Vater auf die Wange und gab Charitín die Hand. Sie trug dasselbe Kleid wie am Abend zuvor.

»Nimm Platz, nimm Platz«, sagte Luis Felipe.

Joaquín setzt sich hin.

»Ein schöner Tag heute«, sagte er mit einem Blick auf den Strand.

»Himmlisch«, sagte Charitín.

»Nimm dir ordentlich zu essen, der Brunch ist so lecker, daß man sich die Finger ablecken möchte«, sagte Luis Felipe.

»Vielen Dank, aber ich habe keinen Hunger«, sagte Joaquín.

»Verdammt, du hast ja nie Hunger«, sagte Luis Felipe. »Ich verstehe nicht diese jungen Leute von heute, die sich von Joghurt und Obst ernähren. In deinem Alter habe ich drei Liter Milch am Tag getrunken, Joaquín.«

»Darum bist du auch so fit, Darling«, sagte Charitín.

»Ich jedenfalls hol mir noch was«, sagte Luis Felipe.

Er stand auf und ging an den Tisch, wo das Essen stand.

»Dein Daddy ist super charming«, sagte Charitín, während sie einen Obstsalat aß.

»Wirklich?« fragte Joaquín.

»Charming im wahrsten Sinne des Wortes«, sagte Charitín. »Ein Kavalier der alten Schule.«

»Und was machst du sonst so?« fragte sie Joaquín.

Charitín nestelte an ihrem Kleidausschnitt.

»Ich bin professionelles Model«, sagte sie.

Joaquín machte ein überraschtes Gesicht.

»Alle Achtung, hätte ich nicht gedacht«, sagte er.

»Wieso?«

»Ich weiß nicht. Du siehst nicht aus wie ein Model. Eher wie eine Sekretärin.«

Charitín stieß ein Gelächter aus. Dann gähnte sie.

»Du hast wenig geschlafen letzte Nacht, wie?« fragte Joaquín.

»Ein bißchen.«

»Irgendwie muß man ja sein Brot verdienen, wie?«

»Was meinst du?«

»Nichts, nichts, ich stelle mir nur vor, daß du immer nachts arbeitest.«

»Hör mal, Sweetheart, wenn du dich verbrüht hast, mach Puder rauf und take it easy, okay?« sagte Charitín.

»Platz da, hier kommt ein Mann mit einem Mordsappetit«, sagte Luis Felipe.

Er stellte seinen Teller auf den Tisch und setzte sich hin.

»Nach einer stürmischen Nacht muß man wieder neue Kräfte sammeln«, sagte er.

»Hey, you are so wild, daß ich ganz shy werde«, sagte sie.

»Und ihr macht tatsächlich eine Kreuzfahrt?« fragte Joaquín.

»Ja, aber nur eine ganz kleine, zwei Tage, ich muß ein bißchen relaxen«, sagte Luis Felipe.

»In einer Stunde müssen wir am Port sein, Schnuckel«, sagte Charitín.

»Wo geht die Kreuzfahrt hin, Papa?« fragte Joaquín.

Er sagte absichtlich Papa, um Charitín zu ärgern.

»Verdammt, nenn mich nicht Papa, sonst komme ich mir vor wie ein alter Knacker.«

»Well, entschuldigt mich einen Augenblick, aber ich muß noch in den Drugstore des Hotels gehen, um schnell noch Shopping zu machen«, sagte Charitín.

Sie stand auf und gab Joaquín die Hand.

»Nett, dich kennenzulernen, und viel Glück beim Lernen«, sagte sie zu ihm.

»Danke«, sagte Joaquín. »Viel Spaß bei der Kreuzfahrt.«

Charitín verließ den Speisesaal. Luis Felipe sah ihr zufrieden hinterher.

»Mit ihr habe ich einen Fünfer beim Lotto gezogen, und du hast für mich das Los gekauft, Junge«, sagte er.

Sie lachten.

»Du glaubst nicht, wie toll das Luder fickt«, fügte er leise hinzu.

»Tja«, sage Joaquín, »man sieht ihr an, daß sie ihr Handwerk versteht.«

Sie verstummten. Luis Felipe aß wie ein Raubtier.

»Junge, ich möchte mich bei dir entschuldigen für den Blödsinn, den ich über deine Bücher gesagt habe«, sagte er. »Ich verstehe jetzt, daß du ein Intellektueller bist, ein Literat, ein Mann des Wortes und der schönen Künste, nicht so ein Vieh wie dein Vater, der kaum Teil A vom Comercio liest.«

»Halb so schlimm, Papa.«

»Vor allem erzähl nichts deiner Mutter, ja? Du weißt doch, die Alte hat eine ziemlich angegriffene Gesundheit. Es ist nicht gut, wenn sie von diesen Männerangelegenheiten erfährt.«

»Auf keinen Fall, Papa. Das bleibt unter uns beiden.«

»Danke, Junge. Ich bin wahnsinnig stolz auf dich.«

Luis Felipe unterschrieb die Rechnung.

»Ich habe Charitín gesagt, sie soll beim nächstenmal eine Freundin mitbringen«, sagte er. »Dann können wir die Kreuzfahrt zu viert machen.«

Sie lachten. Sie standen auf. Luis Felipe legte seinem Sohn einen Arm auf die Schultern.

»Laß dir einen Rat von Mann zu Mann geben, Junge«, sagte er. »Ich sage dir eins, deine ganze Verwirrung und Hirnwichserei ist mit einem Schlag vorbei, wenn du mit einem Rasseweib wie Charitín vögelst.«

Joaquín lächelte und dachte bei sich: Du wirst mich nie verstehen, Papa.

»Glaub mir, Joaquín«, fuhr Luis Felipe fort. »Such dir so ein Biest von Mulattin mit einem anständigen Busen, und du wirst sehen, wie sich alle deine intellektuellen Zweifel in Luft auflösen.«

Dann umarmte er Joaquín und betrat den Fahrstuhl.

»Ich rufe dich an, wenn ich von der Kreuzfahrt zurück bin«, sagte er noch, bevor die Tür zuging.

Joaquín und Peter lagen Arm in Arm im Bett und sahen die Letterman Show, als das Telefon klingelte. Es war ein Uhr morgens. Joaquín wollte nicht abnehmen. Er wollte lieber erst über den Anrufbeantworter hören, wer dran war.

»Hallo, Joaquín, ich bin's, deine Mama«, hörte er. »Ich bin in Miami, auf dem Flugplatz, Söhnchen. Ich bin gerade angekommen. Ich wollte sehen, ob du mich vielleicht abholen kannst. Ich bin hier hoffnungslos verloren, wie du dir denken wirst. Das sind ja hier Unmassen von Menschen und Schildern.«

»Ich wußte ja, daß diese Verrückte kommt«, murmelte Joaquín.

Er nahm den Hörer ab.

»Mama, was machst du denn in Miami?« fragte er.

»Joaquín, ich bitte dich, was ist das für eine Art, dein Mamalein zu empfangen, das dich so liebt«, sagte Maricucha. »Anstatt du dich freust, daß ich dich besuchen komme, Liebling.«

»Warum hast du nicht angerufen, bevor du losgeflogen bist, Mama?«

»Ach, Kind, wenn du wüßtest, was ich alles für Laufereien hatte. Ich habe das Flugzeug gerade noch so erreicht.«

»Wo bist du jetzt, Mama?«

»Na, auf dem Flugplatz, Kind. Ich bin schon mit den Koffern durch die Zollkontrolle und das alles. Das war ja nicht zum Aushalten, die ganzen Hunde, die unsere Koffer beschnüffelt haben, als wären wir Rauschgiftsüchtige, so etwas habe ich noch nicht erlebt, kein bißchen Respekt!«

»Wart auf mich bei der Information, Mama. Ich komme dort hin.«

»Hast du etwas von deinem Vater gehört?«

»Erzähl ich dir später.«

»Erzähl bitte gleich, wenigstens ein Wort.«

»Ich erzähl dir, wenn ich dich abhole, Mama.«

»Du bist ungezogen. Ich warte hier auf dich.«

Sie legten auf.

»Verrückte Alte«, sagte Joaquín. »Ich wußte, daß sie kommt und mir auf die Eier geht.«

Er war wütend auf seine Mutter. Er hatte keine Lust, sie zu sehen.

»Ich glaube, ich haue lieber ab«, sagte Peter.

»Laß mich nicht allein«, sagte Joaquín.

Alles war sehr einfach gewesen zwischen ihnen. Joaquín hatte Peter angerufen, sie hatten sich an der Promenade von Miami Beach in einem Restaurant getroffen, waren zu Joaquín gegangen, um nicht die Letterman Show zu verpassen, und hatten sich schließlich geliebt.

»Ich werde ihr sagen, sie soll ins Hotel gehen«, sagte Joaquín.

»Das kannst du doch nicht machen«, sagte Peter. »Es ist deine Mutter.«

»Ich will aber mit dir zusammensein. Sie ist doch selbst dran schuld, wenn sie mich so überfällt.«

»Wir können ja auch zu dritt in deinem Bett schlafen.«

Sie lachten und umarmten sich. Joaquín zog sich an.

»Ich bringe sie ins Hotel und komme sofort wieder zurück«, sagte er. »Mach dir keine Sorgen.«

Er gab Peter einen Kuß und verließ die Wohnung. Er stieg ins Auto, machte die Klimaanlage an und fuhr schneller als die erlaubten fünfundfünzig Meilen die Stunde.

»Hallo, Mama«, begrüßte Joaquín Maricucha im Flughafengebäude von Miami. »Warum machst du so ein verängstigtes Gesicht?«

»Mein angebeteter Joaquín«, sagte Maricucha lächelnd.

Sie umarmte ihren Sohn und gab ihm auf beide Wangen einen Kuß. Sie trug ein schwarzes Kleid und absatzlose Schuhe. Aus moralischen Gründen trug sie nie eine Hose.

»Wie dünn du bist, mein Liebling«, sagte sie. »Du siehst aus wie ein Skelett.«

»Laß uns von hier weggehen«, sagte er und nahm ihren Koffer. »Hier wird einem ja ganz schwindlig.«

Maricucha und Joaquín verließen das Flughafengebäude.

»Verflucht«, sagte er, als er den rosa Zettel an seinem Scheibenwischer sah.

»Was ist passiert, Joaquincito?« fragte sie.

»Ich muß ein Bußgeld zahlen für falsch Parken.«

»Diese Gringos sind so was von streng, du glaubst es nicht. Dafür funktioniert in diesem Land aber auch alles wie am Schnürchen.«

»Mama, bitte sei ruhig.«

Joaquín schloß das Auto auf, verstaute den Koffer seiner Mutter auf dem Rücksitz und stieg ein.

»Früher warst du mal besser erzogen und hättest mir zuerst die Tür aufgehalten«, sagte Maricucha und stieg ebenfalls ein.

Er startete und fuhr schnell an.

»Langsam, Kind, brich mir nicht das Genick«, klagte sie.

Er sah sie von der Seite an.

»Wer schneidet dir eigentlich die Haare, Mama?« fragte er.

»Ich lasse sie mir bei Sammy's schneiden, da gehen jetzt alle hin, die was auf sich halten«, sagte sie. »Du ahnst ja nicht, was Sammy's in Lima für einen Erfolg hat.«

»Nimm es mir nicht übel, aber ich finde, sie haben dir die Haare fürchtlich verschnitten«, sagte er.

Sie schaltete die Innenbeleuchtung ein und betrachtete sich im Spiegel.

»Also ich finde Sammy's toll«, sagte sie.

Er fuhr auf den Highway und trat das Gaspedal durch. Er war nervös und hatte schlechte Laune.

»Warum hast du dich so plötzlich entschlossen zu kommen, Mama?« fragte er.

»Erzähl du mir erst von deinem Vater«, sagte sie.

Er lächelte.

»Er ist gestern zu einer Kreuzfahrt gestartet«, sagte er.

Sie öffnete überrascht den Mund.

»Sag bloß, er hat sich mit dir gestritten?« sagte sie.

»Nein«, sagte er. »Wir hatten zwar eine kleine Meinungsverschiedenheit, aber danach haben wir uns wieder vertragen.«

»Da bin ich ja froh, Joaquincito, du brauchst nämlich eine männliche Identifikationsfigur, mein Liebling. Ansonsten wirst du weiter deine Probleme wie immer haben.«

Er lachte laut auf.

»Du bist immer so naiv, Mama«, sagte er. »Darf man fragen, wo du eigentlich wohnen willst?«

»Na, wenn es dir keine großen Umstände macht, kann ich ja bei dir wohnen.«

»Das Problem ist, es macht mir gewisse Umstände, Mama.«

Sie hob eine Hand an die Brust.

»Ach, wirklich?« sagte sie mit einem Seufzer.

»Ja, Mama. Es tut mir leid, aber ein Freund wohnt gerade bei mir.«

»Mach dir da keine Sorgen, mein Liebling. Er stört mich nicht. Ich bin glücklich, deinen Freund kennenzulernen.«

»Das geht nicht, Mama. Tut mir leid, aber es geht wirklich nicht.«

Sie zwickte ihn in die Wangen.

»Sei nicht so egoistisch zu deinem Mamalein, das dir die Windeln gewechselt hat, das mit dir Bäuerchen gemacht hat und das dir beigebracht hat, wie man sich den Hintern abwischt«, sagte sie mit sehr zärtlicher Stimme.

Er tat so, als hörte er diese Zärtlichkeit nicht. Er fuhr weiterhin sehr schnell.

»Hier in Brickell gibt es ein gutes, billiges Hotel«, sagte er. »Du kannst natürlich auch ins Sonesta gehen.«

»Ich sterbe vor Neugier, deine Wohnung kennenzulernen und zu sehen, wie du lebst, mein Liebling«, sagte sie.

Er wurde immer ärgerlicher.

»Du bist störrisch wie ein Maulesel, Mama«, sagte er.

»Du brauchst dich auch nicht zu genieren, mir deinen Freund vorzustellen. Ich habe dir immer gesagt, du sollst mehr Freunde haben, mein Joaquín.«

»Er ist mehr als einfach nur ein Freund, Mama.«

Sie blinzelte und sah zum Seitenfenster hinaus, als hätte sie nichts gehört.

»Wie herrlich diese Aussicht auf Miami bei Nacht ist«, sagte sie. »Es ist wie im Film.«

Er stoppte den Wagen an der Einfahrt nach Key Biscayne, zahlte die Maut und gab Gas. Sie sagten kein Wort, als sie auf die Insel kamen.

»Ach, guck mal, dieses riesige Eichhörnchen da«, sagte sie plötzlich.

Das Eichhörnchen rannte vor Joaquíns Wagen über die Straße. Er gab Gas und überfuhr es.

»Das ist ja entsetzlich«, schrie Maricucha. »Wie kannst du so herzlos sein und ein so schönes Eichhörnchen totfahren.«

»Ich habe es nicht gesehen«, sagte er.

»Du bist extra schneller gefahren«, schrie sie. »Wie kannst du so etwas tun. Diese Stadt hat dir jede Menschlichkeit geraubt, Joaquín.«

Wenig später holte Maricucha ihr Taschentuch hervor und putzte sich die Nase. Sie weinte.

»Peter, wach auf«, flüsterte Joaquín Peter ins Ohr.

Peter schlug die Augen auf. Er war bei laufendem Fernseher eingeschlafen.

»Meine Alte steht vor der Wohnungstür«, sagte Joaquín.

Peter richtete sich im Bett erschrocken auf.

»Und jetzt?« sagte er.

»Tut mir leid, es war nichts zu machen«, sagte Joaquín. »Sie hat darauf bestanden hierherzukommen.«

»Halb so schlimm, für mich ist das kein Problem«, sagte Peter.

Er stand aus dem Bett auf. Er war nackt. Er ging ins Bad, hielt das Gesicht unter kaltes Wasser und zog sich an.

»Fertig«, sagte er. »Jetzt kannst du mich meiner Schwiegermutter vorstellen.«

Joaquín lachte und umarmte ihn. Peter setzte sich ins Wohnzimmer. Joaquín machte seiner Mutter die Tür auf.

»Du kannst reinkommen, Mama«, sagte er.

Maricucha stand vor der Wohnungstür und versuchte, sich der Moskitos zu erwehren.

»Noch ein bißchen länger, und ich hätte keinen Tropfen Blut mehr im Leibe«, sagte sie. »Diese Moskitos haben mit mir ein Bankett veranstaltet.«

Sie ging in die Wohnung. Joaquín nahm ihren Koffer und trat nach ihr ein.

»Hier riecht es noch nach deinem Vater«, sagte Maricucha.

»Mama, das ist mein Freund Peter. Er hatte schon geschlafen und ist extra für dich aufgestanden«, sagte Joaquín.

Peter erhob sich und gab Maricucha die Hand.

»Sehr angenehm, Señora«, sagte er. »Entschuldigen Sie bitte, wenn ich noch etwas verschlafen bin.«

»Hallo, Kind«, sagte sie und brachte ihm seinen Hemdkragen in Ordnung.

Dann sah sie sich in der Wohnung um.

»Hübsch, deine Wohnung, mein Liebling«, sagte sie. »Alles sehr schön eingerichtet.«

»Möchtest du etwas zu trinken, Mama?« fragte Joaquín.

»Nur einen Schluck Wasser, Liebling«, sagte sie.

»Ich habe aber kein Weihwasser da«, nahm Joaquín seine Mutter auf den Arm.

»Weihwasser trinkt man nicht«, sagte sie sehr ernsthaft. »Das ist ein Sakrileg.«

Joaquín und Peter lachten.

»Gut, Señora, ich muß mich dann langsam auf den Weg machen«, sagte Peter.

»Aber du mußt nicht gehen, Kind«, sagte Maricucha. »Bleib ruhig, wir werden uns hier zu dritt einrichten.«

»Ich möchte lieber nicht stören«, sagte Peter.

»Du störst doch nicht, Kind, hier ist Platz mehr als genug für uns drei«, sagte sie. »Entschuldigt mich bitte einen Augenblick.«

Maricucha ging auf die Besuchertoilette. Peter trat nah an Joaquín heran.

»Besser, ich haue ab«, sagte er leise.

»Mensch, bleib«, sagte Joaquín. »Die Alte soll uns den Buckel runterrutschen.«

»Ich weiß nicht. Wird sie auch nicht sauer sein?«

»Ihr Problem, wenn sie sauer ist. Sie kann ja gehen.«

»Gut, wenn du meinst.«

Peter und Joaquín gaben sich verstohlen einen Kuß. Maricucha kam kurz darauf aus der Toilette.

»Glückwunsch, mein Joaquín, du hast ein Bad, an dem man seine Freude hat«, sagte sie. »Und das Toilettenpapier ist einfach wunderbar, so herrlich weich. Das in Lima ist nämlich wie Sandpapier.«

Joaquín lächelte.

»Mama, Peter wird über Nacht bleiben«, sagte er.

»Aber natürlich, ich habe nichts dagegen, Kinder«, sagte Maricucha.

»Du wirst auf der Schlafcouch schlafen, das ist das Besucherbett«, sagte Joaquín zu seiner Mutter.

Er klappte die Couch im Wohnzimmer auf und bezog sie mit frischer Bettwäsche.

»Und wo wirst du schlafen, Peter?« fragte Maricucha überrascht.

Peter zuckte mit den Schultern und wußte nicht, was er sagen sollte.

»Peter wird bei mir im Bett schlafen«, sagte Joaquín.

»Aber er soll sich keine Umstände machen«, sagte Maricucha.

»Vielleicht will er lieber auf der Couch schlafen, und ich schlafe bei dir, Joaquincito?«

»Wie Sie möchten, Señora«, sagte Peter.

In diesem Moment haßte Joaquín seine Mutter.

»Keine Sorge, Mama«, sagte er zu ihr mit schneidender Stimme. »Peter ist es gewohnt, in meinem Bett zu schlafen.«

Maricucha schlug die Augen nieder, sie wußte nicht, wo sie ihre Hände lassen sollte, und tat, als ob sie nichts gehört hätte.

»Gut, es ist schon sehr spät, und ich bin furchtbar müde«, sagte sie.

Joaquín küßte seine Mutter auf die Wange.

»Schlaf gut, Mama«, sagte er zu ihr.

»Bis morgen, Señora«, sagte Peter.

»Tschau, Kinder«, sagte sie. »Und vergeßt nicht, bevor ihr euch schlafen legt, dem Herrn zu danken.«

Peter und Joaquín gingen ins Schlafzimmer. Joaquín riegelte die Tür zu.

»Scheiß Alte, die macht sich einen Heidenspaß daraus, einem die Ruhe zu rauben«, flüsterte er.

»Du bist undankbar«, flüsterte Peter. »Warum sagst du ihr eigentlich, daß ich es gewohnt bin, in deinem Bett zu schlafen?«

»Damit sie abkotzt, damit sie endlich die Augen aufmacht und begreift, daß es auch andere Leute gibt als sie und ihre feinen Freunde vom Opus Dei.«

»Was ist das?«

»Ein Club von frömmlerischen feinen Leuten.«

Joaquín machte das Licht aus. Sie zogen sich beide aus, gingen ins Bett und umarmten sich.

»Fick mich bitte«, flüsterte Joaquín.

»Bist du verrückt?« flüsterte Peter. »Nebenan ist deine Alte.«

»Darum ja«, flüsterte Joaquín.

Peters und Joaquíns Körper wurden eins.

Am nächsten Morgen stand Peter sehr früh auf, zog sich an, gab Joaquín einen Kuß und verließ auf Zehenspitzen die Wohnung. Joaquín schlief weiter. Pünktlich um neun klingelte der Wecker. Joaquín machte den Fernseher an, stellte das Programm mit der Talkshow von Donahue ein, stand auf, putzte sich die Zähne und kam aus dem Schlafzimmer. Maricucha war schon wach.

»Hallo, mein Liebling«, sagte sie.

Sie war ungeschminkt. Sie hielt ein Buch in den Händen.

»Hallo, Mama. Was liest du?«

»Mein Gebetsbuch. Es ist meine tägliche Morgenlektüre.«

Er gab ihr einen Kuß auf die Wange.

»Hast du dein Morgengebet verrichtet?« fragte sie.

»Ja, Mama«, log er.

Sie lächelte.

»Du warst ja immer so fromm«, sagte sie.

Er schob den Fernseher zum Wohnzimmer. Die Donahue Show hatte schon angefangen.

»Du kannst nicht leben, ohne daß ein Fernseher läuft«, sagte sie.

»Was willst du zum Frühstück, Mama?«

»Jetzt noch gar nichts, mein Liebling. Ich esse nichts vor der Messe.«

Er lachte.

»Soll das ein Witz sein?« fragte er. »Zu was für einer Messe willst du denn?«

»Zu irgendeiner katholischen Messe, mein Liebling«, sagte sie.

»Aber Mama, du bist in Key Biscayne, hier gehen die Leute nicht zur Messe.«

»Red keine Dummheiten, mein Söhnchen. Ich kann nicht glauben, daß du so ungläubig geworden bist.«

»Im Ernst, Mama, hier gibt es keine Messen.«

»Messen gibt es auf der ganzen Welt, Joaquín.«

»Meinetwegen, wenn du willst, rufe ich gleich die Auskunft an und frage, wo es in Miami katholische Messen gibt. Inzwischen iß erst mal was, Mama.«

»Nein, danke, mein Liebling.«

»Warum willst du so fromm sein, Mama? Warum spielst du die heilige Rosa von Lima?«

Wieder ärgerte sich Joaquín über seine Mutter.

»Weil man mindestens eine Stunde vorher fasten muß, wenn man die heilige Kommunion empfangen will«, sagte sie.

Er lachte über sie.

»Mama, diese Sachen sind nicht mehr modern«, sagte er. »Falls du es nicht weißt, in Miami verkaufen sie bei den Messen Popcorn.«

»Der Glaube kommt nie aus der Mode, mein Söhnchen«, sagte sie.

Joaquín rief bei der Auskunft an und fragte nach einer katholischen Kirche in Key Biscayne. Er bekam nicht gleich eine Antwort und mußte warten.

»Was für schreckliche Dinge es im Fernsehen gibt«, sagte Maricucha.

Sie sah jetzt Donahues Sendung.

»Worum geht es?« fragte Joaquín.

»Die Frau, die gerade redet, sagt, daß sie ein Mann war und daß sie eines Tages beschlossen hatte, ihr Geschlecht umzuwandeln, und sie hat ihren Schniepel in lauter kleine Stückchen geschnitten, wie eine Salami«, sagte Maricucha.

»O Gott, das ist mutig.«

»Das schlimme ist, daß die Ärmste es jetzt bereut.«

Die Frau von der Auskunft meldete sich wieder und gab Joaquín Anschrift und Telefonnummer der katholischen Kirche von Key Biscayne. Er notierte alles auf einem Zettel und legte auf.

»Du hast Glück, Mama«, sagte er. »Es gibt eine Kirche in Key Biscayne.«

»Das mußte ja sein, mein Liebling. Sonst hättest du nicht diesen Ort gewählt, um hier zu leben.«

Joaquín rief die Nummer an, die er bei der Auskunft bekommen hatte. Ein Tonband antwortete ihm. Er hörte die Anfangszeiten der Messen ab. Es gab eine, die um zehn Uhr vormittags begann. Er legte auf.

»Eine Messe fängt in einer halben Stunde an, Mama«, sagte er.

»Na so ein Glück, ich ziehe mich gleich um«, sagte sie. »Mach dich auch fertig, Joaquín, damit wir pünktlich da sind.«

»Sorry, aber ich komme nicht mit«, sagte er.

Sie machte ein trauriges Gesicht.

»Ich weiß doch aber gar nicht, wie ich allein dort hinkomme«, sagte sie.

»Meinetwegen, ich bringe dich hin, aber nur bis vor die Tür.«

»Warum willst du nicht in die Messe mit reinkommen, mein Liebling?«

»Weil ich sterbe vor Langeweile, Mama. Ich setze dich vor der Kirche ab, und basta. Bitte dränge mich nicht.«

Maricucha und Joaquín zogen sich in aller Eile um. Um seine Mutter zu provozieren, zog er ein T-Shirt an, auf dem stand: ›I Can't Even Think Straight‹. Als sie das T-Shirt sah, sagte sie:

»Ach, Joaquín, was soll das nun wieder, du warst doch immer ein geradlinig denkender Mensch.«

Als sie sich fertig angezogen hatten, verließen sie die Wohnung und stiegen ins Auto. Die Kirche war nur ein paar Straßen weiter. Unterwegs sagte keiner ein Wort. Joaquín hielt vor der Kirche.

»Ach, was für eine Sehnsucht ich nach meiner María Reina habe«, sagte Maricucha und seufzte. »Ich jedenfalls tausche mein Lima, meine María Reina, meinen Wong, meinen Bettler um nichts in der Welt.«

»Gut, Mama, ich setze dich hier ab«, sagte Joaquín.

Sie ergriff die Hand ihres Sohnes.

»Komm mit, mein Engel, sei kein Rebell«, sagte sie. »Hör auf die Stimme des Herrn in deinem Herzen.«

»Was ich höre, ist das Knurren meines Magens, Mama«, sagte Joaquín. »Ich sterbe bald vor Hunger.«

»Wenn du eines Tages alt bist, wirst du es bereuen, dem himmlischen Vater solche Ohrfeigen gegeben zu haben«, sagte sie und stieg aus.

Auf dem Rückweg hielt Joaquín bei einem Seven-eleven, kaufte eine Schachtel Donuts und aß sie alle auf.

Ich bin ein Schwein, dachte er. Peter wird mich bestimmt verlassen.

Zum Mittagessen fuhren Maricucha und Joaquín nach Miami Beach.

»Als dein Vater mich das letztemal hierher mitnahm, war alles voller alter Leute«, sagte Maricucha und rückte sich ihren Hut zurecht. »Und schau mal, wie schön es jetzt ist, wie bunt, und die jungen Menschen überall!«

»Ja, die Gegend ist ziemlich angesagt«, sagte Joaquín.

Sie saßen auf der Terrasse eines Restaurants im Ocean Drive, gegenüber der Promenade.

»Das ist es ja, weshalb ich so gern in Miami lebe, Mama, weil hier so viele schöne Menschen unterwegs sind«, sagte Joaquín. »Nicht wie in Lima, wo es nur so wimmelt von häßlichen Fratzen.«

»Red nicht so von deinem Land und von deinem Volk«, sagte Maricucha. »Wenn du schlecht von Peru redest, ist es, wie wenn du schlecht von deiner Familie redest.«

»Mama, bitte, werd nicht kitschig«, sagte er lachend. »Patriotismus ist der billigste Kitsch, den es gibt.«

»Ich weiß nicht, warum meine Kinder so antiperuanisch geworden sind«, murmelte sie mit einem Seufzer.

»Ich bin nicht antiperuanisch, Mama, aber ich halte es in Peru nicht aus. Weil es ein halbwildes Land ist«, sagte er.

»Ach, mein Liebling, tu nicht so zivilisiert, spiel nicht den Schweizer«, sagte sie lächelnd. »Dir geht doch nichts über deine Caretas. Du ißt so gern deine dunkle Polenta, dein Ajíhähnchen und deine Papita a la huancaína.«

»Ja, das stimmt, aber das bekommst du alles genauso gut in Miami.«

»Es ist aber nicht dasselbe, es ist nie dasselbe, mein Söhnchen. Nichts ist so, wie wenn man in seiner Heimat lebt, auf seiner heimatlichen Scholle.«

»Mama, ich bitte dich, du sprichst wie ein Bergmensch«, sagte er mit spöttischem Lächeln.

»Ich bin eine echte Peruanerin, eine echte Chola. Ja, ich bin eine Mazamorra-Esserin aus Lima, und ich verleugne nicht meine Wurzeln.«

»Du kannst dir den Luxus erlauben, die große Patriotin zu spielen, weil du in Peru wie eine Königin lebst, Mama.«

Er stieß ein Gelächter aus.

»Wie kommst du denn darauf, Joaquín«, sagte sie. »Ich lebe wie eine Dame der Mittelklasse, mehr nicht. Meinetwegen, der gehobenen Mittelklasse, wenn du so willst.«

»Du, und Mittelklasse, Mama! Du hast im Leben noch nicht einen Teller selber abgewaschen.«

»Aber ich gehe jeden Tag auf den Markt und kaufe ganz allein ein.«

»Besser gesagt, du gehst zu Wong, um mit deinen feinen Freundinnen zu tratschen.«

»Nicht zu glauben, mein Liebling, wie ressentimentbeladen du geworden bist. Wie dich das materialistische Leben in Miami verbittert hat!« sagte sie. »Du solltest nach Lima zurückkehren, Joaquín. Hier wird aus dir ein entsetzlicher Egoist.«

»Vergiß es, Mama. Ich denke nicht daran, nach Lima zurückzugehen.«

»Warum nicht, mein Liebling?« fragte sie mit trauriger Stimme. »Woher kommt nur dieser Groll auf dein Land und dein Volk?«

»Weil ich weit weg sein möchte von meinem Vater und von dir«, sagte er und schaute ihr in die Augen.

Sie ließ ihre Gabel auf den Teller fallen.

»Warum sagst du so etwas?« fragte sie überrascht.

»Weil ihr mir viel Schlimmes angetan habt«, sagte er.

Sie schwieg und sah aufs Meer hinaus. Sie war bleich geworden.

»Ich kann nicht mehr essen«, murmelte sie.

»Es ist die Wahrheit, Mama«, sagte er. »Ihr habt mich nicht mein Leben leben lassen. Von klein an.«

»Das stimmt nicht, mein Joaquín. Ich wollte immer nur das Beste für dich. Ich sehe durch deine Augen hindurch, mein Liebling. Darum bricht es mir das Herz, wenn ich dich so heruntergekommen und verbittert sehe, wo du doch zu großen Dingen fähig wärest.«

»Was für Dinge?« fragte er aufgebracht. »Was für Dinge denn?«

»Ich weiß nicht, du könntest Geistesphilosophie studieren, große Außenpolitik. Du könntest deinen hochbegabten Geist kultivieren, den Gott dir geschenkt hat. Ich will nur, daß du glücklich bist, glücklich wie ein Regenwurm.«

Er lachte und setzte ein zynisches Gesicht auf.

»Komm nach Lima zurück, mein Engel«, sagte sie. »Setz dein Studium fort. Mach deinen Hochschulabschluß.«

»Das kannst du vergessen, Mama. Es interessiert mich nicht, Rechtsanwalt zu werden, schon gar nicht in Peru, wo kein Mensch die Gesetze achtet.«

»Wie weh du mir tust, Joaquín. Du kommst mir vor wie eine verfaulte Frucht.«

»Mama, wenn wir von verfaulten Früchten reden wollen, warum reden wir dann nicht lieber von deiner Ehe?«

Sie blinzelte.

»Meine Beziehung zu deinem Vater steht auf einem anderen Blatt«, sagte sie.

»Mama, gesteh es dir endlich ein, daß deine Ehe gescheitert ist.«

»Noch kann ich sie retten«, sagte sie mit fester Stimme.

Er belächelte sie spöttisch.

»Wenn du wüßtest, wie Papa von dir geredet hat«, sagte er.

»Dein Vater redet dummes Zeug, wenn er betrunken ist«, sagte sie.

»Weißt du, was er gesagt hat? Er hat mir gesagt, er hat dich satt, und daß er es schon gar nicht mehr erwarten kann, sich von dir zu trennen.«

»Dein Vater wird mich nie verlassen, Joaquín. Alles, was er im Leben erreicht hat, verdankt er mir.«

»Ach ja? Und warum hat er dich nicht auf die Kreuzfahrt mitgenommen?«

Sie zuckte mit den Schultern, als sei das ohne Belang.

»Nun, weil er ein bißchen Erholung braucht«, sagte sie.

»Willst du die Wahrheit wissen? Mein Vater macht die Kreuzfahrt mit einer nicht vorzeigbaren Kubanerin, die er in einer Diskothek aufgegabelt hat.«

Sie sah ihm überrascht in die Augen.

»Ich lasse es nicht zu, daß du dich in einer derartigen Weise vergißt«, sagte sie mit harter, schneidender Stimme. »Laß bitte die Rechnung kommen, wir gehen.«

»Wie du willst«, sagte er.

Er rief den Kellner und bat um die Rechnung.

»Mama, gibst du mir bitte die Kreditkarte?« fragte er.

»Ich denke ja nicht daran, dich einzuladen«, sagte sie und schaute aufs Meer hinaus. »Du kannst zahlen.«

Joaquín mußte unbedingt Peter sehen. Es war vier Uhr nachmittags, und Peter arbeitete bis fünf, Joaquín mußte ihn aber in diesem Moment sehen. Darum setzte er seine Mutter bei sich ab und fuhr ins Sonesta. Unterwegs sah er Mónica, eine peruanische Freundin. Mónica joggte, wie jeden Nachmittag. Joaquín winkte ihr zu und warf ihr einen Kuß zu. Es wäre alles viel leichter, wenn ich ein hübsches Mädchen wäre wie sie, dachte er. Kurz darauf hielt er vor dem Sonesta und ging hinein.

»Hallo, Joaquincito«, hörte er und blieb stehen. »Wie klein die Welt ist, was machst du denn hier?«

Joaquín drehte sich um und erblickte seine Tante Rosita, eine Freundin seiner Mutter. Rosita war mit mehreren Paketen beladen. Sie kam offenbar gerade vom Einkaufen.

»Hallo, Tante«, sagte er und gab ihr einen Kuß auf die Wange.

»Mein Gott, wie groß du geworden bist«, sagte Rosita. »Du hörst ja überhaupt nicht auf zu wachsen.«

»Nein, Tante, ich wachse seit Jahren nicht mehr«, sagte er.

»Dann muß es daran liegen, daß ich kleiner werde, Kind, wir alten Leute werden nämlich jedes Jahr einen Zentimeter kleiner«, sagte Rosita und lachte. »Was machst du hier?«

»Ich fliehe vor meiner Familie, Tante«, sagte er lächelnd.

»Deine Mama hat mir schon bei unserem Freitagskränzchen so etwas gesagt. Du sollst ein bißchen aus der Art schlagen«, sagte sie.

»Wie geht es Guillermo?« fragte er.

Guillermo und Joaquín hatten zusammen das Markham besucht. Später waren sie zusammen ins Reflejos und ins Up and Down gegangen, die Diskotheken, die damals in Lima angesagt waren.

»Ach, wenn du wüßtest, ich bin so voller Sorge«, sagte Rosita. »Mein Guillermo versinkt immer mehr in der Bohème. Es bricht mir das Herz, wenn ich sehe, wie er im angeheiterten Zustand nach Hause kommt.«

»Keine Angst, Tante, das vergeht mit der Zeit«, sagte Joaquín und sah Peter aus dem Fahrstuhl kommen. »Sorry, Tante, aber ich muß jetzt weiter.«

»Wenn du kannst, schreib Guillermo ein paar Zeilen«, sagte sie. »Gib ihm den Rat, daß die Bohème kein guter Weg ist.«

»Auf alle Fälle, Tante«, sagte er. »Versprochen.«

Joaquín verabschiedete sich von Rosita und ging zu Peter.

»Was machst du hier?« fragte Peter überrascht.

»Ich mußte dich unbedingt sehen«, sagte Joaquín.

»Warte, ich bringe schnell die Koffer hier weg.«

Peter gab an der Rezeption zwei Koffer ab und kehrte zu Joaquín zurück.

»Ist was passiert?« fragte er.

»Können wir irgendwo hingehen, wo wir unter uns sind?«

»Ich habe gerade zu tun.«

»Nur fünf Minuten, bitte.«

Peter schaute verstohlen nach seinen Arbeitskollegen.

»Fahr in den achten Stock und warte da auf mich«, murmelte er, ohne Joaquín anzusehen.

Joaquín betrat den Fahrstuhl, fuhr in den achten Stock hinauf und wartete dort Minuten, die ihm zur Ewigkeit wurden. Peter kam, als Joaquín schon drauf und dran war zu gehen.

»Komm, schnell«, sagte er und machte die Tür zu einem Zimmer auf.

Sie gingen in das Zimmer hinein. Peter schloß die Tür. Das Bett war zerwühlt.

»Das Zimmer ist gerade frei geworden«, sagte Peter.

Joaquín umarmte ihn und gab ihm einen Kuß.

»Ich muß wissen, ob du mich liebst«, sagte er.

Peter machte ein überraschtes Gesicht.

»Was ist los mit dir?« fragte er.

»Sag mir, daß du mich liebst«, drängte Joaquín.

»Ich weiß nicht. Ich habe dich ja grad erst kennengelernt.«

Sie küßten sich von neuem.

»Ich will, daß du zu mir ziehst und bei mir wohnst«, sagte Joaquín.

»Bist du verrückt, wir kennen uns doch noch viel zu kurz.«

Joaquín schob eine Hand zwischen Peters Beine.

»Du machst mich geil in deiner Gepäckträgeruniform«, sagte er.

»Ich muß zurück an die Arbeit«, sagte Peter.

Joaquín öffnete ihm die Hose und kniete vor ihm nieder.

»Sag, daß du mich liebst«, sagte er.

»Ich liebe dich«, sagte Peter, während Joaquín ihm den Schwanz lutschte.

Wenig später kam Joaquín in seine Wohnung zurück und sah, daß seine Mutter beim Fernsehen eingeschlafen war. Er machte den Fernseher aus. Maricucha wachte auf.

»Verflixt, ich habe geschlafen wie ein Murmeltier«, sagte sie und gähnte lange.

»Tut mir leid, Mama, daß ich beim Frühstück so grob zu dir war«, sagte er.

»Halb so schlimm, mein Söhnchen. Vergossene Milch beweint man nicht.«

Maricucha war nicht nachtragend. Sie war es gewohnt zu vergeben.

»Hast du Lust, etwas zu unternehmen, Mama?« fragte er.

»Ich würde so gern einkaufen gehen«, sagte sie.

»Du willst in ein Einkaufszentrum?«

»Aber nicht doch. In einen Laden gleich vor der Tür, zum nächsten Wong.«

»Mama, in Miami gibt es keinen Wong«, sagte er lachend. »Solche Läden gibt es nur in Lima.«

»Ach, ich dummes Ding«, sagte sie und hob eine Hand an die Brust. »Und ich dachte, Wongs gäbe es überall, das wäre etwas Internationales.«

Sie machten sich fertig, verließen die Wohnung und stiegen ins Auto.

»Sag mal, Mama, wie fandst du eigentlich Peter?« fragte er auf dem Weg in den Supermarkt von Key Biscayne.

»Nun, was soll ich sagen, ich fand ihn ganz normal«, sagte Maricucha. »Ehrlich gesagt hat er keinen großen Eindruck auf mich gemacht.«

»Wieso?«

»Ich habe ihn ja nur kurz erlebt, aber er kam mir ziemlich schüchtern vor, ohne Persönlichkeit.«

»Hm.«

»Na ja, er ist ein guter Junge, aber nicht von deinem Kaliber, Joaquincito. Er kann dir nicht das Wasser reichen.«

Joaquín zog es vor, nicht zu antworten. Er wollte nicht von neuem mit seiner Mutter streiten. Kurz darauf hielt er vor dem Supermarkt. Maricucha und Joaquín stiegen aus und gingen hinein, um einzukaufen.

»Ein überwältigender Eindruck, dieser Super ist einfach wunderbar«, sagte sie.

Sie holte ein Notizbuch aus ihrer Handtasche, Joaquín schob den Einkaufswagen.

»Was ich jetzt verspüre, muß die Versuchung des Konsumismus sein, eine Krankheit, die der Papst auf den Tod ablehnt«, sagte sie seufzend.

Maricucha und Joaquín liefen die Regale des Supermarkts ab. Sie legte ein paar Schachteln Gelatine in den Einkaufswagen und sagte, »das ist für meine Irma, sie braucht die Gelatine für ihr Haar und ihre Fingernägel, die Ärmste ist schon fast kahl«, sie legte Schokoladenplätzchen hinein und sagte, »das ist für Meche, die Banditin, die ist ganz verrückt nach solchen Plätzchen«, sie legte Tüten mit Marshmallows hinein und sagte, »das ist für die Kinder von Meche, wird Zeit, daß dieses Aas sie endlich taufen läßt«, sie legte Tüten mit Schokoladen-Kisses hinein und sagte, »das ist für Irmas Mutter, die Ärmste steht schon mit einem Bein im Grab, und für meinen Patensohn Winston, den kleinen Tunichtgut«, sie legte Büchsen mit Bonbons hinein und sagte, »das ist zu Weihnachten, für die Wäschefrau, sie lutscht nämlich so gern Bonbons, wenn sie die Wäsche macht«, sie legte

Mandelschokolade hinein und sagte, »das ist für Marcelo, er hat mir Silberlöffel gestohlen, aber der Herr heißt mich vergeben, und ich vergebe ihm, ich vergebe dir, unglückseliger Marcelo, diebischer Cholo«.

An diesem Abend gingen Maricucha und Joaquín früh ins Bett, weil sie sehr müde waren.

»Mach mal bitte leiser, ich kann nicht beten«, sagte Maricucha.

Joaquín stellte den Fernseher leiser. Es war Mitternacht. Er wartete darauf, daß die Letterman Show anfing. Maricucha lag neben ihm. Sie wollte nicht wieder auf der Couch schlafen. Sie sagte, die Couch wäre hart und die Klimaanlage bliese ihr direkt ins Gesicht.

»Warum betest du nicht mit mir die Fürbitte des Vaters?« fragte sie.

Sie hatte ein gelbes Bildchen mit dem Foto des Opus-Dei-Gründers.

»Bete du für mich«, sagte er.

Joaquín erinnerte sich an das letzte Mal, daß er gebetet hatte: Das war, als er in Miami einen Aids-Test machte. Bevor er das Ergebnis erfuhr, hatte er Gott versprochen, wenn er kein Aids hätte, würde er gegen seine homosexuellen Begierden ankämpfen. Der Test war negativ, und das Versprechen hielt nicht lange.

»Nur die Fürbitte, sei nicht so böse«, drängte sie. »Mach es für dein Mamilein, das schon alt und grau ist.«

»Gut, meinetwegen, aber nur die Fürbitte«, sagte er, einzig um ihr einen Gefallen zu tun.

Sie küßte ihn auf die Wange und gab ihm das Heiligenbild mit der Fürbitte.

»Du lies das Gebet ab«, sagte sie zu ihm. »Ich kann es auswendig.«

Er schaltete die Nachttischlampe ein.

»Mach lieber den Fernseher aus, damit unsere positive Energie sich nicht mit den schlechten Schwingungen kreuzt, die aus dem Fernsehen kommen«, sagte sie.

Er lächelte und schaltete den Fernsehapparat aus.

»Laß uns im Sitzen beten, mein Söhnchen«, sagte sie. »Im Liegen beten ist nicht so gut.«

»Wieso?«

»Weil das Gebet dann nur mit wenig Willen herauskommt, es steigt nicht mit derselben Kraft zum Himmel.«

»Du solltest Nonne werden, Mama.«

Er lächelte und schloß die Augen. Sie beteten beide das Gebet an den Begründer des Opus Dei.

»Jetzt beten wir noch eine halbe Novene an die Muttergottes«, sagte sie.

»Nein, Mama. Übertreib nicht.«

»Eine halbe Novene, mein Liebling. Nur eine halbe Novene. Sei nicht so böse.«

»Weder eine halbe Novene noch drei Oktaven.«

»Ich verstehe nicht, warum du mir so verdorben bist, Joaquín. Als Kind warst du so fromm.«

»Die Sache ist die, daß ich nicht mehr an die Kirche glaube, Mama.«

Sie öffnete überrascht den Mund.

»Was hast du gesagt?« fragte sie.

»Daß ich nicht mehr an die Kirche glaube«, sagte er. »Die Kirche muß sich erneuern, sie muß akzeptieren, daß sie sich in bestimmten Dingen irrt.«

»Wie kannst du es wagen zu behaupten, die Kirche würde sich irren?« sagte sie wutentbrannt. »Wie kannst du es wagen, so hochmütig zu sein?«

»Weil ich aus eigener Erfahrung weiß, daß sich die Kirche in bestimmten Dingen irrt.«

»In was für Dingen?«

Er zögerte nicht eine Sekunde.

»Dingen wie der Homosexualität, zum Beispiel«, sagte er.

Sie verzog vor Ekel das Gesicht, als er das Wort aussprach.

»Die Postion der Kirche dazu ist ganz klar«, sagte sie. »Die Homosexualität ist ein Akt wider die Natur, der den Herrn beleidigt.«

»Na gut, dann bin ich eben anderer Meinung.«

»Wie, anderer Meinung?«

»Homosexualität ist etwas ganz Natürliches, Mama.«

»Red kein dummes Zeug, Söhnchen. Wie soll das natürlich sein, wenn zwei Männer Schweinereien machen?«

Er fühlte sich verletzt. Er versuchte, ruhig zu bleiben.

»Kannst du mir erklären, was daran eine Schweinerei sein soll, wenn sich zwei Männer begehren und lieben?« fragte er.

»Zwei Männer können sich nicht lieben, Joaquín. Liebe gibt es nur zwischen Mann und Frau. Ich kann nicht glauben, daß dein Denken so verdorben ist.«

Er haßte seine Mutter. Er hatte Lust, sie aus seiner Wohnung zu werfen.

»Du bist intolerant und homophob«, sagte er zu ihr.

»Was bin ich?« fragte sie verwirrt.

»Homophob.«

»Ach, so ein Unfug, mein Liebling. Ich bin zwar ein bißchen klaustrophob in Fahrstühlen und in Flugzeugen, mehr aber auch nicht.«

»Mit Ignoranten wie dir kann man nicht reden. Bis morgen, Mama.«

Joaquín ging aus dem Zimmer, stellte die Klimaanlage kälter, damit seine Mutter ordentlich frieren würde, und legte sich auf die Schlafcouch. Er hörte es donnern. Im Wetterbericht des Fernsehens hatten sie angekündigt, daß es in der Nacht ein Gewitter geben würde.

Joaquín war allein in der Wohnung. Seine Mutter war zur Zehn-Uhr-Messe gegangen. Er lief nackt in der Wohung umher, als das Telefon klingelte. Er nahm ab.

»Hallo, Joaquín. Ich bin gerade von der Kreuzfahrt zurück. Ich bin im Sonesta.«

»Hallo, Papa. Wie war es?«

»Bombig. Ich fühle mich wie frisch geboren, wie vulkanisiert.«

»Das freut mich aber.«

»Charitín und ich haben gevögelt wie zwei Turteltäubchen in den Flitterwochen. Dieses verdammte Biest bumst und bumst und bumst mit einer Ausdauer, du glaubst es nicht. Ich habe ja nun wirklich eine gute Kondition, aber diese Kubanerin ist einfach unersättlich.«

Sie lachten.

»Mach dir keine Sorgen, Junge«, sagte Luis Felipe. »Ich habe schon mit ihr gesprochen: Wenn ich nach Lima zurückfliege, wirst du dich darum kümmern, sie mir schön scharf zu halten.«

»Verdammt, wäre nicht schlecht.«

»Diese Kubanerin ist ein Teufelsweib, und ich bin ja nun, was das Bumsen betrifft, weiß Gott kein Anfänger, ha. Ich habe es schon mal auf acht Nummern in einer Nacht gebracht.«

»Wie ich annehme, nicht mit Mama, wie?«

Luis Felipe lachte.

»Nein, mit der Alten vögle ich schon seit Ewigkeiten nicht mehr«, sagte er. »Sie geht selig mit ihren Heiligenbildchen ins Bett. Die Alte muß schon langsam mit allen Heiligen geschlafen haben.«

»Übrigens hat Mama gestern bei mir geschlafen«, sagte Joaquín.

Er sagte es ganz nebenbei, als wäre es nicht weiter von Belang.

»Mach keinen Quatsch, Junge«, sagte Luis Felipe.

»Im Ernst. Mama ist nach Miami gekommen. An dem Tag, als du zur Kreuzfahrt gestartet bist.«

»Diese alte Filzlaus! Klettet sich an einen, daß man sich nicht mal in Ruhe erholen kann.«

»Sie ist völlig überraschend hier aufgetaucht. Ohne vorher anzurufen.«

»Scheiß Betschwester. Du hast ihr doch hoffentlich nichts von Charitín erzählt, oder?«

»Aber nein, Papa, wie kommst du darauf. Nicht eine Silbe habe ich ihr erzählt.«

»Wirklich nicht?«

»Tatsache.«

»Und warum, verdammte Scheiße, ist die Alte dann gekommen?«

»Sie sagt, sie muß ihre Ehe retten.«

Luis Felipe stieß ein lautes Gelächter aus.

»Dieses bösartige Weibsbild wird niemals in die Scheidung einwilligen«, sagte er. »Die Schwulen vom Opus Dei haben ihr eingeredet, sie muß ihre Ehe retten, und deine Mutter ist so störrisch wie ein beschissenes Maultier.«

»Ehrlich gesagt halte ich es auch für ziemlich schwierig mit der Scheidung. Es sei denn natürlich, du überläßt ihr das Haus.«

»Ich bin doch nicht bescheuert, Mann. Das ist es doch gerade, was die Schwulen vom Opus Dei wollen, sie soll das Haus behalten, damit sie es danach dem Opus Dei vermacht, so wie diese verrückte Manuelita Gutiérrez, die dem Opus Dei eine Riesenvilla in der Avenida Pardo vererbt hat.«

In diesem Augenblick klingelte es an der Tür.

»Mama kommt gerade«, flüsterte Joaquín.

»Alte Filzlaus«, sagte Luis Felipe. »Sag ihr nicht, daß ich angerufen habe, okay?«

»Okay.«

Sie legten auf. Joaquín öffnete die Tür. Es war Maricucha. Sie trug ein weißes Kleid und einen roten Hut.

»Ich habe die ganze Messe dafür gebetet, daß du mit mir nach Lima zurückkommst«, sagte sie lächelnd.

Er lächelte und gab ihr einen Kuß auf die Wange.

»Papa hat gerade angerufen«, sagte er zu ihr.

Sie hob eine Hand an die Brust.

»Hat er vom Schiff aus angerufen?« fragte sie einigermaßen nervös.

»Nein«, sagte er. »Er ist schon wieder in Miami.«

Sie holte eine Tablette aus ihrer Handtasche und führte sie zum Mund.

»Nur um die Nerven zu beruhigen«, sagte sie und schluckte die Tablette. »Und wo ist dein Vater jetzt?«

»Im Sonesta, zusammen mit der Kubanerin«, sagte er. »Er sagt, dieses Luder hätte ihn die ganze Nacht nicht schlafen lassen, sie hätten wie zwei Täubchen in ihrem Liebesnest geturtelt.«

Sie schloß die Augen und senkte den Kopf.

»Bitte, red nicht weiter«, murmelte sie.

»Wir waren wie zwei Turteltäubchen in ihren Flitterwochen«, äffte er die Stimme seines Vaters nach.

»Es reicht, Kind«, schrie Maricucha.

Ein paar Stunden später beschlossen Maricucha und Joaquín, an den Strand hinunterzugehen.

»Ich habe schon ewig nicht mehr meinen Badeanzug angehabt. Eine Frau meines Alters sollte nicht mehr ihr Fleisch zeigen«, sagte Maricucha, als sie zum Strand kamen.

»Was für Fleisch denn, Mama, du bist doch klapperdürr«, sagte Joaquín.

Maricucha trug einen einteiligen, schwarzen Badeanzug und einen Strohhut. Joaquín hatte sich von oben bis unten eingecremt, um sich vor der Sonne zu schützen.

»Erinnerst du dich noch an den Sommer vor tausend Jahren, als wir jeden Tag am Strand waren?« fragte sie.

»Natürlich«, sagte er. »Ich weiß noch, du bist mit mir nach Conchán gefahren, und es waren verdammt hohe Wellen auf dem Meer.«

»Und wir sind stundenlang am Strand geblieben. Wir haben soviel Sonne abbekommen, daß du schwarz geworden bist wie ein Neger, und einmal kam Oma Lourdes zum Kaffee zu uns und hat dich so schwarz gesehen und ist fast in Ohnmacht gefallen. Ich weiß noch genau, wie sie sagte: Aber um Himmels willen, der Junge sieht ja aus wie ein Kind vom Gesinde.«

Sie lachten. Sie liefen am Wasser entlang und machten sich die Füße naß. Der Strand war fast menschenleer. Ein frischer Wind blies.

»Ich weiß noch, daß ich am Herradura-Strand mit einem Rettungsschwimmer befreundet war«, sagte er.

»Ja, natürlich. So ein kräftiger Cholo war das. Wie hieß er doch gleich?«

»Elmer. Elmer Pachas.«

Joaquín konnte sich gut an ihn erinnern: Elmer war ein dunkelhäutiger, stämmiger junger Mann. Er war morgens der erste und abends der letzte am Strand. Er trug immer dieselbe schwarze, enganliegende Badehose. Joaquín war sehr gern zusammen mit Elmer am Herradura. Sie liefen am Wasser entlang, machten toten Mann und Bauchklatscher, kickten und unterhielten sich. Außerdem lud Maricucha sie beide zum Eis ein. Elmer bestellte immer Copa Esmeralda, Joaquín mochte lieber Buenhumor. Als sie einmal am Strand liefen, sagte Elmer zu Joaquín, »nichts für ungut, aber deine Mama ist wirklich klasse, was würde ich bei der gern eine Mund-zu-Mund-Beatmung machen«, und Joaquín lachte, weil er vor Verlegenheit nicht wußte, was er sagen sollte. Ein andermal, beim Baden im Meer, sagte Elmer zu ihm, »jedesmal, wenn ich deine Mama sehe, ihre schneeweißen Beine, ihren schönen Busen, wird mein Pimmel dick und hart wie Eisen«. Auf dem Nachhauseweg erzählte Joaquín seiner Mutter alles, was Elmer über sie gesagt hatte. Da geriet Maricucha außer sich und sagte, »diese Cholos sind doch alle gleich, lüstern und dreist. Sie sind wie Tiere, die nicht ihre Instinkte beherrschen können«. Am Tag darauf sagte Maricucha bei der Ankunft am Herradura zu Joaquín, »ich will nicht, daß du weiter mit dieser Cholo-Kanaille zusammen bist«, und seitdem war Joaquín nicht mehr Elmers Freund.

»Sag mal, sehe ich nicht richtig, oder was ist da?« fragte Maricucha.

Sie schaute zu einem Paar, das im Meer stand und sich in den Armen hielt. Es waren zwei junge Männer, die bis zur Hüfte im Wasser standen. Sie küßten sich.

»Also ich sehe zwei Jungs, die sich umarmen«, sagte Joaquín.

Maricucha blieb stehen, nahm die Sonnenbrille ab und stemmte die Hände in die Seiten.

»Ich muß mir das einbilden«, murmelte sie.

Joaquín lächelte.

»Mama, sei nicht so altmodisch«, sagte er.

»Mit den ganz kurzen Haaren, das ist doch bestimmt eine Frau, oder?«

»Es sind beides Männer, Mama.«

»Diese Schamlosen!«

Maricucha trat an den Meeresrand.

»Unmoralisches, schamloses Gesindel«, schrie sie. »Ich werde die Polizei holen.«

Die beiden jungen Männer bogen sich vor Lachen. Maricucha lief den Meeressaum entlang weiter.

»Das Ende der Welt muß nahe sein«, murmelte sie.

Joaquín lachte über seine Mutter.

»Wollen wir nicht zum Swimmingpool vom Sonesta gehen und eine Limonade trinken?« schlug er vor.

»O ja, eine gute Idee, meine Kehle ist wie ausgedörrt«, sagte sie.

Sie gingen unter die Duschen des Hotels und wuschen sich den Sand von den Füßen ab. Maricucha sah auf die Uhr.

»Verflixt, es ist ja schon nach zwölf«, sagte sie und machte ein besorgtes Gesicht.

»Mußt du etwas erledigen?« fragte Joaquín.

»Na, das Angelus beten«, sagte sie.

Sie verließ unverzüglich die Dusche und ergriff den Arm ihres Sohnes.

»Beten wir ein Angelus für das Seelenheil dieser beiden armen Jungen«, sagte sie zu ihm.

Maricucha und Joaquín beteten gleich neben der Dusche des Sonesta drei Ave-Maria. Ich könnte wetten, hier hat noch nie jemand ein Angelus gebetet, dachte er bei sich. Sie gingen hinauf zum Swimmingpool des Hotels und bestellten an der Bar zwei Limonaden.

»Ich glaube, drüben auf der anderen Seite des Swimmingpools liegt Papa«, sagte Joaquín.

»Dein Vater?« fragte Maricucha überrascht.

»Hm«, sagte Joaquín, »sieht so aus.«

Auf der anderen Seite des Swimmingpools sonnten sich Luis Felipe und Charitín.

»Laß uns etwas näher gehen, meine Augen werden mit jedem Tag schlechter«, sagte Maricucha.

»Wir rufen ihn lieber nachher an, Mama«, sagte Joaquín. »Ich glaube, Papa ist nicht allein.«

»Nein, nein, wir überraschen ihn«, drängte Maricucha. »Er freut sich bestimmt, uns zu sehen.«

Maricucha und Joaquín gingen zu Luis Felipe. Er lag auf einer Schaumgummimatratze und schien zu schlafen, Charitín schien ebenfalls zu schlafen. Maricucha nahm den Strohhalm aus ihrer Limonade und kitzelte damit ihren Ehemann am Ohr. Luis Felipe kratzte sich das Ohr, ohne die Augen aufzumachen. Sie kitzelte noch einmal. Da wachte Luis Felipe auf.

»He, was macht ihr denn hier?« fragte er.

Er setzte sich auf seiner Matte hin und warf verstohlen einen Blick auf Charitín. Er lächelte verkrampft.

»Wir sind hierhergekommen, um eine kleine Limonade zu trinken, und Joaquín hat dich gesehen«, sagte Maricucha mit sehr zärtlicher Stimme.

»Ich hatte ja Mama gesagt, wir rufen dich lieber nachher an«, sagte Joaquín wie zur Entschuldigung.

»Bekomme ich denn kein Küßchen?« sagte Maricucha. »Willst du mich nicht in Miami begrüßen?«

Luis Felipe stand auf und küßte Maricucha pflichtgemäß.

»Kommt, wir gehen etwas trinken«, sagte er. »Ich sterbe vor Durst.«

»Wer ist das Fräulein?« fragte Maricucha und wies auf Charitín. »Du hast sie mir gar nicht vorgestellt.«

Luis Felipe setzte ein überraschtes Gesicht auf.

»Wen meinst du?« fragte er.

»Na, deine Freundin«, sagte Maricucha.

»Sie ist nicht meine Freundin, und ich möchte sie auch gar nicht kennenlernen«, sagte Luis Felipe.

Dann wandte er sich von seiner Ehefrau ab und ging zur Bar. Maricucha stellte sich vor Charitín auf und musterte sie von oben herab.

»Schamloses Flittchen, ich zeige dich an bei der Polizei«, zischte sie und ging weiter.

Wenig später trafen sich Maricucha, Luis Felipe und Joaquín an der Bar des Swimmingpools.

»Prost auf das Familientreffen«, sagte Luis Felipe und erhob sein Glas.

»Prost«, sagte Joaquín.

Maricucha erhob ihre Limonade.

»Prost«, sagte sie zähneknirschend.

Luis Felipe trank einen Schluck und sprang in den Pool.

»Das Wasser ist herrlich«, rief er.

»Schamloser geiler alter Bock«, zischte Maricucha.

Nach dem Baden im Swimmingpool ging Luis Felipe auf sein Zimmer, um sich umzuziehen. Maricucha und Joaquín warteten an der Bar des Swimmingpools auf ihn. Charitín lag immer noch auf ihrer Matte.

»Wart einen Augenblick, ich habe mit dem Mädchen da drüben ein Wörtchen zu reden«, sagte Maricucha.

»Mama, bitte, laß sie in Frieden«, sagte Joaquín.

»Ich muß ihr helfen, auf den rechten Weg zurückzufinden, mein Liebling«, sagte Maricucha.

Sie stand auf und ging zu Charitín. Joaquín lief hinterher.

»Fräulein, entschuldigen Sie, wenn ich störe, aber ich würde gern mit Ihnen reden«, sagte Maricucha und setzte sich auf die Matratze, auf der Luis Felipe gelegen hatte.

Charitín ließ die Augen geschlossen. Maricucha ergriff ihren Arm.

»Hören Sie, Fräulein, ich rede mit Ihnen«, sagte sie.

»I don't speak Spanish, Lady«, sagte sie.

»Stell dich nicht dümmer, als du bist, Kindchen, dein Englisch ist nämlich ein ziemliches Gestammel«, sagte Maricucha.

»Das sagen Sie aus purem Neid, weil Sie wahrscheinlich nicht einen beschissenen Satz rauskriegen«, sagte Charitín.

»Ha, du hast aber schnell Spanisch gelernt«, sagte Maricucha.

Das Oberteil von Charitíns Badeanzug war aufgehakt.

»Kannst du mir mal den Badeanzug zumachen, Großer«, sagte sie zu Joaquín.

»Aber natürlich, gern«, sagte er.

»Besser, *ich* helfe dir, Kindchen«, sagte Maricucha. »Ich will nicht, daß du mir meinen Joaquín verdirbst.«

Sie ergriff Charitíns Badeanzug und machte auf dem Rücken den Verschluß zu. Charitín setzte sich auf die Matratze und wischte sich den Schweiß von der Stirn.

»Ganz schöner Atombusen, den die heilige Johanna von Kuba da zu schleppen hat«, murmelte Maricucha spöttisch.

»Womit kann ich dienen, Lady?« sagte Charitín.

Maricucha nahm ihre Sonnenbrille ab.

»Hör mal, Mädel, ich gebe dir einen Rat«, sagte sie, senkte dabei die Stimme und sah Charitín in die Augen. »Mach dich nicht an verheiratete Männer ran, ja? Das gehört sich nicht für anständige Frauen.«

»Was erlauben Sie sich, Lady!« sagte Charitín. »Erst einmal kenne ich Sie gar nicht, und außerdem, wer gibt Ihnen das Recht, mir solche Tips zu geben?«

»Du drogerieblondes Flittchen (entschuldige, daß ich so zu dir rede, Kindchen, aber genau das bist du), was glaubst du eigentlich, wen du vor dir hast, he? Glaubst du etwa, ich weiß nicht Bescheid, daß du intim warst mit meinem Mann? Glaubst du, ich weiß nichts von der Kreuzfahrt, die dieser Halunke für dich bezahlen mußte?« sagte Maricucha.

»Damit Sie es wissen, ich kenne Ihren geschätzten Gatten gar nicht«, sagte Charitín.

Sie stand auf und wickelte sich ein Handtuch um die Hüfte.

»Ja, ja, pack deine Keulen lieber ein, man sieht schon die Matratzenhaut«, sagte Maricucha zu ihr.

»Ihr Mann wird schon seine Gründe haben, wenn er sich junge und gutaussehende Frauen sucht wie die, die zu Ihnen spricht«, sagte Charitín. »Bestimmt sind Sie eine frigide alte Frau, die bei ihm keinerlei sinnliche Erregung mehr auslöst.«

Maricucha stieß ein Gelächter aus.

»Das Flittchen spricht gewählt«, sagte sie. »Kann sein, ich bin frigid, aber dagegen läßt sich etwas tun, Kindchen. Du dagegen bist eine Schlampe, und dagegen läßt sich nichts tun.«

Charitín antwortete nicht. Sie machte eine wegwerfende Handbewegung, wandte sich ab und ging zum Strand.

»Laß dich nie mit solchen Frauen ein, mein Liebling«, sagte Maricucha zu Joaquín. »Diese schamlosen Personen suchen nur die Fleischeslust als solche, ohne das Wunder der Fortpflanzung.«

»Was, verdammte Scheiße, habe ich davon, achtzig Jahre alt zu werden, wenn ich nicht einen ordentlichen Hamburger essen darf?« sagte Luis Felipe und biß in seinen Hamburger.

Obwohl Maricucha und Joaquín nicht gern Hamburger aßen, hatte Luis Felipe darauf bestanden, mit ihnen in ein McDonald's zu gehen.

»Wenn du von dem vielen Fett, das du ißt, ohnmächtig wirst, bin ich die erste, die darüber lacht, Luis Felipe«, sagte Maricucha.

»Ja, ich weiß, du wirst die erste sein, die feiert, Frau«, sagte Luis Felipe. »Du und deine Freunde vom Opus Dei werden an dem Tag, an dem ich sterbe, ein Festmahl veranstalten.«

Maricucha stieß ein Gelächter aus.

»Luis Felipe, bitte, red nicht so vor unserem Sohn«, sagte sie.

»Aber ich bitte dich, Frau, unser Sohn ist ein elender Taugenichts«, sagte Luis Felipe.

Joaquín spürte, daß sein Vater noch auf ihn wütend war. Er spürte, er hätte statt Taugenichts lieber Arschloch oder Schwuler gesagt.

»Außerdem mag ich es nicht, wenn du schlecht vom Werk sprichst«, sagte Maricucha.

Luis Felipe schob die Kinnlade hin und her.

»Von was für einem Werk redest du?« fragte er. »Von einem Kunstwerk? Von einem Bauwerk?«

»Stell dich nicht dümmer, als du bist, Luis Felipe«, sagte Maricucha. »Du weißt genau, wenn ich vom Werk rede, meine ich das Opus Dei.«

Luis Felipe bekam immer schlechte Laune, wenn seine Frau vom Opus Dei sprach.

»Hör mal, Frau, ich möchte dich um einen Gefallen bitten«, sagte er. »Sag in meiner Anwesenheit nie wieder ›das Werk‹, okay? Sag Opus Dei, ja? Du gehst mir nämlich mörderisch auf die Eier, wenn du mit diesem bepißten Betschwestermäulchen ›das Werk‹ sagst.«

Dann biß er mit aller Kraft in seinen Hamburger. Ein Stück Fleisch fiel ihm dabei hinunter auf das Plastiktablett.

»Ich scheiße auf Gott«, sagte er und schlug mit der Faust auf den Tisch.

Maricucha stieß ein Gelächter aus.

»Worüber lachst du?«, fragte Luis Felipe.

Auch Joaquín konnte nicht mehr an sich halten und lachte.

»Und worüber lachst du?« fragte Luis Felipe.

»Über nichts«, sagte Joaquín.

»Elender Taugenichts, lacht wie ein Bescheuerter mit seinen Fritten, weil er sich vor einem Hamburger ekelt«, sagte Luis Felipe und machte eine wegwerfende Handbewegung.

Einmal mehr spürte Joaquín, daß er seinen Vater haßte. Maricucha lachte immer noch. Sie lief ganz rot an im Gesicht, so sehr mußte sie lachen.

»Verflucht sei die Stunde, als ich eine Betschwester zur Frau genommen habe«, sagte Luis Felipe. »Ich hätte die Gringa Maddie heiraten sollen.«

»Eigentlich sollte ich ja nicht tratschen, aber ich habe gehört, die arme Maddie hat Probleme mit dem Alkohol«, sagte Maricucha.

»Es wäre mir allemal lieber, mit einer Frau verheiratet zu sein, die ihren Whisky trinkt, als mit einer Betschwester, die immer nur mit ihren schwulen Freunden und ihren lesbischen Freundinnen vom Opus Dei zusammenhockt«, sagte Luis Felipe.

Maricucha wurde ernst und sah ihren Gatten streng an.

»Die Mitglieder des Werks sind weder schwul noch lesbisch, Luis Felipe«, sagte sie. »Red nicht so, sonst wird dich Gott strafen.«

»Elende Schwuchteln sind diese Ordensbrüder, ein Haufen warme Brüder, die alle unter einer Decke stecken«, sagte Luis Felipe. »Ich kann mir schon vorstellen, was sie da unter der Decke für Orgien anstellen.«

Maricucha schüttelte empört den Kopf.

»Du sprichst schlecht von den Mitgliedern des Werks, weil du dich ihnen gegenüber befleckt hast«, sagte sie.

Luis Felipe lachte, doch es klang recht verkrampft.

»Red kein Blech, Frau«, sagte er.

»Du weißt genau, welchen Fleck ich meine, Luis Felipe«, sagte Maricucha.

»Möchte vielleicht noch jemand eine Coca-Cola?« versuchte Joaquín vom Thema abzulenken.

»Du mit deinem verfluchten Fleck, das ist ja zum Kotzen«, sagte Luis Felipe. »Ich habe dir schon tausendmal gesagt, daß diese Ángela nur so lammfromm getan hat. Wenn du wüßtest, wie der Nonne die Möse gejuckt hat!«

»Du hast sie verdorben«, sagte Maricucha und wurde lauter dabei. »Du hast ihr Leben ruiniert. Du bist schuld, daß Ángela das Werk verlassen mußte. Die Ärmste ist jetzt am Boden zerstört.«

»Und es will wirklich keiner ein bißchen Coca-Cola?« fragte Joaquín noch einmal.

»Red kein Blech, Frau«, sagte Luis Felipe. »Ich habe sie nicht vergewaltigt. Es hat ihr Riesenspaß gemacht.«

»Du hast die arme Ángela verdorben, und als sie alles erzählt hat, war es mit deinem Ansehen bei den Mitgliedern des Werks gründlich vorbei«, sagte Maricucha. »Darum bemühst du dich so, schlecht von ihnen zu reden. Weil du nicht fähig bist, ein Leben in Heiligkeit zu führen wie sie.«

Luis Felipe lachte und versuchte dabei, sich den Anschein von Überlegenheit zu geben.

»Blödsinn«, sagte er. »Ich scheiße darauf, wie ein Heiliger zu leben. Ich will was haben vom Leben. Ich will mir nicht Nägel in den Arsch spießen, um heilig zu sein.«

»Mit dir kann man nicht reden, Luis Felipe, du ziehst alles in den Schmutz«, sagte Maricucha.

»Meinetwegen. Aber wenn es unter deiner Würde ist, mit mir zu reden, warum gehst du dann nicht zu den Lesben vom Opus Dei und lebst mit denen?« fragte Luis Felipe jetzt lauter.

»Weil ich meine Ehe und deine Seele retten will«, sagte Maricucha. »Weil ich will, daß du deine befleckte Seele reinigst.«

»Bist du etwa nicht befleckt?« schrie Luis Felipe. »Bist du etwa nicht befleckt?«

Er ergriff den auf dem Tisch stehenden Ketchup, zielte auf seine Ehefrau und drückte mit Kraft zu. Ein Strahl Ketchup kam herausgeschossen und traf Maricucha auf der Brust.

»Jetzt bist du auch befleckt«, sagte Luis Felipe und lachte. »Jetzt sind wir alle befleckt.«

Während sich Maricucha das Kleid mit einer Papierserviette reinigte, steckte sich Luis Felipe eine Zigarette an.

»Die Frau eine Betschwester und ein Sohn, der schwul ist«, murmelte er. »Es ist zum Kotzen. Warum bloß habe ich nicht die Gringa Maddie geheiratet?«

»Das Telefon klingelt, mein Liebling«, sagte Maricucha. »Wach auf und nimm ab.«

Joaquín schlug die Augen auf und hörte das Klingeln des Telefons. Nachdem sie aus dem McDonald's zurückgekehrt waren, hatten sie eine Platte von Edith Piaf gehört und waren eingeschlafen.

»Geh ran, mein Liebling«, sagte sie. »Es wird dein Vater sein, der ein schlechtes Gewissen hat.«

Joaquín nahm ab, bevor der Anrufbeantworter ansprang.

»Hallo, Junge, was macht ihr gerade?«

Es war Luis Felipe. Seine Stimme klang reumütig.

»Nichts, wir haben uns ein bißchen ausgeruht«, sagte Joaquín und machte den Fernseher an.

»Hör mal, ich glaube, ich war ein bißchen ungezogen zu deiner Mutter, oder?«

»Na ja, kann sein.«

Maricucha nahm die Fernbedienung und suchte, bis sie das Programm auf spanisch fand.

»Cristina«, rief sie lächelnd und machte lauter.

»Hör mal, ich sitze hier auf dem Balkon von meinem Zimmer und trinke gerade einen Schluck und seh mir den Sonnenuntergang an, und da dachte ich mir, vielleicht habt ihr Lust, auf ein Weilchen rüberzukommen, zum Unterhalten«, sagte Luis Felipe.

»Klar, hört sich gut an«, sagte Joaquín.

»Und ihr, habt ihr schon was vor?«

»Nein, Papa, nichts.«

»Dann kommt doch vorbei, wenn ihr Lust habt. Wir können uns ein paar Drinks und eine Käseplatte bringen lassen.«

»Abgemacht. Wir sind gleich da.«

»Ich warte dann auf euch.«

Sie legten auf.

»Papa sagt, wir sollen zu ihm aufs Zimmer kommen und einen Happen essen«, sagte Joaquín.

Maricucha lächelte.

»Ich wußte ja, daß er es bereuen würde«, sagte sie. »Dein Vater ist und bleibt derselbe.«

»Aber tu so, als ob du ihm noch böse bist, Mama. Vergib ihm nicht so schnell. Sonst wird er dich weiter schlecht behandeln.«

»Die erste Pflicht eines Christen ist es, seinem Nächsten zu vergeben, Liebling«, sagte Maricucha.

Sie zog die Schuhe an, ging in die Küche und machte den Kühlschrank auf.

»Aber Söhnchen, das ist ja schrecklich, ich dachte, du bist Abstinenzler«, rief sie.

»Nicht doch, Mama, das sind die Sachen, die ich für Papa gekauft hatte«, sagte er und sprang aus dem Bett.

»Wir werden dieses Gift augenblicklich wegschütten«, sagte sie.

Sie nahm das Bier aus dem Kühlschrank und fing an, es ins Spülbecken zu schütten.

»Mama, hab es nicht so eilig«, sagte er lachend.

»Liebst du deinen Vater, Joaquín?« fragte sie sehr ernsthaft.

»Ein bißchen schon, glaube ich«, sagte er.

»Dann kannst du ihm kein Gift geben«, sagte sie und schüttete weiter Bier in den Ausguß.

»Ein Tropfen Alkohol ist kein Gift, Mama«, sagte er.

»Mein Liebling, Alkohol ist eine gefährliche Sache, die den Menschen den Verstand raubt und sie zu Tieren macht«, sagte sie. »Alkohol ist das Verderben deines Vaters.«

Als sie alles Bier ausgeschüttet hatte, nahm sie den Wein in Angriff.

»Den Wein bitte nicht«, sagte er. »Laß uns lieber beide ein Gläschen trinken.«

»Von Wein schlafe ich wie ein Klotz.«

»Ach, Mama, sei doch nicht so engstirnig.«

Keiner sagte etwas. Sie schauten sich in die Augen.

»Jetzt wo du es sagst, spüre ich die Versuchung«, sagte sie.

»Laß uns anstoßen«, sagte er.

»Gut, wenn du unbedingt willst.«

Er goß zwei Gläser Wein ein.

»Glaubst du wirklich, Papa ist Alkoholiker?« fragte er.

»Alkoholiker, Paranoiker, und außerdem schizophren.«

»Gut, Prost auf den schizophrenen Paranoiker.«

Sie stießen an. Tranken einen Schluck.

»Nur ein Tropfen, mehr nicht, Alkohol schwächt nämlich die moralischen Widerstandskräfte und läßt dich den Versuchungen erliegen«, sagte sie.

Danach machten sie sich fertig, verließen die Wohnung und gingen zum Auto hinunter. Es herrschte eine bleierne Hitze. Die Sitze waren glühend heiß. Überall waren Moskitos.

»Es geht doch nichts über das angenehm gemäßigte Klima in meinem geliebten Lima«, sagte sie.

Joaquín fuhr auf die Straße, hielt bei einem Seven-eleven und kaufte eine Zeitung.

»Laß mal sehen, ob es eine Nachricht aus Peru gibt«, sagte seine Mutter.

Maricucha warf einen Blick auf die Titelseite von Las Américas.

»Autobombe in Lima explodiert, drei Tote, zwölf Verletzte«, stand da.

»Wann begreifst du endlich, daß man in Lima nicht leben kann, Mama?« fragte Joaquín.

Maricucha und Joaquín klopften an der Tür eines Zimmers im Sonesta. Luis Felipe öffnete ihnen sofort. Er war in Badehose. Er roch nach Alkohol.

»Hereinspaziert, hereinspaziert«, sagte er lächelnd. »Wie schön, daß ihr euch noch entschlossen habt zu kommen.«

Maricucha und Joaquín traten ins Zimmer.

Luis Felipe küßte seine Frau auf die Wange, als bäte er um Entschuldigung.

»Gehen wir auf den Balkon, da ist es etwas kühler«, sagte er.

Die drei gingen auf den Balkon. Man sah das türkisfarbene Meer von Key Biscayne und weit draußen ein paar Schiffe.

»Was für ein wunderschöner Ausblick«, sagte Maricucha.

»Kommt, wir machen ein paar Fotos«, sagte Luis Felipe.

»O ja, das ist eine gute Idee«, sagte Maricucha.

»Ich hole den Apparat«, sagte Luis Felipe und ging ins Zimmer.

Er machte immer sehr gern Fotos, wenn er angetrunken war. Joaquín trat an seine Mutter heran.

»Du hast recht, Papa ist wirklich schizophren«, sagte er leise zu ihr. »Jetzt hat er sich in einen Engel verwandelt.«

»Im Grunde genommen ist dein Vater ein herzensguter Mensch«, sagte sie. »Er leidet nur unter so vielen Spannungen.«

»Er ist schon ziemlich abgefüllt, oder?«

»Was sollen wir tun, Söhnchen, man muß ihm seine Laster nachsehen.«

Luis Felipe kam mit einem Fotoapparat zurück.

»Zu guter Letzt sind wir eine vereinte Familie, und wir werden monolithisch vereint bleiben bis ans Ende«, sagte er lächelnd.

»Bis zum Ende«, sagte Maricucha.

»Komm, Junge, mach ein paar Fotos von deiner Mutter und mir«, sagte Luis Felipe.

»Natürlich, Papa, aber gern«, sagte Joaquín.

Luis Felipe gab ihm den Fotoapparat und nahm Maricucha in die Arme.

»Dreißig Jahre verheiratet, wie die Zeit vergeht, verfluchte Scheiße!« sagte er.

»Ach, Luis Felipe, sag doch nicht so viele schlechte Wörter«, sagte sie.

»Dreißig Jahre, und ich liebe dich noch wie am ersten Tag«, sagte Luis Felipe. »Bist zwar eine alte Fregatte, aber ich liebe dich immer noch, Maricuchita.«

Er versuchte, ihr einen Kuß zu geben.

»Huch, du bist ja besoffen«, sagte sie.

Luis Felipe küßte Maricucha auf die Wange.

»Ach, bist du zickig, Frau, wie du dich wieder anstellst!« sagte er. »Aber darum liebe ich dich ja so, weil du mich immer nicht ranlassen willst.«

»Ach, Luis Felipe, das ist ja entsetzlich!« sagte sie lachend. »Ich verbiete dir solche Unanständigkeiten vor unserem Sohn.«

Joaquín beobachtete die beiden durch den Sucher des Fotoapparats.

»Nun mach schon, Söhnchen«, sagte Maricucha zu ihm.

»Moment, ich stelle das Glas ab«, sagte Luis Felipe. »Ein Señor läßt sich nie beim Trinken fotografieren.«

Er stellte sein Glas ab und umarmte Maricucha. Joaquín machte ein paar Aufnahmen von ihnen.

»Jetzt ein Foto von uns dreien zusammen«, rief Luis Felipe.

Maricucha lachte herzlich.

»Ach, Luis Felipe, man merkt, daß du zuviel getrunken hast, wer soll denn das Foto machen?« sagte sie.

»Das erledigt der Apparat ganz allein, Maricucha«, sagte Luis Felipe.

»Das kann doch nicht sein«, sagte Maricucha überrascht. »Unglaublich, wie die Technik voranschreitet!«

»Ich werde dir die Selecciones abonnieren, damit du auf der Höhe der Zeit bleibst«, sagte Luis Felipe.

»Da muß ich erst meinen geistlichen Führer fragen«, sagte Maricucha. »Man weiß nie, an welcher Stelle sich der Teufel in ein christliches Heim schleicht.«

»Selecciones ist eine sehr moralische Zeitschrift, Frau, da sind keine nackten Frauen oder sonst etwas drin«, sagte Luis Felipe und stellte den Fotoapparat ein. »Fertig, und lächeln bitte«, rief er.

Dann lief er und umarmte Maricucha und Joaquín. Sie lächelten alle drei und hörten, wie der Apparat klick machte.

Zurück in seiner Wohnung, öffnete Joaquín den Koffer seiner Mutter. Der Koffer roch nach Damenparfüm. Joaquín nahm die Blumen, Röcke und Kleider heraus. Er roch an jedem Kleidungsstück. Er nahm die Unterwäsche seiner Mutter heraus. Zog sich aus.

Eine Frau müßte man sein, das wäre geil, dachte er.

Er war allein in seiner Wohnung. Seine Eltern waren im Sonesta geblieben. Er betrachtete sich im Spiegel.

Das einzige, wofür ich meinen Eltern dankbar bin, ist der schöne Arsch, den ich von ihnen habe.

Er zog die Schlüpfer seiner Mutter an. Betrachtete sich im Spiegel. Leckte sein Bild im Spiegel.

Ich brauche einen Mann, der mich glücklich macht, dachte er.

Das Telefon klingelte. Er bekam einen Schreck. Er rannte in Unterhosen zum Telefon und nahm ab.

»Hallo?«

»Du hast ja plötzlich so eine reizende Stimme, mein Söhnchen, wie denn das?«

»Mama, das ist ja eine Überraschung.«

»Habe ich dich aus dem Bad geholt?«

»Nein, ich habe gelesen.«

»Na ja, du warst ja immer der Intellektuelle der Familie. Hör mal, Joaquincito, ich rufe dich nur an, um dir zu sagen, daß ich heute bei deinem Vater übernachte.«

»He, das freut mich aber, Mama.«

»Dein Vater besteht darauf, daß ich bleibe.«

»Klar, keine Frage.«

»Willst du nicht zu uns kommen und eine Kleinigkeit mit uns essen?«

»Mama, bitte, ich will nichts mehr von Essen hören. Ich bin voll bis oben hin.«

»Sag, daß du Sehnsucht haben wirst nach mir, Söhnchen.«

»Ich werde Sehnsucht nach dir haben, Mama.«

»Jetzt kann ich ruhig schlafen«, sagte sie und legte auf.

Joaquín legte den Hörer auf und ging ins Bad. Er bemalte sich die Lippen mit dem Lippenstift seiner Mutter, küßte sein Spiegelbild und hinterließ dabei einen roten Fleck auf dem Glas. Er ging ans Telefon und rief Peter an.

»Du mußt unbedingt kommen«, sagte er.

»Ist was Schlimmes passiert?« fragte Peter.

»Hm.«

»Was ist denn passiert?«

»Ich habe schreckliche Sehnsucht nach dir.«

Peter lachte.

»Du bist eine hoffnungslose Tunte«, sagte er.

»Hoffnungslos in dich verliebt.«

»Red keinen Stuß.«

»Kommst du, oder nicht?«

»Ich weiß noch nicht, ich gucke grad fern und hatte vor, mir eine Pizza zu bestellen.«

»Wenn du kommst, koche ich was ganz Leckeres für dich und mache alles, worum du mich bittest.«

»Alles, worum ich dich bitte?«

»Alles, worum du mich bittest.«

»Gut, ich bin gleich da.«

Sie legten auf. Joaquín zog sich den BH seiner Mutter an und stopfte ihn mit Toilettenpapier aus. Dann machte er sich Rasierschaum auf die Beine und rasierte sie sich.

Du siehst bald aus wie ein richtiges Fräulein, dachte er.

Er schminkte sich, zog ein schwarzes Kleid an und betrachtete sich im Spiegel.

Hallo, Prinzessin, dachte er. Man könnte dich glatt für ein Mädchen aus Villa María halten.

Dann ging er ins Wohnzimmer und legte eine Platte von Edith Piaf auf. Er machte den Koffer zu, goß sich ein Glas Wein ein und setzte sich hin, um auf Peter zu warten. Nach einer kurzen Weile klingelte es an der Tür. Er machte auf. Peter lachte.

»Was hast du denn mit dir gemacht, du Ei?« fragte er überrascht.

Joaquín küßte ihn auf die Lippen.

»Heute nacht bin ich Edith für dich«, sagte er.

Peter war schon gegangen, als Joaquín am nächsten Morgen erwachte. Er hatte keine Lust aufzustehen, schaltete den Fernseher ein und sah sich eine der morgendlichen Nachrichtensendungen an. Ihn interessiert nicht, worüber gesprochen wurde, er hatte nur Augen für die Krawatten, Brillen und Ohrringe, die die Leute im Fernsehen trugen, und dafür, wie sie angezogen waren. Nach einer kurzen Weile machte er den Fernseher wieder aus. Er quälte sich aus dem Bett und öffnete die Fenster. Die Sonne stand schon hoch am Himmel. Er sammelte die Wäsche seiner Mutter zusammen und packte sie in den Koffer. Er bereute, sich am Abend zuvor als Frau verkleidet zu haben. Langsam zog er sich eine Badehose an, setzte sich eine Mütze auf und cremte sich mit einem Sonnenschutzmittel ein. Er ging an den Strand hinunter. Kleine Eidechsen huschten über den Weg. Die

Sonne brannte schon. Der Sand glühte. Er mußte rennen, um sich nicht die Fußsohlen zu versengen. Er benetzte seine Füße. Das Wasser war warm. Er ging ins Meer hinein. Er spürte, wie seine rasierten Beine untertauchten, seine Hoden, sein Bauch. Er kniete sich auf den Meeresboden. Es war fast windstill. Nur ein paar leichte Wellen plätscherten um seinen Körper. Er zog die Badehose herunter, spürte, wie sein Schwanz frei im warmen Wasser pendelte. Er schloß die Augen, dachte an einen Morgen im Meer bei Boca Chica zurück, in der Dominikanischen Republik. Damals war er weit ins Meer hinausgegangen, ohne den Grund unter den Füßen zu verlieren, er hatte heimlich die Paare beobachtet, die sich küßten, als lächelnd ein schlanker, dunkelhäutiger Junge auf ihn zukam und zu ihm sagte, »hallo, Mister, bleiben Sie nicht so lange im Wasser, das Meer ist hier schmutzig, weil die Leute soviel schnepeln«, und Joaquín sagte zu ihm, »Entschuldigung, aber ich bin nicht von hier, was heißt das, schnepeln?«, und der Schwarze lachte und sagte, »schnepeln heißt sich paaren, Geschlechtsverkehr machen, Sie glauben ja nicht, was die Leute in diesem Wasser hier schon geschnepelt haben, Sie sehen doch selbst da draußen die vielen Liebespaare, wie sie rumschnepeln, was das Zeug hält«, und Joaquín lächelte und sagte, »wird wohl viel geschnepelt in Santo Domingo, wie?«, und der Mulatte sagte, »der einzige Dominikaner, der hier nicht schnepelt, ist der Präsident, der ist alt und blind, wir anderen Dominikaner schnepeln alle wie die Weltmeister«, und Joaquín sagte, »verdammt, da könnte man ja richtig neidisch werden«, und der Mulatte lächelte immer noch und sagte, »sehen Sie die Zelte dort?, da gehen die Leute rein, um zu schnepeln; wenn Sie wollen, kann ich es Ihnen zeigen«, und Joaquín sagte, »keine schlechte Idee«, und sie gingen beide aus dem Meer, und bevor sie hineingingen in eines der Zelte, die am Strand standen, sagte der Schwarze, »man muß vierzig Pesos zahlen, wenn man sehen will, wie hier geschnepelt wird«, und Joaquín gab ihm das Geld, und sie gingen ins Zelt, und der

Schwarze zog den Reißverschluß vom Zelt zu, zog seine Badehose herunter und zeigte ihm seinen Schwanz, und Joaquín drehte sich um, und der Schwarze machte mit ihm Liebe, als tanzte er eine Merengue.

»Schnepel mich, Neger«, sagte Joaquín, bevor er ins Meer ejakulierte.

Als er vom Strand zurückkam, sah Joaquín, daß auf seinem Anrufbeantworter eine Eins leuchtete. Er drückte den Knopf und hörte die Nachricht ab.

»Hallo, ich bin's, deine Mutter, mein Liebling. Ach, Herr im Himmel, ich komme mit diesen Telefonen mit Stimme nicht zurecht. Bist du da, oder bist du nicht da? Was muß ich hier machen, Luis Felipe? Soll ich weiterreden? Also gut, mein Söhnchen, ich wollte dir Bescheid sagen, daß dein Papa und ich heute nachmittag nach Lima zurückfliegen, und wir würden uns sehr freuen, wenn du mit uns Mittag essen würdest, ruf doch bitte an, damit wir uns irgendwie verabreden. Tschau dann. Küßchen, und laß dich fest von deiner Mama drücken.«

Joaquín nahm den Hörer ab und wählte das Zimmer seines Vaters im Sonesta. Luis Felipe ging ran.

»Hallo, Papa, ich bin's.«

»Scheiße, so ein Mist. Ich hatte schon gehofft, Charitín ruft an.«

Sie lachten.

»Ich wollte mit Mama sprechen. Sie hat bei mir angerufen.«

»Die Alte ist nicht da, Joaquín. Sie ist zur Neun-Uhr-Messe gegangen.«

»Natürlich, hätte ich auch selbst drauf kommen können.«

»Sie ist selig aufgestanden und hat ihre Jane-Fonda-Gymnastik gemacht. Mir gehen die Eier kaputt, wenn ich das sehe. Es ist nämlich eine Sache, wenn dieses Rasseweib von Jane Fonda mit dem Arsch wackelt, und eine ganz andere, wenn die Alte wie ein Gespenst im Bademantel herumhüpft.«

Sie lachten.

»Und alles, weil ich gestern bei ihr den Öldruck gemessen habe«, redete Luis Felipe weiter. »Es war auch höchste Zeit für einen Ölwechsel bei ihr. Wenn ich ihr nicht ab und zu den Gefallen tue, wird die Alte zickig und griesgrämig. Einer muß sich ja opfern, um für ein bißchen Harmonie in der Familie zu sorgen, stimmt's?«

Joaquín lachte. Er fand seinen Vater zynisch und vulgär, aber manchmal auch witzig.

»Um wieviel Uhr fliegt ihr?« fragte er.

»Heute nachmittag mit der American um fünf«, sagte Luis Felipe. »Es ist kaum zu glauben, aber ich habe schon wieder Sehnsucht nach der Spannung in Lima.«

»Nicht zu glauben.«

»Hör mal, Junge, ich wollte dich um einen Gefallen bitten.«

»Was du willst, Papa.«

»Ich will mich von Charitín verabschieden, verstehst du?«

»Vollkommen.«

»Und ich bin stinkend sauer, daß sich die Alte hier bei mir einquartiert hat. Wenn du mitspielst, sage ich der Alten, ich muß zur Bank, fahre in deine Wohnung und treffe mich dort mit Charitín. Sie wartet schon mit duftender Muschi auf meinen Anruf.«

»Kein Problem, Papa. Du kannst die Wohnung haben.«

»Ich brauche nur um eine Stunde, mehr nicht.«

»Solange du willst, Papa.«

»Prima, Junge. Mir fällt ein Stein vom Herzen, ich kann nämlich nicht weg von Miami, ohne mich von diesem geilen Stück zu verabschieden, wie es sich gehört.«

»Ich gehe jetzt gleich außer Haus und hinterlege dir die Schlüssel beim Portier. Danach warte ich zusammen mit Mama im Sonesta auf dich.«

»Perfekt. Prima.«

»Verbleiben wir so.«

»Hör mal, Junge, noch etwas, entschuldige die Dreistheit deines Vaters.«

»Was denn, Papa.«

»Hättest du ein paar Kondome, die du mir leihen kannst?«

Joaquín lachte.

»Natürlich, ich habe eine ganz volle Schachtel«, sagte er.

»So spare ich Zeit und muß nicht noch mal bei der Apotheke vorbei.«

»Ich lege dir Kondome so hin, daß du sie gleich zur Hand hast.«

»Hoffentlich passen sie auch, ich brauche nämlich Größe XXL«, sagte Luis Felipe und wieherte los vor Lachen.

Nachdem Joaquín mit seinem Vater telefoniert hatte, zog er sich Sportzeug an und hinterlegte seine Schlüssel beim Portier. Er wollte zum Sonesta joggen, um sich ein bißchen Bewegung zu verschaffen. Er joggte jeden Morgen. Das Laufen machte ihm Spaß. Manchmal dachte er, Peru wäre ein besseres Land, wenn mehr Leute jeden Tag joggen würden. Er hatte es sich mit zwölf Jahren angewöhnt. Damals lief er durch die Straßen von Chaclacayo mit Vilca, seinem Trainer im Fitneßstudio. Jeden Nachmittag nach der Schule zog er sich das T-Shirt von der peruanischen Fußballnationalmannschaft an und rannte mit Vilca von Los Cóndores bis zum Club El Bosque, hin und zurück. Als er dreizehn wurde, schenkte ihm Vilca eine Schallplatte mit der Filmmusik von ›Rocky‹ und sagte zu ihm, »›Rocky‹ ist der beste Film, den ich je im Leben gesehen habe, viel besser als ›Der weiße Hai‹ oder ›Das Erdbeben‹, weil ›Rocky‹ eine Botschaft hat, ich habe dabei Rotz und Wasser geheult«. An diesem Abend hörte Joaquín sich die Platte ein paarmal an und fand die Musik schön und bewegend. Ein paar Tage darauf sagte Vilca zu Maricucha, »Señora, ich würde gern den Champion ins Kino Perú de Chosica mitnehmen, damit er mal ›Rocky‹ sieht«, und sie fand die Idee ausgezeichnet. Am folgenden Wochenende fuhr

Maricucha sie zum Kino, sie kaufte die Eintrittskarten und sagte zu Vilca, »wenn es eine Szene gibt, die der Junge besser nicht sehen sollte, halten Sie ihm die Augen zu«. Da lächelte Vilca und sagte, »keine Sorge, Señora, ›Rocky‹ ist ein Superfilm«. Joaquín und sein Trainer verabschiedeten sich von Maricucha und setzten sich in eine der vorderen Reihen. Als der Film anfing, klatschte Vilca begeistert und schrie, »yes, Rocky, yes«, und Joaquín genierte sich ein bißchen. Dann redete Vilca während des gesamten Films, er rutschte auf seinem Sitz herum, gab Rocky Ratschläge, er sagte zu ihm, »gib's ihm, schlag zu, nicht müde werden, du schaffst es, Rocky, du schaffst es, mach ihn fertig, hau ihn um, guckt mal, Leute, wie die sich schlagen, das ist kein Schaum, den die da schlagen, nein, mach ihn platt, Rocky, zerquetsch ihn wie eine Laus«. Als der Film zu Ende war, stand er auf, klatschte und rief, »Glückwunsch, Rocky, du hast sie alle in den Sack gehauen, du bist der Champion«. Vilca weinte vor Glück. Als sie aus dem Kino herauskamen, sagte er zu Joaquín, sie sollten zu Los Cóndores zurückrennen. Joaquín sagte, lieber nicht, es sei so weit, doch der Trainer rannte los und trällerte dabei das Lied aus dem Film, und Joaquín war gezwungen, ihm hinterherzurennen. Sie liefen die Stadtautobahn entlang. Es wurde schon dunkel. Sie brauchten mehr als eine Stunde, bis sie Los Cóndores erreichten. Joaquín war völlig ausgepumpt, als sie ankamen. Vilca umarmte ihn und sagte, »Glückwunsch, Champion, du bist der Rocky von Chaclacayo«. Joaquín haßte Vilca, er hielt ihn für einen Idioten und wollte sich an ihm rächen. An diesem Abend sagte er zu seiner Mutter, er wolle nicht mehr bei Vilca trainieren. Sie sah ihn überrascht an und fragte ihn, wieso, er sei doch bisher so zufrieden gewesen mit Vilca, und er sagte zu ihr, »das ist ein Perverser, wir haben heute nachmittag gar nicht ›Rocky‹ gesehen, er hat die Karten umgetauscht und mich in einen Film für Erwachsene im Kino Chosica mitgenommen«. Ein paar Tage später entließ Maricucha Vilca und sagte nur, »Sie wissen schon, warum, befragen Sie Ihr Gewissen, und Sie werden die Antwort finden«. Vilca entfernte sich so schnell und so verwirrt, daß er sich nicht einmal von Joaquín verabschieden konnte. Jahre später erhielt Maricucha einen Weihnachtsgruß von ihm. Er schrieb, daß er inzwischen in Kalifornien lebe, er sei als Mitglied der peruanischen Nationalmannschaft im Freistilringen in die Vereinigten Staaten gekommen, illegal dageblieben, habe eine Amerikanerin geheiratet und arbeite zur Zeit als Trainer in einem Fitneßstudio. Er fügte noch hinzu, er habe schon die green card und es fehlten ihm nur noch zwei Jahre, um die volle US-Staatsbürgerschaft zu erhalten. »Grüßen Sie den Rocky von Chaclacayo von mir«, schrieb er zum Schluß.

Joaquín kam erschöpft und schweißnaß im Sonesta an. Er ging in Sportbekleidung ins Hotel, fuhr mit dem Fahrstuhl nach oben und klopfte an die Tür des Zimmers, in dem seine Eltern wohnten.

»Wer ist da?« rief Maricucha.

»Dein Sohn, Mama«, sagte Joaquín.

Maricucha machte auf.

»Ich führe gerade ein Ferngespräch nach Hause«, sagte sie und eilte ans Telefon zurück.

Joaquín ging ins Zimmer. Maricucha setzte ihr Telefongespräch fort.

»Hallo, Irma, ja, Kind, der junge Joaquín ist gerade gekommen. Gut, wie ich dir schon gesagt habe, hol alle meine Schuhe aus dem Schrank und gib sie Meche, damit sie sie putzt, sie soll alle ordentlich eincremen und blitzblank bürsten. Du weißt, wie gern ich es habe, wenn ich von meinen Reisen zurückkomme, und alle meine Schuhe glänzen. Dann sag Marcelo noch, daß er meine Hortensien, die Petunien und die Vergißmeinnicht gut versorgen soll, aber schreib es dir auf, Kind, ach, sag nicht, ja, Señora, ja, Señora, und dann vergißt du alles. Sag Marcelo, er soll das Moos von den Hortensien wechseln, und er soll alle mein Pflänzchen mit Schneckenvernichtungsmittel spritzen, und die Erde meiner Pflänzchen soll er mit ein bißchen Bier gießen. Ja, Bier, Bier, paß aber auf, Marcelo trinkt nämlich soviel, laß ihn nicht allein mit dem Bier, sonst betrinkt sich dieser Nichtsnutz dabei. Noch etwas anderes, laß mir den Braten in der Papayabeize. Den Braten, ja, das Stück Braten, das wir letztens bei Wong gekauft haben. Gut, laß den Braten in der Papayabeize, damit er morgen zum Mittag schön weich ist. Du weißt, mein Mann kommt von seinen Reisen immer mit einem Mordshunger nach Hause. Nimm auf alle Fälle auch das Hähnchen aus dem Frost und leg es ein bißchen in Weinmarinade ein. Wenn kein Tafelwein da ist, mach ruhig eine Flasche von meinem Mann auf, wir tun ihm damit nur etwas Gutes, Kind. Der Ärmste ist alkoholkrank, Irma, wir müssen etwas unternehmen, um ihn zu heilen.«

»Mama, bitte schrei nicht so«, sagte Joaquín. »Du kreischst wie ein Papagei.«

»Gut, Kind, ich muß jetzt Schluß machen, der junge Joaquín zankt schon mit mir. Vergiß nicht, was ich dir aufgetragen habe, und bete die Fürbitte des Vaters, damit das Flugzeug nicht abstürzt. Tschau, Irma, tschau dann.«

Maricucha legte auf.

»Ich mußte sie anrufen«, sagte sie, wie um sich zu entschuldigen.

»Um ihr zu sagen, daß sie den Braten in Papaya eingelegt lassen soll?« fragte Joaquín lächelnd. »Du bist unverbesserlich, Mama, du hältst es nicht einen Tag aus, ohne mit Irma zu reden.«

»Ich liebe sie doch wie meine eigenen Kinder, Liebling.«

»Mehr als deine Kinder, wolltest du sagen.«

»Ach, mein Söhnchen, du bist eifersüchtig.«

»Nein, nein. Eifersüchtig solltest eher du sein.«

»Wieso, Joaquincito?«

»Weil Papa dich gerade betrügt.«

Maricucha machte ein überraschtes Gesicht.

»Warum sagst du mir so etwas, mein Liebling, wo dein Papa und ich uns gerade gestern abend so schön versöhnt haben?« fragte sie.

Er lächelte spöttisch über sie.

»Ja, ich weiß, Papa hat mir erzählt, daß er dir gestern den Gefallen getan hat«, sagte er.

»Ich kann es nicht glauben, daß er so geschmacklos war, dir so etwas zu sagen«, sagte sie.

Jetzt ärgerte sie sich.

»Er hat es mir wortwörtlich so gesagt: Ich habe der Alten den Gefallen getan, einer muß schließlich für Harmonie in der Familie sorgen«, sagte er und äffte dabei die Stimme seines Vaters nach.

»So etwas Unverschämtes kann er nicht gesagt haben«, sagte sie. »Du hast schon immer einen Hang zur Unwahrheit gehabt, Joaquín.«

Sie verstummten beide.

»Kannst du mir denn vielleicht sagen, wo Papa gerade ist?« fragte Joaquín.

»Er hat mir gesagt, daß er zur Bank muß.«

»Eine Lüge ist das.«

»Dann sag du mir, wo er hingegangen ist«, sagte sie und fächelte sich mit einem Pfarrblatt frische Luft zu. »Bitte kein Fortsetzungskrimi, Joaquín, in meinem Alter vertrage ich das nicht mehr.«

»Papa ist in meiner Wohnung.«

»Und was macht er da?«

»Er wollte sich mit Charitín treffen.«

»Wer ist Charitín?«

»Na, die kleine Kubanerin vom Swimmingpool.«

Maricucha blieb vor Überraschung der Mund offenstehen.

»Dieses drogerieblonde Zellulitisflittchen von gestern?« fragte sie.

»Genau das.«

»Dieses schamlose Weib mit dem Atombusen?«

»Genau das.«

Maricucha stand auf, nahm ihre Handtasche und setzte sich die Sonnenbrille auf.

»Wir fahren sofort in deine Wohnung«, sagte sie und lief stracks zur Zimmertür.

»Beruhige dich, Mama, mach keine Dummheit«, sagte er und bereute, daß er seinen Vater verraten hatte.

Maricucha blieb stehen, nahm die Sonnenbrille ab und schaute ihrem Sohn in die Augen.

»Der Herr hat uns zwar gelehrt, die andere Wange hinzuhalten, aber auch, die Händler aus dem Tempel zu jagen«, sagte sie.

»Die Drei-Uhr-Predigt hat angefangen«, murmelte Joaquín mit spöttischem Lächeln.

»Schweig, Gottloser«, sagte sie und ging aus dem Zimmer.

Sie verließen eilig das Hotel und riefen ein Taxi.

»Mama, überstürze nichts«, sagte er. »Ruf lieber vorher kurz an, um uns eine peinliche Situation zu ersparen.«

»Ich habe deinen Vater dreißig Jahre lang nackt gesehen, mein Söhnchen, und diese Person habe ich ebenfalls gesehen, wie sie ihr Fleisch zur Schau stellte«, sagte Maricucha.

Sie stiegen in ein Taxi, das von einer Frau gefahren wurde. Joaquín sagte der Frau seine Adresse, und sie fuhren los.

»Ich lasse es nicht zu, daß sich mein Mann über mich lustigmacht«, sagte Maricucha. »Und wenn ich für meine christlichen Prinzipien streiten muß, werde ich zur Bestie.«

»Die Kerle sind alle gleich, geil und unverschämt«, sagte die Frau am Steuer. »Nichts als Scherereien hat man mit ihnen.«

»Woher kommen Sie, Señora?« fragte Joaquín.

»Chilenin, mit fünfzehn Jahren legalem Aufenthalt in diesem Land«, sagte sie.

Maricucha seufzte.

»Ach ja, ich habe meine Flitterwochen an den Seen in Südchile verbracht, wenn ich daran zurückdenke...« sagte sie.

»Eine herrliche Gegend«, sagte die Taxifahrerin.

»Himmlisch, Kind, himmlisch, aber dieses Vieh von meinem Mann hat mich nicht einmal auf den Balkon gelassen«, sagte Maricucha. »Unglaublich, was für ein fleischliches Verlangen dieser Mann hat.«

»Sag ich doch, geil und unverschämt sind die Kerle«, sagte die Taxifahrerin. »Ihre Befriedigung, das ist alles, was sie wollen.«

»Aber die Seen, ach, was sehne ich mich nach ihnen zurück«, sagte Maricucha.

»Sie benutzen unsereins und werfen uns dann weg«, sagte die Taxifahrerin.

»Hören Sie, meine Liebe, wissen Sie, wie ich in die Sendung von Don Francisco reinkomme?« fragte Maricucha die Taxifahrerin.

»Ich glaube, der Eintritt ist gratis«, sagte sie. »Und außerdem verteilen sie kostenlos Hot Dogs, Pampers und die Zeitschrift Christina.«

»Don Francisco ist einfach wundervoll«, sagte Maricucha.

Kurz darauf kamen sie vor Joaquíns Haus an. Maricucha holte das Portemonnaie aus ihrer Handtasche und bezahlte das Taxi.

»Danke, meine Liebe«, sagte die Taxifahrerin. »Und seien Sie rechtzeitig da bei Don Francisco, die Schlange reicht bis nach Key West.«

Maricucha klopfte an Joaquíns Wohnungstür.

»Wer da?« rief Luis Felipe.

»Mach auf, Luis Felipe«, rief Maricucha. »Ich bin deine Ehefrau nach Kirche und Gesetz.«

»Mama, hör auf zu schreien, mach keinen Skandal«, sagte Joaquín leise zu ihr.

Luis Felipe öffnete die Tür. Er hatte keine Schuhe an, sein Hemd stand offen.

»Was macht ihr denn hier?« fragte er überrascht, als er sie erblickte. »Ich dachte, wir würden uns im Hotel treffen.«

»Und du, was machst du hier, Schamloser?« schrie Maricucha.

Sie stieß ihren Mann zur Seite und trat in die Wohnung. Luis Felipe warf Joaquín einen eiskalten Blick zu.

»Du Ratte«, zischte er.

Joaquín senkte voll Scham den Blick. Maricucha sah im Schlafzimmer, im Wandschrank, im Bad nach. Sie suchte verzweifelt Charitín.

»Wo ist das Flittchen?« schrie sie. »Wo ist sie?«

»Ich bin allein, Frau«, schrie Luis Felipe. »Und hör verdammt noch mal auf, so hysterisch herumzuschreien.«

»Joaquín hat mir gesagt, daß du ein Rendez-vouz mit deiner kubanischen Freundin hast«, schrie Maricucha.

»Blödsinn, Frau«, schrie Luis Felipe. »Ich habe dir doch schon mal gesagt, ich habe keine kubanische Freundin. Das einzige Problem ist, daß unser Sohn krank ist. Er ist ein Schwuler. Er ist neidisch auf mich, weil er kein Mann ist wie ich.«

»Unser Sohn ist kein Schwuler«, murmelte sie.

»Und ob er das ist!« schrie Luis Felipe. »Er war immer ein Schwuler. Jetzt hat er es einmal mehr unter Beweis gestellt.«

Joaquín starrte unverwandt auf den Teppich.

»Aber du hast mir gesagt, du müßtest noch zur Bank, Luis Felipe«, sagte Maricucha.

»Ich war bei der Bank, Frau«, sagte Luis Felipe. »Ich war bei der Bank, und dann habe ich bei Joaquín vorbeigeschaut, um ein paar Anrufe nach Lima zu machen, weil es im Hotel doppelt so teuer ist.«

»Ich kann nicht glauben, daß mein Sohn so einen verdorbenen Charakter hat«, sagte Maricucha.

»Ich wundere mich über die Schwulitäten von unserem Sohn überhaupt nicht mehr«, sagte Luis Felipe. »Verschwinden wir von hier, Frau. Verschwinden wir so schnell wie möglich aus dieser Lasterhöhle.«

»Ach, Luis Felipe, bei Gott, red nicht so«, sagte Maricucha und hob die Hände an die Brust.

Luis Felipe ergriff seine Frau am Arm.

»Gehen wir, Frau«, sagte er. »Ich kann das Gesicht von dieser Eidechse nicht sehen«, sagte er mit einem Blick auf seinen Sohn.

Joaquín versuchte zu lächeln. Es geriet zur traurigen Grimasse.

»Wenn ich sterbe, werde ich dir nicht einen Heller hinterlassen, wegen Schwulität«, sagte Luis Felipe zu ihm und ergriff den Koffer seiner Frau.

Luis Felipe und Maricucha verließen die Wohnung ohne jedes weitere Wort. Joaquín schloß die Tür und rannte auf die Toilette. Da sah er, daß auf dem Anrufbeantworter eine Nachricht war. Er drückt den Kopf und hörte:

»Mein Engel, ich bin's, Charitín. Ich rufe dich an, um dir tausendmal sorry zu sagen, aber ich kann heute nicht zu unserem Date kommen, weil der Schedule meines Jobs mir absolut keine Zeit läßt. Tausend Dank für die schönen Tage together, du warst so nice. Ich hatte mit dir eine superunvergeßliche Zeit. Küßchen, und ruf mich an, sobald du zurück bist. Bye, bye.«

Als Joaquín am Nachmittag nach der Siesta aufwachte, fühlte er sich etwas taumelig. Er hatte zwei Xanax genommen, bevor er sich hingelegt hatte. Er stand auf und ging zum Telefon. Auf dem Display leuchtete rot eine Drei. Er hörte die Anrufe ab.

»Hallo, Joaquín, ich bin's, deine Mama. Wenn du da bist, nimm bitte ab, dieser Apparat macht mich so schrecklich nervös. Na gut, mein Söhnchen, ich wollte dich fragen, ob wir uns noch kurz sehen können, bevor ich zum Flugplatz muß. Ich würde dir gern ein Abschiedsküßchen geben, ja? Dein Vater ist immer noch furchtbar wütend auf dich, aber ich habe dir schon verziehen. Ich bin schon alt, und wenn ich ins Grab gehe, will ich mit keinem von meinen Kindern überkreuz sein. Und außerdem weißt du ja, mein Liebling, wer mein Schmusebub, mein Porzellanpüppchen ist. Ich habe volles Verständnis dafür, daß du gerade in einem schwarzen, pechschwarzen Tunnel bist, durch den du hindurchmußt. Ach, im Hörer bei mir ist ein Pfeifen, oh, ist das nervend, ich spreche von einem Telefon unten im Hotel. Gut, ruf mich bitte rasch an, in einer halben Stunde fahren wir zum Flugplatz, und es täte mir wahnsinnig weh, wenn wir uns nicht nett verabschiedeten. Ach, es piept schon wieder, tschau.«

Joaquín hörte den zweiten Anruf ab.

»Hallo, hallo, Herzenspuschel, ich bin's, dein geliebtes Mamilein. So antworte doch, sei kein böser Bub. Behalte nicht dieses Gift in dir, stoß es aus, mein Liebling, stoß es aus, sonst fault es in dir. Ach, wie weh mir das tut, wir sind schon auf dem Flugplatz, dein Vater ist grad bei der Gepäckkontrolle, und ich bin noch mal schnell dich anrufen gegangen. Es tut mir so unendlich weh, daß ich dir nicht ein Küßchen geben kann, ich schaue ganz aufgeregt in der Gegend herum, ob nicht doch noch mein Joaquín auftaucht. Ach, mein Söhnchen, es bricht mir das Herz, ich kann nicht weiterreden, warte, ich muß mein Taschentuch aus der Handtasche holen, verflixt, wo ist denn dieses blöde Taschentuch, ah, hier, endlich, in meiner Handtasche ist ein Chaos, ich habe dir ja schon gesagt, es tut mir so unendlich in tiefster Seele weh, warte, ich muß mir die Tränen abtrocknen, mir zerläuft schon die Schminke, wie ich mich schäme, so mitten auf dem internationalen Flughafen von Miami zu weinen, aber Gott wird verstehen, Gott weiß, wie sehr ich meine Kinder liebe, meine angebeteten Kindlein, die aus meinen eigenen Eingeweiden hervorgekommen sind. Ach, wieder so ein Pfeifen, wegen diesem Pfeifen kriege ich noch einen Herzinfarkt. Gut, mein Liebling, ich schicke dir ein Küßchen mit all meiner Liebe, ich rufe dich dann aus Lima an. Vergiß nicht deine Gebete, sei kein böser Junge. Tschau dann, tschau.«

Jetzt weinte Joaquín ebenfalls. Er weinte, weil er seiner Mutter sagen wollte, »du mußt verstehen, daß ich homosexuell bin, Mama, daß ich es immer war, wahrscheinlich schon in deinem Bauch, aber darum bin ich kein schlechter Mensch und darum höre ich auch nicht auf, dich zu lieben, wenn du doch nur verstehen könntest, daß ich nicht schwul bin, um dich zu ärgern oder um mich an dir zu rächen, sondern daß ich schwul bin, weil das meine Natur ist und weil ich es nicht ändern kann, und bitte, sieh in meiner Homosexualität keine Strafe Gottes, sieh es nicht als etwas Schreckliches, das ist es nicht, sieh es als eine Chance an, die Menschen besser zu verstehen und zu verstehen, daß die Dinge komplizierter sind, als sie manchmal zu sein scheinen, und daß die Dinge nicht immer schwarz oder weiß sind, begreif doch bitte, Mama, worauf es letzen Endes nur ankommt ist, daß ich dich auch liebe, daß ich dich sehr, sehr liebhabe, auch deine Launen und deine Frömmeleien, aber ich kann nicht aufhören, der zu sein, der ich bin, ich kann und ich will nicht aufhören, der zu sein, der ich bin, und ich muß lernen, mich zu lieben und mich zu achten und meine sexuelle Orientierung nicht zu verleugnen und den Leuten zu sagen, daß ich schwul bin, ohne daß ich dabei rot werde und ohne daß ich darum das Gefühl habe, schmutzig und schweinisch und ein schlechter Mensch zu sein, weil ich es nicht bin, ich bin dein Kind, ich liebe dich, ich bin schwul, und ich bin ein guter Mensch, und wenn es Gott gibt, wird Er dir eines Tages im Himmel erzählen, warum er Lust hatte, mich schwul zu machen«.

Joaquín hörte den dritten Anruf ab. Es war Peter.

»Hallo, ich bin's. Es ist Punkt fünf. Ich habe jetzt Feierabend und fahre nach Hause. Beeil dich und komm, ich sterbe vor Verlangen, dich zu sehen. Wenn du kannst, bring bitte Quaker-Kekse und Schokoladeneis mit.«

Joaquín lächelte, küßte das Telefon, zog sich an, tat sich ein paar Tropfen in die Augen, weil sie vom Heulen ganz rot waren, und verließ die Wohnung. Als er beim Portier vorbeikam, machte der ihm ein Zeichen. Joaquín stoppte seinen Wagen und ließ die Fensterscheibe hinunter.

»Ihr Herr Vater hat diesen Brief für Sie dagelassen, junger Mann«, sagte der Portier und gab ihm einen Umschlag.

»Danke, Don Heberto«, sagte Joaquín.

Er fuhr langsam aus dem Gebäude hinaus und riß den Briefumschlag auf. Ein auf seinen Namen ausgestellter Scheck und eine Karte seines Vaters waren darin. Er las, was auf der Karte stand, zuerst das Gedruckte: ›Luis Felipe Camino Granda‹. Darüber hatte Luis Felipe geschrieben: ›Danke für alles‹. Weiter unten hatte er die Telefonnummer von Charitín aufgeschrieben. Joaquín lächelte, machte das Radio an und gab Gas. Als er auf die Brücke von Key Biscayne fuhr, hielt er an und trat an eine Metallbrüstung am Highway. Er sah aufs Meer hinaus. Er zerriß die Karte seines Vaters und warf sie in den Wind. Dann biß er die Zähne zusammen, um nicht zu heulen.

INHALT

Erster Teil

Der Sklave 11
Das Zeltlager 48
Das Geburtstagsgeschenk 71
Der Jagdausflug 103
Die Flucht 126

Zweiter Teil

Die Feier 155
Gefährliche Freundschaften 169
Eine unmögliche Liebe 227
Der Fußballer 290
Samstagabend 305
Dominikanische Erinnerungen 329
Der Schauspieler 334
Die Eroberung Madrids 364

Dritter Teil

Eine Woche Ferien 413